KiWi 165

Über das Buch

509 sitzt in der Frühlingssonne. Er genießt die Wärme, er wartet, er hofft. Nur ein Funke Leben trennt ihn und die zu Nummern degradierten, zu Skeletten abgemagerten Insassen des Lagers Mellern vom Tod. Doch nach Jahren in einer gnadenlosen Hölle scheint der Tag der Freiheit nahe, in jenem Frühjahr 1945. Alle Hoffnung, aller Lebenswille spannt sich darauf, ihn kommen zu sehen und mit ihm das Ende der Qual.

Dieser Bericht aus einer grauenhaften Wirklichkeit ist eines der erschütterndsten Werke des großen Romanciers, ein Epos von der Unbesiegbarkeit des Lebens in einer Umwelt von Finsternis, Not und Verzweiflung.

Der Autor

Erich Maria Remarque, geboren 1898 als Sohn eines Buchbinders in Osnabrück, besuchte das katholische Lehrerseminar. 1916 als Soldat eingezogen. Nach dem Krieg zunächst Lehrer, später Kaufmann und schließlich Redakteur in Berlin. 1929 erschien *Im Westen nichts Neues* (Gesamtauflage über 8 Millionen Exemplare und Übersetzungen in 45 Sprachen), 1931 sein zweiter Roman *Der Weg zurück*. Beide Bücher wurden 1933 vor der Berliner Universität öffentlich verbrannt. 1937 wurde Remarque die deutsche Staatsbürgerschaft entzogen. Er lebte seit 1929 im Ausland, wurde 1947 amerikanischer Staatsbürger, lebte zuletzt mit seiner Frau, der Schauspielerin Paulette Goddard, im Tessin, wo er 1970 starb.

Weitere Titel bei k&w

Liebe Deinen Nächsten, Roman
Die Nacht von Lissabon, Roman, KiWi 151
Der schwarze Obelisk, Roman
Drei Kameraden, Roman
Im Westen nichts Neues, Roman. Mit Materialien und einem Nachwort von Tilman Westphalen. KiWi 141
Arc de Triomphe, Roman, KiWi 164

Erich Maria Remarque

Der Funke Leben

Roman

Mit einem Nachwort von
Tilman Westphalen

Kiepenheuer & Witsch

Umschlag Manfred Schulz, Köln,
nach einer Konzeption von Hannes Jähn
Umschlagabbildung von Charlotte Salomon
Gesamtherstellung Clausen & Bosse, Leck
ISBN 3 462 01913 9

To the memory of my sister Elfriede

(Widmung Erich Maria Remarques
in der Erstpublikation von
Spark of Life, Januar 1952,
New York, Appleton-Century-Crofts, Inc.)

1 Das Skelett 509 hob langsam den Schädel und öffnete die Augen. Es wußte nicht, ob es ohnmächtig gewesen war oder nur geschlafen hatte. Zwischen dem einen und dem andern bestand auch kaum noch ein Unterschied; Hunger und Erschöpfung hatten seit langem dafür gesorgt. Beides war jedesmal ein Versinken in moorige Tiefen, aus denen es kein Auftauchen mehr zu geben schien. 509 lag eine Weile still und horchte. Das war eine alte Lagerregel; man wußte nie, von welcher Seite Gefahr drohte, und solange man sich unbeweglich hielt, hatte man immer die Chance, übersehen oder für tot gehalten zu werden – ein einfaches Gesetz der Natur, das jeder Käfer kennt.

Er hörte nichts Verdächtiges. Die Wachen auf den Maschinengewehrtürmen waren halb am Schlafen, und auch hinter ihm blieb alles ruhig. Vorsichtig wandte er den Kopf und blickte zurück.

Das Konzentrationslager Mellern döste friedlich in der Sonne. Der große Appellplatz, den die SS humorvoll den Tanzboden nannte, war nahezu leer. Nur an den starken Holzpfählen, rechts vom Eingangstor, hingen vier Leute, denen die Hände auf dem Rücken zusammengebunden waren. Man hatte sie an Stricken so weit hochgezogen, daß ihre Füße die Erde nicht mehr berührten. Ihre Arme waren ausgerenkt. Zwei Heizer vom Krematorium vergnügten sich damit, aus dem Fenster mit kleinen Kohlestückchen nach ihnen zu werfen; aber keiner der vier rührte sich mehr. Sie hingen schon eine halbe Stunde an den Kreuzen und waren jetzt bewußtlos. Die Baracken des Arbeitslagers lagen verlassen da; die Außenkommandos waren noch nicht zurück. Ein paar Leute, die Stubendienst hatten, huschten über die Straßen. Links neben dem großen Eingangstor, vor dem Strafbunker, saß der SS-Scharführer Breuer. Er hatte sich einen runden Tisch und einen Korbsessel in die Sonne stellen lassen und trank eine Tasse Kaffee. Guter Bohnenkaffee war selten im Frühjahr 1945; aber Breuer hatte kurz vorher zwei Juden erwürgt, die seit sechs Wochen im Bunker am Verfaulen gewesen waren, und er hielt das für eine menschenfreundliche Tat, die eine Belohnung verdiente. Der Küchenkapo hatte ihm zu dem Kaffee noch einen Teller mit Topfkuchen geschickt. Breuer aß ihn langsam, mit Genuß; er liebte besonders die Rosinen ohne Kerne, mit denen der Teig reichlich gespickt war. Der ältere Jude hatte ihm wenig Spaß gemacht; aber der jüngere war zäher gewesen; er hatte ziemlich lange gestrampelt und gekrächzt. Breuer grinste schläfrig und lauschte auf die verwehenden Klänge der Lagerkapelle, die hinter der Gärtnerei übte. Sie spielte den Walzer »Rosen aus dem Süden« – ein Lieblingsstück des Kommandanten, Obersturmbannführer Neubauer.

509 lag auf der gegenüberliegenden Seite des Lagers, in der Nähe einer Gruppe von Holzbaracken, die durch einen Stacheldrahtzaun vom großen Arbeitslager getrennt waren. Sie wurden das Kleine Lager genannt. In ihm befanden sich die Gefangenen, die zu schwach waren, um noch arbeiten zu können. Sie waren dort, um zu sterben. Fast alle starben rasch; aber neue kamen immer schon, wenn die andern noch nicht ganz tot waren, und so waren die Baracken stets überfüllt. Oft lagen die Sterbenden selbst in den Gängen übereinander, oder sie krepierten einfach draußen im Freien. Mellern hatte keine Gaskammern. Der Kommandant war darauf besonders stolz. Er erklärte gern, daß man in Mellern eines natürlichen Todes stürbe. Offiziell hieß das Kleine Lager die Schonungsabteilung – doch es gab nur wenige, die genug Widerstand aufbrachten, um die Schonung länger als ein bis zwei Wochen durchzuhalten. Eine kleine zähe Gruppe davon hauste in Baracke 22. Sie nannte sich mit einem Rest von Galgenhumor die Veteranen. 509 gehörte dazu. Er war vor vier Monaten ins Kleine Lager gebracht wor-

den, und es schien ihm selbst ein Wunder, daß er immer noch lebte. Der Rauch vom Krematorium trieb schwarz herüber. Der Wind drückte ihn auf das Lager, und die Schwaden strichen niedrig über die Baracken. Sie rochen fett und süßlich und reizten zum Erbrechen. 509 hatte sich nie an sie gewöhnen können; selbst nicht nach zehn Jahren im Lager. Die Reste von zwei Veteranen waren heute darunter; die des Uhrmachers Jan Sibelski und des Universitätsprofessors Joel Buchsbaum. Beide waren in Baracke 22 gestorben und mittags im Krematorium abgeliefert worden, Buchsbaum allerdings nicht ganz vollständig; drei Finger, siebzehn Zähne, die Zehennägel und ein Teil des Geschlechtsgliedes hatten gefehlt. Sie waren ihm während seiner Erziehung zu einem brauchbaren Menschen verlorengegangen. Die Sache mit dem Geschlechtsglied war an den Kulturabenden in der SS-Kaserne sehr belacht worden. Sie war eine Idee des Scharführers Günther Steinbrenner gewesen, der erst kürzlich ins Lager gekommen war. Einfach, wie alle großen Einfälle – eine Einspritzung mit hochprozentiger Salzsäure, weiter nichts. Steinbrenner hatte sich damit sofort Achtung unter den Kameraden verschafft.

Der Märznachmittag war milde, und die Sonne hatte schon etwas Wärme; trotzdem fror 509, obschon er außer seinen eigenen Kleidern noch Sachen von drei anderen Personen trug – die Jacke Josef Buchers, den Mantel des Althändlers Lebenthal und den zerrissenen Sweater Joel Buchsbaums, den die Baracke gerettet hatte, bevor die Leiche abgeliefert worden war. Aber wenn man ein Meter achtundsiebzig groß war und unter siebzig Pfund wog, hätten wahrscheinlich selbst Pelze nicht mehr viel gewärmt.

509 hatte das Recht, eine halbe Stunde in der Sonne zu liegen. Dann mußte er zur Baracke zurück, die geborgten Kleider abgeben, seine Jacke dazu, und ein anderer kam dran. Das war so abgemacht worden zwischen den Veteranen, seit die Kälte vorbei war. Manche hatten es nicht mehr gewollt. Sie waren zu erschöpft gewesen und hatten nach den Leiden des Winters nur noch in Ruhe in den Baracken sterben wollen; aber Berger,

der Stubenälteste, hatte darauf bestanden, daß alle, die noch kriechen konnten, jetzt eine Zeitlang an die frische Luft kamen. Der nächste war Westhof, dann kam Bucher. Lebenthal hatte verzichtet; er hatte Besseres zu tun.

509 wandte sich wieder zurück. Das Lager war auf einer Anhöhe errichtet, und durch den Stacheldraht konnte er jetzt die Stadt sehen. Sie lag im Tal, weit unterhalb des Lagers, und über dem Gewirr der Dächer hoben sich die Türme der Kirchen. Es war eine alte Stadt mit vielen Kirchen und Wällen, mit Lindenalleen und winkligen Gassen. Im Norden lag der neue Teil mit breiteren Straßen, dem Hauptbahnhof, Mietskasernen, Fabriken und den Kupfer- und Eisenwerken, in denen Kommandos vom Lager arbeiteten. Ein Fluß zog sich in weitem Bogen hindurch, und in ihm spiegelten sich schläfrig die Brücken und die Wolken.

509 ließ den Kopf sinken. Er konnte ihn immer nur eine Weile hochhalten. Ein Schädel war schwer, wenn die Halsmuskeln zu Fäden zusammengeschrumpft waren – und der Anblick der rauchenden Schornsteine im Tal machte nur noch hungriger als sonst. Er machte hungrig im Gehirn – nicht nur im Magen. Der Magen war seit Jahren daran gewöhnt und keiner anderen Empfindung mehr fähig als einer gleichbleibenden, stumpfen Gier. Hunger im Gehirn war schlimmer. Er weckte Halluzinationen und wurde nie müde. Er fraß sich selbst in den Schlaf. Es hatte 509 im Winter drei Monate gekostet, um die Vorstellung von Bratkartoffeln loszuwerden. Er hatte sie überall gerochen, sogar im Gestank der Latrinenbaracke. Jetzt war es Speck. Speck mit Spiegeleiern.

Er blickte auf die Nickeluhr, die auf der Erde neben ihm lag. Lebenthal hatte sie ihm geborgt. Sie war ein kostbarer Besitz der Baracke; der Pole Julius Silber, der längst tot war, hatte sie vor Jahren ins Lager geschmuggelt. 509 sah, daß er noch zehn Minuten Zeit hatte; aber er beschloß trotzdem, zur Baracke zurückzukriechen. Er wollte nicht wieder einschlafen. Man wußte nie, ob man wieder aufwachen würde. Vorsichtig spähte er noch einmal die Lagerstraße entlang. Auch jetzt sah er nichts, was Gefahr bedeuten könnte. Er erwartete es eigentlich auch nicht. Die Vorsicht war eher die Routine des alten Lagerhasen als wirkliche Angst. Das Kleine Lager befand sich wegen Dysenterie unter einer losen Art von Quarantäne, und die SS kam selten herein. Außerdem war die Kontrolle im ganzen Lager in den letzten Jahren bedeutend schwächer geworden als früher. Der Krieg hatte sich immer stärker bemerkbar gemacht, und ein Teil der SS-Leute, die bis dahin nur wehrlose Gefangene heroisch gefoltert und ermordet hatten, war endlich ins Feld geschickt worden. Jetzt, im Frühling 1945, hatte das Lager nur noch ein Drittel der früheren SS-Truppen. Die innere Verwaltung wurde schon lange fast ganz von Häftlingen erledigt. Jede Baracke hatte einen Blockältesten und einige Stubenälteste; die Arbeitskommandos unterstanden den Kapos und Vormännern, das ganze Lager den Lagerältesten. Alle waren Gefangene. Sie wurden kontrolliert von Lagerführern, Blockführern und Kommandoführern; das waren stets SS-Leute. Im Anfang hatte das Lager nur politische Häftlinge gehabt; dann waren im Laufe der Jahre gewöhnliche Verbrecher in Mengen aus den überfüllten Gefängnissen der Stadt und der Provinz dazugekommen. Die Gruppen unterschieden sich durch die Farbe der dreieckigen Stoffwinkel, die außer den Nummern auf die Kleider aller Gefangenen genäht waren. Die der Politischen waren rot; die der Kriminellen grün. Juden trugen außerdem noch einen gelben Winkel dazu, so daß beide Dreiecke zusammen einen Davidstern ergaben.

509 nahm den Mantel Lebenthals und die Jacke Josef Buchers, hing sie sich über den Rücken und begann der Baracke zuzukriechen. Er spürte, daß er müder war als sonst. Selbst das Kriechen fiel ihm schwer. Schon nach kurzer Zeit fing der Boden an, sich unter ihm zu drehen. Er hielt inne, schloß die Lider und atmete tief, um sich zu erholen. Im selben Augenblick begannen die Sirenen der Stadt.

Es waren anfangs nur zwei. Wenige Sekunden später hatten sie sich vervielfacht, und gleich darauf schien es, als schrie unten die ganze Stadt. Sie schrie von den Dächern und aus den Straßen, von den Türmen und aus den Fabriken, sie lag offen in der Sonne, nichts schien sich in ihr zu regen, sie schrie nur plötzlich, als wäre sie ein paralysiertes Tier, das den Tod sieht und nicht weglaufen kann – sie schrie mit Sirenen und Dampfpfeifen gegen den Himmel, in dem alles still war.

509 hatte sich sofort geduckt. Es war verboten, bei Fliegeralarm außerhalb der Baracken zu sein. Er hätte versuchen können, aufzustehen und zu laufen, aber er war zu schwach, um schnell genug vorwärts zu kommen, und die Baracke war zu weit; inzwischen hätte ein nervöser neuer Wachtposten schon auf ihn schießen können. So rasch er konnte, kroch er deshalb ein paar Meter zurück zu einer flachen Bodenfalte, preßte sich hinein und zog die geborgten Kleider über sich. Er sah so aus wie jemand, der tot zusammengebrochen war. Das kam oft vor und war unverdächtig. Der Alarm würde ohnehin nicht lange dauern. Die Stadt hatte in den letzten Monaten alle paar Tage einen gehabt, und es war nie etwas passiert. Die Flugzeuge waren immer weitergeflogen in der Richtung nach Hannover und Berlin.

Die Sirenen des Lagers setzten ein. Dann kam nach einiger Zeit der zweite Alarm. Das Heulen schwoll auf und ab, als liefen unscharfe Platten auf riesigen Grammophonen. Die Flugzeuge näherten sich der Stadt. 509 kannte auch das. Es rührte ihn nicht. Sein Feind war der nächste Maschinengewehrschütze, der merken würde, daß er nicht tot war. Was außerhalb des Stacheldrahtes geschah, ging ihn nichts an.

Er atmete mühsam. Die stickige Luft unter dem Mantel wurde zu schwarzer Watte, die sich dichter und dichter über ihn häufte. Er lag in der Bodensenkung wie in einem Grab – und allmählich kam es ihm vor, als wäre es wirklich sein Grab –, als könne er nie wieder aufstehen, als wäre es diesmal das Ende, und er würde hier liegenbleiben und sterben, endlich übermannt von der letzten Schwäche, gegen die er so lange gekämpft hatte. Er versuchte, sich zu wehren, aber es half wenig; er spürte es nur noch stärker, ein sonderbar ergebenes Warten, das sich in ihm ausbreitete, in ihm und über ihn hinaus, als warte plötzlich alles – warte die Stadt, als warte die Luft, als warte selbst das Licht. Es war wie bei einer beginnenden Sonnenfinsternis, wenn die Farben schon den Hauch von Blei haben und die ferne Ahnung einer sonnenlosen, toten Welt – ein Vakuum, ein Warten ohne Atem, ob der Tod noch einmal vorübergehen würde oder nicht.

Der Schlag war nicht heftig; aber er war unerwartet. Und er kam von einer Seite, die geschützter schien als jede andere. 509 spürte ihn als einen harten Ruck, tief aus dem Boden gegen den Magen. Gleichzeitig schnitt durch das Heulen draußen ein hohes, stählernes Sausen, das sich rasend verstärkte, ähnlich dem Lärm der Sirenen und doch völlig anders. 509 wußte nicht, was früher gekommen war, der Schlag aus der Erde oder das Sausen und der darauffolgende Krach – aber er wußte, daß beides noch in keinem Alarm vorher dagewesen war, und als es sich jetzt wiederholte, näher und stärker, über und unter ihm, da wußte er auch, was es sein mußte: Die Flugzeuge waren zum erstenmal nicht weitergeflogen. Die Stadt wurde bombardiert.

Der Boden bebte wieder. Es schien 509, als hieben gewaltige unterirdische Gummiknüppel auf ihn ein. Er war plötzlich ganz wach. Die Todesmüdigkeit war wie Rauch in einem Wirbelwind verflogen. Jeder Ruck aus dem Boden wurde zu einem Ruck in seinem Gehirn. Eine Zeitlang lag er noch still – dann, fast ohne zu merken, was er tat, schob er behutsam eine Hand vorwärts und hob den Mantel von seinem Gesicht so weit hoch, daß er darunter hinweg zur Stadt hinabspähen konnte.

Langsam und spielerisch faltete sich unten gerade der Bahnhof auseinander und hob sich in die Luft. Es sah beinahe zierlich aus, wie die goldene Kuppel über die Bäume des Stadtparkes segelte und hinter ihnen verschwand. Die schweren Explosionen schienen gar nicht dazu zu gehören – alles war viel zu langsam dafür, und das Geräusch der Flak ertrank darin wie Terriergekläff im tiefen Bellen einer großen Dogge. Beim nächsten mächtigen Stoß begann einer der Türme der Katharinenkirche sich zu neigen. Auch er fiel sehr langsam und zerbrach während des Fallens gemächlich in mehrere Stücke – als wäre das Ganze eine Zeitlupenaufnahme und keine Wirklichkeit. Qualmfontänen wuchsen jetzt wie Pilze zwischen den Häusern empor. 509 hatte immer noch nicht das Gefühl von Zerstörung; unsichtbare Riesen spielten da unten, das war alles. In den unbeschädigten Stadtteilen stieg friedlich weiter der Rauch aus den Schornsteinen auf; der Fluß spiegelte wie früher die Wolken, und die Puffs der Flak säumten den Himmel, als sei er ein harmloses Kissen, dessen Nähte überall barsten und grauweiße Baumwollflocken ausstießen.

Eine Bombe fiel weit außerhalb der Stadt in die Wiesen, die sich zum Lager hinaufzogen. 509 spürte immer noch keine Furcht; alles das war viel zu weit weg von der engen Welt, die allein er noch kannte. Furcht konnte man haben vor brennenden Zigaretten an Augen und Hoden, vor Wochen im Hungerbunker, einem Steinsarg, in dem man weder stehen noch liegen konnte, vor dem Bock, auf dem einen die Nieren zerschlagen wurden; vor der Folterkammer im linken Flügel neben dem Tor – vor Steinbrenner, vor Breuer, vor dem Lagerführer Weber –, aber selbst das war schon etwas verblaßt, seit er ins Kleine Lager abgeschoben worden war. Man mußte rasch vergessen können, um die Kraft zum Weiterleben aufzubringen. Außerdem war das Konzentrationslager Mellern nach zehn Jahren der Torturen etwas müder geworden – selbst einem frischen, idealistischen SS-Mann wurde es mit der Zeit langweilig, Skelette zu quälen. Sie hielten wenig aus und reagierten nicht genügend. Nur wenn kräftige, leidensfähige Zugänge kamen, flammte der alte patriotische Eifer manchmal noch auf. Dann hörte man in den Nächten wieder das vertraute Heulen, und die SS-Mannschaften sahen ein bißchen angeregter aus, wie nach einem guten Schweinebraten mit Kartoffeln und Rotkohl. Sonst aber waren die Lager in Deutschland während der Kriegsjahre eher human geworden. Man vergaste, erschlug und erschoß fast nur noch oder arbeitete die Leute einfach kaputt und ließ sie dann verhungern. Daß ab und zu im Krematorium ein Lebender mit verbrannt wurde, lag eher an Überarbeitung und der Tatsache, daß manche Skelette sich lange nicht bewegten, als an böser Absicht. Es kam auch nur vor, wenn rasch Raum für neue Transporte geschaffen werden mußte durch Massenliquidierungen. Sogar das Verhungernlassen der Arbeitsunfähigen wurde in Mellern nicht zu roh betrieben; es gab im Kleinen Lager immer noch etwas zu essen, und Veteranen wie 509 hatten es fertiggebracht, Rekorde damit zu schlagen und am Leben zu bleiben.

Das Bombardement hörte plötzlich auf. Nur noch die Flak tobte. 509 hob den Mantel etwas höher, so daß er den nächsten Maschinengewehrturm sehen konnte. Der Stand war leer. Er blickte weiter nach rechts und dann nach links. Auch dort waren die Türme ohne Wachen. Die SS-Mannschaften waren überall heruntergeklettert und hatten sich in Sicherheit gebracht; sie hatten gute Luftschutzbunker nahe den Kasernen. 509 warf den Mantel ganz zurück und kroch näher an den Stacheldraht heran. Er stützte sich auf die Ellenbogen und starrte ins Tal hinunter.

Die Stadt brannte jetzt überall. Das, was vorher spielerisch ausgesehen hatte, hatte sich inzwischen in das verwandelt, was es wirklich war: Feuer und Zerstörung. Der Rauch hockte wie eine riesige Molluske der Vernichtung gelb und schwarz in den Straßen und fraß die Häuser. Flammen zuckten hindurch. Vom Bahnhof schoß eine mächtige Funkengarbe hoch. Der zerbrochene Turm der Katharinenkirche begann zu flackern, und Feuerzungen leckten wie fahle Blitze daran empor. Unbekümmert, als wäre nichts geschehen, stand die Sonne in goldener Glorie dahinter, und es wirkte fast gespenstisch, daß der Himmel mit seinem Blau und Weiß genauso heiter war wie vorher und daß die Wälder und Höhenzüge rundum ruhig und unbeteiligt weiter im sanften Licht lagen – als sei nur die Stadt allein verdammt worden durch einen unbekannten, finsteren Richtspruch. 509 starrte hinunter. Er vergaß alle Vorsicht und starrte hinunter. Er kannte die Stadt nicht anders als durch den

Stacheldraht, und er war nie in ihr gewesen; aber in den zehn Jahren, die er im Lager zugebracht hatte, war sie für ihn mehr geworden als nur eine Stadt.

Im Anfang war sie das fast unerträgliche Bild der verlorenen Freiheit gewesen. Tag für Tag hatte er auf sie hinuntergestarrt – er hatte sie gesehen mit ihrem sorglosen Leben, wenn er nach einer Spezialbehandlung durch den Lagerführer Weber kaum noch kriechen konnte –; er hatte sie gesehen mit ihren Kirchen und Häusern, wenn er mit ausgerenkten Armen am Kreuz hing – er hatte sie gesehen mit den weißen Kähnen auf ihrem Fluß und den Automobilen, die in den Frühling fuhren, während er Blut aus den zerschlagenen Nieren pißte –; die Augen hatten ihm gebrannt, wenn er sie gesehen hatte, und es war eine Folter gewesen, sie zu sehen, eine Folter, die zu allen andern des Lagers noch hinzugekommen war.

Dann hatte er begonnen, sie zu hassen. Die Zeit war hingegangen, und nichts hatte sich in ihr geändert, ganz gleich, was hier oben geschah. Der Rauch ihrer Kochherde war jeden Tag weiter aufgestiegen, unbekümmert um den Qualm des Krematoriums – ihre Sportplätze und Parks waren voll fröhlichen Tumults gewesen, während gleichzeitig Hunderte von gejagten Kreaturen auf dem Tanzboden des Lagers verröchelten –, Scharen von ferienfrohen Menschen waren jeden Sommer aus ihr in die Wälder gewandert, während die Häftlingskolonnen ihre Toten und Ermordeten aus den Steinbrüchen zurückschleppten; er hatte sie gehaßt, weil er geglaubt hatte, daß er und die andern Gefangenen für immer von ihr vergessen worden wären.

Schließlich war auch der Haß erloschen. Der Kampf um eine Brotkruste war wichtiger geworden als alles andere – und ebenso die Erkenntnis, daß Haß und Erinnerungen ein gefährdetes Ich ebenso zerstören konnten wie Schmerz. 509 hatte gelernt, sich einzukapseln, zu vergessen und sich um nichts mehr zu kümmern als um die nackte Existenz von einer Stunde zur andern. Die Stadt war ihm gleichgültig geworden und ihr unverändertes Bild nur noch ein trübes Symbol dafür, daß auch sein Schicksal sich nicht mehr ändern würde.

Jetzt brannte sie. Er spürte, wie seine Arme zitterten. Er versuchte, es zu unterdrücken, doch er konnte es nicht; es wurde stärker. Alles in ihm war plötzlich lose und ohne Zusammenhang. Sein Kopf schmerzte, als wäre er hohl und jemand trommelte darin.

Er schloß die Augen. Er wollte das nicht. Er wollte nichts wieder in sich aufkommen lassen. Er hatte alle Hoffnung zerstampft und begraben. Er ließ die Arme auf den Boden gleiten und legte das Gesicht auf die Hände. Die Stadt ging ihn nichts an. Er wollte nicht, daß sie ihn etwas anginge. Er wollte weiter, wie vorher, gleichgültig die Sonne auf das schmutzige Pergament scheinen lassen, das als Haut über seinen Schädel gespannt war, wollte atmen, Läuse töten, nicht denken – so wie er es seit langem getan hatte.

Er konnte es nicht. Das Beben in ihm hörte nicht auf. Er wälzte sich auf den Rücken und streckte sich flach aus. Über ihm war jetzt der Himmel mit den Wölkchen der Flakgeschosse. Sie zerfaserten rasch und trieben vor dem Winde dahin. Er lag eine Weile so, dann konnte er auch das nicht mehr aushalten. Der Himmel wurde zu einem blauen und weißen Abgrund, in den er hineinzufliegen schien. Er drehte sich um und setzte sich auf. Er blickte nicht mehr auf die Stadt. Er blickte auf das Lager, und er blickte zum erstenmal darauf, als käme Hilfe von dort. Die Baracken dösten wie vorher in der Sonne. Auf dem Tanzplatz hingen die vier Leute immer noch an den Kreuzen. Der Scharführer Breuer war verschwunden, aber der Rauch vom Krematorium stieg weiter auf; er war nur dünner geworden. Entweder verbrannte man gerade Kinder, oder es war befohlen worden, mit der Arbeit aufzuhören.

509 zwang sich, das alles genau zu betrachten. Dieses war seine Welt. Keine Bombe hatte sie getroffen. Sie lag unerbittlich da wie immer. Sie allein beherrschte ihn; das da draußen, jenseits des Stacheldrahtes, ging ihn nichts an. In diesem

Augenblick schwieg die Flak. Es traf ihn, als wäre ein Reifen von Lärm gesprungen, der ihn fest umspannt gehalten hatte. Eine Sekunde lang glaubte er, er habe nur geträumt und wache gerade auf. Mit einem Ruck drehte er sich um.

Er hatte nicht geträumt. Da lag die Stadt und brannte. Da waren Qualm und Zerstörung, und es ging ihn doch etwas an. Er konnte nicht mehr erkennen, was getroffen war, er sah nur Rauch und das Feuer, alles andere verschwomm, aber es war auch egal: Die Stadt brannte, die Stadt, die unveränderlich erschienen war, unveränderlich und unzerstörbar wie das Lager.

Er schrak zusammen. Ihm war plötzlich, als seien hinter ihm von allen Türmen alle Maschinengewehre des Lagers auf ihn gerichtet. Rasch blickte er herum. Nichts war geschehen. Die Türme waren leer wie vorher. Auch in den Straßen war niemand zu sehen. Doch es half nichts – eine wilde Angst hatte ihn jäh wie eine Faust im Genick gepackt und schüttelte ihn. Er wollte nicht sterben! Jetzt nicht! Jetzt nicht mehr! Hastig ergriff er seine Kleidungsstücke und kroch zurück. Er verwikkelte sich dabei in den Mantel Lebenthals und stöhnte und fluchte und riß ihn unter seinen Knien fort und kroch weiter zur Baracke, eilig, tief erregt und verwirrt – als flüchte er noch vor etwas anderem als nur vor dem Tode.

2 Baracke 22 hatte zwei Flügel, die je von zwei Stubenältesten kommandiert wurden. In der zweiten Sektion des zweiten Flügels hausten die Veteranen. Es war der schmalste und feuchteste Teil, aber das kümmerte sie wenig; wichtig war für sie nur, daß sie zusammenlagen. Das gab jedem mehr Widerstandskraft. Sterben war ebenso ansteckend wie Typhus, und einzeln ging man in dem allgemeinen Krepieren leicht mit ein, ob man wollte oder nicht. Zu mehreren konnte man sich besser wehren. Wenn einer aufgeben wollte, halfen ihm die Kameraden durchzuhalten. Die Veteranen im Kleinen Lager leben

nicht länger, weil sie mehr zu essen hatten; sie lebten, weil sie sich einen Rest von Widerstand bewahrt hatten.

In der Ecke der Veteranen lagen zur Zeit hundertvierunddreißig Skelette. Platz war nur da für vierzig. Die Betten bestanden aus Brettern, vier übereinander. Sie waren kahl oder mit altem, faulendem Stroh bedeckt. Es gab nur ein paar schmutzige Decken, um die jedesmal, wenn die Besitzer starben, bitter gekämpft wurde. Auf jedem Bett lagen mindestens drei bis vier Menschen. Das war selbst für Skelette zu eng; denn Schulter- und Beckenknochen schrumpften nicht. Man hatte etwas mehr Platz, wenn man seitlich lag, gepackt wie Sardinen; aber trotzdem hörte man nachts oft genug das dumpfe Aufschlagen, wenn jemand im Schlaf herunterfiel. Viele schliefen hockend, und wer Glück hatte, dem starben seine Bettgenossen abends. Sie wurden dann hinausgeschafft, und er konnte sich für eine Nacht besser ausstrecken, bevor neuer Zuwachs kam.

Die Veteranen hatten sich die Ecke links vor der Tür gesichert. Sie waren noch zwölf Mann. Vor zwei Monaten waren sie vierundvierzig gewesen. Der Winter hatte sie kaputtgemacht. Sie wußten alle, daß sie im letzten Stadium waren; die Rationen wurden ständig kleiner, und manchmal gab es ein bis zwei Tage überhaupt nichts zu essen; dann lagen die Toten zu Haufen draußen.

Von den zwölf war einer verrückt und glaubte, er sei ein deutscher Schäferhund. Er hatte keine Ohren mehr; sie waren ihm abgerissen worden, als man SS-Hunde an ihm trainiert hatte. Der Jüngste hieß Karel und war ein Knabe aus der Tschechoslowakei. Seine Eltern waren tot; sie düngten das Kartoffelfeld eines frommen Bauern im Dorfe Westlage. Die Asche der Verbrannten wurde nämlich im Krematorium in Säcke gefüllt und als künstlicher Dünger verkauft. Sie war reich an Phosphor und Kalzium. Karel trug das rote Abzeichen des politischen Gefangenen. Er war elf Jahre alt. Der älteste Veteran war zweiundsiebzig. Er war ein Jude, der um seinen Bart kämpfte. Der Bart gehörte zu seiner Religion. Die SS hatte ihn verboten, aber der Mann hatte immer wieder versucht, ihn wachsen zu lassen.

Er war im Arbeitslager jedesmal dafür über den Bock gekommen und verprügelt worden. Im Kleinen Lager hatte er mehr Glück. Die SS kümmerte sich hier weniger um die Regeln und kontrollierte auch selten; sie hatte zuviel Angst vor Läusen, Dysenterie, Typhus und Tuberkulose. Der Pole Julius Silber hatte den Alten Ahasver genannt, weil er fast ein Dutzend holländischer, polnischer, österreichischer und deutscher Konzentrationslager überlebt hatte. Silber war inzwischen an Typhus gestorben und blühte als Primelbusch im Garten des Kommandanten Neubauer, der die Totenasche bekam; doch der Name Ahasver war geblieben. Das Gesicht des Alten war im Kleinen Lager geschrumpft, aber der Bart war gewachsen und jetzt Heimat und Wald für Generationen kräftiger Läuse.

Der Stubenälteste der Sektion war der frühere Arzt Dr. Ephraim Berger. Er war wichtig gegen den Tod, der die Baracke eng umstand. Im Winter, wenn die Skelette auf dem Glatteis gefallen waren und sich die Knochen gebrochen hatten, hatte er manche schienen und retten können. Das Hospital nahm niemand vom Kleinen Lager auf; es war nur da für Leute, die arbeitsfähig waren, und für Prominente. Im Großen Lager war das Glatteis im Winter auch weniger gefährlich gewesen; man hatte die Straße während der schlimmsten Tage mit Asche aus dem Krematorium bestreut. Nicht aus Rücksicht auf die Gefangenen – sondern um brauchbare Arbeitskräfte zu behalten. Seit der Eingliederung der Konzentrationslager in den allgemeinen Arbeitseinsatz wurde mehr Wert darauf gelegt. Als Ausgleich arbeitete man die Häftlinge allerdings rascher zu Tode. Die Abgänge machten nichts aus; es wurden täglich genug neue Leute verhaftet.

Berger war einer der wenigen Gefangenen, die Erlaubnis hatten, das Kleine Lager zu verlassen. Er wurde seit einigen Wochen in der Leichenhalle des Krematoriums beschäftigt. Stubenälteste brauchten im allgemeinen nicht zu arbeiten, aber Ärzte waren knapp; deshalb hatte man ihn kommandiert. Es war vorteilhaft für die Baracke. Über den Lazarettkapo, den Berger von früher kannte, konnte er so manchmal etwas Lysol,

Watte, Aspirin und ähnliches für die Skelette bekommen. Er besaß auch eine Flasche Jod, die unter seinem Stroh versteckt war.

Der wichtigste Veteran von allen jedoch war Leo Lebenthal. Er hatte geheime Verbindungen zum Schleichhandel des Arbeitslagers und, wie es hieß, sogar welche nach draußen. Wie er das machte, wußte keiner genau. Es war nur bekannt, daß zwei Huren aus dem Etablissement »Die Fledermaus«, das vor der Stadt lag, dazu gehörten. Auch ein SS-Mann sollte beteiligt sein; doch davon wußte niemand wirklich etwas. Und Lebenthal sagte nichts.

Er handelte mit allem. Man konnte durch ihn Zigarettenstummel bekommen, eine Mohrrübe, manchmal Kartoffeln, Abfälle aus der Küche, einen Knochen und hier und da eine Scheibe Brot. Er betrog niemanden, er sorgte nur für Zirkulation. Der Gedanke, heimlich für sich allein zu sorgen, kam ihm nie. Der Handel hielt ihn am Leben; nicht das, womit er handelte.

509 kroch durch die Tür. Die schräge Sonne hinter ihm schien durch seine Ohren. Sie leuchteten einen Augenblick wächsern und gelb zu beiden Seiten des dunklen Kopfes. »Sie haben die Stadt bombardiert«, sagte er keuchend.

Niemand antwortete. 509 konnte noch nichts sehen; es war dunkel in der Baracke nach dem Licht draußen. Er schloß die Augen und öffnete sie wieder. »Sie haben die Stadt bombardiert«, sagte er. »Habt ihr es nicht gehört?« Keiner sagte auch diesmal etwas. 509 sah jetzt Ahasver neben der Tür. Er saß auf dem Boden und streichelte den Schäferhund. Der Schäferhund knurrte; er hatte Angst. Die verfilzten Haare hingen ihm über das vernarbte Gesicht, und dazwischen funkelten die erschreckten Augen. »Ein Gewitter«, murmelte Ahasver. »Nichts als ein Gewitter! Ruhig, Wolf – ruhig!« 509 kroch weiter in die Baracke hinein. Er begriff nicht, daß die andern so gleichgültig waren. »Wo ist Berger?« fragte er.

»Im Krematorium.«

Er legte den Mantel und die Jacke auf den Boden. »Will keiner von euch raus?«

Er sah Westhof und Bucher an. Sie erwiderten nichts.

»Du weißt doch, daß es verboten ist«, sagte Ahasver schließlich. »Solange Alarm ist.«

»Der Alarm ist vorbei.«

»Noch nicht.«

»Doch. Die Flieger sind fort. Sie haben die Stadt bombardiert.«

»Das hast du nun schon oft genug gesagt«, knurrte jemand aus dem Dunkel.

Ahasver blickte auf. »Vielleicht werden sie ein paar Dutzend von uns zur Strafe dafür erschießen.«

»Erschießen?« Westhof kicherte. »Seit wann erschießen sie hier?«

Der Schäferhund bellte. Ahasver hielt ihn fest. »In Holland erschossen sie nach einem Luftangriff gewöhnlich zehn, zwanzig politische Gefangene. Damit sie keine falschen Ideen bekämen, sagten sie.«

»Wir sind hier nicht in Holland.«

»Das weiß ich. Ich habe auch nur gesagt, daß in Holland erschossen wurde.«

»Erschießen!« Westhof schnaubte verächtlich. »Bist du ein Soldat, daß du solche Ansprüche stellst? Hier wird erhängt und erschlagen.«

»Sie könnten es zur Abwechslung tun.«

»Haltet eure verdammten Schnauzen«, rief der Mann von vorher aus dem Dunkel.

509 hockte sich neben Bucher und schloß die Augen. Er sah noch immer den Rauch über der brennenden Stadt und spürte den dumpfen Donner der Explosionen.

»Glaubt ihr, daß wir heute abend Essen kriegen?« fragte Ahasver.

»Verdammt!« antwortete die Stimme aus dem Dunkel. »Was willst du noch? Erst willst du erschossen werden, und dann fragst du nach Essen!«

»Ein Jude muß Hoffnung haben.«

»Hoffnung!« Westhof kicherte wieder.

»Was sonst?« fragte Ahasver ruhig.

Westhof verschluckte sich und begann plötzlich zu schluchzen. Er hatte seit Tagen Barackenkoller.

509 öffnete die Augen. »Vielleicht geben sie uns heute abend nichts zu essen«, sagte er. »Als Strafe für das Bombardement.«

»Du mit deinem verfluchten Bombardement«, schrie der Mann im Dunkeln. »Halt doch endlich deine Schnauze!«

»Hat einer noch irgend etwas zu essen?« fragte Ahasver.

»O Gott!« Der Rufer erstickte fast über diese neue Idiotie.

Ahasver achtete nicht darauf. »Im Lager von Theresienstadt hatte jemand einmal ein Stück Schokolade und wußte es nicht. Er hatte es versteckt, als er eingeliefert wurde, und hatte es vergessen. Milchschokolade aus einem Automaten mit einem Bild von Hindenburg.«

»Was noch?« krächzte die Stimme aus dem Hintergrund. »Ein Paß?«

»Nein. Aber wir haben von der Schokolade zwei Tage gelebt.«

»Wer schreit da so?« fragte 509 Bucher.

»Einer von denen, die gestern angekommen sind. Ein Neuer. Wird schon ruhig werden.«

Ahasver horchte plötzlich. »Es ist vorbei –«

»Was?«

»Draußen. Das war die Entwarnung. Das letzte Signal.«

Es wurde plötzlich sehr still. Dann hörte man Schritte. »Weg mit dem Schäferhund«, flüsterte Bucher.

Ahasver schob den Verrückten zwischen die Betten. »Kusch! Still!« Er hatte ihn so erzogen, daß er auf Kommandos hörte. Hätte die SS ihn gefunden, so wäre er als Verrückter sofort abgespritzt worden.

Bucher kam von der Tür zurück. »Es ist Berger.«

Doktor Ephraim Berger war ein kleiner Mann mit abfallenden Schultern und einem eiförmigen Kopf, der völlig kahl war. Seine Augen waren entzündet und tränten. »Die Stadt brennt«, sagte er, als er hereinkam.

509 richtete sich auf. »Was sagen sie drüben dazu?«

»Ich weiß es nicht.«

»Wieso? Du mußt doch etwas gehört haben.«

»Nein«, erwiderte Berger müde. »Sie haben aufgehört zu verbrennen, als der Alarm kam.«

»Warum?«

»Wie soll ich das wissen? Es wird befohlen, fertig.«

»Und die SS? Hast du von der etwas gesehen?«

»Nein.«

Berger ging durch die Bretterreihen nach hinten. 509 sah ihm nach. Er hatte auf Berger gewartet, um mit ihm zu sprechen, und nun schien er ebenso teilnahmslos wie alle andern. Er verstand es nicht. »Willst du nicht raus?« fragte er Bucher.

»Nein.«

Bucher war fünfundzwanzig Jahre alt und seit sieben Jahren im Lager. Sein Vater war Redakteur einer sozialdemokratischen Zeitung gewesen; das hatte genügt, den Sohn einzusperren. Wenn er hier wieder herauskommt, kann er noch vierzig Jahre leben, dachte 509. Ich dagegen bin fünfzig. Ich habe vielleicht noch zehn, höchstens zwanzig Jahre. Er zog ein Stück Holz aus der Tasche und begann daran zu kauen. Wozu denke ich plötzlich an so was? dachte er.

Berger kam zurück. »Lohmann will mit dir sprechen, 509.«

Lohmann lag im hinteren Teil der Baracke auf einem unteren Bett ohne Stroh. Er hatte das so gewollt. Er litt an schwerer Dysenterie und konnte nicht mehr aufstehen. Er glaubte, es sei so reinlicher. Es war nicht reinlicher. Aber alle waren es gewöhnt. Fast jeder hatte mehr oder minder Durchfall. Für Lohmann war es eine Tortur. Er lag im Sterben und entschuldigte sich bei jedem Krampf seiner Eingeweide. Sein Gesicht war so grau, daß er ein blutloser Neger hätte sein können. Er bewegte eine Hand, und 509 beugte sich über ihn. Die Augenbälle Lohmanns glänzten gelblich. »Siehst du das?« flüsterte er und öffnete seinen Mund weit.

»Was?« 509 sah auf den blauen Gaumen.

»Hinten rechts – da ist eine Goldkrone.«

Lohmann drehte den Kopf in die Richtung des schmalen Fensters. Die Sonne stand dahinter, und die Baracke hatte an dieser Seite jetzt ein schwaches, rosiges Licht. »Ja«, sagte 509. »Ich sehe sie.« Er sah sie nicht.

»Nehmt sie raus.«

»Was?«

»Nehmt sie raus!« flüsterte Lohmann ungeduldig.

509 sah zu Berger hinüber. Berger schüttelte den Kopf.

»Sie sitzt doch fest«, sagte 509.

»Dann zieht den Zahn raus. Er sitzt nicht sehr fest. Berger kann es. Er macht es im Krematorium doch auch. Zu zweit könnt ihr es leicht.«

»Warum willst du sie raushaben?«

Lohmanns Augenlider hoben und senkten sich langsam. Sie waren wie die einer Schildkröte. Sie hatten keine Wimpern mehr. »Das wißt ihr doch selbst. Gold. Ihr sollt Essen dafür kaufen. Lebenthal kann sie eintauschen.«

509 antwortete nicht. Eine Goldkrone zu tauschen war eine gefährliche Sache. Goldplomben wurden im allgemeinen bei der Einlieferung ins Lager registriert und später im Krematorium ausgezogen und gesammelt. Stellte die SS fest, daß eine fehlte, die in den Listen verzeichnet war, so wurde die ganze Baracke verantwortlich gemacht. Sie bekam kein Essen, bis die Plombe zurückgegeben war.

Der Mann, bei dem man sie fand, wurde gehängt.

»Zieht sie raus!« keuchte Lohmann. »Es ist leicht! Eine Zange! Oder ein Draht ist schon genug.«

»Wir haben keine Zange.«

»Ein Draht! Biegt einen Draht zurecht.«

»Wir haben auch keinen Draht.«

Lohmanns Augen fielen zu. Er war erschöpft. Die Lippen bewegten sich, aber es kamen keine Worte. Der Körper war bewegungslos und sehr flach, und nur das Gekräusel der dunklen, trockenen Lippen war noch da – ein winziger Strudel Leben, in dem die Stille schon bleiern floß. 509 richtete sich auf und blickte Berger an. Lohmann konnte ihre Gesichter nicht sehen; die Bretter der höheren Betten waren dazwischen. »Wie steht es mit ihm?«

»Zu spät für alles.«

509 nickte. Es war schon so oft so gewesen, daß er wenig mehr empfand. Die schräge Sonne fiel auf fünf Leute, die wie dürre Affen im obersten Bett hockten. »Kratzt er bald ab?« fragte einer, der seine Armhöhlen rieb und gähnte.

»Warum?«

»Wir kriegen sein Bett. Kaiser und ich.«

»Du wirst es schon kriegen.«

509 schaute einen Augenblick in das schwebende Licht, das gar nicht zu dem stinkenden Raum zu gehören schien. Die Haut des Mannes, der gefragt hatte, sah darin aus wie die eines Leoparden; sie war übersät mit schwarzen Flecken. Der Mann begann faules Stroh zu essen. Ein paar Betten weiter zankten sich zwei Leute mit hohen, dünnen Stimmen. Man hörte kraftlose Schläge.

509 fühlte ein leichtes Zerren an seinem Bein; Lohmann zupfte an seiner Hose. Er beugte sich wieder herunter.

»Rausziehen!« flüsterte Lohmann.

509 setzte sich auf den Bettrand. »Wir können nichts dafür tauschen. Es ist gefährlich. Keiner wird es riskieren.«

Lohmanns Mund zitterte. »Sie sollen ihn nicht haben«, stieß er mit Mühe hervor. »Die nicht! Fünfundvierzig Mark habe ich bezahlt. 1929. Die nicht! Zieht ihn raus!«

Er krümmte sich plötzlich und stöhnte. Die Haut seines Gesichts verzog sich nur an den Augen und an den Lippen – sonst waren keine Muskeln mehr da, um Schmerz anzuzeigen.

Nach einer Weile streckte er sich aus. Ein kläglicher Laut kam mit der ausgepreßten Luft aus seiner Brust. »Kümmere dich nicht darum«, sagte Berger zu ihm. »Wir haben noch etwas Wasser. Es tut nichts. Wir machen es weg.« Lohmann lag einige Zeit still. »Versprecht mir, daß ihr ihn rausnehmt – bevor sie mich abholen«, flüsterte er dann. »Wenn ich abgeschrammt bin. Dann könnt ihr es doch.«

»Gut«, sagte 509. »Ist er nicht eingetragen worden, als du ankamst?«

»Nein. Versprecht es! Bestimmt!«

»Bestimmt.«

Lohmanns Augen verschleierten sich und wurden ruhig. »Was war das – vorhin – draußen?«

»Bomben«, sagte Berger. »Man hat die Stadt bombardiert. Zum erstenmal. Amerikanische Flieger.«

»Oh –«

»Ja«, sagte Berger leise und hart. »Es kommt näher! Du wirst gerächt werden, Lohmann.«

509 blickte rasch auf. Berger stand noch, und er konnte sein Gesicht nicht sehen. Er sah nur seine Hände. Sie öffneten und schlossen sich, als würgten sie eine unsichtbare Kehle und ließen sie los und würgten sie wieder.

Lohmann lag still. Er hatte die Augen wieder geschlossen und atmete kaum. 509 wußte nicht, ob er noch verstanden hatte, was Berger gesagt hatte.

Er stand auf. »Ist er tot?« fragte der Mann auf dem oberen Bett. Er kratzte sich noch immer. Die anderen vier hockten neben ihm wie Automaten. Ihre Augen waren leer.

»Nein.«

509 wandte sich zu Berger. »Weshalb hast du es ihm gesagt?«

»Weshalb?« Bergers Gesicht zuckte. »Deshalb! Verstehst du das nicht?«

Das Licht hüllte seinen eiförmigen Kopf in eine rosa Wolke. In der verpesteten dicken Luft sah es aus, als dampfe er. Die Augen glitzerten. Sie waren voll Wasser, doch das waren sie meistens; sie waren chronisch entzündet. 509 konnte sich denken, warum Berger es gesagt hatte. Aber was war es schon für ein Trost für einen Sterbenden, das noch zu wissen? Es konnte es ebensogut noch schwerer für ihn machen. Er sah, wie eine

Fliege sich auf das schieferfarbene Auge eines der Automaten setzte. Der Mann blinkte nicht mit den Lidern. Vielleicht war es doch ein Trost, dachte 509. Vielleicht war es sogar der einzige Trost für einen untergehenden Mann.

Berger drehte sich um und schob sich durch den schmalen Gang zurück. Er mußte über die Leute steigen, die am Boden lagen. Es sah aus, als wate ein Marabu durch einen Sumpf. 509 folgte ihm. »Berger!« flüsterte er, als sie aus dem Gang heraus waren.

Berger blieb stehen. 509 war plötzlich atemlos. »Glaubst du es wirklich?«

»Was?«

509 konnte sich nicht entschließen, es zu wiederholen. Ihm war, als flöge es dann weg. »Das, was du zu Lohmann gesagt hast.«

Berger sah ihn an. »Nein«, sagte er.

»Nein?«

»Nein. Ich glaube es nicht.«

»Aber –« 509 lehnte sich gegen das nächste Brettergestell. »Wozu hast du es dann gesagt?«

»Ich habe es für Lohmann gesagt. Aber ich glaube es nicht. Keiner wird gerächt werden, keiner – keiner – keiner –«

»Und die Stadt? Die Stadt brennt doch!«

»Die Stadt brennt. Viele Städte haben schon gebrannt. Das heißt nichts, nichts –«

»Doch! Es muß –«

»Nichts! Nichts!« flüsterte Berger heftig, mit einer Verzweiflung wie jemand, der sich eine phantastische Hoffnung gemacht und sie gleich wieder begraben hat. Der bleiche Schädel pendelte, und das Wasser lief aus den roten Augenhöhlen. »Eine kleine Stadt brennt. Was hat das mit uns zu tun? Nichts! Nichts wird sich ändern. Nichts!«

»Erschießen werden sie welche«, sagte Ahasver vom Boden her.

»Schnauze!« schrie die Stimme von früher aus dem Dunkel. »Haltet doch endlich eure gottverdammten Schnauzen!«

509 hockte auf seinem Platz an der Wand. Über seinem Kopf befand sich eines der wenigen Fenster der Baracke. Es war schmal und hoch angebracht und hatte um diese Zeit etwas Sonne. Das Licht kam dann bis zur dritten Reihe der Bettbretter; von dort an lag der Raum in ständigem Dunkel. Die Baracke war erst vor einem Jahr errichtet worden. 509 hatte sie aufstellen helfen; er hatte damals noch zum Arbeitslager gehört. Es war eine alte Holzbaracke aus einem aufgelösten Konzentrationslager in Polen. Vier davon waren eines Tages, auseinandergenommen, auf dem Bahnhof der Stadt angekommen, auf Lastwagen zum Lager geschafft und dort aufgebaut worden. Sie hatten nach Wanzen, Angst, Schmutz und Tod gestunken. Aus ihnen war das Kleine Lager entstanden. Der nächste Transport arbeitsunfähiger, sterbender Häftlinge aus dem Osten war hineingepfercht und sich selbst überlassen worden. Es hatte nur ein paar Tage gedauert, bis er hinausgeschaufelt werden konnte. Man hatte dann weiter Kranke, Zusammengebrochene, Krüppel und Arbeitsunfähige hineingesteckt, und es war zu einer dauernden Einrichtung geworden.

Die Sonne warf ein verschobenes Viereck von Licht auf die Wand rechts vom Fenster. Verblaßte Inschriften und Namen wurden darin sichtbar. Es waren Inschriften und Namen von früheren Insassen der Baracke in Polen und Ostdeutschland. Sie waren mit Bleistift auf das Holz gekritzelt oder mit Drahtstücken und Nägeln hineingeritzt worden.

509 kannte eine Anzahl davon. Er wußte, daß die Spitze des Vierecks jetzt gerade einen Namen aus dem Dunkel hob, der mit tiefen Strichen eingerahmt war – Chaim Wolf, 1941. Chaim Wolf hatte ihn wahrscheinlich hineingeschrieben, als er wußte, daß er sterben mußte, und die Striche darumgezogen, damit niemand von seiner Familie hinzukommen sollte. Er hatte es endgültig machen wollen, so daß er allein es war und bleiben würde. Chaim Wolf, 1941, die Striche eng und hart darum, so daß kein anderer Name hineinzuschreiben war – eine letzte Beschwörung des Schicksals, von einem Vater, der hoffte, daß seine Söhne gerettet werden würden. Aber darun-

ter, unter den Strichen, dicht, als wollten sie sich daran klammern, standen zwei andere Namen: Ruben Wolf und Moische Wolf. Der erste steil, ungelenk, eine Schülerschrift; der zweite schräg und glatt, ergeben und ohne Kraft. Eine andere Hand hatte daneben geschrieben: alle vergast.

Schräg darunter, über einem Astknoten an der Wand, war mit einem Nagel eingeritzt: Jos. Meyer, und dazu: Lt.d.R. EK 1 & 2. Es hieß: Joseph Meyer, Leutnant der Reserve, Inhaber des Eisernen Kreuzes erster und zweiter Klasse. Meyer hatte das scheinbar nicht vergessen können. Es muß noch seine letzten Tage vergiftet haben. Er war im Ersten Weltkrieg an der Front gewesen; er war Offizier geworden und hatte die Auszeichnungen bekommen; er hatte, weil er Jude war, dafür doppelt soviel leisten müssen als jeder andere. Dann hatte man ihn später, ebenfalls weil er Jude war, eingesperrt und wie Ungeziefer vernichtet. Er war zweifellos überzeugt davon gewesen, daß das Unrecht für ihn wegen seiner Leistungen im Kriege größer gewesen sei als für andere. Er hatte sich geirrt. Er war nur schwerer gestorben. Das Unrecht lag nicht in den Buchstaben, die er seinem Namen hinzugefügt hatte. Sie waren nur eine schäbige Ironie.

Das Sonnenviereck glitt langsam weiter. Chaim, Ruben und Moische Wolf, die es nur mit der Spitze gestreift hatte, verschwanden wieder im Dunkel. Dafür rückten zwei neue Inschriften ins Licht. Die eine bestand nur aus zwei Buchstaben: F. M. Der, der sie mit dem Nagel eingekratzt hatte, hatte nicht mehr soviel auf sich gegeben wie der Leutnant Meyer. Schon sein Name war ihm fast gleichgültig gewesen; trotzdem hatte er nicht ohne ein Zeichen untergehen wollen. Darunter aber erschien wieder ein voller Name. Mit Bleistift hingeschrieben stand da: Tevje Leibesch und die Seinen. Und daneben, flüchtiger, der Anfang des jüdischen Kaddischgebetes: Jis gadal. –

509 wußte, daß das Licht in einigen Minuten eine andere verwischte Schrift erreichen würde: »Schreibt Leah Sand – New York –« Die Straße war nicht mehr zu lesen, dann kam:

»Vat –« und nach einem Stück verfaulten Holzes: »tot. Sucht Leo.« Leo schien entkommen zu sein; doch die Inschrift war umsonst gemacht worden. Keiner der vielen Insassen der Baracke hatte jemals Leah Sand in New York benachrichtigen können. Niemand war lebend herausgekommen.

509 starrte abwesend auf die Wand. Der Pole Silber hatte sie, als er noch mit blutenden Därmen in der Baracke lag, die Klagemauer genannt. Er hatte auch die meisten Namen auswendig gekannt und im Anfang sogar gewettet, welcher zuerst von dem Sonnenfleck getroffen werden würde. Silber war bald darauf gestorben; die Namen aber waren weiter an hellen Tagen für einige Minuten zu einem geisterhaften Leben erwacht und dann wieder im Dunkel versunken. Im Sommer, wenn die Sonne höher stand, waren andere, die tiefer unten eingekratzt waren, sichtbar geworden, und im Winter rückte das Viereck höher hinauf. Doch es gab noch viele mehr, russische, polnische, jiddische, die für immer unsichtbar blieben, weil das Licht nie bis zu ihnen kam. Die Baracke war so schnell aufgerichtet worden, daß die SS sich nicht darum gekümmert hatte, die Wände abhobeln zu lassen. Die Insassen kümmerten sich noch weniger darum, besonders nicht um die Inschriften an den dunklen Teilen der Wände. Niemand versuchte auch nur, sie zu entziffern. Wer wollte auch schon so töricht sein, ein kostbares Streichholz zu opfern, um noch mehr zu verzweifeln. –

509 wandte sich ab; er wollte das jetzt nicht sehen. Er fühlte sich plötzlich auf eine sonderbare Weise allein; als wären die anderen ihm durch etwas Unbekanntes entfremdet worden und sie verständen sich nicht mehr. Eine Weile zögerte er noch; dann konnte er es nicht mehr aushalten. Er tastete sich zur Tür und kroch wieder hinaus. Er trug jetzt nur seine eigenen Lumpen und fror sofort. Draußen richtete er sich auf, lehnte sich gegen die Wand der Baracke und blickte auf die Stadt. Er wußte nicht genau, warum, aber er wollte nicht wieder wie vorher auf allen vieren hocken; er wollte stehen. Die Posten auf den Wachttürmen des Kleinen Lagers waren noch nicht zurück. Die

Aufsicht an dieser Seite war nie sehr streng; wer kaum gehen konnte, entfloh nicht mehr. 509 stand an der rechten Ecke der Baracke. Das Lager verlief in einer Kurve, die dem Höhenzuge folgte, und er konnte von hier nicht nur die Stadt, sondern auch die Kasernen der SS-Mannschaften sehen. Sie lagen außerhalb des Stacheldrahtes hinter einer Reihe von Bäumen, die noch kahl waren. Eine Anzahl von SS-Leuten lief vor ihnen hin und her. Andere standen in aufgeregten Gruppen zusammen und blickten zur Stadt hinunter. Ein großes, graues Automobil kam rasch den Berg herauf. Es hielt vor der Wohnung des Kommandanten, die ein Stück abseits von den Kasernen lag. Neubauer stand bereits draußen; er stieg sofort ein, und der Wagen jagte los. 509 wußte von seiner Zeit im Arbeitslager, daß der Kommandant ein Haus in der Stadt besaß, in dem seine Familie wohnte. Aufmerksam blickte er dem Wagen nach. Dabei überhörte er, daß jemand leise den Mittelweg zwischen den Barakken entlangkam. Es war der Blockälteste von Baracke 22, Handke, ein untersetzter Mann, der immer auf Gummisohlen herumschlich. Er trug den grünen Winkel der Kriminellen. Meistens war er harmlos, aber wenn er seinen Koller kriegte, hatte er schon öfter Leute zu Krüppeln geschlagen.

Er schlenderte heran. 509 hätte noch versuchen können, sich wegzudrücken, als er ihn sah – Zeichen von Angst befriedigten gewöhnlich Handkes einfache Überlegenheitsgelüste –, aber er tat es nicht. Er blieb stehen.

»Was machst du hier?«

»Nichts.«

»So, nichts.« Handke spuckte 509 vor die Füße. »Du Mistkäfer! Träumst dir wohl was, wie?« Seine flächsernen Brauen hoben sich. »Bilde dir bloß nichts ein! Ihr kommt hier nicht heraus! Euch politische Hunde jagen sie vorher alle erst noch durch den Schornstein.«

Er spuckte wieder aus und ging zurück. 509 hatte den Atem angehalten. Ein dunkler Vorhang wehte eine Sekunde hinter seiner Stirn. Handke konnte ihn nicht leiden, und 509 ging ihm gewöhnlich aus dem Wege. Diesmal war er stehengeblieben. Er beobachtete ihn, bis er hinter der Latrine verschwunden war. Die Drohung schreckte ihn nicht; Drohungen waren alltäglich im Lager. Er dachte nur an das, was dahintersteckte. Handke hatte also auch etwas gespürt. Er hätte es sonst nicht gesagt. Vielleicht hatte er es sogar drüben bei der SS gehört. 509 atmete tief. Er war also doch kein Narr.

Er blickte wieder auf die Stadt. Der Rauch lag jetzt dicht über den Dächern. Das Läuten der Feuerwehr klang dünn herauf. Aus der Richtung des Bahnhofs kam unregelmäßiges Knattern, als explodiere dort Munition. Der Wagen des Lagerkommandanten nahm unten am Berg eine Kurve so schnell, daß er rutschte. 509 sah es, und plötzlich verzog sich sein Gesicht. Es verzerrte sich zu einem Lachen. Er lachte, lachte, lautlos, krampfhaft, er wußte nicht, wann er zum letztenmal gelacht hatte, er konnte nicht aufhören, und es war keine Fröhlichkeit darin, er lachte und sah sich vorsichtig um und hob eine kraftlose Faust und ballte sie und lachte, bis ein schwerer Husten ihn niederwarf.

3 Der Mercedes schoß ins Tal hinunter. Obersturmbannführer Neubauer saß neben dem Chauffeur. Er war ein schwerer Mann mit dem schwammigen Gesicht des Biertrinkers. Die weißen Handschuhe an seinen breiten Händen leuchteten in der Sonne. Er bemerkte es und zog sie aus. Selma, dachte er, Freya! Das Haus! Niemand hatte am Telefon geantwortet. »Los!« sagte er. »Los, Alfred! Fahr zu!«

In der Vorstadt spürten sie den Brandgeruch. Er wurde beißender und dichter, je weiter sie kamen. Am Neuen Markt sahen sie den ersten Bombenkrater. Die Sparkasse war zusammengestürzt und brannte. Feuerwehr war ausgefahren und versuchte die Nachbarhäuser zu retten; aber die Wasserstrahlen schienen viel zu dünn zu sein, um Wirkung haben zu können. Der Krater auf dem Platz stank nach Schwefel und Säuren, Neubauers Magen krampfte sich zusammen. »Fahr durch die

Hakenstraße, Alfred«, sagte er. »Hier kommen wir nicht weiter.«

Der Chauffeur wendete. Der Wagen fuhr in weitem Bogen durch die südliche Stadt. Häuser mit kleinen Gärten lagen hier friedlich in der Sonne. Der Wind stand nördlich, und die Luft war klar. Dann, als sie den Fluß kreuzten, kam der Brandgeruch wieder und wurde stärker, bis er in den Straßen lag wie schwerer Nebel im Herbst.

Neubauer zerrte an seinem Schnurrbart, der kurz gestutzt war wie der des Führers. Früher hatte er ihn hochgezwirbelt getragen wie Wilhelm II. Dieser Krampf im Magen! Selma! Freya! Das schöne Haus! Der ganze Bauch, die Brust, alles war Magen.

Sie mußten noch zweimal einen Umweg machen. Einmal war ein Möbelgeschäft getroffen worden. Die Vorderseite des Hauses war weggerissen; ein Teil der Möbel stand noch in den Etagen, der Rest lag über die Straße verstreut auf dem Schutt und brannte. Das zweite Mal war es ein Friseurladen, vor dem herausgeschleuderte Wachsbüsten zu Fratzen zerschmolzen.

Endlich bog der Wagen in die Liebigstraße ein. Neubauer lehnte sich hinaus. Da war sein Haus! Der Vorgarten! Da waren der Terrakottazwerg und der Dachshund aus rotem Porzellan auf dem Rasen. Unbeschädigt! Alle Fenster heil! Der Krampf im Magen löste sich. Er stieg die Stufen empor und öffnete die Tür. Glück gehabt, dachte er. Verdammtes Schwein gehabt! Gehörte sich auch so! Warum sollte gerade ihm etwas passieren?

Er hing seine Kappe an den Huthaken aus Hirschgeweihen und ging in das Wohnzimmer. »Selma! Freya! Wo seid ihr?« Niemand antwortete. Neubauer stampfte zum Fenster und riß es auf. Im Garten hinter dem Haus arbeiteten zwei russische Gefangene. Sie sahen kurz auf und gruben eifrig weiter.

»Heda! Bolschewiken!«

Einer der Russen hörte auf zu arbeiten. »Wo ist meine Familie?« schrie Neubauer.

Der Mann erwiderte etwas auf russisch.

»Laß deine Schweinesprache, Idiot! Du verstehst Deutsch! Oder soll ich herauskommen und es dir beibringen?«

Der Russe starrte ihn an. »Ihre Frau ist im Keller«, sagte jemand hinter Neubauer.

Er drehte sich um. Es war das Dienstmädchen. »Im Keller? So, natürlich. Und wo waren Sie?«

»Draußen, einen Augenblick nur!« Das Mädchen stand in der Tür, das Gesicht gerötet, mit glänzenden Augen, als käme es von einer Hochzeit. »Hundert Tote schon, sagen sie«, plapperte es los. »Am Bahnhof, und dann im Kupferwerk, und in der Kirche –«

»Ruhe!« unterbrach Neubauer sie. »Wer hat das gesagt?«

»Draußen, die Leute –«

»Wer?« Neubauer trat einen Schritt vor. »Staatsfeindliche Reden! Wer hat das gesagt?«

Das Mädchen wich zurück. »Draußen – ich nicht – jemand – alle –«

»Verräter! Lumpen!« Neubauer tobte. Er konnte die aufgespeicherte Spannung endlich auslassen. »Bande! Schweine! Meckerer! Und Sie? Was haben Sie draußen zu tun?«

»Ich – nichts –«

»Weggerannt vom Dienst, was? Weitertratschen von Lügen und Greuelnachrichten! Wir werden das schon noch herausfinden! Durchgegriffen muß hier werden! Verdammt scharf durchgegriffen! Marsch, in die Küche!« Das Mädchen lief hinaus. Neubauer schnaufte und schloß das Fenster. Nichts passiert, dachte er. Im Keller sind sie, natürlich. Hätte ich mir gleich denken können.

Er holte eine Zigarre hervor und zündete sie an. Dann zog er seinen Rock glatt, wölbte die Brust, sah in den Spiegel und ging hinunter.

Seine Frau und seine Tochter saßen dicht nebeneinander auf einer Chaiselongue, die an der Wand stand. Über ihnen hing in breitem Goldrahmen ein mehrfarbiges Bild des Führers.

Der Keller war 1940 als Luftschutzkeller hergerichtet worden. Neubauer hatte ihn damals nur aus Repräsentationsgründen bauen lassen; es gehörte zum Patriotismus, in diesen Dingen mit gutem Beispiel voranzugehen. Niemand hatte je im Ernst daran gedacht, daß Deutschland bombardiert werden könne. Die Erklärung Görings, man möge ihn fortan Meier nennen, wenn feindliche Flugzeuge so etwas im Angesicht der Luftwaffe fertigbrächten, war jedem ehrlichen Deutschen genug gewesen. Leider war es anders gekommen. Ein typisches Beispiel für die Heimtücke der Plutokraten und Juden: sich schwächer zu stellen, als sie waren.

»Bruno!« Selma Neubauer erhob sich und begann zu schluchzen.

Sie war blond und fett und trug einen Morgenrock aus lachsfarbener französischer Seide mit Spitzen. Neubauer hatte ihn ihr 1941 von einem Urlaub aus Paris mitgebracht. Ihre Backen zitterten, und ihr zu kleiner Mund kaute an Worten.

»Es ist vorbei, Selma. Beruhige dich.«

»Vorbei –« sie kaute weiter, als wären die Worte zu große Königsberger Klopse. »Für wie – wie lange?«

»Für immer. Sie sind weg. Der Angriff ist abgeschlagen. Sie kommen nicht wieder.«

Selma Neubauer hielt ihren Morgenrock über der Brust fest. »Wer sagt das, Bruno? Woher weißt du das?«

»Wir haben mindestens die Hälfte abgeschossen. Die werden sich hüten, wiederzukommen.«

»Woher weißt du das?«

»Ich weiß es. Sie haben uns diesmal überrascht. Das nächste Mal werden wir ganz anders auf dem Posten sein.« Die Frau hörte auf zu kauen. »Das ist alles?« fragte sie. »Das ist alles, was du uns sagen kannst?«

Neubauer wußte, daß es nichts war. »Ist es nicht genug?« fragte er deshalb barsch zurück.

Seine Frau starrte ihn an. Ihre Augen waren wäßrig und hellblau. »Nein!« kreischte sie plötzlich. »Das ist nicht genug! Das ist nichts als Quatsch! Es heißt gar nichts! Was haben wir nicht alles schon gehört? Erst erzählt man uns, wir wären so stark, daß nie ein feindlicher Flieger nach Deutschland hereinkäme, und auf einmal kommen sie doch. Dann heißt es, sie kämen nicht wieder, wir schössen sie von nun an alle an den Grenzen ab, und statt dessen kommen zehnmal so viele zurück, und der Alarm geht andauernd. Und jetzt haben sie uns schließlich hier auch erwischt, und da kommst du großartig und sagst, sie würden nicht wiederkommen, wir würden sie schon kriegen! Und das soll ein vernünftiger Mensch glauben?«

»Selma!« Neubauer warf unwillkürlich einen Blick auf das Bild des Führers. Dann sprang er zur Tür und warf sie zu. »Verdammt! Nimm dich zusammen!« zischte er. »Willst du uns alle ins Unglück bringen? Bist du verrückt geworden, so zu schreien?«

Er stand dicht vor ihr. Über ihren dicken Schultern blickte der Führer weiter kühn in die Landschaft von Berchtesgaden. Neubauer hatte einen Augenblick fast geglaubt, er hätte alles mit angehört.

Selma sah den Führer nicht. »Verrückt?« kreischte sie. »Wer ist verrückt? Ich nicht. Wir hatten ein wunderbares Leben vor dem Kriege – und jetzt? Jetzt? Ich möchte wissen, wer da verrückt ist?«

Neubauer ergriff mit beiden Händen ihre Arme und schüttelte sie so, daß ihr Kopf hin und her flog und sie nicht mehr schreien konnte. Ihr Haar löste sich, ein paar Kämme fielen heraus, sie verschluckte sich und hustete. Er ließ sie frei. Sie fiel wie ein Sack auf die Chaiselongue. »Was ist mit ihr los?« fragte er seine Tochter.

»Nichts weiter. Mutter ist sehr aufgeregt.«

»Warum? Es ist doch nichts passiert.«

»Nichts passiert?« begann die Frau wieder. »Dir natürlich nicht, da oben! Aber wir hier allein –«

»Ruhig! Verdammt! Nicht so laut! Habe ich dafür fünfzehn Jahre geschuftet, damit du mit deinem Geschrei alles auf einen Schlag wieder vernichtest? Meinst du, es warten nicht schon genug darauf, meinen Posten zu schnappen?«

»Es war das erste Bombardement, Vater«, sagte Freya Neubauer ruhig. »Bisher haben wir doch nur Alarme gehabt. Mutter wird sich schon daran gewöhnen.«

»Das erste? Natürlich das erste! Wir sollten froh sein, daß bisher noch nichts passiert ist, anstatt Unsinn zu schreien.«

»Mutter ist nervös. Sie wird sich schon daran gewöhnen.«

»Nervös!« Neubauer war irritiert durch die Ruhe seiner Tochter. »Wer ist nicht nervös? Meinst du, ich bin nicht nervös? Man muß sich beherrschen können. Was würde sonst passieren?«

»Dasselbe!« Seine Frau lachte. Sie lag auf der Chaiselongue, die plumpen Beine gespreizt. Ihre Füße steckten in rosa Seidenschuhen. Sie hielt Rosa und Seide für elegant. »Nervös! Gewöhnen! Du kannst gut reden!«

»Ich? Wieso?«

»Dir passiert nichts.«

»Was?«

»Dir passiert nichts. Aber wir sitzen hier in der Falle.«

»Das ist ja blühender Unsinn! Einer ist wie der andere. Wieso kann mir denn nichts passieren?«

»Du bist sicher, da oben in deinem Lager!«

»Was?« Neubauer warf seine Zigarre zu Boden und trampelte darauf. »Wir haben nicht solche Keller wie ihr hier.« Es war gelogen.

»Weil ihr keine braucht. Ihr seid außerhalb der Stadt.«

»Als ob das was ausmacht! Wo eine Bombe hinfällt, da fällt sie hin.«

»Das Lager wird nicht bombardiert werden.«

»So? Das ist ja ganz neu. Woher weißt du denn das? Haben die Amerikaner eine Nachricht darüber abgeworfen? Oder dir speziell per Rundfunk Bescheid gesagt?«

Neubauer sah auf seine Tochter. Er erwartete Beifall für diesen Witz. Aber Freya zupfte an den Fransen einer Plüschdecke, die über den Tisch neben der Chaiselongue gebreitet war. Dafür antwortete seine Frau. »Sie werden ihre eigenen Leute nicht bombardieren.«

»Quatsch! Wir haben gar keine Amerikaner da. Auch keine Engländer. Nur Russen, Polen, Balkangesindel und deutsche Vaterlandsfeinde, Juden, Verräter und Verbrecher.«

»Sie werden keine Russen und Polen und Juden bombardieren«, erklärte Selma mit stumpfem Eigensinn.

Neubauer drehte sich scharf um. »Du weißt ja eine ganze Menge«, sagte er leise und sehr wütend. »Aber jetzt will ich dir einmal etwas sagen. Die wissen überhaupt nicht, was für ein Lager da oben ist, verstanden? Sie sehen nur Baracken. Sie können sie glatt für Militärbaracken halten. Sie sehen Kasernen. Das sind unsere SS-Kasernen. Sie sehen die Gebäude, in denen die Leute arbeiten. Das sind für sie Fabriken und Ziele. Da oben ist es hundertmal gefährlicher als hier. Deshalb wollte ich nicht, daß ihr da wohnt. Hier unten sind keine Kasernen und keine Fabriken in der Nähe. Begreifst du das endlich?«

»Nein.«

Neubauer starrte seine Frau an. Selma war noch nie so gewesen. Er wußte nicht, was in sie gefahren war. Das bißchen Angst allein konnte es nicht sein. Er fühlte sich plötzlich von seiner Familie verlassen; gerade wenn sie hätten zusammenstehen sollen. Ärgerlich blickte er wieder zu seiner Tochter hinüber. »Und du?« sagte er. »Was meinst du dazu? Warum tust du den Mund nicht auf?«

Freya Neubauer stand auf. Sie war zwanzig Jahre alt, dünn, hatte ein gelbliches Gesicht, eine hervorspringende Stirn und glich weder Selma noch ihrem Vater. »Ich glaube, Mutter hat sich jetzt beruhigt«, sagte sie.

»Was? Wieso?«

»Ich glaube, sie hat sich beruhigt.«

Neubauer schwieg eine Weile. Er wartete darauf, daß seine Frau etwas sagen sollte. »Na schön«, erklärte er schließlich.

»Könnten wir raufgehen?« fragte Freya.

Neubauer warf einen mißtrauischen Blick auf Selma. Er traute ihr noch nicht. Er mußte ihr klarmachen, daß sie auf keinen Fall mit irgend jemand reden durfte. Auch nicht mit dem Dienstmädchen. Vor allem nicht mit dem Mädchen. Seine

Tochter kam ihm zuvor. »Oben wird es besser sein, Vater. Mehr Luft.«

Er stand immer noch unschlüssig. Wie ein Mehlsack liegt sie da, dachte er. Warum sagt sie nicht endlich etwas Vernünftiges? »Ich muß zum Rathaus rüber. Um sechs. Dietz hat angerufen, Sachlage soll besprochen werden.«

»Es wird nichts passieren, Vater. Alles ist in Ordnung. Wir müssen das Abendessen auch noch fertig machen.«

»Also gut.« Neubauer hatte sich entschlossen. Seine Tochter wenigstens hatte den Kopf oben behalten. Er konnte sich auf sie verlassen. Sein Fleisch und Blut. Er näherte sich seiner Frau. »Also gut. Wollen das hier vergessen, Selma, wie? Kann ja mal vorkommen. Spielt schließlich keine Rolle.« Er sah lächelnd, mit kalten Augen, auf sie hinunter. »Was?« wiederholte er.

Sie antwortete nicht.

Er umfaßte ihre fetten Schultern und tätschelte sie. »Na, dann geht jetzt mal und macht das Abendbrot fertig. Und kocht was Gutes nach dem Schreck, was?«

Sie nickte gleichgültig.

»So ist es recht.« Neubauer sah, daß es wirklich vorbei war. Seine Tochter hatte recht gehabt. Selma würde keinen Unsinn mehr reden. »Kocht was recht Gutes, Kinder. Schließlich, Selmachen, ich tue es doch euch zuliebe, daß ihr das schöne Haus mit dem sicheren Keller hier habt, anstatt in der Nähe der drekkigen Gaunerbande da oben zu leben. Und ich schlafe doch auch jede Woche ein paar Nächte hier unten. Geht alles in einen Topf. Wir müssen zusammenhalten. Also, macht was Leckeres zum Abendbrot. Ich verlasse mich da auf euch. Und holt auch eine Pulle von dem französischen Sekt rauf, verstanden? Wir haben ja noch genug davon, wie?«

»Ja«, erwiderte seine Frau. »Davon haben wir noch genug.«

»Nun noch eins«, erklärte Gruppenführer Dietz schneidig. »Es ist mir zu Ohren gekommen, daß einige Herren die Absicht geäußert haben, ihre Familien aufs Land zu schicken. Ist irgend etwas daran?«

Niemand antwortete.

»Ich kann das nicht zulassen. Wir Offiziere der SS müssen vorbildlich sein. Wenn wir unsere Familien aus der Stadt fortschicken, bevor ein allgemeiner Befehl zum Räumen erteilt wird, so kann das falsch aufgefaßt werden. Meckerer und Miesmacher würden sich dessen sofort bemächtigen. Ich erwarte deshalb, daß nichts dergleichen getan wird ohne mein Wissen.«

Er stand schlank und groß in seiner elegant geschnittenen Uniform vor der Gruppe und sah sie an. Jeder einzelne in der Gruppe blickte entschlossen und unschuldig drein. Fast alle hatten daran gedacht, ihre Familien fortzuschicken; aber keiner verriet es mit einem Blick. Jeder dachte das gleiche: Dietz hatte leicht reden. Er besaß keine Familie in der Stadt. Er kam aus Sachsen und hatte nur den Ehrgeiz, auszusehen wie ein preußischer Gardeoffizier. Das war einfach. Was einen nicht berührte, konnte man immer mit großem Mut durchführen.

»Das ist alles, meine Herren«, sagte Dietz. »Erinnern Sie sich noch einmal: Unsere neuesten geheimen Waffen sind bereits in Massenproduktion. Die V-1-Bomben sind nichts dagegen, so wirksam sie auch sind. London liegt in Asche. England wird ständig beschossen. Wir halten die Haupthäfen Frankreichs besetzt. Die Invasionsarmee hat die größten Schwierigkeiten mit dem Nachschub. Der Gegenstoß wird die Feinde ins Meer fegen. Er ist in unmittelbarer Vorbereitung. Wir haben gewaltige Reserven angehäuft. Und unsere neuen Waffen – ich darf nichts weiter darüber sagen –, aber ich habe es von höchster Stelle: Der Sieg ist unser in drei Monaten. Die müssen wir noch durchhalten.« Er streckte den Arm aus. »An die Arbeit! Heil Hitler!«

»Heil Hitler!« donnerte die Gruppe.

Neubauer verließ das Rathaus. Von Rußland hat er nichts gesagt, dachte er. Vom Rhein auch nicht. Vom durchbrochenen Westwall schon gar nichts. Durchhalten – das ist leicht für ihn. Er besitzt nichts. Er ist ein Fanatiker. Er hat kein Geschäftshaus in der Nähe des Bahnhofs wie ich. Er ist nicht beteiligt an der

Mellener Zeitung. Er hat nicht einmal Grund und Boden. Ich habe das alles. Wenn es in die Luft fliegt – wer gibt mir was dafür?

Plötzlich waren Menschen auf der Straße. Der Platz vor dem Rathaus war gedrängt voll. Auf der Freitreppe wurde ein Mikrophon montiert. Dietz sollte reden. Von der Fassade starrten die steinernen Gesichter Karls des Großen und Heinrichs des Löwen unbewegt lächelnd herunter. Neubauer stieg in den Mercedes. »Zur Hermann-Göring-Straße, Alfred.« Das Geschäftshaus Neubauers lag an der Ecke der Hermann-Göring-Straße und der Friedrichsallee. Es war ein großer Bau mit einem Modegeschäft im unteren Stock. Die beiden oberen Stockwerke bestanden aus Büros.

Neubauer ließ halten und ging um das Haus herum. Zwei Schaufensterscheiben waren gesprungen; sonst war nichts beschädigt. Er blickte zu den Büros hinauf. Sie lagen im Nebel des Qualms vom Bahnhof; aber nichts brannte. Ein paar Scheiben konnten auch da geplatzt sein; doch das war alles.

Er stand eine Weile. Zweihunderttausend Mark, dachte er. Das war es mindestens wert, wenn nicht mehr. Er hatte fünftausend dafür bezahlt. Es hatte 1933 dem Juden Josef Blank gehört. Der hatte hunderttausend verlangt und gezetert, er verliere genug daran und wolle es nicht billiger geben. Nach vierzehn Tagen im Konzentrationslager hatte er es für fünftausend Mark verkauft. Ich bin anständig gewesen, dachte Neubauer. Ich hätte es umsonst haben können. Blank hätte es mir geschenkt, nachdem die SS ihren Spaß mit ihm gehabt hatte. Ich habe ihm fünftausend Mark gegeben. Gutes Geld. Natürlich nicht sofort; damals hatte ich noch nicht so viel. Aber ich habe es bezahlt, nachdem die ersten Mieten einkamen. Blank war auch damit einverstanden gewesen. Ein legaler Verkauf. Freiwillig. Notariell beglaubigt. Daß Josef Blank unglücklich im Lager gefallen war, ein Auge verloren, einen Arm gebrochen und sich sonst noch verletzt hatte, war ein bedauerlicher Zufall gewesen. Leute mit Plattfüßen fielen leicht. Neubauer hatte es nicht befohlen. Er war auch nicht dabei gewesen. Er hatte Blank nur in Schutzhaft nehmen lassen, damit übereifrige SS-Leute ihm nichts zuleide taten. Das andere ging auf Kappe des Lagerführers Weber.

Er drehte sich um. Wozu dachte er plötzlich an diesen alten Kram? Was war los mit ihm? Das war doch alles längst vergessen. Man mußte leben. Hätte er das Haus nicht gekauft, dann hätte es jemand anderes von der Partei getan. Für weniger Geld. Für gar nichts. Er hatte legal gehandelt. Nach dem Gesetz. Der Führer hatte selbst gesagt, daß seine Getreuen belohnt werden mußten. Und was war das bißchen, das er, Bruno Neubauer, erwischt hatte, gegen die Großen? Göring zum Beispiel oder Springer, den Gauleiter, der vom Hotelportier zum Millionär aufgestiegen war? Neubauer hatte nichts geraubt. Er hatte nur billig gekauft. Er war gedeckt. Er hatte Quittungen. Alles war amtlich beglaubigt.

Eine Flamme schoß vom Bahnhof auf. Explosionen folgten. Munitionswagen wahrscheinlich. Rote Reflexe flatterten über das Haus – als schwitze es plötzlich Blut. Unsinn, dachte Neubauer. Ich bin tatsächlich nervös. Die jüdischen Anwälte, die man damals da oben herausgeholt hat, sind doch längst vergessen! Er stieg wieder in den Wagen. Zu dicht am Bahnhof – glänzende Geschäftslage, aber verdammt gefährlich für Bombardements –; da konnte man schon nervös werden. »Zur Großen Straße, Alfred!«

Das Gebäude der Mellener Zeitung war völlig unbeschädigt. Neubauer hatte das bereits telefonisch erfahren. Man brachte gerade ein Extrablatt heraus. Die Nummern wurden den Trägern aus den Händen gerissen. Neubauer sah die weißen Pakete verschwinden. Ein Pfennig an jedem Stück gehörte ihm. Neue Träger kamen mit neuen Paketen. Sie sausten auf ihren Fahrrädern davon. Extrablätter waren Extraverdienst. Jeder Träger hatte mindestens zweihundert bei sich. Neubauer zählte siebzehn Träger. Das waren vierunddreißig Mark extra. Wenigstens etwas Gutes bei der Sache. Er konnte einen Teil der gesprungenen Schaufenster damit bezahlen. Unsinn – die waren ja versichert. Das hieß, wenn die Versicherung zahlte. Zahlen konnte, bei all den Schäden. Sie würde zahlen! Wenigstens ihm. Die vierunddreißig Mark waren Reinverdienst.

Er kaufte eines der Extrablätter. Ein kurzer Aufruf von Dietz war bereits darin. Schnelle Arbeit. Dazu die Meldung, daß zwei Flieger über der Stadt, die Hälfte der andern über Minden, Osnabrück und Hannover abgeschossen worden seien. Ein Artikel von Goebbels über die unmenschliche Barbarei, friedliche deutsche Städte zu bombardieren. Ein paar Kennworte des Führers. Die Nachricht, daß die Hitlerjugend auf der Suche sei nach Fliegern, die mit Fallschirmen abgesprungen waren. Neubauer warf das Blatt fort und trat in den Zigarrenladen an der Ecke. »Drei Deutsche Wacht«, sagte er.

Der Verkäufer präsentierte die Kiste. Neubauer wählte gleichgültig. Die Zigarren waren schlecht. Reines Buchenlaub. Er hatte bessere zu Hause, Importen, aus Paris und Holland. Er verlangte die Deutsche Wacht nur, weil der Laden ihm gehörte. Vor der Machtergreifung hatte er Lesser und Sacht gehört, einer jüdischen Ausbeuterfirma. Sturmführer Freiberg hatte ihn dann geschnappt. Hatte ihn gehabt bis 1936. Eine Goldgrube. Neubauer biß die Spitze einer Deutschen Wacht ab. Was hatte er dagegen tun können, daß Freiberg im Suff verräterische Bemerkungen gegen den Führer gemacht hatte? Es war seine Pflicht als aufrechter Parteigenosse gewesen, sie zur Meldung zu bringen. Freiberg war kurz darauf verschwunden, und Neubauer hatte von der Witwe das Geschäft gekauft. Als einen Freundschaftsdienst. Er hatte ihr dringend geraten, zu verkaufen. Er habe Informationen, daß Freibergs Besitz beschlagnahmt werden sollte. Geld wäre einfacher zu verstecken als ein Laden. Sie war dankbar gewesen. Hatte verkauft. Für ein Viertel des Wertes natürlich. Neubauer hatte erklärt, er habe nicht mehr flüssig, und es müsse rasch geschehen. Sie hatte es eingesehen. Die Beschlagnahme war nie gekommen. Neubauer hatte ihr auch das auseinandergesetzt. Er habe seinen Einfluß für sie geltend gemacht. So konnte sie das Geld behalten. Er hatte anständig gehandelt. Pflicht war Pflicht – und der Laden hätte wirklich beschlagnahmt werden können. Außerdem wäre die

Witwe unfähig gewesen, ihn zu verwalten. Man hätte sie herausgedrückt.

Neubauer nahm die Zigarre aus dem Munde. Sie zog nicht. Dreckzeug. Aber die Leute zahlten dafür. Waren wild auf alles, was qualmte. Schade, daß es rationiert war. Man hätte das Zehnfache umsetzen können. Er sah den Laden noch einmal an. Glück gehabt. Nichts passiert. Er spuckte aus. Er hatte plötzlich einen schlechten Geschmack im Munde. Es mußte die Zigarre sein. Oder was sonst? Es war ja nichts passiert. Nervosität? Wozu dachte er nur auf einmal an all die alten Geschichten? Längst verjährter Kram! Er warf die Zigarre fort, als er wieder in den Wagen stieg, und gab die beiden andern dem Chauffeur. »Hier, Alfred. Etwas Gutes für heute abend. Und nun los – zum Garten.«

Der Garten war der Stolz Neubauers. Er war ein großes Grundstück am Rande der Stadt. Der Hauptteil war mit Gemüse und Obst bebaut; außerdem war noch ein Blumengarten da und ein Stall. Eine Anzahl russischer Gefangener aus dem Lager hielt alles in Ordnung. Sie kosteten nichts und hätten eigentlich Neubauer noch zahlen sollen. Statt zwölf bis fünfzehn Stunden im Kupferwerk zu schuften, hatten sie bei ihm frische Luft und leichte Arbeit.

Die Dämmerung lag über dem Garten. Der Himmel an dieser Seite war klar, und der Mond hing in den Kronen der Apfelbäume. Die aufgebrochene Erde roch stark. In den Furchen keimte das erste Gemüse, und die Obstbäume hatten klebrige, schwellende Knospen. Ein kleiner japanischer Kirschbaum, der im Winter im Glashaus gestanden hatte, war bereits überrieselt von einem Hauch von Weiß und Rosa – sich öffnenden, schüchternen Blüten.

Die Russen arbeiteten im gegenüberliegenden Teil des Grundstückes. Neubauer sah ihre dunklen, gebeugten Rücken und die Silhouette des Wachmannes mit dem Gewehr, dessen aufgepflanztes Bajonett in den Himmel stieß. Der Wachmann war nur der Vorschrift wegen da; die Russen liefen nicht weg.

Wohin hätten sie schon laufen sollen, in ihren Uniformen, ohne die Sprache zu kennen? Sie hatten einen Papiersack bei sich mit Asche aus dem Krematorium, die sie in die Furchen streuten. Sie arbeiteten in den Beeten für Spargel und Erdbeeren, für die Neubauer eine besondere Vorliebe hatte. Er konnte nicht genug davon essen. Der Papiersack enthielt die Asche von sechzig Personen, darunter zwölf Kindern.

Durch das pflaumenblaue, frühe Dunkel schimmerten bleich die ersten Primeln und Narzissen. Sie waren an der Südmauer gepflanzt und mit Glas bedeckt. Neubauer öffnete eines der flachen Fenster und beugte sich hinunter. Die Narzissen rochen nicht. Dafür aber duftete es nach Veilchen, unsichtbaren Veilchen in der Dämmerung. Er holte tief Atem. Dieses war sein Garten. Er hatte ihn selbst und richtig bezahlt. Altmodisch und ehrlich. Den vollen Preis. Er hatte ihn niemandem weggenommen. Dieses war sein Platz. Der Platz, wo man Mensch wurde nach hartem Dienst fürs Vaterland und der Sorge für die Familie. Er sah sich voll Genugtuung um. Er sah die Laube, die mit Geißblatt und Rosenranken überwuchert war, er sah die Buchsbaumhecke, er sah die künstliche Grotte aus Tuffstein, er sah die Fliederbüsche, er roch die herbe Luft, in der schon Frühling war, er fühlte mit zärtlicher Hand die strohumwundenen Stämme der Pfirsichspaliere und der Tafelbirnen an der Wand, und dann öffnete er die Tür zum Stallgebäude.

Er ging nicht zu den Hühnern, die wie alte Weiber auf den Stangen hockten – auch nicht zu den beiden jungen Schweinen, die im Stroh schliefen –, er ging zu den Kaninchen. Es waren weiße und graue Angorakaninchen mit langem, seidigem Haar. Sie schliefen, als er das Licht andrehte, und begannen dann, sich allmählich zu bewegen. Er streckte einen Finger durch die Drahtmaschen und kraulte ihr Fell. Sie waren weicher als alles, was er kannte. Er holte Kohlblätter und Rübenschnitzel aus einem Korb und schob sie in die Käfige. Die Kaninchen kamen heran und fingen mit rosigen Mäulern an zu fressen, sanft und langsam. »Mucki«, lockte er, »komm her, Mucki –«

Die Wärme des Stalles lullte ein. Sie war wie ein ferner

Schlaf. Der Geruch der Tiere brachte eine vergessene Unschuld nahe. Es war eine kleine Welt für sich, von fast vegetativem Dasein, weit weg von Bomben, Intrigen und Daseinskampf – Kohlblätter und Rüben und pelziges Zeugen und Geschorenwerden und Gebären. Neubauer verkaufte die Wolle; aber er ließ nie ein Tier schlachten. »Mucki«, lockte er wieder.

Ein großer weißer Rammler nahm mit zarten Lippen das Blatt aus seiner Hand. Die roten Augen leuchteten wie helle Rubine. Neubauer kraulte ihm den Nacken. Seine Stiefel knarrten, während er sich niederbeugte. Was hatte Selma gesagt? Sicher? Da im Lager seid ihr sicher? Wer war schon sicher? Wann war er es jemals gewesen?

Er schob mehr Kohlblätter durch die Drahtmaschen. Zwölf Jahre, dachte er. Vor der Machtergreifung war ich Postsekretär mit knapp zweihundert Mark im Monat. Konnte nicht leben und nicht sterben damit. Jetzt habe ich was. Ich will das nicht wieder verlieren.

Er blickte in die roten Augen des Rammlers. Alles war gutgegangen heute. Es würde weiter gutgehen. Das Bombardement konnte ein Versehen gewesen sein. So etwas kam vor bei neu eingesetzten Formationen. Die Stadt war unbedeutend; man hätte sie sonst schon früher zu zerstören versucht. Neubauer fühlte, wie er ruhiger wurde. »Mucki«, sagte er und dachte: sicher? Natürlich sicher! Wer will schon im letzten Moment hops gehen?

4

»Verdammte Saubande! Noch einmal abzählen!«

Die Arbeitskommandos des großen Lagers standen in Zehnerreihen, nach Blocks geordnet, stramm ausgerichtet auf dem Appellplatz. Es war bereits dunkel, und in dem undeutlichen Licht wirkten die Häftlinge mit ihren gestreiften Anzügen wie eine ungeheure Herde todmüder Zebras.

Der Appell dauerte schon über eine Stunde, aber er klappte noch immer nicht. Das Bombardement war daran schuld. Die

Kommandos, die im Kupferwerk arbeiteten, hatten Verluste gehabt. Eine Bombe war in ihre Abteilung gefallen, und eine Anzahl Leute war getötet und verletzt worden. Außerdem hatten die aufsichtführenden SS-Mannschaften nach dem ersten Schreck angefangen, zwischen die Häftlinge zu schießen, die Deckung suchten; sie hatten gefürchtet, sie wollten flüchten. Dadurch war noch ein halbes Dutzend mehr umgekommen.

Nach dem Bombardement hatten die Gefangenen unter dem Schutt und Geröll ihre Toten herausgeholt – oder das, was von ihnen übriggeblieben war. Es war wichtig für den Appell. So gering das Leben eines Gefangenen auch geschätzt wurde und so gleichgültig die SS sich dagegen verhielt: tot oder lebendig, die Zahl beim Appell mußte stimmen. Die Bürokratie hielt vor Leichen nicht inne.

Die Kommandos hatten sorgfältig alles mitgenommen, was sie finden konnten; manche Leute hatten einen Arm, andere Beine und abgerissene Köpfe getragen. Die paar Bahren, die man hatte zusammenschlagen können, waren für Verwundete benutzt worden, denen Glieder fehlten oder deren Bäuche zerfetzt waren. Den Rest der Verletzten hatten die Kameraden gestützt und mitgeschleppt, so gut es ging. Verbände hatte man wenig machen können; es war kaum etwas dafür da gewesen. Mit Drähten und Bindfäden hatte man notdürftig die Verblutenden abgebunden. Die Bauchverletzten auf den Bahren hatten ihre Eingeweide mit den eigenen Händen festhalten müssen. Der Zug war mühselig den Berg hinaufgeklettert. Unterwegs waren noch zwei Leute gestorben. Sie wurden tot weiter mitgeschleppt. Das hatte zu einem Zwischenfall geführt, bei dem sich der Scharführer Steinbrenner ziemlich blamiert hatte. Am Eingangstor des Lagers hatte wie immer die Musikkapelle gestanden und den Fridericus Rex gespielt. Es war Parademarsch kommandiert worden, und mit Augen rechts und emporgeworfenen Beinen waren die Kommandos an dem SS-Lagerführer Weber und seinem Stab vorbeimarschiert. Auch die Schwerverletzten auf den Bahren hatten ihre Köpfe nach rechts gedreht und versucht, eine etwas strammere Haltung im

Sterben anzunehmen. Nur die Toten hatten nicht mehr gegrüßt. Steinbrenner hatte nun gesehen, wie ein Mann, der von zwei anderen geschleppt wurde, den Kopf hängen ließ. Er hatte nicht beachtet, daß auch die Füße des Mannes schleppten, sondern war sofort in die Reihen gesprungen und hatte ihm den Revolver zwischen die Augen geschlagen. Steinbrenner war jung und eifrig und hatte ihn in der Eile nur für bewußtlos gehalten. Der Kopf des Toten war durch den Hieb zurückgeschleudert worden, und die Kinnlade war heruntergefallen; es hatte ausgesehen, als schnappe der blutige Mund mit einer letzten grotesken Bewegung des Schädels nach dem Revolver. Die übrigen SS-Leute hatten sehr gelacht, und Steinbrenner war wütend gewesen; er hatte gefühlt, daß ein Teil des Renommees, das er sich mit der Salzsäurekur bei Joel Buchsbaum erworben hatte, wieder verlorengegangen war. Er mußte es bei der nächsten Gelegenheit wieder holen.

Der Marsch vom Kupferwerk herauf hatte lange gedauert, und es war später als sonst gewesen, als der Appell begonnen hatte. Die Toten und Verwundeten waren, wie immer, sorgfältig militärisch ausgerichtet, in Reihe und Glied neben die Formationen der Blocks gelegt worden, zu denen sie gehörten. Auch die Schwerverwundeten waren nicht zum Hospital gebracht und nicht vorher verbunden worden; der Zählappell war wichtiger. – »Los! Noch einmal! Wenn's diesmal nicht klappt, wird nachgeholfen!«

Weber, der SS-Lagerführer, saß rittlings auf einem Holzstuhl, den man auf den Appellplatz hinausgestellt hatte. Er war fünfunddreißig Jahre alt, mittelgroß und sehr kräftig. Sein Gesicht war breit und braun, und eine tiefe Narbe lief vom rechten Mundwinkel über das Kinn herunter – sie war ein Andenken an eine Saalschlacht mit Reichsbannerleuten im Jahre 1929. Weber hielt die Arme auf die Lehne seines Stuhles gestützt und starrte gelangweilt auf die Sträflinge, zwischen denen SS-Leute, Blockälteste und Kapos aufgeregt hin und her rannten, prügelten und schrien. Die Blockältesten schwitzten und ließen aufs neue abzählen. Monoton klangen die Stimmen auf: »Eins

– zwei – drei –« Die Verwirrung war durch die ganz Zerfetzten im Kupferwerk entstanden. Die Häftlinge hatten Köpfe, Arme und Körper so gut zusammengesucht, wie sie konnten; aber man hatte nicht alles gefunden. Wie man es auch machte: es schien, daß zwei Mann fehlten.

In der Dämmerung war es zwischen den Kommandos bereits zu einem Streit um die einzelnen Glieder gekommen; besonders natürlich um die Köpfe. Jeder Block wollte möglichst vollständig sein, um den schweren Strafen zu entgehen, die auf ungenügender Meldung standen. Man hatte sich um die blutigen Stücke gerissen und gepufft, bis das Kommando: »Stillgestanden« ertönt war. Die Blockältesten hatten in der Eile nichts organisieren können; so hatten zwei Körper gefehlt. Wahrscheinlich hatte die Bombe sie in kleine Stücke zerrissen, die über Mauern geflogen waren oder in Fetzen auf den Dächern des Kupferwerkes herumlagen.

Der Rapportführer kam zu Weber. »Jetzt sind es nur noch anderthalb, die fehlen. Die Russen haben drei Beine für einen gehabt, und die Polen hatten einen überzähligen Arm.«

Weber gähnte. »Lassen Sie durch Namensaufruf feststellen, wer fehlt.«

Durch die Reihen der Gefangenen ging ein kaum merkliches Schwanken. Namensaufruf bedeutete, daß man noch ein bis zwei Stunden stehen mußte, wenn nicht länger – bei den Russen und Polen, die kein Deutsch verstanden, kamen dauernd Irrtümer mit ihren Namen vor. Der Aufruf begann. Stimmen flatterten auf; dann hörte man Schimpfen und Schläge. Die SS war gereizt und prügelte, weil sie ihre Freizeit verlor. Die Kapos und Blockältesten prügelten aus Angst. Hier und da kippten Leute um, und unter den Verwundeten breiteten sich langsam schwarze Blutlachen aus. Ihre grauweißen Gesichter wurden spitzer und schimmerten tödlich in der tiefen Dämmerung. Sie blickten ergeben zu ihren Kameraden hinauf, die mit den Händen an der Hosennaht dastanden und den Verblutenden nicht helfen durften. Für manche war dieser Wald von dreckigen Zebrabeinen das letzte, was sie von der Welt sahen.

Der Mond kroch hinter dem Krematorium hoch – die Luft war diesig –, und er hatte einen breiten Hof. Eine Zeitlang stand er genau hinter dem Schornstein, und sein Licht schimmerte darüber hinweg, so daß es aussah, als würden Geister in den Öfen verbrannt und kaltes Feuer schlüge heraus. Dann wurde er langsam mehr und mehr sichtbar, und der stumpfe Schornstein wirkte jetzt wie ein Minenwerfer, der eine rote Kugel senkrecht in den Himmel feuerte.

In der ersten Zehnerreihe von Block dreizehn stand der Gefangene Goldstein. Er war der letzte am linken Flügel, und neben ihm lagen die Verwundeten und Toten des Blocks. Einer der Verletzten war Goldsteins Freund Scheller. Er lag als nächster neben ihm. Goldstein sah aus den Augenwinkeln, daß sich der schwarze Fleck unter dem zerfetzten Bein Schellers plötzlich viel rascher als vorher vergrößerte. Der dürftige Verband hatte sich gelöst, und Scheller verblutete. Goldstein stieß seinen Nebenmann Münzer an; dann ließ er sich seitlich umkippen, als wäre er ohmächtig geworden. Er richtete es so ein, daß er halb über Scheller fiel. Was er machte, war gefährlich. Der wütende SS-Blockführer umkreiste die Reihen wie ein bissiger Schäferhund. Ein guter Tritt seiner schweren Stiefel gegen die Schläfe konnte Goldstein erledigen. Die Gefangenen in der Nähe standen unbeweglich, aber sie beobachteten, was vorging. Der Blockführer befand sich gerade mit dem Blockältesten am andern Ende der Gruppe. Der Blockälteste meldete dort etwas. Er hatte Goldsteins Manöver ebenfalls bemerkt und versuchte, den Scharführer für einige Augenblicke festzuhalten.

Goldstein tastete unter sich nach dem Strick, mit dem Schellers Bein abgeschnürt gewesen war. Er sah dicht vor seinen Augen das Blut und roch das rohe Fleisch. »Laß doch«, flüsterte Scheller.

Goldstein fand den abgerutschten Knoten und löste ihn. Das Blut sprudelte stärker. »Sie spritzen mich ja doch ab«, flüsterte Scheller. »Mit dem Bein –«

Das Bein hing nur noch an ein paar Sehnen und Hautfetzen. Es hatte sich durch den Fall Goldsteins verschoben und lag jetzt schief und sonderbar da, mit verdrehtem Fuß, als hätte es ein drittes Gelenk. Goldsteins Hände waren naß von Blut. Er zog den Knoten an, aber der Strick rutschte wieder ab. Scheller zuckte. »Laß doch –« Goldstein mußte den Knoten wieder aufmachen. Er fühlte den zersplitterten Knochen an den Fingern. Sein Magen kam hoch. Er schluckte, suchte in dem glitschigen Fleisch, fand das Band wieder, schob es höher und erstarrte. Münzer hatte ihn gegen den Fuß gestoßen. Es war eine Warnung; der SS-Blockführer schnaufte heran. »Wieder so ein Schwein! Was ist mit dem wieder los?«

»Umgefallen, Herr Scharführer.« Der Blockälteste war neben ihm. »Steh auf, faules Aas!« schrie er Goldstein an und trat ihm gegen die Rippen. Der Tritt sah viel härter aus, als er war. Der Blockälteste bremste ihn im letzten Moment. Er trat noch einmal. Er vermied so, daß der Scharführer es tat. Goldstein rührte sich nicht. Gegen sein Gesicht schlug das Blut Schellers.

»Los, los! Laßt ihn liegen!« Der Blockführer ging weiter. »Verdammt, wann werden wir hier fertig?« Der Blockälteste folgte ihm. Goldstein wartete eine Sekunde; dann packte er das Band um Schellers Bein, riß es zusammen, knotete es und drehte den Holzknebel, der sich vorher gelöst hatte, wieder fest hinein. Das Blut hörte auf zu sprudeln. Es sickerte nur noch. Vorsichtig nahm Goldstein die Hände weg. Der Verband blieb fest.

Der Aufruf war beendet. Man hatte sich geeinigt, daß drei Viertel eines Russen und die obere Hälfte des Sträflings Sibolski aus Baracke fünf fehlten. Es stimmte nicht ganz. Von Sibolski waren die Arme da. Sie befanden sich allerdings im Besitz von Baracke siebzehn, die sie als die Reste Josef Binswangers ausgab, von dem nichts wiedergefunden worden war. Dafür hatten zwei Mann von Baracke fünf die untere Hälfte des Russen gestohlen, die dort als Sibolski ausgegeben wurde, da Beine schwer zu unterscheiden waren. Zum Glück waren außerdem noch ein paar überzählige Gliederstücke da, die auf die eineinviertel Fehlenden angerechnet werden konnten. Damit war klar, daß keiner der Häftlinge im Wirrwarr des Bombardements geflüchtet war. Trotzdem wäre es möglich gewesen, daß alle bis zum Morgen auf dem Appellplatz hätten stehen müssen, um dann im Kupferwerk weiter nach den Resten zu suchen – das Lager hatte ein paar Wochen vorher einmal zwei Tage gestanden, bis jemand gefunden wurde, der Selbstmord verübt hatte. Weber saß ruhig auf seinem Stuhl, das Kinn immer noch auf die Hände gestützt. Er hatte sich während der ganzen Zeit kaum gerührt. Nach der Meldung erhob er sich langsam und streckte sich. »Die Leute haben lange genug gestanden. Sie brauchen Bewegung. Erdkunde üben!«

Befehle hallten über den Platz: »Hände hinter dem Kopf verschränken! Knie beugen! Froschhüpfen! Vorwärts – hüpft!«

Die langen Reihen gehorchten. Sie hüpften langsam mit gebeugten Knien vorwärts. Der Mond war inzwischen weiter aufgestiegen und heller geworden. Er beleuchtete jetzt schon einen Teil des Appellplatzes. Der andere lag im Schatten, den die Gebäude warfen. Die Umrisse des Krematoriums, des Tores und sogar die des Galgens zeichneten sich scharf auf dem Boden ab.

»Zurückhüpfen!«

Die Reihen hüpften aus dem Licht wieder in das Dunkel zurück. Leute fielen um. SS-Mannschaften, Kapos und Blockälteste prügelten sie wieder hoch. Das Schreien war kaum zu hören über dem Scharren der zahllosen Füße.

»Vorwärts! Zurück! Vorwärts! Zurück! Stillgestanden!« Jetzt begann die eigentliche Erdkunde. Sie bestand darin, daß die Gefangenen sich hinwerfen mußten, auf dem Boden kriechen, aufspringen, sich wieder hinwerfen und weiterkriechen. Sie lernten auf diese Weise die Erde des Tanzplatzes schmerzlich genau kennen. Nach kurzer Zeit war der Platz ein Durcheinander von wimmelnden riesigen gestreiften Maden, die wenig Menschliches an sich zu haben schienen. So gut sie konnten, schützten sie die Verwundeten; aber in der Hast und Angst war es nicht immer möglich.

Nach einer Viertelstunde befahl Weber Halt. Die Viertelstunde hatte allerdings Verwüstungen unter den erschöpften Häftlingen angerichtet. Überall lagen welche herum, die nicht weiterkonnten.

»In Blocks ausgerichtet antreten!«

Die Leute schleppten sich zurück. Sie holten die Zusammengebrochenen und hielten die zwischen sich fest, die noch stehen konnten. Die andern legten sie neben die Verwundeten. Das Lager stand still. Weber trat vor. »Was ihr da soeben gemacht habt, ist in eurem eigenen Interesse geschehen. Ihr habt gelernt, wie man bei Luftangriffen Deckung nimmt.« Ein paar SS-Leute kicherten. Weber warf einen Blick zu ihnen hinüber und fuhr fort: »Ihr habt heute am eigenen Leibe erfahren, mit welch einem unmenschlichen Feinde wir es zu tun haben. Deutschland, das immer nur Frieden wollte, ist in brutaler Weise angefallen worden. Der Feind, der an der Front überall geschlagen worden ist, greift in seiner Verzweiflung zu einem letzten Mittel: Er bombardiert gegen jedes Völkerrecht in feigster Weise offene, friedliche deutsche Städte. Er zerstört Kirchen und Hospitäler. Er mordet wehrlose Frauen und Kinder. Es war nicht anders von Untermenschen und Bestien zu erwarten. Wir werden die Antwort nicht schuldig bleiben. Das Lagerkommando verfügt ab morgen vermehrte Arbeitsleistung. Die Kommandos rücken eine Stunde früher aus, um aufzuräumen. Sonntags gibt es bis auf weiteres keine Freizeit mehr. Juden erhalten zwei Tage kein Brot. Bedankt auch bei den feindlichen Mordbrennern.« Weber schwieg. Das Lager rührte sich nicht. Man hörte den Berg hinauf das hohe Summen eines starken Wagens, der rasch näher kam. Es war der Mercedes Neubauers. »Singen!« kommandierte Weber. »Deutschland, Deutschland über alles!«

Die Blocks begannen nicht sofort. Sie waren überrascht. In den letzten Monaten war nicht mehr oft befohlen worden zu singen – und wenn, dann waren es immer Volkslieder gewesen. Sie wurden meistens angeordnet, wenn die Prügelstrafen vollzogen wurden. Während die Gemarterten schrien, hatten die übrigen Sträflinge dazu lyrische Strophen zu singen. Die alte, frühere Nationalhymne aus der Vornazizeit aber war seit Jahren nicht mehr befohlen worden.

»Los, ihr Schweine!«

In Block dreizehn begann Münzer zu singen. Die andern fielen ein. Wer den Text nicht mehr kannte, markierte. Die Hauptsache war, daß alle Münder sich bewegten.

»Wozu?« flüsterte Münzer nach einer Weile, ohne den Kopf zu bewegen, zu seinem Nebenmann Werner hinüber, während er scheinbar weitersang.

»Was?«

Die Melodie wurde zu einem dünnen Krächzen. Sie war nicht tief genug angefangen worden, und die Stimmen konnten jetzt die hohen, jubilierenden Noten der Schlußzeilen nicht erreichen und brachen ab. Die Häftlinge hatten auch nicht mehr viel Atem.

»Was ist das für ein saumäßiges Gebell?« brüllte der zweite Lagerführer. »Noch einmal von vorn! Wenn's diesmal nicht klappt, bleibt ihr die ganze Nacht hier!« Die Häftlinge begannen tiefer. Das Lied ging jetzt besser. »Was?« wiederholte Werner.

»Wozu gerade Deutschland, Deutschland über alles –?« Werner kniff die Augen zusammen. »Trauen vielleicht – ihren Naziliedern – nicht mehr – nach heute –«, sang er.

Die Gefangenen starrten geradeaus. Werner spürte eine sonderbare Spannung in sich aufsteigen. Er hatte auf einmal das Gefühl, daß nicht nur er allein sie spürte – als spüre auch Münzer sie, als spüre Goldstein am Boden sie, als spürten viele andere sie und als spüre sie sogar die SS. Das Lied klang plötzlich nicht mehr so, wie die Häftlinge sonst sangen. Es war lauter und fast herausfordernd ironisch geworden, und der Text hatte nichts mehr damit zu tun. Hoffentlich merkt Weber es nicht, dachte er, während er auf den Lagerführer blickte – sonst gibt es noch mehr Tote, als bereits daliegen.

Goldsteins Gesicht am Boden war dicht vor dem Gesicht Schellers. Schellers Lippen bewegten sich. Goldstein konnte nicht verstehen, was er sagte; aber er sah die halboffenen Augen und ahnte, was es war. »Quatsch!« sagte er. »Wir haben den Lazarettkapo. Er wird es schieben. Du kommst durch.«

Scheller erwiderte etwas. »Halt die Schnauze!« rief Goldstein durch den Lärm zurück: »Du kommst durch, fertig!« Er sah die graue, poröse Haut vor sich. »Sie spritzen dich nicht ab!« heulte er als Text in die letzten Takte. »Wir haben den Lazarettkapo! Er wird den Arzt bestechen!«

»Achtung!«

Der Gesang brach ab. Der Lagerkommandant war auf den Platz gekommen. Weber meldete: »Ich habe den Brüdern eine kurze Predigt gehalten und ihnen eine Stunde Mehrarbeit aufgeknallt.«

Neubauer war uninteressiert. Er schnüffelte in die Luft und blickte zum Nachthimmel auf. »Glauben Sie, daß die Bande heute nacht wiederkommt?«

Weber grinste. »Nach den letzten Radiomeldungen haben wir neunzig Prozent abgeschossen.«

Neubauer fand das nicht witzig. Hat auch nichts zu verlieren, dachte er. Kleiner Dietz, Landsknecht, weiter nichts. »Lassen Sie die Leute abtreten, wenn Sie fertig sind«, erklärte er plötzlich mürrisch.

»Wegtreten lassen!«

Die Blocks marschierten ab zu den Baracken. Sie nahmen ihre Verwundeten und Toten mit. Die Toten mußten gemeldet und in die Listen eingetragen werden, bevor sie im Krematorium abgeliefert wurden. Schellers Gesicht war spitz wie das eines Zwerges, als Werner, Münzer und Goldstein ihn aufnahmen. Er sah aus, als ob er die Nacht nicht überleben würde. Goldstein hatte während der Erdkunde einen Schlag gegen die Nase bekommen. Sie fing an zu bluten, als er marschierte. Das Blut schillerte im fahlen Licht dunkel auf seinem Kinn.

Sie bogen in die Straße ein, die zu ihrer Baracke führte. Der Wind, der von der Stadt heraufwehte, war stärker geworden und traf sie voll, als sie um die Ecke kamen. Er brachte den Rauch der brennenden Stadt mit sich herauf. Die Gesichter der

Gefangenen veränderten sich. »Riecht ihr es auch?« fragte Werner.

»Ja.« Münzer hob den Kopf.

Goldstein spürte den süßen Geschmack des Blutes auf seinen Lippen. Er spuckte aus und versuchte, den Rauch mit offenem Munde zu schmecken.

»Es riecht, als brenne es auch hier schon –«

»Ja –«

Sie konnten den Rauch jetzt sogar sehen. Er wehte vom Tal die Straßen hinauf wie ein leichter, weißer Nebel und hing bald überall zwischen den Baracken. Es schien Werner einen Augenblick sonderbar und fast unbegreiflich, daß der Stacheldraht ihn nicht zurückhielt – als wäre das Lager plötzlich nicht mehr so abgeschlossen und unzugänglich, wie es vorher gewesen war.

Sie gingen die Straße hinab. Sie gingen durch den Rauch. Ihre Schritte wurden fester, und ihre Schultern reckten sich. Sie trugen Scheller mit großer Vorsicht. Goldstein beugte sich zu ihm nieder. »Riech es! So riech es doch auch!« sagte er leise, verzweifelt und flehend in das spitze Gesicht hinein. Aber Scheller war längst bewußtlos.

5 Die Baracke war dunkel und stank. Licht gab es abends schon lange nicht mehr. »509«, flüsterte Berger. »Lohmann will mit dir sprechen.«

»Ist es soweit?«

»Noch nicht.«

509 tastete sich durch die schmalen Gänge zu dem Brettergestell, neben dem sich das matte Viereck des Fensters abhob. »Lohmann?«

Etwas raschelte. »Ist Berger auch da?« fragte Lohmann.

»Nein.«

»Hol ihn.«

»Wozu?«

»Hol ihn!«

509 tastete sich zurück. Flüche folgten ihm. Er trat auf Körper, die in den Gängen lagen. Jemand biß ihm in die Wade. Er schlug auf den unbekannten Kopf, bis die Zähne sich lösten.

Nach einigen Minuten kam er mit Berger wieder. »Da sind wir. Was willst du nun?«

»Hier!« Lohmann streckte seinen Arm aus.

»Was?« fragte 509.

»Halte deine Hand unter meine. Flach. Vorsichtig.«

509 fühlte die dünne Faust Lohmanns. Sie war trocken wie Eidechsenhaut. Langsam öffnete sie sich. Etwas fiel in die Hand von 509, klein und schwer.

»Hast du es?«

»Ja. Was ist es? Ist es –«

»Ja«, flüsterte Lohmann. »Mein Zahn.«

»Was?« Berger schob sich näher. »Wer hat das getan?« Lohmann begann zu kichern. Es war ein fast lautloses, gespenstisches Kichern. »Ich.«

»Du? Wie?«

Sie fühlten die Befriedigung des Sterbenden. Er schien kindisch stolz und tief beruhigt. »Nagel. Zwei Stunden. Kleiner Eisennagel. Habe ihn gefunden und den Zahn losgebohrt.«

»Wo ist der Nagel?«

Lohmann griff neben sich und gab ihn Berger. Berger hielt ihn gegen das Fenster und befühlte ihn dann. »Dreck und Rost. Hat es geblutet?«

Lohmann kicherte wieder. »Berger«, sagte er, »ich kann eine Blutvergiftung riskieren.«

»Warte.« Berger suchte in seiner Tasche. »Hat jemand ein Streichholz?«

Streichhölzer waren kostbar. »Ich habe keins«, erwiderte 509.

»Hier«, sagte jemand aus dem mittleren Bett.

Berger rieb die Zündfläche an. Das Streichholz flammte auf. Berger und 509 hatten die Augen geschlossen gehalten, um nicht geblendet zu werden. Sie gewannen so einige Sekunden zum Sehen. »Mach den Mund auf«, sagte Berger. Lohmann starrte ihn an. »Sei nicht lächerlich«, flüsterte er.

»Verkauft das Gold.«

»Mach den Mund auf.«

Über Lohmanns Gesicht huschte etwas, das als Lächeln gemeint sein konnte. »Laß mich in Ruhe. Gut, euch beide noch einmal bei Licht gesehen zu haben.«

»Ich werde dir Jod darüber pinseln. Ich hole die Flasche.«

Berger gab 509 das Streichholz und tastete sich zu seinem Bett hinüber. »Licht aus!« krächzte jemand.

»Quatsch nicht!« antwortete der Mann, der das Streichholz gegeben hatte.

»Licht aus!« krächzte die andere Stimme wieder. »Sollen die Posten uns zusammenschießen?«

509 stand so, daß sein gebückter Körper sich zwischen der Wand und dem Streichholz befand. Der Mann im mittleren Bett hielt seine Decke gegen das Fenster, und 509 deckte die kleine Flamme seitlich mit seiner Jacke ab. Lohmanns Augen waren sehr klar. Sie waren zu klar. 509 blickte auf das Stück Streichholz, das noch nicht verbrannt war, und dann auf Lohmann, und er dachte, daß er Lohmann sieben Jahre kannte, und er wußte, daß dieses das letzte Mal sein würde, daß er ihn lebend sah. Er hatte zu viele solche Gesichter gesehen, um das nicht zu wissen.

Er fühlte die Hitze der Flamme an seinen Fingern, aber er hielt sie, bis er nicht mehr konnte. Er hörte Berger zurückkommen. Dann war die Dunkelheit plötzlich da, als sei er blind geworden. »Hast du noch ein Streichholz?« fragte er den Mann im mittleren Bett.

»Hier.« Der Mann gab ihm eins. »Das letzte.«

Das letzte, dachte 509. Fünfzehn Sekunden Licht. Fünfzehn Sekunden für die fünfundvierzig Jahre, die noch Lohmann hießen. Die letzten.

Der kleine flackernde Kreis. »Licht aus, verdammt! Haut ihm das Licht aus der Hand!«

»Idiot! Kein Aas kann was sehen!«

509 hielt das Streichholz niedriger. Berger stand neben ihm, die Flasche mit Jod in der Hand. »Mach den Mund –« Er brach ab. Er sah Lohmann jetzt ebenfalls deutlich. Es war unsinnig geworden, das Jod zu holen. Er hatte es auch nur gemacht, um irgend etwas zu tun. Langsam steckte er die Flasche in die Tasche. Lohmann schaute ihn ruhig an, ohne mit den Augenlidern zu blinken. 509 blickte weg. Er öffnete die Hand und sah den kleinen Klumpen Gold darin schimmern. Dann sah er wieder auf Lohmann. Die Flamme sengte seine Finger. Ein Schatten von der Seite schlug nach seinem Arm. Das Licht erlosch.

»Gute Nacht, Lohmann«, sagte 509.

»Ich komme nachher noch einmal«, sagte Berger.

»Laßt nur«, flüsterte Lohmann. »Dies jetzt – ist einfach –«

»Vielleicht finden wir noch ein paar Streichhölzer.«

Lohmann erwiderte nichts mehr.

509 fühlte die Goldkrone hart und schwer in seiner Hand. »Komm heraus«, flüsterte er Berger zu. »Wir besprechen das besser draußen. Da sind wir allein.«

Sie tasteten sich zur Tür und gingen auf die Seite der Baracke, die vor dem Winde geschützt war. Die Stadt war abgeblendet und zum großen Teil gelöscht. Nur der Turm der Katharinenkirche brannte noch wie eine riesige Fackel. Er war sehr alt und voll trockenen Gebälks; die Schläuche der Feuerwehr konnten nichts gegen ihn ausrichten, und man mußte ihn ausbrennen lassen.

Sie hockten sich nieder. »Was sollen wir machen?« fragte 509.

Berger rieb seine entzündeten Augen. »Wenn die Krone auf der Schreibstube registriert ist, sind wir verloren. Sie werden nachforschen und ein paar von uns hängen. Mich als ersten.«

»Er sagt, sie wäre nicht registriert. Als er kam, gab es das hier noch nicht. Er ist seit sieben Jahren im Lager. Goldzähne wurden damals ausgeschlagen, aber nicht registriert. Das kam später.«

»Weißt du das genau?«

509 hob die Schultern.

Sie schwiegen eine Weile. »Wir können natürlich immer noch die Wahrheit sagen und die Krone abliefern. Oder sie in seinen Mund stecken, wenn er tot ist«, erklärte 509 schließlich. Seine Hand schloß sich eng um den kleinen Klumpen. »Willst du das?«

Berger schüttelte den Kopf. Das Gold war Leben für einige Tage. Beide wußten, daß sie es jetzt, da sie es hatten, nicht mehr abliefern würden.

»Könnte er den Zahn nicht schon vor Jahren ausgebrochen und selbst verkauft haben?« fragte 509.

Berger sah ihn an. »Glaubst du, daß die SS sich darauf einläßt?«

»Nein. Besonders nicht, wenn sie die frische Wunde im Munde entdeckt.«

»Das ist das wenigste. Wenn er noch etwas durchhält, heilt die Wunde. Es ist außerdem ein hinterer Backenzahn; das macht die Kontrolle schwieriger, wenn die Leiche erst starr ist. Wenn er heute abend stirbt, ist er morgen vormittag so weit. Wenn er morgen früh stirbt, müssen wir ihn hierbehalten, bis er starr ist. Das geht. Handke können wir beim Morgenappell täuschen.« 509 sah Berger an. »Wir müssen es riskieren. Wir brauchen das Geld. Jetzt besonders.«

»Ja. Wir können ohnehin nichts anderes mehr machen. Wer soll den Zahn verschieben?«

»Lebenthal. Er ist der einzige, der es machen kann.«

Hinter ihnen öffnete sich die Tür der Baracke. Ein paar Leute zerrten eine Gestalt an Armen und Beinen heraus und schleiften sie zu einem Haufen neben der Straße. Dort lagen die Toten, die seit dem Abendappell gestorben waren.

»Ist das schon Lohmann?«

»Nein. Das sind keine von den Unsern. Das sind Muselmänner.«

Die Leute, die den Toten losgelassen hatten, taumelten zur Baracke zurück.

»Hat irgend jemand gemerkt, daß wir den Zahn haben?« fragte Berger.

»Ich glaube nicht. Es sind fast alles Muselmänner, die da liegen. Höchstens der Mann, der uns die Streichhölzer gegeben hat.«

»Hat er was gesagt?«

»Nein. Bis jetzt nicht. Aber er kann immer noch kommen und einen Anteil verlangen.«

»Das ist das wenigste. Die Frage ist, ob er es für ein besseres Geschäft hält, uns zu verraten.«

509 dachte nach. Er wußte, daß es Leute gab, die für ein Stück Brot zu allem fähig waren. »Er sah nicht so aus«, sagte er schließlich. »Warum hätte er uns sonst die Streichhölzer gegeben?«

»Das hat nichts damit zu tun. Wir müssen vorsichtig sein. Sonst sind wir beide erledigt. Und Lebenthal ebenso.« 509 wußte auch das gut genug. Er hatte manchen Mann für weniger hängen sehen. »Wir müssen ihn beobachten«, erklärte er. »Wenigstens so lange, bis Lohmann verbrannt ist und Lebenthal den Zahn verschoben hat. Danach nützt es ihm nichts mehr.«

Berger nickte. »Ich gehe noch einmal rein. Vielleicht finde ich schon etwas heraus.«

»Gut. Ich bleibe hier und warte auf Leo. Er muß noch im Arbeitslager sein.«

Berger stand auf und ging zur Baracke hinüber. Er und 509 hätten ohne Zögern ihr Leben riskiert, wenn Lohmann durch irgend etwas zu retten gewesen wäre. Aber er war nicht zu retten. Deshalb redeten sie über ihn wie über einen Stein. Die Jahre im Lager hatten sie dazu gebracht, sachlich zu denken.

509 hockte im Schatten der Latrine. Es war ein guter Platz; niemand achtete hier auf ihn. Das Kleine Lager hatte für alle Baracken zusammen nur eine gemeinsame Massenlatrine, die an der Grenze der beiden Lager errichtet war und zu der ein endloser Zug von Skeletten ständig stöhnend von den Baracken hin-

über und zurück schuffelte. Fast alle hatten Durchfall oder Schlimmeres, und viele lagen zusammengebrochen umher und warteten, bis sie wieder Kraft genug hatten, um weiterzustolpern. Zu beiden Seiten der Latrine lief der Stacheldrahtzaun entlang, der das Kleine Lager vom Arbeitslager trennte. 509 hockte so, daß er die Pforte, die in den Stacheldraht geschnitten war, beobachten konnte. Sie war da für die SS-Blockführer, die Blockältesten, die Essenholer, die Leichenträger und die Leichenwagen. Von Baracke 22 durfte nur Berger sie benutzen, wenn er zum Krematorium ging. Für alle andern war sie streng verboten. Der Pole Silber hatte sie die Krepierpforte genannt, weil die Gefangenen, die ins Kleine Lager überwiesen wurden, nur als Leichen durch sie zurückkamen. Jeder Posten durfte schießen, wenn ein Skelett versuchen sollte, ins Arbeitslager zu gelangen. Fast niemand versuchte es. Auch vom Arbeitslager kam außer denen, die Dienst hatten, nie jemand herüber. Das Kleine Lager war nicht nur unter einer losen Quarantäne; es war auch sonst von den übrigen Gefangenen aufgegeben worden und wurde lediglich als eine Art von Friedhof betrachtet, auf dem die Toten noch kurze Zeit umherwankten.

509 konnte durch den Stacheldraht einen Teil der Straßen des Arbeitslagers sehen. Sie wimmelten von Gefangenen, die den Rest ihrer Freizeit ausnutzten. Er sah, wie sie miteinander sprachen, wie sie in Gruppen zusammenstanden und die Straßen entlanggingen, und obschon es nur ein anderer Teil des Konzentrationslagers war, erschien es ihm, als wäre er durch einen unüberbrückbaren Abgrund von ihnen getrennt und als wäre das drüben fast so etwas wie eine verlorene Heimat, in der immerhin noch Leben und Gemeinschaft existierten. Er hörte hinter sich das weiche Schlurfen der Häftlinge, die zur Latrine wankten, und er brauchte sich nicht umzublicken, um ihre toten Augen zu sehen. Sie sprachen kaum noch, sie stöhnten höchstens oder zankten mit müden Stimmen; sie dachten nicht mehr. Der Lagerwitz nannte sie Muselmänner, weil sie vollkommen in ihr Schicksal ergeben waren. Sie bewegten sich wie Automaten und hatten keinen eigenen Willen mehr; alles war

in ihnen ausgelöscht, außer einigen körperlichen Funktionen. Sie waren lebendige Tote und starben wie Fliegen im Frost. Das Kleine Lager war voll von ihnen. Sie waren gebrochen und verloren, nichts konnte sie retten – nicht einmal die Freiheit. 509 spürte die Kühle der Nacht tief in den Knochen. Das Murmeln und Stöhnen hinter ihm war wie eine graue Flut, in der man ertrinken konnte. Es war die Lockung zur Selbstaufgabe, die Lockung, gegen die die Veteranen verzweifelt kämpften. 509 bewegte sich unwillkürlich und drehte den Kopf, um zu fühlen, daß er noch lebte und einen eigenen Willen hatte. Dann hörte er das Abpfeifen im Arbeitslager. Die Baracken dort hatten eigene Latrinen und wurden nachts abgeschlossen. Die Gruppen auf den Straßen lösten sich auf. Die Leute verschwanden. In kaum einer Minute war drüben alles leer, und nur noch der trostlose Zug der Schatten im Kleinen Lager war da – vergessen von den Kameraden jenseits des Stacheldrahtes; abgeschrieben, isoliert, ein Rest zitternden Lebens im Territorium sicheren Todes.

Lebenthal kam nicht durch das Tor. 509 sah ihn plötzlich schräg vor sich über den Platz gehen. Er mußte irgendwo hinter der Latrine hereingekommen sein. Niemand wußte, wie er sich durchschmuggelte; es würde 509 nicht gewundert haben, wenn er dazu die Armbinde eines Vormannes oder sogar die eines Kapos benutzt hätte.

»Leo!«

Lebenthal blieb stehen. »Was ist los? Vorsicht! Drüben ist noch SS. Komm hier weg.«

Sie gingen zu den Baracken hinüber. »Hast du was erwischt?« fragte 509.

»Was?«

»Essen. Was sonst?«

Lebenthal hob die Schultern. »Essen! Was sonst«, wiederholte er irritiert. »Wie stellst du dir das vor? Bin ich der Küchenkapo?«

»Nein.«

»Na, also! Was willst du dann von mir?«

»Nichts. Ich habe nur gefragt, ob du was zum Essen erwischt hast.«

Lebenthal blieb stehen. »Essen«, sagte er bitter. »Weißt du, daß die Juden zwei Tage Brotentzug im ganzen Lager haben? Befehl von Weber.«

509 starrte ihn an. »Ist das wahr?«

»Nein. Ich habe es erfunden. Ich erfinde immer so was. Es ist witzig.«

»Mein Gott! Das wird Tote geben!«

»Ja. Haufen. Und du willst noch wissen, ob ich Essen erwischt habe –«

»Sei ruhig, Leo. Setz dich hierher. Das ist eine verfluchte Geschichte. Gerade jetzt! Jetzt, wo wir allen Fraß brauchen, den wir kriegen können!«

»So? Ich bin vielleicht wohl noch schuld, was?« Lebenthal begann zu zittern. Er zitterte immer, wenn er sich aufregte, und er regte sich leicht auf; er war sehr empfindlich. Das bedeutete bei ihm nicht mehr, als hätte ein anderer mit den Fingern auf eine Tischplatte getrommelt. Es kam durch den ständigen Hunger. Er vergrößerte und verkleinerte alle Emotionen. Hysterie und Apathie waren Geschwister im Lager. »Ich habe getan, was ich konnte«, zeterte Lebenthal leise mit hoher, sich überschlagender Stimme. »Ich habe herangeschafft und riskiert und besorgt, da kommst du und erklärst, wir brauchen –«

Seine Stimme versank plötzlich in ein mooriges, unverständliches Gurgeln. Es war, als wäre einer der Lautsprecher am Lagerradio außer Kontakt geraten. Lebenthal fuhr mit den Händen auf dem Boden umher. Sein Gesicht sah jetzt nicht mehr aus wie ein beleidigter Totenkopf; es war nur noch eine Stirn mit einer Nase und Froschaugen und einem Haufen schlaffer Haut darunter, mit einem Loch darin. Endlich fand er sein falsches Gebiß auf dem Boden wieder, wischte es an seiner Jacke ab und schob es zurück in den Mund. Der Lautsprecher war aufs neue angestellt, und die Stimme war wieder da.

509 ließ ihn jammern, ohne zuzuhören. Lebenthal merkte es

und hörte auf. »Wir haben doch schon öfter Brotentzug gehabt«, sagte er schließlich lahm. »Und für länger als zwei Tage. Was ist los mit dir, daß du heute so viel Theater deswegen machst?«

509 sah ihn eine Weile an. Dann deutete er auf die Stadt und die brennende Kirche. »Was los ist? Das da, Leo –«

»Was?«

»Das da unten. Wie war das doch damals im Alten Testament?«

»Was hast du mit dem Alten Testament zu schaffen?«

»Gab es da nicht so etwas unter Moses? Eine Feuersäule, die das Volk aus der Knechtschaft führte?«

Lebenthal blinkte mit den Augen. »Eine Rauchwolke bei Tag und eine Feuersäule bei Nacht«, sagte er, ohne zu jammern. »Meinst du das?«

»Ja. Und war nicht Gott darin?«

»Jehova.«

»Gut, Jehova. Und das da unten – weißt du, was das ist?« 509 wartete einen Augenblick. »Es ist etwas Ähnliches«, sagte er dann. »Es ist Hoffnung, Leo, Hoffnung für uns! Verdammt, will das denn keiner von euch sehen?« Lebenthal antwortete nicht. Er saß in sich geduckt und blickte auf die Stadt hinunter. 509 ließ sich zurücksinken. Er hatte es endlich jetzt zum erstenmal ausgesprochen. Man kann es kaum sagen, dachte er, es erschlägt einen fast, es ist ein so ungeheures Wort. Ich habe es vermieden durch all die Jahre, es hätte mich zerfressen, wenn ich es gedacht hätte; aber jetzt ist es wieder gekommen, heute, man wagt noch nicht, es ganz auszudenken, aber es ist da, und entweder zerbricht es mich nun oder es wird wahr.

»Leo«, sagte er. »Das da unten bedeutet, daß auch dieses hier kaputtgehen wird.«

Lebenthal rührte sich. »Wenn sie den Krieg verlieren«, flüsterte er. »Nur dann! Aber wer weiß das?« Er sah sich unwillkürlich ängstlich um.

Das Lager war in den ersten Jahren ziemlich gut über den Verlauf des Kriegs orientiert gewesen. Später jedoch, als die

Siege ausblieben, hatte Neubauer verboten, Zeitungen hereinzubringen und Nachrichten über den Rückzug im Lagerradio bekanntzugeben. Die wildesten Gerüchte hatten seitdem die Baracken durchjagt, und schließlich hatte keiner mehr gewußt, was er wirklich glauben sollte. Der Krieg ging schlecht, das wußte man; aber die Revolution, auf die viele seit Jahren gewartet hatten, war nie gekommen.

»Leo«, sagte 509. »Sie verlieren ihn. Es ist das Ende. Wenn das da unten im ersten Jahre des Krieges passiert wäre, würde es nichts bedeuten. Daß es jetzt nach fünf Jahren geschieht, heißt, daß die andern gewinnen.«

Lebenthal sah sich wieder um. »Wozu redest du darüber?«

509 kannte den Aberglauben der Baracken. Was man aussprach, verlor an Sicherheit und Kraft, und eine getäuschte Hoffnung war immer ein schwerer Verlust an Energie. Das war auch der Grund für die Vorsicht der andern. »Ich rede darüber, weil wir jetzt darüber reden müssen«, sagte er. »Es ist Zeit dafür. Jetzt wird es uns helfen durchzustehen. Es ist keine Latrinenparole. Es kann nicht mehr lange dauern. Wir müssen –« Er stockte. »Was?« fragte Lebenthal.

509 wußte es selbst nicht genau. Durchkommen, dachte er. Durchkommen und noch mehr. »Es ist ein Rennen«, sagte er schließlich. »Ein Wettrennen, Leo – mit –« Mit dem Tode, dachte er; aber er sprach es nicht aus. Er zeigte in die Richtung der SS-Kasernen. »Mit denen da! Wir dürfen jetzt nicht noch verlieren. Das Ende ist in Sicht, Leo!« Er packte Lebenthal am Arm. »Wir müssen jetzt alles tun –«

»Was können wir schon tun?«

509 fühlte, daß sein Kopf schwamm, als hätte er getrunken. Er war nicht mehr gewöhnt, viel zu denken und zu sprechen. Und er hatte lange nicht so viel gedacht wie heute. »Hier ist etwas«, sagte er und holte den Goldzahn aus der Tasche. »Von Lohmann. Wahrscheinlich nicht eingetragen. Können wir ihn verkaufen?«

Lebenthal wog den Klumpen in der Hand. Er zeigte keine Überraschung. »Gefährlich. Kann nur gemacht werden mit jemand, der aus dem Lager heraus kann oder Verbindung nach draußen hat.«

»Wie, ist egal. Was können wir dafür kriegen? Es muß rasch gehen!«

»Das geht nicht so rasch. So etwas muß befingert werden. Das verlangt Kopf, sonst sind wir am Galgen oder sind es los ohne einen Pfennig.«

»Kannst du es nicht heute abend noch machen?«

Lebenthal ließ die Hand mit dem Zahn sinken. »509«, sagte er. »Gestern warst du noch vernünftig.«

»Gestern ist lange her.«

Ein Krach kam von der Stadt und gleich darauf ein klarer, hallender Glockenton. Das Feuer hatte das Gebälk des Kirchturms durchfressen, und die Glocke war gerutscht.

Lebenthal hatte sich erschreckt geduckt. »Was war das?« fragte er.

»Ein Zeichen.« 509 verzog die Lippen. »Ein Zeichen, Leo, daß gestern lange her ist.«

»Es war eine Glocke. Wieso hat diese Kirche noch eine? Sie haben doch alle Glocken zu Kanonen eingeschmolzen.«

»Ich weiß es nicht. Vielleicht haben sie die eine vergessen. Also wie ist es mit dem Zahn heute abend? Wir brauchen Fraß für die Tage ohne Brot.«

Lebenthal schüttelte den Kopf. »Heute geht es nicht. Gerade deshalb nicht. Heute ist Donnerstag. Kameradschaftsabend in der SS-Kaserne.«

»Ach so. Heute kommen die Huren?«

Lebenthal blickte auf. »So, das weißt du? Woher?«

»Das ist ja egal. Ich weiß es, Berger weiß es, Bucher weiß es und Ahasver weiß es.«

»Wer sonst noch?«

»Keiner.«

»So, ihr wißt das! Ich habe nicht gemerkt, daß ihr mich beobachtet habt. Muß besser aufpassen. Gut, das ist also heute abend.«

»Leo«, sagte 509. »Versuch heute abend den Zahn loszuwerden. Das ist wichtiger. Dies hier kann ich für dich machen. Gib mir das Geld; ich weiß Bescheid. Es ist einfach.«

»Du weißt, wie es gemacht wird?«

»Ja, von der Grube aus –«

Lebenthal dachte nach. »Da ist ein Kapo bei der Lastwagenkolonne«, sagte er dann. »Er fährt morgen in die Stadt. Ich könnte probieren, ob er anbeißt. Gut, meinetwegen. Und vielleicht bin ich auch noch rechtzeitig zurück, um dieses hier selbst zu machen.«

Er hielt 509 den Zahn hin.

»Was soll ich damit?« fragte 509 erstaunt. »Du mußt ihn doch mitnehmen –«

Lebenthal schüttelte verachtungsvoll den Kopf. »Da sieht man, was du vom Handel verstehst! Meinst du, ich kriege etwas dafür, wenn einer von den Brüdern ihn erst in den Pfoten hat? Das wird anders gemacht. Wenn alles gutgeht, komme ich zurück und hole ihn. Versteck ihn so lange. Und nun paß auf –«

509 lag in einer Bodenvertiefung, ein Stück vom Stacheldraht entfernt, aber näher, als es erlaubt war. Die Palisaden machten hier einen Knick, und die Stelle war von den Maschinengewehrtürmen schwer einzusehen – besonders nachts und bei Nebel. Die Veteranen hatten das schon seit langem entdeckt; aber erst Lebenthal hatte es vor einigen Wochen fertiggebracht, Kapital daraus zu schlagen. Das gesamte Gebiet, einige hundert Meter außerhalb des Lagers, war verbotene Zone, die nur mit besonderer Erlaubnis der SS betreten werden durfte. Ein breiter Streifen davon war von allem Gebüsch gereinigt, und die Maschinengewehre waren darauf eingeschossen. Lebenthal, der einen sechsten Sinn hatte für alles, was mit Essen zusammenhing, hatte beobachtet, daß seit ein paar Monaten zwei Mädchen donnerstags abends ein Stück des breiten Weges benützten, der am Kleinen Lager vorbeiführte. Sie gehörten zur »Fledermaus«, einer Kneipe mit Stimmungsbetrieb, die vor der Stadt lag, und kamen als Gäste zum gemütlichen Teil der Kulturabende der SS. Die SS hatte ihnen chevaleresk erlaubt, durch die verbotene Zone zu gehen; sie sparten so ei-

nen Umweg von fast zwei Stunden. Zur Vorsicht wurde während der kurzen Zeit, die sie dazu brauchten, an der Seite des Kleinen Lagers der Strom abgestellt. Die Lagerverwaltung wußte davon nichts; die SS-Leute machten das in dem allgemeinen Durcheinander der letzten Monate auf eigene Faust. Sie riskierten nichts; niemand vom Kleinen Lager war fähig, zu fliehen.

Eine der Huren hatte einmal in einem Anfall von Gutmütigkeit ein Stück Brot durch den Draht geworfen, als Lebenthal gerade in der Nähe gewesen war. Ein paar im Dunkeln geflüsterte Worte und das Angebot, zu bezahlen, hatten genügt; die Mädchen brachten seitdem manchmal etwas mit, besonders bei regnerischem oder nebligem Wetter. Sie warfen es durch den Draht, indem sie taten, als richteten sie sich die Strümpfe oder schüttelten Sand aus ihren Schuhen. Das Lager war völlig abgeblendet, und die Wachen schliefen an dieser Seite oft; aber selbst, wenn jemand mißtrauisch geworden wäre: auf die Mädchen hätte niemand geschossen, und bis er kam, um nachzusehen, wären alle Spuren längst verschwunden gewesen.

509 hörte, wie der Turm in der Stadt ganz zusammenstürzte. Eine Feuergarbe schoß empor und zerflatterte. Dann kamen die fernen Signale der Feuerwehr herüber.

Er wußte nicht, wie lange er gewartet hatte; Zeit war im Lager ein belangloser Begriff. Aber plötzlich hörte er durch das unruhige Dunkel Stimmen und dann Schritte. Er kroch unter dem Mantel Lebenthals hervor näher an den Draht heran und horchte. Es waren leichte Schritte, die von links kamen. Er blickte zurück; das Lager war sehr dunkel, und er konnte nicht einmal mehr die Muselmänner sehen, die zur Latrine stolperten. Dafür hörte er, wie einer der Posten den Mädchen etwas nachrief: »Werde um zwölf abgelöst. Treffe euch doch noch, was?«

»Klar, Arthur.«

Die Schritte kamen näher. Es dauerte eine Weile, bis 509 die Umrisse der Mädchen vage gegen den Himmel erkennen konnte. Er sah nach den Maschinengewehrtürmen hinüber. Es war so diesig und dunkel, daß er die Posten nicht sehen konnte – und sie ihn deshalb auch nicht. Vorsichtig begann er zu zischen.

Die Mädchen blieben stehen. »Wo bist du?« flüsterte eine. 509 hob den Arm und winkte.

»Ach da. Hast du das Geld?«

»Ja. Was habt ihr?«

»Gib erst den Zaster her. Drei Mark.«

Das Geld war mit einem langen Stock in einem Beutel, an dem sich ein Bindfaden befand, von Lebenthal unter dem Stacheldraht hinweg auf den Weg geschoben worden. Eines der Mädchen bückte sich, nahm es heraus und zählte es rasch. Dann sagte es: »Hier, paß auf!«

Die beiden holten Kartoffeln aus den Taschen ihrer Mäntel und warfen sie durch den Draht. 509 versuchte, sie in Lebenthals Mantel aufzufangen. »Jetzt kommt das Brot«, sagte das dickere Mädchen.

509 sah, wie die Scheiben durch den Draht segelten. Er fischte sie rasch zusammen.

»So, das ist alles.« Die Mädchen wollten weitergehen.

509 zischte. »Was?« fragte die Dickere.

»Könnt ihr mehr bringen?«

»Nächste Woche.«

»Nein. Wenn ihr von der Kaserne zurückkommt. Die geben euch doch dort, was ihr wollt.«

»Bist du derselbe, wie immer?« fragte das dickere Mädchen und beugte sich vor.

»Die sehen doch alle gleich aus, Fritzi«, sagte das andere.

»Ich kann hier warten«, flüsterte 509. »Ich habe noch Geld.«

»Wieviel?«

»Drei.«

»Wir müssen los, Fritzi«, sagte das andere Mädchen. Sie markierten während der Zeit Schritte auf der Stelle, damit die Posten nicht hören sollten, daß beide nicht weitergingen.

»Ich kann die ganze Nacht warten. Fünf Mark.«

»Du bist ein Neuer, was?« fragte Fritzi. »Wo ist der andere? Tot?«

»Krank. Hat mich hergeschickt. Fünf Mark. Vielleicht auch mehr.«

»Los, Fritzi. Wir können nicht so lange hier stehenbleiben.«

»Schön. Wir werden sehen. Warte meinetwegen hier.«

Die Mädchen gingen weiter. 509 hörte ihre Röcke rascheln. Er kroch zurück, zog den Mantel hinter sich her und legte sich erschöpft nieder. Er hatte das Gefühl zu schwitzen; aber er war ganz trocken.

Als er sich umdrehte, sah er Lebenthal. »Geklappt?« fragte Leo.

»Ja. Die Kartoffeln hier und das Brot.«

Lebenthal beugte sich nieder. »Diese Biester«, sagte er dann. »Was für Blutsauger! Das sind ja fast Preise wie hier im Lager! Eine Mark fünfzig wäre genug gewesen. Für drei Mark hätte Wurst dabei sein müssen. Das kommt davon, wenn man so was nicht selber macht!«

509 hörte nicht zu. »Laß uns teilen, Leo«, sagte er.

Sie krochen hinter die Baracke und legten die Kartoffeln und das Brot auseinander. »Die Kartoffeln brauche ich«, sagte Lebenthal. »Zum Handel morgen.«

»Nein. Wir brauchen jetzt alles selbst.«

Lebenthal blickte auf. »So? Und woher soll ich Geld für das nächste Mal kriegen?«

»Du hast doch noch was.«

»Was du nicht alles weißt!«

Sie hockten sich plötzlich wie Tiere auf allen vieren gegenüber und sahen sich in die eingesunkenen Gesichter.

»Sie kommen heute abend zurück und bringen mehr«, sagte 509. »Sachen von drüben, mit denen du leichter handeln kannst. Ich habe ihnen gesagt, wir hätten noch fünf Mark.«

»Hör mal –« begann Lebenthal. Dann hob er die Schultern. »Wenn du das Geld hast, ist es deine Sache.«

509 starrte ihn an. Schließlich blickte Lebenthal weg und ließ

sich auf die Ellenbogen sinken. »Du machst mich kaputt«, jammerte er leise. »Was willst du eigentlich? Wozu mischst du dich auf einmal in alles ein?«

509 widerstand der Gier, eine Kartoffel in den Mund zu stopfen, und noch eine, rasch, alle, ehe ihm jemand zuvorkam. »Wie stellst du dir das vor?« flüsterte Lebenthal weiter. »Alles auffressen, das Geld ausgeben wie Idioten – wie sollen wir dann neues kriegen?«

Die Kartoffeln. 509 roch sie. Das Brot. Seine Hände wollten dem Denken plötzlich nicht mehr folgen. Sein Magen war nichts mehr als Gier. Essen! Essen! Schlingen! Rasch! Rasch! »Wir haben den Zahn«, sagte er mühsam und drehte den Kopf weg. »Was ist mit dem Zahn? Wir kriegen noch etwas dafür. Was ist damit?«

»Da war heute wenig zu machen. Das dauert noch. Ist auch nicht sicher. Man hat erst, was man in der Hand hat.«

Ist er nicht hungrig? dachte 509. Was redet er? Zerreißt es ihm nicht den Magen? »Leo«, sagte er mit dicker Zunge. »Denk an Lohmann. Wenn wir soweit sind, ist es zu spät. Jeder Tag zählt jetzt. Wir brauchen nicht mehr für Monate im voraus zu denken.«

Von der Richtung des Frauenlagers her kam ein dünner, hoher Schrei – wie von einem ängstlichen Vogel. Ein Muselmann stand dort auf einem Bein und streckte die Arme zum Himmel. Ein zweiter versuchte, ihn zu halten. Es sah aus, als ob beide einen grotesken *pas de deux* vor dem Horizont tanzten. Einen Moment später stürzten sie wie dürres Holz zu Boden, und der Schrei verstummte.

509 drehte sich wieder um. »Wenn wir erst sind wie die, nützt uns alles nichts mehr«, sagte er. »Dann sind wir kaputt für immer. Wir müssen uns wehren, Leo.«

»Wehren – wie?«

»Wehren«, sagte 509 ruhiger. Der Anfall war vorüber. Er konnte wieder sehen. Der Brotgeruch machte ihn nicht mehr blind. Er näherte seinen Kopf Lebenthals Ohr. »Für nachher –« sagte er fast lautlos. »Um uns zu rächen –«

Lebenthal fuhr zurück. »Damit will ich nichts zu tun haben.«

509 lächelte schwach. »Das sollst du auch nicht. Sorge du nur fürs Fressen.«

Lebenthal schwieg eine Zeitlang. Dann griff er in seine Tasche, zählte Geldstücke dicht vor seinen Augen und gab sie 509. »Hier sind drei Mark. Die letzten. Bist du nun zufrieden?«

509 nahm das Geld, ohne zu antworten.

Lebenthal legte das Brot und die Kartoffeln auseinander. »Zwölf Teile. Verflucht wenig dafür.« Er begann abzuzählen. »Elf. Lohmann will nichts mehr. Braucht auch nichts mehr.«

»Gut. Elf.«

»Bring es hinein zu Berger, Leo. Sie warten.«

»Ja. Hier ist deins. Willst du hierbleiben, bis die beiden zurückkommen?«

»Ja.«

»Du hast noch Zeit. Sie kommen nicht vor eins oder zwei.«

»Das macht nichts. Ich bleibe hier.«

Lebenthal zuckte die Achseln. »Wenn sie nicht mehr bringen als vorher, brauchst du überhaupt nicht zu warten. Dafür kann ich auch was im Großen Lager kriegen. Wucherpreise, die Biester!«

»Ja, Leo. Ich werde aufpassen, daß ich mehr kriege.«

509 kroch wieder unter den Mantel. Ihn fror. Die Kartoffeln und sein Stück Brot hielt er in der Hand. Er steckte das Brot in die Tasche. Ich werde heute nacht nichts essen, dachte er. Ich werde bis morgen warten. Wenn ich das fertigbringe, dann – er wußte nicht, was dann sein würde. Irgend etwas. Etwas Wichtiges. Er versuchte es auszudenken. Es ging nicht. Er hatte noch die Kartoffeln in der Hand. Eine große und eine sehr kleine. Sie waren zu stark. Er aß sie. Er verschlang die kleine mit einem Bissen; die große kaute und kaute er. Er hatte nicht erwartet, daß der Hunger danach noch schlimmer werden würde. Er hätte es wissen müssen; es geschah immer wieder, aber man glaubte es jedesmal nicht. Er leckte seine Finger, und

dann biß er in seine Hand, um sie von dem Brot in seiner Tasche fortzuhalten. Ich will das Brot nicht sofort herunterschlingen, wie früher, dachte er. Ich will es erst morgen essen. Ich habe heute abend gegen Lebenthal gewonnen. Ich habe ihn halb überzeugt. Er wollte nicht; aber er hat mir drei Mark gegeben. Ich bin noch nicht kaputt. Ich habe noch Willen. Wenn ich es mit dem Brot aushalte bis morgen – es war ihm, als tropfe schwarzer Regen in seinem Kopf –, dann – er ballte die Fäuste und starrte auf die brennende Kirche – da war es endlich –, dann bin ich kein Tier. Kein Muselmann. Nicht nur eine Freßmaschine. Ich habe dann, es ist – die Schwäche kam wieder, die Gier –, es ist – ich habe es zu Lebenthal vorhin gesagt, aber da hatte ich kein Brot in der Tasche –, sagen ist leicht – es ist – Widerstand – es ist so wie wieder ein Mensch werden – ein Anfang. –

6 Neubauer saß in seinem Büro. Ihm gegenüber saß der Stabsarzt Wiese, ein kleiner, affenähnlicher Mann mit Sommersprossen und einem zerfransten, rötlichen Schnurrbart.

Neubauer war schlecht gelaunt. Er hatte einen dieser Tage, an dem alles schiefzugehen schien. Die Nachrichten in den Zeitungen waren mehr als vorsichtig gewesen; Selma hatte zu Hause herumgemurrt; Freya war mit roten Augen durch die Wohnung geschlichen; zwei Rechtsanwälte hatten ihre Büros in seinem Geschäftshaus gekündigt – und jetzt kam auch noch dieser lausige Pillendreher mit seinen Wünschen daher.

»Wieviel Leute wollen Sie denn haben?« fragte er mürrisch.

»Sechs genügen einstweilen. Körperlich ziemlich weit herunter.«

Wiese gehörte nicht zum Lager. Er besaß vor der Stadt ein kleines Hospital und hatte den Ehrgeiz, ein Mann der Wissenschaft zu sein. Er machte, wie manche andere Ärzte, Experimente an lebenden Menschen, und das Lager hatte ihm einige Male Gefangene dafür zur Verfügung gestellt. Er war mit dem früheren Gauleiter der Provinz befreundet gewesen, und niemand hatte deshalb viel gefragt, wofür er die Leute benutzte. Die Leichen waren immer ordnungsmäß später im Krematorium abgeliefert worden; das hatte genügt.

»Und Sie brauchen die Leute für klinische Experimente?« fragte Neubauer.

»Ja. Versuche für die Armee. Geheim, vorläufig natürlich.« Wiese lächelte. Die Zähne unter seinem Schnurrbart waren überraschend groß.

»So, geheim –« Neubauer schnaufte. Er konnte diese überlegenen Akademiker nicht leiden. Überall mischten sie sich ein und verdrängten mit ihrer Wichtigtuerei die alten Kämpfer. »Sie können haben, so viele Sie wollen«, sagte er. »Wir sind froh, wenn die Leute noch zu etwas gut sind. Alles, was wir hier dafür brauchen, ist ein Überweisungsbefehl.«

Wiese blickte überrascht auf. »Ein Überweisungsbefehl?«

»Gewiß. Ein Überweisungsbefehl von meinem übergeordneten Amt.«

»Aber wieso – ich verstehe das nicht –«

Neubauer unterdrückte seine Genugtuung. Er hatte Wieses Überraschung erwartet. »Ich verstehe wirklich nicht –« sagte der Stabsarzt noch einmal. »Ich habe doch bis jetzt nie etwas Derartiges gebraucht.«

Neubauer wußte das auch. Wiese hatte es nicht gebraucht, weil er den Gauleiter gekannt hatte. Aber der Gauleiter war inzwischen wegen einer undurchsichtigen Angelegenheit ins Feld verschickt worden; das gab Neubauer jetzt eine willkommene Gelegenheit, dem Stabsarzt Schwierigkeiten zu machen.

»Das Ganze ist eine reine Formsache«, erklärte er leutselig. »Wenn die Armee die Überweisung für Sie beantragt, bekommen Sie die Leute ohne weiteres.«

Wiese hatte wenig Interesse daran; er hatte die Armee nur als Vorwand benutzt. Neubauer wußte das ebenfalls. Wiese zerrte nervös an seinem Schnurrbart. »Ich verstehe das alles nicht. Ich habe bisher immer ohnes weiteres Leute bekommen.«

»Für Experimente? Von mir?«

»Hier vom Lager.«

»Da muß ein Irrtum vorliegen.« Neubauer griff zum Telefon. »Ich werde mich einmal erkundigen.«

Er brauchte sich nicht zu erkundigen, er wußte auch so Bescheid. Nach ein paar Fragen legte er den Hörer nieder. »Ganz, wie ich vermutet habe, Herr Doktor. Sie haben früher Leute für leichte Arbeit angefordert und bekommen. So etwas macht unser Arbeitsamt ohne Formalitäten. Wir versorgen täglich Dutzende von Betrieben mit Arbeitskommandos. Die Leute bleiben dabei dem Lager unterstellt. Ihr Fall heute liegt anders. Sie verlangen Leute für klinische Experimente. Das macht eine Überweisung notwendig. Die Leute verlassen damit offiziell das Lager. Dafür brauche ich einen Befehl.«

Wiese schüttelte den Kopf. »Das ist doch eins wie das andere«, erklärte er ärgerlich. »Früher sind die Leute ebenso für Experimente benutzt worden wie jetzt.«

»Davon weiß ich nichts.« Neubauer lehnte sich zurück. »Ich weiß nur, was in den Akten steht. Und ich glaube, es ist besser, wir lassen es dabei. Sie haben zweifellos kein Interesse daran, die Aufmerksamkeit der Behörden auf einen solchen Irrtum zu lenken.«

Wiese schwieg einen Moment. Er merkte, daß er sich selbst gefangen hatte. »Hätte ich Leute bekommen, wenn ich sie für leichte Arbeit angefordert hätte?« fragte er dann.

»Sicherlich. Dafür ist unser Arbeitsamt ja da.«

»Gut. Dann bitte ich um sechs Leute für leichte Arbeit.«

»Aber Herr Stabsarzt!« Neubauer genoß die Situation mit vorwurfsvollem Triumph. »Mir fehlen, offen gestanden, die Grundlagen für einen so plötzlichen Wechsel Ihrer Wünsche. Erst wollen Sie Leute haben, die körperlich möglichst weit herunter sind, und dann verlangen Sie sie für leichte Arbeit. Das ist doch ein Widerspruch! Wer bei uns körperlich weit genug herunter ist, kann nicht einmal mehr Strümpfe stopfen, das können Sie mir glauben. Wir sind hier ein mit preußischer Ordnung geführtes Erziehungs- und Arbeitslager –«

Wiese schluckte, stand brüsk auf und griff nach seiner Mütze. Neubauer erhob sich ebenfalls. Er war zufrieden damit, Wiese geärgert zu haben. Es lag ihm nichts daran, sich den Mann völlig zum Feinde zu machen. Man konnte nie wissen, ob der alte Gauleiter nicht eines Tages wieder in Gnaden aufgenommen werden würde. »Ich habe einen anderen Vorschlag, Herr Doktor«, sagte er deshalb.

Wiese drehte sich um. Er war blaß. Die Sommersprossen stachen scharf aus seinem käsigen Gesicht. »Bitte?«

»Wenn Sie die Leute so dringend brauchen, könnten Sie nach Freiwilligen fragen. Das erspart die Formalitäten. Wenn ein Häftling der Wissenschaft einen Dienst leisten will, so haben wir nichts dagegen. Es ist nicht ganz offiziell, aber das nehme ich auf meine Kappe, besonders bei den nutzlosen Fressern im Kleinen Lager. Die Leute unterschreiben eine entsprechende Erklärung, fertig.«

Wiese antwortete nicht gleich. »In einem solchen Falle ist nicht einmal eine Bezahlung für Arbeitsleistungen nötig«, sagte Neubauer herzlich. »Die Leute bleiben offiziell im Lager. Sie sehen, ich tue, was ich kann.«

Wiese blieb mißtrauisch. »Ich weiß nicht, weshalb Sie plötzlich so schwierig sind. Ich diene dem Vaterland –«

»Das tun wir alle. Ich bin auch nicht schwierig. Nur ordentlich. Bürokram. Scheint einem wissenschaftlichen Genie wie Ihnen unnötig zu sein; aber für uns ist es nun mal die halbe Welt.«

»Ich kann also sechs Freiwillige haben?«

»Sechs und mehr, wenn Sie wollen. Ich werde Ihnen sogar unsern ersten Lagerführer auf die Tour mitgeben; er kann Sie zum Kleinen Lager führen. Sturmführer Weber. Überaus fähiger Mann.«

»Gut. Danke.«

»Nichts zu danken. War ein Vergnügen.«

Wiese ging. Neubauer griff zum Telefon und instruierte Weber. »Lassen Sie ihn sich ordentlich abzappeln! Keine Befehle! Nur Freiwillige. Er soll sich meinetwegen die Schwindsucht an den Hals reden. Wenn keiner will, können wir ihm eben auch nicht helfen.«

Er schmunzelte und legte den Hörer wieder auf. Seine schlechte Laune war verschwunden. Es hatte ihm gutgetan, einem dieser Kulturbonzen einmal zu zeigen, daß man auch noch etwas zu melden hatte. Das mit den Freiwilligen war ein besonders guter Einfall gewesen. Es würde Wiese schwerfallen, jemand zu ergattern. Die Gefangenen wußten fast alle Bescheid. Selbst der Lagerarzt, der sich ebenfalls für einen Gelehrten hielt, mußte sich seine Opfer auf den Straßen zusammenfangen, wenn er gesunde Leute für Experimente brauchte. Neubauer grinste und beschloß, später nachzuforschen, was aus der Sache geworden war.

»Kann man die Wunde sehen?« fragte Lebenthal.

»Kaum«, sagte Berger. »Die SS sicher nicht. Es war der vorletzte Backenzahn. Der Kiefer ist jetzt starr.«

Sie hatten die Leiche Lohmanns vor die Baracke gelegt. Der Morgenappell war vorbei. Sie warteten auf den Wagen für die Toten.

Ahasver stand neben 509. Seine Lippen bewegten sich. »Für diesen brauchst du nicht Kaddisch zu sagen, Alter«, erklärte 509. »Dieser war ein Protestant.«

Ahasver blickte auf. »Es wird ihm nicht schaden«, sagte er ruhig und murmelte weiter.

Bucher erschien. Hinter ihm kam Karel, der Knabe aus der Tschechoslowakei. Seine Beine waren dünn wie Stöcke und das Gesicht winzig wie eine Faust unter dem viel zu großen Schädel. Er schwankte.

»Geh zurück, Karel«, sagte 509. »Hier ist es zu kalt für dich.«

Der Junge schüttelte den Kopf und kam näher. 509 wußte, warum er bleiben wollte. Lohmann hatte ihm manchmal etwas von seinem Brot gegeben. Und dieses hier war Lohmanns Beerdigung; es war der Weg zum Friedhof, es waren die Kränze und Blumen mit bitterem Geruch, es war Beten und Klagen, es war alles, was sie noch für ihn tun konnten – dieses: da zu stehen und mit trockenen Augen auf den Körper zu starren, der in der frühen Sonne lag.

»Da kommt der Wagen«, sagte Berger.

Das Lager hatte früher nur Leichenträger gehabt; dann, als die Toten zahlreicher wurden, außerdem einen Wagen mit einem Schimmel. Der Schimmel war gestorben, und jetzt hatte man ein ausgedientes, flaches Lastauto mit einer Lattenverschalung, wie es zum Transport von geschlachtetem Vieh benutzt wurde. Es fuhr von Baracke zu Baracke, um die Toten zu sammeln.

»Sind Leichenträger dabei?«

»Nein.«

»Dann müssen wir ihn selbst aufladen. Holt Westhof und Meyer.«

»Die Schuhe«, flüsterte Lebenthal plötzlich aufgeregt. »Verdammt, wir haben sie vergessen. Man kann sie noch brauchen!«

»Ja. Aber er muß etwas an den Füßen haben. Haben wir was?«

»In der Baracke ist noch das zerrissene Paar von Buchsbaum. Ich hole es.«

»Stellt euch hier herum«, sagte 509. »Rasch! Paßt auf, daß man mich nicht sehen kann.«

Er kniete neben Lohmann nieder. Die andern stellten sich so, daß er gegen das Lastauto, das vor Baracke 17 hielt, und gegen die Posten auf den nächsten Türmen geschützt war. Er konnte die Schuhe leicht abziehen, sie waren zu groß. Die Füße Lohmanns bestanden nur aus Knochen.

»Wo ist das andere Paar? Rasch, Leo!«

»Hier –«

Lebenthal kam aus der Baracke. Die zerrissenen Schuhe hatte er unter seiner Jacke. Er trat zwischen die andern und drehte sich so, daß er sie vor 509 fallen lassen konnte. 509 gab ihm die anderen in die Hände. Lebenthal schob sie unter seiner Jacke hoch, bis sie in seinen Achseln verborgen waren, und ging dann zur Baracke zurück. 509 streifte Lohmann die zerrissenen Schuhe Buchsbaums über die Füße und stand taumelnd auf. Das Auto hielt jetzt vor Baracke 18.

»Wer fährt es?«

»Der Kapo selbst. Strohschneider.«

Lebenthal kam zurück. »Wie konnten wir das nur vergessen!« sagte er zu 509. »Die Sohlen sind noch gut.«

»Kann man sie verkaufen?«

»Tauschen.«

»Gut.«

Das Auto kam näher. Lohmann lag in der Sonne. Der Mund war schiefgezogen und etwas offen, und eines der Augen schimmerte wie ein gelber Hornknopf. Keiner sagte mehr etwas. Alle sahen ihn an. Er war endlos weit weg.

Die Leichen der Sektion B und C waren aufgeladen. »Los!« schrie Strohschneider. »Wollt ihr noch eine Predigt. Schmeißt die Stinker rauf.«

»Kommt«, sagte Berger.

Sektion D hatte diesen Morgen nur vier Leichen. Für die drei ersten fand sich noch Platz. Dann aber war der Wagen voll. Die Veteranen wußten nicht mehr, wo sie Lohmann unterbringen sollten. Die übrigen Leichen lagen bis oben hin übereinander. Die meisten waren steif. »Oben drauf!« schrie Strohschneider. »Soll ich euch Beine machen? Laßt ein paar raufklettern, ihr faulen Schweine! Das ist doch die einzige Arbeit, die ihr noch zu machen braucht. Krepieren und aufladen!«

Sie konnten Lohmann nicht von unten auf den Wagen heben.

»Bucher! Westhof!« sagte 509. »Kommt!«

Sie legten die Leiche wieder auf den Boden. Lebenthal, 509, Ahasver und Berger halfen Bucher und Westhof, auf den Wagen zu klettern. Bucher war fast oben, als er ausrutschte und schwankte. Er griff nach einem Halt; aber die Leiche, an der er sich hielt, war noch nicht starr. Sie gab nach und glitt mit ihm zusammen herunter. Es sah entsetzlich demütig aus, wie sie so widerstandslos auf die Erde glitt, als bestände sie aus nichts als aus Gelenken. »Verdammt!« schrie Strohschneider. »Was ist das für eine Sauerei?«

»Rasch, Bucher! Noch einmal!« flüsterte Berger.

Sie keuchten und schoben Bucher wieder hoch. Es gelang ihm diesmal, sich festzuhalten. »Erst die andere«, sagte 509. »Sie ist noch weich. Wir können sie leichter weiterschieben.«

Es war der Körper einer Frau. Sie war schwerer, als die Leichen im Lager gewöhnlich waren. Sie hatte auch noch Lippen. Sie war gestorben, nicht verhungert. Sie hatte noch Brüste, keine Hautsäcke. Sie war nicht aus der Frauenabteilung, die an das Kleine Lager grenzte; dann wäre sie magerer gewesen. Sie mußte vom Austauschlager der Juden mit südamerikanischen Einreisepapieren sein; dort waren noch Familien zusammen.

Strohschneider war von seinem Sitz geklettert und sah die Frau. »Wollt euch aufgeilen, ihr Ziegenböcke, was?« Er brüllte vor Lachen über seinen Witz. Als Kapo des Leichenträgerkommandos hätte er den Wagen nicht selbst zu fahren brauchen; er tat es, weil es ein Auto war. Er war früher Chauffeur gewesen und fuhr, wo er nur konnte. Er war auch stets gut gelaunt, wenn er am Steuer saß. Zu acht brachten sie den weichen Körper endlich wieder hinauf. Sie zitterten vor Erschöpfung. Dann hoben sie Lohmann an, während Strohschneider Kautabaksaft nach ihnen spuckte. Lohmann war sehr leicht nach der Frau. »Hakt ihn fest«, flüsterte Berger Bucher und Westhof zu. »Hakt seinen Arm an einem andern fest.«

Es gelang ihnen, einen Arm Lohmanns durch die seitliche Lattenverschalung des Wagens zu schieben. Die Querstrebe hielt den Körper unter der Achselhöhle fest.

»Fertig«, sagte Bucher und ließ sich herunterfallen.

»Fertig, ihr Heuschrecken?«

Strohschneider lachte. Die zehn hastigen Skelette hatten ihn an riesige Heuschrecken erinnert, die eine starre, elfte herumschleppten. »Ihr Heuschrecken«, wiederholte er und sah die Veteranen an. Keiner lachte mit. Sie keuchten nur und starrten auf das Ende des Lastautos, aus dem die Füße der Toten ragten.

Viele Füße. Ein paar Kinderfüße in schmutzigen weißen Schuhen waren darunter.

»Nun«, sagte Strohschneider, während er auf seinen Sitz kletterte. »Wer von euch Typhusbrüdern ist der nächste?« Niemand antwortete. Strohschneiders gute Laune schwand. »Scheißer«, knurrte er. »Und selbst dazu seid ihr noch zu dämlich.«

Er gab überraschend Gas. Der Motor knatterte. Die Skelette sprangen zur Seite. Strohschneider nickte erfreut und wendete den Wagen.

Sie standen im blauen Ölrauch. Lebenthal hustete. »Dieses dicke, vollgefressene Schwein«, schimpfte er.

509 blieb in dem Qualm stehen. »Vielleicht ist das gut gegen Läuse.«

Der Wagen fuhr zum Krematorium hinunter. Lohmanns Arm stand seitlich heraus. Der Wagen wippte auf der unebenen Straße, und der Arm schwankte, als winke er. 509 sah hinterher. Er fühlte die Goldkrone in der Tasche. Einen Moment war ihm, als hätte der Zahn auch verschwunden sein müssen, zusammen mit Lohmann. Lebenthal hustete immer noch. 509 wandte sich um. Er fühlte in seiner Tasche jetzt auch das Stück Brot vom Abend vorher. Er hatte es noch nicht gegessen. Er fühlte es, und es schien ihm wie ein sinnloser Trost. »Wie ist es mit den Schuhen, Leo?« fragte er. »Was sind sie wert?«

Berger war auf dem Wege zum Krematorium, als er Weber und Wiese sah. Er humpelte sofort zurück. »Weber kommt! Mit Handke und einem Zivilisten! Ich glaube, es ist der Meerschweinarzt. Vorsicht!«

Die Baracken gerieten in Aufruhr. Höhere SS-Offiziere kamen fast nie ins Kleine Lager. Jeder wußte, daß es einen besonderen Grund haben mußte. »Der Schäferhund, Ahasver!« rief 509. »Versteck ihn!«

»Glaubst du, daß sie die Baracken revidieren wollen?«

»Vielleicht nicht. Es ist ein Zivilist dabei.«

»Wo sind sie?« fragte Ahasver. »Ist noch Zeit?«

»Ja. Rasch!«

Der Schäferhund legte sich gehorsam nieder, während Ahasver ihn streichelte und 509 ihm Hände und Füße band, damit er nicht nach draußen laufen konnte. Er tat es zwar nie; aber dieser Besuch war außergewöhnlich, und es war besser, nichts zu riskieren. Ahasver stopfte ihm noch einen Lappen in den Mund, so daß er atmen, aber nicht bellen konnte. Dann schoben sie ihn in die dunkelste Ecke. »Bleib da!« Ahasver hob die Hand. »Ruhig! Platz!« Der Schäferhund hatte versucht, sich zu erheben. »Leg dich! Still! Bleib da!« Der Irrsinnige sank zurück.

»Raustreten!« schrie Handke draußen.

Die Skelette drängten sich heraus. Wer nicht gehen konnte, wurde gestützt oder getragen und auf die Erde gelegt.

Es war ein erbärmlicher Haufen von halbtoten, sterbenden und verhungernden Menschen. Weber wandte sich an Wiese. »Ist das hier, was Sie brauchen?«

Wieses Nasenflügel schnupperten, als rieche er einen Braten. »Prächtige Spezimen«, murmelte er. Dann setzte er eine Hornbrille auf und betrachtete die Reihen wohlwollend. »Wollen Sie sie aussuchen?« fragte Weber.

Wiese hüstelte. »Ja – nun, da war von Melden die Rede – freiwillig –«

»Na, schön«, erwiderte Weber. »Wie Sie wollen. Sechs Mann vortreten für leichte Arbeit.«

Niemand bewegte sich. Weber wurde rot. Die Blockältesten schrien das Kommando nach und begannen eilig Leute vorzustoßen. Weber ging gelangweilt die Reihen entlang und entdeckte plötzlich Ahasver im hinteren Glied vor Baracke 22. »Der da! Der mit dem Bart!« schrie er. »Raustreten! Weißt du nicht, daß es verboten ist, so rumzulaufen? Blockältester! Was fällt Ihnen ein? Wozu sind Sie da? Vortreten, der Kerl da!«

Ahasver trat vor. »Zu alt«, murmelte Wiese und hielt Weber zurück. »Einen Augenblick. Ich glaube, wir sollten das anders machen.«

»Leute«, sagte er dann sanft. »Ihr gehört ins Hospital. Alle.

Im Lagerlazarett ist kein Platz mehr. Ich kann sechs von euch anderswo unterbringen. Ihr braucht Suppe, Fleisch und kräftige Kost. Die sechs, die es am nötigsten haben, vortreten.«

Niemand trat vor. An solche Märchen glaubte keiner im Lager. Die Veteranen hatten Wiese außerdem wiedererkannt. Sie wußten, daß er schon einige Male Leute geholt hatte. Keiner war wiedergekommen.

»Ihr habt wohl noch zuviel zu fressen, was?« schnauzte Weber. »Das werden wir ändern. Sechs Mann vortreten, aber flott!«

Aus Sektion B taumelte ein Skelett nach vorne und blieb stehen. »Gut«, sagte Wiese und musterte es. »Sie sind vernünftig, lieber Mann. Wir werden Sie schon auffüttern.« Ein zweiter folgte. Dann noch einer. Es waren neue Zugänge. »Los! Drei mehr!« rief Weber ärgerlich. Er hielt die Sache mit dem freiwilligen Melden für eine Kateridee Neubauers. Man befahl auf der Schreibstube, und die sechs Leute wurden geliefert, fertig.

Wieses Mundwinkel zuckten. »Ich garantiere euch persönlich für gute Kost, Leute. Fleisch, Kakao, nahrhafte Suppen!«

»Herr Stabsarzt«, sagte Weber. »Die Bande versteht nicht, wenn man so mit ihr redet.«

»Fleisch?« fragte das Skelett Wassja, das wie hypnotisiert neben 509 stand.

»Natürlich, mein lieber Mann.« Wiese wandte sich ihm zu. »Täglich. Täglich Fleisch.«

Wassja kaute. 509 stieß ihn warnend mit dem Ellbogen an. Es war kaum eine Bewegung gewesen; aber Weber hatte sie trotzdem bemerkt. »Sauhund!« Er trat 509 gegen den Bauch. Es war kein übermäßig kräftiger Tritt; es war ein Warntritt, kein Scharftritt, nach Webers Meinung. Aber 509 fiel um.

»Aufstehn, Schwindler!«

»Nicht so, nicht so«, murmelte Wiese und hielt Weber zurück. »Ich muß sie heil haben.«

Er beugte sich über 509 und tastete ihn ab. Nach einer Weile öffnete 509 die Augen. Er sah Wiese nicht an. Er sah Weber an.

Wiese richtete sich auf. »Sie müssen ins Hospital, lieber Mann. Wir werden für Sie sorgen.«

»Ich bin nicht verletzt«, keuchte 509 und stand mit Mühe auf.

Wiese lächelte. »Das weiß ich als Arzt besser.« Er wandte sich an Weber. »Das wären noch zwei. Nun der letzte. Ein jüngerer.« Er zeigte auf Bucher, der auf der anderen Seite neben 509 gestanden hatte. »Der vielleicht –«

»Marsch raus!«

Bucher trat neben 509 und die anderen. Weber sah jetzt durch die Lücke, die entstanden war, den tschechischen Knaben Karel. »Da ist noch eine halbe Portion. Wollen Sie die als Zugabe haben?«

»Danke. Ich brauche ausgewachsene Leute. Diese genügen. Herzlichen Dank.«

»Gut. Ihr sechs meldet euch in fünfzehn Minuten auf der Schreibstube. Blockältester! Nummern notieren! Gewaschen, ihr dreckigen Schweine!«

Sie standen, als hätte ein Blitz eingeschlagen. Keiner sprach. Sie wußten, was es bedeutete. Nur Wassja grinste. Er war schwachsinnig vor Hunger und glaubte, was Wiese gesagt hatte. Die drei Neuen starrten stumpf ins Leere; sie wären willenlos jedem Befehl gefolgt, auch dem, in den elektrisch geladenen Draht zu laufen. Ahasver lag am Boden und stöhnte. Handke hatte ihn mit einem Knüppel verprügelt, nachdem Weber und Wiese gegangen waren.

»Josef!« Eine schwache Stimme kam vom Frauenlager herüber. Bucher rührte sich nicht. Berger stieß ihn an. »Da ist Ruth Holland.«

Das Frauenlager lag links neben dem Kleinen Lager und war von ihm durch einen doppelten, ungeladenen Stacheldraht getrennt. Es bestand nur aus zwei kleinen Baracken, die während des Krieges eingerichtet worden waren, als die neuen Massenverhaftungen begannen. Früher waren keine Frauen im Lager gewesen.

Bucher hatte vor zwei Jahren einige Wochen als Tischler drüben gearbeitet. Dabei hatte er Ruth Holland getroffen. Beide hatten sich heimlich ab und zu für kurze Zeit sehen und sprechen können; dann war Bucher zu einem anderen Kommando versetzt worden. Sie hatten sich erst wieder gesehen, als er ins Kleine Lager eingeliefert worden war. Manchmal nachts oder bei Nebel hatten sie dann miteinander flüstern können.

Ruth Holland stand hinter dem Stacheldraht, der die beiden Lager trennte. Der Wind wehte den gestreiften Kittel um ihre dünnen Beine. »Josef!« rief sie wieder.

Bucher hob den Kopf. »Geh vom Draht weg! Sie sehen dich!«

»Ich habe alles gehört. Tu es nicht!«

»Geh vom Draht weg, Ruth. Der Posten kann schießen.«

Sie schüttelte den Kopf. Ihr Haar war kurz und völlig grau. »Du nicht! Bleib hier! Geh nicht! Bleib hier, Josef!«

Bucher sah hilflos zu 509 hinüber. »Wir kommen wieder«, sagte 509 für ihn.

»Er kommt nicht wieder. Ich weiß es. Und du weißt es auch.« Sie preßte die Hände gegen den Draht. »Nie kommt jemand wieder.«

»Geh zurück, Ruth.« Bucher blickte nach den Wachttürmen. »Es ist gefährlich, da zu stehen.«

»Er kommt nicht wieder! Ihr wißt es alle!«

509 erwiderte nichts. Es war nichts zu erwidern. Er war taub in sich selbst. Er hatte kein Gefühl mehr. Nicht für andere und nicht für sich selbst. Alles war vorbei, er wußte es, aber er fühlte es noch nicht. Er fühlte nur, daß er nichts fühlte.

»Er kommt nicht wieder«, wiederholte Ruth Holland. »Er soll nicht gehen.«

Bucher starrte auf den Boden. Er war zu benommen, um weiter zu antworten. »Er soll nicht gehen«, sagte Ruth Holland. Es war wie eine Litanei. Monoton, ohne Erregung. Es war schon jenseits aller Erregung. »Jemand anders soll gehen. Er ist jung. Jemand anders soll für ihn gehen –« Niemand antwortete. Jeder wußte, daß Bucher gehen mußte. Die Nummern waren von Handke aufgeschrieben worden. Und wer wäre schon für ihn gegangen?

Sie standen und sahen sich an. Die, die gehen mußten, und die, die zurückblieben. Sie sahen sich an. Wenn ein Blitz eingeschlagen und Bucher und 509 getötet hätte, wäre es erträglicher gewesen. Es war unerträglich, weil in diesem letzten Blick noch die Lüge war, das schweigende: warum ich? Gerade ich? auf der einen – und das: Gottlob, nicht ich! Nicht ich! auf der anderen Seite.

Ahasver richtete sich langsam vom Boden auf. Er starrte noch einen Augenblick benommen vor sich hin; dann erinnerte er sich. Er flüsterte etwas.

Berger drehte sich um.

»Ich bin schuld«, krächzte der Alte plötzlich. »Ich – mein Bart – dadurch ist er hergekommen! Sonst wäre er drüben geblieben. Oi –«

Er begann mit beiden Händen an seinem Bart zu zerren. Tränen stürzten ihm übers Gesicht. Er war zu schwach, um sich die Haare auszureißen. Er saß auf dem Boden und zerrte seinen Kopf hin und her.

»Geh in die Baracke«, sagte Berger scharf.

Ahasver starrte ihn an. Dann ließ er sich vornüber aufs Gesicht fallen und heulte.

»Wir müssen gehen«, sagte 509.

»Wo ist der Zahn?« fragte Lebenthal.

509 griff in die Tasche und hielt ihn Lebenthal hin.

»Hier –«

Lebenthal nahm ihn. Er zitterte. »Dein Gott!« stammelte er und machte eine vage Bewegung zur Stadt und der ausgebrannten Kirche hinunter. »Deine Zeichen! Deine Feuersäule!«

509 tastete wieder nach seiner Tasche. Er hatte das Stück Brot gefühlt, während er den Zahn herausnahm. Was hatte es nun genützt, daß er es nicht gegessen hatte? Er hielt es Lebenthal hin.

»Iß es selbst«, sagte Lebenthal wütend und hilflos. »Es ist deins.«

»Für mich hat es keinen Zweck mehr.«

Ein Muselmann hatte das Brotstück gesehen. Er stolperte rasch heran, den Mund weit offen, umklammerte den Arm von 509 und schnappte danach. 509 stieß ihn weg und schob das Brotstück in die Hand von Karel, der die ganze Zeit schweigend neben ihm gestanden hatte. Der Muselmann griff nach Karel. Der Junge trat ihm ruhig und genau gegen das Schienbein. Der Muselmann schwankte, und die andern stießen ihn weg.

Karel sah 509 an.

»Werdet ihr vergast?« fragte er sachlich.

»Hier gibt es keine Gaskammern, Karel. Du solltest das wissen«, sagte Berger ärgerlich.

»Das haben sie uns in Birkenau auch gesagt. Wenn sie euch Handtücher geben und euch sagen, ihr sollt baden, dann ist es Gas.«

Berger schob ihn beiseite. »Geh und iß dein Brot, sonst nimmt es dir ein anderer weg.«

»Ich passe schon auf.« Karel stopfte das Brot in den Mund. Er hatte gefragt, wie man nach einem Reiseziel fragt, und hatte nichts Böses gemeint. Er war in Konzentrationslagern aufgewachsen und kannte nichts anderes. »Kommt –« sagte 509.

Ruth Holland begann zu weinen. Ihre Hände hingen wie Vogelkrallen am Stacheldraht. Sie fletschte die Zähne und stöhnte. Sie hatte keine Tränen.

»Kommt –« sagte 509 noch einmal. Er ließ die Augen über die Zurückbleibenden gleiten. Die meisten waren schon gleichgültig in die Baracken zurückgekrochen. Nur die Veteranen und ein paar andere standen da. Es schien 509 plötzlich, als hätte er noch etwas ungeheuer Wichtiges zu sagen, etwas, von dem alles abhinge. Er mühte sich mit aller Kraft, aber er konnte es nicht in Gedanken und Worte bringen. »Vergeßt dies nicht«, sagte er schließlich nur.

Keiner erwiderte etwas. Er sah, daß sie es vergessen würden.

Sie hatten Ähnliches schon zu oft gesehen. Bucher hätte es vielleicht nicht vergessen, er war jung genug; aber der mußte mit.

Sie stolperten den Weg entlang. Sie hatten sich nicht gewaschen. Das war ein Witz Webers gewesen; das Lager hatte nie genug Wasser. Sie gingen vorwärts. Sie sahen sich nicht um. Sie kamen durch die Stacheldrahtpforte, die das Kleine Lager abtrennte. Die Krepierpforte. Wassja schmatzte. Die drei Neuen gingen wie Automaten. Sie kamen an den ersten Baracken des Arbeitslagers vorbei. Die Kommandos waren längst ausgerückt. Die Baracken waren leer und trostlos; aber sie schienen 509 jetzt das Begehrenswerteste der Welt zu sein. Sie waren plötzlich Geborgenheit, Leben und Sicherheit. Er hätte hineinkriechen und sich verstecken mögen, fort von diesem erbarmungslosen Gang in den Tod. Zwei Monate zu früh, dachte er stumpf. Vielleicht nur zwei Wochen zu früh. Alles umsonst. Umsonst.

»Kamerad«, sagte plötzlich jemand neben ihm. Es war vor Baracke 13. Der Mann stand vor der Tür und hatte ein Gesicht, das schwarz mit Bartstoppeln war.

509 blickte auf. »Vergeßt das nicht«, murmelte er. Er kannte den Mann nicht.

»Wir werden es nicht vergessen«, erwiderte der Mann. »Wohin geht ihr?«

Die Leute, die im Arbeitslager zurückgeblieben waren, hatten Weber und Wiese gesehen. Sie wußten, daß das etwas Besonderes bedeuten mußte.

509 blieb stehen. Er sah den Mann an. Auf einmal war er nicht mehr stumpf. Er fühlte wieder das Wichtige, das er noch zu sagen hatte, das, was nicht verlorengehen durfte. »Vergeßt es nicht«, flüsterte er. »Nie! Nie!«

»Nie!« wiederholte der Mann mit fester Stimme. »Wohin müßt ihr?«

»In ein Hospital. Als Versuchskaninchen. Vergeßt es nicht. Wie heißt du?«

»Lewinsky, Stanislaus.«

»Vergiß es nicht, Lewinsky«, sagte 509. Es war ihm, als hätte es mehr Kraft mit dem Namen. »Lewinsky, vergiß es nicht.«

»Ich werde es nicht vergessen.«

Lewinsky rührte mit der Hand an die Schulter von 509. 509 spürte es weiter als nur bis zur Schulter. Er sah Lewinsky noch einmal an. Lewinsky nickte. Sein Gesicht war nicht wie die Gesichter im Kleinen Lager. 509 fühlte, daß er verstanden worden war. Er ging weiter.

Bucher hatte auf ihn gewartet. Sie erreichten die Gruppe der vier anderen, die weitergetrottet waren. »Fleisch«, murmelte Wassja. »Suppe und Fleisch.«

Die Schreibstube roch nach kaltem Mief und Lederwichse. Der Kapo hatte die Papiere vorbereitet. Er sah die sechs ausdruckslos an. »Ihr sollt das hier unterschreiben.«

509 blickte auf den Tisch. Er verstand nicht, was da zu unterschreiben war. Gefangene wurden gewöhnlich kommandiert, und damit fertig. Dann spürte er, daß ihn jemand ansah. Es war einer der Schreiber, der hinter dem Kapo saß. Er hatte feuerrotes Haar. Als er sah, daß 509 ihn bemerkte, bewegte er fast unmerklich den Kopf von rechts nach links und blickte sofort wieder auf seinen Tisch.

Weber kam herein. Alles stand stramm. »Weitermachen!« kommandierte er und nahm die Papiere vom Tisch. »Noch nicht fertig? Los, unterschreibt das!«

»Ich kann nicht schreiben«, sagte Wassja, der am nächsten stand.

»Dann mach drei Kreuze.«

Wassja machte drei Kreuze. »Der nächste!«

Die drei Neuen traten einer nach dem andern heran. 509 versuchte sich krampfhaft zu sammeln. Es schien ihm, als müßte irgendwo noch ein Ausweg sein. Er sah wieder zu dem Schreiber hinüber; aber der blickte nicht mehr auf.

»Jetzt du!« knurrte Weber. »Los! Träumst wohl, was?« 509 nahm den Zettel auf. Seine Augen waren trübe. Die paar Schreibmaschinenzeilen wollten nicht still stehen. »Lesen auch noch!« Weber gab ihm einen Stoß. »Unterschreib, Lausehund!«

509 hatte genug gelesen. Er hatte die Worte: »hiermit erkläre ich freiwillig –« gelesen. Er ließ das Blatt auf den Tisch fallen. Da war die verzweifelte, letzte Gelegenheit! Das hatte der Schreiber gemeint.

»Los, du Zitterbock! Soll ich dir die Hand führen?«

»Ich melde mich nicht freiwillig«, sagte 509.

Der Kapo starrte ihn an. Die Schreiber hoben die Köpfe und duckten sich sofort wieder über ihre Papiere. Es wurde einen Moment sehr still.

»Was?« fragte Weber dann ungläubig.

509 holte Atem. »Ich melde mich nicht freiwillig.«

»Du weigerst dich, zu unterschreiben?«

»Ja.«

Weber leckte sich die Lippen. »So, du unterschreibst das nicht?« Er nahm die linke Hand von 509, drehte sie und riß sie ihm über dem Rücken hoch. 509 fiel nach vorn auf den Boden. Weber hielt die verdrehte Hand weiter fest, zog 509 daran hoch, wippte und trat ihm auf den Rücken. 509 schrie und wurde still.

Weber nahm ihn mit der anderen Hand am Kragen und stellte ihn wieder auf. 509 fiel um. »Schwächling!« knurrte Weber. Dann öffnete er eine Tür. »Kleinert! Michel! Nehmt den Jammerkerl mal nach drüben und macht ihn munter. Laßt ihn da. Ich komme rüber.«

Sie schleppten 509 hinaus. »Jetzt du!« sagte Weber zu Bucher. »Unterschreib!«

Bucher zitterte. Er wollte nicht zittern, aber er hatte keine Gewalt über sich. Er war plötzlich allein. 509 war nicht mehr da. Alles in ihm gab nach. Er mußte rasch tun, was 509 getan hatte, sonst war es zu spät, und er würde wie ein Automat ausführen, was man ihm befahl.

»Ich unterschreibe auch nicht«, stammelte er.

Weber grinste. »Sieh mal an! Noch einer! Das ist ja wie in den alten guten Anfangstagen!«

Bucher fühlte den Schlag kaum. Eine krachende Finsternis brach über ihm zusammen. Als er aufwachte, stand Weber über ihm. 509, dachte er stumpf. 509 ist zwanzig Jahre älter als ich. Mit dem hat er dasselbe gemacht. Ich muß durchhalten! Er spürte das Reißen, das Feuer, die Messer in den Schultern, er hörte nicht, daß er schrie – dann kam die Finsternis wieder.

Als er zum zweitenmal aufwachte, lag er naß neben 509 in einem andern Raum auf dem Zementboden. Durch ein Rauschen kam die Stimme Webers. »Ich könnte das ja für euch unterschreiben lassen, und es wäre erledigt; aber ich werde das nicht tun. Ich werde euren Trotz erst einmal in aller Gemütlichkeit brechen. Ihr werdet das selbst unterschreiben. Ihr werdet mich auf den Knien bitten, unterschreiben zu dürfen, wenn ihr es dann noch könnt.«

509 sah Webers Kopf dunkel vor dem Fenster. Der Kopf schien sehr groß vor dem Himmel dahinter. Der Kopf war Tod und der Himmel dahinter plötzlich Leben, Leben, ganz gleich, wo und wie, verlaust, zerschlagen, blutend, Leben trotz allem, einen jähen Augenblick lang – dann brach die Stumpfheit hölzern hinein, die Nerven erloschen barmherzig wieder, und nichts war mehr da als das matte Dröhnen. Wozu wehre ich mich, dachte etwas trübe in ihm, als er wieder aufwachte – es ist doch egal, hier totgeschlagen zu werden oder zu unterschreiben und durch eine Spritze erledigt zu werden, schneller als hier, schmerzloser – dann hörte er eine Stimme neben sich, seine eigene Stimme, mit der ein anderer zu sprechen schien – »nein – ich unterschreibe nicht – und wenn Sie mich totschlagen –«

Weber lachte. »Das möchtest du wohl, du Gerippe! Damit es vorbei ist, wie? Totschlagen dauert Wochen bei uns. Wir fangen gerade erst an.«

Er nahm den Koppelriemen wieder auf. Der Schlag traf 509 über die Augen. Er verletzte sie nicht; sie waren zu tief eingesunken. Der zweite traf die Lippen. Sie rissen ein wie trockenes Pergament. Nach ein paar weiteren Hieben über den Schädel mit dem Koppelschloß war er wieder bewußtlos. Weber schob ihn beiseite und schlug auf Bucher los. Bucher versuchte, sich wegzuducken; aber er war viel zu langsam. Der Schlag traf ihn über die Nase. Er krümmte sich, und Weber trat ihm zwischen die Beine. Bucher schrie. Er spürte noch das Koppelschloß einige Male in seinen Nacken hacken, dann fiel er wieder in den Sturm der Dunkelheit.

Er hörte verworrene Stimmen; aber er rührte sich nicht. Solange er bewußtlos schien, würde er nicht weitergeschlagen werden. Die Stimmen gingen über ihn hinweg, endlos. Er versuchte nicht hinzuhören, aber sie kamen näher und stachen in seine Ohren und sein Gehirn.

»Bedaure, Herr Doktor, aber wenn die Leute nicht freiwillig wollen – Sie sehen, Weber hat ihnen gründlich zugeredet.«

Neubauer war glänzender Laune. Seine Erwartungen waren weit übertroffen worden. »Haben Sie das hier verlangt?« fragte er Wiese.

»Selbstverständlich nicht.«

Bucher versuchte vorsichtig zu blinzeln. Aber er konnte seine Augenlider nicht kontrollieren. Sie klappten auf wie die einer mechanischen Puppe. Er sah Wiese und Neubauer. Dann sah er 509. 509 hatte die Augen ebenfalls offen.

Weber war nicht mehr da.

»Selbstverständlich nicht«, erklärte Wiese noch einmal. »Als Kulturmensch –«

»Als Kulturmensch«, unterbrach Neubauer ihn, »brauchen Sie diese Leute für Ihre Experimente, nicht wahr?«

»Das ist eine Angelegenheit der Wissenschaft. Unsere Versuche retten zehntausend anderen Menschen das Leben. Sie verstehen das vielleicht nicht –«

»Doch. Aber Sie verstehen dies hier vielleicht nicht. Es ist eine einfache Sache der Disziplin. Überaus wichtig ebenfalls.«

»Jeder auf seine Art«, erklärte Wiese hochmütig.

»Gewiß, gewiß. Bedaure, daß ich Ihnen nicht besser behilflich sein konnte. Aber wir zwingen keinen unserer Schützlinge zu etwas. Und die Leute hier scheinen eine Abneigung dagegen zu haben, das Lager zu verlassen.« Er wandte sich zu 509 und Bucher. »Ihr wollt also lieber im Lager bleiben?«

509 bewegte die Lippen. »Was?« fragte Neubauer scharf.

»Ja«, sagte 509.

»Und du dort?«

»Ich auch«, flüsterte Bucher.

»Sehen Sie, Herr Stabsarzt?« Neubauer lächelte. »Die Leute lieben es hier. Da ist nichts zu machen.«

Wiese lächelte nicht. »Tölpel«, sagte er verächtlich in die Richtung von 509 und Bucher. »Dieses Mal wollten wir wirklich nichts anderes machen als Fütterungsexperimente.«

Neubauer blies den Rauch einer Zigarre von sich. »Um so besser. Doppelte Strafe für Insubordination. Immerhin, wenn Sie noch versuchen wollen, im Lager andere zu finden – es steht Ihnen frei, Herr Doktor.«

»Danke«, sagte Wiese kalt.

Neubauer schloß die Tür hinter ihm und kam zurück in den Raum. Die würzige, blaue Rauchwolke des Tabaks umwehte ihn. 509 roch sie und fühlte plötzlich eine reißende Gier in seinen Lungen. Sie hatte nichts mit ihm zu tun; es war eine fremde, selbständige Gier, die sich in seine Lungen einkrallte. Unbewußt atmete er tief und spürte den Rauch, und gleichzeitig beobachtete er Neubauer. Er verstand einen Augenblick lang nicht, warum er und Bucher nicht mit Wiese weggeschickt worden waren; aber dann wußte er es. Es gab nur eine Erklärung. Sie hatten einem SS-Offizier nicht gehorcht und würden dafür im Lager bestraft werden. Die Strafe war vorauszusehen – man hatte Leute aufgehängt, weil sie nur einem Kapo nicht gehorcht hatten. Es war falsch gewesen, nicht zu unterschreiben, fühlte er plötzlich. Mit Wiese hätten sie vielleicht noch eine Chance gehabt. Jetzt waren sie verloren.

Eine würgende Reue quoll in ihm auf. Sie preßte seinen Magen, sie stand hinter seinen Augen, und scharf und unerklärlich spürte er die rasende Gier nach dem Tabakrauch.

Neubauer betrachtete die Nummer auf der Brust von 509. Es

war eine niedrige Nummer. »Wie lange bist du schon hier?« fragte er.

»Zehn Jahre, Herr Obersturmbannführer.«

Zehn Jahre. Neubauer hatte gar nicht gewußt, daß noch Häftlinge vom Anfang her da waren. Eigentlich ein Zeichen für meine Milde, dachte er. Es gibt sicher nicht viele Lager, die so was haben. Er zog an seiner Zigarre. So etwas konnte sogar einmal ganz nützlich sein. Man wußte nie, was kam.

Weber kam herein. Neubauer nahm seine Zigarre aus dem Mund und stieß auf. Er hatte Schlackwurst und Rühreier zum Frühstück gehabt – eine seiner Lieblingsspeisen. »Obersturmführer Weber«, sagte er. »Dies hier war nicht befohlen.«

Weber blickte ihn an. Er wartete auf den Witz. Der Witz kam nicht. »Wir werden sie heute abend beim Appell hängen«, sagte er schließlich.

Neubauer rülpste noch einmal. »Es war nicht befohlen«, wiederholte er. »Übrigens, weshalb machen Sie so etwas selbst?«

Weber antwortete nicht gleich. Er begriff nicht, daß Neubauer wegen solcher Kleinigkeiten überhaupt ein Wort verschwendete. »Dafür gibt es doch genug Leute«, sagte Neubauer. Weber war in der letzten Zeit ziemlich selbständig geworden. Es schadete nichts, wenn auch er einmal merkte, wer hier Befehle gab. »Was ist los mit Ihnen, Weber? Nerven durchgegangen?«

»Nein.«

Neubauer wandte sich wieder 509 und Bucher zu. Hängen, hatte Weber gesagt. Eigentlich richtig. Aber wozu? Der Tag hatte sich besser gestaltet, als zu vermuten war. Und es war außerdem ganz gut, Weber zu zeigen, daß nicht alles geschehen mußte, wie er dachte. »Es war keine direkte Befehlsverweigerung«, erklärte er. »Ich hatte freiwillige Meldungen angeordnet. Dies hier sieht nicht so aus. Geben Sie den Leuten zwei Tage Bunker, weiter nichts. Weiter nichts, Weber, verstehen Sie? Ich möchte, daß meine Befehle befolgt werden.«

»Jawohl.«

Neubauer ging. Er fühlte sich überlegen und zufrieden. Weber blickte ihm verächtlich nach. Nerven, dachte er. Wer hat hier Nerven? Und wer wird hier weich? Zwei Tage Bunker! Ärgerlich drehte er sich um. Ein Streifen Sonne fiel über das zerschlagene Gesicht von 509. Weber sah ihn genauer an. »Dich kenne ich doch. Woher?«

»Ich weiß es nicht, Herr Obersturmführer.«

509 wußte es genau. Er hoffte, daß Weber sich nicht erinnern würde.

»Irgendwoher kenne ich dich. Werde es schon rausfinden. Woher hast du die Verletzungen?«

»Ich bin gefallen, Herr Obersturmführer.«

509 atmete auf. Das war schon wieder die alte Routine. Ein Witz noch aus den Anfangszeiten. Niemand durfte jemals zugeben, geschlagen worden zu sein.

Weber sah ihn noch einmal an. »Irgendwoher kenne ich die Fresse«, murmelte er. Dann öffnete er die Tür. »Schafft die beiden hier in den Bunker. Zwei Tage.« Er wendete sich wieder zu 509 und Bucher. »Glaubt nur nicht, daß ihr entwischt seid, ihr Dreckfinken! Ich hänge euch noch!«

Man schleppte sie hinaus. 509 schloß die Augen vor Schmerzen. Dann spürte er die Luft draußen. Er öffnete die Augen wieder. Da war der Himmel. Blau und endlos. Er drehte den Kopf zu Bucher hinüber und sah ihn an. Sie waren entkommen. So weit wenigstens. Es war schwer zu glauben.

7

Sie fielen aus den Bunkern, als der Scharführer Breuer zwei Tage später die Türen öffnen ließ. Beide waren die letzten dreißig Stunden von Halbbewußtlosigkeit in Bewußtlosigkeit getaumelt. Am ersten Tage hatten sie sich noch ab und zu durch Klopfen verständigen können; dann nicht mehr.

Man trug sie hinaus. Sie lagen auf dem Tanzplatz neben der Mauer, die das Krematorium umgab. Hunderte von Menschen sahen sie; keiner rührte sie an. Keiner brachte sie fort. Keiner tat, als sähe er sie. Es war kein Befehl gegeben worden, was mit ihnen geschehen solle; deshalb existierten sie nicht. Wer sie angerührt hätte, wäre selbst in den Bunker gekommen.

Zwei Stunden später wurden die letzten Toten des Tages zum Krematorium gebracht. »Was ist mit diesen?« fragte der SS-Mann, der Aufsicht hatte, träge. »Kommen die mit rein?«

»Es sind zwei aus dem Bunker.«

»Sind sie abgekratzt?«

»Es sieht so aus.«

Der SS-Mann sah, daß die Hand von 509 sich langsam zur Faust schloß und wieder öffnete. »Noch nicht ganz«, sagte er. Sein Rücken schmerzte ihn. Die letzte Nacht mit Fritzi in der »Fledermaus« war eine verfluchte Tour gewesen. Er schloß die Augen. Er hatte gewonnen gegen Hoffmann. Hoffmann mit Wilma. Eine Flasche Hennessy. Guter Kognak. Aber er war ausgepumpt. »Fragt im Bunker oder in der Schreibstube nach, wohin sie gehören«, sagte er zu einem der Leichenträger.

Der Mann kam zurück. Mit ihm kam eilig der rothaarige Schreiber. »Diese beiden sind aus dem Bunker entlassen«, meldete er. »Sie gehören ins Kleine Lager. Sollten schon heute mittag entlassen werden. Befehl der Kommandantur.«

»Dann schafft sie hier weg.« Der SS-Mann sah faul auf seine Liste. »Ich habe achtunddreißig Abgänge.« Er zählte die Leichen, die in Reih und Glied vor dem Eingang lagen. »Achtunddreißig. Richtig. Weg mit denen hier, sonst gibt es wieder neues Durcheinander.«

»Vier Mann! Bringt die beiden ins Kleine Lager!« rief der Leichenkapo.

Vier Leute griffen zu. »Hier herüber«, flüsterte der rothaarige Schreiber. »Rasch! Von den Toten weg. Hier herüber!«

»Die sind doch schon so gut wie hin«, sagte einer der Träger.

»Halt die Schnauze! Los!«

Sie trugen 509 und Bucher von der Mauer weg. Der Schreiber beugte sich über sie und horchte. »Sie sind nicht tot. Holt Bahren! Rasch!«

Er sah sich um. Er fürchtete, daß Weber kommen, sich erinnern und die beiden hängen lassen würde. Er blieb stehen, bis die Leute mit den Bahren kamen. Es waren roh gezimmerte Bretter, auf denen gewöhnlich Leichen transportiert wurden.

»Packt sie auf! Schnell!«

Der Platz um das Tor und das Krematorium herum war immer gefährlich. SS-Leute trieben sich dort herum, und der Scharführer Breuer war in der Nähe. Er ließ ungern jemand lebend aus dem Bunker entkommen. Der Befehl Neubauers war mit der Entlassung ausgeführt und erledigt, und 509 und Bucher waren jetzt wieder Freiwild. Jeder konnte seine Laune an ihnen austoben – von Weber ganz zu schweigen, dessen Ehre es fast erfordert hätte, sie erledigen zu lassen, hätte er gewußt, daß sie noch lebten.

»Was für ein Unsinn!« sagte einer der Träger mißmutig. »Da schleppen wir die hier den ganzen Weg ins Kleine Lager, und morgen früh müssen sie bestimmt wieder zurückgebracht werden. Die halten nicht einmal mehr ein paar Stunden durch.«

»Was geht das dich an, du Idiot?« Der rothaarige Schreiber fauchte plötzlich vor Wut. »Pack an! Vorwärts! Ist kein vernünftiger Mensch zwischen euch?«

»Hier«, sagte ein älterer Mann, der die Bahre, auf der 509 lag, anhob. »Was ist mit ihnen los? Etwas Besonderes?«

»Es sind zwei von Baracke 22.« Der Schreiber sah sich um und trat an den Träger heran. »Es sind die beiden, die sich vor zwei Tagen weigerten zu unterschreiben.«

»Was zu unterschreiben?«

»Die Erklärung für den Meerschweinchendoktor. Die andern vier hat er mitgenommen.«

»Was? Und die hier werden nicht gehängt?«

»Nein.« Der Schreiber ging noch einige Schritte neben den Bahren her. »Sie sollen zurück zu den Baracken. Das war der Befehl. Macht deshalb rasch, bevor jemand dazwischenkommt.«

»Ach so. Verstehe!«

Der Träger schritt plötzlich so kräftig aus, daß er dem vorderen Mann die Bahre in die Kniekehle stieß. »Was ist los?« fragte der. »Bist du verrückt geworden?«

»Nein. Laß uns die beiden erst mal von hier wegschaffen. Ich sage dir später, warum.«

Der Schreiber blieb zurück. Die vier Träger marschierten jetzt schweigend und eilig, bis sie die Administrationsgebäude hinter sich hatten. Die Sonne ging unter. 509 und Bucher waren einen halben Tag länger im Bunker gewesen, als befohlen worden war. Diese kleine Variation hatte Breuer sich nicht nehmen lassen.

Der vordere Träger drehte sich um. »Also, was ist los? Sind das hier besondere Bonzen?«

»Nein. Aber es sind zwei von den sechsen, die Weber Freitag aus dem Kleinen Lager geholt hat.«

»Was haben sie denn mit denen gemacht? Die sehen doch aus, als ob sie einfach zerschlagen worden sind.«

»Das sind sie auch. Weil sie sich geweigert haben, mit dem Stabsarzt zu gehen, der dabei war. Versuchsstation vor der Stadt, sagte der rothaarige Schreiber. Er hat schon öfter welche geholt.«

Der vordere Träger stieß einen Pfiff aus. »Verdammt, und da leben die hier noch?«

»Das siehst du ja.«

Der erste schüttelte den Kopf. »Und jetzt werden sie aus dem Bunker sogar zurückgeschickt? Nicht gehängt? Was ist los? So was habe ich lange nicht erlebt!«

Sie kamen zu den ersten Baracken. Es war Sonntag. Die Arbeitskommandos hatten den Tag über gearbeitet und waren vor kurzem eingerückt. Die Straßen waren voll von Gefangenen. Die Nachricht verbreitete sich im Augenblick. Man hatte im Lager gewußt, wozu die sechs Mann abgeholt worden waren. Man hatte auch gewußt, daß 509 und Bucher im Bunker waren; das war über die Schreibstube rasch bekannt und wieder vergessen worden. Niemand hatte sie lebend zurückerwartet. Jetzt aber kamen sie – und sogar jeder, der nicht Bescheid wußte, konnte sehen, daß sie nicht zurückkamen, weil sie unbrauchbar gewesen waren –, sonst wären sie nicht so zerschlagen gewesen.

»Komm«, sagte jemand aus der Menge zu dem hinteren Träger. »Ich helfe dir tragen. Es geht dann besser.«

Er faßte einen der Bahrengriffe. Ein anderer trat hinzu und nahm den zweiten, vorderen Griff. Gleich darauf wurde jede Bahre von vier Gefangenen getragen. Es war nicht nötig, 509 und Bucher waren nicht schwer; aber die Häftlinge wollten etwas für sie tun, und es gab im Augenblick nichts anderes. Sie trugen die Bahren, als wären sie aus Glas, und wie auf Geisterfüßen lief ihnen die Nachricht voran: Zwei, die einen Befehl verweigert haben, kommen lebendig zurück. Zwei aus dem Kleinen Lager. Zwei aus den Baracken der sterbenden Muselmänner. Es war unerhört. Keiner wußte, daß sie es nur einer Laune Neubauers zu verdanken hatten – und das war auch nicht wichtig. Wichtig war nur, daß sie sich geweigert hatten und lebend zurückkamen.

Lewinsky stand vor Baracke 13, lange bevor die Bahren sich näherten. »Ist es wahr?« fragte er schon von weitem. »Ja. Das sind sie doch, oder nicht?«

Lewinsky kam heran und bückte sich über die Bahren.

»Ich glaube, ja – ja, das ist der, mit dem ich gesprochen habe. Sind die vier andern tot?«

»Im Bunker waren nur diese zwei. Der Schreiber sagt, die andern wären gegangen. Diese nicht. Sie haben sich geweigert.«

Lewinsky richtete sich langsam auf. Er sah Goldstein neben sich. »Geweigert. Hättest du das gedacht?«

»Nein. Nicht von Leuten aus dem Kleinen Lager.«

»Das meine ich nicht. Ich meine, daß man sie wieder losgelassen hat.«

Goldstein und Lewinsky blickten einander an. Münzer kam zu ihnen hinüber. »Es scheint, daß die tausendjährigen Brüder weich werden«, sagte er.

»Was?« Lewinsky drehte sich um. Münzer hatte genau das ausgesprochen, was er und Goldstein gedacht hatten.

»Wie kommst du darauf?«

»Verfügung vom Alten selbst«, sagte Münzer. »Weber wollte sie hängen lassen.«

»Woher weißt du das?«

»Der rote Schreiber hat es erzählt. Er hat es gehört.«

Lewinsky stand einen Augenblick sehr still – dann wandte er sich an einen kleinen grauen Mann. »Geh zu Werner«, flüsterte er. »Sag es ihm. Sag ihm, daß der, der wollte, wir sollten es nicht vergessen, auch dabei ist.« Der Mann nickte und drückte sich die Baracke entlang. Die Träger mit den Bahren waren inzwischen weitergegangen. Immer mehr Häftlinge kamen aus den Türen. Einzelne traten scheu und rasch heran und blickten auf die beiden Körper. Ein Arm von 509 fiel herunter und schleifte über den Boden; zwei Mann sprangen hinzu und legten ihn behutsam zurück.

Lewinsky und Goldstein blickten hinter den Bahren her. »Allerhand Courage für zwei lebende Leichname, sich einfach so zu weigern, was?« fragte Goldstein. »Hätte ich nie erwartet von einem aus der Krepierabteilung.«

»Ich auch nicht.« Lewinsky starrte immer noch die Straße hinunter. »Sie müssen am Leben bleiben«, sagte er dann. »Sie dürfen nicht krepieren. Du weißt, warum?«

»Ich kann es mir denken. Du meinst, daß es dann erst richtig wird.«

»Ja. Krepieren sie, ist es morgen vergessen. Wenn nicht –« Wenn nicht, dann werden sie für das Lager ein Beispiel dafür sein, daß sich etwas geändert hat, dachte Lewinsky. Er sprach es nicht aus. »Wir können das brauchen«, sagte er statt dessen. »Gerade jetzt.«

Goldstein nickte.

Die Träger gingen weiter dem Kleinen Lager zu. Am Himmel stand ein wildes Abendrot. Die rechte Reihe der Baracken des Arbeitslagers wurde davon beschienen; die linke lag in blauen Schatten. Die Gesichter vor den Fenstern und Türen der Schattenseite waren bleich und verwischt wie immer; aber die auf der anderen Seite wurden von dem starken Licht überweht wie von einem jähen Sturz geborgten Lebens. Die Träger gingen mitten durch das Licht. Es fiel auf die von Blut und Schmutz verschmierten Körper auf den Bahren – und plötzlich war es, als würden dort nicht einfach zwei zerschlagene Gefangene zurückgeschleppt, sondern als wäre es fast etwas wie ein jammervoller Triumphzug. Sie hatten widerstanden. Sie atmeten noch. Sie waren nicht besiegt.

Berger arbeitete an ihnen. Lebenthal hatte Steckrübensuppe besorgt. Sie hatten Wasser getrunken und waren halb bewußtlos wieder eingeschlafen. Dann fühlte 509 irgendwann aus langsam sich lösender Erstarrung etwas Warmes auf seiner Hand. Eine flüchtige, scheue Erinnerung. Weit weg. Wärme. Er öffnete die Augen.

Der Schäferhund leckte seine Hand.

»Wasser«, flüsterte 509.

Berger hatte ihnen die aufgescheuerten Gelenke mit Jod bestrichen. Er sah auf, holte die Dose mit Suppe und hielt sie 509 an den Mund. »Hier, trink dieses.«

509 trank. »Was ist mit Bucher?« fragte er mühsam.

»Er liegt neben dir.«

509 wollte weiter fragen. »Er lebt«, sagte Berger. »Ruh dich aus.«

Beim Appell mußten sie hinausgetragen werden. Man legte sie mit den Kranken, die nicht mehr gehen konnten, auf den Boden vor die Baracke. Es war bereits dunkel, und die Nacht war klar.

Der Blockführer Bolte nahm den Appell ab. Er betrachtete die Gesichter von 509 und Bucher, wie man zertretene Insekten ansieht. »Die beiden sind tot«, sagte er. »Warum liegen sie hier bei den Kranken?«

»Sie sind nicht tot, Herr Scharführer.«

»Noch nicht«, erklärte der Blockälteste Handke.

»Dann morgen. Die gehen durch den Schornstein. Darauf könnt ihr eure Köpfe wetten.«

Bolte ging rasch. Er hatte Geld in der Tasche und wollte eine

Partie Karten riskieren. »Abtreten!« schrien die Blockältesten. »Essenholer raus!«

Die Veteranen trugen 509 und Bucher vorsichtig zurück. Handke sah es und grinste. »Die beiden sind wohl aus Porzellan, wie?«

Niemand antwortete ihm. Er stand noch eine Weile herum; dann ging er auch.

»Dieses Schwein!« knurrte Westhof und spuckte aus. »Dieses dreckige Schwein!«

Berger betrachtete ihn aufmerksam. Westhof hatte schon seit einiger Zeit Lagerkoller. Er war unruhig, brütete herum, redete mit sich selbst und fing Streit an. »Sei ruhig«, sagte Berger scharf. »Mach keinen Radau. Wir wissen alle, was mit Handke los ist.«

Westhof stierte ihn an. »Ein Gefangener wie wir. Und so ein Schwein. Das ist es –«

»Das weiß jeder. Es gibt Dutzende, die noch schlimmer sind. Macht verroht, das solltest du längst gelernt haben. So, und jetzt hilf anpacken.«

Sie hatten für 509 und Bucher je ein Bett frei gemacht. Sechs Leute schliefen dafür auf dem Boden. Einer davon war Karel, der Knabe aus der Tschechoslowakei. Er half, die beiden mit hineinbringen. »Der Scharführer versteht nichts«, sagte er zu Berger.

»So?«

»Sie werden nicht durch den Schornstein gehen. Bestimmt nicht morgen. Man hätte ruhig wetten können.«

Berger sah ihn an. Das kleine Gesicht war völlig sachlich. Durch den Schornstein gehen war der Lagerausdruck für das Krematorium. »Hör zu, Karel«, sagte Berger. »Mit SS-Leuten kann man nur wetten, wenn man weiß, daß man verliert. Und auch dann besser nicht.«

»Sie werden morgen nicht durch den Schornstein gehen. Die beiden nicht. Die dort drüben ja.« Karel zeigte auf drei Muselmänner, die auf dem Fußboden lagen.

Berger sah ihn wieder an. »Du hast recht«, sagte er.

Karel nickte, ohne Stolz. Er war Spezialist in diesen Dingen. Am nächsten Abend konnten sie sprechen. Ihre Gesichter waren so mager, daß nicht viel daran zu schwellen war. Sie waren blau und schwarz verfärbt, aber die Augen waren frei, und die Lippen waren nur zerrissen.

»Bewegt sie nicht, wenn ihr sprecht«, sagte Berger.

Es war nicht schwierig. Sie hatten das in den Jahren im Lager gelernt. Jeder, der längere Zeit da war, konnte sprechen, ohne einen Muskel zu verziehen.

Nach dem Essenholen klopfte es plötzlich an die Tür. Einen Augenblick preßten sich alle Herzen zusammen – jeder fragte sich, ob sie doch noch kämen, die beiden zu holen.

Es klopfte wieder, vorsichtig, kaum hörbar.

»509! Bucher!« wisperte Ahasver. »Tut, als ob ihr tot seid.«

»Mach auf, Leo«, flüsterte 509. »Das ist nicht die SS. Sie kommt – anders –«

Das Klopfen hörte auf. Einige Sekunden später tauchte ein Schatten vor dem bleichen Licht des Fensters auf und bewegte eine Hand.

»Mach auf, Leo«, sagte 509. »Das ist einer vom Arbeitslager.«

Lebenthal öffnete die Tür, und ein Schatten schlüpfte hinein. »Lewinsky«, sagte er in das Dunkel. »Stanislaus. Wer ist wach?«

»Alle. Hier.«

Lewinsky fühlte in die Richtung Bergers, der gesprochen hatte. »Wo? Ich will auf keinen treten.«

»Bleib stehen.«

Berger kam herüber. »Hier. Setz dich hierher.«

»Leben die beiden?«

»Ja. Sie liegen links neben dir.«

Lewinsky schob etwas in Bergers Hand. »Hier ist etwas.«

»Was?«

»Jod, Aspirin und Watte. Hier ist auch eine Rolle Gaze. Und dieses ist Wasserstoffsuperoxyd.«

»Das ist ja eine Apotheke«, sagte Berger erstaunt. »Wo hast du das alles her?«

»Gestohlen. Aus dem Hospital. Einer von uns räumt da auf.«

»Gut. Wir können es brauchen.«

»Hier ist Zucker. In Stücken. Gib sie ihnen in Wasser. Zucker ist gut.«

»Zucker?« sagte Lebenthal. »Wo hast du denn den her?«

»Irgendwoher. Du bist Lebenthal, was?« fragte Lewinsky in die Dunkelheit.

»Ja, warum?«

»Weil du das fragst.«

»Ich habe nicht deshalb gefragt«, sagte Lebenthal beleidigt. »Ich kann dir nicht sagen, woher er kommt. Einer von Baracke 9 hat ihn gebracht. Für die beiden. Hier ist auch noch etwas Käse. Von Baracke 11 sind diese sechs Zigaretten.«

Zigaretten! Sechs Zigaretten! Ein unvorstellbarer Schatz. Sie schwiegen alle einen Augenblick.

»Leo«, sagte Ahasver dann. »Der ist besser als du.«

»Unsinn.« Lewinsky sprach abgerissen und rasch, als wäre er außer Atem. »Sie haben es gebracht, bevor die Baracken abgeschlossen wurden. Wußten, daß ich rüberkommen würde, wenn das Lager sicher war.

»Lewinsky«, flüsterte 509. »Bist du das?«

»Ja –«

»Du kannst raus?«

»Klar. Wie wäre ich sonst hier? Ich bin Mechaniker. Stück Draht, ganz einfach. Ich bin gut mit Schlössern. Außerdem kann man immer durchs Fenster. Wie macht ihr es hier?«

»Hier wird nicht abgeschlossen! Die Latrinen sind draußen«, antwortete Berger.

»Ach so, ja. Hatte das vergessen.« Lewinsky machte eine Pause. »Haben die andern unterschrieben?« fragte er dann in die Richtung von 509. »Die, die mit euch waren?«

»Ja –«

»Und ihr nicht?«

»Wir nicht.«

Lewinsky beugte sich vor. »Wir hätten nicht geglaubt, daß ihr das schaffen würdet.«

»Ich auch nicht«, sagte 509.

»Ich meine nicht nur, daß ihr das ausgehalten habt. Ich meine, daß euch nicht mehr passiert ist.«

»Das meine ich auch.«

»Laß sie in Ruhe«, sagte Berger. »Sie sind schwach. Wozu willst du das alles so genau wissen?«

Lewinsky bewegte sich im Dunkeln. »Das ist wichtiger, als du glaubst. Er stand auf. »Ich muß zurück. Komme bald wieder. Bringe noch was. Will auch noch was mit euch besprechen.«

»Gut.«

»Ist hier nachts oft Kontrolle?«

»Wozu? Um Tote zu zählen?«

»Gut. Also keine.«

»Lewinsky –« flüsterte 509.

»Ja –«

»Kommst du bestimmt wieder?«

»Bestimmt.«

»Hör zu –« 509 suchte erregt nach Worten. »Wir sind noch – wir sind noch nicht fertig – wir sind noch zu was – zu gebrauchen –«

»Deshalb komme ich ja wieder. Nicht aus Nächstenliebe, das kannst du mir glauben.«

»Gut. Dann ist es gut – du kommst bestimmt –«

»Bestimmt –«

»Vergeßt uns nicht –«

»Das hast du mir schon einmal gesagt. Ich habe es nicht vergessen. Deshalb bin ich hergekommen. Ich komme wieder.«

Lewinsky tastete sich zum Eingang zurück. Lebenthal drückte die Tür hinter ihm zu. »Halt«, flüsterte Lewinsky von draußen. »Hab' noch was vergessen. Hier –«

»Kannst du nicht rausfinden, woher der Zucker ist?« fragte Lebenthal.

»Weiß nicht. Will sehen.« Lewinsky sprach immer noch abgerissen und außer Atem. »Hier nimm dies – lest es – wir haben es heute gekriegt –«

Er steckte ein zusammengefaltetes Papier in Lebenthals Finger und glitt hinaus, in den Schatten der Baracke.

Lebenthal schloß die Tür. »Zucker«, sagte Ahasver. »Laßt mich ein Stück anfassen. Nur anfassen, weiter nichts.«

»Ist da noch Wasser?« fragte Berger.

»Hier –« Lebenthal reichte einen Napf hinüber.

Berger nahm zwei Stuck Zucker und löste sie auf. Dann kroch er zu 509 und Bucher hinüber. »Trinkt das hier. Langsam. Jeder abwechselnd einen Schluck.«

»Wer ißt da?« fragte jemand vom mittleren Bett.

»Keiner. Wer soll schon essen?«

»Ich höre schlucken.«

»Du träumst, Ammers«, sagte Berger.

»Ich träume nicht! Ich will meinen Anteil. Ihr freßt ihn auf, da unten! Ich will meinen Anteil.«

»Warte bis morgen.«

»Bis morgen habt ihr alles aufgefressen. Es geht immer so. Ich kriege jedesmal am wenigsten. Ich –« Ammers fing an zu schluchzen. Keiner kümmerte sich darum. Er war krank und glaubte immer, die andern betrögen ihn.

Lebenthal tastete sich zu 509 hinüber. »Das mit dem Zucker vorhin«, flüsterte er verlegen, »ich habe das nicht gefragt, um damit zu handeln. Ich wollte nur noch mehr für euch besorgen.«

»Ja –«

»Ich habe auch den Zahn noch. Ich habe ihn noch nicht verkauft. Ich habe gewartet. Jetzt werde ich das Geschäft machen.«

»Gut, Leo. Was hat Lewinsky dir noch gegeben? An der Tür.«

»Ein Stück Papier. Es ist kein Geld.« Lebenthal fingerte es ab. »Fühlt sich an wie ein Stück Zeitung.«

»Zeitung?«

»Es fühlt sich so an.«

»Was?« fragte Berger. »Du hast ein Stück Zeitung?«
»Sieh nach«, sagte 509.
Lebenthal kroch zur Tür und öffnete sie. »Stimmt. Es ist ein Zeitungsstück. Abgerissen.«
»Kannst du es lesen?«
»Jetzt?«
»Wann sonst?« fragte Berger.
Lebenthal hob den Fetzen hoch. »Es ist nicht genug Licht.«
»Mach die Tür weiter auf. Kriech raus. Draußen ist Mond.«
Lebenthal öffnete die Tür und hockte sich draußen hin. Er hielt das abgerissene Zeitungsstück in das ungewisse, webende Licht. Er studierte es lange. »Ich glaube, es ist ein Heeresbericht –« sagte er dann.
»Lies!« flüsterte 509. »So lies doch, Mensch!«
»Hat keiner ein Streichholz?« fragte Berger.
»Remagen –« sagte Lebenthal. »Am Rhein –«
»Was?«
»Die Amerikaner sind bei Remagen – über den Rhein gegangen!«
»Was, Leo? Hast du richtig gelesen? Über den Rhein? Steht da nicht was anderes? Ein französischer Fluß?«
»Nein – Rhein – bei Remagen – Amerikaner –«
»Mach keinen Unsinn! Lies richtig! Lies um Gottes willen richtig, Leo!«
»Es stimmt«, sagte Lebenthal. »Es steht hier so. Ich sehe es jetzt deutlich.«
»Über den Rhein? Wie ist das möglich. Dann sind sie ja in Deutschland! So lies doch weiter! Lies! Lies!«
Sie krächzten durcheinander. 509 spürte nicht, wie seine Lippen aufrissen. »Über den Rhein! Aber wie denn? Mit Flugzeugen? Mit Booten? Wie? Mit Fallschirmen? Lies, Leo!«
»Brücke«, buchstabierte Lebenthal. »Sie haben – eine Brücke – gekreuzt – die Brücke ist – unter schwerem deutschem Feuer –«
»Eine Brücke?« fragte Berger ungläubig.
»Ja, eine Brücke – bei Remagen –«

»Eine Brücke«, wiederholte 509. »Eine Brücke – über den Rhein? Dann muß die Armee – lies weiter, Leo! Da muß noch mehr stehen!«

»Das Kleingedruckte kann ich nicht lesen.«

»Hat denn keiner ein Streichholz?« fragte Berger verzweifelt.

»Hier –« erwiderte jemand aus dem Dunkel. »Hier sind noch zwei.«

»Komm herein, Leo.«

Sie formten eine Gruppe neben der Tür. »Zucker«, jammerte Ammers. »Ich weiß, ihr habt Zucker. Ich habe es gehört. Ich will meinen Anteil.«

»Gib dem verdammten Hund ein Stück, Berger«, flüsterte 509 ungeduldig.

»Nein.« Berger suchte nach der Zündfläche. »Haltet die Dekken und Jacken vor die Fenster. Kriech in die Ecke unter die Decke, Leo. Los!«

Er zündete das Streichholz an. Lebenthal begann zu lesen, so rasch er konnte. Es waren die üblichen Vertuschungen. Die Brücke sei wertlos, die Amerikaner seien unter schwerstem Feuer und abgeschnitten auf dem erreichten Ufer, Kriegsgericht erwarte die Truppe, die die Brücke nicht zerstört habe –

Das Streichholz erlosch. »Die Brücke nicht zerstört –« sagte 509. »Sie haben sie also – intakt gekreuzt. Wißt ihr, was das heißt?«

»Sie müssen überrascht worden sein –«

»Das heißt, daß der Westwall durchbrochen ist«, sagte Berger, so vorsichtig, als glaube er zu träumen. »Der Westwall durchbrochen! Sie sind durch!«

»Es muß die Armee sein. Keine Fallschirmgruppe. Eine Fallschirmgruppe wäre hinter dem Rhein abgesprungen.«

»Mein Gott – und wir haben nichts gewußt! Wir haben gedacht, daß die Deutschen noch einen Teil von Frankreich halten!«

»Lies es noch einmal, Leo«, sagte 509. »Wir müssen sicher sein. Von wann ist es? Ist ein Datum drauf?«

Berger zündete das zweite Streichholz an. »Licht aus!« schrie jemand.

Lebenthal las bereits. »Von wann?« unterbrach 509.

Lebenthal suchte. »11. März 1945.«

»Elften März 45. Und was ist heute?«

Keiner wußte genau, ob es Ende März oder Anfang April war. Sie hatten im Kleinen Lager verlernt zu zählen. Aber sie wußten, daß der 11. März schon einige Zeit vorbei war. »Laßt es mich sehen, rasch«, sagte 509. Er war, ohne auf die Schmerzen zu achten, zu der Ecke hinübergekrochen, wo sie die Decke hielten. Lebenthal rückte beiseite. 509 blickte auf das Blatt Papier und las. Der schmale Kreis des erlöschenden Zündholzes beleuchtete gerade die Überschrift. »Zünde eine Zigarette an, Berger, schnell!«

Berger tat es, während er kniete. »Wozu bist du hierhergekrochen?« fragte er und schob ihm die Zigarette in den Mund. Das Streichholz erlosch.

»Gib mir das Blatt«, sagte 509 zu Lebenthal.

Lebenthal gab es ihm. 509 faltete es zusammen und steckte es in sein Hemd. Er spürte es auf der Haut. Dann tat er einen Zug aus der Zigarette. »Hier – gib sie weiter.«

»Wer raucht da?« fragte der Mann, der die Zündhölzer gegeben hatte.

»Ihr kommt auch dran. Jeder einen Zug.«

»Ich will nicht rauchen«, jammerte Ammers. »Ich will Zukker.«

509 kroch auf sein Bett zurück. Berger und Lebenthal halfen ihm. »Berger«, flüsterte er nach einer Weile. »Glaubst du es nun?«

»Ja –«

»Es war doch richtig mit der Stadt und dem Bombardement –«

»Ja –«

»Du auch, Leo?«

»Ja –«

»Wir kommen raus – wir müssen –«

»Wir werden das alles morgen besprechen«, sagte Berger. »Schlaf jetzt.«

509 ließ sich zurücksinken. Ihm war schwindlig. Er glaubte, daß es von dem Zug an der Zigarette käme. Das kleine, rote Lichtpünktchen wanderte, von Händen abgeschirmt, durch die Baracke. »Hier«, sagte Berger. »Trinkt das Zuckerwasser noch.«

509 trank. »Behaltet die anderen Stücke«, flüsterte er. »Löst sie nicht auf. Wir können Essen dafür tauschen. Richtiges Essen ist wichtiger.«

»Da sind noch mehr Zigaretten«, krächzte jemand. »Gebt die andern her!«

»Da sind keine mehr«, erwiderte Berger.

»Doch! Ihr habt noch mehr. Her damit!«

»Das, was gebracht worden ist, ist für die beiden vom Bunker.«

»Quatsch! Es ist für alle. Her damit!«

»Paß auf, Berger«, flüsterte 509. »Nimm einen Knüppel. Wir müssen die Zigaretten gegen Essen tauschen. Paß du auch auf, Leo!«

»Ich passe schon auf.«

Man hörte die Veteranen zusammenrücken. Leute tappten durch das Dunkel, fielen, fluchten, schlugen und schrien. Andere in den Betten begannen ebenfalls zu krächzen und zu toben.

Berger wartete einen Moment. »Die SS kommt«, rief er dann. Ein Huschen und Kriechen und Stoßen und Stöhnen – dann wurde es still.

»Wir hätten nicht anfangen sollen zu rauchen«, sagte Lebenthal.

»Stimmt. Habt ihr die andern Zigaretten versteckt?«

»Schon längst.«

»Wir hätten auch die erste sparen sollen. Aber wenn so was passiert –«

509 war plötzlich völlig erschöpft. »Bucher«, fragte er noch. »Hast du es auch gehört?«

»Ja –«

509 fühlte den weichen Schwindel stärker werden; über den Rhein, dachte er und spürte den Rauch der Zigarette in seinen Lungen. Vor kurzem hatte er das schon einmal gespürt, erinnerte er sich – aber wann? Rauch, gierig sich einpressend, qualvoll und unwiderstehlich. Neubauer, ja, der Rauch der Zigarre, während er auf dem nassen Boden gelegen hatte. Es schien schon weit weg zu sein, und nur einen Augenblick zuckte Angst hindurch, dann verschwamm es, und da war ein anderer Rauch, der Rauch der Stadt, der durch den Stacheldraht gedrungen war, Rauch der Stadt, Rauch vom Rhein – und plötzlich war ihm, als läge er auf einer nebeligen Wiese, die sich neigte und neigte, und alles wurde sehr sanft und zum erstenmal ohne Furcht dunkel.

8 Die Latrine war überfüllt mit Skeletten. Eine lange Reihe stand an und schrie den andern zu, rasch zu machen. Ein Teil der Wartenden lag auf der Erde und wand sich in Krämpfen. Andere hockten angstvoll nahe den Wänden und entleerten sich, wenn sie sich nicht mehr halten konnten. Ein Mann stand aufrecht da, wie ein Storch, ein Knochenbein hochgezogen, einen Arm gegen die Barackenwand gestützt, und starrte mit offenem Mund ins Weite. Er stand eine Zeitlang so; dann fiel er tot um. Das kam manchmal vor: Skelette, die kaum noch kriechen konnten, richteten sich plötzlich mühevoll auf, standen eine Weile mit leeren Augen da und fielen tot um – als wäre ihr letzter Wunsch vor dem Ende gewesen, noch einmal aufrecht wie Menschen dazustehen.

Lebenthal trat vorsichtig über das tote Skelett hinweg und ging dem Eingang zu. Sofort begann ein aufgeregtes Schnattern. Die Wartenden glaubten, er wolle sich vordrängen. Man zerrte ihn zurück und schlug mit mageren Fäusten auf ihn ein. Keiner wagte dabei, die Reihe zu verlassen; die anderen hätten ihn nicht wieder an seinen Platz gelassen. Trotzdem gelang es den Skeletten, Lebenthal umzureißen und mit Füßen zu treten. Es schadete ihm wenig; sie hatten keine Kraft.

Er richtete sich auf. Er hatte nicht betrügen wollen. Er war auf der Suche nach Bethke vom Transportkommando. Man hatte ihm gesagt, Bethke sei hierhergegangen. Eine Zeitlang wartete er noch am Ausgang, weit genug von der schimpfenden Reihe entfernt. Bethke war ein Kunde für den Zahn Lohmanns.

Er kam nicht. Lebenthal konnte auch nicht verstehen, was er auf dieser verlausten Latrine zu tun haben sollte. Zwar wurde auch hier etwas gehandelt; aber ein Bonze wie Bethke hatte für so etwas ganz andere Gelegenheiten. Lebenthal gab das Warten schließlich auf und ging zur Waschbaracke hinüber. Sie bestand aus einem kleineren Trakt, der sich an die Latrine anschloß und kleine Zementtröge enthielt, über denen Wasserrohre mit kleinen Öffnungen angebracht waren. Trauben von Häftlingen drängten sich darum, die meisten, um zu trinken oder das Wasser in Blechbüchsen aufzufangen und es mitzunehmen. Es war immer zuwenig Wasser da, um sich wirklich waschen zu können – und wer sich auszog, um es zu versuchen, mußte stets Angst haben, daß seine Sachen inzwischen gestohlen wurden.

Der Waschraum war bereits ein Platz für den etwas besseren schwarzen Markt. Auf der Latrine wurden höchstens Brotkrusten, Abfall und ein paar Zigarettenstummel umgesetzt.

Der Waschraum dagegen war schon ein Ort für die kleinen Kapitalisten. Hierher kamen auch bereits Leute vom Arbeitslager.

Lebenthal drängte sich langsam hindurch. »Was hast du?« fragte ihn jemand.

Leo sah den Mann kurz an. Es war ein abgerissener Häftling, der nur ein Auge hatte. »Nichts.«

»Ich habe Karotten.«

»Kein Interesse.« Lebenthal wirkte im Waschraum plötzlich entschlossener als je in Baracke 22.

»Kaffer.«

»Selbst einer.«

Lebenthal kannte einige der Händler. Er hätte um die Karotten gehandelt, wenn er heute nicht auf Bethke aus gewesen wäre. Es wurden ihm noch Sauerkraut, ein Knochen und einige Kartoffeln zu Wucherpreisen angeboten; er lehnte sie ab und ging weiter. In der äußersten Ecke der Baracke bemerkte er einen jungen Burschen mit weibischen Zügen, der nicht hierherzugehören schien. Er aß gierig etwas aus einer Konservenbüchse, und Lebenthal sah, daß er nicht nur dünne Suppe aß; er kaute auch. Neben ihm stand ein gutgenährter Häftling von etwa vierzig Jahren, der ebenfalls nicht in den Raum paßte. Er gehörte ohne Zweifel zur Aristokratie des Lagers. Sein kahler, fetter Kopf glänzte, und seine Hand glitt langsam über den Rücken des Burschen. Das Haar des Jungen war nicht geschoren; er trug es gekämmt, mit einem Scheitel. Er war nicht schmutzig.

Lebenthal drehte sich um. Er wollte enttäuscht zu dem Karottenverkäufer zurückgehen, als er Bethke plötzlich kommen und sich rücksichtslos zu der Ecke durchdrängen sah, wo der Junge stand. Lebenthal trat ihm in den Weg. Bethke stieß ihn beiseite und stellte sich vor den Jungen. »So, hier hast du dich versteckt, Ludwig, du Hure! Da habe ich dich doch mal erwischt!«

Der Junge starrte ihn an und schluckte eilig. Er erwiderte nichts.

»Mit einem verdammten Kahlkopf von einem Küchenbullen«, ergänzte Bethke giftig.

Der Küchenbulle beachtete Bethke nicht. »Iß, mein Junge«, sagte er träge zu Ludwig. »Wenn du dann noch hungrig bist, kannst du mehr haben.«

Bethke wurde rot. Er schlug mit der Faust gegen die Konservendose. Der Inhalt schwappte über, Ludwig ins Gesicht. Ein Kartoffelstück fiel auf den Boden. Zwei Skelette stürzten sich darauf, rissen es weg und schlugen sich darum. Bethke trat sie beiseite. »Kriegst du von mir nicht genug?« fragte er.

Ludwig hielt die Dose mit beiden Händen fest an die Brust gedrückt. Er verzog ängstlich sein Gesicht und blickte von

Bethke zu dem Kahlkopf. »Scheinbar nicht«, erklärte der Küchenbulle in die Richtung Bethkes. »Mach dir nichts draus«, sagte er dann zu dem Jungen. »Iß weiter, und wenn du nicht genug hast, gibt's mehr. Von mir kriegst du auch keine Prügel.«

Bethke sah aus, als wolle er sich auf den Kahlkopf stürzen; aber er traute sich nicht. Er wußte nicht, wieviel Protektion der andere hatte. So etwas war außerordentlich wichtig im Lager. Wenn der Kahlkopf die volle Protektion des Küchenkapos hatte, konnte eine Schlägerei schlecht für Bethke ausgehen. Die Küche hatte glänzende Verbindungen, und es war bekannt, daß sie Schiebungen mit dem Lagerältesten und mit verschiedenen SS-Leuten machte. Bethkes eigener Kapo dagegen mißtraute ihm. Bethke wußte, da er nicht viel für ihn tun würde; er hatte zuwenig Schmiere von ihm bekommen. Das Lager war voll von solchen Intrigen. Bethke konnte glatt seinen Posten verlieren und wieder ein einfacher Sträfling werden, wenn er nicht vorsichtig war. Dann war es vorbei mit den erträglichen Geschäften außerhalb des Lagers, während der Fahrten zum Bahnhof und zum Depot. »Was soll das alles heißen?« fragte er den Kahlkopf ruhiger?«

»Was geht es dich an?«

Bethke schluckte. »Es geht mich was an.« Er wandte sich an den Jungen. »Habe ich dir nicht den Anzug besorgt?« Ludwig hatte eilig weitergegessen, während Bethke mit dem Kahlkopf sprach. Jetzt ließ er die Dose fallen, drückte sich mit einer raschen, unvermuteten Bewegung zwischen den beiden hindurch und drängte dem Ausgang zu. Ein paar Skelette balgten sich bereits um die Dose, um sie auszukratzen. »Komm wieder«, rief der Küchenbulle dem Jungen nach. »Bei mir gibt es immer genug.« Er lachte. Bethke hatte versucht, den Burschen zu halten, war aber über die Skelette am Boden gestolpert. Er kam wütend hoch und trat auf die huschenden Finger. Eines der Skelette quietschte wie eine Maus. Das andere entkam mit der Büchse.

Der Küchenbulle begann den Walzer »Rosen aus dem Süden« zu pfeifen und ging herausfordernd langsam an Bethke vorbei. Er hatte einen Bauch und war gut ernährt. Sein dicker Hintern wippte. Fast alle Sträflinge in der Küche waren gut in Futter. Bethke spuckte hinter ihm her. Er spuckte aber so vorsichtig, daß er nur Lebenthal traf. »Da bist du ja«, sagte er grob. »Was willst du? Komm mit. Woher weißt du, daß ich hier bin?«

Lebenthal antwortete auf keine der Fragen. Er war im Geschäft; da war keine Zeit zu überflüssigen Erklärungen. Er hatte zwei ernsthafte Reflektanten für den Zahn Lohmanns: Bethke und einen Vormann von einem der Außenkommandos. Beide brauchten Geld. Der Vormann war einer gewissen Mathilde hörig, die in derselben Fabrik arbeitete wie er und die er durch Bestechung ab und zu allein treffen konnte. Sie wog fast 200 Pfund und erschien ihm überirdisch schön – Gewicht war im Lager dauernden Hungers ein Maßstab für Schönheit. Er hatte Lebenthal einige Pfund Kartoffeln und ein Pfund Fett angeboten. Lebenthal hatte abgelehnt und gratulierte sich jetzt dazu. Er hatte die Szene von vorher blitzschnell kalkuliert und versprach sich nun mehr von dem schwulen Bethke. Abnormale Liebe hielt er für opferbereiter als normale. Nach dem, was er beobachtet hatte, hatte er auch in Gedanken sofort seinen Preis erhöht. »Hast du den Zahn bei dir?« fragte Bethke.

»Nein.«

Sie standen draußen. »Ich kaufe nichts, was ich nicht sehe.«

»Eine Krone ist eine Krone. Backenzahn. Schweres, solides Friedensgold.«

»Mist! Erst sehen! Sonst ist nichts zu wollen.«

Lebenthal wußte, daß der viel kräftigere Bethke ihm den Zahn einfach wegnehmen würde, wenn er ihn sähe. Er hätte nichts dagegen machen können. Wenn er sich beschwert hätte, würde man ihn aufgehängt haben. »Schön, dann nicht«, sagte er ruhig. »Andere Leute sind nicht so schwierig.«

»Andere Leute! Quatschkopf! Finde erst mal welche.«

»Ich weiß welche. Gerade jetzt war einer da.«

»So? Den möchte ich sehen!« Bethke blickte verächtlich um sich. Er wußte, daß der Zahn nur für jemand von Nutzen sein konnte, der Beziehungen nach draußen hatte. »Du hast meinen Reflektanten vor einer Minute selbst gesehen«, sagte Lebenthal. Es war eine Lüge.

Bethke stutzte. »Wer? Der Küchenbulle?«

Lebenthal hob die Schultern. »Es muß doch einen Grund haben, daß ich gerade hier bin. Vielleicht will jemand ein Geschenk für einen anderen kaufen und braucht dazu Geld. Gold ist draußen sehr gesucht. Essen hat er ja genug zum Tauschen.«

»Du Gauner!« sagte Bethke wütend. »Du Erzgauner!« Lebenthal hob einmal die schweren Lider und klappte sie wieder nieder. »Etwas, was es im Lager nicht gibt«, fuhr er ungerührt fort. »Etwas Seidenes zum Beispiel.« Bethke erstickte fast. »Wieviel?« krächzte er.

»Fünfundsiebzig«, erklärte Lebenthal fest. »Ein Vorzugspreis.« Er hatte dreißig verlangen wollen.

Bethke sah ihn an. »Weißt du, daß ein Wort von mir dich an den Galgen bringen kann?«

»Sicher. Wenn du es beweisen kannst. Und was hast du davon? Nichts! Du willst den Zahn haben. Also reden wir geschäftlich.«

Bethke schwieg einen Augenblick. »Kein Geld«, sagte er dann. »Essen.« Lebenthal erwiderte nichts. »Ein Hase«, sagte Bethke. »Ein toter Hase. Überfahren. Wie ist das?«

»Was für ein Hase? Hund oder Katze?«

»Ein Hase, sage ich dir. Ich habe ihn selbst überfahren.«

»Hund oder Katze?«

Sie starrten sich eine Zeitlang an. Lebenthal blinkte nicht.

»Hund«, sagte Bethke.

»Schäferhund?«

»Schäferhund! Mittlere Größe. Wie ein Terrier. Fett.«

Lebenthal verriet nichts. Der Hund war Fleisch. Ein riesiger Glücksfall. »Wir können ihn nicht kochen«, sagte er. »Nicht einmal abziehen. Wir haben nichts dazu.«

»Ich kann ihn abgezogen liefern.«

Bethke wurde eifriger. Er wußte, daß der Küchenbulle ihn im Essenbesorgen bei Ludwig leicht schlagen konnte. Er mußte deshalb etwas von außerhalb des Lagers bekommen, um konkurrieren zu können. Eine kunstseidene Unterhose, dachte er. Das würde wirken und ihm selber auch noch Vergnügen machen. »Gut, ich koche ihn dir sogar«, sagte er.

»Trotzdem schwierig. Wir müssen ein Messer dazu haben.«

»Ein Messer? Wozu ein Messer?«

»Wir haben keine Messer bei uns. Wir müssen ihn zerschneiden. Der Küchenbulle hat mir –«

»Gut, gut«, unterbrach Bethke ihn ungeduldig. »Also ein Messer dazu.« Die Unterhose sollte blau sein. Oder lila. Lila war besser. Da war ein Geschäft nahe dem Depot, das hatte so was. Der Kapo würde ihn hingehen lassen. Den Zahn würde er dem Dentisten nebenan verkaufen. »Meinetwegen noch ein Messer. Damit ist aber genug.«

Lebenthal sah, daß er im Moment nicht viel mehr herauskriegen würde. »Ein Brot natürlich noch«, sagte er. »Das gehört ja dazu. Wann?«

»Morgen abend. Wenn es dunkel ist. Hinter der Latrine. Bring den Zahn mit. Sonst –«

»Ist es ein junger Terrier?«

»Wie soll ich das wissen? Bist du verrückt? So mittel. Warum?«

»Er muß sonst länger kochen.«

Bethke sah aus, als wolle er Lebenthal ins Gesicht springen. »Sonst noch was?« fragte er leise. »Preiselbeersauce? Kaviar?«

»Das Brot.«

»Wer hat was von Brot geredet?«

»Der Küchenbulle –«

»Halt die Schnauze. Ich werde sehen –« Bethke hatte es plötzlich eilig. Er wollte Ludwig auf die Unterhose scharfmachen. Seinetwegen konnte der Küchenbulle ihn füttern; aber wenn er die Unterhose in Reserve hatte, so würde das den Ausschlag geben. Ludwig war eitel. Ein Messer konnte er stehlen.

Brot war auch nicht so wichtig. Und der Terrier war nur ein Dachshund. »Morgen abend also«, sagte er. »Warte hinter der Latrine.«

Lebenthal ging zurück. Er glaubte noch nicht ganz an sein Glück. Ein Hase, würde er in der Baracke sagen. Nicht, weil es ein Hund war, das schreckte keinen – es hatte Leute gegeben, die versucht hatten, Fleisch von Leichen zu essen –, sondern weil es zu den Freuden des Geschäfts gehörte, zu übertreiben. Außerdem hatte er Lohmann gern gehabt – deshalb sollte etwas Außerordentliches gegen seinen Zahn getauscht werden. Das Messer konnte man im Lager leicht verkaufen; das gab neues Geld zum Handeln.

Das Geschäft war erledigt. Der Abend war neblig geworden, und weiße Schwaden zogen durch das Lager. Lebenthal schlich durch das Dunkel zurück. Er trug den Hund und das Brot unter seiner Jacke versteckt.

Ein Stück vor der Baracke bemerkte er einen Schatten, der mitten über die Straße schwankte. Er sah sofort, daß es keiner von den gewöhnlichen Sträflingen war; die bewegten sich nicht so. Einen Augenblick später erkannte er den Blockältesten von 22. Handke ging, als wäre er auf einem Schiff. Lebenthal wußte sofort, was es bedeutete. Handke hatte seinen Tag; er mußte irgendwoher Alkohol bekommen haben. Es war nicht mehr möglich, unbemerkt an ihm vorüber in die Baracke zu kommen, um den Hund zu verstecken und die andern zu warnen. Lebenthal glitt deshalb leise hinter die Rückwand der Baracke und versteckte sich im Schatten.

Westhof war der erste, dem Handke begegnete. »Heda du!« schrie er. Westhof blieb stehen. »Weshalb bist noch nicht in der Baracke?«

»Ich bin auf dem Wege zur Latrine.«

»Selber Latrine. Komm hierher!«

Westhof trat näher. Er sah im Nebel Handkes Gesicht nur undeutlich.

»Wie heißt du?«

»Westhof.«

Handke schwankte. »Du heißt nicht Westhof. Du heißt stinkender Saujude. Wie heißt du?«

»Ich bin kein Jude.«

»Was?« Handke schlug ihm ins Gesicht. »Von welchem Block bist du?«

»Zweiundzwanzig.«

»Auch das noch! Von meinem eigenen! Lump! Welche Stube?«

»Stube D.«

»Hinlegen!«

Westhof warf sich nicht hin. Er blieb stehen. Handke trat einen Schritt näher. Westhof sah jetzt sein Gesicht und wollte weglaufen. Handke trat ihm gegen das Schienbein. Er war als Blockältester gut genährt und viel stärker als jedermann im Kleinen Lager. Westhof fiel, und Handke trat ihm gegen die Brust. »Hinlegen, Judenschwein!«

Westhof legte sich flach auf den Boden.

»Stube D raustreten!« schrie Handke.

Die Skelette kamen heraus. Sie wußten bereits, was geschehen würde. Einer von ihnen würde verprügelt werden. Handkes Sauftage endeten immer so. »Sind das alle?« lallte Handke. »Stubendienst!«

»Jawohl!« meldete Berger.

Handke starrte durch das neblige Dunkel auf die Reihen. Bucher und 509 standen zwischen den andern. Sie konnten mühselig wieder gehen und stehen. Ahasver fehlte. Er war mit dem Schäferhund in der Baracke geblieben. Wenn Handke gefragt hätte, hätte Berger ihn als tot gemeldet. Aber Handke war betrunken und hätte auch nüchtern nicht genau Bescheid gewußt. Er ging ungern in die Baracken, aus Angst vor Dysenterie und Typhus.

»Wer sonst will hier noch Gehorsam verweigern?« Handkes Stimme wurde dicker. »Laus – Lausejuden!«

Niemand antwortete. »Schteht schtramm! Wie Kultur – Kulturmenschen!«

Sie standen stramm. Handke glotzte sie eine Weile an, dann drehte er sich um und begann Westhof, der noch auf dem Boden lag, mit Füßen zu treten. Westhof hielt seinen Kopf mit den Armen geschützt. Handke trat ihn eine Zeitlang. Es war still, und man hörte nichts anderes als das dumpfe Aufschlagen der Stiefel Handkes gegen die Rippen Westhofs. 509 spürte, wie Bucher sich neben ihm regte. Er packte sein Handgelenk und hielt ihn fest. Buchers Hand zuckte. 509 ließ nicht los. Handke trat stumpfsinnig weiter. Endlich wurde er müde und sprang einige Male auf Westhofs Rücken. Westhof rührte sich nicht. Handke kam zurück. Sein Gesicht war naß von Schweiß. »Juden«, sagte er. »Wie Läuse drauftreten muß man auf euch. Was seid ihr?«

Er zeigte mit unsicherem Finger auf die Skelette. »Juden«, erwiderte 509.

Handke nickte und sah einige Sekunden lang tiefsinnig auf den Boden. Dann drehte er sich um und ging zu dem Drahtzaun hinüber, der die Frauenbaracken abtrennte. Er stand dort, und man hörte ihn schnaufen. Er war früher Buchdrucker gewesen und wegen Sittlichkeitsverbrechen ins Lager gekommen; seit einem Jahr war er Blockältester. Nach einigen Minuten kam er zurück und stapfte, ohne sich noch um jemand zu kümmern, die Lagerstraße zurück.

Berger und Karel drehten Westhof um. Er war bewußtlos. »Hat er ihm die Rippen gebrochen?« fragte Bucher. »Er hat ihm gegen den Kopf getreten«, erwiderte Karel. »Ich habe es gesehen.«

»Sollen wir ihn hineintragen?«

»Nein«, sagte Berger. »Laßt ihn hier. Er liegt einstweilen besser hier. Drinnen ist zuwenig Platz. Ist noch Wasser da?« Sie hatten eine Konservendose mit Wasser. Berger öffnete die Jacke Westhofs. »Sollen wir ihn nicht doch lieber reinbringen?« fragte Bucher. »Das Aas kann noch einmal wiederkommen.«

»Er kommt nicht wieder. Er hat sich jetzt ausgetobt.«

Lebenthal glitt um die Ecke der Baracke. »Ist er tot?«

»Nein. Noch nicht.«

»Er hat ihn getreten«, sagte Berger. »Sonst schlägt er nur. Er muß mehr Schnaps als gewöhnlich gekriegt haben.«

Lebenthal preßte den Arm gegen seine Jacke. »Ich habe Essen.«

»Leise! Sonst hört es die ganze Baracke. Wast hast du?«

»Fleisch«, flüsterte Lebenthal. »Für den Zahn.«

»Fleisch?«

»Ja. Viel. Und Brot.«

Er sagte nichts mehr von dem Hasen. Das paßte nicht mehr. Er sah auf die dunkle Gestalt am Boden, neben der Berger kniete. »Vielleicht kann er noch etwas davon essen«, sagte er. »Es ist gekocht.«

Der Nebel war dichter geworden. Bucher stand an dem doppelten Drahtzaun, der die Frauenbaracke abtrennte. »Ruth!« flüsterte er. »Ruth.«

Ein Schatten kam heran. Er starrte hinüber, konnte die Gestalt aber nicht erkennen. »Ruth«, flüsterte er wieder. »Bist du da?«

»Ja.«

»Kannst du mich sehen?«

»Ja.«

»Ich habe etwas zu essen. Siehst du meine Hand?«

»Ja, ja.«

»Es ist Fleisch. Ich werfe es hinüber. Jetzt.«

Er nahm das kleine Stück Fleisch und warf es über die beiden Stacheldrahtzäune. Es war die Hälfte der Portion, die er bekommen hatte. Er hörte es auf der anderen Seite niederfallen. Der Schatten bückte sich und suchte auf dem Boden. »Links! Links von dir«, flüsterte Bucher. »Es muß ungefähr einen Meter links von dir liegen. Hast du es gefunden?«

»Nein.«

»Links. Einen Meter weiter. Gekochtes Fleisch! Such es, Ruth.«

Der Schatten hielt inne. »Hast du es?«

»Ja.«

»Gut. Iß es gleich. Ist es gut?«

»Ja. Hast du noch mehr?«

Bucher stutzte. »Nein. Ich habe mein Teil schon gehabt.«

»Du hast noch etwas! Wirf es herüber!«

Bucher trat so dicht an den Draht, daß die Stacheln ihm in die Haut drangen. Die Innenzäune des Lagers waren nicht elektrisch geladen. »Du bist nicht Ruth! Bist du Ruth?«

»Ja, Ruth. Mehr! Wirf!«

Er wußte plötzlich, daß es nicht Ruth war. Ruth hätte das alles nicht gesagt. Der Nebel, die Aufregung, der Schatten und das Flüstern hatten ihn getäuscht. »Du bist nicht Ruth! Sag, wie ich heiße!«

»Pst! Leise! Wirf!«

»Wie heiße ich? Wie heiße ich?«

Der Schatten antwortete nicht. »Das Fleisch ist für Ruth! Für Ruth!« flüsterte Bucher. »Gib es ihr! Verstehst du? Gib es ihr!«

»Ja. Ja. Hast du noch mehr?«

»Nein! Gib es ihr! Es gehört ihr! Nicht dir! Ihr!«

»Ja, natürlich –«

»Gib es ihr. Oder ich – ich –«

Er hielt inne. Was konnte er schon tun? Er wußte, daß der Schatten das Stück Fleisch längst heruntergeschlungen hatte. Verzweifelt ließ er sich zu Boden fallen, als habe eine unsichtbare Faust ihn niedergeschlagen. »O du – verdammtes Biest – verrecken sollst du –«

Es war zuviel. Nach so vielen Monaten ein Stück Fleisch und es so idiotisch zu verlieren! Er schluchzte.

Der Schatten gegenüber wisperte. »Gib mehr – ich zeige dir auch – hier –«

Es schien, als hebe sie den Rock. Die Bewegungen waren verzerrt durch das weißliche Wogen, als tanze dort eine groteske, unmenschliche Figur in Bocksprüngen.

»Du Aas!« flüsterte Bucher. »Du Aas, verrecke dran! Ich Idiot – ich Idiot –«

Er hätte genau fragen sollen, ehe er das Fleisch warf – oder er hätte warten sollen, bis es klarer geworden wäre; aber dann hätte er das Fleisch vielleicht schon selbst gegessen gehabt. Er hatte es Ruth rasch geben wollen. Der Nebel war ihm als Glücksfall erschienen. Und nun – er stöhnte und hämmerte mit den Fäusten auf den Boden. »Ich Idiot! Was habe ich getan!« Ein Stück Fleisch war ein Stück Leben. Er hätte sich erbrechen können vor Elend.

Die Kühle der Nacht weckte ihn. Er stolperte zurück. Vor der Baracke stürzte er über jemand. Dann sah er 509.

»Wer ist das hier? Westhof?« fragte er.

»Ja.«

»Ist er tot?«

»Ja.«

Bucher beugte sich dicht über das Gesicht am Boden. Es war feucht vom Nebel und hatte dunkle Flecken von den Tritten Handkes. Er sah das Gesicht und dachte an das verlorene Stück Fleisch, und beides schien ihm plötzlich zusammenzugehören.

»Verflucht«, sagte er. »Warum haben wir ihm nicht geholfen?«

509 sah auf. »Was redest du da für Unsinn? Konnten wir das denn?«

»Ja. Vielleicht. Warum nicht? Wir haben schon anderes gekonnt.«

509 schwieg. Bucher ließ sich neben ihn fallen. »Wir sind bei Weber durchgekommen«, sagte er.

509 blickte in den Nebel. Da war es schon wieder, dachte er. Das falsche Heldentum. Das alte Elend. Dieser Junge hatte zum erstenmal seit Jahren ein verzweifeltes bißchen Aufruhr gespürt, das gut ausgegangen war – und ein paar Tage später bereits begann die Phantasie mit der romantischen Verfälschung, die das Risiko vergaß.

»Du meinst, wenn wir gegen den Lagerführer selbst durchgekommen sind, hätte das auch bei einem betrunkenen Blockältesten klappen müssen, wie?«

»Ja. Warum nicht?«

»Und was hätten wir tun sollen?«

»Ich weiß nicht. Irgend etwas. Aber nicht Westhof einfach tottreten lassen.«

»Wir hätten zu sechst oder acht über Handke herfallen können. Meinst du das?«

»Nein. Das hätte nichts genützt. Er ist stärker als wir.«

»Was hätten wir dann tun sollen? Mit ihm reden? Ihm sagen, er solle vernünftig sein?«

Bucher antwortete nicht. Er wußte, daß auch das nichts genützt hätte. 509 beobachtete ihn eine Weile. »Hör zu«, sagte er dann. »Bei Weber hatten wir nichts zu verlieren. Wir haben uns geweigert und damit unbegreifliches Glück gehabt. Hätten wir aber heute abend irgend etwas gegen Handke unternommen, dann hätte er noch ein, zwei mehr erschlagen und die Baracke wegen Meuterei gemeldet. Berger und ein paar andere wären gehängt worden. Westhof auf jeden Fall. Essenentzug für ein paar Tage wäre das nächste gewesen. Das hätte ein paar Dutzend Tote mehr gemacht. Stimmt das?«

Bucher zögerte. »Vielleicht«, sagte er dann.

»Weißt du etwas anderes?«

Bucher dachte nach. »Nein.«

»Ich auch nicht. Westhof hatte den Lagerkoller. Ebenso wie Handke. Hätte er gesagt, was Handke wollte, wäre er mit ein paar Schlägen weggekommen. Er war ein guter Mann. Wir hätten ihn brauchen können. Er war ein Narr.«

509 wandte sich Bucher zu. Seine Stimme war voll Bitterkeit. »Glaubst du, du bist der einzige, der hier sitzt und über ihn nachdenkt?«

»Nein.«

»Vielleicht hätte er den Mund gehalten und lebte noch, wenn wir beide nicht bei Weber durchgekommen wären. Vielleicht hat gerade das ihn heute unvorsichtig gemacht. Hast du auch einmal darüber nachgedacht?«

»Nein.« Bucher starrte 509 an. »Glaubst du das?«

»Es kann sein. Ich habe größere Narrheiten erlebt. Und bei

besseren Männern. Und je besser die Männer, um so größer war oft die Narrheit, wenn sie glaubten, Mut zeigen zu müssen. Verdammter Lesebuchquatsch! Kennst du Wagner von Baracke 21?«

»Ja.«

»Er ist eine Ruine. Aber er war ein Mann und hatte Mut. Zuviel. Er schlug zurück. Zwei Jahre lang war er das Entzücken der SS. Weber liebte ihn beinahe. Dann war er fertig. Für immer. Und für was? Wir hätten ihn gut gebrauchen können. Aber er konnte seinen Mut nicht beherrschen. So gab es viele. Wenige sind noch davon da. Und noch weniger, die nicht kaputt sind. Deshalb habe ich dich heute abend festgehalten, als Handke auf Westhof rumtrat. Und deshalb habe ich geantwortet, als er fragte, was wir wären. Verstehst du das endlich?«

»Du glaubst, daß Westhof –«

»Es ist egal. Er ist tot –«

Bucher schwieg. Er sah 509 jetzt deutlicher. Der Nebel hatte sich etwas gehoben, und an einer Stelle tropfte Mondlicht hindurch. 509 hatte sich aufgerichtet. Sein Gesicht war schwarz und blau und grün vor Blutergüssen. Bucher erinnerte sich plötzlich an alte Geschichten über ihn und Weber, die er gehört hatte. Er mußte selbst einmal einer der Leute gewesen sein, von denen er sprach.

»Hör zu«, sagte 509. »Und höre gut zu. Es ist eine verdammte Romanphrase, daß Geist nicht zu brechen sei. Ich habe gute Leute gekannt, die nichts mehr waren als heulende Tiere. Fast jeden Widerstand kann man brechen; man braucht nur genügend Zeit und Gelegenheit dazu. Das haben die da drüben –« er machte eine Gebärde zu den SS-Kasernen hinüber –, »die haben es ganz gut gewußt. Und sie sind immer dahinterher gewesen. Bei Widerstand kommt es nur darauf an, was man damit erreicht; nicht, wie es aussieht. Sinnloser Mut ist sicherer Selbstmord. Unser bißchen Widerstand aber ist das einzige, was wir noch haben. Wir müssen es verstecken, damit sie es nicht finden – es nur in äußerster Not gebrauchen –, so wie wir es bei Weber getan haben. Sonst –« Das Mondlicht hatte den

Körper Westhofs erreicht. Es huschte über sein Gesicht und seinen Nacken. »Ein paar von uns müssen übrigbleiben«, flüsterte 509. »Für später. Dieses alles darf nicht umsonst gewesen sein. Ein paar, die nicht kaputt sind.«

Er lehnte sich erschöpft zurück. Denken erschöpfte ebenso wie laufen. Meistens konnte man es nicht vor Hunger und Schwäche; aber manchmal kam dazwischen eine seltsame Leichtigkeit, alles war überdeutlich, und man konnte kurze Zeit weit sehen – bis der Nebel der Müdigkeit alles wieder überkroch.

»Ein paar, die nicht kaputt sind und die nicht vergessen wollen«, sagte 509.

Er sah Bucher an. Er ist über zwanzig Jahre jünger als ich, dachte er. Er kann noch viel tun. Er ist noch nicht kaputt. Und ich? Die Zeit, dachte er plötzlich verzweifelt. Sie fraß und fraß. Man würde es erst merken, wenn dieses hier vorbei war. Man würde erst wirklich merken, ob man kaputt war, wenn man wieder neu anfangen wollte draußen. Diese zehn Jahre im Lager zählten für jeden doppelt und dreifach. Wer hatte noch Kraft genug? Und es würde viel Kraft gebraucht werden.

»Man wird vor uns nicht auf die Knie fallen, wenn wir hier herauskommen«, sagte er. »Man wird alles ableugnen und vergessen wollen. Uns auch. Und viele von uns werden es auch vergessen wollen.«

»Ich werde es nicht vergessen«, erwiderte Bucher finster. »Dieses nicht und alles nicht.«

»Gut.«

Die Welle der Erschöpfung kam stärker. 509 schloß die Augen, öffnete sie aber gleich wieder. Da war noch etwas, das er aussprechen mußte, bevor er es wieder verlor. Bucher sollte es wissen. Vielleicht war er der einzige, der durchkommen würde. Es war wichtig, daß er es wußte. »Handke ist kein Nazi«, sagte er mit Mühe. »Er ist ein Gefangener wie wir. Draußen hätte er wahrscheinlich nie einen Menschen getötet. Hier tut er es, weil er die Macht dazu hat. Er weiß, daß es uns nichts nützt, wenn wir uns beschweren. Er wird gedeckt. Er hat keine Verantwortung. Das ist es. Macht und keine Verantwortung – zuviel Macht, in falschen Händen, zuviel Macht überhaupt – in irgendeiner Hand – verstehst du –«

»Ja«, sagte Bucher.

509 nickte. »Das und das andere – die Trägheit des Herzens – die Angst – die Drückebergerei des Gewissens – das ist unser Elend – darüber habe ich heute – den ganzen Abend nachgedacht –«

Die Müdigkeit war jetzt wie eine schwarze Wolke, die lärmend näher kam. 509 zog ein Stück Brot aus der Tasche. »Hier – ich brauche das nicht – habe mein Fleisch gehabt – gib es Ruth –«

Bucher sah ihn an und rührte sich nicht. »Habe alles gehört vorhin drüben«, sagte 509 mit schwerer Stimme, schon voll von Niedersinken. »Gib es ihr – es ist –« sein Kopf fiel nach vorn, aber er hob ihn noch einmal, und der von Blutergüssen bunte Schädel lächelte – »auch wichtig – was zu geben – geben –.«

Bucher nahm das Brot und ging zu dem Zaun hinüber, der das Frauenlager trennte. Der Nebel schwebte jetzt mannshoch. Darunter war alles klar. Es wirkte gespenstisch, als stolperten Muselmänner ohne Köpfe zur Latrine. Nach einiger Zeit kam Ruth. Auch sie hatte keinen Kopf. »Bück dich«, flüsterte Bucher.

Sie hockten beide auf dem Boden. Bucher warf das Brot hinüber. Er überlegte, ob er ihr sagen sollte, daß er Fleisch für sie gehabt hatte. Er tat es nicht. »Ruth«, sagte er. »Ich glaube, wir kommen hier heraus –«

Sie konnte nicht antworten. Sie hatte den Mund voll Brot. Ihre Augen waren weit aufgerissen, und sie blickte ihn an. »Ich glaube es jetzt sicher«, sagte Bucher.

Er wußte nicht, warum er es plötzlich glaubte. Es hatte etwas mit 509 zu tun und mit dem, was er gesagt hatte. Er ging zurück. 509 schlief fest. Sein Kopf lag dicht neben dem Kopf Westhofs. Beide Gesichter waren voll von Blutergüssen, und Bucher konnte fast nicht unterscheiden, wer von ihnen noch atmete. Er weckte 509 nicht. Er wußte, daß er seit zwei Tagen hier draußen auf Lewinsky wartete. Die Nacht war nicht allzu kalt; aber Bucher streifte trotzdem Westhof und zwei andern Toten die Jacken ab und deckte 509 damit zu.

9 Der nächste Luftangriff kam zwei Tage später. Die Sirenen begannen um acht Uhr abends zu heulen. Kurz darauf fielen die ersten Bomben. Sie fielen rasch wie ein Schauer, und die Explosionen übertönten das Flakfeuer nur wenig. Erst zum Schluß kamen die schweren Kaliber. Die Mellener Zeitung brachte keine neue Ausgabe mehr heraus. Sie brannte. Die Maschinen schmolzen. Die Papierrollen knatterten in den schwarzen Himmel, und langsam stürzte das Haus zusammen.

Hunderttausend Mark, dachte Neubauer. Da verbrennen hunderttausend Mark, die mir gehören. Hunderttausend Mark. Ich habe nicht gewußt, daß so viel Geld so leicht brennen kann. Diese Schweine! Hätte ich es gewußt, ich hätte mich an einem Bergwerk beteiligt. Aber Bergwerke brennen auch. Werden ebenso gebombt. Sind auch nicht mehr sicher. Das Ruhrgebiet soll verwüstet sein. Was ist noch sicher?

Seine Uniform war grau von Papierruß. Seine Augen waren rot vom Rauch. Der Zigarrenladen gegenüber, der ihm auch gehört hatte, war eine Ruine. Gestern noch eine Goldgrube, heute ein Aschenhaufen. Noch einmal dreißigtausend Mark. Vielleicht sogar vierzig. Man konnte viel Geld verlieren an einem Abend. Die Partei? Jeder dachte an sich selbst. Die Versicherung? Die ging pleite, wenn sie alles auszahlen mußte, was heute abend verwüstet worden war. Außerdem hatte er alles zu niedrig versichert. Sparsamkeit am falschen Platz. Ob Bombenschäden anerkannt werden würden, war dazu noch unwahrscheinlich. Nach dem Kriege würde die große Wiedergutmachung kommen, so hieß es immer, nach dem Siege; der Gegner müsse alles bezahlen. Hatte sich was damit. Darauf konnte man wahrscheinlich lange warten. Und jetzt war es zu spät, etwas Neues anzufangen. Wozu auch? Was würde morgen brennen?

Er starrte auf die schwarzen, zerplatzten Mauern des Ladens. »Deutsche Wacht«, fünftausend »Deutsche-Wacht«-Zigarren waren mitverbrannt. Schön. Das war egal. Aber wozu hatte er nun damals den Sturmführer Freiberg angezeigt? Pflicht? Quatsch, Pflicht! Da brannte seine Pflicht. Verbrannte. Hundertdreißigtausend Mark zusammen. Noch ein solches Feuer, ein paar Bomben in Josef Blanks Geschäftshaus, ein paar in seinen Garten und in sein eigenes Wohnhaus – morgen konnte das schon sein –, und er war wieder da, wo er angefangen hatte. Oder nicht einmal das! Älter! Schlechter dran! Denn – lautlos kam es plötzlich über ihn, etwas, das immer schon irgendwo gelauert hatte, in den Ecken, verscheucht, weggetrieben, nicht durchgelassen, solange sein eigener Besitz unangetastet war – der Zweifel, die Angst, die bisher durch eine stärkere Gegenangst in Schach gehalten worden waren – plötzlich brachen sie aus ihren Käfigen und starrten ihn an, sie saßen in den Trümmern des Zigarrenladens, sie ritten auf den Ruinen des Zeitungsgebäudes, sie grinsten ihn an, und ihre Klauen drohten in die Zukunft.

Neubauers dicker roter Nacken wurde heiß, unsicher trat er zurück und sah einen Augenblick nichts mehr und wußte es und wollte es sich trotzdem nicht eingestehen: daß der Krieg nicht mehr gewonnen werden konnte.

»Nein«, sagte er laut. »Nein, nein – es muß noch – der Führer – ein Wunder – trotz allem – natürlich –«

Er sah sich um. Da war niemand. Nicht einmal jemand zum Löschen.

Selma Neubauer schwieg endlich. Ihr Gesicht war verschwollen, der seidene, französische Morgenrock war voll von Tränenspuren, und die dicken Hände bebten.

»Sie kommen diese Nacht nicht wieder«, sagte Neubauer ohne Überzeugung. »Die ganze Stadt brennt ja. Was sollen sie da noch bombardieren?«

»Dein Haus, dein Geschäftsgebäude. Deinen Garten. Die stehen doch noch, wie?«

Neubauer bezwang seinen Ärger und die jähe Angst, daß es so sein könne.

»Blödsinn! Deshalb kommen sie nicht extra.«

»Andere Häuser. Andere Läden. Andere Fabriken. Es stehen noch genug.«

»Selma –«

Sie unterbrach ihn. »Du kannst sagen, was du willst! Ich komme rauf!« Ihr Gesicht rötete sich wieder. »Ich komme rauf zu dir ins Lager, und wenn ich bei den Gefangenen schlafen muß. Ich bleibe nicht hier in der Stadt! In dieser Rattenfalle! Ich will nicht umkommen! Dir ist das natürlich egal, wenn du nur sicher bist. Weit weg vom Schuß! Wie immer! Wir können es ja ausfressen! So warst du immer!«

Neubauer blickte sie beleidigt an. »Ich war nie so. Und du weißt es! Sieh dir deine Kleider an! Deine Schuhe! Deine Morgenröcke! Alles aus Paris! Wer hat sie dir besorgt? Ich! Deine Spitzen! Das Feinste aus Belgien. Ich habe sie eingehandelt für dich. Dein Pelzmantel! Die Pelzdecke! Ich habe sie dir aus Warschau kommen lassen. Sieh dir deinen Vorratskeller an. Dein Haus! Ich habe gut für dich gesorgt!«

»Du hast eine Sache vergessen. Einen Sarg. Du kannst ihn jetzt noch rasch besorgen. Särge werden nicht billig sein morgen früh. Es gibt sowieso kaum noch welche in Deutschland. Aber du kannst ja einen machen lassen in deinem Lager oben! Du hast ja genügend Leute dafür.«

»So? Das ist also der Dank! Der Dank für alles, was ich riskiert habe. Das ist der Dank!«

Selma hörte nicht auf Neubauer. »Ich will nicht verbrennen! Ich will nicht in Stücke gerissen werden!« Sie wendete sich an ihre Tochter. »Freya! Du hörst deinen Vater! Deinen leiblichen Vater! Alles, was wir wollen, ist, nachts in seinem Haus da oben schlafen. Nichts weiter. Unser Leben retten. Er weigert sich. Die Partei. Was wird Dietz sagen? Was sagt Dietz zu den Bomben? Warum tut die Partei da nichts?«

»Ruhig, Selma!«

»Ruhig, Selma! Hörst du es, Freya? Ruhig! Stillgestanden! Ruhig gestorben! Ruhig, Selma, das ist alles, was er weiß!«

»Fünfzigtausend Menschen sind in derselben Situation«, sagte Neubauer müde. »Alle –«

»Fünfzigtausend Menschen gehen mich nichts an. Fünfzigtausend Menschen fragen auch nicht danach, wenn ich krepiere. Spar dir deine Statistik für Parteireden.«

»Mein Gott –«

»Gott! Wo ist Gott? Ihr habt ihn weggejagt! Komm mir nicht mit Gott –«

Warum haue ich ihr nicht eine herunter? dachte Neubauer. Warum bin ich auf einmal so müde? Ich sollte ihr eine runterhauen! Scharf auftreten! Energisch! Hundertdreißigtausend Mark verloren! Und dieses schreiende Weib! Scharf zupacken! Ja! Retten! Was? Was retten? Wohin?

Er setzte sich auf einen Sessel. Er wußte nicht, daß es ein exquisiter Gobelinfauteuil des 18. Jahrhunderts aus dem Hause der Comtesse Lambert war – für ihn war es nur ein Sessel, der reich aussah. Deshalb hatte er ihn vor einigen Jahren mit ein paar anderen Stücken von einem Major, der aus Paris kam, gekauft.

»Bring mir eine Flasche Bier, Freya.«

»Bring mir eine Flasche Champagner, Freya! Er kann ihn trinken, bevor er in die Luft fliegt! Popp! Popp! Popp! Laßt die Pfropfen knallen! Die Siege müssen begossen werden!«

»Laß das, Selma –«

Seine Tochter ging zur Küche. Die Frau richtete sich auf. »Also – ja oder nein? Kommen wir heute abend zu dir rauf oder nicht?«

Neubauer sah auf seine Stiefel. Sie waren voll Asche. Für hundertdreißigtausend Mark Asche. »Es würde Gerede geben, wenn wir das jetzt plötzlich machen würden. Nicht, daß es nicht erlaubt ist – aber wir haben es bisher nicht getan. Man würde sagen, ich wolle Vorteile ausnutzen gegen die andern, die hier unten bleiben müssen. Und oben ist es im Augenblick gefährlicher als hier. Das Lager wird als nächstes bombardiert werden. Wir haben doch kriegswichtige Betriebe.« Einiges davon stimmte; aber der eigentliche Grund für seine Weigerung war, daß Neubauer allein bleiben wollte. Dort oben hatte er sein Privatleben, wie er es nannte. Zeitungen, Kognak und ab und zu eine Frau, die dreißig Kilo weniger wog als Selma – jemand, der zuhörte, wenn er redete, und der ihn bewunderte als Denker, Mann und zartfühlenden Kavalier. Ein unschuldiges Vergnügen, das nötig war, als Entspannung nach dem Kampf ums Dasein.

»Laß sie sagen, was sie wollen!« erklärte Selma. »Du hast dich um deine Familie zu kümmern!«

»Wir können später weiter darüber sprechen. Ich muß jetzt zum Parteihaus. Muß sehen, was dort bestimmt wird. Vielleicht sind schon Vorbereitungen getroffen, die Leute in den Dörfern unterzubringen. Sicherlich alle die, die ihre Wohnungen verloren haben. Aber vielleicht könnt auch ihr –«

»Kein vielleicht! Wenn ich in der Stadt bleibe, werde ich herumrennen und schreien, schreien –«

Freya brachte das Bier. Es war nicht kalt. Neubauer schmeckte es, beherrschte sich und stand auf.

»Ja oder nein?« fragte Selma.

»Ich komme zurück. Dann werden wir darüber reden. Erst muß ich die Bestimmungen kennen.«

»Ja oder nein?«

Neubauer sah Freya hinter ihrer Mutter nicken und ihm ein Zeichen machen, vorläufig beizustimmen.

»Schön – ja«, sagte er verdrießlich.

Selma Neubauer öffnete den Mund. Die Spannung wich aus ihr wie Gas aus einem Ballon. Sie ließ sich vornüber auf das Sofa fallen, das zu dem Fauteuil aus dem 18. Jahrhundert gehörte. Sie war auf einmal nur noch ein Haufen weiches Fleisch, geschüttelt von Schluchzen: »Ich will nicht krepieren – ich will nicht – mit all unsern schönen Sachen – nicht jetzt –«

Über ihrem zerwühlten Haar blickten die Schäfer und Schäferinnen des Gobelinbezuges mit dem ironischen Lächeln des 18. Jahrhunderts heiter und gleichgültig ins Nichts.

Neubauer betrachtete sie angewidert. Sie hatte es leicht; sie schrie und heulte – aber wer fragte danach, was in ihm vorging? Er mußte alles runterschlucken. Zuversichtlich sein; ein Fels im Meer. Hundertdreißigtausend Mark. Nicht einmal gefragt hatte sie danach.

»Paß gut auf sie auf«, sagte er kurz zu Freya und ging.

Im Garten hinter dem Hause standen die beiden russischen Gefangenen. Sie arbeiteten noch, obschon es dunkel war. Neubauer hatte das vor ein paar Tagen angeordnet. Er hatte ein Stück rasch umgegraben haben wollen. Er hatte dort Tulpen setzen wollen. Tulpen und etwas Petersilie, Majoran, Basilikum und andere Küchenkräuter. Er liebte Kräuter am Salat und für Saucen. Das war vor ein paar Tagen gewesen. Es war eine Ewigkeit her. Verbrannte Zigarren konnte er jetzt da pflanzen. Zerschmolzenes Blei aus der Zeitung.

Die Gefangenen beugten sich über ihre Spaten, als sie Neubauer kommen sahen. »Was habt ihr zu glotzen?« fragte er. Die zurückgehaltene Wut brach plötzlich durch. Der Ältere von ihnen antwortete etwas auf russisch.

»Glotzen, habe ich gesagt! Du glotzt jetzt noch, Bolschewistenschwein! Frech sogar! Freust dich wohl, daß das Privateigentum von ehrlichen Bürgern zerstört wird?« Der Russe erwiderte nichts.

»Vorwärts, an die Arbeit, ihr faulen Hunde!«

Die Russen verstanden ihn nicht. Sie starrten ihn an und versuchten herauszufinden, was er meinte. Neubauer holte aus und gab einem von ihnen einen Tritt in den Bauch. Der Mann fiel um und stand langsam wieder auf. Er richtete sich an seinem Spaten auf und hielt den Spaten dann in der Hand. Neubauer sah seine Augen und die Hände, die die Schaufel umfaßt hatten. Er spürte Angst, wie einen Messerstich in den Magen, und griff nach seinem Revolver. »Lump! Widerstand leisten, was?« Er schlug ihm den Revolvergriff zwischen die Augen.

Der Russe fiel um und stand nicht mehr auf. Neubauer atmete heftig. »Erschießen hätte ich dich können«, schnaufte er. »Widerstand leisten! Wollte den Spaten heben, um zu schlagen! Erschießen! Zu anständig ist man, das ist es. Ein anderer hätte ihn erschossen!« Er sah den Wachsoldaten an, der seitab stramm stand. »Erschossen hätte ihn ein anderer. Sie haben gesehen, wie er den Spaten heben wollte.«

»Jawohl, Herr Obersturmbannführer.«

»Na, schön. Los, gießen Sie ihm eine Kanne Wasser über den Schädel.«

Neubauer blickte auf den zweiten Russen. Der Mann grub, tief über den Spaten gebückt. Sein Gesicht war leer. Vom Nachbargrundstück her bellte ein Hund wie rasend. Wäsche flatterte dort im Winde. Neubau fühlte, daß sein Mund trocken war. Er verließ den Garten. Seine Hände zitterten. Was ist los? dachte er. Angst? Ich habe keine Angst. Ich nicht! Nicht vor einem dämlichen Russen. Wovor dann? Was ist los mit mir? Gar nichts ist los! Ich bin nur zu anständig, weiter nichts. Weber hätte den Kerl langsam totgeschlagen. Dietz hätte ihn auf der Stelle erschossen. Ich nicht. Ich bin zu sentimental, das ist mein Fehler. Das ist mein Fehler mit allem. Mit Selma auch.

Der Wagen stand draußen. Neubauer straffte sich. »Zum neuen Parteihaus, Alfred. Sind die Straßen dahin frei?«

»Nur, wenn wir um die Stadt herumfahren.«

»Gut. Fahr um die Stadt herum.«

Der Wagen wendete. Neubauer sah das Gesicht des Chauffeurs. »Irgend etwas passiert, Alfred?«

»Meine Mutter ist mit umgekommen.«

Neubauer rückte unbehaglich hin und her. Auch das noch! Hundertdreißigtausend Mark, Selmas Geschrei, und jetzt mußte er auch noch Trost spenden. »Mein Beileid, Alfred«, sagte er knapp und militärisch, um es hinter sich zu bringen. »Schweine! Mörder von Frauen und Kindern.«

»Wir haben sie auch gebombt.« Alfred sah auf die Straße vor sich. »Zuerst. Ich war dabei. In Warschau, Rotterdam und Coventry. Bevor ich den Schuß erhielt und entlassen wurde.«

Neubauer starrte ihn überrascht an. Was war nur los heute? Erst Selma und jetzt der Chauffeur! Ging denn alles aus den Fugen? »Das war etwas anderes, Alfred«, sagte er. »Etwas ganz anderes. Das waren strategische Notwendigkeiten. Dieses hier ist reiner Mord.«

Alfred erwiderte nichts. Er dachte an seine Mutter, an Warschau, an Rotterdam und Coventry und den fetten deutschen Luftmarschall und riß den Wagen um die Ecke.

»Man darf nicht so denken, Alfred. Das ist schon fast Hochverrat! Verständlich im Augenblick Ihres Schmerzes natürlich, aber verboten. Ich will es nicht gehört haben. Befehl ist Befehl, das genügt für unser Gewissen. Reue ist undeutsch. Falsches Denken auch. Der Führer weiß schon, was er tut. Wir folgen ihm, fertig. Diesen Massenmördern wird er es schon noch heimzahlen! Doppelt und dreifach! Mit unsern geheimen Waffen! Wir kriegen sie zu Boden! Schon jetzt beschießen wir England Tag und Nacht mit unseren V-1-Geschossen. Wir werden die ganze Insel in Asche legen mit all den neuen Erfindungen, die wir haben. Im letzten Moment! Und Amerika dazu! Sie müssen bezahlen! Doppelt und dreifach!« wiederholte Neubauer und wurde zuversichtlich und begann selbst fast zu glauben, was er redete.

Er holte eine Zigarre aus einem Lederetui und biß die Spitze ab. Er wollte noch weitersprechen. Er hatte plötzlich ein großes Bedürfnis danach – aber er schwieg, als er Alfreds zusammengepreßte Lippen sah. Wer kümmert sich schon um mich, dachte er. Jeder ist nur mit sich beschäftigt. Ich sollte zu meinem Garten vor der Stadt fahren. Die Kaninchen, weich und flaumig, mit roten Augen in der Dämmerung. Immer, schon als Junge, hatte er Kaninchen haben wollen. Sein Vater hatte es verboten. Jetzt hatte er sie. Der Geruch nach Heu und Fell und frischen Blättern. Die Geborgenheit der Knabenerinnerung. Vergessene Träume. Manchmal war man verdammt allein. Hundertdreißigtausend Mark. Das höchste, was er als Junge gehabt hatte, waren 75 Pfennige gewesen. Zwei Tage später hatte man sie gestohlen.

Feuer um Feuer sprang auf. Es war die alte Stadt, die wie Zunder brannte. Sie bestand fast nur aus Holzhäusern. Der Fluß spiegelte die Flammen, als brenne auch er.

Die Veteranen, die gehen konnten, hockten in einem schwarzen Klumpen vor der Baracke. Im roten Dunkel konnten sie sehen, daß die Maschinengewehrstände noch leer waren. Der Himmel war bedeckt; die weiche, graue Wolkenschicht war angestrahlt wie Flamingogefieder. Das Feuer funkelte selbst in den Augen der Toten, die aufeinandergeschichtet hinter ihnen lagen.

Ein leises Scharren weckte die Aufmerksamkeit von 509. Lewinskys Gesicht hob sich vom Boden. 509 atmete tief und stand auf. Er hatte auf diesen Augenblick gewartet, seit er wieder kriechen konnte. Er hätte sitzen bleiben können, aber er stand auf; er wollte Lewinsky zeigen, daß er gehen konnte und kein Krüppel war.

»Alles wieder in Ordnung?« fragte Lewinsky.

»Natürlich. So leicht kriegt man uns nicht kaputt.«

Lewinsky nickte. »Können wir irgendwo reden?«

Sie gingen auf die andere Seite des Totenhaufens. Lewinsky blickte rasch um sich. »Die Wachen sind bei euch noch nicht zurück –«

»Hier ist nicht viel zu bewachen. Bei uns bricht keiner aus.«

»Das meine ich. Und nachts werdet ihr nicht kontrolliert?«

»So gut wie nie.«

»Wie ist es am Tage? Kommt die SS oft in die Baracken?«

»Fast nie. Sie hat Angst vor Läusen, Dysenterie und Typhus.«

»Und euer Blockführer?«

»Der kommt nur zu den Appells. Kümmert sich sonst wenig um uns.«

»Wie heißt er?«

»Bolte. Scharführer.«

Lewinsky nickte. »Die Blockältesten schlafen hier nicht in den Baracken, wie? Nur die Stubenältesten. Wie ist eurer?«

»Du hast neulich mit ihm gesprochen. Berger. Wir können keinen besseren haben.«

»Ist das der Arzt, der jetzt im Krematorium arbeitet?«

»Ja. Du weißt gut Bescheid.«

»Wir haben uns danach erkundigt. Wer ist euer Blockältester?«

»Handke. Ein Grüner. Hat vor ein paar Tagen einen von uns totgetreten.«

»Scharf?«

»Nein. Gemein. Aber er weiß wenig von uns. Hat auch Angst, sich mit irgend etwas anzustecken. Kennt nur ein paar von uns. Die Gesichter wechseln zu schnell. Der Blockführer weiß noch weniger. Die Kontrolle liegt bei den Stubenältesten. Man kann hier allerlei machen. Das wolltest du doch wissen, wie?«

»Ja, das wollte ich wissen. Du hast mich verstanden.« Lewinsky blickte überrascht auf das rote Dreieck auf dem Kittel von 509. Er hatte nicht so viel erwartet. »Kommunist?« fragte er.

509 schüttelte den Kopf.

»Sozialdemokrat?«

»Nein.«

»Was denn? Irgend etwas mußt du doch sein.«

509 blickte auf. Die Haut um seine Augen war noch verfärbt von den Blutergüssen. Die Augen wurden dadurch heller; sie glänzten fast durchsichtig im Licht des Feuers, als gehörten sie nicht zu dem dunklen, demolierten Gesicht. »Ein Stück Mensch – wenn dir das genügt.«

»Was?«

»Schon gut. Nichts.«

Lewinsky hatte einen Augenblick gestutzt. »Ach so, ein Idealist«, sagte er dann mit einer Spur gutmütiger Verachtung. »Na, meinetwegen, wie du willst. Wenn wir uns nur auf euch verlassen können.«

»Das könnt ihr. Auf unsere Gruppe. Sie ist am längsten hier.«

509 verzog die Lippen. »Veteranen.«
»Und die andern?«
»Die sind ebenso sicher. Muselmänner. Sicher wie Tote. Streiten nur noch um etwas Fraß und die Möglichkeit, im Liegen zu sterben. Keine Kraft mehr zum Verrat.«
Lewinsky sah 509 an. »Man könnte also jemand für einige Zeit bei euch verstecken, wie? Es würde nicht auffallen? Wenigstens nicht für ein paar Tage?«
»Nein. Wenn er nicht zu fett ist.«
Lewinsky überhörte die Ironie. Er rückte näher heran. »Irgendwas liegt bei uns in der Luft. In verschiedenen Baracken sind die roten Blockältesten durch grüne ersetzt worden. Es wird geredet über Nacht- und Nebeltransporte. Du weißt, was das ist –«
»Ja. Transporte zu den Vernichtungslagern.«
»Richtig. Es wird auch über Massenliquidationen gemunkelt. Leute, die aus anderen Lagern kommen, haben die Nachricht mitgebracht. Wir müssen vorsorgen. Unsere Verteidigung organisieren. Die SS zieht nicht einfach so ab. Bis jetzt haben wir an euch dabei nicht gedacht –«
»Ihr habt geglaubt, wir krepieren wie halbtote Fische, was?«
»Ja. Aber jetzt nicht mehr. Wir können euch brauchen. Wichtige Leute für eine Zeitlang verschwinden zu lassen, wenn es scharf drüben wird.«
»Ist das Lazarett nicht mehr sicher?«
Lewinsky blickte wieder auf. »So, das weißt du auch?«
»Ja, das weiß ich noch.«
»Warst du drüben bei uns in der Bewegung?«
»Das ist egal«, sagte 509. »Wie ist es jetzt?«
»Das Lazarett«, erwiderte Lewinsky in einem anderen Ton als vorher, »ist nicht mehr so wie früher. Wir haben noch einige von unseren Leuten drin; aber es wird da seit einiger Zeit scharf aufgepaßt.«
»Wie ist es mit der Fleckfieber- und Typhusabteilung?«
»Die haben wir noch. Aber das ist nicht genug. Wir brauchen

andere Gelegenheiten, um Leute zu verstecken. In unserer eigenen Baracke können wir es immer nur für ein paar Tage tun. Wir müssen auch immer mit überraschenden SS-Kontrollen nachts rechnen.«

»Ich verstehe«, sagte 509. »Ihr braucht einen Platz hier, wo alles rasch wechselt und so wenig kontrolliert wird.«

»Genau. Und wo ein paar Leute die Kontrolle haben, auf die wir uns verlassen können.«

»Das habt ihr bei uns.«

Ich preise das Kleine Lager an wie einen Bäckerladen, dachte 509 und sagte: »Was war das mit Berger, wonach ihr euch erkundigt habt?«

»Das war sein Dienst im Krematorium. Wir haben dort niemand. Er könnte uns auf dem laufenden halten.«

»Das kann er. Er zieht im Krematorium Zähne aus und unterschreibt Totenscheine oder so etwas. Er ist dort seit zwei Monaten. Der frühere Häftlingsarzt ist beim letzten Wechsel mit der Verbrennungsbrigade auf einen Nacht- und Nebeltransport abgeschoben worden. Dann war da für ein paar Tage ein Zahnklempner, der gestorben ist. Danach haben sie Berger geholt.«

Lewinsky nickte. »Dann hat er noch zwei bis drei Monate. Das ist schon genug fürs erste.«

»Ja, das ist genug.« 509 hob sein grün und blaues Gesicht. Er wußte, daß die Leute, die zum Krematoriumsdienst gehörten, alle vier bis fünf Monate abgelöst und abtransportiert wurden, um in einem Vernichtungslager vergast zu werden. Es war die einfachste Art, Zeugen loszuwerden, die zuviel gesehen hatten. Berger hatte deshalb wahrscheinlich nicht länger als höchstens noch ein Vierteljahr zu leben. Aber ein Vierteljahr war lang. Vieles konnte geschehen. Besonders mit der Hilfe des Arbeitslagers. »Und was können wir von euch erwarten, Lewinsky?« fragte 509.

»Dasselbe wie wir von euch.«

»Das ist nicht so wichtig für uns. Wir brauchen vorläufig niemand zu verstecken. Fraß ist, was wir brauchen. Fraß.«

Lewinsky schwieg eine Weile. »Wir könnten nicht eure ganze Baracke versorgen«, sagte er dann. »Das weißt du!« – »Davon redet auch keiner. Wir sind ein Dutzend Leute. Die Muselmänner sind ohnehin nicht zu retten.«

»Wir haben selbst zu wenig. Sonst kämen nicht täglich Neue hierher.«

»Das weiß ich auch. Ich rede nicht von Sattwerden; wir wollen nur nicht verhungern.«

»Wir brauchen das, was wir erübrigen, für die, die wir bei uns jetzt schon verstecken. Für die kriegen wir ja keine Rationen. Aber wir werden für euch tun, was wir können. Ist das genug?«

509 dachte, daß es genug und auch so gut wie nichts war. Ein Versprechen – aber er konnte nichts verlangen, bevor die Baracke nicht eine Gegenleistung gemacht hatte. »Es ist genug«, sagte er.

»Gut. Dann laß uns jetzt noch mit Berger sprechen. Er kann euer Verbindungsmann sein. Er darf ja in unser Lager. Das ist am einfachsten. Die andern von euch kannst du dann übernehmen. Besser, wenn so wenige wie möglich etwas von mir wissen. Immer nur ein einziger Verbindungsmann von Gruppe zu Gruppe. Und ein Ersatzmann. Alte Grundregel, die du kennst, wie?« Lewinsky sah 509 scharf an. »Die ich kenne«, erwiderte 509.

Lewinsky kroch fort durch das rote Dunkel, hinter die Baracke, der Latrine und dem Ausgang zu. 509 tastete sich zurück. Er war plötzlich sehr müde. Ihm war, als hätte er tagelang gesprochen und angestrengt nachgedacht. Er hatte, seit er zurück aus dem Bunker war, alles auf diese Besprechung gesetzt. Sein Kopf schwamm. Die Stadt unten glühte wie eine riesige Esse. Er kroch zu Berger. »Ephraim«, sagte er. »Ich glaube, wir sind raus.« Ahasver kam herangetappt. »Hast du mit ihm gesprochen?«

»Ja, Alter. Sie wollen uns helfen. Und wir ihnen.«

»Wir ihnen?«

»Ja«, sagte 509 und richtete sich auf. Sein Kopf schwamm nicht mehr. »Wir ihnen auch. Nichts ist für nichts.«

Etwas wie ein unsinniger Stolz war in seiner Stimme. Sie bekamen nichts geschenkt; sie gaben etwas zurück. Sie waren noch zu etwas nütze. Sie konnten sogar dem Großen Lager helfen. In ihrer körperlichen Armseligkeit hätte ein scharfer Wind sie umblasen können, so schwach waren sie – aber sie fühlten das in diesem Augenblick nicht. »Wir sind nicht mehr abgesperrt. Die Quarantäne ist durchbrochen.« Es war, als hätte er gesagt, wir sind nicht mehr zum Tode verurteilt; wir haben eine kleine Chance. Es war der ganze riesenhafte Unterschied zwischen Verzweiflung und Hoffnung.

»Wir müssen jetzt immer daran denken«, sagte er. »Wir müssen es fressen. Wie Brot. Wie Fleisch. Es geht zu Ende. Es ist sicher. Und wir kommen raus. Früher hätte uns das kaputtgemacht. Es war zu weit weg. Es gab zu viele Enttäuschungen. Das ist vorbei. Jetzt ist es da. Jetzt muß es uns helfen. Wir müssen es fressen mit unseren Gehirnen. Es ist wie Fleisch.«

»Hat er keine Nachrichten mitgebracht?« fragte Lebenthal. »Stück Zeitung oder so was?«

»Nein. Alles ist verboten. Aber sie haben ein geheimes Radio gebaut. Aus Abfällen und gestohlenen Teilen. In ein paar Tagen wird es funktionieren. Kann sein, daß sie es hier verstecken. Dann werden wir wissen, was vorgeht.« 509 nahm zwei Stück Brot aus der Tasche; Lewinsky hatte sie dagelassen. Er gab sie Berger. »Hier, Ephraim. Verteile sie. Er will mehr bringen.«

Jeder nahm sein Stück. Sie aßen es langsam. Tief unten glühte die Stadt. Hinter ihnen lagen die Toten. Die kleine Gruppe hockte schweigend beieinander und aß das Brot, und es schmeckte anders als alles Brot vorher. Es war wie eine sonderbare Kommunion, die sie unterschied von den andern in der Baracke. Von den Muselmännern. Sie hatten den Kampf aufgenommen. Sie hatten Kameraden gefunden. Sie hatten ein Ziel. Sie blickten auf die Felder und die Berge und die Stadt und die Nacht – und keiner sah in diesem Augenblick den Stacheldraht und die Maschinengewehrtürme.

10 Neubauer nahm das Papier, das auf seinem Schreibtisch lag, wieder auf. Einfach für die Brüder, dachte er. Eine dieser Gummiverordnungen, aus denen man alles mögliche machen konnte – las sich harmlos, war aber ganz anders gemeint. Eine Aufstellung der wichtigeren politischen Gefangenen sollte gemacht werden – falls noch welche in den Lagern seien, war hinzugefügt worden. Das war der Dreh. Man verstand den Wink. Die Konferenz mit Dietz heute morgen war dazu gar nicht mehr nötig gewesen. Dietz hatte leicht reden. Erledigen Sie, was gefährlich ist, hatte er erklärt – wir können in diesen schweren Zeiten nicht ausgeprägte Vaterlandsfeinde im Rükken haben und sie sogar noch füttern. Reden war immer leicht; aber irgend jemand mußte es dann tun. Das war eine andere Sache. Dinge solcher Art sollte man ganz genau schriftlich haben. Dietz hatte nichts Schriftliches hergegeben – und diese verdammte Anfrage hier war kein wirklicher Befehl; sie ließ einem die ganze Verantwortlichkeit.

Neubauer schob das Papier zur Seite und holte eine Zigarre hervor. Zigarren wurden auch knapp. Er hatte noch vier Kisten; dann blieb nur die »Deutsche Wacht«, und auch davon gab es nicht mehr allzuviel. Fast alles war verbrannt. Man hätte besser vorsorgen sollen, als man noch im Fett lebte – aber wer hätte gedacht, daß es einmal so kommen würde?

Weber kam herein. Neubauer schob ihm nach kurzem Zögern die Kiste hin. »Bedienen Sie sich«, sagte er mit falscher Herzlichkeit. »Raritäten. Echte Partagas.«

»Danke. Ich rauche nur Zigaretten.«

»Richtig. Ich vergesse das immer wieder. Schön, dann rauchen Sie Ihre Sargnägel.«

Weber verbiß ein Grinsen. Der Alte mußte Schwierigkeiten haben; er war gastfreundlich. Er zog ein flaches goldenes Etui aus der Tasche und klopfte sich eine Zigarette zurecht. Die Dose hatte 1933 dem Justizrat Aron Weizenblut gehört. Sie war ein glücklicher Fund gewesen. Das Monogramm hatte gepaßt: Anton Weber. Sie war die einzige Beute, die er in all den Jahren gemacht hatte; er brauchte nicht viel und fragte nicht nach Besitz.

»Da ist eine Verordnung gekommen«, sagte Neubauer. »Hier lesen Sie das doch mal durch.«

Weber nahm das Blatt auf. Er las langsam und lange. Neubauer wurde ungeduldig. »Der Rest ist unwichtig«, sagte er. »In Frage kommt nur der Passus mit den politischen Gefangenen. Wieviel haben wir davon ungefähr noch?«

Weber legte das Papier auf den Schreibtisch zurück. Es glitt über die polierte Fläche gegen eine kleine Glasvase mit Veilchen. »Ich weiß das nicht so genau im Augenblick«, erwiderte er. »Es müssen etwa die Hälfte der Häftlinge sein. Vielleicht etwas mehr oder weniger. Alle mit den roten Winkeln. Abgesehen von den Ausländern, natürlich. Die andere Hälfte sind Kriminelle und eine Anzahl Homos, Bibelforscher und so was.«

Neubauer blickte auf. Er wußte nicht, ob Weber sich absichtlich dumm stellte; Webers Gesicht verriet nichts. »Das meine ich nicht. Die Leute mit den roten Winkeln sind doch nicht alle Politische. Nicht im Sinne dieser Verordnung.«

»Selbstverständlich nicht. Der rote Winkel ist nur eine lose Gesamtklassifikation. Da sind Juden, Katholiken, Demokraten, Sozialdemokraten, Kommunisten und wer weiß was dabei.«

Neubauer wußte das auch. Weber brauchte ihn nach zehn Jahren nicht darüber zu belehren. Er hatte das unsichere Gefühl, daß sein Lagerführer sich wieder einmal über ihn lustig machte. »Wie steht es mit den wirklich Politischen?« fragte er, ohne sich etwas merken zu lassen.

»Meistens Kommunisten.«

»Das können wir genau feststellen, wie?«

»Ziemlich genau. Es steht in den Papieren.«

»Haben wir außerdem noch wichtige politische Leute hier?«

»Ich kann nachforschen lassen. Es mögen eine Anzahl Zeitungsleute, Sozialdemokraten und Demokraten da sein.«

Neubauer blies den Rauch seiner Partagas von sich. Sonderbar, wie rasch doch eine Zigarre immer beruhigte und optimistisch machte! »Gut«, sagte er herzlich. »Stellen wir das doch zunächst einmal fest. Lassen Sie die Listen durchkämmen. Wir können dann ja immer nachher noch regulieren, wieviel Leute wir haben wollen für unsere Meldung. Finden Sie nicht?«

»Gewiß.«

»Es ist nicht so eilig. Wir haben ungefähr vierzehn Tage Zeit. Das ist ja schon eine ganz nette Spanne, um einiges zu erledigen, wie?«

»Gewiß.«

»Man kann außerdem dies und das vordatieren; Sachen, die ohnehin bestimmt passieren werden, meine ich. Man braucht auch Namen von Leuten nicht mehr aufzunehmen, die sehr bald als Abgänge verbucht werden müssen. Überflüssige Arbeit. Gibt höchstens zwecklose Rückfragen.«

»Gewiß.«

»Zu viele dieser Leute werden wir ja nicht haben – ich meine so viele, daß es auffällt –«

»Wir brauchen sie nicht zu haben«, sagte Weber ruhig.

Er wußte, was Neubauer meinte, und Neubauer wußte, daß Weber ihn verstand. »Unauffällig, natürlich«, sagte er.

»Wir wollen es möglichst unauffällig arrangieren. Ich kann mich da ja auf Sie verlassen –«

Er stand auf und bohrte mit einer geradegebogenen Büroklammer vorsichtig am Kopfende seiner Zigarre. Er hatte sie vorher zu hastig abgebissen, und sie zog jetzt nicht mehr. Man sollte gute Zigarren nie abbeißen; immer nur vorsichtig einbrechen oder allenfalls mit einem scharfen Messerchen abschneiden. »Wie steht es mit der Arbeit? Haben wir genug zu tun?«

»Das Kupferwerk ist durch die Bomben ziemlich außer Betrieb gesetzt. Wir lassen die Leute dort aufräumen. Die übrigen Kommandos arbeiten fast alle wie früher.« – »Aufräumen? Gute Idee.« Die Zigarre zog wieder. »Dietz hat heute mit mir darüber gesprochen. Straßen säubern, bombardierte Häuser abtragen; – die Stadt braucht Hunderte von Leuten. Es ist ein Notfall, und wir haben ja die billigsten Arbeitskräfte. Dietz war dafür. Ich auch. Kein Grund dagegen, wie?«

»Nein.«

Neubauer stand am Fenster und schaute hinaus. »Da ist noch eine Anfrage gekommen wegen des Lebensmittelbestandes. Wir sollen einsparen. Wie kann man das machen?«

»Weniger Lebensmittel ausgeben«, erwiderte Weber lakonisch.

»Das geht nur bis zu einem gewissen Grade. Wenn die Leute zusammenklappen, können sie nicht mehr arbeiten.«

»Wir können am Kleinen Lager sparen. Es ist voll von unnützen Fressern. Wer stirbt, ißt nicht mehr.«

Neubauer nickte. »Trotzdem – Sie kennen mein Motto: Immer menschlich, solange es geht. Wenn es natürlich nicht mehr geht – Befehl ist Befehl –«

Sie standen jetzt beide am Fenster und rauchten. Sie sprachen ruhig und sachlich wie zwei ehrenhafte Viehhändler in einem Schlachthof. Draußen arbeiteten Gefangene in den Beeten, die das Haus des Kommandanten umgaben. »Ich lasse da eine Einfassung von Iris und Narzissen setzen«, sagte Neubauer. »Gelb und blau – eine schöne Farbenzusammenstellung.«

»Ja«, erwiderte Weber ohne Enthusiasmus.

Neubauer lachte. »Interessiert Sie wohl nicht sehr, was?«

»Nicht übermäßig. Ich bin Kegler.«

»Ist auch was Schönes.« Neubauer beobachtete die Arbeiter noch eine Weile. »Was macht eigentlich die Lagerkapelle? Die Kerle haben ein verdammt faules Leben.«

»Sie spielen beim Ein- und Ausmarsch und zweimal wöchentlich nachmittags.«

»Nachmittags haben die Arbeitskommandos nichts davon. Veranlassen Sie doch, daß abends nach dem Appell noch eine Stunde musiziert wird. Das ist gut für die Leute. Lenkt sie ab. Besonders, wenn wir mit dem Essen sparsamer werden müssen.«

»Ich werde es veranlassen.«

»Wir haben dann ja wohl alles besprochen und verstehen uns.«

Neubauer ging zu seinem Schreibtisch zurück. Er öffnete

eine Schublade und holte ein kleines Etui heraus. »Hier ist noch eine Überraschung für Sie, Weber. Heute gekommen. Dachte, es würde Ihnen Freude machen.«

Weber öffnete das Etui. Es enthielt ein Kriegsverdienstkreuz. Neubauer sah zu seinem Erstaunen, daß Weber errötete. Er hätte alles andere erwartet. »Hier ist eine Bestätigung dazu«, erklärte er. »Sie hätten es längst haben sollen. Wir sind ja hier gewissermaßen auch an der Front. Kein Wort weiter darüber.« Er reichte Weber die Hand. »Harte Zeiten. Wir müssen sie durchstehen.« Weber ging. Neubauer schüttelte den Kopf. Der kleine Trick mit dem Orden hatte besser gewirkt, als er geglaubt hätte. Irgendwo hatte doch jeder seine schwache Stelle. Er blieb eine Weile grübelnd vor der großen bunten Landkarte von Europa stehen, die an der Wand gegenüber dem Hitlerbild hing. Die Fähnchen darauf stimmten nicht mehr. Sie befanden sich noch weit innerhalb Rußlands. Neubauer hatte sie da stekken lassen in einer Art von Aberglauben, daß sie vielleicht noch einmal gültig werden könnten. Er seufzte, hob die Glasvase mit den Veilchen auf und roch den süßen Duft. Ein unklarer Gedanke streifte ihn. Das sind wir, unsere Besten, dachte er fast erschüttert. Raum für alles haben wir in unserer Seele. Eiserne Disziplin bei historischen Notwendigkeiten und gleichzeitig tiefstes Gemüt. Der Führer mit seiner Kinderliebe. Göring, der Freund der Tiere. Er roch noch einmal an den Blumen. Hundertdreißigtausend Mark hatte er verloren und war trotzdem schon wieder obenauf. Nicht kaputtzukriegen! Schon wieder Sinn für das Schöne! Die Idee mit der Lagerkapelle war gut gewesen. Selma und Freya kamen heute abend herauf. Es würde einen glänzenden Eindruck auf sie machen. Er setzte sich an die Schreibmaschine und tippte mit zwei dicken Fingern den Befehl für die Kapelle. Das war für seine Privatakten. Dazu kam die Anordnung, schwache Sträflinge von der Arbeit zu befreien. Sie stimmte in einer anderen Weise, aber er hatte sie einfach so verstanden. Was Weber tat, war seine Sache. Er würde schon etwas tun; das Kriegsverdienstkreuz war gerade rechtzeitig angekommen. Die Privatakten enthielten Beweise für Neubauers

Milde und Fürsorge. Daneben selbstverständlich das übliche belastende Material gegen Vorgesetzte und Parteigenossen. Wer im Feuer stand, konnte niemals für genug Deckung sorgen.

Neubauer klappte den blauen Aktendeckel befriedigt zu und griff zum Telefon. Sein Rechtsanwalt hatte ihm einen ausgezeichneten Tip gegeben: gebombte Grundstücke zu kaufen. Sie waren billig. Ungebombte auch. Man konnte seine eigenen Verluste damit herausholen. Grundstücke behielten ihren Wert, auch wenn sie hundertmal gebombt wurden. Man mußte die augenblickliche Panik ausnutzen.

Das Aufräumungskommando kam vom Kupferwerk zurück. Es hatte zwölf Stunden schwer gearbeitet. Verschiedene Abteilungen waren schwer beschädigt. Nur wenige Hacken und Spaten waren zur Verfügung gewesen, und die meisten Gefangenen hatten mit den bloßen Händen arbeiten müssen. Die Hände waren zerrissen und bluteten. Alle waren todmüde und hungrig. Mittags hatten sie eine dünne Suppe bekommen, in der unbekannte Pflanzen schwammen. Die Direktion des Kupferwerkes hatte sie großmütig spendiert. Ihr einziger Vorteil war gewesen, daß sie warm war. Dafür hatten die Ingenieure und Aufseher des Werks die Gefangenen wie Sklaven gehetzt. Sie waren Zivilisten; aber manche waren nicht viel besser als die SS.

Lewinsky marschierte in der Mitte des Zuges. Neben ihm ging Willy Werner. Beide hatten es geschafft, beim Einteilen des Kommandos in dieselbe Gruppe zu kommen. Es waren keine einzelnen Nummern aufgerufen worden; nur eine Gesamtgruppe von vierhundert Mann. Das Aufräumen war ein schweres Kommando. Es hatte wenige Freiwillige dafür gegeben, und so war es leicht gewesen für Lewinsky und Werner, hineinzugelangen. Sie wußten, warum sie es wollten. Sie hatten es schon einige Male vorher getan.

Die Vierhundert marschierten langsam. Sie hatten sechzehn Mann bei sich, die bei der Arbeit zusammengebrochen waren. Zwölf konnten noch gehen, wenn sie gestützt wurden; die andern vier wurden getragen; zwei auf einer rohen Bahre, die andern beiden an Armen und Füßen.

Der Weg zum Lager war weit; die Gefangenen wurden um die Stadt herumgeführt. Die SS vermied es, sie durch die Straßen marschieren zu lassen. Sie wollte nicht, daß man sie sah; und sie wollte jetzt auch nicht, daß die Gefangenen zuviel von der Zerstörung sähen.

Sie näherten sich einem kleinen Birkenwald. Die Stämme schimmerten seidig im letzten Licht. Die SS-Wachen und die Kapos verteilten sich den Zug entlang. Die SS hielt die Waffen schußbereit. Die Gefangenen trotteten vorwärts. Vögel zwitscherten in den Ästen. Ein Hauch von Grün und Frühling hing in den Zweigen. Schneeglöckchen und Primeln wuchsen an den Gräben. Wasser gluckste. Niemand beachtete es. Alle waren zu müde. Dann kamen aufs neue Felder und Äcker, und die Wachen zogen sich wieder zusammen.

Lewinsky ging dicht neben Werner. Er war aufgeregt. »Wo hast du es hingetan?« fragte er, ohne die Lippen zu bewegen.

Werner machte eine kleine Bewegung und drückte den Arm an die Rippen.

»Wer hat es gefunden?«

»Münzer. An derselben Stelle.«

»Dieselbe Marke?«

Werner nickte.

»Haben wir jetzt alle Teile?«

»Ja. Münzer kann sie im Lager montieren.«

»Ich habe eine Handvoll Patronen gefunden. Konnte nicht sehen, ob sie passen. Mußte sie rasch wegstecken. Hoffe, sie passen.«

»Wir werden sie schon gebrauchen können.«

»Hast sonst noch jemand was?«

»Münzer hat noch Revolverteile.«

»Lagen sie an derselben Stelle wie gestern?«

»Ja.«

»Jemand muß sie dahingelegt haben.«

»Natürlich. Jemand von außen.«

»Einer von den Arbeitern.«

»Es ist jetzt das dritte Mal, daß was da war. Kein Zufall.«

»Kann es einer von den Unsern gewesen sein, die im Munitionswerk aufräumen?«

»Nein. Sie sind nicht herübergekommen. Wir würden es auch wissen. Es muß jemand von außen sein.«

Die Untergrundbewegung des Lagers hatte schon seit längerer Zeit versucht, Waffen zu bekommen. Sie erwartete einen Endkampf mit der SS und wollte wenigstens nicht ganz wehrlos sein. Es war fast unmöglich gewesen, Verbindungen zu bekommen; aber seit dem Bombardement hatte das Aufräumungskommando plötzlich an bestimmten Stellen Waffenteile und Waffen gefunden. Sie waren unter Schutt versteckt gewesen und mußten von Arbeitern dorthin plaziert worden sein, um in der Unordnung der Zerstörung gefunden zu werden. Diese Funde waren der Grund dafür, daß das Aufräumungskommando plötzlich mehr Freiwillige hatte als sonst. Es waren alles verläßliche Leute.

Die Häftlinge passierten eine Wiese, die mit Stacheldraht eingefriedet war. Zwei Kühe mit weißrotem Fell kamen dicht an den Draht. Eine muhte. Ihre friedlichen Augen glänzten. Fast keiner der Gefangenen sah hin; es machte sie nur noch hungriger, als sie schon waren.

»Glaubst du, daß sie uns heute vor dem Wegtreten untersuchen werden?«

»Warum? Sie haben es gestern doch auch nicht getan. Unser Kommando war nicht in der Nähe der Waffenabteilung. Für Aufräumen außerhalb des Munitionswerks untersuchen sie gewöhnlich nicht.«

»Man weiß nie. Wenn wir die Sachen wegwerfen müssen –«

Werner blickte gegen den Himmel. Er leuchtete in Rosa und Gold und Blau. »Es wird ziemlich dunkel sein, wenn wir ankommen. Wir müssen sehen, was passiert. Hast du deine Patronen gut eingewickelt?«

»Ja. In einen Lappen.«

»Gut. Wenn etwas geschieht, gib sie nach rückwärts zu Goldstein. Der gibt sie weiter zu Münzer. Der zu Remme. Einer von ihnen wird sie wegwerfen. Wenn wir Pech haben und die SS an allen Seiten ist, laß sie in der Mitte der Gruppe fallen, wenn es nötig ist. Wirf sie nicht zur Seite. Sie können dann keinen Bestimmten fassen. Ich hoffe, daß das Kommando vom Baumroden gleichzeitig mit uns ankommt. Müller und Ludwig wissen dort Bescheid. Beim Einrücken wird ihre Gruppe ein Kommando falsch verstehen, wenn wir untersucht werden, und in unsere Nähe kommen und die Sachen aufnehmen.«

Die Straße machte eine Kurve und näherte sich in einer langen, geraden Linie wieder der Stadt. Schrebergärten mit Holzlauben säumten sie ein. Leute in Hemdsärmeln arbeiteten darin. Nur wenige blickten auf. Sie kannten die Häftlinge schon. Der Geruch von aufgebrochener Erde kam von den Gärten herüber. Ein Hahn krähte. Schilder für Automobilisten standen am Rande: Achtung, Kurve. Siebenundzwanzig Kilometer bis Holzfelde.

»Was ist denn das da hinten?« fragte Werner plötzlich. »Ist das schon das Baumkommando?«

Weit vor ihnen auf der Straße sahen sie eine dunkle Masse von Menschen. Sie war so weit, daß man nicht erkennen konnte, wer es war. »Wahrscheinlich«, sagte Lewinsky. »Sie sind früher. Vielleicht holen wir sie ein.« Er drehte sich um. Hinter ihnen wankte Goldstein. Er hatte die Arme um die Schultern von zwei Mann gelegt und schleppte sich dahin. »Kommt«, sagte Lewinsky zu den beiden, die ihn trugen. »Wir werden euch ablösen. Nachher, vor dem Lager, könnt ihr ihn wieder nehmen.« Er nahm Goldstein von der einen Seite, und Werner stützte ihn von der andern. »Mein verdammtes Herz«, keuchte Goldstein. »Vierzig Jahre alt und das Herz kaputt. Zu idiotisch.«

»Warum bist du mitgekommen?« fragte Lewinsky. »Du hättest zur Schuhabteilung abgeschoben werden können.«

»Wollte einmal sehen, wie es außerhalb des Lagers ist. Frische Luft. War ein Fehler.«

Goldstein grinste mühsam über sein graues Gesicht.

»Du wirst dich erholen«, sagte Werner. »Laß dich ruhig über unsere Schultern hängen. Wir können dich gut tragen.«

Der Himmel verlor den letzten Glanz und wurde fahler. Blaue Schatten stürzten von den Hügeln herab. »Hört zu«, flüsterte Goldstein. »Steckt, was ihr bei euch habt, in meine Sachen. Wenn sie untersuchen, werden sie euch untersuchen und vielleicht die Bahren auch. Aber uns Schlappmacher werden sie nicht kontrollieren. Wir sind einfach zusammengeklappt. Uns werden sie so durchlassen.«

»Wenn sie untersuchen, werden sie alle untersuchen«, sagte Werner.

»Nein, nicht uns, die schlappgemacht haben. Es sind noch ein paar mehr auf dem Weg dazugekommen. Steckt die Sachen unter mein Hemd.«

Werner wechselte einen Blick mit Lewinsky. »Laß gut sein, Goldstein. Wir kommen schon durch.«

»Nein, gebt sie mir.«

Die beiden antworteten nicht.

»Für mich ist es ziemlich egal, ob ich geschnappt werde. Für euch nicht.«

»Es hat nichts mit Opferwillen und Großtuerei zu tun«, sagte Goldstein mit einem verzerrten Lächeln. »Es ist nur praktischer. Ich mach sowieso nicht mehr lange.«

»Wir werden das alles sehen«, erwiderte Werner. »Wir haben noch fast eine Stunde Weg. Vor dem Lager gehst du wieder zurück in deine frühere Reihe. Wenn etwas passiert, geben wir dir die Sachen. Du gibst sie sofort weiter zurück zu Münzer. Zu Münzer, verstehst du?«

»Ja.«

Eine Frau auf einem Fahrrad kam vorbei. Sie war dick und trug eine Brille und hatte einen Pappkarton vor sich auf der Lenkstange. Sie blickte zur Seite. Sie wollte die Gefangenen nicht sehen.

Lewinsky sah auf und blickte dann schärfer nach vorn. »Hört zu«, sagte er. »Das dahinten ist nicht das Baumkommando.«

Die schwarze Masse vor ihnen war näher gekommen. Sie holten sie nicht ein, sie kamen ihnen entgegen. Sie konnten jetzt auch sehen, daß es eine lange Reihe von Menschen war, die nicht in regelmäßiger Kolonne marschierten.

»Neue Zugänge?« fragte jemand hinter Lewinsky. »Oder ist es ein Transport?«

»Nein. Sie haben keine SS bei sich. Und sie marschieren nicht in der Richtung zum Lager. Das sind Zivilisten.«

»Zivilisten?«

»Das siehst du doch. Sie haben Hüte auf. Und Frauen sind dabei. Kinder auch. Viele Kinder.«

Man konnte sie jetzt deutlich sehen. Die beiden Kolonnen näherten sich rasch. »Rechts heran!« schrie die SS. »Scharf rechts heran! In den Graben, die äußerste Reihe rechts. Los!«

Die Aufseher liefen die Gefangenenkolonne entlang. »Rechts! Los, rechts heran! Laßt die linke Hälfte der Straße frei. Wer ausbiegt, wird erschossen!«

»Das sind Ausgebombte«, sagte Werner plötzlich rasch und leise. »Es sind Leute aus der Stadt. Das sind Flüchtlinge.«

»Flüchtlinge?«

»Flüchtlinge«, wiederholte Werner.

»Ich glaube, du hast recht.« Lewinsky kniff die Augen zu. »Das sind tatsächlich Flüchtlinge. Aber diesmal deutsche Flüchtlinge!«

Das Wort lief flüsternd die Kolonne entlang. Flüchtlinge! Deutsche Flüchtlinge! *Des réfugiés allemands!* Es schien unerhört zu sein, aber es stimmte: Nachdem sie Jahre hindurch in Europa gesiegt und Menschen vor sich hergetrieben hatten, mußten sie jetzt in ihrem eigenen Lande flüchten. Es waren Frauen und Kinder und ältere Männer. Sie trugen Pakete, Handtaschen und Handkoffer. Einige hatten kleine Wagen, auf die sie ihr Gepäck geladen hatten. Sie gingen unregelmäßig und verdrossen hintereinander her.

Die beiden Züge waren sich jetzt ganz nahe. Es wurde auf einmal sehr still. Man hörte nur noch das Scharren der Füße auf der Landstraße. Und ohne daß ein Wort gesagt worden wäre, begann die Kolonne der Gefangenen sich zu verändern. Sie hatte sich nicht einmal durch Blicke verständigt; aber es war, als hätte jemand einen lautlosen Befehl über all die todmüden, abgezehrten, halbverhungerten Männer hingeschrien, als hätte ein Funke ihr Blut entzündet, ihr Gehirn aufgeweckt und ihre Nerven und Muskeln zusammengerissen. Die stolpernde Kolonne begann zu marschieren. Die Füße hoben sich, die Köpfe richteten sich auf, die Gesichter wurden härter, und in den Augen war Leben.

»Laßt mich los«, sagte Goldstein.

»Unsinn!«

»Laßt mich los! Nur, bis die da vorbei sind!«

Sie ließen ihn los. Er taumelte, biß die Zähne aufeinander und fing sich. Lewinsky und Werner preßten ihre Schultern gegen seine, aber sie brauchten ihn nicht zu halten. Er ging, dicht zwischen sie gepreßt, allein, den Kopf zurückgeworfen, laut atmend, aber er ging allein.

Das Schuffeln der Gefangenen war jetzt überall in eine Art von Gleichtritt übergegangen. Eine Abteilung Belgier und Franzosen war dabei und eine kleine Gruppe von Polen. Auch sie marschierten mit.

Die Kolonnen hatten einander erreicht. Die Deutschen waren auf dem Wege nach umliegenden Dörfern. Sie hatten keine Zugverbindungen, weil der Bahnhof zerstört war, und mußten deshalb zu Fuß gehen. Ein paar Zivilisten mit SA-Binden um den Arm dirigierten den Zug. Die Frauen waren müde. Ein paar Kinder weinten. Die Männer starrten vor sich hin.

»So sind wir aus Warschau geflüchtet«, flüsterte ein Pole leise hinter Lewinsky.

»Und wir aus Lüttich«, erwiderte ein Belgier.

»Wir ebenso aus Paris.«

»Bei uns war es schlimmer. Viel schlimmer. Sie haben uns anders gejagt.«

Sie spürten kaum ein Gefühl von Revanche. Auch keinen Haß. Frauen und Kinder waren überall dieselben, und es waren gewöhnlich viel öfter die Unschuldigen, die von einem Verhängnis getroffen wurden, als die Schuldigen. Unter dieser müden Masse waren sicher viele, die nichts bewußt gewollt und nichts getan hatten, was ihr Schicksal rechtfertigte. Das war es auch nicht, was die Gefangenen spürten. Es war etwas ganz anderes. Es hatte nichts mit den einzelnen zu tun; es hatte auch wenig mit der Stadt zu schaffen; nicht einmal viel mit dem Lande oder der Nation; es war eher das Gefühl einer ungeheuren, unpersönlichen Gerechtigkeit, das in dem Augenblick aufsprang, als die beiden Kolonnen einander passierten. Ein Weltfrevel war verübt worden und fast geglückt; die Gebote der Menschlichkeit waren umgestoßen und fast zertrampelt worden; das Gesetz des Lebens war bespuckt, zerpeitscht und zerschossen worden; Raub war legal, Mord verdienstvoll, Terror Gesetz geworden – und jetzt, plötzlich, in diesem atemlosen Augenblick, fühlten vierhundert Opfer der Willkür hier, daß es genug war, daß eine Stimme gesprochen hatte und daß das Pendel zurückschwang. Sie spürten, daß es nicht nur Länder und Völker waren, die gerettet werden würden; es waren die Gebote des Lebens selbst. Es war das, wofür es viele Namen gab – und einer, der älteste und einfachste war: Gott. Und das hieß: Mensch.

Die Kolonne der Flüchtlinge hatte die Kolonne der Gefangenen jetzt passiert. Es hatte ausgesehen, als wären für einige Minuten die Flüchtlinge die Gefangenen und die Gefangenen frei. Zwei Leiterwagen, mit Schimmeln bespannt und voll von Gepäck, bildeten das Ende des Zuges. Die SS rannte nervös an der Kolonne der Gefangenen auf und ab, spähend nach irgendeinem Zeichen, einem Wort. Nichts geschah. Die Kolonne marschierte schweigend weiter, und bald fingen die Füße wieder an zu scharren, die Müdigkeit kam zurück, und Goldstein mußte die Arme wieder um die Schultern von Lewinsky und Werner legen – aber trotzdem, als die schwarzroten Barrieren des Lagereingangs und die eisernen Tore mit dem alten preußischen Motto: »Jedem das Seine« sichtbar wurden, betrachtete jeder dieses Motto, das Jahre hindurch ein fürchterlicher Hohn gewesen war, plötzlich mit neuen Augen.

Die Lagerkapelle wartete am Tor. Sie spielte den »Fridericus-Rex«-Marsch. Hinter ihr standen eine Anzahl SS-Leute und der zweite Lagerführer. Die Gefangenen begannen zu marschieren.

»Beine raus! Augen rechts!«

Das Baumfäll-Kommando war noch nicht da. »Stillgestanden! Abzählen!«

Sie zählten ab. Lewinsky und Werner beobachteten den zweiten Lagerführer. Er wiegte sich in den Knien und schrie: »Leibesvisitation! Erste Gruppe vortreten!«

Mit vorsichtigen Bewegungen glitten die in Lappen gewikkelten Waffenstücke nach rückwärts in Goldsteins Hände. Lewinsky fühlte, wie ihm plötzlich der Schweiß am Körper herunterlief.

Der SS-Scharführer Günther Steinbrenner, der wie ein Schäferhund auf der Wacht stand, hatte irgendwo eine Bewegung gesehen. Er drängte sich mit Faustschlägen zu Goldstein durch. Werner preßte die Lippen zusammen. Wenn die Sachen jetzt nicht bei Münzer oder Remme waren, konnte alles aus sein. Bevor Steinbrenner ankam, fiel Goldstein um. Steinbrenner gab ihm einen Tritt in die Rippen. »Aufstehen! Schweinehund!«

Goldstein machte einen Versuch. Er kam auf die Knie, erhob sich, stöhnte, hatte plötzlich Schaum vor dem Mund und stürzte nieder.

Steinbrenner sah das graue Gesicht und die verdrehten Augen. Er gab Goldstein noch einen Tritt und überlegte, ob er ihm ein brennendes Streichholz unter die Nase halten sollte, um ihn munter zu machen. Aber dann fiel ihm ein, daß er vor kurzem einen Toten geohrfeigt und sich vor seinen Kameraden lächerlich gemacht hatte; ein zweites Mal sollte ihm etwas Ähnliches nicht passieren. Knurrend trat er zurück.

»Was?« fragte der zweite Lagerführer gelangweilt den Kommandoführer. »Das sind nicht die vom Munitionswerk?«

»Nein. Dies ist nur das Aufräumungskommando.«

»Ach so! Wo sind denn die andern?«

»Kommen gerade den Berg rauf«, sagte der SS-Oberscharführer, der das Kommando geführt hatte.

»Na, schön. Dann macht Platz. Diese Kaffern hier brauchen nicht visitiert zu werden. Schwirrt ab!«

»Erste Gruppe zurück, marsch, marsch!« kommandierte der Oberscharführer. »Kommando stillgestanden! Linksum, marsch!«

Goldstein erhob sich. Er taumelte, aber es gelang ihm, in der Gruppe zu bleiben.

»Weggeworfen?« fragte Werner fast lautlos, als Goldsteins Kopf neben ihm war.

»Nein.«

Werners Gesicht entspannte sich. »Sicher nicht?«

»Nein.«

Sie marschierten weiter. Die SS kümmerte sich nicht mehr um sie. Hinter ihnen stand die Kolonne vom Munitionswerk. Sie wurde genau untersucht.

»Wer hat es?« fragte Werner. »Remme?«

»Ich.«

Sie marschierten zum Appellplatz und stellten sich auf.

»Was wäre passiert, wenn du nicht mehr hochgekommen wärest?« fragte Lewinsky. »Wie hätten wir es dann von dir wiedergekriegt, ohne daß jemand es gemerkt hätte?«

»Ich wäre hochgekommen.«

»Wieso?«

Goldstein lächelte. »Ich wollte früher mal Schauspieler werden.«

»Du hast das geschwindelt?«

»Nicht alles. Das letzte.«

»Den Schaum vor dem Mund auch?«

»Das sind Schultricks.«

»Du hättest es trotzdem weitergeben sollen. Warum nicht? Warum hast du es behalten?«

»Das habe ich dir schon vorher erklärt.«

»Achtung«, flüsterte Werner. »SS kommt.«

Sie standen stramm.

11 Der neue Transport kam nachmittags. Ungefähr fünfzehnhundert Mann schleppten sich den Berg hinauf. Sie hatten weniger Invaliden bei sich, als zu erwarten war. Wer auf dem langen Weg liegengeblieben war, war immer gleich erschossen worden.

Es dauerte lange, bis die Leute übernommen wurden. Die Begleit-SS, die sie ablieferte, versuchte, ein paar Dutzend Tote mit hineinzuschwindeln, die sie vergessen hatte, abzuschreiben. Doch die Lagerbürokratie war auf der Hut; sie ließ sich jeden einzelnen Körper vorzeigen, tot oder lebendig, und nahm nur die an, die lebend das Eingangstor durchschritten. Dabei kam es zu einem Zwischenfall, der der SS viel Vergnügen bereitete. Während der Transport vor dem Tore stand, hatten noch eine Anzahl Leute schlappgemacht. Ihre Kameraden versuchten, sie mitzuschleppen, aber die SS kommandierte Laufschritt, und sie mußten einen Teil der Invaliden ihrem Schicksal überlassen.

Etwa zwei Dutzend blieben liegen, verstreut über die letzten zweihundert Meter der Straße. Sie krächzten und keuchten und zirpten wie verwundete Vögel oder lagen einfach mit angstvoll aufgerissenen Augen da, zu schwach zum Schreien. Sie wußten, was sie erwartete, wenn sie zurückblieben; sie hatten Hunderte ihrer Kameraden an Genickschüssen während des Marsches sterben hören.

Die SS bemerkte den Witz rasch. »Seht mal, wie die betteln, ins KZ zu kommen«, rief Steinbrenner.

»Los! Los!« schrien die SS-Leute, die den Transport abgeliefert hatten.

Die Häftlinge versuchten zu kriechen. »Schildkrötenrennen!« jubelte Steinbrenner. »Ich setze auf den Kahlkopf in der Mitte.«

Der Kahlkopf kroch mit weit ausgebreiteten Händen und Knien wie ein erschöpfter Frosch auf dem glänzenden Asphalt vorwärts. Er passierte einen andern Häftling, der fortwährend in den Armen einknickte und sich mühsam wieder aufrichtete, aber kaum vorwärtskam. Alle Kriechenden hielten die Köpfe auf eine sonderbare Weise ausgestreckt – dem rettenden Tore zustrebend und gleichzeitig gespannt nach rückwärts horchend, ob Schüsse knallen würden.

»Los, vorwärts, Kahlkopf!«

Die SS bildete Spalier. Plötzlich krachten von hinten zwei Schüsse. Ein SS-Scharführer der Begleitmannschaft hatte sie abgegeben. Grinsend steckte er seinen Revolver wieder ein. Er hatte nur in die Luft geschossen.

Die Häftlinge aber wurden durch die Schüsse von Todesangst gepackt. Sie glaubten, daß die zwei letzten von ihnen erschossen worden seien. In ihrer Aufregung kamen sie jetzt noch schlechter vorwärts als vorher. Einer blieb sogar liegen; er streckte die Arme aus und faltete die Hände. Seine Lippen bebten, und auf seiner Stirn bildeten sich dicke Schweißtropfen. Ein zweiter legte sich still und ergeben nieder, das Gesicht in den Händen. Er legte sich zum Sterben hin und bewegte sich nicht mehr.

»Noch sechzig Sekunden!« schrie Steinbrenner. »Eine Minute! In einer Minute wird das Tor zum Paradies geschlossen. Wer dann nicht drin ist, muß draußen bleiben.« Er blickte auf seine Armbanduhr und bewegte das Tor, als wolle er es schließen. Ein Stöhnen der menschlichen Insekten antwortete. Der SS-Scharführer der Begleitmannschaft gab einen neuen Schuß ab. Das Krabbeln wurde verzweifelter. Nur der Mann mit dem Gesicht in den Händen rührte sich nicht. Er hatte abgeschlossen.

»Hurra!« schrie Steinbrenner. »Mein Kahlkopf hat es geschafft!«

Er gab dem Mann einen ermunternden Tritt in den Hintern. Gleichzeitig waren einige andere durch das Tor gelangt, aber mehr als die Hälfte war noch draußen.

»Noch dreißig Sekunden!« rief Steinbrenner im Ton eines Rundfunk-Zeitansagers.

Das Rascheln und Kratzen und Jammern verstärkte sich. Zwei Leute lagen hilflos auf der Straße, mit den Armen und Beinen rudernd, als wollten sie schwimmen. Sie hatten nicht mehr die Kraft, hochzukommen. Einer weinte in einem hohen Falsett.

»Piepst wie 'ne Maus«, erklärte Steinbrenner, der weiter auf seine Armbanduhr sah. »Noch fünfzehn Sekunden!« Ein neuer Schuß folgte. Dieses Mal war er nicht in die Luft gegangen. Der Mann, der das Gesicht in die Hände gelegt hatte, zuckte und schien sich dann zu strecken und tiefer in die Straße zu sinken. Das Blut bildete eine schwarze Lache um seinen Kopf – wie einen dunklen Heiligenschein. Der betende Häftling neben ihm versuchte hochzuspringen. Er kam aber nur auf ein Knie und rutschte seitlich fort, so daß er auf den Rücken zu liegen kam. Er hatte die Augen krampfhaft geschlossen und bewegte die Arme und Beine, als wollte er immer noch fortlaufen und wisse nicht, daß er Luft trete wie ein strampelnder Säugling in der Wiege. Eine Lachsalve begleitete seine Anstrengungen.

»Wie willst du den nehmen, Robert?« fragte einer der SS-Leute den Scharführer, der den ersten erschossen hatte. »Von hinten durch die Brust oder durch die Nase?« Robert ging langsam um den Strampelnden herum. Einen Augenblick blieb er nachdenklich hinter ihm stehen; dann schoß er ihn schräg von der Seite durch den Kopf. Der Strampler bäumte sich auf, schlug ein paarmal mit den Schuhen schwer auf die Straße und fiel zurück. Langsam zog er ein Bein etwas an, streckte es aus, zog es wieder an, streckte es. –

»Den hast du nicht genau erwischt, Robert.«

»Doch«, erwiderte Robert gleichgültig, ohne den Kritiker anzusehen. »Das sind nur noch Nervenreflexe.«

»Schluß!« erklärte Steinbrenner. »Eure Zeit ist abgelaufen! Toresschluß!«

Die Wache begann die Tore tatsächlich langsam zu schließen. Ein Angstschrei stieg auf. »Nur nicht so drängeln, meine Herrschaften!« rief Steinbrenner mit leuchtenden Augen. »Einer nach dem andern, bitte! Da soll noch jemand sagen, daß wir hier nicht beliebt sind!«

Drei Leute kamen nicht mehr weiter. Sie lagen in Abständen von einigen Metern auf der Straße. Robert erledigte zwei in

Ruhe durch Genickschüsse; der dritte aber folgte ihm mit dem Kopf. Er saß halb, und wenn Robert hinter ihn trat, drehte er sich nach ihm um und sah ihn an, als könne er den Schuß so aufhalten. Robert versuchte es zweimal; jedesmal brachte der andere es fertig, sich mit letzter Anstrengung so weit umzudrehen, daß er Robert ansah. Robert zuckte schließlich die Achseln. »Wie du willst«, sagte er und schoß ihn ins Gesicht.

Er steckte die Waffe weg. »Das macht gerade vierzig.«

»Vierzig, die du erledigt hast?« fragte Steinbrenner, der herangekommen war.

Robert nickte. »Auf diesem Transport.«

»Donnerwetter, du bist aber eine Nummer!« Steinbrenner starrte ihn voll Bewunderung und Neid an, wie jemanden, der einen Rekord im Sport aufgestellt hat. Robert war nur ein paar Jahre älter als er. »Das nennt man Klasse!«

Ein älterer Oberscharführer kam heran. »Ihr mit eurer Knallerei!« schimpfte er. »Jetzt wird es wieder neues Theater geben wegen der Papiere für die Erledigten. Die stellen sich hier ja damit an, als ob wir lauter Prinzen gebracht hätten, so genau.«

Drei Stunden nachdem der Transport zur Personalaufnahme angetreten war, waren sechsunddreißig Leute umgefallen. Vier waren tot. Der Transport hatte seit morgens kein Wasser gehabt. Von Block sechs hatten zwei Häftlinge versucht, einen gefüllten Wassereimer heranzuschmuggeln, als die SS anderswo beschäftigt war. Man hatte sie gefaßt, und sie hingen jetzt mit verdrehten Gelenken an den Kreuzen neben dem Krematorium.

Die Personalaufnahme ging weiter. Zwei Stunden später waren sieben tot, und über fünfzig lagen herum. Von sechs Uhr an ging es dann schneller; zwölf waren tot, und über achtzig lagen auf dem Platz herum. Um sieben Uhr waren es hundertzwanzig, und es war nicht mehr festzustellen, wie viele tot waren. Die Bewußtlosen bewegten sich ebensowenig wie die Toten.

Um acht Uhr war die Personalaufnahme derer, die noch stehen konnten, beendet. Es war dunkel geworden, und der Himmel war voll silberner Schäfchenwolken. Die Arbeitskommandos rückten ein. Sie hatten Überstunden gemacht, damit der Transport vorher erledigt werden konnte. Das Aufräumkommando hatte wieder Waffen gefunden. Es war das fünfte Mal, immer an derselben Stelle. Dieses Mal war ein Zettel dabei gewesen: *Wir denken an euch.* Sie wußten längst, daß es Arbeiter des Munitionswerkes waren, die nachts die Waffen für sie verbargen. »Sieh dir das Durcheinander an«, flüsterte Werner. »Wir kommen durch.«

Lewinsky drückte ein flaches Päckchen gegen seine Rippen. »Schade, daß wir nicht mehr haben. Länger als zwei Tage haben wir keine Chance mehr. Dann ist es vorbei mit dem Aufräumen.«

»Einrücken lassen!« kommandierte Weber. »Appell ist später.«

»Verdammt, warum haben wir keine Kanone bei uns?« murmelte Goldstein. »So ein Schweineglück!«

Sie marschierten zu den Baracken. »Die Neuen zur Desinfektion!« erklärte Weber. »Wir wollen hier keinen Typhus und keine Krätze eingeschleppt kriegen. Wo ist der Kammerkapo?«

Der Kapo meldete sich. »Die Sachen dieser Leute müssen desinfiziert und entlaust werden«, sagte Weber. »Haben wir genug Ausrüstung zum Wechseln?«

»Zu Befehl, Herr Sturmführer. Vor vier Wochen sind noch zweitausend gekommen.«

»Richtig.« Weber erinnerte sich. Die Kleider waren von Auschwitz hergeschickt worden. Man hatte in den Vernichtungslagern immer genug Sachen, um sie an andere Lager abzugeben. »Los, rein in den Bottich mit den Kerlen!«

Das Kommando erscholl. »Ausziehen! Zum Baden. Monturen und Wäsche nach hinten, Privatsachen von euch legen!« Ein Schwanken lief durch die dunklen Reihen. Das Kommando konnte wirklich Baden heißen; ebensogut aber auch Vergasen. In die Gaskammern der Vernichtungslager wurde man nackt, unter dem Vorwand, zu baden, geführt. Die Köpfe der Brausen strömten dann aber kein Wasser aus, sondern das tödliche Gas.

»Was sollen wir machen?« flüsterte der Häftling Sulbacher seinem Nachbarn Rosen zu. »Umfallen?«

Sie entkleideten sich. Sie wußten, daß sie, wie so oft, in Sekunden eine Entscheidung über Leben und Tod treffen mußten. Sie kannten das Lager nicht; war es ein Vernichtungslager mit Gaskammern, dann war es besser, einen Zusammenbruch zu markieren. Man hatte dadurch eine kleine Chance, länger zu leben, weil Bewußtlose gewöhnlich nicht sofort mitgeschleppt würden. Diese Chance konnte mit Glück zum Überleben werden; selbst in den Vernichtungslagern wurden nicht alle getötet. War es jedoch kein Gaskammerlager, dann war Zusammenbrechen gefährlich; es konnte sein, daß man als nutzlos sofort abgespritzt wurde.

Rosen blickte zu den Bewußtlosen hinüber. Er bemerkte, daß kein Versuch gemacht wurde, sie munter zu machen. Daraus schloß er, daß es vielleicht doch nicht zum Vergasen ginge; sonst hätte man so viele wie möglich mitgenommen. »Nein«, flüsterte er. »Noch nicht –«

Die Reihen, die vorher dunkel gewesen waren, schimmerten jetzt in schmutzigem Weiß. Die Häftlinge standen nackt da; jeder einzelne war ein Mensch; aber das hatten sie schon fast vergessen.

Der Transport war durch einen großen Bottich mit scharfer Desinfektionslösung gejagt worden. Auf der Bekleidungskammer wurden jedem ein paar Bekleidungsstücke zugeworfen. Jetzt standen die Reihen wieder auf dem Appellplatz.

Sie zogen sich eilig an. Sie waren, soweit man es so nennen konnte, glücklich; sie waren nicht in einem Vernichtungslager gelandet. Die Sachen, die sie bekommen hatten, paßten nicht. Sulbacher hatte als Unterzeug eine wollene Frauenhose mit roten Litzen zugeworfen bekommen; Rosen das Chorhemd eines Priesters. Es waren alles Sachen von Toten. Das Chorhemd hatte ein Einschußloch, um das sich ein gelblich zerfaserter

Blutfleck zog. Es war nur oberflächlich gewaschen worden. Ein Teil der Leute hatte scharfkantige Holzschuhe erhalten, die aus einem aufgelösten holländischen Konzentrationslager stammten. Es waren Materwerkzeuge für ungewohnte, blutig gelaufene Füße.

Die Einteilung auf die Blocks sollte beginnen. In diesem Augenblick setzten die Sirenen der Stadt ein. Alles blickte auf den Lagerführer.

»Weitermachen«, schrie Weber durch den Lärm.

Die SS und die Kapos rannten nervös durcheinander. Die Reihen der Gefangenen standen still da; nur die Gesichter waren etwas angehoben und schimmerten fahl im Mond. »Köppe runter!« schrie Weber.

Die SS und die Kapos rannten die Reihen entlang und schrien es nach. Sie starrten zwischendurch selbst nach oben. Ihre Stimmen gingen in dem Lärm verloren. Sie brauchten ihre Knüppel.

Weber ging, die Hände in den Taschen, am Rande des Platzes hin und her. Er gab keine weiteren Anordnungen. Neubauer kam herangestürzt. »Was ist los, Weber? Weshalb sind die Leute noch nicht in den Baracken?«

»Die Einteilung ist noch nicht gemacht«, erwiderte Weber phlegmatisch.

»Einerlei! Hier können sie nicht bleiben. Sie können auf dem offenen Platz für Truppen gehalten werden.«

Das Heulen der Sirenen änderte sich. »Zu spät«, sagte Weber. »In Bewegung sind sie noch besser sichtbar.«

Er blieb stehen und sah Neubauer an. Neubauer bemerkte es; er wußte, daß Weber erwartete, er würde zum Unterstand laufen. Ärgerlich blieb auch er stehen. »Verdammter Blödsinn, uns die Kerle zu schicken«, schimpfte er. »Unsere eigenen sollen wir durchkämmen, und dann packen sie einem noch einen ganzen Transport auf den Hals! Widersinnig! Warum wird die Bande nicht in ein Vernichtungslager dirigiert?«

»Die Vernichtungslager liegen wahrscheinlich zu weit im Osten.«

Neubauer blickte auf. »Wie meinen Sie das?«

»Zu weit im Osten. Die Straßen und Eisenbahnen müssen da für andere Zwecke freigehalten werden.«

Neubauer spürte plötzlich wieder den kalten Griff der Angst um den Magen. »Klar«, sagte er, um sich selbst zu beruhigen. »Zum Aufmarsch an die Front. Wir werden es ihnen schon geben.«

Weber erwiderte nichts. Neubauer sah ihn mißmutig an. »Lassen Sie die Leute sich hinlegen«, sagte er. »Sie sehen dann weniger wie eine Formation aus.«

»Zu Befehl.« Weber schlenderte ein paar Schritte vor.

»Hinlegen!« kommandierte er.

»Hinlegen!« wiederholte die SS.

Die Reihen fielen zusammen. Weber kam zurück. Neubauer hatte zu seinem Hause gehen wollen; aber irgend etwas in Webers Haltung gefiel ihm nicht. Er blieb stehen. Auch so eine undankbare Kreatur, dachte er. Kaum hat man ihm das Kriegsverdienstkreuz besorgt, da wird er schon wieder frech. Kunststück! Was hat er auch schon zu verlieren? Die paar Stücke Blech auf seiner dämlichen Heldenbrust, weiter nichts, der Landsknecht! Es kam kein Angriff. Nach einiger Zeit ertönten die Entwarnungssignale. Neubauer drehte sich um. »So wenig Licht wie möglich! Machen Sie etwas schneller mit dem Einteilen auf die Blocks. Im Dunkeln ist doch wenig zu sehen. Den Rest können die Blockältesten mit der Schreibstube morgen erledigen.«

»Zu Befehl.«

Neubauer blieb stehen. Er beobachtete den Abmarsch des Transports. Die Leute richteten sich mühsam auf. Manche waren erschöpft eingeschlafen und mußten von ihren Kameraden wachgerüttelt werden. Andere lagen da, zu erledigt, um noch gehen zu können.

»Die Toten zum Krematoriumshof. Die Bewußtlosen mitnehmen.«

»Zu Befehl.«

Der Zug formierte sich und begann sich zu bewegen, den Weg hinunter zu den Baracken.

»Bruno! Bruno!«

Neubauer fuhr herum. Seine Frau kam vom Eingangstor her über den Platz. Sie war fast hysterisch. »Bruno! Wo bist du? Ist was passiert? Hast du –«

Sie sah ihn und stoppte. Ihre Tochter folgte ihr. »Was macht ihr hier?« fragte Neubauer sehr wütend, aber leise, weil Weber gerade in der Nähe war. »Wie seid ihr hier hereingekommen?«

»Der Posten. Er kennt uns doch! Du kamst nicht wieder, und da dachte ich, dir sei etwas passiert. Alle diese Menschen –«

Selma sah sich um, als erwache sie. »Habe ich euch nicht gesagt, ihr sollt in meiner Dienstwohnung bleiben?« fragte Neubauer, immer noch leise. »Habe ich euch nicht verboten, hier hereinzukommen?«

»Vater«, sagte Freya. »Mutter war außer sich vor Angst. Diese große Sirene, so dicht bei –«

Der Transport bog in die Hauptstraße ein. Er kam ganz dicht an den dreien vorbei. »Was ist denn das?« flüsterte Selma leise.

»Das? Gar nichts! Ein Transport, der heute angekommen ist.«

»Aber –«

»Kein Aber! Was habt ihr hier zu suchen? Raus!« Neubauer drängte seine Frau und seine Tochter beiseite. »Los! Vorwärts!«

»Wie die aussehen!« Selma starrte auf die Gesichter, die durch einen Mondstreifen zogen.

»Aussehen? Das sind Gefangene! Vaterlandsverräter! Wie sollen sie schon aussehen? Wie Kommerzienräte?«

»Und die sie da tragen, die –«

»Jetzt habe ich genug!« schnauzte Neubauer. »Das fehlt mir noch! Zimperliches Gerede! Die Leute sind heute hier angekommen. Wir haben nichts damit zu tun, wie sie aussehen. Im Gegenteil! Sie sollen hier aufgefüttert werden. Stimmt das nicht, Weber?«

»Jawohl, Obersturmbannführer.« Weber streifte Freya mit einem leicht amüsierten Blick und ging weiter.

»Da habt ihr es. Und nun raus! Verboten, hier zu sein. Dies ist kein Zoo!«

Er schob die Frauen weiter. Er hatte Angst, Selma könnte etwas Gefährliches sagen. Man mußte nach allen Seiten hin aufpassen. Keiner war zuverlässig, auch Weber nicht. Verdammt, daß Selma und Freya gerade heraufkommen mußten, als der Transport da war! Er hatte vergessen, ihnen zu sagen, sie sollten in der Stadt bleiben. Selma wäre aber sicher trotzdem nicht geblieben, als der Alarm kam. Der Teufel mochte wissen, warum sie so nervös war. Stattliche Frau, anderweitig. Aber wenn eine Sirene loslegte – wie ein blutarmer Backfisch.

»Die Wache werde ich mir mal vornehmen! Euch einfach reinzulassen! So was! Nächstens läßt sie jedermann rein!«

Freya drehte sich um. »Es werden nicht viele reinwollen.«

Neubauer stockte der Atem einen Moment. Was war das? Freya? Sein eigenes Fleisch und Blut? Sein Augapfel? Revolution! Er sah in Freyas ruhiges Gesicht. Sie konnte es nicht so gemeint haben. Nein, sie hatte es harmlos gemeint. Er lachte unvermittelt. »Na, das weiß ich noch nicht. Diese hier, dieser Transport, die haben gebettelt, hierbleiben zu dürfen. Gebettelt! Geweint! Was meinst du, wie die in zwei, drei Wochen aussehen werden? Nicht wiederzuerkennen! Wir sind das beste Lager in ganz Deutschland. Bekannt dafür. Ein Sanatorium.«

Vor dem Kleinen Lager waren noch zweihundert Mann des Transportes übrig. Es waren die Schwächsten. Sie stützten sich gegenseitig. Sulbacher und Rosen waren dabei. Die Blocks standen angetreten draußen. Sie wußten, daß Weber selbst die Einteilung kontrollierte. Berger hatte deshalb 509 und Bucher zum Essenholen geschickt; er hatte vermeiden wollen, daß der Lagerführer sie sähe; aber sie waren von der Küche zurückgeschickt worden. Essen sollte erst verteilt werden, nachdem der Transport eingerückt war. Nirgendwo brannte Licht. Nur Weber und der SS-Scharführer Schulte hatten Taschenlampen, die sie ab und zu aufblitzen ließen. Die Blockältesten meldeten. »Steckt den Rest hier hinein«, sagte Weber zu dem zweiten Lagerältesten.

Der Lagerälteste teilte die Leute ein. Schulte kontrollierte. Weber schlenderte weiter. »Weshalb sind das hier so viel weniger als drüben?« fragte er, als er zur Sektion D von Baracke 22 kam.

Der Blockälteste Handke stand stramm. »Der Raum ist kleiner als die anderen Sektionen, Herr Sturmführer.«

Weber ließ seine Taschenlampe aufleuchten. Das Licht wanderte über die starren Gesichter. 509 und Bucher standen im hinteren Glied. Der Lichtkreis glitt über 509 hinweg, blendete ihn, glitt weiter und kam zurück. »Dich kenne ich doch! Woher?«

»Ich bin schon lange im Lager, Herr Sturmführer.«

Der Lichtschein glitt auf die Nummer herunter. »Zeit, daß du krepierst!«

»Es ist einer von denen, die kürzlich zur Schreibstube mußten, Herr Sturmführer«, meldete Handke.

»Ach so, richtig.« Der Lichtkreis wanderte wieder zur Nummer herunter und dann weiter. »Merken Sie sich doch mal die Nummer, Schulte.«

»Jawohl«, erklärte der Scharführer Schulte mit frischer, jugendlicher Stimme. »Wie viele sollen hier hinein?«

»Zwanzig. Nein, dreißig; sollen zusammenrücken.«

Schulte und der Lagerälteste zählten ab und notierten. Aus dem Dunkel beobachteten die Augen der Veteranen Schultes Bleistift. Sie sahen nicht, daß er die Nummer von 509 aufschrieb. Weber hatte sie ihm nicht gesagt, und die Taschenlampe war wieder ausgeknipst worden. »Fertig?« fragte Weber.

»Jawohl.«

»Den Rest der Schreiberei kann die Schreibstube morgen erledigen. Marsch, da rüber! Und krepiert! Sonst helfen wir nach.«

Weber ging breit und zuversichtlich die Lagerstraße zurück.

Die Scharführer folgten ihm. Handke lungerte noch eine Weile umher. »Essenholer raus!« knurrte er dann. »Bleibt hier«, flüsterte Berger 509 und Bucher zu. »Ein paar andere können gehen. Es ist besser, daß ihr Weber nicht noch einmal vor die Füße rennt.«

»Hat Schulte meine Nummer aufgeschrieben?«

»Ich habe es nicht gesehen.«

»Nein«, sagte Lebenthal. »Ich habe vorne gestanden und aufgepaßt. Er hat es in der Eile vergessen.«

Die dreißig Nummern standen eine Weile fast bewegungslos im wehenden Dunkel. »Ist Platz in den Baracken?« fragte Sulbacher schließlich.

»Wasser«, sagte ein Mann heiser neben ihm. »Wasser! Gebt uns um Christi willen Wasser!«

Jemand brachte einen Blecheimer heran, der halb voll Wasser war. Die Neuen stürzten sich darüber und warfen ihn um; sie hatten nichts, womit sie trinken konnten, als ihre hohlen Hände. Sie warfen sich auf den Boden und versuchten, das Wasser damit aufzuschöpfen. Sie stöhnten. Ihre Lippen waren schwarz und schmutzig. Sie leckten den Boden ab.

Berger hatte gesehen, daß Sulbacher und Rosen nicht bei der Attacke mitgemacht hatten. »Wir haben eine Wasserleitung neben der Latrine«, sagte er. »Sie rinnt nur; aber es wird mit der Zeit genug sein zum Trinken. Nehmt Eimer und holt es.«

Einer der Neuen fletschte die Zähne. »Damit ihr uns inzwischen das Essen wegfreßt, was?«

»Ich werde gehen«, sagte Rosen und nahm den Eimer.

»Ich auch.« Sulbacher faßte die andere Seite des Henkels.

»Bleib du hier«, sagte Berger. »Bucher kann mitgehen und ihm zeigen, wo es ist.«

Die beiden gingen. »Ich bin hier Stubenältester«, sagte Berger zu den Neuen. »Wir haben Ordnung hier. Ich rate euch, mitzumachen. Ihr habt sonst ein kurzes Leben.«

Niemand antwortete. Berger wußte nicht, ob ihm überhaupt jemand zugehört hatte.

»Ist Platz in den Baracken?« fragte Sulbacher nach einer Weile noch einmal.

»Nein. Wir müssen abwechselnd schlafen. Ein Teil muß draußen bleiben.«

»Gibt es noch etwas zu essen? Wir sind den ganzen Tag marschiert und haben nichts bekommen.«

»Die Essenholer sind zur Küche gegangen.« Berger sagte nicht, daß er glaubte, für die Neuen würde kein Essen ausgegeben werden.

»Ich heiße Sulbacher. Ist dies ein Vernichtungslager?«

»Nein.«

»Sicher nicht?«

»Nein.«

»O Gott sei Dank! Habt ihr keine Gaskammern?«

»Nein.«

»Gott sei Dank«, wiederholte Sulbacher.

»Du redest, als wärest du im Hotel«, sagte Ahasver. »Warte nur erst ab. Woher kommt ihr?«

»Wir sind seit fünf Tagen unterwegs. Zu Fuß. Wir waren dreitausend. Unser Lager ist aufgelöst worden. Wer nicht weiterkonnte, wurde erschossen.«

»Woher kommt ihr?«

»Von Lohme.«

Ein Teil der Neuen lag noch auf dem Boden. »Wasser!« krächzte einer. »Wo bleibt der mit dem Wasser? Säuft sich selber voll – das Schwein!«

»Würdest du das nicht auch machen?« fragte Lebenthal.

Der Mann starrte ihn mit leeren Augen an. »Wasser!« sagte er ruhiger. »Wasser, bitte!«

»Ihr kommt von Lohme?« fragte Ahasver.

»Ja.«

»Kanntet ihr dort einen Martin Schimmel?«

»Nein.«

»Oder Moritz Gewürz? Einen mit einer eingeschlagenen Nase und ohne Haar.«

Sulbacher dachte müde nach. »Nein.«

»Oder vielleicht Gedalje Gold? Er hatte nur ein Ohr«, sagte Ahasver hoffnungsvoll. »Das fällt doch auf. Er war im Block 12.«

»Zwölf?«

»Ja. Vor vier Jahren.«

»O Gott!« Sulbacher wandte sich ab. Die Frage war zu idiotisch. Vor vier Jahren! Warum nicht vor hundert?

»Laß ihn in Ruhe, Alter«, sagte 509. »Er ist müde.«

»Es waren Freunde«, murmelte Ahasver. »Man fragt nach Freunden.«

Bucher und Rosen kamen mit dem Wassereimer. Rosen blutete. Sein Chorhemd war an der Schulter zerrissen; seine Jacke stand offen. »Die Neuen schlagen sich um das Wasser«, sagte Bucher. »Mahner hat uns gerettet. Er hat drüben Ordnung gemacht. Sie stehen jetzt an, um Wasser zu empfangen. Wir müssen es hier auch tun, sonst schmeißen sie den Eimer wieder um.«

Die Neuen hatten sich erhoben. »Anstellen«, rief Berger. »Jeder kriegt was. Wir haben für alle. Wer sich nicht anstellt, kriegt nichts!«

Sie gehorchten, bis auf zwei, die vorstürzten. Sie schlugen sie mit Knüppeln nieder. Dann holten Ahasver und 509 ihre Becher, und einer nach dem andern trank. »Laßt uns sehen, ob wir noch was kriegen können«, sagte Bucher zu Rosen und Sulbacher, als der Eimer leer war. »Jetzt wird es nicht mehr gefährlich sein.«

»Wir waren dreitausend«, sagte Sulbacher mechanisch und ohne Sinn.

Die Essenholer kamen zurück. Sie hatten für die Neuen nichts erhalten. Es entstand sofort Krach. Vor Sektion A und B prügelten sich die Leute. Die Stubenältesten dort konnten wenig ausrichten. Sie hatten fast nur Muselmänner, und die Neuen waren geschickter und noch nicht so ergeben.

»Wir müssen etwas abgeben«, sagte Berger leise zu 509.

»Höchstens Suppe. Kein Brot. Wir brauchen es mehr als sie. Wir sind schwächer.«

»Deshalb müssen wir ihnen etwas abgeben. Sie nehmen es sich sonst selber. Du siehst es drüben.«

»Ja, aber nur Suppe. Das Brot brauchen wir selbst. Laß uns mit dem sprechen, der Sulbacher heißt.«

Sie holten ihn. »Hör zu«, sagte Berger. »Wir haben nichts für euch bekommen, heute abend. Aber wir werden unsere Suppe mit euch teilen.«

»Danke«, erwiderte Sulbacher.

»Was?«

»Danke.«

Sie sahen ihn verwundert an. Es war im Lager nicht üblich, zu danken. »Kannst du uns dabei helfen?« fragte Berger. »Sonst schmeißen eure Leute wieder alles um, und diesmal gibt es nichts Neues. Ist noch jemand da, der zuverlässig ist?«

»Rosen. Und die zwei neben ihm.«

Die Veteranen und die vier Neuen gingen den Essenholern entgegen und scharten sich um sie. Berger hatte vorher dafür gesorgt, daß alle andern in Reihe anstanden. Erst dann brachten sie das Essen heran.

Sie stellten sich zusammen und begannen zu verteilen. Die Neuen hatten keine Näpfe. Sie mußten ihre Portionen stehend essen und dann die Näpfe zurückgeben. Rosen paßte auf, daß niemand zweimal kam. Einige der alten Insassen schimpften. »Ihr bekommt die Suppe morgen zurück«, sagte Berger. »Sie ist nur geliehen.« Dann wandte er sich an Sulbacher. »Wir brauchen das Brot selbst. Unsere Leute sind schwächer als ihr. Vielleicht wird morgen früh etwas für euch ausgegeben.«

»Ja. Danke für die Suppe. Wir geben sie morgen zurück. Wie sollen wir schlafen?«

»Wir werden einige von unseren Betten frei machen. Ihr müßt sitzend schlafen. Für alle ist auch dann kein Platz.«

»Und ihr?«

»Wir bleiben hier draußen. Später wecken wir euch und wechseln ab.«

Sulbacher schüttelte den Kopf. »Ihr werdet sie nicht mehr herauskriegen, wenn sie einmal schlafen.«

Ein Teil der Neuen schlief bereits mit offenen Mündern vor der Baracke. »Laßt sie liegen«, sagte Berger und sah sich um. »Wo sind die andern?«

»Sie haben sich drinnen schon selbst Plätze gesucht«, sagte 509. »Im Dunkeln kriegen wir sie nicht wieder heraus. Wir müssen es diese Nacht lassen, wie es ist.«

Berger blickte zum Himmel. »Vielleicht wird es nicht zu kalt. Wir können an der Wand dicht zusammen sitzen. Wir haben drei Decken.«

»Morgen muß das anders werden«, erklärte 509. »Gewalt gibt es in dieser Sektion nicht.«

Sie hockten sich zusammen. Fast alle Veteranen waren draußen; selbst Ahasver, Karel und der Schäferhund.

Rosen und Sulbacher und ungefähr zehn mehr von den Neuen saßen bei ihnen.

»Es tut mir leid«, sagte Sulbacher.

»Unsinn. Ihr seid nicht verantwortlich füreinander.«

»Ich kann aufpassen«, sagte Karel zu Berger. »Es werden mindestens sechs von den Unsern diese Nacht sterben. Sie liegen rechts unten neben der Tür. Wenn sie tot sind, können wir sie hinaustragen und dann abwechselnd in ihren Betten schlafen.«

»Wie willst du im Dunkeln herausfinden, ob sie tot sind?«

»Das ist einfach. Ich beuge mich dicht über ihre Gesichter. Man merkt, wenn sie nicht mehr atmen.«

»Bis wir sie draußen haben, liegt schon einer von drinnen an ihrer Stelle«, sagte 509.

»Das meine ich«, erwiderte Karel eifrig. »Ich komme und melde es. Und dann legt sich gleich einer hinein, wenn wir einen Toten herausnehmen.«

»Gut, Karel«, sagte Berger. »Paß auf.«

Es wurde kühler. Aus den Baracken kamen Stöhnen und Schreckensschreie im Schlaf.

»Mein Gott«, sagte Sulbacher zu 509. »Was für ein Glück!

Wir dachten, wir kämen in ein Vernichtungslager. Wenn sie uns nur nicht weiterschicken!«

509 antwortete nicht, Glück, dachte er. Aber es stimmte.

»Wie war es bei euch?« fragte Ahasver nach einiger Zeit.

»Sie haben alles erschossen, was nicht laufen konnte. Wir waren dreitausend –«

»Das wissen wir. Du hast es schon ein paarmal gesagt.«

»Ja –« erwiderte Sulbacher hilflos.

»Was habt ihr unterwegs gesehen?« fragte 509. »Wie sieht es aus in Deutschland?«

Sulbacher dachte eine Weile nach. »Vorgestern abend hatten wir genug Wasser«, sagte er dann. »Manchmal gaben Leute uns etwas. Manchmal nicht. Wir waren zu viele.«

»Einer hat uns nachts vier Flaschen Bier gebracht«, sagte Rosen.

»Das meine ich nicht«, sagte 509 ungeduldig. »Wie waren die Städte? Kaputt?«

»Wir sind nicht durch Städte gekommen. Immer außen herum.«

»Habt ihr denn überhaupt nichts gesehen?«

Sulbacher blickte 509 an. »Man sieht wenig, wenn man kaum laufen kann und wenn hinter einem geschossen wird. Züge haben wir nicht gesehen.«

»Weshalb ist euer Lager aufgelöst worden?«

»Die Front kam näher.«

»Was? Was weißt du davon? So sprich doch! Wo liegt Lohme? Wie weit vom Rhein? Weit?«

Sulbacher versuchte die Augen offenzuhalten. »Ja – ziemlich weit – fünfzig – siebzig – Kilometer – morgen –« sagte er noch, dann fiel sein Kopf nach vorn. »Morgen – jetzt muß ich schlafen –«

»Es sind ungefähr siebzig Kilometer«, sagte Ahasver. »Ich war da.«

»Siebzig? Und von hier?« 509 begann zu rechnen. »Zweihundert – zweihundertfünfzig –«

Ahasver hob die Schultern. »509«, sagte er ruhig. »Du

denkst immer an Kilometer. Hast du auch schon daran gedacht, daß sie mit uns dasselbe machen können wie mit diesen da? Das Lager auflösen – uns wegschicken –, und wohin? Was wird dann aus uns? Wir können nicht mehr marschieren.«

»Wer nicht marschieren kann, wird erschossen –« Rosen war mit einem Ruck erwacht und schlief bereits wieder. Alle schwiegen. Sie hatten noch nicht so weit gedacht.

Wie eine schwere Drohung hing es plötzlich über ihnen. 509 starrte auf das silberne Wolkengeschiebe am Himmel. Dann starrte er auf die Straßen im Tal, die im halben Licht schimmerten. Wir hätten die Suppe nicht hergeben sollen, dachte er einen Augenblick. Wir müssen marschieren können. Aber wozu würde es schon genützt haben? Höchstens für ein paar Minuten Marsch. Die Neuen waren tagelang vorwärtsgetrieben worden. »Vielleicht erschießen sie bei uns die nicht, die zurückbleiben«, sagte er.

»Nein«, erwiderte Ahasver mit trübem Spott. »Sie werden sie mit Fleisch füttern und neu einkleiden und ihnen auf Wiedersehen winken.«

509 sah ihn an. Ahasver war völlig ruhig. Ihn konnte wenig mehr schrecken.

»Da kommt Lebenthal«, sagte Berger.

Lebenthal setzte sich neben sie. »Hast du drüben noch was gehört, Leo?« fragte 509.

Leo nickte. »Sie wollen soviel wie möglich von dem Transport loswerden. Lewinsky hat es von dem rothaarigen Schreiber auf der Schreibstube. Wie sie sie loswerden wollen, wußte er noch nicht genau. Aber es soll bald sein; sie können die Toten dann absetzen als gestorben durch die Folgen des Transports.«

Einer der Neuen fuhr aus dem Schlaf empor und schrie. Dann sank er wieder zurück und schnarchte mit weit offenem Munde.

»Wollen sie nur Leute vom Transport erledigen?«

»Lewinsky wußte bloß das. Aber er läßt uns sagen, wir sollten aufpassen.«

»Ja, wir müssen aufpassen.« 509 schwieg einen Augenblick.

»Das heißt, daß wir die Schnauzen halten sollen. Das ist es, was er damit meint. Oder nicht?«

»Klar. Was sonst?«

»Wenn wir die Neuen warnen, werden sie vorsichtig werden«, erklärte Meyer. »Und wenn die SS eine bestimmte Anzahl erledigen will und sie nicht findet, wird sie den Rest von uns nehmen.«

»Stimmt.« 509 blickte auf Sulbacher, dessen Kopf an Bergers Schulter lag. »Also was wollen wir machen? Schnauzen halten?«

Es war eine schwere Entscheidung. Wenn ausgesiebt wurde und sich nicht genug Neue fanden, war es leicht möglich, daß die Zahl mit Leuten vom Kleinen Lager aufgefüllt wurde; um so mehr, als die Neuen nicht so herunter waren wie die anderen.

Sie schwiegen lange. »Sie gehen uns nichts an«, sagte Meyer dann. »Wir müssen erst für uns sorgen.«

Berger rieb seine entzündeten Augen. 509 zerrte an seiner Jacke. Ahasver drehte sich zu Meyer hinüber. Das fahle Licht blinkte in seinen Augen. »Wenn die uns nichts angehen«, sagte er langsam, »dann gehen auch wir niemand was an.«

Berger hob den Kopf. »Du hast recht.«

Ahasver saß ruhig an der Wand und antwortete nicht. Sein alter, ausgemergelter Schädel mit den tiefliegenden Augen schien etwas zu sehen, was keiner sonst sah. »Wir werden es den beiden hier sagen«, erklärte Berger. »Sie können dann die andern warnen. Mehr können wir nicht tun. Wir wissen ja nicht, was es wird.«

Karel kam von der Baracke herüber. »Einer ist tot.«

509 stand auf. »Laßt uns ihn rausbringen.« Er wendete sich zu Ahasver. »Komm mit, Alter. Du bleibst dann gleich drinnen zum Schlafen.«

12 Die Blocks standen angetreten auf dem Appellplatz des Kleinen Lagers. Scharführer Niemann wiegte sich behaglich in den Knien. Er war ein Mann von ungefähr dreißig Jahren, mit einem schmalen Gesicht, abstehenden, kleinen Ohren und einem fliehenden Kinn. Sein Haar war sandfarben, und er trug eine Brille ohne Ränder. Ohne Uniform hätte man ihn für einen typischen Büroangestellten halten können. Das war er auch gewesen, bevor er in die SS eingetreten und ein Mann geworden war.

»Achtung!« Niemann hatte eine hohe, etwas gequetschte Stimme. »Neuer Transport raustreten, marsch, marsch!«

»Vorsicht!« murmelte 509 zu Sulbacher.

Die Doppelreihe formte sich vor Niemann. »Kranke und Invalide rechts heraus!« kommandierte er.

Die Reihe bewegte sich; aber niemand trat zur Seite. Die Leute waren mißtrauisch; sie hatten ähnliches schon erlebt. »Los! Los! Wer sich zum Arzt und zum Verbinden melden will, rechts heraus!«

Zögernd traten einige Häftlinge zur Seite. Niemann ging zu ihnen hinüber. »Was hast du?« fragte er den ersten.

»Wunde Füße und eine gebrochene Zehe, Herr Scharführer.«

»Und du?«

»Doppelten Leistenbruch, Herr Scharführer.«

Niemann fragte weiter. Dann schickte er zwei Mann zurück. Das war ein Trick, um die Häftlinge zu täuschen und sicher zu machen. Es wirkte. Sofort meldete sich eine Anzahl Neuer. Niemann nickte flüchtig. »Herzkranke vortreten! Leute, die zu schwerer Arbeit untauglich sind, aber noch Strümpfe stopfen und Schuhe zerschneiden können.« Wieder meldeten sich einige. Niemann hatte jetzt ungefähr dreißig Mann beisammen und sah, daß er nicht mehr bekommen würde. »Ihr andern scheint ja tadellos in Schuß zu sein!« bellte er ärgerlich. »Wir wollen das mal feststellen! Rechts um! Laufschritt – marsch!«

Die Doppelreihe lief um den Appellplatz. Sie lief keuchend an den übrigen Insassen vorbei, die in strammer Haltung dastanden und wußten, daß auch sie in Gefahr waren. Wenn einer von ihnen umfiel, war es möglich, daß Niemann ihn ohne weiteres als Zugabe mitnahm. Niemand wußte außerdem, ob er die Alten nicht noch besonders vornehmen würde. Die Laufenden kamen zum sechstenmal vorbei. Sie stolperten bereits; aber sie hatten begriffen, daß man sie nicht rennen ließ, um herauszufinden, ob sie zu schwerer Arbeit untauglich seien. Sie liefen um ihr Leben. Ihre Gesichter trieften von Schweiß, und in ihren Augen war die verzweifelte, wissende Todesangst, die kein Tier haben kann, nur der Mensch.

Auch die, die sich gemeldet hatten, wußten jetzt, was vorging. Sie wurden unruhig. Zwei versuchten, sich der Reihe der Laufenden anzuschließen. Niemann sah es. »Zurück! Marsch, da hinüber!«

Sie hörten nicht auf ihn. Taub vor Angst rannten sie los. Sie trugen Holzschuhe, die sie sofort verloren. Mit bloßen, blutenden Füßen liefen sie weiter; sie hatten keine Strümpfe am Abend vorher erhalten. Niemann ließ sie nicht aus den Augen. Eine Zeitlang liefen sie mit. Als sich dann in ihren entstellten Gesichtern langsam eine gierige Hoffnung zeigte, entkommen zu sein, ging Niemann ein paar Schritte vorwärts, und als sie dicht an ihm vorbeistolperten, stellte er ihnen ein Bein. Sie stürzten und wollten sich erheben. Er warf sie mit Tritten wieder um. Sie versuchten zu kriechen. »Aufstehen!« schrie er mit seinem Quetschtenor. »Marsch, da hinüber!« Er hatte während dieser Zeit den Rücken zu Baracke 22 gehabt. Das Todeskarussell war im Laufschritt weitergegangen. Vier weitere Leute waren gefallen. Sie lagen am Boden. Zwei waren bewußtlos. Einer trug eine Husarenuniform, die er am Abend vorher erhalten hatte; der andere ein Damenhemd mit billiger Spitze unter einer Art abgeschnittenem Kaftan. Der Kammerkapo hatte die Sachen aus Auschwitz mit Humor unter die Häftlinge verteilt. Es gab noch ein paar Dutzend mehr, die wie zu einem Karneval gekleidet waren.

509 hatte Rosen halb gebückt weiterstolpern und zurückbleiben sehen. Er wußte, daß er in wenigen Sekunden völlig er-

schöpft sein und stürzen würde. Es geht mich nichts an, dachte er, nichts. Ich will keine Dummheiten machen. Jeder muß allein für sich sorgen. Die Reihe kam wieder nahe an der Baracke vorbei. 509 sah, daß Rosen jetzt der letzte war. Rasch blickte er auf Niemann, der der Baracke immer noch den Rücken zugedreht hatte, und dann rundum. Keiner von den Barackenältesten achtete auf ihn. Alle blickten zu den beiden hinüber, denen Niemann das Bein gestellt hatte. Handke war sogar mit gerecktem Kopf einen Schritt vorgetreten. 509 ergriff den vorübertaumelnden Rosen am Arm, zog ihn heran und hinter sich durch die Reihe. »Schnell! Durch! In die Baracke! Versteck dich!«

Er hörte Rosen hinter sich keuchen und sah aus den Augenwinkeln etwas wie eine Bewegung, und dann hörte er das Keuchen nicht mehr. Niemann hatte nichts gesehen. Er hatte sich immer noch nicht umgedreht. Auch Handke hatte nichts gemerkt. 509 wußte, daß die Tür der Baracke offenstand. Er hoffte, daß Rosen ihn verstanden hatte. Und er hoffte, daß er, wenn er trotzdem erwischt wurde, ihn nicht verraten würde. Er mußte wissen, daß er ohnehin verloren gewesen wäre. Die Neuen waren von Niemann nicht abgezählt worden, und er hatte jetzt eine Chance. 509 fühlte, daß seine Knie zitterten und seine Kehle trocken wurde. Das Blut brauste ihm plötzlich in den Ohren.

Vorsichtig blickte er zu Berger hinüber. Berger beobachtete unbewegt den rennenden Haufen, in dem mehr und mehr Leute stürzten. Sein angestrengtes Gesicht zeigte, daß er alles gesehen hatte. Dann hörte 509 hinter sich Lebenthal flüstern: »Er ist drin.« Das Zittern seiner Knie wurde stärker. Er mußte sich gegen Bucher lehnen. Die Holzschuhe, die ein Teil der Neuen empfangen hatte, lagen überall umher. Die Leute waren nicht gewohnt, sie zu tragen, und hatten sie verloren. Nur zwei Leute klapperten noch verzweifelt in ihnen weiter. Niemann putzte seine Brille. Sie war angelaufen. Es kam von der Wärme, die er spürte, wenn er die Todesangst sah, während die Häftlinge stürzten, sich wieder aufrafften, stürzten, sich aufrafften und weitertaumelten. Es war eine Wärme im Magen und hinter den Augen. Er hatte sie zum erstenmal gespürt, als er seinen ersten Juden getötet hatte. Er hatte es eigentlich gar nicht gewollt; aber dann war es über ihn gekommen. Er war immer ein gedrückter, verschubster Mensch gewesen, und er hatte sich anfangs fast gefürchtet, auf den Juden einzuschlagen. Als er ihn dann aber vor sich am Boden rutschen und um sein Leben betteln sah, hatte er plötzlich gespürt, wie er ein anderer wurde, kraftvoller, mächtiger, er hatte sein Blut gefühlt, der Horizont war weiter geworden; die demolierte, bürgerliche Vierzimmerwohnung des kleinen jüdischen Konfektionärs mit ihren Ripsmöbeln hatte sich in die asiatische Wüste Dschingis Khans verwandelt; der Handlungsgehilfe Niemann war auf einmal Herr über Leben und Tod gewesen, Macht war da gewesen, Allmacht, ein scharfer Rausch, der sich ausbreitete und höher stieg, bis dann der erste Schlag ganz von selbst kam auf den weich nachgebenden Schädel mit dem spärlichen Haar – »Abteilung halt!«

Die Häftlinge glaubten es fast nicht. Sie hatten erwartet, bis zum Tode weiterrennen zu müssen. Baracken, Platz und Menschen wirbelten in einer Sonnenfinsternis vor ihnen. Sie hielten sich aneinander. Niemann setzte seine geputzte Brille wieder auf. Er hatte es plötzlich eilig. »Bringt die Leichen hier herüber.«

Sie starrten ihn an. Es waren bis jetzt noch keine Leichen da. »Die Umgefallenen«, verbesserte er sich. »Die, die liegengeblieben sind.«

Sie wankten hin und packten die Liegenden an Armen und Beinen. An einer Stelle lag ein ganzes Knäuel von Menschen. Sie waren dort übereinandergestürzt. 509 sah Sulbacher im Durcheinander. Er stand und trat, gedeckt durch andere vor ihm, einem Manne, der auf dem Boden lag, gegen die Schienbeine und zerrte ihn an den Haaren und an den Ohren. Dann bückte er sich und riß ihn auf die Knie. Der Mann fiel bewußtlos zurück. Sulbacher stieß ihn wieder, schob ihm die Hände unter die Arme und versuchte, ihn aufzurichten. Es gelang ihm nicht. Er schlug jetzt wie verzweifelt mit den Fäusten auf den Bewußtlosen ein, bis ein Blockältester ihn wegschob. Sulbacher drängte wieder hinüber. Der Blockälteste gab ihm einen Tritt. Er glaubte, Sulbacher habe eine Wut auf den Bewußtlosen und wolle sie noch an ihm auslassen.

»Du verdammtes Mistvieh!« knurrte er. »Laß ihn doch in Ruhe. Er geht sowieso hops.«

Der Kapo Strohschneider kam mit dem flachen Lastwagen, auf dem sonst die Leichen transportiert wurden, durch die Drahtverhaupforte gefahren. Der Motor knatterte wie ein Maschinengewehr. Strohschneider fuhr an den Haufen heran. Die Gefallenen wurden aufgeladen. Einige versuchten noch zu entkommen. Sie waren wieder bei Bewußtsein. Aber Niemann paßte jetzt auf; er ließ keinen mehr fort, auch niemand von denen, die sich freiwillig gemeldet hatten. »Wegtreten, wer nicht hierhergehört!« schrie er. »Die, die sich krank gemeldet haben, den Rest aufladen!«

Die Leute stürzten fort, in die Baracken, so rasch sie konnten. Die Bewußtlosen wurden aufgeladen. Dann gab Strohschneider Gas. Er fuhr so langsam, daß die Freiwilligen zu Fuß folgen konnten. Niemann ging nebenher. »Eure Leiden sind jetzt zu Ende«, sagte er mit veränderter, fast freundlicher Stimme zu seinen Opfern. »Wo werden wir hingebracht?« fragte einer von den Neuen in Baracke 22.

»Block 46 wahrscheinlich.«

»Was passiert da?«

»Ich weiß es nicht«, erwiderte 509. Er wollte nicht sagen, was man im Lager wußte – daß Niemann eine Kanne Benzin und ein paar Injektionsspritzen in einem Raume des Versuchsblocks 46 hatte und daß keiner von den Gefangenen wiederkommen würde.

»Weshalb hast du den einen noch so geprügelt?« fragte 509 Sulbacher.

Sulbacher sah ihn an und erwiderte nichts. Er würgte, als müsse er einen Klumpen Watte schlucken, und ging dann fort. »Es war sein Bruder«, sagte Rosen.

Sulbacher erbrach sich, ohne daß etwas anderes aus seinem Munde kam als ein bißchen grünlicher Magensaft.

»Sieh mal an! Immer noch da? Dich haben sie wohl vergessen, was?«

Handke stand vor 509 und musterte ihn langsam von oben bis unten. Es war zur Zeit des Abendappells. Die Blocks waren draußen angetreten. »Du solltest doch aufgeschrieben werden. Muß mich mal danach erkundigen.« Er wippte auf seinen Hakken hin und her und starrte 509 mit hellblauen vorstehenden Augen an. 509 stand sehr still. »Was?« fragte Handke.

509 antwortete nicht. Es wäre Wahnsinn gewesen, den Blockältesten durch irgend etwas zu reizen. Schweigen war immer das beste. Alles, was er hoffen konnte, war, daß Handke die Sache wieder vergessen würde oder sie nicht ernst meinte. Handke grinste. Seine Zähne waren gelb und fleckig. »Was?« wiederholte er.

»Die Nummer ist damals aufgeschrieben worden«, sagte Berger ruhig.

»So?« Handke wandte sich ihm zu. »Weißt du das genau?«

»Ja. Der Scharführer Schulte hat sie notiert. Ich habe es gesehen.«

»Im Dunkeln? Dann ist ja alles gut.« Handke wippte noch immer. »Dann kann ich mich ja ruhig erkundigen gehen. Schadet dann wohl nichts, wie?«

Niemand antwortete. »Du kannst erst noch futtern«, erklärte Handke behaglich. »Abendessen. Hat keinen Zweck, den Blockführer deinetwegen zu fragen. Werde es gleich an der richtigen Stelle tun, du Satansbraten.« Er sah sich um. »Achtung!« schnauzte er dann.

Bolte kam. Er war in Eile, wie immer. Seit zwei Stunden hatte er beim Kartenspielen verloren und gerade eine günstige Strähne gekriegt. Gelangweilt blickte er über die Toten hinweg und verschwand so bald wie möglich. Handke blieb. Er schickte die Essenholer zur Küche und schlenderte dann zum Stacheldrahtverhau hinüber, der die Frauenbaracken vom Kleinen Lager trennte. Dort blieb er stehen und blickte hinüber.

»Laßt uns in die Baracken gehen«, sagte Berger. »Einer kann draußen bleiben und ihn beobachten.«

»Ich«, erklärte Sulbacher.

»Sag Bescheid, wenn er weggeht. Sofort!«

Die Veteranen hockten in der Baracke. Es war besser, nicht von Handke gesehen zu werden. »Was sollen wir machen?« fragte Berger sorgenvoll. »Ob das Schwein es wirklich ernst meint?«

»Vielleicht vergißt er es wieder. Er sieht aus, als hätte er seinen Koller. Wenn wir nur Schnaps hätten, um ihn besoffen zu machen!«

»Schnaps!« Lebenthal spuckte aus. »Unmöglich! Völlig unmöglich!«

»Vielleicht hat er nur einen Witz machen wollen«, sagte 509. Er glaubte es nicht ganz; aber solche Dinge waren im Lager schon oft vorgekommen. Die SS war Meister darin, Leute immer wieder in Angst zu versetzen. Mehr als einer hatte es zum Schluß nicht ausgehalten. Manche waren in den Draht gelaufen; bei andern hatte schließlich das Herz versagt.

Rosen rückte heran. »Ich habe Geld«, flüsterte er 509 zu. »Nimm es. Ich habe es versteckt und hereingebracht. Hier, vierzig Mark. Gib es ihm. So haben wir es gemacht.«

Er drängte ihm die Scheine in die Hand. 509 fühlte sie und nahm sie, fast ohne es zu merken, daß er sie nahm. »Es wird nichts nützen«, sagte er. »Er wird es nehmen, einstecken und dann trotzdem tun, was er will.«

»Dann versprich ihm mehr.«

»Woher sollen wir mehr nehmen?«

»Lebenthal hat was«, erklärte Berger. »Ist das nicht so, Leo?«

»Ja, ich habe was. Aber wenn wir ihn einmal scharf auf Geld machen, wird er jeden Tag kommen und mehr verlangen, bis wir nichts mehr haben. Dann sind wir bald wieder da, wo wir jetzt sind. Nur das Geld ist weg.«

Alle schwiegen. Keiner fand Lebenthals Feststellung roh. Sie war sachlich, nichts anderes. Die Frage war einfach, ob es wert war, alle Handlungsmöglichkeiten Lebenthals aufzugeben, nur damit 509 ein paar Tage Aufschub bekam. Die Veteranen würden weniger Essen bekommen; vielleicht gerade so viel weniger, daß einige oder alle eingehen würden. Keiner von ihnen würde gezögert haben, alles herzugeben, wenn 509 dadurch wirklich hätte gerettet werden können; aber das schien unwahrscheinlich, wenn Handke es ernst meinte. Lebenthal hatte da recht. Und es war nicht wert, das Leben von einem Dutzend dafür zu riskieren, daß ein einzelner lediglich zwei, drei Tage länger existieren konnte. Das war das ungeschriebene, unbarmherzige Gesetz des Lagers, durch das sie bis jetzt überlebt hatten. Sie kannten es alle; aber sie wollten es in diesem Falle noch nicht wahrhaben. Sie suchten nach einem Ausweg.

»Man müßte das Aas totschlagen«, sagte Bucher schließlich hoffnungslos.

»Womit?« fragte Ahasver. »Er ist zehnmal stärker als wir.«

»Wenn wir alle zusammen mit unsern Eßnäpfen –«

Bucher verstummte. Er wußte, daß es idiotisch war. Ein Dutzend Leute würden aufgehängt werden, wenn es gelänge. »Steht er immer noch da?« fragte Berger.

»Ja. An derselben Stelle.«

»Vielleicht vergißt er es.«

»Dann würde er nicht warten. Er hat gesagt, er wolle bis nach dem Essen warten.«

Ein totes Schweigen hing in der Dunkelheit. »Du kannst ihm wenigstens die vierzig Mark geben«, sagte Rosen nach einiger Zeit zu 509. »Sie gehören dir allein. Ich gebe sie dir. Ich allein dir. Sie gehen keinen anderen was an.«

»Stimmt«, erklärte Lebenthal. »Das stimmt.«

509 starrte durch die Tür. Er sah die dunkle Figur Handkes gegen den grauen Himmel stehen. Irgendwann war schon einmal etwas so ähnlich gewesen – ein dunkler Kopf vor dem Himmel und eine große Gefahr. Er wußte nicht genau, wann. Er

blickte wieder zur Tür hinaus und wunderte sich darüber, daß er unentschlossen war. Ein trüber, undeutlicher Widerstand hatte sich in ihm geformt. Es war ein Widerstand dagegen, zu versuchen, Handke zu bestechen. Er hatte so etwas früher nie gekannt; da war immer nur die reine Angst dagewesen. »Geh rüber«, sagte Rosen. »Gib ihm das Geld und versprich ihm mehr.«

509 zögerte. Er verstand sich selbst nicht. Er wußte zwar, daß eine Bestechung nicht viel Zweck hatte, wenn Handke ihn wirklich verderben wollte. Er hatte solche Fälle im Lager oft gesehen; man hatte den Leuten abgenommen, was sie hatten, und sie dann erledigt, damit sie nicht reden konnten. Aber ein Tag Leben war ein Tag Leben – und vieles konnte inzwischen passieren.

»Da kommen die Essenholer«, meldete Karel.

»Hör zu«, flüsterte Berger 509 zu. »Versuch es. Gib ihm das Geld. Wenn er dann wiederkommt und mehr will, drohen wir ihm, ihn wegen Bestechung anzuzeigen. Wir sind ein Dutzend Zeugen. Das ist viel. Wir werden alle erklären, daß wir es gesehen haben. Er wird dann nichts riskieren. Es ist das einzige, was wir tun können.«

»Er kommt«, flüsterte Sulbacher von draußen.

Handke hatte sich umgedreht. Langsam kam er zur Sektion D hinüber.

»Wo bist du, Satansbraten?« fragte er.

509 trat vor. Es hatte keinen Zweck, versteckt zu bleiben. »Hier.«

»Gut. Ich gehe jetzt. Nimm Abschied und mach dein Testament. Sie holen dich dann. Mit Pauken und Trompeten.« Er grinste. Das mit dem Testament hielt er für einen großartigen Witz. Ebenso die Pauken und Trompeten. Berger stieß 509 an. 509 trat einen Schritt vor. »Kann ich einen Augenblick mit Ihnen sprechen?«

»Du mit mir? Blödsinn!«

Handke ging dem Ausgang zu. 509 folgte ihm. »Ich habe Geld bei mir«, sagte er gegen den Rücken Handkes.

»Geld? So? Wieviel?« Handke ging weiter. Er drehte sich nicht um.

»Zwanzig Mark.« 509 hatte vierzig sagen wollen; aber der sonderbare Widerstand in ihm verhinderte es. Er spürte ihn wie eine Art Trotz; er bot die Hälfte für sein Leben.

»Zwanzig Mark und zwei Pfennige! Mensch, schieb ab.« Handke ging schneller. Es gelang 509, neben ihn zu kommen.

»Zwanzig Mark ist besser als nichts.«

»Scheiße.«

Es hatte keinen Zweck mehr, jetzt vierzig zu bieten. 509 hatte das Gefühl, einen entscheidenden Fehler gemacht zu haben. Er hätte alles bieten sollen. Sein Magen fiel plötzlich in einen Abgrund. Der Widerstand, den er vorher gespürt hatte, war fort. »Ich habe noch mehr Geld«, sagte er rasch.

»Sieh mal an!« Handke blieb stehen. »Ein Kapitalist! Ein Verreck-Kapitalist! Wieviel hast du denn noch?«

509 holte Atem. »Fünftausend Schweizer Franken.«

»Was?«

»Fünftausend Schweizer Franken. Sie liegen in einem Bankfach in Zürich.«

Handke lachte. »Und das soll ich dir Jammerlappen glauben?«

»Ich war nicht immer ein Jammerlappen.«

Handke starrte 509 eine Weile an. »Ich verschreibe Ihnen die Hälfte des Geldes«, sagte 509 hastig. »Eine einfache Überschreibung genügt, und es gehört Ihnen. Zweitausendfünfhundert Schweizer Franken.« Er blickte in das harte, ausdruckslose Gesicht vor sich. »Der Krieg ist bald zu Ende. Geld in der Schweiz ist dann gut.« Er wartete. Handke antwortete noch immer nicht. »Wenn der Krieg verloren ist«, fügte 509 langsam hinzu.

Handke hob den Kopf. »So«, sagte er leise. »Darauf rechnest du also schon, was? Hast dir alles fein ausgedacht, wie? Das werden wir dir aber mal gründlich versalzen! Hast dich selber reingelegt – jetzt hat dich die Politische Abteilung auch noch – verbotener Devisenbesitz im Ausland! Kommt noch zu dem andern dazu! Mensch, deinen Kopf möchte ich nicht auf meinen Schultern haben.«

»Zweitausendfünfhundert Franken haben und nicht haben ist nicht dasselbe –«

»Für dich auch nicht. Scher dich weg!« brüllte Handke und stieß 509 so heftig vor die Brust, daß er stürzte.

Langsam richtete 509 sich auf. Berger kam heran. Handke war im Dunkeln verschwunden. 509 wußte, daß Nachlaufen keinen Zweck mehr hatte; Handke war auch schon zu weit fort.
»Was ist passiert?« fragte Berger.

»Er hat es nicht genommen.«

Berger antwortete nicht. Er blickte 509 an. 509 sah, daß Berger einen Knüppel in der Hand hielt. »Ich habe ihm noch viel mehr angeboten«, sagte er. »Er wollte nicht.« Er blickte verstört um sich. »Ich muß irgend etwas falsch gemacht haben. Ich weiß nicht, was.«

»Was kann er nur gegen dich haben?«

»Er konnte mich nie leiden.« 509 strich sich über die Stirn. »Es ist jetzt auch egal. Ich habe ihm sogar Geld in der Schweiz angeboten. Franken. Zweitausendfünfhundert. Er wollte nicht.«

Sie kamen zur Baracke. Sie brauchten nichts zu sagen; die andern wußten schon, was los war. Alle standen, wo sie vorher gestanden hatten; keiner rückte ab – aber es war, als hätte sich um 509 bereits ein freier Platz gebildet –, ein unsichtbarer, unüberschreitbarer Ring, der ihn isolierte: die Einsamkeit des Todes.

»Verflucht!« sagte Rosen.

509 sah ihn an. Er hatte ihn morgens gerettet. Es war sonderbar, daß er es hatte tun können und daß er jetzt schon irgendwo war, von wo er keine Hand mehr ausstrecken konnte. »Gib mir die Uhr«, sagte er zu Lebenthal.

»Komm in die Baracke«, sagte Berger. »Wir müssen überlegen –«

»Nein. Jetzt kann man nur noch warten. Gib mir die Uhr. Und laßt mich allein –«

Er saß allein. Die Zeiger der Uhr schimmerten grünlich in der Finsternis. Dreißig Minuten Zeit, dachte er. Zehn Minuten bis zu den Verwaltungsgebäuden; zehn Minuten für die Meldung und die Befehle; zehn Minuten zurück. Ein Halbkreis des großen Zeigers – das war sein Leben jetzt.

Es war vielleicht mehr, dachte er plötzlich. Wenn Handke die Meldung wegen des Schweizer Geldes machte, würde die Politische Abteilung eingreifen. Sie würde versuchen, das Geld zu bekommen, und ihn so lange leben lassen, bis sie es hatte. Er hatte nicht daran gedacht, als er es Handke gesagt hatte – nur an die Habgier des Blockältesten. Es war eine Chance. Aber es war nicht sicher, ob Handke das Geld melden würde. Vielleicht meldete er, daß Weber 509 sehen wollte. Bucher kam leise durch das Dunkel. »Hier ist noch eine Zigarette«, sagte er zögernd. »Berger will, daß du hereinkommst und sie rauchst.«

Zigarette. Richtig, die Veteranen hatten noch eine. Eine von denen, die Lewinsky gebracht hatte, nach den Tagen im Bunker. Der Bunker – jetzt wußte er, wer die dunkle Figur gegen den Himmel gewesen war, an die Handke ihn erinnert hatte, und wo er sie gesehen hatte. Es war Weber gewesen. Weber, von dem alles ausgegangen war. »Komm«, sagte Bucher.

509 schüttelte den Kopf. Die Zigarette. Die Henkersmahlzeit. Die Henkerszigarette. Wie lange rauchte man daran? Fünf Minuten? Zehn, wenn man langsam rauchte? Ein Drittel seiner Zeit. Zuviel. Er mußte anderes tun. Aber was? Es war nichts zu tun. Sein Mund war plötzlich trocken vor Gier nach dem Tabak. Er wollte nicht. Wenn er rauchte, gab er zu, daß er verloren war.

»Geh weg!« flüsterte er wütend. »Geh weg mit deiner Scheißzigarette!«

Er erinnerte sich an eine ähnliche Gier. Dieses Mal brauchte er nicht lange zu suchen. Neubauers Zigarre war es gewesen, damals, als Weber ihn und Bucher verprügelt hatte, Weber, wieder. Wie immer. Wie vor Jahren. –

Er wollte nicht an Weber denken. Jetzt nicht. Er sah auf die

Uhr. Fünf Minuten waren vergangen. Er blickte auf zum Himmel. Die Nacht war feucht und sehr milde. Es war eine Nacht, in der alles wuchs. Eine Nacht der Wurzeln und Knospen. Frühling. Der erste Frühling mit Hoffnung. Es war eine zerfetzte, verzweifelte Hoffnung gewesen, nur der Schatten einer Hoffnung, ein sonderbares, schwaches Echo aus gestorbenen Jahren, aber schon das war riesig gewesen und hätte schwindlig gemacht und alles verändert. Er hätte Handke nicht sagen sollen, daß der Krieg verloren war, dachte etwas in ihm. Zu spät. Er hatte es getan. Der Himmel schien dunkler zu werden, staubiger, verkohlter, niedriger, ein endloser Deckel, der sich voll Drohung senkte. 509 atmete mühsam. Er wollte wegkriechen, den Kopf in eine Ecke stecken, ihn in Erde verbergen, retten, das Herz herausreißen, es verstecken, damit es weiterschlagen würde, wenn . . . Vierzehn Minuten. Ein Murmeln hinter ihm, eintönig, singend, fremdartig, Ahasver, dachte er. Ahasver, der betet. Er hörte es, und es schien Stunden zu dauern, ehe er sich erinnerte, was es war. Es war dasselbe Murmeln und Singen, das er oft gehört hatte – das Gebet für die Toten, Kaddisch. Ahasver sagte bereits Kaddisch über ihn. »Ich bin noch nicht tot, Alter«, sagte er nach rückwärts. »Noch lange nicht. Hör auf mit dem Beten –«

Jemand antwortete. Es war Bucher. »Er betet nicht«, sagte er.

509 hörte es nicht mehr. Er fühlte plötzlich, wie es kam. Er hatte viele Ängste in seinem Leben kennengelernt, er kannte die graue, molluskenhafte Angst der endlosen Gefangenschaft, er kannte die scharfe, zerreißende Angst kurz vor der Folter, er kannte die tiefe, huschende Furcht vor der eigenen Verzweiflung – er kannte sie alle, und er hatte sie bestanden, er kannte sie, aber er wußte auch um die andere, die letzte, und er wußte, daß sie jetzt da war: die Angst der Ängste, die große Angst vor dem Tode. Er hatte sie seit Jahren nicht mehr gehabt, und er hatte geglaubt, sie würde nie wiederkommen, er könne sie nicht mehr haben, sie wäre aufgesogen worden vom Elend, von der steten Todesnähe und von der letzten Gleichgültigkeit.

Nicht einmal, als er mit Bucher zur Schreibstube ging, hatte er sie gefühlt – aber jetzt spürte er ihre Eistropfen in seinen Wirbeln, und er wußte, daß es so war, weil er wieder Hoffnung gehabt hatte, er spürte sie, und sie war Eis und Leere und Zerfallen und lautloser Schrei. Er hielt die Hände auf den Boden gestemmt und starrte geradeaus. Das war kein Himmel mehr, dieses saugende, tödliche Grauen dort über ihm! Wo war das Leben darunter? Wo war der süße Laut des Wachsens? Wo waren die Knospen? Wo das Echo, das sanfte Echo der Hoffnung? Flackernd, erlöschend in bitteren Agonien, zischte der letzte, armselige Funke in den Därmen, und bleiern erstarrte die Welt in Sturz und Furcht.

Das Murmeln. Wo war das Murmeln geblieben. Da war auch kein Murmeln mehr. 509 hob sehr langsam die Hand. Er zögerte, bevor er sie öffnete, als hielte sie einen Diamanten, der in Kohle verwandelt sein könnte. Er ließ die Finger los und wartete noch einige Atemzüge, bevor er hinsah auf die beiden bleichen Striche, die sein Schicksal umgrenzten. Fünfunddreißig Minuten. Fünfunddreißig! Fünf Minuten mehr als die dreißig, auf die er gerechnet hatte. Fünf mehr; fünf entsetzlich kostbare, wichtige Minuten. Aber es war möglich, daß es fünf Minuten länger gedauert hatte, die Meldung bei der Politischen Abteilung anzubringen – oder Handke konnte sich mehr Zeit genommen haben.

Sieben Minuten mehr. 509 saß still. Er atmete, und er fühlte wieder, daß er atmete. Noch immer war nichts zu hören. Keine Schritte, kein Geklirr, keine Rufe. Der Himmel war wieder da und wich zurück. Er war nicht mehr nur noch schwarzes Pressen und Grabgewölk. Wind sickerte hindurch.

Zwanzig Minuten. Dreißig. Jemand hinter ihm seufzte. Der hellere Himmel. Ferner. Das Echo wieder, ein fernster Herzschlag, die schmale Trommel des Pulses, und mehr: das Echo im Echo, die wieder Hände waren, der Funke, nicht erloschen – glimmend wieder, und: stärker als vorher. Um ein weniges stärker. Um etwas, das durch die Angst dazugekommen war. Kraftlos ließ die linke Hand die Uhr fallen.

»Vielleicht –« flüsterte Lebenthal hinter 509 und schwieg, erschreckt und abergläubisch.

Zeit war plötzlich nichts mehr. Sie zerfloß. Zerfloß nach allen Seiten. Zeitwasser, irgendwohin verspülend, Hügel hinunter. Es war keine Überraschung, als Berger die Uhr aufnahm und sagte: »Eine Stunde zehn Minuten. Heute passiert nichts mehr. Vielleicht nie, 509. Vielleicht hat er es sich überlegt.«

»Ja«, sagte Rosen.

509 wendete sich um. »Leo, kommen die Mädchen nicht, heute abend?«

Lebenthal starrte ihn an. »Daran denkst du jetzt?«

»Ja.«

An was sonst, dachte 509. An alles, was mich wegnimmt von dieser Angst, die die Knochen zu Gelatine schmilzt. »Wir haben Geld«, sagte er. »Ich habe Handke nur zwanzig Mark angeboten.«

»Du hast ihm nur zwanzig Mark angeboten?« fragte Lebenthal ungläubig.

»Ja. Zwanzig oder vierzig war egal. Wenn er will, nimmt er es, fertig, und es ist gleich, ob zwanzig oder vierzig.«

»Und wenn er morgen kommt?«

»Wenn er kommt, kriegt er zwanzig Mark. Wenn er mich gemeldet hat, kommt die SS. Dann brauche ich das Geld überhaupt nicht.«

»Er hat dich nicht gemeldet«, sagte Rosen. »Sicher nicht. Er wird das Geld nehmen.«

Lebenthal hatte sich gefaßt. »Behalte dein Geld«, erklärte er. »Ich habe genug für heute abend.« Er sah, daß 509 eine Gebärde machte. »Ich will es nicht haben«, sagte er heftig. »Ich habe genug. Laß mich in Ruhe.«

509 stand langsam auf. Er hatte, als er saß, das Gefühl gehabt, er könne nie wieder aufstehen und seine Knochen seien wirklich zu Gelatine geworden. Er bewegte sich, seine Arme, seine Beine. Berger folgte ihm. Sie schwiegen eine Zeitlang. »Ephraim«, sagte 509 dann. »Glaubst du, daß wir je die Angst wieder loswerden können?«

»War es so schlimm?«

»So schlimm wie nur möglich. Schlimmer als sonst.«

»Es war schlimmer, weil du mehr am Leben bist«, sagte Berger.

»Meinst du?«

»Ja. Wir alle haben uns verändert.«

»Vielleicht. Aber werden wir die Angst je in unserem Leben loswerden?«

»Das weiß ich nicht. Diese ja. Es war eine vernünftige Angst. Eine mit Grund. Die andere, die ständige, die KZ-Angst – das weiß ich nicht. Es ist auch egal. Wir müssen einstweilen nur an morgen denken. An morgen und Handke.«

»Daran will ich gerade nicht denken«, sagte 509.

13 Berger war auf dem Wege zum Krematorium. Neben ihm marschierte eine Gruppe von sechs Mann. Er kannte einen davon. Es war ein Rechtsanwalt, der Mosse hieß. Er war 1932 an einem Mordprozeß gegen zwei Nazis als Vertreter der Nebenkläger beteiligt gewesen. Die Nazis waren freigesprochen worden, und Mosse war nach der Machtergreifung sofort ins Konzentrationslager gekommen. Berger hatte ihn nicht mehr gesehen, seit er im Kleinen Lager war. Er kannte ihn wieder, weil er eine Brille trug, in der sich nur ein Glas befand. Mosse brauchte kein zweites; er hatte nur ein Auge. Das andere war ihm 1933 als Quittung für den Prozeß mit einer Zigarette ausgebrannt worden.

Mosse ging an der Außenseite. »Wohin?« fragte Berger ihn, ohne die Lippen zu bewegen.

»Krematorium. Arbeiten.«

Die Gruppe marschierte vorbei. Berger sah jetzt, daß er noch einen der Leute kannte: Brede, einen sozialdemokratischen Parteisekretär. Ihm fiel auf, daß alle sechs politische Sträflinge waren. Ein Kapo mit dem grünen Winkel der Kriminellen folgte ihnen. Er pfiff eine Melodie vor sich hin. Berger erinnerte sich, daß es ein Schlager aus einer alten Operette war. Mechanisch kam ihm auch der Text ins Gedächtnis: »Adieu, du kleine Klingelfee, leb wohl, bis ich dich wiederseh.«

Er sah der Gruppe nach. Klingelfee, dachte er irritiert. Es mußte eine Telefonistin damit gemeint gewesen sein. Warum fiel ihm das plötzlich ein? Warum wußte er diese Leierkastenmelodie noch und sogar die blödsinnigen Worte dazu? So viel Wichtigeres hatte er längst vergessen.

Er ging langsam und atmete den frischen Morgen. Dieser Gang durchs Arbeitslager war für ihn immer fast wie ein Gang durch einen Park. Fünf Minuten noch bis zur Mauer, die das Krematorium umschloß. Fünf Minuten Wind und früher Tag.

Er sah die Gruppe mit Mosse und Brede unter dem Tor verschwinden. Es schien sonderbar, daß neue Leute zu Arbeiten im Krematorium bestimmt worden waren. Das Krematoriumskommando bestand aus einer besonderen Gruppe von Häftlingen, die zusammen wohnten. Sie wurden besser ernährt als die andern und hatten auch sonst gewisse Vorteile. Dafür wurden sie gewöhnlich nach einigen Monaten abgelöst und zum Vergasen verschickt. Das jetzige Kommando war aber erst zwei Monate da; und Außenseiter wurden nur selten hinzukommandiert. Berger war fast der einzige. Er war anfangs zur Aushilfe für einige Tage hingeschickt worden und hatte dann, als sein Vorgänger starb, weiter gearbeitet. Er bekam keine bessere Verpflegung und wohnte nicht mit dem eigentlichen Verbrennungskommando zusammen. Deshalb hoffte er, nicht in weiteren zwei oder drei Monaten mit den anderen fortgeschickt zu werden. Doch das war nur eine Hoffnung.

Er ging durch das Tor und sah jetzt die sechs Mann auf dem Hof in einer Reihe nebeneinander stehen. Sie standen nicht weit von den Galgen, die in der Mitte errichtet worden waren. Alle versuchten, die Holzgerüste nicht zu sehen. Mosses Gesicht hatte sich verändert. Er starrte mit seinem einen Auge durch das Brillenglas angstvoll auf Berger. Brede hielt den Kopf gesenkt.

Der Kapo wendete sich um und erblickte Berger. »Was willst du hier?«

»Kommandiert zum Krematorium. Zahnkontrolle.«

»Der Zahnklempner? Dann mach, daß du hier fortkommst. Stillgestanden, die anderen!«

Die sechs Mann standen so still, wie sie konnten. Berger ging dicht an ihnen vorbei. Er hörte Mosse etwas flüstern; aber er verstand es nicht. Er konnte auch nicht stehenbleiben; der Kapo beobachtete ihn. Es war merkwürdig, dachte er, daß ein so kleines Kommando von einem Kapo geführt wurde – anstatt von einem Vorarbeiter.

Der Keller des Krematoriums hatte an einer Seite einen großen, schrägen Schacht, der nach außen führte. Die Leichen, die im Hof aufgestapelt waren, wurden in diesen Schacht geworfen und glitten in den Keller. Dort wurden sie entkleidet, wenn sie nicht schon nackt waren, rubriziert und auf Gold untersucht.

Berger hatte hier unten Dienst. Er mußte Totenscheine ausschreiben und die Goldzähne der Toten ziehen. Der Mann, der das früher gemacht hatte, ein Zahntechniker aus Zwickau, war an Blutvergiftung gestorben.

Der Kapo, der unten Aufsicht hatte, hieß Dreyer. Er kam einige Minuten später herein. »Los«, sagte er mißmutig und setzte sich an einen kleinen Tisch, auf dem Listen lagen. Außer Berger waren noch vier Mann vom Krematoriumskommando da. Sie postierten sich neben den Schacht. Der erste Tote rutschte hindurch wie ein riesiger Käfer. Die vier Mann zerrten ihn über den Zementflur zur Mitte des Raumes. Er war schon starr. Sie zogen ihn rasch aus. Die Jacke mit der Nummer und den Abzeichen wurde abgestreift. Einer der Häftlinge hielt dabei den rechten Arm, der abstand, so lange herunter, bis der Ärmel abgezogen war. Dann ließ er los, und der Arm schnappte zurück. Die Hosen waren leichter abzustreifen. Der Kapo notierte die Nummer des Toten. »Ring?« fragte er.

»Nein. Kein Ring.«

»Zähne?«

Er leuchtete mit einer Taschenlampe in den halboffenen Mund, auf dem ein dünner Streifen Blut getrocknet war.

»Goldfüllung rechts«, sagte Berger.

»Gut. Raus.«

Berger kniete mit der Zange neben dem Kopf nieder, den ein Häftling festhielt. Die andern zogen bereits die nächste Leiche aus, riefen die Nummern und warfen die Kleider zur Seite auf die der ersten. Mit einem Krachen, wie trockenes Feuerholz, rutschten jetzt mehr und mehr Tote den Schacht hinunter. Sie fielen übereinander und verhakten sich ineinander. Einer kam mit den Füßen zuerst und blieb aufrecht stehen. Er lehnte gegen den Schacht, die Augen weit offen, den Mund schief verzogen. Die Hände waren krumm zu einer halben Faust geballt, und eine Medaille an einer Kette hing aus dem offenen Hemd hervor. Er stand eine Weile so. Knatternd fielen andere Leichen über ihn hinab. Eine Frau mit halblangem Haar war darunter. Sie mußte aus dem Austauschlager sein. Ihr Kopf kam zuerst, und ihr Haar fiel über sein Gesicht. Schließlich, als würde er müde von so viel Tod auf seinen Schultern, rutschte er langsam zur Seite und fiel um. Die Frau fiel über ihn. Dreyer sah es, grinste und leckte sich die Oberlippe.

Berger hatte inzwischen den Zahn herausgebrochen. Er wurde in einen von zwei Kästen gelegt. Der zweite war für Ringe. Dreyer verbuchte die Füllung.

»Achtung!« rief plötzlich einer der Häftlinge.

Die fünf Mann richteten sich stramm auf. Der SS-Scharführer Schulte war hereingekommen. »Weitermachen.«

Schulte setzte sich rittlings auf einen Stuhl, der neben dem Tisch mit den Listen stand. Er betrachtete den Haufen Leichen. »Da sind ja acht Mann draußen beim Einwerfen«, sagte er. »Viel zu viele. Holt vier herunter; die können hier mithelfen. Du da –« er zeigte auf einen der Häftlinge.

Berger zog den Trauring vom Finger einer Leiche. Das war gewöhnlich leicht; die Finger waren dünn. Der Ring wurde in den zweiten Kasten gelegt, und Dreyer notierte ihn. Die Leiche hatte keine Zähne. Schulte gähnte. Es war Vorschrift, daß die

Leichen seziert und die Todesursachen festgestellt und in die Akten eingetragen wurden; aber niemand kümmerte sich darum. Der Lagerarzt kam selten, er sah die Toten nie an, und es wurden immer dieselben Todesursachen eingetragen; meistens Herzschwäche. Auch Westhof war an Herzschwäche gestorben. Die nackten Körper, die verbucht waren, wurden neben einen Aufzug gelegt. Oben im Verbrennungsraum wurde dieser Aufzug jedesmal heraufgezogen, wenn Bedarf für die Öfen da war.

Der Mann, der hinausgegangen war, kam mit vier Leuten wieder. Sie waren aus der Gruppe, die 509 gesehen hatte. Mosse und Brede waren dabei. »Marsch, dorthin!« sagte Schulte. »Ausziehen helfen und Sachen notieren! Lagerkleidung auf einen Haufen, Zivilsachen auf einen andern, Schuhe extra. Vorwärts!«

Schulte war ein junger Mann von dreiundzwanzig Jahren, blond, mit grauen Augen und einem klaren, regelmäßigen Gesicht. Er hatte schon vor der Machtergreifung zur Hitlerjugend gehört und war dort erzogen worden. Er hatte gelernt, daß es Herrenmenschen und Untermenschen gab, und er glaubte es fest. Er kannte die Rassentheorien und die Parteidogmen, und sie waren seine Bibel. Er war ein guter Sohn, aber er hätte seinen Vater angezeigt, wenn er gegen die Partei gewesen wäre. Die Partei war unfehlbar für ihn; er kannte nichts anderes. Die Insassen des Lagers waren Feinde der Partei und des Staates und standen deshalb außerhalb der Begriffe von Mitleid oder Menschlichkeit. Sie waren geringer als Tiere. Wenn sie getötet wurden, so war das, als töte man schädliche Insekten. Schulte hatte ein völlig ruhiges Gewissen. Er schlief gut, und das einzige, was er bedauerte, war, nicht an der Front zu sein. Das Lager hatte ihn wegen eines Herzfehlers reklamiert. Er war ein zuverlässiger Freund, liebte Musik und Poesie und hielt Folter für ein unumgängliches Mittel, um Informationen von Verhafteten zu bekommen, weil alle Feinde der Partei logen. Er hatte in seinem Leben auf Befehl sechs Menschen getötet und nie darüber nachgedacht – zwei davon langsam, um Mithelfer genannt zu bekommen. Er war verliebt in die Tochter eines Landgerichtsrats und schrieb ihr hübsche, etwas romantische Briefe. In seiner Freizeit sang er gern. Er hatte einen netten Tenor.

Die letzten nackten Leichen wurden neben dem Aufzug aufgeschichtet. Mosse und Brede trugen sie heran. Mosses Gesicht war entspannt. Er lächelte Berger zu. Seine Furcht draußen war ohne Grund gewesen. Er hatte geglaubt, an den Galgen zu kommen. Jetzt arbeitete er, so wie es ihnen gesagt worden war. Es war in Ordnung. Er war gerettet. Er arbeitete rasch, um seinen guten Willen zu zeigen.

Die Tür öffnete sich, und Weber trat ein.

»Achtung!«

Alle Häftlinge standen stramm. Weber trat mit blanken, eleganten Stiefeln an den Tisch. Er liebte gute Stiefel; sie waren fast seine einzige Leidenschaft. Vorsichtig klopfte er eine Zigarette ab, die er gegen den Leichengestank angezündet hatte. »Fertig?« fragte er Schulte.

»Jawohl, Sturmführer. Alles verbucht und aufgenommen.«

Weber sah in die Kästen mit dem Gold. Er hob die Medaille heraus, die die stehende Leiche getragen hatte.

»Was ist das?«

»Ein St. Christophorus, Sturmführer«, erklärte Schulte eifrig. »Eine Medaille für Glück.«

Weber grinste. Schulte hatte nicht gemerkt, daß er einen Witz gemacht hatte. »Schön«, sagte Weber und legte die Medaille zurück. »Wo sind die vier von oben?«

Die vier Leute traten vor. Die Tür öffnete sich wieder, und der SS-Scharführer Günther Steinbrenner kam mit den beiden, die draußen geblieben waren, herein. »Stellt euch zu den vieren«, sagte Weber. »Die andern raus! Nach oben!« Die Häftlinge vom Krematoriumskommando verschwanden rasch. Berger folgte ihnen. Weber betrachtete die sechs Zurückgebliebenen. »Nicht dahin«, sagte er. »Stellt euch dorthin, unter die Haken.«

An der Querwand des Raumes, dem Schacht gegenüber, waren vier starke Haken angebracht. Sie waren etwa einen halben Meter höher als die Köpfe der Häftlinge, die darunter standen. In der Ecke rechts davon stand ein dreibeiniger Schemel; daneben, in einer Kiste, lagen Stricke, die zu kurzen Schlingen geknüpft waren, an deren Enden sich Haken befanden.

Weber gab mit seinem linken Stiefel dem Schemel einen Stoß, so daß er vor den ersten Häftling rutschte. »Rauf da!« Der Mann zitterte und stellte sich auf den Schemel. Weber blickte auf die Kiste mit den kurzen Stricken. »So, Günther«, sagte er dann zu Steinbrenner. »Der Zauber kann losgehen. Zeig mal, was du kannst.«

Berger tat so, als ob er hülfe, zwei Bahren mit Leichen zu beladen. Er wurde sonst für diese Arbeit nie gebraucht; er war viel zu schwach dazu. Aber der Vorarbeiter hatte, als die fortgejagten Häftlinge heraufkamen, alle angeschrien, sich nützlich zu machen; da war das einfachste, so zu tun, als folge man dem Befehl.

Eine der Leichen auf den Bahren war die Frau mit dem losen Haar; die andere ein Mann, der aussah, als wäre er aus schmutzigem Wachs. Berger hob die Schultern der Frau und schob ihr Haar darunter, damit es nicht durch den Glutwind beim Einschieben aufflammen, zurückfliegen und ihm und den andern die Hände verbrennen würde. Es war sonderbar, daß es nicht abgeschnitten war; früher geschah das regelmäßig, und das Haar wurde gesammelt. Wahrscheinlich lohnte es sich jetzt nicht mehr; es waren nur noch wenige Frauen im Lager.

»Fertig«, sagte er zu den anderen.

Sie öffneten die Ofentüren. Die Glut strömte heraus. Mit einem Ruck schoben sie die flachen Eisenbahren in das Feuer. »Türen zu!« rief jemand. »Türen zu!«

Zwei Häftlinge warfen die schweren Türen zu, aber eine flog wieder auf. Berger sah noch, wie die Frau sich aufbäumte, als erwache sie. Das brennende Haar umflammte einen Augenblick ihren Kopf wie ein wilder weißgelber Heiligenschein, dann schlug die Tür, an deren Kante ein schmales Stück Knochen eingeklemmt gewesen war, zum zweitenmal und ganz zu.

»Was war das?« fragte einer der Häftlinge erschreckt. Er hatte bisher immer nur Leichen ausgekleidet. »Lebte die noch?«

»Nein. Das war die Hitze«, erwiderte Berger krächzend. Der heiße Wind hatte seinen Hals ausgetrocknet. Selbst die Augen schienen verbrannt zu sein. »Sie bewegen sich immer.«

»Sie tanzen manchmal Walzer«, sagte ein kräftiger Mann, der zum Kommando gehörte und vorbeikam. »Was macht ihr eigentlich hier oben, ihr Kellergespenster?«

»Wir sind raufgeschickt worden.«

Der Mann lachte. »Wozu? Um auch in den Ofen zu kommen?«

»Unten sind neue Leute«, sagte Berger.

Der Mann hörte auf zu lachen. »Was? Neue? Für was?«

»Das weiß ich nicht. Sechs Neue.«

Der Mann starrte Berger an. Seine Augen glänzten sehr weiß in dem schwarzen Gesicht. »Das kann nicht sein! Wir sind erst zwei Monate hier. Sie können uns noch nicht ablösen. Das dürfen sie nicht! Ist es bestimmt wahr?«

»Ja. Sie haben es selbst gesagt.«

»Krieg das raus! Kannst du es nicht genau rauskriegen?«

»Ich werde es versuchen«, sagte Berger. »Hast du ein Stück Brot? Oder was anderes? Ich gebe dir Bescheid.«

Der Mann holte ein Stück Brot aus der Tasche und brach es in zwei Teile. Das kleinere Stück gab er Berger. »Hier. Aber finde es raus. Wir müssen das wissen!«

»Ja.« Berger trat zurück. Jemand klopfte ihm von hinten auf die Schulter. Es war der grüne Kapo, der Mosse, Brede und die vier andern zum Krematorium geführt hatte. »Bist du der Zahnklempner?«

»Ja.«

»Da ist noch ein Zahn rauszuziehen, unten. Du sollst runterkommen.«

Der Kapo war sehr blaß. Er schwitzte und lehnte sich gegen

die Wand. Berger blickte auf den Mann, der ihm das Brot gegeben hatte, und kniff ein Auge zu. Der Mann folgte ihm zum Ausgang. »Es ist schon aufgeklärt«, sagte Berger. »Es war keine Ablösung. Sie sind tot. Ich muß runter.«

»Sicher?«

»Ja. Ich müßte sonst nicht runter.«

»Gott sei Dank.« Der Mann atmete auf. »Gib mir das Brot zurück«, sagte er dann.

»Nein.« Berger steckte die Hand in die Tasche und hielt das Stück fest.

»Schafskopf! Ich will dir nur das größere Stück dafür geben. Das ist die Sache verdammt wert.«

Sie tauschten, und Berger ging in den Keller zurück.

Steinbrenner und Weber waren fort. Nur Schulte und Dreyer waren noch da. An den vier Haken an der Wand hingen vier Leute. Einer von ihnen war Mosse. Brede und der letzte der sechs lagen bereits am Boden.

»Mach den dort los«, sagte Schulte gleichmütig. »Er hat vorne eine Goldkrone.«

Berger versuchte, den Mann anzuheben. Er konnte es nicht. Erst als Dreyer ihm half, gelang es. Der Mann fiel wie eine Puppe, die mit Sägemehl ausgefüllt war, zu Boden. »Ist er das?« fragte Schulte.

»Jawohl.«

Der Tote hatte einen goldenen Eckzahn. Berger zog ihn aus und legte ihn in den Kasten. Dreyer machte eine Notiz. »Hat noch einer von den andern was?« fragte Schulte. Berger untersuchte die beiden Toten am Boden. Der Kapo leuchtete mit der Taschenlampe. »Diese haben nichts. Zement- und Silberamalgamfüllung bei einem.«

»Das können wir nicht brauchen. Wie ist es bei denen, die noch hängen?« Berger versuchte vergeblich, Mosse hochzuheben. »Laß das«, erklärte Schulte ungeduldig. »Man kann es besser sehen, wenn sie hängen.«

Berger drückte die geschwollene Zunge in dem weit offenen Mund beiseite. Das eine gequollene Auge hinter dem Brillenglas war dicht vor ihm. Es schien durch die starke Linse noch größer und verzerrt. Das Lid über der anderen, leeren Augenhöhle stand halb offen. Flüssigkeit war herausgesickert. Die Backe war feucht davon. Der Kapo stand seitlich neben Berger, Schulte direkt hinter ihm. Berger fühlte Schultes Atem in seinem Nacken. Er roch nach Pfefferminztabletten. »Nichts«, sagte Schulte. »Der nächste.«

Der nächste war leichter zu kontrollieren; er hatte keine Vorderzähne. Sie waren ausgeschlagen. Zwei Silberamalgamplomben, wertlos, im rechten Kiefer. Der Atem Schultes war wieder in Bergers Nacken. Der Atem eines eifrigen Nazis, der unschuldig seine Pflicht tat, hingegeben daran, Goldplomben zu finden, gleichgültig gegen die Anklage eines soeben erst gemordeten Mundes. Berger glaubte plötzlich, es kaum mehr aushalten zu können, diesen stoßenden Knabenatem zu fühlen. Als suche er Vogeleier in einem Nest, dachte er.

»Schön, nichts«, sagte Schulte enttäuscht. Er nahm eine der Listen und den Kasten mit Gold und zeigte auf die sechs Toten.

»Lassen Sie die hier raufschaffen und den Raum tadellos schrubben.«

Aufrecht und jung ging er hinaus. Berger begann Brede auszuziehen. Es war einfach. Er konnte es allein. Diese Toten waren noch weich. Brede trug ein Netzhemd und eine Zivilhose zu der Lederjacke. Dreyer zündete sich eine Zigarette an. Er wußte, daß Schulte nicht mehr zurückkam. »Er hat die Brille vergessen«, sagte Berger.

»Was?«

Berger zeigte auf Mosse. Dreyer trat heran. Berger nahm die Brille von dem toten Gesicht. Steinbrenner hatte es für einen Witz gehalten, Mosse mit der Brille aufzuhängen.

»Die eine Linse ist noch heil«, sagte der Kapo. »Aber wozu ist eine einzelne Linse schon zu gebrauchen? Höchstens als Brennglas für Kinder.«

»Der Brillenrahmen ist gut.«

Dreyer beugte sich weiter vor. »Nickel«, sagte er verächtlich. »Billiges Nickel.«

»Nein«, sagte Berger. »Weißes Gold.«

»Was?«

»Weißes Gold.«

Der Kapo nahm die Brille. »Weißes Gold? Ist das sicher?«

»Absolut. Der Rahmen ist schmutzig. Wenn man ihn mit Seife wäscht, werden Sie es selbst sehen.«

Dreyer wog Mosses Brille auf der flachen Hand. »Das hat dann seinen Wert –«

»Ja.«

»Wir müssen es aufschreiben.«

»Die Listen sind fort«, sagte Berger und sah den Kapo an. »Scharführer Schulte hat sie mitgenommen.«

»Das macht nichts. Ich kann ihm nachgehen.«

»Ja«, sagte Berger und sah Dreyer weiter an. »Scharführer Schulte hat die Brille nicht beachtet. Oder er hat sie für wertlos gehalten. Vielleicht ist sie auch wertlos. Ich kann mich täuschen; vielleicht ist es wirklich Nickel.«

Dreyer blickte auf.

»Man kann sie weggeworfen haben«, sagte Berger. »Zu dem nutzlosen Zeug dort. Eine zerbrochene Nickelbrille.«

Dreyer legte das Gestell auf den Tisch. »Mach hier erst mal fertig.«

»Ich kann das nicht allein machen. Die Leute sind zu schwer.«

»Dann hole dir drei Mann von oben dazu.«

Berger ging und kam mit drei Sträflingen zurück. Sie machten Mosse los. Die aufgestaute Luft entwich rasselnd aus den Lungen, als die Schlinge um den Hals sich löste. Die Haken an der Wand waren gerade hoch genug, daß die Gehängten mit den Füßen den Boden nicht mehr erreichen konnten. Das Sterben dauerte so bedeutend länger. Bei einem normalen Galgen brach gewöhnlich der Nacken durch den Fall. Das tausendjährige Reich hatte das geändert. Die Galgen wurden auf langsames Ersticken eingerichtet. Man wollte nicht nur töten, man wollte langsam und sehr schmerzhaft töten. Eine der ersten Kulturleistungen der neuen Regierung war gewesen, die Guillotine abzuschaffen und statt ihrer das Handbeil wieder einzuführen.

Mosse lag jetzt nackt auf dem Boden. Seine Fingernägel waren abgebrochen. Weißer Kalkstaub klebte darunter. Er hatte sie in der Atemnot in die Wand gekrallt. Man konnte das auch an der Wand sehen. Hunderte von Erhängten hatten an dieser Stelle Löcher hineingekratzt. Ebenso da, wo die Füße hingen.

Berger legte Mosses Kleider und Schuhe auf die entsprechenden Haufen. Er blickte auf Dreyers Tisch. Die Brille lag nicht mehr da. Sie lag auch nicht auf dem Häufchen von Papier, schmutzigen Briefen und wertlosen Fetzen, die aus den Taschen der Toten herausgeholt waren.

Dreyer arbeitete am Tisch herum. Er blickte nicht auf.

»Was ist das?« fragte Ruth Holland.

Bucher lauschte. »Ein Vogel, der singt. Es muß eine Drossel sein.«

»Eine Drossel?«

»Ja. So früh im Jahr singt kein anderer Vogel. Es ist eine Drossel. Ich erinnere mich von früher.«

Sie hockten zu beiden Seiten des doppelten Stacheldrahtes, der die Frauenbaracken vom Kleinen Lager trennte. Es war nicht auffallend; das Kleine Lager war jetzt so voll, daß überall Leute herumlagen und -saßen. Außerdem hatten die Posten die Wachttürme verlassen, weil ihre Zeit um war. Sie hatten nicht auf die Ablösung gewartet. Das kam jetzt im Kleinen Lager ab und zu vor. Es war verboten, aber die Disziplin war längst nicht mehr so wie früher.

Die Sonne stand tief. Ihr Widerschein hing rot unten in den Fenstern der Stadt. Eine ganze Stadt, die nicht zerstört war, leuchtete, als brenne es in den Häusern. Der Fluß spiegelte den unruhigen Himmel.

»Wo singt sie?«

»Drüben. Dort, wo die Bäume stehen.«

Ruth Holland starrte durch den Stacheldraht zu dem hinüber, was drüben war: einer Wiese, Äckern, ein paar Bäumen, einem Bauernhaus mit einem Strohdach und, ferner, auf einem Hügel, einem weißen, niedrigen Hause mit einem Garten.

Bucher sah sie an. Die Sonne machte ihr ausgemergeltes Gesicht sanfter. Er holte eine Brotrinde aus der Tasche. »Hier, Ruth – Berger hat mir das für dich gegeben. Er hat es heute bekommen. Ein Extrastück für uns.«

Er warf die Rinde geschickt durch den Stacheldraht. Ihr Gesicht zuckte. Die Rinde lag neben ihr. Sie antwortete eine Zeitlang nicht. »Es ist deins«, sagte sie schließlich mit Anstrengung.

»Nein. Ich habe schon ein Stück gehabt.«

Sie schluckte. »Du sagst das nur –«

»Nein, bestimmt nicht –« Er sah, wie ihre Finger sich rasch über der Rinde schlossen. »Iß es langsam«, sagte er. »Dann gibt es mehr aus.«

Sie nickte und kaute schon. »Ich muß es langsam essen. Ich habe schon wieder einen Zahn verloren. Sie fallen einfach aus. Es tut nicht weh. Es sind jetzt sechs.«

»Wenn es nicht weh tut, macht es nichts. Wir hatten hier jemand, dem der ganze Kiefer vereitert war. Er stöhnte, bis er starb.«

»Ich werde bald keine Zähne mehr haben.«

»Man kann künstliche einsetzen. Lebenthal hat auch ein Gebiß.«

»Ich will kein Gebiß haben.«

»Warum nicht? Viele Leute haben eins. Es macht wirklich nichts, Ruth.«

»Sie werden mir kein Gebiß geben.«

»Hier nicht. Aber man kann später eins machen lassen. Es gibt wunderbare Gebisse. Viel bessere als das von Lebenthal. Er hat es schon zwanzig Jahre. Es gibt jetzt neue, sagt er, die man nicht spürt. Sie sitzen fest und sind schöner als wirkliche Zähne.« Ruth hatte ihr Stück Brot gegessen. Sie wendete ihre trüben Augen Bucher zu. »Josef – glaubst du wirklich, daß wir jemals hier herauskommen?«

»Sicher! Ganz sicher! 509 glaubt es auch. Wir alle glauben es jetzt.«

»Und was dann?«

»Dann –« Bucher hatte noch nicht weit darüber hinausgedacht. »Dann sind wir frei«, sagte er, ohne es sich ganz vorstellen zu können.

»Wir werden uns wieder verstecken müssen. Sie werden uns wieder jagen. So wie sie uns früher gejagt haben.«

»Sie werden uns nicht mehr jagen.«

Sie sah ihn lange an. »Und das glaubst du?«

»Ja.«

Sie schüttelte den Kopf. »Sie werden uns vielleicht eine Zeitlang in Ruhe lassen. Aber dann werden sie uns wieder jagen. Sie wissen nichts anderes –«

Die Drossel begann aufs neue zu singen. Es klang klar und sehr süß und unerträglich.

»Sie werden uns nicht mehr jagen«, sagte Bucher. »Wir werden zusammen sein. Wir werden aus dem Lager hinausgehen. Man wird den Drahtzaun niederreißen. Wir werden über den Weg dort gehen. Niemand wird auf uns schießen. Keiner wird uns zurückholen. Wir werden über die Felder gehen, in ein Haus, wie das weiße Haus dort drüben, und uns auf Stühle setzen.«

»Stühle –«

»Ja. Richtige Stühle. Es wird ein Tisch da sein und Teller aus Porzellan und ein Feuer.«

»Und Leute, die uns hinausjagen.«

»Sie werden uns nicht hinausjagen. Ein Bett wird da sein mit Decken und sauberen Leinentüchern. Und Brot und Milch und Fleisch.«

Bucher sah, daß ihr Gesicht sich verzerrte. »Du mußt es glauben, Ruth«, sagte er hilflos.

Sie weinte ohne Tränen. Das Weinen war nur in ihren Augen. Sie verschleierten sich, und es wellte undeutlich darin auf. »Es ist so schwer zu glauben, Josef.«

»Du mußt es glauben«, wiederholte er. »Lewinsky hat neue

Nachrichten gebracht. Die Amerikaner und Engländer sind schon weit über den Rhein. Sie kommen. Sie werden uns befreien. Bald.«

Das Abendlicht wechselte plötzlich. Die Sonne hatte den Bergrand erreicht. Die Stadt fiel in blaues Dunkel. Die Fenster erloschen. Der Fluß wurde still. Alles wurde still. Auch die Drossel schwieg. Nur der Himmel begann jetzt zu glühen. Die Wolken wurden zu perlmutternen Schiffen, breite Strahlen trafen sie wie Winde aus Licht, und sie segelten in das rote Tor des Abends. Voll fiel der letzte Glanz auf das weiße Haus auf der Anhöhe, und während die übrige Erde erlosch, schimmerte nur es noch und schien dadurch näher und weiter als je zuvor.

Sie sahen den Vogel erst, als er dicht heran war. Sie sahen einen kleinen schwarzen Ball mit Flügeln. Sie sahen ihn vor dem mächtigen Himmel, er flog hoch und kam dann plötzlich herunter, sie sahen ihn, und sie wollten beide etwas tun und taten es nicht, einen Augenblick, gerade bevor er sich dem Boden näherte, war die ganze Silhouette da, der kleine Kopf mit dem gelben Schnabel, die ausgebreiteten Flügel und die runde Brust mit den Melodien, und dann kam das leichte Krackeln und der Funke aus dem elektrisch geladenen Verhau, sehr klein und blaß und tödlich vor dem Sonnenuntergang, und es war nichts mehr da als ein verkohlter Rest mit einem herabhängenden kleinen Fuß auf dem untersten Draht und einem Fetzen Flügel, der den Boden gestreift und den Tod herangeweht hatte.

»Das war die Drossel, Josef –«

Bucher sah das Entsetzen in Ruth Hollands Augen. »Nein, Ruth«, sagte er rasch. »Das war ein anderer Vogel. Es war keine Drossel. Und wenn es eine war, dann war es nicht die, die gesungen hat – bestimmt nicht, Ruth – nicht unsere –«

»Du meinst wohl, ich hätte dich vergessen, was?« fragte Handke.

»Nein.«

»Es war zu spät, gestern. Aber wir haben ja Zeit. Zeit genug, dich zu melden. Morgen zum Beispiel, den ganzen Tag.« Er stand vor 509. »Du Millionär! Du Schweizer Millionär! Sie werden dir dein Geld schon Franken für Franken aus den Nieren prügeln.«

»Das Geld braucht mir keiner herauszuprügeln«, sagte 509. »Es ist einfacher zu haben. Ich unterschreibe einen Zettel, und es gehört mir nicht mehr.« Er sah Handke fest an. »Zweitausendfünfhundert Franken. Viel Geld.«

»Fünftausend«, erwiderte Handke. »Für die Gestapo. Glaubst du, die teilt?«

»Nein. Fünftausend für die Gestapo«, bestätigte 509.

»Und den Prügelbock und das Kreuz und den Bunker und Breuer mit seinen Methoden für dich und dann den Galgen.«

»Das weiß man noch nicht.«

Handke lachte. »Was sonst? Vielleicht ein Anerkennungsschreiben? Für verbotenes Geld?«

»Das auch nicht.« 509 sah Handke immer noch an. Er war überrascht darüber, daß er nicht mehr Angst hatte, obschon er wußte, daß Handke ihn in der Hand hatte; aber stärker als alles spürte er plötzlich etwas anderes: Haß. Nicht den trüben, blinden, kleinen des Lagers, den alltäglichen Groschenhaß der Not einer verhungernden Kreatur gegen eine andere – nein, er spürte einen kalten, klaren intelligenten Haß, und er spürte ihn so sehr, daß er die Augen niederschlug, weil er glaubte, Handke müsse ihn erkennen.

»So? Was dann vielleicht, du weiser Affe?«

509 roch den Atem Handkes. Auch das war neu; der Gestank des Kleinen Lagers hatte früher fast keinen individuellen Geruch zugelassen. 509 wußte auch, daß er Handke nicht roch, weil sein Geruch stärker war als der Verwesungsgestank ringsum; er roch ihn, weil er Handke haßte.

»Bist du stumm geworden vor Angst?«

Handke stieß 509 gegen das Schienbein. 509 zuckte nicht zurück. »Ich glaube nicht, daß ich gefoltert werde«, sagte er ruhig und sah Handke wieder an. »Es würde nicht zweckmäßig sein. Ich könnte der SS unter den Händen wegsterben. Ich bin sehr schwach und halte fast nichts mehr aus. Das ist ein Vorteil im Augenblick. Die Gestapo wird lieber mit all dem warten, bis das Geld in ihren Händen ist. So lange braucht sie mich. Ich bin nämlich der einzige, der darüber verfügen kann. In der Schweiz hat die Gestapo keine Macht. Bis sie das Geld hat, bin ich sicher. Und das dauert eine ziemliche Zeit. Bis dahin kann vieles passieren.«

Handke dachte nach. 509 sah im Halbdunkel, wie es in seinem flachen Gesicht arbeitete. Er sah das Gesicht genau. Ihm war, als wären hinter seinen Augen Scheinwerfer angebracht, die es bestrahlten. Das Gesicht selbst blieb gleich, aber jede Einzelheit darin schien größer zu werden.

»So, das hast du dir alles ausgedacht, was?« stieß der Blokkälteste schließlich hervor.

»Ich habe mir nichts ausgedacht. Es ist so.«

»Und was ist mit Weber? Der wollte dich ja auch sprechen! Der wird nicht warten.«

»Doch«, erwiderte erwidere 509 ruhig. »Herr Sturmführer Weber wird warten müssen. Die Gestapo wird dafür sorgen. Es ist wichtiger für sie, Schweizer Franken zu bekommen.« Die hervorstehenden, blaßblauen Augen Handkes schienen sich zu drehen. Der Mund kaute. »Du bist mächtig schlau geworden«, sagte er schließlich. »Früher konntest du kaum scheißen! Ihr seid hier alle in der letzten Zeit munter wie die Böcke geworden, ihr Stinker! Wird euch schon versalzen werden, wartet nur! Euch jagen sie alle noch durch den Schornstein!« Er tippte 509 mit einem Finger vor die Brust. »Wo sind die zwanzig Eier?« fauchte er dann. »Her damit! Schleunigst!«

509 zog den Schein aus der Tasche. Er hatte eine Sekunde den Wunsch gespürt, es nicht zu tun, aber sofort gewußt, daß das Selbstmord gewesen wäre. Handke riß ihm das Geld aus der Hand. »Einen Tag lang kannst du weiterscheißen dafür«, erklärte er und pufte sich auf. »Einen Tag lasse ich dich dafür länger leben, du Wurm! Einen Tag, bis morgen.«

»Einen Tag«, sagte 509.

Lewinsky überlegte. »Ich glaube nicht, daß er es tun wird«,

sagte er dann. »Was kann er schon dabei für sich herausholen?«

509 hob die Schultern. »Nichts. Er ist nur unberechenbar, wenn er etwas zu trinken erwischt hat. Oder wenn er seinen Koller hat.«

»Man muß ihn aus dem Wege schaffen.« Lewinsky dachte wieder nach. »Im Augenblick können wir nicht viel gegen ihn unternehmen. Es ist dicke Luft. Die SS kämmt die Listen durch nach Namen. Wir lassen im Lazarett verschwinden, wen wir können. Bald müssen wir euch ein paar Leute rüberschmuggeln. Das ist doch in Ordnung, wie?«

»Ja. Wenn ihr das Essen für sie liefert.«

»Das ist selbstverständlich. Aber da ist noch etwas. Wir müssen jetzt mit Razzien und Kontrollen bei uns rechnen. Könnt ihr ein paar Sachen verstecken, so daß man sie nicht findet?«

»Wie groß?«

»So groß –« Lewinsky sah sich um. Sie hockten hinter der Baracke im Dunkeln. Nichts war zu sehen als die stolpernde Reihe der Muselmänner auf dem Weg zur Latrine. »So groß wie zum Beispiel ein Revolver –«

509 atmete scharf ein. »Ein Revolver?«

»Ja.«

509 schwieg einen Augenblick. »Unter meinem Bett ist ein Loch im Boden«, sagte er dann leise und rasch. »Die Latten daneben sind lose. Man kann mehr als einen Revolver da unterbringen. Leicht. Hier wird nicht kontrolliert. Es ist ganz sicher.«

Er merkte nicht, daß er sprach wie jemand, der einen anderen überreden will; nicht wie jemand, der zu einem Risiko überredet werden soll. »Hast du ihn bei dir?« fragte er.

»Ja.«

»Gib ihn her.«

Lewinsky sah sich noch einmal um. »Du weißt, was das bedeutet?«

»Ja. Ja«, erwiderte 509 ungeduldig.

»Es war schwer, ihn zu kriegen. Wir haben viel riskieren müssen.«

»Ja, Lewinsky. Ich passe schon auf. Gib ihn nur her.«

Lewinsky griff in seinen Kittel und schob die Waffe in die Hand von 509. 509 fühlte sie. Sie war schwerer, als er erwartet hatte. »Was ist das darum?« fragte er.

»Ein Lappen mit etwas Fett. Ist das Loch unter deinem Bett trocken?«

»Ja«, sagte 509. Es stimmte nicht; aber er wollte die Waffe nicht zurückgeben. »Ist Munition dabei?« fragte er.

»Ja. Nicht viel; ein paar Patronen. Er ist außerdem geladen.«

509 steckte den Revolver unter sein Hemd und knöpfte den Kittel darüber zu. Er fühlte ihn in der Nähe seines Herzens und spürte einen raschen Schauder über seine Haut laufen.

»Ich gehe jetzt«, sagte Lewinsky. »Paß scharf auf ihn auf. Versteck ihn gleich.« Er sprach von der Waffe wie von einem wichtigen Menschen. »Das nächste Mal, wenn ich komme, kommt jemand von uns mit. Habt ihr tatsächlich Platz?« Er blickte über den Appellplatz, auf dem im Dunkel dunklere Gestalten lagen. »Wir haben Platz«, erwiderte 509. »Für eure Leute haben wir immer Platz.«

»Gut. Wenn Handke wiederkommt, gib ihm noch etwas Geld. Habt ihr was?«

»Ich habe noch was. Für einen Tag.«

»Ich will sehen, daß wir etwas zusammenkriegen. Werde es Lebenthal geben. Ist das in Ordnung?«

»Ja.«

Lewinsky verschwand im Schatten der nächsten Baracke. Von dort stolperte er, wie ein Muselmann vornüber gebeugt, der Latrine zu. 509 blieb noch eine Zeitlang sitzen. Er lehnte den Rücken fest gegen die Barackenwand. Mit der rechten Hand preßte er den Revolver gegen seinen Körper. Er widerstand der Versuchung, ihn herauszunehmen, den Lappen aufzuwickeln und das Metall anzufassen; er hielt ihn nur fest. Er fühlte die Linien des Laufes und des Handgriffes, und er fühlte sie, als ginge von ihnen eine schwere, dunkle Kraft aus. Es war das erste Mal in vielen Jahren, daß er etwas an sich gepreßt hielt, mit dem er sich verteidigen konnte. Er war plötzlich nicht mehr völlig hilflos. Er war nicht mehr vollkommen ausgeliefert. Er wußte, daß es eine Illusion war und daß er die Waffe nicht gebrauchen durfte; aber es genügte, daß er sie bei sich hatte. Es genügte, um etwas in ihm zu verändern. Das schmale Werkzeug des Todes war wie ein Dynamo des Lebens. Es strömte Widerstand in ihn über. Er dachte an Handke. Er dachte an den Haß, den er gegen ihn gespürt hatte. Handke hatte das Geld bekommen; aber er war schwächer gewesen als 509. Er dachte an Rosen; er hatte ihn retten können. Dann dachte er an Weber. Er dachte lange an ihn und an die erste Zeit im Lager. Er hatte das seit Jahren nicht getan. Er hatte alle Erinnerungen in sich verbannt; auch an die Zeit vor dem Lager. Sogar seinen Namen hatte er nicht mehr hören wollen. Er war kein Mensch mehr gewesen, und er hatte es nicht mehr sein wollen; es hätte ihn zerbrochen. Er war eine Nummer geworden und hatte sich nur noch als Nummer genannt und nennen lassen. Schweigend saß er in der Nacht und atmete und hielt die Waffe fest und fühlte, wie vieles sich in den letzten Wochen verändert hatte. Die Erinnerungen kamen plötzlich wieder, und ihm war, als äße und tränke er gleichzeitig etwas, das er nicht sehen konnte und das wie eine starke Medizin war.

Er hörte, wie die Wachen abgelöst wurden. Vorsichtig stand er auf. Er taumelte einige Sekunden, als hätte er Wein getrunken. Dann ging er langsam um die Baracke herum.

Neben der Tür hockte jemand. »509!« flüsterte er. Es war Rosen.

509 schrak auf, als erwache er aus einem endlosen, schweren Traum. Er blickte hinunter. »Ich heiße Koller«, sagte er abwesend. »Friedrich Koller.«

»Ja?« erwiderte Rosen verständnislos.

14 »Ich will einen Priester«, jammerte Ammers.

Er jammerte es schon den ganzen Nachmittag. Sie hatten versucht, es ihm auszureden, aber es hatte keinen Zweck gehabt. Es war plötzlich über ihn gekommen.

»Was für einen Priester?« fragte Lebenthal.

»Einen katholischen. Wozu fragst du das, du Jude?«

»Sieh da!« Lebenthal schüttelte den Kopf. »Ein Antisemit! Das hat uns hier gerade noch gefehlt.«

»Es gibt genug im Lager«, sagte 509.

»Ihr habt schuld!« zeterte Ammers. »An allem! Ohne euch Juden wären wir nicht hier.«

»Was? Warum denn das nicht?«

»Weil es dann keine Lager gäbe. – Ich will einen Priester!«

»Schäm dich, Ammers«, sagte Bucher aufgebracht.

»Ich brauche mich nicht zu schämen. Ich bin krank! Holt einen Priester.«

509 sah auf die blauen Lippen und die eingesunkenen Augen. »Es gibt keinen Priester im Lager, Ammers.«

»Sie müssen einen haben. Es ist mein Recht. Ich sterbe.«

»Ich glaube nicht, daß du jemals stirbst«, erklärte Lebenthal.

»Ich sterbe, weil ihr verdammten Juden alles aufgefressen habt, was mir zukam. Und jetzt wollt ihr mir nicht einmal einen Priester holen. Ich will beichten. Was wißt ihr davon? Wozu muß ich in einer Judenbaracke sein? Ich habe ein Recht auf eine Arierbaracke.«

»Hier nicht mehr. Nur im Arbeitslager. Hier sind alle gleich.«

Ammers keuchte und drehte den Kopf weg. Über seinem filzigen Haar stand an der Holzwand eine Inschrift mit Blaustift: »Eugen Mayer 1941 Typhus. Rächt –«

»Wie ist es mit ihm?« fragte 509 Berger.

»Er müßte schon längst tot sein. Aber heute ist, glaube ich, wirklich sein letzter Tag.«

»Es sieht so aus. Er verwechselt bereits alles.«

»Er verwechselt nichts«, erklärte Lebenthal. »Er weiß, was er redet.«

»Ich hoffe nicht«, sagte Bucher.

509 sah ihn an. »Er war einmal anders, Bucher«, sagte er ruhig. »Aber man hat ihn zerschlagen. Er ist nichts mehr von dem, was er einmal war. Das da ist ein anderer Mensch, der aus Resten und Fetzen von früher zusammengewachsen ist. Und die Fetzen waren nicht heil. Ich habe es gesehen.

»Einen Priester!« jammerte Ammers wieder. »Ich muß beichten! Ich will nicht in die ewige Verdammnis!«

509 setzte sich auf den Bettrand. Neben Ammers lag ein Mann des neuen Transports, der hohes Fieber hatte und flach und rasch atmete. »Du kannst das ohne Priester, Ammers«, sagte 509. »Was hast du schon getan? Hier gibt es keine Sünden. Nicht für uns. Wir büßen alles gleich ab. Bereue, was du zu bereuen hast. Wenn keine Beichte möglich ist, ist das genug. So steht es im Katechismus.«

Ammers hörte einen Moment auf zu keuchen. »Bist du auch katholisch?« fragte er.

»Ja«, sagte 509. Es war nicht wahr.

»Dann weißt du es doch! Ich muß einen Priester haben! Ich muß beichten und kommunizieren! Ich will nicht in Ewigkeit brennen.« Ammers zitterte. Seine Augen waren weit aufgerissen. Sein Gesicht war nicht mehr als zwei Fäuste, und die Augen waren viel zu groß dafür. Er hatte dadurch etwas von einer Fledermaus. »Wenn du Katholik bist, weißt du, wie es ist. Wie das Krematorium; aber man verbrennt nie und stirbt nie. Willst du, daß das mit mir passiert?«

509 sah zur Tür. Sie war offen. Ein klarer Abendhimmel stand darin wie ein Bild. Dann sah er zurück auf den abgezehrten Kopf, in dem die Bilder der Hölle brannten. »Für uns hier ist das anders, Ammers!« sagte er schließlich. »Wir haben drüben eine Vorzugsstellung. Ein Stück Hölle haben wir ja schon hier gehabt.«

Ammers bewegte ruhelos den Kopf. »Versündige dich nicht«, flüsterte er. Dann hob er sich mühsam auf, starrte um sich und brach plötzlich aus: »Ihr! Ihr! Ihr seid gesund! Und ich muß abkratzen! Gerade jetzt! Ja, lacht! Lacht! Ich habe alles gehört, was ihr gesagt habt! Ihr wollt raus! Ihr kommt raus! Und ich? Ich! Ins Krematorium! Ins Feuer – ewig – huh – huh –« Er heulte wie ein mondsüchtiger Hund. Sein Körper war hochgezogen, und er heulte. Sein Mund war ein schwarzes Loch, aus dem er heiser heulte.

Sulbacher erhob sich. »Ich gehe«, sagte er. »Ich will nach einem Priester fragen.«

»Wo?« fragte Lebenthal.

»Irgendwo. Auf der Schreibstube. Bei der Wache –«

»Sei nicht verrückt. Hier gibt es keine Priester. Die SS duldet das nicht. Sie wird dich in den Bunker stecken.«

»Das macht nichts.«

Lebenthal starrte Sulbacher an. »Berger, 509«, sagte er dann. »Habt ihr das gehört?«

Sulbachers Gesicht war sehr blaß. Seine Kinnbacken traten stark heraus. Er sah niemand an. »Es nützt nichts«, sagte Berger zu ihm. »Es ist verboten. Wir wissen auch keinen unter den Gefangenen. Meinst du, wir hätten ihn sonst nicht schon geholt?«

»Ich gehe«, erwiderte Sulbacher.

»Selbstmord!« Lebenthal griff sich in die Haare. »Und noch für einen Antisemiten!«

Sulbachers Kiefer arbeiteten. »Für einen Antisemiten.«

»Meschugge! Wieder einer meschugge!«

»Gut, meschugge, ich gehe.«

»Bucher, Berger, Rosen«, sagte 509 ruhig.

Bucher stand bereits mit einem Knüppel hinter Sulbacher. Er schlug ihn auf den Kopf. Der Schlag war nicht besonders stark, aber er genügte, um Sulbacher taumeln zu lassen. Alle zerrten ihn jetzt herunter und rollten sich über ihn. »Gib die Bänder vom Schäferhund, Ahasver«, sagte Berger. Sie banden die Hände und Füße Sulbachers und ließen ihn los. »Wenn du schreist, müssen wir dir was in den Mund stecken«, sagte 509.

»Ihr versteht mich nicht –«

»Doch. Du bleibst so, bis dein Koller vorbei ist. Wir haben schon genug Leute so verloren –«

Sie schoben ihn in eine Ecke und kümmerten sich nicht mehr um ihn. Rosen richtete sich auf. »Er ist noch durcheinander«, murmelte er, als müsse er für ihn um Entschuldigung bitten. »Ihr müßt das verstehen. Sein Bruder damals –«

Ammers war heiser geworden. Er flüsterte nur noch. »Wo bleibt er? Wo – der Priester –«

Sie hatten allmählich genug. »Ist wirklich kein Priester oder Küster oder Meßdiener in den Baracken?« fragte Bucher. »Irgendeiner, damit er Ruhe gibt.«

»Es waren vier in siebzehn. Einer ist entlassen worden; zwei sind tot; der andere ist im Bunker«, sagte Lebenthal.

»Breuer verprügelt ihn jeden Morgen mit einer Kette. Er nennt das: die Messe mit ihm lesen.«

»Bitte –« flüsterte Ammers weiter. »Um Christi willen – einen –«

»Ich glaube, in B ist ein Mann, der lateinisch kann«, sagte Ahasver. »Kann man den nicht nehmen?«

»Wie heißt er?«

»Ich weiß es nicht genau. Dellbrück oder Hellbrück oder so ähnlich. Der Stubenälteste weiß das sicher.«

509 stand auf. »Das ist Mahner. Wir können ihn fragen.« Er ging mit Berger hinüber. »Es kann Hellwig sein«, sagte Mahner. »Das ist einer, der Sprachen spricht. Er ist etwas verrückt. Ab und zu deklamiert er. Er ist in A.«

»Das wird er sein.«

Sie gingen zu Sektion A. Mahner sprach mit dem Stubenältesten dort, einem großen, dürren Mann mit einem Birnenkopf. Der Birnenkopf zuckte schließlich die Achseln. Mahner ging in das Labyrinth von Betten, Beinen, Armen und Stöhnen hinein und rief den Namen aus.

Er kam nach einigen Minuten zurück. Ein mißtrauischer Mann folgte ihm. »Dies ist er«, sagte Mahner zu 509. »Laßt uns rausgehen. Hier kann man ja kein Wort verstehen.« 509 erklärte Hellwig die Situation. »Sprichst du Lateinisch?« fragte er.

»Ja.« Hellwigs Gesicht zuckte nervös. »Wißt ihr, daß mir jetzt mein Eßnapf gestohlen wird?«

»Wieso?«

»Hier wird gestohlen. Gestern ist mir mein Löffel weggekommen, während ich auf der Latrine saß. Ich hatte ihn unter meinem Bett versteckt. Jetzt habe ich den Eßnapf drinnen gelassen.«

»Dann hole ihn.«

Hellwig verschwand ohne ein Wort. »Der kommt nicht wieder«, sagte Mahner.

Sie warteten. Es wurde dunkler. Schatten krochen aus Schatten; Dunkelheit aus der Dunkelheit der Baracken. Dann kam Hellwig zurück. Er hielt den Eßnapf an die Brust gepreßt.

»Ich weiß nicht, wieviel Ammers versteht«, sagte 509. »Sicher nicht mehr als *ego te absolvo*. Das mag er behalten haben. Wenn du ihm das sagst und noch irgend etwas, was dir einfällt –«

Hellwig knickte mit seinen langen dünnen Beinen beim Gehen ein. *»Virgil?«* fragte er. *»Horaz.«*

»Gibt es nicht etwas Kirchlicheres?«

»Credo in unum deum –«

»Sehr gut.«

»Oder *Credo quia absurdum* –«

509 blickte auf. Er sah in zwei sonderbar rastlose Augen. »Das tun wir alle«, sagte er.

Hellwig blieb stehen. Er zeigte dabei mit dem knotigen Zeigefinger auf 509, als wolle er ihn aufspießen.

»Es ist eine Gotteslästerung, das weißt du. Aber ich will es tun. Er braucht mich nicht. Es gibt eine Reue und Sündenvergebung ohne Beichte.«

»Vielleicht kann er nicht bereuen, ohne daß einer dabei ist.«

»Ich tue es nur, um ihm zu helfen. Inzwischen stehlen sie meine Portion Suppe.«

»Mahner wird deine Suppe für dich halten. Aber gib mir deinen Eßnapf«, sagte 509. »Ich bewahre ihn für dich, während du drin bist.«

»Warum?«

»Er glaubt dir vielleicht eher, wenn du keinen Eßnapf bei dir hast.«

Sie traten in die Tür. Die Baracke war auch vorn jetzt schon fast dunkel. Man hörte Ammers flüstern. »Hier«, sagte 509. »Wir haben einen gefunden, Ammers.«

Ammers wurde still. »Wirklich?« fragte er dann deutlich. »Ist er da?«

»Ja.«

Hellwig bückte sich. »Gelobt sei Jesus Christus.«

»In Ewigkeit Amen«, flüsterte Ammers mit einer Stimme wie ein erstauntes Kind.

Sie begannen zu murmeln. 509 und die andern gingen hinaus. Draußen stand der späte Abend sehr still über den Wäldern am Horizont. 509 setzte sich gegen die Barackenwand. Sie hatte noch etwas Wärme von der Sonne behalten. Bucher kam und setzte sich neben ihn. »Sonderbar«, sagte er nach einer Weile. »Manchmal sterben hundert, und man fühlt nichts, und dann stirbt ein einzelner, einer, der einen nicht mal viel angeht – und es ist, als wären es tausend.«

509 nickte. »Unsere Einbildungskraft kann nicht zählen. Und Gefühl wird durch Ziffern nicht stärker. Es kann immer nur bis eins zählen. Eins – aber das ist genug, wenn man es wirklich spürt.«

Hellwig kam aus der Baracke. Er trat gebückt durch die Tür, und einen Augenblick war es, als trüge er die sinkende Dunkelheit wie ein Schäfer ein schwarzes Schaf auf seinen Schultern, um sie fortzunehmen und in dem reinen Abend zu waschen. Dann richtete er sich auf und war wieder ein Gefangener.

»War es ein Sakrileg?« fragte 509.

»Nein. Ich habe keine priesterliche Handlung ausgeführt. Ich habe ihm nur bei der Reue assistiert.«

»Ich wollte, wir hätten etwas für dich. Eine Zigarette oder ein

Stück Brot.« 509 gab Hellwig den Eßnapf zurück. »Aber wir haben selbst nichts. Alles, was wir dir anbieten können, ist Ammers Suppe, wenn er vor dem Abendessen stirbt. Wir empfangen sie dann noch mit.«

»Ich brauche nichts. Ich will auch nichts. Es wäre eine Schweinerei, dafür etwas zu nehmen.«

509 sah jetzt erst, daß Hellwig Tränen in den Augen hatte. Er blickte ihn maßlos erstaunt an. »Ist er ruhig?« fragte er dann.

»Ja. Er hat heute mittag ein Stück Brot gestohlen, das Ihnen gehörte. Er wollte, daß ich es Ihnen sage.«

»Ich habe das schon gewußt.«

»Er möchte, daß Sie kommen. Er will Sie alle um Verzeihung bitten.«

»Um Himmels willen! Wozu denn das?«

»Er will es. Besonders einen, der Lebenthal heißt.«

»Hörst du, Leo?« sagte 509.

»Er will rasch noch sein Geschäft mit Gott machen, deshalb«, erklärte Lebenthal unversöhnlich.

»Ich glaube nicht.« Hellwig nahm seinen Eßnapf unter den Arm. »Komisch, ich wollte wirklich einmal Priester werden«, sagte er. »Riß dann aus. Verstehe es jetzt nicht mehr. Wollte, ich hätte es nicht getan.« Er ließ seine merkwürdigen Augen über die Sitzenden flattern. »Man leidet weniger, wenn man an etwas glaubt.«

»Ja. Aber es gibt vieles, an das man glauben kann. Nicht nur Gott.«

»Gewiß«, erwiderte Hellwig plötzlich so verbindlich, als stände er in einem Salon und diskutierte. Er hielt den Kopf leicht schief, als lausche er auf etwas. »Es war eine Art von Notbeichte«, sagte er dann. »Nottaufen hat es immer gegeben. Notbeichten –« Sein Gesicht zuckte. »Eine Frage für die Theologen – guten Abend, meine Herren –«

Er stakte wie eine Riesenspinne seiner Sektion zu. Die andern sahen ihm verblüfft nach. Es war besonders der Abschiedsgruß gewesen; sie hatten ähnliches nicht mehr gehört, seit sie im Lager waren. »Geh zu Ammers, Leo«, sagte Berger nach einer Weile. »Schließlich, warum nicht? Gesiezt hat er uns auch.«

Lebenthal zögerte. »Geh«, wiederholte Berger. »Sonst schreit er wieder. Wir andern werden Sulbacher losbinden.«

Die Dämmerung war zu einer hellen Dunkelheit geworden. Eine Glocke läutete von der Stadt her. In den Furchen der Äcker lagen tiefe blaue und violette Schatten.

Sie saßen in einer kleinen Gruppe vor der Baracke. Ammers starb drinnen immer noch. Sulbacher hatte sich erholt. Er saß beschämt neben Rosen.

Lebenthal richtete sich plötzlich auf. »Was ist das da?« Er starrte durch den Stacheldraht auf die Äcker. Etwas huschte dort hin und her, hielt an und huschte weiter.

»Ein Hase!« sagte Karel, der Knabe aus der Tschechoslowakei.

»Unsinn! Woher kennst du denn einen Hasen?«

»Bei uns gab es welche zu Hause. Ich habe genug gesehen, als ich jung war. Ich meine damals, als ich frei war«, sagte Karel. Seine Jugend lag für ihn vor dem Lager. Vor der Zeit, als man seine Eltern vergast hatte.

»Es ist tatsächlich ein Hase.« Bucher kniff die Augen zusammen. »Oder ein Kaninchen. Nein, dafür ist er zu groß.«

»Gerechter Gott!« sagte Lebenthal. »Ein lebendiger Hase.« Sie sahen ihn jetzt alle. Er setzte sich einen Moment aufrecht, und die langen Ohren standen empor. Dann hoppelte er weiter.

»Wenn der hier hereinkäme!« Lebenthals Gebiß klapperte. Er dachte an den falschen Hasen Bethkes, den Dachshund, für den er den Goldzahn Lohmanns hergegeben hatte. »Man könnte ihn tauschen. Wir würden ihn nicht selbst essen. Wir würden ihn tauschen gegen zweimal, nein zweieinhalbmal soviel Abfallfleisch.«

»Wir würden ihn nicht tauschen. Wir würden ihn selbst essen«, sagte Meyerhof.

»So? Und wer brät ihn? Willst du ihn vielleicht roh essen? Wenn du ihn jemand zum Braten gibst, kriegst du ihn nicht wieder«, erklärte Lebenthal hitzig. »Komisch, was manche Leute so wissen, die seit Wochen nicht aus der Baracke herausgekommen sind.«

Meyerhof war eines der Wunder von Baracke 22. Er hatte drei Wochen auf den Tod mit Lungenentzündung und Dysenterie herumgelegen. Er war so schwach gewesen, daß er nicht mehr sprechen konnte. Berger hatte ihn aufgegeben. Dann hatte er sich plötzlich in wenigen Tagen erholt. Er war von den Toten auferstanden. Ahasver hatte ihn deshalb Lazarus Meyerhof genannt. Er war heute zum erstenmal wieder draußen. Berger hatte es verboten; aber er war trotzdem hinausgekrochen. Er trug den Mantel Lebenthals, den Sweater des toten Buchsbaum und eine Husarenattila, die jemand als Jacke empfangen hatte. Das durchschossene Chorhemd, das Rosen als Unterwäsche erhalten hatte, war als Schal um seinen Hals gewickelt. Alle Veteranen hatten geholfen, ihn für seinen ersten Ausflug auszustatten. Sie betrachteten seine Gesundung als einen gemeinsamen Triumph.

»Wenn er hier hereinkäme, würde er den elektrischen Draht berühren. Dann wäre er gleich gebraten«, sagte Meyerhof hoffnungsvoll. »Man könnte ihn mit einem trockenen Holzstock heranziehen.«

Sie beobachteten das Tier gespannt. Es hoppelte durch die Furchen und lauschte ab und zu. »Die SS wird ihn für sich schießen«, erklärte Berger.

»Das ist nicht so einfach, mit einer Kugel, wenn es so dunkel ist«, erwiderte 509. »Die SS ist mehr gewöhnt, Menschen von hinten in ein paar Metern Abstand zu treffen.«

»Ein Hase.« Ahasver bewegte die Lippen. »Wie der wohl schmeckt?«

»Er schmeckt wie ein Hase«, erläuterte Lebenthal. »Am besten ist der Rücken, er wird gespickt. Speckstücke werden hineingezogen, damit er saftiger wird. Man macht dazu eine Sahnensauce. So essen ihn die Gojim.«

»Und Kartoffelbrei«, sagte Meyerhof.

»Unsinn, Kartoffelbrei. Kastanienpüree und Preiselbeeren.«

»Kartoffelbrei ist besser. Kastanien! Das ist für Italiener.«

Lebenthal starrte Meyerhof ärgerlich an. »Hör zu –«

Ahasver unterbrach ihn. »Was soll uns ein Hase? Mir wäre eine Gans lieber als alle Hasen. Eine gute, gefüllte Gans –«

»Mit Äpfeln –«

»Haltet die Schnauzen!« schrie jemand von hinten. »Seid ihr des Teufels? Man wird ja wahnsinnig.«

Sie hockten vorgebeugt und verfolgten mit den tiefliegenden Augen ihrer Totenschädel den Hasen. Keine hundert Meter von ihnen entfernt sprang da eine Traummahlzeit herum, ein pelziges Bündel, das mehrere Pfund Fleisch enthielt und das einigen von ihnen die Rettung ihres Lebens hätte sein können. Meyerhof fühlte es in allen Knochen und Därmen; für ihn wäre das Tier die Sicherheit gewesen, daß er nicht einen Rückfall bekäme. »Schön, meinetwegen auch mit Kastanien«, krächzte er. Sein Mund war plötzlich trocken und staubig wie ein Kohlenkeller.

Der Hase richtete sich auf und schnupperte. In diesem Augenblick mußte eine der dösenden SS-Wachen ihn gesehen haben. »Edgar! Mensch! Ein Langohr!« schrie er. »Drauf!«

Ein paar Schüsse knatterten. Erde spritzte auf. Der Hase sprang in langen Sätzen davon. »Siehst du«, sagte 509. »Sie können besser Häftlinge aus nächster Nähe treffen.« Lebenthal seufzte und blickte dem Hasen nach.

»Glaubt ihr, daß wir heute abend Brot kriegen?« fragte Meyerhof nach einiger Zeit.

»Ist er tot?«

»Ja. Endlich. Er wollte noch, daß wir den Neuen aus seinem Bett nehmen sollten. Den mit dem Fieber. Er glaubte, der würde ihn anstecken. Dabei hat er den Neuen angesteckt. Er jammerte und schimpfte zuletzt auch wieder. Der Priester hat nicht ganz vorgehalten.«

509 nickte. »Es ist schwer, jetzt noch zu sterben. Früher war es leichter. Jetzt ist es schwer. So kurz vor dem Ende.«

Berger setzte sich zu 509. Es war nach dem Abendessen. Das Kleine Lager hatte nur eine dünne Suppe bekommen; für jeden einen Becher voll. Kein Brot. »Was wollte Handke von dir?« fragte er.

509 öffnete die Hände. »Er hat mir dieses hier gegeben. Einen sauberen Bogen Briefpapier und einen Füllfederhalter. Er will, daß ich ihm mein Geld in der Schweiz überschreibe. Nicht die Hälfte. Alles. Die ganzen fünftausend Franken.«

»Und?«

»Dafür will er mich einstweilen leben lassen. Er hat mir sogar so etwas wie Protektion angedeutet.«

»So lange, bis er deine Unterschrift hat.«

»Das ist bis morgen abend. Es ist schon etwas. Wir haben manchmal nicht so lange Zeit gehabt.«

»Es ist nicht genug. Wir müssen etwas anderes finden.«

509 hob die Schultern. »Vielleicht hält es vor. Kann sein, daß er denkt, mich brauchen zu müssen, um das Geld zu beheben.«

»Es kann auch sein, daß der das Gegenteil denkt. Dich loszuwerden, damit du die Überschreibung nicht widerrufen kannst.«

»Ich kann sie nicht widerrufen, wenn er sie hat.«

»Das weiß er nicht. Und du könntest es vielleicht. Du hast sie unter Zwang gegeben.«

509 schwieg eine Weile. »Ephraim«, sagte er dann ruhig.

»Das brauche ich nicht. Ich habe kein Geld in der Schweiz.«

»Was?«

»Ich habe nicht einen Franken in der Schweiz.«

Berger starrte 509 eine Weile an. »Du hast das alles erfunden?«

»Ja.«

Berger wischte sich mit dem Handrücken über die entzündeten Augen. Seine Schultern zuckten. »Was hast du?« fragte 509. »Weinst du etwa?«

»Nein, ich lache. Es ist idiotisch, aber ich lache.«

»Lach nur. Wir haben verdammt wenig gelacht hier.«

»Ich lache, weil ich an Handkes Gesicht in Zürich gedacht habe. Wie bist du nur auf die Idee gekommen, 509?«

»Ich weiß es nicht. Man kommt auf vieles, wenn es ums Leben geht. Die Hauptsache ist, daß er es geschluckt hat. Er kann nicht einmal etwas herausfinden, bevor der Krieg zu Ende ist. Er muß es einfach glauben.«

»Das ist richtig.« Bergers Gesicht war wieder ernst. »Deshalb traue ich ihm nicht. Er kann seinen Koller kriegen und etwas Unvermutetes tun. Wir müssen vorsorgen. Am besten ist es, wenn du stirbst.«

»Sterben? Wie? Wir haben kein Lazarett. Wie sollen wir das schieben. Hier ist die letzte Station.«

»Über die allerletzte. Über das Krematorium.«

509 sah Berger an. Er sah das sorgenvolle Gesicht mit den tränenden Augen und dem schmalen Schädel, und er spürte eine Welle von Wärme. »Glaubst du, daß das möglich ist?«

»Man kann es versuchen.«

509 fragte nicht, wie Berger es versuchen wolle. »Wir können darüber noch reden«, sagte er. »Vorläufig haben wir noch Zeit. Ich werde Handke heute nur zweitausendfünfhundert Franken überschreiben. Er wird den Zettel nehmen und den Rest verlangen. Dadurch gewinne ich ein paar Tage. Dann habe ich noch die zwanzig Mark von Rosen.«

»Und wenn die weg sind?«

»Bis dahin passiert vielleicht noch etwas anderes. Man kann immer nur an die nächste Gefahr denken. Eine zur Zeit. Und eine nach der andern. Sonst wird man verrückt.« 509 drehte den Briefbogen und den Füllfederhalter hin und her. Er beobachtete die matten Reflexe auf dem Halter. »Komisch«, sagte er. »Das habe ich lange nicht in der Hand gehabt. Papier und Feder. Früher habe ich einmal davon gelebt. Ob man das je wieder können wird?«

15 Die zweihundert Mann des neuen Bergungskommandos waren in einer langen Reihe über die Straße verteilt. Es war das erste Mal, daß sie innerhalb der Stadt zum Aufräumen eingesetzt wurden. Bisher hatte man sie nur in den eingestürzten Fabriken der Vororte beschäftigt.

Die SS hatte die Ausgänge der Straße besetzt und außerdem Mannschaften der Länge nach über die linke Seite als Wachen verteilt. Die Bomben hatten hauptsächlich die rechte Seite getroffen; Mauern und Dächer waren über den Fahrdamm gestürzt und machten fast jeden Verkehr unmöglich.

Die Häftlinge hatten nicht genug Schaufeln und Hacken; sie mußten zum Teil mit den bloßen Händen arbeiten. Die Kapos und Vorarbeiter waren nervös; sie wußten nicht, ob sie prügeln und antreiben oder sich zurückhalten sollten. Zivilisten war es zwar untersagt, die Straße zu benutzen; aber die Mieter, die in den heilgebliebenen Häusern wohnten, konnten nicht hinausgeworfen werden.

Lewinsky arbeitete neben Werner. Beide hatten sich mit einer Anzahl gefährdeter politischer Gefangener zum Bergungskommando gemeldet. Die Arbeit war schwerer als anderswo; aber sie waren auf diese Weise tagsüber dem Zugriff der SS im Lager entzogen; abends, nach dem Einrücken, wenn es dunkel war, konnten sie sich dann bei Gefahr leichter unsichtbar machen und unauffindbar bleiben.

»Hast du gesehen, wie die Straße heißt?« fragte Werner.

»Ja.« Lewinsky grinste. Die Straße hieß Adolf-Hitler-Straße. »Heiliger Name. Hat aber gegen Bomben nichts genützt.« Sie schleppten einen Balken fort. Die Rücken ihrer gestreiften Jacken waren dunkel von Schweiß. An der Sammelstelle trafen sie auf Goldstein. Er war trotz seines schwachen Herzens mit zum Kommando gekommen, und Lewinsky und Werner hatten nichts dagegen gesagt – er gehörte zu den gefährdeten Häftlingen. Sein Gesicht war grau. Er schnupperte.

»Es stinkt hier. Nach Leichen. Nicht nach frischen – hier müssen noch alte Leichen liegen.«

»Stimmt.« Sie kannten das. Sie wußten, wie Leichen rochen. Darin waren sie alle Spezialisten.

Sie schichteten jetzt losgebrochene Steine neben einer Mauer auf. Der Mörtel wurde in kleinen Wagen fortgeschafft. Hinter ihnen, auf der anderen Seite der Straße, befand sich ein Kolonialwarengeschäft. Die Fenster waren geplatzt; aber einige Plakate und Kartons waren schon wieder in die Auslage hineingestellt worden. Ein Mann mit einem Schnurrbart schaute hinter ihnen hervor. Er hatte eines der Gesichter, die man 1933 in Mengen bei Demonstrationen hinter Schildern mit der Aufschrift »Kauft nicht bei Juden« gesehen hatte. Der Kopf schien durch die Rückwand des Schaufensters abgeschnitten zu sein – ähnlich wie bei billigen Fotografien auf Rummelplätzen, wo die Klienten ihre Köpfe über gemalte Kapitänsuniformen halten. Dieser stand über leeren Schachteln und verstaubten Plakaten; es schien ihm zu passen.

In einem unzerstörten Torweg spielten Kinder. Neben ihnen stand eine Frau in einer roten Bluse und blickte auf die Gefangenen. Ein paar Hunde brachen plötzlich aus dem Torweg und rannten über die Straße zu den Sträflingen hinüber. Sie schnupperten an ihren Hosen und Schuhen, und einer wedelte und sprang an dem Sträfling Nr. 7105 hoch. Der Kapo, der diesen Abschnitt beaufsichtigte, wußte nicht, was er tun sollte. Der Hund war ein Zivilhund und kein Mensch, trotzdem schien es ungebührlich, daß er freundlich zu einem Sträfling war, besonders in Gegenwart der SS. 7105 wußte noch weniger Rat. Er tat das einzige, was ein Gefangener tun konnte; er stellte sich, als wäre das Tier nicht da. Aber der Hund folgte ihm; er hatte eine rasche Zuneigung zu ihm gefaßt. 7105 bückte sich und arbeitete mit angestrengtem Eifer. Er war besorgt; der Hund konnte seinen Tod bedeuten. »Weg da, Lauseköter«, schrie der Kapo endlich und hob einen Knüppel. Er hatte seinen Entschluß gefaßt; es war immer besser, scharf zu sein, wenn die SS zusah. Aber der Hund kümmerte sich nicht um ihn; er sprang und tanzte wieder um 7105 herum. Es war ein großer, braunweißer deutscher Vorstehhund.

Der Kapo hob Steine und warf nach ihm. Der erste Stein traf 7105 am Knie; erst der dritte traf den Hund quer gegen den Bauch. Das Tier heulte auf, sprang beiseite und bellte den Kapo an. Der Kapo hob den nächsten Brocken. »Scher dich weg, du Aas!«

Der Hund wich aus, aber er lief nicht weg. Geschickt machte er einen Bogen und sprang den Kapo an. Der Mann stürzte über einen Haufen Mörtel, und der Hund stand sofort knurrend über ihm.

»Hilfe!« schrie der Kapo und verhielt sich still. Die SS-Leute in der Nähe lachten. Die Frau in der roten Bluse kam herangelaufen. Sie pfiff dem Hund. »Hierher! Sofort hierher! O dieser Hund! Bringt einen ins Unglück!«

Sie zerrte ihn hinweg, in den Torbogen hinein. »Er ist rausgelaufen«, sagte sie ängstlich zu dem nächsten SS-Mann. »Bitte! Ich habe es nicht gesehen! Er ist weggelaufen! Er wird Prügel dafür kriegen!«

Der SS-Mann grinste. »Dem da hätte er ruhig ein Stück von seiner dämlichen Fresse wegbeißen können.«

Die Frau lächelte schwach. Sie hatte geglaubt, der Kapo gehöre zur SS. »Danke! Danke vielmals! Ich werde ihn gleich anbinden!«

Sie zog den Hund am Halsband fort, aber streichelte ihn plötzlich. Der Kapo klopfte sich den Kalkstaub ab. Die SS-Wachen grinsten immer noch. »Warum hast du ihn nicht gebissen?« rief einer dem Kapo zu.

Der Kapo antwortete nicht. Das war immer besser. Er klopfte noch eine Zeitlang an sich herum. Dann stapfte er ärgerlich zu den Häftlingen hinüber. 7105 bemühte sich gerade, ein Klosett aus dem Haufen von Steinen und Mörtel hervorzuziehen. »Los, fauler Hund!« zischte der Kapo und gab ihm einen Tritt in die Kniekehle. 7105 fiel nieder und hielt sich mit den Armen am Klosettdeckel fest. Alle Häftlinge beobachteten den Kapo aus den Augenwinkeln. Der SS-Mann, der mit der Frau gesprochen hatte, schlenderte jetzt heran. Er ging auf den Kapo zu und stieß ihn von hinten mit dem Stiefel an. »Laß den da in Ruhe! Der ist nicht schuld. Beiß lieber den Hund, du Nachteule!«

Der Kapo drehte sich überrascht um. Die Wut schwand aus seinem Gesicht und wich einer dienstfertigen Grimasse. »Jawohl! Ich wollte nur –«

»Los!« Er bekam einen zweiten Stoß in den Bauch, stand halbwegs stramm und trollte sich. Der SS-Mann schlenderte zurück.

»Hast du das gesehen?« flüsterte Lewinsky Werner zu. »Zeichen und Wunder. Aber vielleicht hat er es wegen der Zivilisten gemacht.«

Die Häftlinge beobachteten verstohlen weiter die andere Seite der Straße, und die andere Seite der Straße beobachtete sie. Sie waren nur wenige Meter voneinander getrennt; aber es war weiter, als wenn sie auf zwei verschiedenen Erdteilen gelebt hätten. Die meisten der Gefangenen sahen zum erstenmal, seit sie eingesperrt waren, die Stadt so nahe. Sie sahen wieder Menschen ihren täglichen Gewohnheiten nachgehen. Ein Dienstmädchen in einem blauen Kleid mit weißen Punkten putzte in einer Wohnung die heilgebliebenen Fenster. Es hatte die Ärmel aufgekrempelt und sang. Hinter einem anderen Fenster stand eine alte, weißhaarige Frau. Die Sonne fiel auf ihr Gesicht und auf die offenen Vorhänge und die Bilder des Zimmers. An der Ecke der Straße befand sich eine Apotheke. Der Apotheker stand vor der Tür und gähnte. Eine in einem Pelzmantel aus Leopardenfell ging sehr nahe an den Häusern entlang über die Straße. Sie trug grüne Handschuhe und Schuhe. Die SS an der Ecke hatte sie durchgelassen. Sie war jung und trippelte geschmeidig über die Schutthaufen. Viele Gefangene hatten seit Jahren keine Frau mehr gesehen. Alle bemerkten sie; aber niemand sah ihr nach, außer Lewinsky.

»Paß auf!« flüsterte Werner ihm zu. »Hilf hier.«

Er zeigte auf ein Stück Stoff, das unter dem Mörtel hervorkam. »Da liegt jemand.«

Sie scharrten den Mörtel und die Steine beiseite. Ein völlig zerschmettertes Gesicht mit blutigem, kalkverschmiertem

Vollbart kam darunter hervor. Eine Hand war dicht daneben; der Mann hatte sie wahrscheinlich zum Schutz erhoben, als das Gebäude einstürzte.

Die SS-Leute auf der anderen Seite der Straße riefen der zierlich kletternden Person in dem Leopardenmantel aufmunternde Witze zu. Sie lachte und kokettierte. Plötzlich begannen die Sirenen zu heulen.

Der Apotheker an der Ecke verschwand in seinem Laden. Die Frau im Leopardenfell erstarrte und rannte dann zurück. Sie fiel über die Schutthaufen; ihre Strümpfe zerrissen, und ihre grünen Handschuhe wurden weiß vom Kalkstaub. Die Häftlinge hatten sich aufgerichtet. »Stehenbleiben! Wer sich rührt, wird erschossen!« Die SS von den Straßenecken rückte heran. »Aufschließen! Gruppen formieren, marsch!«

Die Häftlinge wußten nicht, welchem Kommando sie gehorchen sollten. Ein paar Schüsse fielen bereits. Die SS-Wachen von den Straßenecken trieben sie schließlich zu einem Haufen zusammen. Die Scharführer berieten, was sie tun sollten. Es war erst die Vorwarnung; aber alle blickten unruhig jeden Augenblick nach oben. Der strahlende Himmel schien heller und düsterer zugleich geworden zu sein.

Die andere Straßenseite wurde jetzt lebendig. Leute, die vorher nicht zu sehen gewesen waren, kamen aus den Häusern. Kinder schrien. Der Kolonialwarenhändler mit dem Schnurrbart schoß mit giftigen Blicken aus seinem Laden und kroch wie eine fette Made über die Trümmer. Eine Frau in einem karierten Umhängetuch trug vorsichtig einen Bauer mit einem Papagei weit ausgestreckt vor sich her. Die weißhaarige Frau war verschwunden. Das Dienstmädchen rannte mit hochgehobenen Röcken aus der Tür. Lewinskys Augen folgten ihr. Zwischen ihren schwarzen Strümpfen und der prallen blauen Hose schimmerte das weiße Fleisch ihrer Beine. Hinter ihr kletterte eine dünne, alte Jungfer wie eine Ziege über die Steine. Es war plötzlich alles umgekehrt; die friedliche Ruhe auf der Seite der Freiheit war jäh zerstört; angstvoll stürzten dort die Menschen aus ihren Wohnungen und liefen um ihr Leben zu den Luftschutzkellern. Die Häftlinge auf der gegenüberliegenden Seite dagegen standen jetzt schweigend und ruhig vor den zerstörten Mauern und sahen die Fliehenden an.

Einem der Scharführer schien das aufzufallen. »Ganze Abteilung kehrt!« kommandierte er. Die Sträflinge starrten jetzt auf die Ruinen. Die Trümmer waren grell von der Sonne bestrahlt. Nur in einem der gebombten Häuser war ein Durchgang zu einem Keller freigeschaufelt worden. Dort sah man Stufen, ein Eingangstor, einen dunklen Korridor und in dem Dunkel einen Streifen Licht von einem nach hinten führenden Ausgang.

Die Scharführer waren unschlüssig. Sie wußten nicht, wohin mit den Sträflingen. Keiner dachte daran, sie in einen Luftschutzkeller zu führen; die Keller waren ohnehin voll von Zivilisten. Aber die SS hatte auch kein Interesse daran, selbst ungeschützt zu bleiben. Einige von ihnen durchsuchten rasch die nächsten Häuser. Sie fanden einen betonierten Keller.

Der Ton der Sirenen wechselte. Die SS lief auf den Keller los. Sie ließ nur zwei Posten im Hauseingang und je zwei an den Straßeneingängen zurück.

»Kapos, Vormänner aufpassen, daß keiner sich muckst! Wer sich bewegt, wird erschossen!«

Die Gesichter der Häftlinge spannten sich. Sie blickten auf die Mauern vor sich und warteten. Es war ihnen nicht befohlen worden, sich hinzulegen; die SS konnte sie stehend besser überwachen. Stumm standen sie, zu einem Haufen gedrängt, umkreist von den Kapos und Vormännern. Zwischen ihnen lief der Vorstehhund umher. Er hatte sich losgerissen und suchte 7105. Als er ihn fand, sprang er an ihm hoch und versuchte, sein Gesicht zu lecken.

Für einen Augenblick verstummte der Lärm. In die unerwartete Stille, die wie ein luftleerer Raum war und an allen Nerven riß, klangen plötzlich die Töne eines Klaviers. Sie klangen laut und klar und waren nur kurze Zeit deutlich hörbar; Werner erkannte trotzdem, in der ungeheuren Bereitschaft des

Lauschens, daß es der Chor der Gefangenen aus Fidelio war, der gespielt wurde. Es konnte kein Radio sein; das spielte keine Musik bei Fliegeralarm. Es mußte ein Grammophon sein, das man vergessen hatte abzustellen, oder aber es war jemand, der bei offenem Fenster Klavier spielte.

Der Lärm setzte wieder ein. Werner klammerte sich mit aller Konzentration an die wenigen Töne, die er gehört hatte. Er preßte die Kiefer zusammen und versuchte, sie im Gedächtnis weiterzuführen. Er wollte nicht an Bomben und Tod denken. Wenn es ihm gelang, die Melodie zu finden, würde er gerettet werden. Er schloß die Augen und fühlte die harten Knoten der Anstrengung hinter der Stirn. Er durfte nicht jetzt noch sterben. Nicht auf diese sinnlose Weise. Er wollte nicht einmal daran denken. Er mußte die Melodie finden; die Melodie dieser Gefangenen, die befreit wurden. Er ballte die Fäuste und versuchte, die Töne des Klaviers weiterzuhören; aber sie waren ertrunken im metallischen Toben der Angst.

Die ersten Explosionen erschütterten die Stadt. Das Gellen der stürzenden Bomben schnitt durch das Sirenengeheul. Der Boden zitterte. Von einer Mauer fiel langsam ein Stück Gesims. Einige der Gefangenen hatten sich in den Schutt geworfen. Vorarbeiter rannten heran. »Aufstehen! Aufstehen!« Man hörte ihre Stimmen nicht. Sie zerrten an den Leuten. Goldstein sah, wie einem Gefangenen, der sich hingeworfen hatte, der Schädel brach und Blut heraussprudelte. Der Mann, der neben ihm stand, griff nach seinem Bauch und fiel vornüber. Es waren keine Bombensplitter; es war die SS, die schoß. Die Schüsse waren nicht zu hören gewesen.

»Der Keller!« rief Goldstein durch den Lärm Werner zu. »Dort der Keller! Sie werden uns nicht verfolgen!«

Sie starrten auf den Eingang. Er schien größer zu werden. Die Dunkelheit darin war kühle Rettung. Sie war ein schwarzer Strudel, dem zu widerstehen fast unmöglich schien. Die Sträflinge starrten wie hypnotisiert hin. Ihre Reihen wankten. Werner hielt Goldstein fest. »Nein!« Er starrte auf den Keller und schrie durch den Lärm. »Nein! Nicht! Alle würden erschossen werden! Nein! Stehenbleiben!«

Goldsteins graues Gesicht drehte sich ihm zu. Die Augen lagen wie flache, glänzende Schieferstücke darin. Der Mund war vor Anstrengung verzerrt. »Nicht verbergen«, stieß er hervor. »Fliehen! Hindurch! Da ist ein Ausgang nach hinten!« Es traf Werner wie ein Schlag in den Magen. Er zitterte plötzlich. Nicht seine Hände oder seine Knie zitterten; tief in ihm zitterten die Adern. Das Blut bebte. Er wußte, daß die Flucht nur sehr schwer gelingen konnte; aber der Gedanke allein war Versuchung genug: wegzulaufen, in irgendeinem Hause Kleider zu stehlen und im Durcheinander zu entkommen.

»Nein!« Er glaubte zu flüstern, aber er schrie es durch das Getöse. »Nein!« Es war nicht nur für Goldstein, es war für ihn selbst. »Jetzt nicht mehr! Nein, jetzt nicht mehr!« Er wußte, daß es Wahnsinn war; alles was bis jetzt erreicht worden war, würde dadurch gefährdet werden. Kameraden würden getötet werden, zehn für jeden, der zu entkommen versuchte, ein Blutbad in der gedrängten Menge hier, neue Maßnahmen im Lager – und trotzdem, das gähnte und lockte. – »Nein!« rief Werner und hielt Goldstein fest und sich selbst dadurch, daß er Goldstein hielt.

Die Sonne! dachte Lewinsky. Diese verdammte Sonne! Sie gab alles unbarmherzig preis. Warum schoß man nicht die Sonne aus? Es war, als stände man nackt unter riesigen Scheinwerfern, fertig für die Zielvorrichtungen der Flugzeuge. Wenn nur eine Wolke käme, einen Augenblick nur! Schweiß strömte ihm in Bächen den Körper entlang.

Die Mauern zitterten. Eine ungeheure Erschütterung in der Nähe donnerte, und in das Donnern fiel langsam ein Stück Mauer, mit einem leeren Fensterrahmen darin, nach vorn. Es sah kaum gefährlich aus, als es über die Häftlinge schlug. Das Stück war etwa fünf Meter breit gewesen. Nur der Häftling, über den das leere Fenstervierecck gefallen war, stand noch und starrte ohne Verständnis um sich. Er begriff nicht, warum er plötzlich bis an den Magen in Schutt stand und noch lebte. Neben ihm schlugen Beine, die aus dem niedergestürzten Haufen ragten, einige Male auf und nieder und wurden still.

Langsam ließ der Druck nach. Es war fast unmerklich im Anfang, nur die Klammer um Gehirn und Ohren lockerte sich etwas. Dann begann Bewußtsein hindurchzufiltern, wie schwaches Licht in einem Schacht. Der Lärm tobte noch wie vorher; aber trotzdem wußten alle auf einmal: es war vorüber.

Die SS kroch aus ihrem Keller. Werner sah auf die Mauer vor sich. Es wurde allmählich wieder eine gewöhnliche Mauer, die von der Sonne beleuchtet war, mit einem ausgeschaufelten Kellereingang darin – nicht mehr ein greller Block Hohn, in dem ein Wirbel dunkler Hoffnung raste. Er sah auch wieder das tote Gesicht mit dem Bart vor seinen Füßen; und er sah die Beine seiner verschütteten Kameraden. Dann hörte er durch das abflauende Feuer überraschend das Klavier noch einmal durchkommen. Er preßte die Lippen fest zusammen.

Befehle erschollen. Der gerettete Häftling, der im Fensterrahmen stand, kletterte aus dem Schutthaufen. Sein rechter Fuß war verdreht. Er zog ihn hoch und stand auf einem Bein. Er wagte nicht, sich fallen zu lassen. Einer der SS-Leute kam heran. »Los! Grabt die hier aus!« Die Gefangenen rissen Schutt und Steine beiseite. Sie arbeiteten mit Händen, Schaufeln und Pickeln. Es dauerte nicht lange, bis sie die Kameraden freigelegt hatten. Es waren vier. Drei waren tot. Einer lebte noch. Sie hoben ihn heraus. Werner suchte nach Hilfe. Er sah die Frau mit der roten Bluse aus dem Toreingang kommen. Sie war nicht zum Luftschutzkeller gelaufen. Behutsam trug sie eine Blechschale mit Wasser und ein Handtuch. Ohne sich um etwas zu kümmern, brachte sie das Wasser an der SS vorbei und stellte es neben den Verletzten. Die SS-Leute blickten sich unschlüssig an, sagten aber nichts. Sie wusch das Gesicht frei.

Der Verletzte brach blutigen Schaum. Die Frau wischte ihn weg. Einer der SS-Leute begann zu lachen. Er hatte ein unausgereiftes, zusammengeworfenes Gesicht mit so hellen Wimpern, daß die blassen Augen nackt erschienen. Das Flakfeuer hörte auf. In der Stille dröhnte wieder das Klavier. Werner sah jetzt, woher es kam; aus einem Fenster im ersten Geschoß des Kolonialwarenladens. Ein blasser Mann mit einer Brille spielte dort an einem aufrechten, braunen Klavier immer noch den Chor der Gefangenen. Die SS grinste. Einer tippte sich auf die Stirn. Werner wußte nicht, ob der Mann gespielt hatte, um für sich über das Bombardement hinwegzukommen, oder ob er etwas anderes gewollt hatte. Er entschloß sich zu glauben, daß es eine Botschaft gewesen sei. Er glaubte immer das Bessere, wenn es ohne Risiko war. Es machte das Dasein einfacher.

Leute kamen herangelaufen. Die SS wurde militärisch. Kommandos erschollen. Die Häftlinge formierten sich. Der Zugführer befahl einem SS-Mann, bei den Toten und Verletzten zu bleiben; dann kam der Befehl, im Laufschritt die Straße entlangzurennen. Die letzte Explosion hatte einen Luftschutzkeller getroffen. Die Gefangenen sollten ihn ausgraben.

Der Krater stank nach Säuren und Schwefel. Ein paar Bäume standen mit offenen Wurzeln schräg am Rande. Das Gitter der Rasenanlagen starrte losgerissen in den Himmel. Die Bombe hatte den Keller nicht direkt getroffen; sie hatte ihn seitlich eingedrückt und verschüttet. Die Häftlinge arbeiteten über zwei Stunden an dem Eingang. Stufe auf Stufe legten sie die Treppe frei. Sie war schiefgedrückt worden. Alle arbeiteten so rasch sie konnten; sie arbeiteten, als wären es ihre eigenen Kameraden, die verschüttet waren. Nach einer weiteren Stunde hatten sie den Eingang frei. Sie hörten Schreie und Wimmern lange vorher. Der Keller mußte irgendwoher noch Luft bekommen. Das Schreien schwoll an, als sie die erste Öffnung machten. Ein Kopf schob sich hindurch und schrie, und zwei Hände erschienen direkt unter dem Kopf und kratzten im Schutt, als wolle ein riesiger Maulwurf sich durcharbeiten.

»Vorsicht!« schrie ein Vorarbeiter. »Es kann noch einstürzen.«

Die Hände arbeiteten weiter. Dann wurde der Kopf von hinten zurückgerissen, und ein anderer erschien schreiend. Auch er wurde weggerissen. Die Leute kämpften drinnen in einer Panik um den Platz am Licht.

»Stoßt ihn zurück! Sie werden verletzt! Das Loch muß größer gemacht werden. Stoßt sie zurück!«

Sie stießen in die Gesichter. Die Gesichter bissen nach ihren Fingern. Sie rissen mit den Pickeln den Zement los. Sie arbeiteten, als ob es um ihr eigenes Leben ginge. Dann war die Öffnung groß genug, daß der erste hindurchkriechen konnte. Es war ein kräftiger Mann. Lewinsky erkannte ihn sofort. Es war der Mann mit dem Schnurrbart, der vorher im Kolonialwarenladen gestanden hatte. Er hatte sich an die erste Stelle gearbeitet und schob und ächzte, um durchzukommen. Sein Bauch blieb stecken. Die Schreie drinnen wurden stärker; er verdunkelte den Keller. Man zerrte an seinen Beinen, um ihn zurückzureißen.

»Hilfe!« stöhnte er mit einer hohen, pfeifenden Stimme. »Hilfe! Helft mir raus! Raus hier! Raus! Ich will euch – ich gebe euch –«

Seine kleinen schwarzen Augen quollen aus dem runden Gesicht. Der Hitlerschnurrbart zitterte. »Hilfe! Meine Herren! Bitte! Meine Herren!« Er wirkte wie ein eingeklemmter Seehund, der sprechen konnte.

Sie packten ihn unter die Arme und bekamen ihn endlich durch. Er fiel, sprang auf und rannte ohne ein Wort davon. Sie preßten ein Brett gegen den Eingang und erweiterten ihn. Dann traten sie zurück.

Die Menschen kletterten hinaus. Frauen, Kinder, Männer – manche eilig, blaß, schwitzend, einem Grabe entkommend – andere hysterisch, schluchzend, schreiend, fluchend – und dann langsam und schweigend die, die nicht von der Panik gepackt worden waren.

Sie rannten und kletterten an den Gefangenen vorbei. »Meine Herren«, flüsterte Goldstein. »Habt ihr das gehört? Bitte, meine Herren! Der Mann meinte uns –«

Lewinsky nickte. »Ich gebe euch –« wiederholte er die Worte des Seehundes. »Gar nichts«, fügte er hinzu. »Abgehauen ist er wie ein Waldaffe.« Er sah Goldstein an. »Was ist los mit dir?«

Goldstein lehnte sich an ihn. »Zu komisch!« Er konnte kaum noch atmen. »Anstatt daß – sie uns befreien –« keuchte er, »befreien wir – sie –«

Er kicherte und kippte langsam zur Seite. Sie hielten ihn fest und ließen ihn auf den Erdhaufen gleiten. Dann warteten sie, bis der Bunker leer war.

Sie standen da, die Gefangenen vieler Jahre, und sahen die, die für wenige Stunden Gefangene gewesen waren, an sich vorüberhasten. Lewinsky erinnerte sich, daß es schon einmal ähnlich gewesen war – als die Häftlinge auf der Straße dem Zug der Flüchtlinge aus der Stadt begegnet waren. Er sah das Dienstmädchen in dem blauen Kleid mit den weißen Tupfen aus dem Eingang kriechen. Es schüttelte seine Röcke und lächelte ihm zu. Ein einbeiniger Soldat folgte. Er richtete sich auf, schob die Krücken unter die Arme und grüßte die Gefangenen, bevor er weiterhumpelte. Als einer der letzten kam ein sehr alter Mann heraus. Sein Gesicht hatte lange Falten wie das eines Bluthundes. Er sah die Häftlinge an. »Danke«, sagte er. »Drinnen sind noch Verschüttete.« Langsam, gebrechlich und mit Würde ging er die schiefen Stufen hinauf. Hinter ihm kletterten die Häftlinge in den Bunker.

Sie marschierten zurück. Sie waren kaputt. Sie trugen ihre Toten und Verwundeten. Der Verschüttete war gestorben. Ein herrliches Abendrot stand am Himmel. Die Luft war ganz durchleuchtet davon, und es war von einer so weiten Schönheit, daß es schien, als stünde die Zeit still und als könne es für eine Stunde keine Ruinen und keinen Tod geben.

»Schöne Helden sind wir«, sagte Goldstein. Er hatte sich von seinem Anfall erholt. »Schuften uns ab für die hier –«

Werner sah ihn an. »Du darfst nicht mehr mit aufräumen gehen. Es ist verrückt. Du machst dich kaputt, auch wenn du dich noch so drückst.«

»Was soll ich tun? Warten, daß die SS mich oben findet?«

»Wir müssen dir etwas anderes verschaffen.«

Goldstein lächelte mühsam. »Ich gehöre wohl allmählich ins Kleine Lager, was?«

Werner war nicht überrascht. »Warum nicht? Es ist sicher, und wir könnten jemand von uns da gebrauchen.« Der Kapo, der 7105 getreten hatte, kam heran. Er ging eine Weile neben ihm her, dann schob er ihm etwas in die Hand und blieb wieder zurück. 7105 sah nach. »Zigarette«, sagte er erstaunt. »Sie werden weich. Die Ruinen gehen ihnen auf die Nerven«, erklärte Lewinsky. »Sie denken an die Zukunft.« Werner nickte. »Sie kriegen Angst. Merk dir den Kapo. Vielleicht können wir ihn ausnutzen.«

Sie schleppten sich weiter durch das weiche Licht. »Eine Stadt«, sagte Münzer nach einer Weile. »Häuser. Freie Menschen. Zwei Meter von einem entfernt. Es ist, als wäre man schon nicht mehr ganz so eingesperrt.«

7105 hob den Schädel. »Ich möchte wissen, was die von uns denken?«

»Was sollen sie sich denken? Gott weiß, wieviel sie überhaupt von uns wissen. Sie sehen selber nicht glücklich aus.«

»Jetzt nicht«, sagte 7105.

Niemand antwortete. Sie begannen den schweren Aufstieg zum Lager. »Ich wollte, ich hätte den Hund«, sagte 7105.

»Es wäre ein guter Braten«, erwiderte Münzer. »Sicher dreißig Pfund netto.«

»Ich meine nicht zum Essen. Einfach so.«

Der Wagen kam nicht mehr durch. Die Straßen waren überall verschüttet. »Fahr zurück, Alfred«, sagte Neubauer. »Warte bei meinem Hause auf mich.«

Er stieg aus und versuchte, zu Fuß weiterzukommen. Er kletterte über eine zusammengestürzte Wand, die quer über die Straße gefallen war. Der Rest des Hauses stand noch. Die Wand war abgerissen worden wie ein Vorhang, und man sah in die Wohnungen. Die Treppen wanden sich nackt empor. Im ersten Stock war ein Mahagonischlafzimmer vollständig erhalten. Die beiden Betten standen nebeneinander; nur ein Stuhl war umgefallen, und der Spiegel war zerbrochen. Im Stock darüber war die Wasserleitung in der Küche abgerissen worden. Das Wasser floß über den Fußboden und von da in Kaskaden ins Freie; ein glitzernder, dünner Wasserfall. Im Salon stand ein rotes Plüschsofa aufrecht. Bilder in Goldrahmen hingen schief auf einer gestreiften Tapete. Ein Mann stand da, wo die Vorderwand weggerissen war. Er blutete und starrte regungslos nach unten. Hinter ihm rannte eine Frau mit Koffern hin und her, in die sie Nippsachen, Sofakissen und Wäsche zu stopfen versuchte.

Neubauer fühlte, daß sich unter seinem Fuß die Trümmer bewegten. Er trat zurück. Die Trümmer bewegten sich weiter. Er beugte sich nieder und riß Steine und Mörtel weg. Eine verstaubte Hand und ein Stück Arm kamen grau hervor, wie eine müde Schlange. »Hilfe!« schrie Neubauer.

»Hier ist noch jemand! Hilfe!«

Niemand hörte ihn. Er sah sich um. Es waren keine Menschen auf der Straße. »Hilfe!« schrie er zu dem Mann im zweiten Stock empor. Der Mann wischte sich langsam das Blut vom Gesicht und reagierte nicht.

Neubauer schob einen Klumpen Mörtel beiseite. Er sah Haar und griff hinein, um es hochzuziehen. Es gab nicht nach. »Alfred!« schrie er und blickte sich um.

Der Wagen war nicht mehr da. »Schweine«, sagte er, plötzlich sinnlos wütend. »Wenn man sie braucht, sind sie nicht da.«

Er arbeitete weiter. Schweiß lief ihm in den Uniformkragen. Er war keine Anstrengung mehr gewohnt. Polizei, dachte er. Rettungskolonnen! Wo sind all diese Gauner? Ein Stück Mörtel zerbrach und gab nach, und Neubauer sah darunter das, was kurz vorher noch ein Gesicht gewesen war. Es war jetzt eine flache, grau verschmierte Masse. Die Nase war eingedrückt. Die Augen waren nicht mehr da, sie waren ausgefüllt mit Kalkstaub; die Lippen waren verschwunden und der Mund eine Masse von Mörtel und losen Zähnen. Das ganze Gesicht war nur noch ein graues Oval mit Haaren darüber, durch das etwas Blut sickerte.

Neubauer würgte und begann zu kotzen. Er kotzte ein Mittagessen von Sauerkraut, harter Mettwurst, Kartoffeln, Reispudding und Kaffee neben den platten Kopf. Er versuchte, sich irgendwo festzuhalten, aber es war nichts da. Er drehte sich halb um und kotzte weiter.

»Was ist denn hier los?« fragte jemand hinter ihm.

Ein Mann war herangekommen, ohne daß er es gehört hatte. Er trug eine Schaufel. Neubauer deutete auf den Kopf in den Trümmern.

»Einer verschüttet?«

Der Kopf bewegte sich etwas. Gleichzeitig bewegte es sich in der grauen Masse des Gesichtes. Neubauer kotzte wieder. Er hatte viel zu Mittag gegessen.

»Der erstickt ja«, rief der Mann mit der Schaufel und sprang heran. Er rieb mit den Händen über das Gesicht, um die Nase zu finden und frei zu bekommen, und bohrte mit den Fingern da, wo der Mund sein mußte.

Das Gesicht fing plötzlich stärker an zu bluten. Die flache Maske wurde lebendig durch den hinzutretenden Tod. Der Mund röchelte jetzt. Die Finger der Hand kratzten über den Mörtel, und der Kopf mit den blinden Augen zitterte. Er zitterte und wurde dann still. Der Mann mit der Schaufel richtete sich auf. Er wischte die verschmierten Hände an einem gelben, seidenen Vorhang ab, der mit einem Fenster heruntergestürzt war. »Tot«, sagte er. »Sind noch mehr da unten?«

»Ich weiß es nicht.«

»Sind Sie keiner aus dem Hause?«

»Nein.«

Der Mann deutete auf den Kopf. »Verwandter von Ihnen? Bekannter?«

Der Mann blickte auf das Sauerkraut, die Wurst, den Reis und die Kartoffeln, sah Neubauer dann an und zuckte die Achseln. Er schien nicht viel Respekt vor einem hohen SS-Führer zu haben. Es war allerdings auch ein reichliches Essen für diese

Zeit des Krieges. Neubauer fühlte, wie er errötete. Er drehte sich rasch weg und kletterte die Trümmer hinunter.

Es dauerte fast eine Stunde, bis er endlich zur Friedrichsallee kam. Sie war unbeschädigt. Er ging sie aufgeregt entlang. Wenn in der nächsten Querstraße die Häuser unzerstört waren, würde sein Geschäftshaus auch noch stehen, dachte er abergläubisch. Die Straße war heil. Die folgenden zwei auch. Er faßte Mut und ging rascher. Ich werde es noch mal probieren, dachte er; wenn in der folgenden Straße die ersten zwei Häuser nichts abgekriegt haben, dann bin auch ich glatt davongekommen. Es klappte. Erst das dritte Haus war ein Trümmerhaufen. Neubauer spuckte aus; seine Kehle war trocken vom Staub. Zuversichtlich bog er um die Ecke zur Hermann-Göring-Straße und blieb stehen.

Die Bomben hatten gründliche Arbeit geleistet. Die oberen Stockwerke seines Geschäftshauses waren völlig zusammengebrochen. Die Eckfront fehlte. Sie war zur anderen Straßenseite hinübergeschleudert worden, in ein Antiquitätengeschäft hinein. Der Gegendruck hatte einen bronzenen Buddha von dort weithin auf die Straße geworfen. Der Heilige saß allein auf einem Stück heilen Pflasters. Er hielt die Hände im Schoß und blickte gelassen lächelnd über die abendländische Zerstörung hinweg in die Richtung der Bahnhofsruinen – als warte er auf einen asiatischen Geisterzug, der ihn zurückholen solle zu den einfachen Gesetzen des Dschungels – wo man tötete, um zu leben, und nicht lebte, um zu töten.

Neubauer hatte im ersten Moment das törichte Gefühl, vom Schicksal in niederträchtiger Weise betrogen worden zu sein. Die Querstraßen hatten alle gestimmt – und da passierte dieses hier! Es war wie die schwere Enttäuschung eines Kindes. Er hätte weinen mögen. Ihm, ihm mußte so etwas geschehen! Er sah die Straße entlang. Einige Häuser standen noch. Warum die nicht? dachte er. Warum geschieht das gerade mir, einem anständigen Patrioten, einem guten Ehemann, einem sorgsamen Vater?

Er ging um den Krater in der Straße herum. Alle Schaufenster der Modeabteilung waren zerbrochen. Wie Eis lagen überall die Splitter. Sie knirschten unter seinen Füßen. Er kam zur Abteilung: »Letzte Mode für die Deutsche Frau«. Das Schild hing halb herunter. Er bückte sich und trat in den Raum. Es roch nach Brand, aber er sah kein Feuer. Die Modepuppen waren durcheinandergeworfen. Es wirkte, als wären sie von einer Horde Wilder vergewaltigt worden. Einige lagen auf dem Rükken, die Kleider hochgeblasen, die Beine aufgestellt; andere mit gebrochenen Armen, die Wachshintern herausgereckt, auf dem Bauch. Eine war nackt, bis auf ihre Handschuhe; eine andere stand in einer Ecke, ein Bein weggebrochen, einen Hut auf und einen Schleier vor dem Gesicht. Alle lächelten in ihren Stellungen – und das machte sie schauerlich unzüchtig.

Kaputt, dachte Neubauer. Kaputt. Verloren. Was würde Selma jetzt sagen? Es gab keine Gerechtigkeit. Er ging zurück und watete durch Trümmer und Glas um das Haus herum. Als er die Ecke erreichte, sah er auf der anderen Seite eine Figur, die, als sie ihn hörte, sich duckte und weglief. »Halt!« schrie Neubauer. »Stehenbleiben! Oder ich schieße!« Die Figur blieb stehen. Es war ein kleiner zerdrückter Mann. »Herkommen!«

Der Mann schlich heran. Neubauer erkannte ihn erst, als er dicht vor ihm stehenblieb. Es war der frühere Besitzer des Geschäftshauses.

»Blank«, sagte er erstaunt. »Sind Sie das?«

»Jawohl, Herr Obersturmbannführer.«

»Was machen Sie denn hier?«

»Verzeihen, Herr Obersturmbannführer. Ich – ich –«

»Reden Sie vernünftig, Mann! Was machen Sie hier?« Neubauer hatte mit der Wirkung seiner Uniform seine Autorität und sich selbst rasch wiedergefunden.

»Ich – ich –« stotterte Blank. »Ich bin nur einmal hergekommen, um – um –«

»Was, um, um?«

Blank machte eine hilflose Bewegung nach dem Trümmerhaufen hin.

»Um sich darüber zu freuen, was?«

Blank sprang fast zurück. »Nein, nein Herr Obersturmbannführer. Nein, nein! Nur – es ist schade«, flüsterte er. »Schade.«

»Natürlich ist es schade. Jetzt können Sie ja lachen.«

»Ich lache nicht! Ich lache nicht, Herr Obersturmbannführer.«

Neubauer musterte ihn. Blank stand ängstlich vor ihm, die Arme eng an den Körper gepreßt. »Sie sind besser weggekommen als ich«, sagte Neubauer nach einer Weile bitter. »Gut bezahlt worden. Oder nicht?«

»Jawohl, sehr gut, Herr Obersturmbannführer.«

»Sie haben Geld gekriegt. Ich einen Trümmerhaufen.«

»Jawohl, Herr Obersturmbannführer! Bedaure – bedaure außerordentlich. Dieses Ereignis –«

Neubauer starrte vor sich hin. Er war jetzt tatsächlich der Ansicht, daß Blank ein glänzendes Geschäft gemacht hatte. Einen Augenblick überlegte er, ob er ihm den Trümmerhaufen nicht für teures Geld zurückverkaufen könne. Aber das war gegen die Parteigrundsätze. Und außerdem war selbst der Schutt mehr wert, als er Blank seinerzeit gezahlt hatte. Nicht zu reden von dem Grundstück. Fünftausend hatte er gezahlt. Die Jahresmieten allein waren fünfzehntausend gewesen. Fünfzehntausend! Verloren!

»Was haben Sie? Warum fummeln Sie mit Ihren Armen?«

»Nichts, Herr Obersturmbannführer. Ich bin gefallen vor Jahren.«

Blank schwitzte. Dicke Tropfen liefen ihm von der Stirn in die Augen. Er blinkte mehr mit dem rechten Auge als mit dem linken. Im linken, das aus Glas war, spürte er den Schweiß nicht so. Er hatte Angst, daß Neubauer sein Zittern als freches Zittern auffassen könne. So etwas war schon vorgekommen. Aber Neubauer dachte im Augenblick an nichts dergleichen; nicht daran, daß Weber Blank damals vor dem Verkauf im Lager verhört hatte. Er betrachtete nur den Trümmerhaufen. »Sie haben es besser getroffen als ich«, sagte er. »Haben das vielleicht seinerzeit nicht so geglaubt. Aber jetzt hätten Sie alles verloren gehabt. So haben Sie Ihr gutes Geld.«

Blank wagte nicht, sich den Schweiß abzuwischen. »Jawohl, Herr Obersturmbannführer«, murmelte er.

Neubauer blickte ihn plötzlich prüfend an. Ein Gedanke hatte ihn durchzuckt. Es war ein Gedanke, der immer öfter gekommen war in den letzten Wochen. Er hatte ihn das erste Mal gespürt, als die Mellener Zeitung zerstört worden war; er hatte ihn verscheucht, aber er war stets wieder erschienen wie eine lästige Fliege. Konnte es tatsächlich sein, daß die Blanks mal wieder herankamen? Der Kerl vor ihm sah nicht so aus; er war eine Ruine. Aber die Trümmerhaufen rund herum waren auch nichts anderes. Sie sahen nicht nach Siegen aus. Besonders nicht, wenn sie einem selber gehörten. Selma mit ihren Unkenrufen fiel ihm ein. Die Zeitungsnachrichten dazu! Die Russen waren vor Berlin, daran war nicht zu drehen. Die Ruhr war eingekreist, das stimmte auch.

»Hören Sie, Blank«, sagte er kordial. »Ich habe Sie doch sehr anständig behandelt, wie?«

»Überaus! Überaus!«

»Das müssen Sie doch zugeben, was?«

»Unbedingt, Herr Obersturmbannführer. Unbedingt.«

»Menschlich –«

»Sehr menschlich, Herr Obersturmbannführer. Zutiefst dankbar –«

»Na ja«, sagte Neubauer. »Vergessen Sie das nicht! Ich habe allerlei für Sie riskiert. Was machen Sie hier überhaupt? In der Stadt?«

Warum sind Sie nicht längst in einem Lager, hätte er fast gefragt.

»Ich – ich –«

Blank war naß. Er wußte nicht, wohin das hinaus sollte. Er hatte nur die Erfahrung, daß Nazis, die freundlich redeten, immer einen besonders grausigen Spaß in Reserve hatten. Weber hatte so geredet, bevor er ihm das Auge ausgeschlagen hatte. Er verfluchte sich, weil er es nicht hatte lassen können, sein

Versteck zu verlassen, um nach seinem alten Geschäft zu sehen.

Neubauer sah seine Verwirrung. Er benutzte die Gelegenheit. »Daß Sie frei sind, Blank – das wissen Sie doch, wem Sie das zu verdanken haben, wie?«

»Jawohl – danke, danke vielmals, Herr Obersturmbannführer.«

Blank hatte es Neubauer nicht zu verdanken. Er wußte das, und Neubauer wußte es auch. Doch vor dem schwelenden Trümmerhaufen begannen plötzlich alte Begriffe zu schmelzen. Nichts war mehr sicher. Man mußte vorsorgen. Es schien irrsinnig für Neubauer, aber man wußte tatsächlich nicht, ob man nicht so einen Juden noch eines Tages brauchen konnte. Er zog eine »Deutsche Wacht« heraus. »Hier, nehmen Sie, Blank. Gutes Kraut. Das damals war harte Notwendigkeit. Denken Sie immer daran, wie ich Sie geschützt habe.«

Blank rauchte nicht. Er hatte Jahre gebraucht, nach Webers Experimenten mit glühenden Zigaretten, beim Geruch von Tabak nicht hysterisch zu werden. Aber er wagte nicht abzulehnen. »Danke vielmals. Sehr gütig, Herr Obersturmbannführer.«

Vorsichtig zog er sich zurück, die Zigarre in der lahmen Hand. Neubauer sah sich um. Niemand hatte ihn mit dem Juden reden sehen. War auch besser. Er vergaß Blank sofort und fing an zu rechnen. Dann begann er zu schnuppern. Der Brandgeruch war stärker geworden. Er ging eilig auf die andere Seite. Das Modegeschäft dort brannte jetzt. Er rannte zurück und schrie: »Blank! Blank!« und als er ihn nicht sah: »Feuer! Feuer!«

Niemand kam. Die Stadt brannte an vielen Plätzen, und die Feuerwehr kam längst nicht mehr durch. Neubauer lief wieder zu den Modeauslagen. Er sprang hinein, raffte einen Stoffballen auf und schleppte ihn heraus. Beim zweiten Mal kam er schon nicht mehr durch. Ein Spitzenkleid, das er erwischt hatte, flammte in seiner Hand auf. Das Feuer züngelte über die Stoffe und die Kleider. Er kam gerade noch hinaus.

Ohnmächtig sah er von der anderen Straßenseite dem Feuer zu. Es ergriff die Modepuppen, lief über sie hin, fraß die Kleider – und plötzlich schmelzend, brennend, bekamen sie ein seltsames Leben. Sie wanden und bäumten sich. Arme hoben sich und bogen sich, es war eine Wachshölle – dann versank alles, und das Feuer schlug darüber zusammen wie über Leichen im Krematorium.

Neubauer wich vor der Hitze zurück, bis er auf den Buddha stieß. Ohne hinzusehen, setzte er sich darauf, fuhr aber gleich wieder hoch. Er hatte übersehen, daß der Kopfputz des Heiligen eine bronzene Spitze hatte. Wütend starrte er auf den Ballen zu seinen Füßen, den er gerettet hatte; es war ein hellblauer Stoff, in den fliegende Vögel gedruckt waren. Er stieß mit den Stiefeln dagegen. Verdammt! Wozu schon! Er schleppte den Ballen zurück und warf ihn in die Flammen. Sollte alles zum Teufel gehen! Verdammt! Er stapfte davon. Er wollte nichts mehr davon sehen! Gott war nicht mehr mit den Deutschen. Wotan auch nicht. Wer eigentlich?

Hinter einem Schutthaufen, der Straße gegenüber, hob sich langsam ein bleiches Gesicht. Josef Blank sah Neubauer nach. Und zum ersten Male seit vielen Jahren lächelte er. Er lächelte, während er die Zigarre zwischen den lahmen Fingern zerbrach.

16

Auf dem Hof des Krematoriums standen wieder acht Leute. Alle trugen das rote Abzeichen der politischen Häftlinge. Berger kannte keinen von ihnen; aber er kannte jetzt ihr Schicksal.

Der Kapo Dreyer war bereits an seinem Platz im Keller. Berger fühlte, daß etwas in ihm zusammensank, das immer noch geheim auf Aufschub gerechnet hatte. Dreyer war drei Tage nicht da gewesen. Das hatte Berger verhindert, auszuführen, was er sich vorgenommen hate. Heute gab es keine Ausflucht mehr; er mußte es riskieren.

»Fang gleich hier an«, sagte Dreyer mürrisch. »Wir werden sonst kaum fertig. Die krepieren ja neuerdings wie die Fliegen bei euch.«

Die ersten Toten kamen heruntergepoltert. Drei Häftlinge zogen sie aus und sortierten ihre Sachen. Berger kontrollierte die Zähne; dann packten die drei die Toten in den Aufzug. Eine halbe Stunde später kam Schulte. Er sah frisch und ausgeschlafen aus, aber er gähnte fortwährend. Dreyer schrieb, und Schulte sah ihm ab und zu über die Schulter. Der Keller war groß und gelüftet, aber der Geruch der Toten wurde bald sehr stark. Er hing auch in den Kleidern; nicht nur an den nackten Körpern. Die Lawine der Leichen hörte nicht auf; sie schien die Zeit unter sich zu verschütten, und Berger wußte fast nicht mehr, ob es schon Abend war oder erst Mittag, als Schulte endlich aufstand und erklärte, zum Essen zu gehen.

Dreyer legte seine Sachen zusammen. »Um wie viele sind wir dem Verbrennungsraum voraus?«

»Um zweiundzwanzig.«

»Gut. Mittagspause. Sagt denen oben, sie sollen aufhören, herunterzuwerfen, bis ich zurückkomme.«

Die drei anderen Häftlinge gingen sofort hinaus. Berger legte noch einen Toten zurecht. »Los! Schieb ab!« knurrte Dreyer. Ein Pickel auf seiner Oberlippe hatte sich in einen schmerzhaften Furunkel verwandelt.

Berger richtete sich auf. »Wir haben vergessen, diesen hier einzuschreiben.«

»Was?«

»Wir haben vergessen, diesen Toten hier als Abgang aufzuführen.«

»Blödsinn! Wir haben alle notiert.«

»Das ist nicht richtig.« Berger hielt seine Stimme so ruhig, wie er konnte. »Wir haben einen Mann zuwenig aufgeschrieben.«

»Mensch!« explodierte Dreyer. »Bist du verrückt geworden? Was soll das Gequatsche?«

»Wir müssen einen Mann mehr auf die Liste setzen.«

»So?« Dreyer sah Berger jetzt scharf an. »Und warum müssen wir das?«

»Damit die Liste stimmt.«

»Kümmere dich nicht um meine Listen.«

»Um die anderen kümmere ich mich nicht. Nur um diese eine.«

»Die anderen? Was für andere gibt es denn noch, du Gerippe?«

»Die Goldlisten.«

Dreyer schwieg einen Augenblick. »So, und was soll das Ganze nun wirklich heißen?« fragte er dann.

Berger holte Atem. »Das soll heißen, daß es mir egal ist, ob die Goldlisten stimmen oder nicht.«

Dreyer machte eine Bewegung, bezwang sich aber. »Sie stimmen«, sagte er drohend.

»Vielleicht. Vielleicht auch nicht. Man braucht sie ja nur zu vergleichen.«

»Vergleichen? Womit?«

»Mit meinen eigenen Listen. Ich führe sie, seit ich hier arbeite. Zur Vorsicht. Für mich.«

»Sieh mal an! Führt auch eine Liste, der Schleicher. Und du denkst, daß man dir mehr glauben würde als mir?«

»Ich halte das für möglich. Ich habe keine Vorteile von meiner Liste.«

Dreyer musterte Berger von oben bis unten, als sähe er ihn zum erstenmal. »So, das hast du nicht? Das glaube ich auch nicht. Und um mir das zu sagen, hast du gerade den richtigen Moment abgewartet, hier im Keller, was? Allein mit mir – das war dein Fehler, du Eierkopf!« Er grinste. Der Furunkel schmerzte. Das Grinsen sah aus, als blecke ein ärgerlicher Hund die Zähne. »Willst du mir mal erzählen, was mich jetzt davon abhalten kann, dir deinen Eierkopf ein bißchen einzuschlagen und dich hier zu den andern zu legen? Oder dir die Luftröhre einzuklemmen? Du bist dann selber der, der dir in deiner Liste noch fehlt. Erklärungen gibt es da nicht. Wir sind ja allein. Bist eben einfach umgefallen. Herzschwäche. Einer mehr spielt hier keine Rolle. Das wird nicht untersucht. Ich verbuche dich schon.«

Er kam näher. Er war über sechzig Pfund schwerer als Berger. Berger hatte, selbst mit der Zange in der Hand, nicht die geringste Chance. Er trat einen Schritt zurück und stolperte über den Toten, der hinter ihm lag. Dreyer griff nach seinem Arm und drehte ihm das Handgelenk um. Berger ließ die Zange fallen. »So, das ist besser«, erklärte Dreyer. Er zog ihn mit einem Ruck näher an sich heran. Sein verzerrtes Gesicht war dicht vor Bergers Augen. Es war rot, und der Furunkel glänzte auf der Lippe mit blauen Rändern. Berger sagte nichts; er bog nur den Kopf so weit zurück wie möglich und straffte das, was ihm an Halsmuskeln geblieben war.

Er sah, wie die rechte Hand Dreyers hochkam. Sein Gehirn klärte sich. Er wußte, was er tun mußte. Es war wenig Zeit; aber zum Glück schien die Hand so langsam hochzukommen wie in einer Zeitlupenaufnahme. »Dieser Fall hier ist mitberechnet«, sagte er rasch. »Er ist aufgeschrieben und von Zeugen unterzeichnet.«

Die Hand stoppte nicht. Sie kam langsam, aber sie kam weiter hoch. »Schwindel«, knurrte Dreyer. »Willst dich rausreden. Alles Schwindel. Du redest nicht mehr lange.«

»Es ist kein Schwindel. Wir haben damit gerechnet, daß Sie versuchen würden, mich zu beseitigen.« Berger starrte in die Augen Dreyers. »Es ist das erste, was Dummköpfen immer einfällt. Es ist zu Papier gebracht und wird mit der Liste über zwei Goldringe und die Goldbrille, die fehlen, dem Lagerführer zugestellt, wenn ich abends nicht zurück bin.«

Die Augen Dreyers blinkten. »So?« sagte er.

»Genau so. Glauben Sie, ich wußte nicht, was ich riskiere?«

»So, das wußtest du?«

»Ja. Es ist alles aufgeschrieben. An die goldene Brille, die fehlt, werden sich Weber, Schulte und Steinbrenner noch genau erinnern. Sie gehörte einem Einäugigen. Das vergißt man nicht so schnell.«

Die Hand kam nicht weiter. Sie stand still und fiel dann

hinab. »Es war kein Gold«, sagte Dreyer. »Du hast es selbst gesagt.«

»Es war Gold.«

»Sie war wertlos. Schund. Zum Wegschmeißen nicht gut genug.«

»Das können Sie alles dann ja selbst erklären. Wir haben Zeugnisse von den Freunden des Mannes, dem sie gehörte. Es war reines Weißgold.«

»Lausehund!«

Dreyer stieß Berger zurück. Berger fiel wieder. Er versuchte, sich festzuhalten, und fühlte die Zähne und die Augen eines Toten unter seiner Hand. Er fiel über ihn, aber er ließ Dreyer nicht aus den Augen.

Dreyer atmete heftig. »So – und was meinst du, was wird dann passieren mit deinen Freunden? Meinst du, sie werden belohnt? Als Mitwisser dafür, daß du versucht hast, einen Toten hier dazuzuschwindeln?«

»Sie sind keine Mitwisser.«

»Und wer glaubt das?«

»Wer glaubt Ihnen, wenn Sie es erklären? Man wird nur glauben, daß Sie es erfunden haben, um mich beiseite zu schaffen wegen der Ringe und der Brille.« Berger war wieder aufgestanden. Er fühlte, wie er plötzlich zu zittern begann. Er beugte sich nieder und staubte seine Knie ab. Es war nichts abzustauben; aber er konnte das Zittern in seinen Beinen nicht kontrollieren und wollte nicht, daß Dreyer es sähe.

Dreyer merkte es nicht. Er faßte mit dem Finger nach dem Furunkel. Berger sah, daß das Geschwür geplatzt war. Eiter lief heraus. »Machen Sie das nicht«, sagte er.

»Was? Warum?«

»Rühren Sie den Furunkel nicht an. Leichengift ist tödlich.«

Dreyer starrte Berger an. »Ich habe heute keine Leiche angefaßt.«

»Aber ich. Und Sie haben mich angefaßt. Mein Vorgänger ist an Blutvergiftung gestorben.«

Dreyer schleuderte seine rechte Hand fort und wischte sie an der Hose ab. »Verdammt! Was passiert nun? Verfluchte Schweinerei! Ich habe schon angefaßt.« Er blickte auf seine Finger, als hätte er Lepra. »Los! Mach was!« schrie er Berger an. »Glaubst du, ich will verrecken?«

»Sicher nicht.« Berger hatte sich gefaßt. Die Ablenkung Dreyers hatte ihm Zeit gegeben. »Besonders jetzt nicht, so kurz vor dem Ende«, fügte er hinzu.

»Was?«

»So kurz vor dem Ende«, wiederholte Berger.

»Was, Ende? Mach was, du Hund! Tu was drauf!«

Dreyer war blaß geworden. Berger holte eine Flasche Jod, die auf einem Brett stand. Er wußte, daß Dreyer nicht in Gefahr war; es war ihm auch gleichgültig. Die Hauptsache war, daß er ihn abgelenkt hatte. Er strich eine Dosis Jod über den Furunkel. Dreyer zuckte zurück. Berger stellte die Flasche fort. »So – es ist desinfiziert.«

Dreyer versuchte den Furunkel zu sehen. Er schielte an seiner Nase entlang. »Bestimmt?«

»Bestimmt.«

Dreyer schielte noch einen Augenblick. Dann bewegte er die Oberlippe wie ein Kaninchen. »So, und was wolltest du eigentlich?« fragte er.

Berger merkte, daß er gewonnen hatte. »Das, was ich gesagt habe. Die Personalien eines Toten austauschen. Das ist alles.«

»Und Schulte?«

»Er hat nicht aufgepaßt. Nicht auf die Namen. Außerdem war er zweimal draußen.«

Dreyer dachte nach. »Und die Kleider? Wie ist das?«

»Sie werden stimmen. Auch die Nummern.«

»Wieso? Hast du –«

»Ja«, sagte Berger. »Ich habe die bei mir, die wir austauschen wollen.«

Dreyer sah ihn an. »Ganz gut geplant habt ihr das. Oder warst du das allein?«

»Nein.«

Dreyer steckte die Hände in die Taschen und ging langsam einige Male hin und her. Dann blieb er vor Berger stehen. »Und wer bürgt mir dafür, daß deine sogenannte Liste nicht doch auftaucht?«

»Ich.«

Dreyer zuckte die Achseln und spuckte aus.

»Bisher war nur die Liste da«, sagte Berger ruhig. »Die Liste und die Anschuldigung. Ich hätte sie benutzen können, und mir wäre nichts passiert; ich wäre höchstens gelobt worden. Hiernach –« er wies auf die Papiere auf dem Tisch – »bin ich mitschuldig an dem Verschwinden eines Gefangenen.«

Dreyer überlegte. Er bewegte vorsichtig seine Oberlippe und schielte wieder.

»Für Sie ist das Risiko bedeutend geringer«, fuhr Berger fort. »Es kommt nur eine Verfehlung zu drei, vier anderen hinzu. Das gibt kaum einen Unterschied. Ich aber belaste mich zum erstenmal. Ich nehme das weit größere Risiko. Das ist genug Garantie, glaube ich.«

Dreyer antwortete nicht.

»Es ist noch etwas anderes zu überlegen«, sagte Berger, während er ihn weiter beobachtete. »Der Krieg ist so gut wie verloren. Die deutschen Truppen sind von Afrika und Stalingrad weit über die Grenzen und über den Rhein zurückgedrängt worden. Dagegen hilft keine Propaganda und kein Gerede von geheimen Waffen mehr. In ein paar Wochen oder Monaten ist es zu Ende. Dann kommt auch hier die Abrechnung. Wofür sollen Sie da für andere mitbüßen? Wenn bekannt wird, daß Sie uns geholfen haben, sind Sie gesichert.«

»Wer ist das: uns?«

»Wir sind viele. Überall. Nicht nur im Kleinen Lager.«

»Und wenn ich das nun anzeige? Daß ihr existiert?«

»Was hat das mit Ringen und Goldbrillen zu tun?«

Dreyer hob den Kopf und lächelte schief. »Ihr habt wirklich alles gut überlegt, was?«

Berger schwieg.

»Will der Mann ausreißen, den ihr vertauschen wollt?«

»Nein. Wir wollen ihn nur vor dem da schützen.« Berger zeigte auf die Haken an der Wand.«

»Ein Politischer?«

»Ja.«

Dreyer kniff die Augen zusammen. »Und wenn eine scharfe Kontrolle kommt und man ihn findet? Was dann?«

»Die Baracken sind überfüllt. Man wird ihn nicht finden.«

»Man kann ihn erkennen. Wenn er ein bekannter Politischer ist.«

»Er ist nicht bekannt. Und bei uns, im Kleinen Lager, sehen wir alle ähnlich aus. Da ist nicht viel zu erkennen.«

»Weiß euer Blockältester Bescheid?«

»Ja«, log Berger. »Sonst wäre es ja nicht möglich.«

»Habt ihr Verbindungen mit der Schreibstube?«

»Wir haben überall Verbindungen.«

»Hat euer Mann seine Nummer eintätowiert?«

»Nein.«

»Und die Sachen?«

»Ich weiß, welche ich umtauschen will. Ich habe sie schon beiseite gelegt.«

Dreyer sah auf die Tür. »Dann fang an! Los! Rasch, bevor einer kommt.«

Er öffnete die Tür um einen Spalt und horchte hinaus. Berger kroch zwischen den Toten herum und durchsuchte sie. Ihm war im letzten Augenblick noch etwas eingefallen. Er wollte einen doppelten Tausch machen. Dreyer konnte auf diese Weise so irregeführt werden, daß er den Namen von 509 nie feststellen konnte.

»Rasch! Verdammt!« fluchte Dreyer. »Wozu suchst du da noch lange?«

Berger hatte Glück mit dem dritten Toten; er war vom Kleinen Lager und hatte keine Zeichen am Körper. Er streifte ihm die Jacke ab, holte unter seiner eigenen die verborgene Jacke und Hose von 509 mit den Nummern hervor und zog sie der Leiche an. Dann warf er die Sachen des Toten auf den Haufen Kleider und zog darunter eine Jacke und Hose hervor, die er vorher beiseite gelegt hatte. Er wickelte sie um seine Hüften, zerrte das Hosenband darüber zusammen und zog seine eigene Jacke wieder an.

»Fertig.«

Berger keuchte. Schwarze Flecken glitten vor ihm über die Wände. Dreyer wandte sich um. »Alles in Ordnung?«

»Ja.«

»Gut. Ich habe nichts gesehen. Ich weiß von nichts. Ich war auf der Latrine. Was hier geschehen ist, hast du gemacht. Ich weiß von nichts, verstanden?«

»Ja.«

Der Aufzug, in dem die nackten Leichen lagen, fuhr hoch und kam nach kurzer Zeit leer wieder zurück.

»Ich gehe jetzt, die drei von draußen zum Einladen holen«, sagte Dreyer. »Du bist währenddessen allein hier. Verstanden?«

»Verstanden«, erwiderte Berger.

»Und die Liste –«

»Ich bringe sie morgen. Oder ich kann sie zerstören.«

»Kann ich mich darauf verlassen?«

»Unbedingt.«

Dreyer überlegte einen Augenblick. »Du bist ja jetzt mit drin«, sagte er. »Mehr als ich. Oder nicht?«

»Viel mehr.«

»Und wenn was rauskommt –«

»Ich rede nicht. Ich habe Gift. Ich werde nicht reden.«

»Ihr habt scheinbar wirklich alles.« Dreyers Gesicht zeigte eine Art von widerwilligem Respekt. »Ich wußte das nicht.« Sonst hätte ich besser aufgepaßt, dachte er. Diese verfluchten Dreivierteltoten! Selbst denen konnte man nicht trauen. »Fang schon mit dem Aufzug an –« Er wollte gehen.

»Hier ist noch etwas«, sagte Berger.

»Was?«

Berger holte fünf Mark aus der Tasche. Dreyer steckte sie ein. »Wenigstens etwas für das Risiko –«

»Nächste Woche kommen noch fünf Mark –«

»Und – wofür?«

»Nichts. Einfach noch fünf Mark für dieses hier.«

»Gut.« Dreyer verzog die Lippen, hörte aber gleich auf; der Furunkel schmerzte. »Man ist ja schließlich kein Unmensch«, sagte er. »Hilft immer gern einem Kameraden.« Er ging. Berger lehnte sich gegen die Wand. Ihm war schwindlig. Es war besser gegangen, als er erwartet hatte. Er machte sich nichts vor; er wußte, daß Dreyer immer noch darüber nachdachte, wie er ihn erledigen konnte. Es war einstweilen abgebogen worden durch die Drohung mit der Untergrundbewegung und das Versprechen der zweiten fünf Mark. Dreyer würde darauf warten. Man konnte sich bei Kriminellen darauf verlassen, daß sie ihren Vorteil wahrnahmen; das war eine Lehre, die die Veteranen bei Handke gelernt hatten. Das Geld war von Lewinsky und seiner Gruppe gekommen. Sie würden weiterhelfen. Berger fühlte nach der Jacke, die er umgebunden hatte. Sie saß fest. Man konnte nichts sehen. Er war dünn, und seine eigene Jacke hing auch jetzt noch lose um ihn herum. Sein Mund war trocken. Die Leiche mit der falschen Nummer lag vor ihm. Er zerrte von dem Haufen eine andere und schob sie neben den falschen Toten. Im gleichen Augenblick kam ein Neuer durch die Öffnung gesaust. Die Ablader hatten wieder angefangen. Dreyer erschien mit den drei Häftlingen. Er warf einen Blick auf Berger. »Was machst du hier? Weshalb bist du nicht draußen?« schnauzte er.

Es war für das Alibi. Die drei andern sollten sich einprägen, daß Berger allein unten gewesen war.

»Ich hatte noch einen Zahn zu ziehen«, sagte Berger.

»Quatsch! Du hast zu tun, was befohlen wird. Da kann ja alles mögliche passieren.«

Dreyer setzte sich umständlich an den Tisch mit den Listen. »Weitermachen!« kommandierte er.

Schulte kam kurz darauf. Er hatte eine Ausgabe von Knigges »Umgang mit Menschen« in der Tasche, holte sie hervor und begann zu lesen.

Die Toten wurden weiter entkleidet. Der dritte in der Reihe

war der Mann mit der falschen Jacke. Berger hatte es so arrangiert, daß zwei der Helfer ihn auszogen. Er hörte sie die Nummer 509 melden. Schulte blickte nicht auf. Er las in dem klassischen Buch über Etikette die Regeln über das Essen von Fisch und Krebsen nach. Er erwartete im Mai eine Einladung der Eltern seiner Verlobten und wollte gerüstet sein. Dreyer schrieb gleichgültig die Personalien auf und verglich sie mit den Meldungen der Blocks. Der vierte Tote war wieder ein Politischer. Berger meldete ihn selbst. Er sagte die Nummer etwas lauter und merkte, daß Dreyer aufblickte. Er brachte die Sachen des Toten zum Tisch. Dreyer sah ihn an. Berger machte ein Zeichen mit den Augen. Dann nahm er die Zange und die Taschenlampe und beugte sich über den Toten. Er hatte erreicht, was er wollte. Dreyer glaubte, der Name des vierten sei der des noch Lebenden, der umgetauscht worden war – nicht der des dritten. Er war so von der Spur geworfen und konnte in keinem Fall etwas verraten.

Die Tür öffnete sich. Steinbrenner trat ein. Ihm folgten Breuer, der Bunkeraufseher, und der Scharführer Niemann. Steinbrenner lächelte Schulte zu.

»Wir sollen dich ablösen, wenn die Toten hier verbucht sind. Befehl von Weber.«

Schulte klappte sein Buch zu. »Sind wir soweit?« fragte er Dreyer.

»Da sind noch vier Leichen.«

»Gut. Macht fertig.«

Steinbrenner lehnte sich gegen die Wand, an der die Kratzer der Gehängten sichtbar waren. »Macht nur fertig. Wir haben Zeit. Und schickt dann die fünf Leute, die oben eingeworfen haben, herunter. Wir haben eine Überraschung für sie.«

»Ja«, sagte Breuer. »Heute ist mein Geburtstag.«

»Wer von euch ist 509?« fragte Goldstein.

»Warum?«

»Ich bin hierher überwiesen worden.«

Es war Abend, und Goldstein war mit einem Transport von

zwölf anderen zum Kleinen Lager gekommen. »Lewinsky schickt mich«, sagte er zu Berger.

»Bist du in unserer Baracke?«

»Nein. In Baracke 21. Es war in der Eile nicht anders zu machen. Man kann das später ändern. Es war höchste Zeit, daß ich wegkam. Wo ist 509?«

»509 existiert nicht mehr.«

Goldstein blickte auf. »Tot oder versteckt?«

Berger zögerte.

»Du kannst ihm trauen«, sagte 509, der neben ihm hockte. »Lewinsky hat von ihm gesprochen, als er das letzte Mal hier war.«

Er wandte sich zu Goldstein. »Ich heiße jetzt Flormann. Was gibt es Neues? Wir haben lange nichts von euch gehört.«

»Lange? Zwei Tage –«

»Das ist lange. Was gibt es Neues? Komm hier herüber. Hier kann keiner zuhören.«

Sie setzten sich abseits von den andern. »Gestern nacht haben wir in Block 6 über unser Radio Nachrichten hören können. Englische. Wir hatten viele Störungen; aber eine kam klar durch. Die Russen beschießen bereits Berlin.«

»Berlin?«

»Ja –«

»Und die Amerikaner und Engländer?«

»Da waren keine neuen Nachrichten. Wir hatten Störungen und mußten vorsichtig sein. Das Ruhrgebiet ist eingekreist, und sie sind weit über den Rhein, das ist sicher.«

509 starrte auf den Stacheldraht, hinter dem ein Streifen Abendrot unter schweren Regenwolken glomm. »Wie langsam das alles geht –«

»Langsam? Das nennst du langsam? In einem Jahr sind die deutschen Armeen von Rußland bis nach Berlin und von Afrika bis zur Ruhr zurückgetrieben worden – und du redest von langsam?«

509 schüttelte den Kopf. »Das meine ich nicht. Es ist langsam für hier. Für uns. Auf einmal! Verstehst du das nicht? Ich bin

viele Jahre hier – aber dieses scheint das langsamste Frühjahr von allen zu sein. Es ist langsam, weil es so schwer ist, zu warten.«

»Ich verstehe.« Goldstein lächelte. Die Zähne standen kreidig in seinem grauen Gesicht. »Ich kenne das. Nachts besonders. Wenn man nicht schlafen kann und keine Luft kriegt.« Seine Augen lächelten nicht mit. Sie blieben ausdruckslos und bleifarben. »Verdammt langsam ist es, wenn du es so nimmst.«

»Ja, das meine ich. Vor ein paar Wochen wußten wir noch nichts. Jetzt erscheint alles schon langsam. Sonderbar, wie sich das verändert, wenn man Hoffnung hat. Und wartet. Und Angst hat, daß man noch erwischt wird.« 509 dachte an Handke. Er war noch nicht außer Gefahr. Die Schiebung wäre halbwegs ausreichend gewesen, wenn Handke 509 nicht persönlich gekannt hätte. 509 wäre dann einfach der Tote geworden, so wie der Tote als 509 verbucht war. Jetzt war er offiziell tot und hieß Flormann, doch er befand sich immer noch im Kleinen Lager. Etwas anderes war nicht zu erreichen gewesen; es war schon viel, daß der Blockälteste von Baracke 20, in der Flormann gestorben war, mitgemacht hatte. 509 mußte vorsichtig sein, damit Handke ihn nicht sah. Er mußte auch vorsichtig sein, damit nicht irgendein anderer ihn verriet. Außerdem war immer noch Weber da, der ihn bei einer unvermuteten Kontrolle wiedererkennen konnte.

»Bist du allein gekommen?« fragte er Goldstein.

»Nein. Es sind noch zwei andere mitgeschickt worden.«

»Kommen noch mehr?«

»Wahrscheinlich. Aber nicht offiziell als Überweisungen. Wir haben drüben mindestens 50–60 Leute versteckt.«

»Wo könnt ihr so viele verstecken?«

»Sie wechseln jede Nacht die Baracken. Schlafen anderswo.«

»Und wenn die SS sie zum Tor kommandiert? Oder zur Schreibstube?«

»Dann kommen sie nicht.«

»Was?«

»Sie kommen nicht«, wiederholte Goldstein. Er sah, daß 509 sich erstaunt aufgerichtet hatte. »Die SS hat keine genaue Übersicht mehr«, erklärte er. »Seit ein paar Wochen ist das Durcheinander jeden Tag größer geworden. Wir haben dazu getan, was wir konnten. Die Leute, die gesucht werden, sind angeblich immer auf Kommandos geschickt worden oder einfach nicht aufzufinden.«

»Und die SS? Kommt die nicht, sie zu holen?«

Goldsteins Zähne blinkten. »Nicht gerne mehr. Oder höchstens in Trupps und bewaffnet. Gefährlich ist nur die Gruppe, in der Niemann, Breuer und Steinbrenner sind.« 509 schwieg eine Weile. Es war zu unglaublich, was er gerade gehört hatte. »Seit wann ist das so?« fragte er schließlich.

»Seit ungefähr einer Woche. Jeden Tag ändert sich was.«

»Du meinst, die SS hat Angst?«

»Ja. Sie hat plötzlich gemerkt, daß wir Tausende sind. Und sie weiß, wie der Krieg steht.«

»Ihr gehorcht einfach nicht?« 509 konnte es immer noch nicht fassen.

»Wir gehorchen. Aber wir tun es umständlich, und es dauert lange, und wir sabotieren, was wir können. Die SS erwischt trotzdem immer noch genug. Wir können nicht alle retten.« Goldstein stand auf. »Ich muß sehen, daß ich Platz zum Schlafen finde.«

»Wenn du nichts findest, frage Berger.«

»Gut.«

509 lag neben dem Haufen von Toten zwischen den Baracken. Der Haufen war höher als sonst. Es hatte am Abend vorher kein Brot gegeben. Das zeigte sich immer am nächsten Tag in der Anzahl der Toten. 509 lag dicht daneben, weil ein nasser, kalter Wind wehte. Die Toten schützten ihn davor.

Sie schützten ihn, dachte er. Sie schützten ihn selbst vom Krematorium her und darüber hinaus. Irgendwo trieb im nassen, kalten Wind der Rauch von Flormann, dessen Namen er jetzt trug; der Rest waren ein paar ausgebrannte Knochen, aus denen in der Mühle bald Knochenmehl werden würde. Aber der Name, das Flüchtigste und Belangloseste, war geblieben und zu einem Schild geworden für ein anderes Leben, das sich gegen den Untergang wehrte.

Er hörte, wie der Haufen der Toten ächzte und sich verschob. Die Gewebe und Säfte in ihnen arbeiteten noch. Ein zweiter, chemischer Tod schlich durch sie, spaltete sie, vergaste sie, bereitete sie vor für den Zerfall – und wie ein geisterhafter Reflex des entwichenen Lebens bewegten sich die Bäuche noch, schwollen und fielen zusammen, die toten Münder stießen Luft aus, und aus den Augen sickerte trübe Flüssigkeit, wie viel zu späte Tränen. 509 bewegte die Schultern. Er trug die Attila-Uniformjacke des Honvéd-Husaren. Sie war eines der wärmsten Kleidungsstücke der Baracke und wurde reihum von denen getragen, die nachts draußen lagen. Er betrachtete die Aufschläge, die matt im Dunkeln schimmerten. Es lag eine gewisse Ironie darin: Gerade jetzt, wo er sich wieder an seine Vergangenheit und an sich selbst erinnerte, wo er keine Nummer mehr sein wollte, mußte er unter dem Namen eines Toten leben und trug dazu nachts eine ungarische Uniform.

Er fröstelte und versteckte die Hände in den Ärmeln. Er hätte in die Baracke gehen können, um einige Stunden in dem warmen Gestank dort zu schlafen; aber er tat es nicht. Er war zu unruhig dazu. Er saß lieber und fror und starrte in die Nacht und wartete und wußte nicht, was schon in der Nacht geschehen könnte, daß er so darauf wartete. Es war das, was einen verrückt machte, dachte er. Wie ein Netz hing das Warten lautlos über dem Lager und fing alle Hoffnungen und alle Furcht in sich auf. Ich warte, dachte er, und Handke und Weber sind hinter mir her; Goldstein wartet, und sein Herz setzt alle Augenblicke aus; Berger wartet und fürchtet, daß er noch mit der Krematoriumsmannschaft erledigt wird, bevor wir befreit werden – wir alle warten und wissen nicht, ob man uns nicht noch im letzten Augenblick in Vernichtungslager schicken wird. –

»509«, sagte Ahasver aus dem Dunkel. »Bist du da?«

»Ja, hier. Was ist?«

»Der Schäferhund ist tot.«

Ahasver tappte heran.

»Er war doch nicht krank«, sagte 509.

»Nein. Er ist so weggeschlafen.«

»Soll ich dir helfen, ihn herauszulegen?«

»Das ist nicht nötig. Ich war mit ihm draußen. Er liegt drüben. Ich wollte es nur jemand sagen.«

»Ja, Alter.«

»Ja, 509.«

17 Der Transport kam überraschend. Die Eisenbahnlinien vom Westen zur Stadt waren einige Tage unterbrochen gewesen. Nach ihrer Reparatur waren mit einem der ersten Züge eine Anzahl gedeckter Güterwagen angekommen. Sie hätten zu einem Vernichtungslager weitergeleitet werden sollen. Nachts waren jedoch die Verbindungen aufs neue zerbombt worden. Der Zug war einen Tag stehengeblieben; dann hatte man die Insassen ins Mellener Lager geschickt.

Es waren nur Juden. Juden aus allen Gegenden Europas. Es waren polnische und ungarische, rumänische und tschechische, russische und griechische Juden, Juden aus Jugoslawien und Holland und Bulgarien und sogar einige aus Luxemburg. Sie sprachen ein Dutzend verschiedener Sprachen, und die meisten verstanden einander kaum. Selbst das gemeinsame Jiddisch schien verschieden zu sein. Sie waren zweitausend gewesen, und jetzt waren sie noch fünfhundert. Ein paar hundert lagen tot in den Güterwagen.

Neubauer war außer sich. »Wo sollen wir denn mit denen hin? Das Lager ist doch schon überfüllt! Und außerdem sind sie gar nicht offiziell zu uns überwiesen! Wir haben nichts damit zu tun! Das ist ja ein wildes Durcheinander! Es gibt keine Ordnung mehr! Was ist nur los?« Er rannte in seinem Büro auf und ab. Zu all seinen persönlichen Sorgen kam jetzt auch noch dies! Sein Beamtenblut empörte sich. Er verstand nicht, daß so viele Umstände mit Leuten gemacht wurden, die zum Tode verurteilt waren. Wütend starrte er aus dem Fenster. »Wie die Zigeuner liegen sie da vor den Toren, mit Sack und Pack! Sind wir auf dem Balkan oder in Deutschland? Verstehen Sie, was los ist, Weber?«

Weber blieb gleichgültig. »Irgendeine Stelle muß es angeordnet haben«, sagte er. »Sonst wären sie nicht heraufgekommen.«

»Das ist es ja gerade! Irgendeine Stelle da unten am Bahnhof. Ohne daß ich gefragt worden bin. Nicht einmal vorher verständigt. Von ordnungsgemäßer Abwicklung ganz zu schweigen. Das gibt es scheinbar überhaupt nicht mehr! Jeden Tag tauchen neue Ämter auf. Die am Bahnhof behaupten, die Leute hätten zuviel geschrien. Es hätte einen schlechten Eindruck auf die Zivilbevölkerung gemacht. Was haben wir damit zu tun? Unsere Leute schreien nicht!«

Er sah Weber an. Weber lehnte nachlässig an der Tür. »Haben Sie schon mit Dietz darüber gesprochen?« fragte er.

»Nein, noch nicht. Sie haben recht, ich werde das gleich mal tun!«

Neubauer ließ sich verbinden und sprach eine Zeitlang. Dann legte er den Hörer nieder. Er war ruhiger geworden. »Dietz sagt, wir brauchen sie nur die Nacht über hier zu behalten. Geschlossen in einem Block. Nicht auf die Baracken verteilen. Nicht aufnehmen. Einfach dalassen und bewachen. Morgen werden sie weitergeschickt. Bis dahin ist die Eisenbahnlinie wieder repariert.« Er blickte wieder aus dem Fenster. »Aber wo sollen wir sie nur lassen? Wir haben doch alles überfüllt.«

»Wir können sie auf dem Appellplatz lassen.«

»Den Appellplatz brauchen wir für die Kommandos morgen früh. Das gibt nur Konfusion. Außerdem werden die Balkanesen ihn völlig verdrecken. Das geht nicht.«

»Wir können sie auf den Appellplatz des Kleinen Lagers stecken. Da sind sie nicht im Wege.«

»Ist da genug Platz?«

»Ja. Wir müssen alle unsere eigenen Leute dann in die Baracken packen. Sie haben bis jetzt zum Teil draußen gelegen.«

»Warum? Sind die Baracken so überfüllt?«

»Das kommt darauf an, wie man es ansieht. Man kann Leute packen wie Sardinen. Auch übereinander.«

»Für eine Nacht muß es gehen.«

»Es wird gehen. Keiner von den Leuten im Kleinen Lager wird ein Interesse daran haben, in den Transport zu geraten.« Weber lachte. »Sie werden davor zurückscheuen wie vor der Cholera.«

Neubauer grinste flüchtig. Es gefiel ihm, daß seine Häftlinge im Lager bleiben wollten. »Wir müssen Wachen aufstellen«, sagte er. »Sonst verschwinden die Neuen in den Baracken, und wir haben da das Durcheinander.« Weber schüttelte den Kopf. »Auch darauf werden die in den Baracken schon selbst aufpassen. Sie haben Angst genug, daß wir sonst morgen einen Teil von ihnen mitschicken, um die Zahl vollzumachen.«

»Gut. Bestimmen Sie einige unserer Leute und genügend Kapos und Lagerpolizei als Wachen. Und lassen Sie die Baracken im Kleinen Lager abschließen. Wir können keine Scheinwerfer riskieren, um den Transport zu bewachen.«

Es war, als käme eine Horde großer, müder Vögel, die nicht mehr fliegen konnten, durch das Zwielicht heran. Sie schwankten und stolperten, und wenn einer fiel, trampelten die anderen über ihn hinweg, fast ohne ihn zu sehen, bis Nachfolgende ihn aufhoben.

»Barackentüren zu!« kommandierte der SS-Scharführer, der das Kleine Lager absperrte. »Bleibt drin! Wer herauskommt, wird erschossen!«

Die Menge wurde auf den Platz zwischen den Baracken getrieben. Sie flutete hin und her, einige fielen, andere hockten sich zu ihnen, sie bildeten in der Unruhe eine Insel, die größer wurde, und bald lagen alle, und der Abend fiel auf sie wie ein Regen aus Asche.

Sie lagen und schliefen; aber ihre Stimmen schwiegen nicht.

Sie flatterten immer wieder auf, aus Träumen und Angstschlaf und jähem Erwachen, fremdartig und schrill, und manchmal vereinigten sie sich zu einem langgezogenen Klagen, das in denselben wenigen Tönen auf- und niederstieg und gegen die Baracken wogte, wie ein Meer von Elend gegen die sicheren Archen der Geborgenheit.

Man hörte es in den Baracken die ganze Nacht hindurch. Es riß an den Nerven, und schon in den ersten Stunden wurden Leute wild. Sie begannen zu schreien, und als die Menge draußen es hörte, schwoll auch ihr Jammern an, und das machte das Schreien drinnen wieder stärker. Es war wie eine unheimliche, mittelalterliche Wechselklage – bis Kolben an die Baracken donnerten und Schüsse draußen ertönten und das dumpfe Geräusch von Knüppeln, die auf Körper fielen, und das schärfere, wenn sie Schädel trafen.

Dann wurde es ruhiger. Die Schreienden in den Baracken waren von ihren Kameraden überwältigt worden; und die Menge draußen war vom Schlaf der Erschöpfung endlich niedergeworfen worden, mehr noch als von den Knüppeln. Von den Knüppeln spürten sie kaum noch etwas. Das Klagen wehte ab und zu wieder auf; es war schwächer, aber es verstummte nie ganz.

Die Veteranen horchten lange darauf. Sie horchten und schauderten und hatten Angst, daß es ihnen ähnlich ergehen könne. Sie unterschieden sich äußerlich kaum von den Leuten des Transportes draußen – aber trotzdem fühlten sie sich in den Todesbaracken aus Polen, zwischen Gestank und Tod, eng zusammengepreßt und übereinanderliegend, unter den Hieroglyphen, die Sterbende in die Wand gekratzt hatten, und in der Qual, nicht zur Latrine gehen zu können, so geborgen, als wären sie Heimat und Sicherheit gegen den uferlosen, fremden Schmerz draußen – und das schien fast noch grauenhafter zu sein als vieles andere zuvor. –

Sie erwachten morgens von vielen leisen, fremden Stimmen. Es war noch dunkel. Das Klagen hatte aufgehört. Dafür aber kratzte es jetzt an den Barackenwänden. Es kratzte, als nagten Hunderte von Ratten draußen, um hereinzukommen. Es kratzte heimlich und nicht zu laut, und dann begann es vorsichtig zu klopfen, gegen die Tür, gegen die Wände, und zu murmeln, schmeichlerisch fast, überredend, in einem fremden Singsang, mit den gebrochenen Stimmen letzter Verzweiflung: Sie baten um Einlaß.

Sie flehten die Archen an um Hilfe vor der Sintflut. Sie waren leise, schon ergeben, sie schrien nicht mehr, sie baten nur, streichelten das Holz der Wände, sie lagen davor und kratzten mit Händen und Nägeln und baten mit weichen dunklen Stimmen in der Dunkelheit.

»Was sagen sie?« fragte Bucher.

»Sie bitten uns, um ihrer Mütter willen, sie hereinzulassen, um ihrer –« Ahasver brach ab. Er weinte.

»Wir können es nicht«, sagte Berger.

»Ja, ich weiß –«

Eine Stunde später kam der Befehl abzumarschieren. Draußen wurden Kommandos geschrien. Ein lautes Klagen antwortete. Andere Kommandos folgten, wütend und laut.

»Kannst du was sehen, Bucher?« fragte Berger. Sie hockten vor dem kleinen Fenster auf dem obersten Bett.

»Ja. Sie weigern sich. Sie wollen nicht.«

»Aufstehen!« schrie es draußen. »Antreten! Antreten zum Abzählen!«

Die Juden standen nicht auf. Sie blieben flach auf der Erde liegen und blickten mit Augen voll Terror auf die Wachen oder verbargen die Köpfe in den Armen.

»Aufstehen!« brüllte Handke. »Los! Hoch, ihr Stinker! Sollen wir euch muntermachen? Raus hier!«

Das Muntermachen half nichts. Die fünfhundert Kreaturen, die für die Tatsache, daß sie andere Gebräuche beim Gottesdienst als ihre Peiniger hatten, zu etwas reduziert worden waren, das nicht mehr als menschlich bezeichnet werden konnte, reagierten nicht mehr auf Schreie, Flüche und Schläge. Sie blieben liegen, sie versuchten, den Boden zu umarmen, sie krallten sich an ihn – die elende, verdreckte Erde des Konzentrationslagers erschien ihnen begehrenswert, sie war für sie Paradies und Rettung. Sie wußten, wohin man sie bringen wollte. Solange sie auf dem Transport und in Bewegung gewesen waren, waren sie stumpf der Bewegung gefolgt. Jetzt, einmal aufgehalten und zur Ruhe gebracht, weigerten sie sich ebenso stumpf, sich wieder zu bewegen. Die Aufseher wurden unsicher. Sie hatten Befehl, die Leute nicht totzuschlagen, und das war schwierig. Der Befehl hatte keinen anderen Grund als den üblichen bürokratischen: Der Transport war dem Lager nicht überwiesen worden; er sollte es deshalb möglichst geschlossen wieder verlassen.

Mehr SS-Leute erschienen. 509 sah vom Fenster von Baracke 20 aus sogar Weber in seinen blanken, eleganten Stiefeln herankommen. Er blieb am Eingang des Kleinen Lagers stehen und gab einen Befehl. Die SS legte an und feuerte dicht über die Liegenden hinweg. Weber stand breitbeinig neben der Pforte, die Arme in den Hüften. Er erwartete, daß die Juden nach den Salven aufspringen würden.

Sie taten es nicht. Sie waren jenseits aller Drohung. Sie wollten liegenbleiben. Sie wollten nicht weiter. Hätte man zwischen sie geschossen, sie hätten sich wahrscheinlich auch dann kaum noch gerührt.

Webers Gesicht verfärbte sich. »Bringt sie hoch!« schrie er. »Prügelt sie hoch! Auf die Beine und Füße!«

Die Aufseher stürzten sich in die Menge. Sie prügelten mit Knüppeln und Fäusten, sie traten mit den Füßen in Mägen und Geschlechtsteile, sie rissen Leute an den Haaren und Bärten hoch und stellten sie auf; aber die Leute ließen sich wieder fallen, als wären sie ohne Knochen.

Bucher starrte hinaus. »Sieh dir das an«, flüsterte Berger. »Das sind nicht nur SS-Leute, die da prügeln. Es sind auch nicht nur grüne. Nicht nur Verbrecher. Es sind andere Farben darunter. Es sind Leute von uns dabei! Häftlinge wie wir, zu Kapos und Polizisten gemacht. Sie prügeln ebenso wie ihre Meister.« Er rieb seine entzündeten Augen, als wolle er sie aus dem Kopf pressen. Dicht neben der Baracke stand ein alter Mann mit einem weißen Bart. Blut lief aus seinem Munde und färbte den Bart langsam rot.

»Geht vom Fenster weg«, sagte Ahasver. »Wenn sie euch sehen, holen sie euch auch.«

»Sie können uns nicht sehen.«

Das Fenster war schmutzig und blind, und man konnte von außen nicht sehen, was dahinter in dem dunklen Raum vor sich ging. Von innen konnte man dafür genug sehen.

»Ihr solltet nicht zusehen«, sagte Ahasver. »Es ist eine Sünde, das zu tun, wenn man dazu nicht gezwungen wird.«

»Es ist keine Sünde«, sagte Bucher. »Wir wollen es nie vergessen. Deshalb sehen wir hin.«

»Habt ihr nicht genug davon hier im Lager gesehen?«

Bucher antwortete nicht. Er starrte weiter aus dem Fenster. Allmählich erschöpfte sich die Wut auf dem Platz. Die Aufseher hätten jeden einzelnen wegschleppen müssen. Sie hätten tausend Mann dazu gebraucht. Sie bekamen manchmal zehn, zwanzig Juden zusammen auf die Straße; aber nicht mehr. Wenn es mehr wurden, brachen sie durch die Wachhabenden hindurch und stürzten wieder zurück zu dem zuckenden, großen dunklen Haufen.

»Da ist Neubauer selber«, sagte Berger.

Er war herangekommen und sprach mit Weber. »Sie wollen nicht weg«, sagte Weber weniger gleichmütig als sonst. »Man kann sie totschlagen; sie bewegen sich nicht.« Neubauer paffte dicke Rauchwolken. Der Gestank auf dem Platz war sehr stark. »Scheußliche Sache! Warum hat man sie bloß hergeschickt? Man hätte sie doch gleich da erledigen können, wo sie waren, anstatt sie so weit im Lande herumzuschicken zum Vergasen. Ich möchte wissen, was der Grund dafür ist?«

Weber zuckte die Achseln. »Der Grund ist, daß selbst der dreckigste Jude einen Körper hat. Fünfhundert Leichen. Töten ist einfach; viel schwieriger ist es, die Leichen verschwinden zu lassen. Und das dort waren zweitausend.«

»Unsinn! Fast alle Lager haben Krematorien, genau wie wir.«

»Das schon. Aber Krematorien arbeiten für unsere Zeit zu langsam. Speziell, wenn Lager rasch geräumt werden müssen.«

Neubauer spuckte ein Tabaksblättchen aus. »Ich verstehe es trotzdem nicht, weshalb die Leute so weit herumgeschickt werden.«

»Es sind wieder die Leichen. Unsere Behörden sehen nicht gern, daß man zu viele Leichen findet. Und nur Krematorien erledigen sie bisher so, daß man die Anzahl später nicht kontrollieren kann – leider für den großen Bedarf immer noch viel zu langsam. Es gibt kein wirklich modernes Mittel, um über große Mengen rasch zu disponieren. Massengräber kann man noch lange hinterher öffnen, um Greuelmärchen zu erfinden. Man hat das in Polen und Rußland gesehen.«

»Warum hat man dieses Gesindel nicht einfach beim Rückzug –« Neubauer verbesserte sich sofort: »ich meine bei der strategischen Verkürzung der Linie da gelassen, wo es war? Es ist doch zu nichts mehr nütze. Soll man sie den Amerikanern oder Russen überlassen, damit die damit glücklich werden.«

»Es wäre wieder die Sache mit den Körpern gewesen«, erwiderte Weber geduldig. »Es heißt, daß die amerikanische Armee eine Unmenge Journalisten und Fotografen bei sich hat. Man hätte Aufnahmen machen und behaupten können, die Leute wären unterernährt gewesen.«

Neubauer nahm die Zigarre aus dem Munde und blickte Weber scharf an. Er konnte nicht sehen, ob sein Lagerführer sich wieder einmal über ihn lustig machte. Er hatte das nie herausfinden können, sooft er es auch versucht hatte. Weber zeigte sein übliches Gesicht. »Was soll das heißen?« fragte Neubauer. »Was meinen Sie damit? Natürlich sind sie unterernährt.«

»Es sind die Greuelmärchen, die die demokratische Presse darüber erfindet. Das Propagandaministerium warnt täglich davor.«

Neubauer blickte Weber immer noch an. Eigentlich kenne

ich ihn überhaupt nicht, dachte er. Er hat immer getan, was ich wollte, aber ich kenne im Grunde nichts von ihm. Ich würde mich nicht wundern, wenn er mir plötzlich ins Gesicht lachen würde. Mir und sogar vielleicht dem Führer selbst. Ein Landsknecht, ohne wirkliche Weltanschauung! Wahrscheinlich ist ihm nichts heilig; auch nicht die Partei. Sie paßt ihm nur gerade so. »Wissen Sie, Weber –« begann er und brach dann ab. Es hatte keinen Zweck, große Geschichten zu machen. Einen Augenblick war wieder die jähe Angst da. »Natürlich sind die Leute unterernährt«, sagte er. »Aber das ist nicht unsere Schuld. Der Gegner mit seiner Blockade zwingt uns ja dazu. Oder nicht?«

Weber hob den Kopf. Er traute seinen Ohren nicht. Neubauer sah ihn sonderbar gespannt an.

»Selbstverständlich«, sagte Weber gemächlich. »Der Gegner mit seiner Blockade.«

Neubauer nickte. Die Angst war wieder verflogen. Er blickte über den Appellplatz. »Offen gestanden«, sagte er fast vertraulich. »Es ist trotzdem doch noch ein mächtiger Unterschied in den Lagern. Unsere Leute sehen bedeutend besser aus als die dort – selbst im Kleinen Lager. Finden Sie nicht?«

»Ja«, erwiderte Weber perplex.

»Man sieht es, wenn man vergleicht. Wir sind sicher eines der humansten Lager im ganzen Reich.« Neubauer hatte ein Gefühl behaglicher Erleichterung. »Natürlich sterben Leute. Viele sogar. Das ist unvermeidlich in solchen Zeiten. Aber wir sind menschlich. Wer nicht mehr kann, braucht bei uns nicht zu arbeiten. Wo gibt es das sonst, für Verräter und Staatsfeinde?«

»Fast nirgendwo.«

»Das meine ich auch. Unterernährung? Das ist nicht unsere Schuld! Ich sage Ihnen, Weber –« Neubauer hatte plötzlich einen Gedanken. »Hören Sie, ich weiß, wie wir die Leute hier herauskriegen. Wissen Sie wie? Mit Essen!«

Weber grinste. Der Alte war manchmal doch nicht nur in den Wolken seiner eigenen Wunschbilder. »Ausgezeichnete Idee«, erklärte er. »Wenn Knüppel nicht helfen – Essen hilft immer. Aber wir haben keine Extrarationen parat.«

»Schön, dann müssen die Lagerinsassen mal verzichten. Etwas Kameradschaft zeigen. Kriegen mal weniger zu Mittag.« Neubauer reckte seine Schultern. »Verstehen die hier deutsch?«

»Ein paar vielleicht.«

»Ist ein Übersetzer da?«

Weber fragte einige der Leute, die Wache gehabt hatten. Sie brachten drei Gestalten heran. »Übersetzt euren Leuten, was der Herr Obersturmbannführer sagt«, schnauzte Weber.

Die drei Leute standen nebeneinander. Neubauer trat einen Schritt vor. »Leute!« sagte er. »Ihr seid falsch unterrichtet. Ihr sollt in ein Erholungslager kommen.«

»Los!« Weber stieß einen der drei an. Sie redeten etwas in unverständlichen Lauten. Niemand auf dem Platz rührte sich.

Neubauer wiederholte die Worte. »Ihr geht jetzt zur Küche«, fügte er hinzu. »Kaffee und Essen empfangen!« Die Übersetzer riefen es nach. Niemand rührte sich. Keiner glaubte so etwas. Jeder hatte schon oft Menschen auf ähnliche Weise verschwinden sehen. Essen und Baden waren gefährliche Versprechen.

Neubauer wurde ärgerlich. »Küche! Abmarsch zur Küche! Essen! Kaffee! Essen und Kaffee empfangen! Suppe!«

Die Wachen stürzten sich mit ihren Knüppeln auf die Menge. »Suppe! Hört ihr nicht? Essen! Suppe!« Sie prügelten bei jedem Wort.

»Halt!« schrie Neubauer ärgerlich. »Wer hat euch befohlen zu prügeln? Verdammt!«

Die Aufseher sprangen zurück. »Raus mit euch!« schrie Neubauer.

Aus den Leuten mit Knüppeln wurden plötzlich wieder Häftlinge. Sie schlichen am Rande des Platzes dahin und drückten sich einer hinter den andern.

»Die schlagen sie ja zu Krüppeln«, knurrte Neubauer. »Dann haben wir sie auf dem Halse.«

Weber nickte. »Wir haben beim Ausladen am Bahnhof

ohnehin schon ein paar Lastwagen Toter hierhergeschickt gekriegt zum Verbrennen.«

»Wo sind denn die?«

»Aufgestapelt am Krematorium. Dabei haben wir Kohlenknappheit. Unsern Vorrat an Brennmaterial brauchen wir für unsere eigenen Leute notwendig genug.«

»Verdammt, wie kriegen wir die hier nur weg?«

»Die Leute sind in einer Panik. Sie verstehen nicht mehr, was ihnen gesagt wird. Vielleicht aber, wenn sie es – riechen.«

»Riechen?«

»Das Essen riechen. Riechen oder sehen.«

»Sie meinen, wenn wir einen Kessel hierherbringen?«

»Jawohl. Versprechen nützt bei diesen Leuten nichts. Sie müssen es sehen und riechen.«

Neubauer nickte. »Möglich. Wir haben doch kürzlich eine Anzahl fahrbarer Kessel bekommen. Lassen Sie einen davon holen. Oder zwei. Einen mit Kaffee. Ist schon Essen da?«

»Noch nicht. Aber ein Kessel voll wird wohl aufzutreiben sein. Von gestern abend, denke ich.«

Die Kessel waren angefahren. Sie standen etwa zweihundert Meter entfernt von der Menge auf der Straße. »Fahrt einen ins Kleine Lager«, kommandierte Weber. »Und nehmt den Deckel ab. Dann, wenn sie kommen, fahrt ihn langsam wieder zurück hierher.«

»Wir müssen sie in Bewegung bringen«, sagte er zu Neubauer. »Wenn sie erst einmal den Appellplatz verlassen haben, ist es leicht, sie rauszukriegen. Es ist immer so. Da, wo sie geschlafen haben, wollen sie bleiben, weil ihnen da nichts passiert ist. Das ist für sie eine Art Sicherheit. Alles andere fürchten sie. Wenn sie aber erst wieder in Bewegung sind, gehen sie auch weiter. Fahrt vorläufig nur den Kaffee heran«, kommandierte er. »Und fahrt ihn nicht zurück. Gebt ihn aus! Verteilt ihn drüben.«

Der Kaffeekessel wurde bis in die Menge geschoben. Einer der Kapos schöpfte mit der Kelle heraus und goß die Brühe dem nächsten Mann über den Kopf. Es war der Alte mit dem blutigen weißen Bart. Die Flüssigkeit färbte den Bart jetzt braun. Es war die dritte Veränderung.

Der Alte hob den Kopf und leckte die Tropfen ab. Seine klauenartigen Hände fuhren umher. Der Kapo hielt ihm die Kelle mit dem Rest an den Mund. »Sauf! Kaffee!«

Der Alte öffnete den Mund. Seine Halsstränge begannen plötzlich zu arbeiten. Die Hände schlossen sich um die Kelle, und er schluckte, schluckte, er war nur noch Schlucken und Schlürfen, sein Gesicht zuckte, er zitterte und schluckte.

Sein Nachbar sah es. Ein zweiter, dritter. Sie hoben sich, schoben die Münder, die Hände heran, stießen sich, rissen sich um die Kelle, hingen daran, ein Haufen von Armen und Köpfen.

»He! Verdammt!«

Der Kapo konnte die Kelle nicht loskriegen. Er zerrte und trat mit den Füßen, vorsichtig nach hinten schielend, wo Neubauer stand. Andere hatten sich inzwischen aufgerichtet und über den heißen Kessel gebeugt. Sie versuchten, die Gesichter in den Kaffee zu hängen und mit den dünnen Händen zu schöpfen. »Kaffee! Kaffee!«

Der Kapo fühlte, daß seine Kelle frei war. »Ordnung!« schrie er. »Einer nach dem andern! Antreten hintereinander!«

Es nützte nichts. Die Menge war nicht zu halten. Sie hörte nichts. Sie roch das, was sich Kaffee nannte, irgend etwas Warmes, das man trinken konnte, und stürmte blind den Kessel. Weber hatte recht gehabt: da, wo das Gehirn nicht mehr registrierte, war der Magen immer noch Herrscher. »Zieht den Wagen jetzt langsam rüber«, kommandierte Weber.

Es war unmöglich. Die Menge war rundherum. Einer der Aufseher machte ein erstauntes Gesicht und fiel langsam um. Die Menge hatte ihm die Beine vom Boden gerissen. Er schlug um sich wie ein Schwimmer und rutschte herunter.

»Keil formieren!« kommandierte Weber.

Die Wachen und die Lagerpolizei stellten sich auf. »Los!« schrie Weber. »Auf den Kaffeewagen. Zieht ihn raus!«

Die Wachen brachen in die Menge ein. Sie rissen die Leute beiseite. Es gelang ihnen, einen Kordon um den Wagen zu formen und ihn zu bewegen. Er war schon fast leer. Sie schoben ihn, Schulter an Schulter um ihn formiert, heraus. Die Menge folgte. Hände versuchten über die Schultern und unter die Arme zu gelangen. Plötzlich sah einer aus dem stöhnenden Haufen den zweiten, entfernter stehenden Wagen. Er lief, in grotesken Sätzen schwankend, drauflos. Andere folgten ihm. Aber hier hatte Weber vorgesorgt; er war umringt von kräftigen Leuten und setzte sich sofort in Bewegung. Die Menge stürzte hinterher. Nur ein paar blieben und zogen die Hände über die Wände des Kaffeekessels, um die Feuchtigkeit abzulecken. Ungefähr dreißig blieben zurück, die nicht mehr aufstehen konnten.

»Schleppt sie hinterher«, kommandierte Weber. »Und schließt dann eine Kette über die Straße, damit sie nicht hierher zurückkommen können.«

Der Platz war voll von menschlichem Schmutz; aber er war eine Nacht Ruheplatz gewesen. Das war viel. Weber hatte Erfahrung. Er wußte, daß die Menge, wie das Wasser zum tiefsten Punkte, versuchen würde, hierher zurückzukommen, wenn die Raserei des Hungers vorüber war.

Die Wachen trieben die Zurückgebliebenen vorwärts. Sie schleppten gleichzeitig die Sterbenden und Toten. Es waren nur sieben Tote. Der Transport hatte aus den zähesten letzten fünfhundert bestanden.

Am Ausgang des Kleinen Lagers zur Straße brachen einige Leute aus. Die Wachen mit den Sterbenden und Toten konnten nicht rasch genug folgen. Drei der kräftigsten Leute flohen zurück. Sie rannten zu den Baracken und rissen an den Türen. Die von 22 gab nach. Sie krochen hinein.

»Halt!« schrie Weber, als die Wachen folgen wollten.

»Alles hierher! Die drei holen wir später. Aufpassen! Die andern kommen zurück.«

Der Schwarm kam die Straße herunter. Der Kessel mit Essen war leer geworden, und als man die Gruppen zum Abmarsch formieren wollte, waren sie umgekehrt. Aber sie waren jetzt nicht mehr dieselben wie vorher. Vorher waren sie ein einziger Block gewesen, jenseits von Verzweiflung, und das hatte ihnen eine stumpfe Kraft gegeben. Jetzt waren sie durch Hunger und Essen und Bewegung zurückgeworfen in die Verzweiflung – die Angst flatterte in ihnen wieder und machte sie wild und schwach, sie waren keine Masse mehr, sondern viele einzelne, jeder mit seinem eigenen Lebensrest, und das machte sie zu einer leichten Beute. Dazu kam, daß sie nicht mehr eng zusammenhockten. Sie hatten keine Macht mehr. Sie fühlten wieder Hunger und Schmerz. Sie begannen zu gehorchen.

Ein Teil von ihnen war weiter oben abgeschnitten worden; ein anderer auf dem Wege zurück; den Rest empfing Weber mit seinen Leuten. Sie schlugen nicht auf die Köpfe, nur auf die Körper. Langsam formierten sich Gruppen. Betäubt standen sie in Reihen zu vieren, die Arme ineinanderverschränkt, damit sie nicht fielen. Zwischen die Stärkeren wurde immer ein Sterbender eingehakt. Von weitem konnte es, für jemand, der nichts davon wußte, aussehen, als taumele dort Arm in Arm eine Schar lustiger Betrunkener. Dann plötzlich fingen einige an zu singen. Sie starrten vor sich hin und hoben die Köpfe und hielten die anderen fest und sangen. Es waren nicht viele, und der Gesang war dünn und abgerissen. Sie gingen über den großen Appellplatz an den aufgestellten Arbeitsformationen vorbei, hinaus durchs Tor.

»Was ist das, was sie singen?« fragte Werner.

»Ein Lied für Tote.«

Die drei Geflüchteten kauerten in Baracke 22. Sie hatten sich so weit durchgedrängt, wie sie konnten. Zwei lagen halb unter einem Bett. Sie hatten die Köpfe weit darunter gesteckt. Die Beine ragten heraus und zitterten. Das Zittern lief über sie, hörte einen Augenblick auf und begann wieder. Der dritte starrte mit weißem Gesicht auf die Häftlinge. »Verstecken – Mensch – Mensch –« Er wiederholte es immer wieder und stieß sich mit dem Zeigefinger vor die Brust. Es war das einzige Deutsch, das er kannte.

Weber riß die Tür auf. »Wo sind sie?«

Er stand mit zwei Wachen im Rahmen. »Wird's bald? Wo sind sie?«

Niemand antwortete.

»Stubenältester!« schrie Weber.

Berger trat vor. »Baracke 22, Sektion –«, begann er zu melden.

»Schnauze! Wo sind sie?«

Berger hatte keine Wahl. Er wußte, daß die Flüchtlinge in wenigen Augenblicken gefunden werden mußten. Er wußte auch, daß die Baracke auf keinen Fall durchsucht werden durfte. Zwei politische Flüchtlinge vom Arbeitslager waren darin versteckt.

Er hob den Arm, um in die Ecke zu zeigen, aber einer der Aufseher, der an ihm vorbeiblickte, kam ihm zuvor. »Da sind sie! Unter dem Bett!«

»Holt sie raus!«

Ein Schuffeln begann in dem vollen Raum. Die beiden Wachen rissen die Flüchtlinge wie Frösche an beiden Beinen unter dem Bett hervor. Die Gefangenen krallten ihre Hände um die Pfosten. Sie schwangen in der Luft. Weber trat auf ihre Finger. Es knackte, und die Hände gaben nach. Die beiden wurden herausgezerrt. Sie schrien nicht. Sie stießen nur ein sehr leises, sehr hohes Stöhnen aus, als sie über den dreckigen Boden geschleift wurden. Der dritte, mit dem weißen Gesicht, stand von selbst auf und folgte ihnen. Seine Augen waren große, schwarze Löcher. Er blickte die Häftlinge an, an denen er vorbeiging. Sie wandten die Augen ab.

Weber stand breitbeinig vor dem Eingang. »Wer von euch Schweinen hat die Tür aufgemacht?«

Niemand meldete sich. »Raustreten!«

Sie kamen heraus. Handke stand schon draußen. »Blockältester!« schnauzte Weber. »Es war befohlen, die Türen zu schließen! Wer hat sie geöffnet?«

»Die Türen sind alt. Die Flüchtlinge haben das Schloß losgerissen. Herr Sturmführer.«

»Quatsch! Wie können sie das?« Weber bückte sich über das Schloß. Es hing lose in dem verrotteten Holz. »Sofort ein neues Schloß anbringen! Hätte längst gemacht werden sollen! Warum ist das nicht früher getan worden?«

»Die Türen werden nie verschlossen, Herr Sturmführer. Die Leute haben keine Latrine in der Baracke.«

»Einerlei. Sorgen Sie dafür.« Weber drehte sich um und ging die Straße hinauf, hinter den Flüchtlingen her, die sich nicht mehr wehrten.

Handke betrachtete die Häftlinge. Sie erwarteten einen seiner Ausbrüche. Aber es kam keiner. »Schafsköpfe«, sagte er. »Seht zu, daß ihr den Dreck hier fortkriegt.«

Dann wandte er sich an Berger. »Das hättet ihr wohl nicht gerne gesehen, wenn die Baracke genauer untersucht worden wäre, was?«

Berger erwiderte nichts. Er blickte Handke ausdruckslos an. Handke lachte kurz auf. »Haltet mich für dumm, wie? Ich weiß mehr, als du glaubst. Und ich kriege euch noch! Alle! Alle euch hochnäsigen, politischen Idioten, verstehst du?« Er stampfte hinter Weber her. Berger drehte sich um. Goldstein stand hinter ihm. »Was mag er damit meinen?« Berger hob die Schultern. »Wir müssen auf jeden Fall sofort Lewinsky benachrichtigen. Und die Versteckten heute anderswo unterbringen. Vielleicht in Block 20. 509 weiß da Bescheid.«

18 Der Nebel hing morgens dicht über dem Lager. Die Maschinengewehrtürme und die Palisaden waren nicht zu erkennen. Es schien dadurch eine Zeitlang, als existiere das Konzentrationslager nicht mehr; als habe der Nebel die Umzäunung in eine weiche, trügerische Freiheit aufgelöst, und als brauche man nur vorwärtszugehen, um zu finden, sie seien nicht mehr da.

Dann kamen die Sirenen und bald darauf die ersten Explosionen. Sie kamen aus einem weichen Nirgendwo und hatten keine Richtung und keinen Ursprung. Sie hätten ebenso in der Luft oder hinter dem Horizont wie in der Stadt sein können. Sie wurden umhergeworfen, wie Donner von vielen gedämpften Gewittern, und es schien in dem Weißgrau der wattigen Unendlichkeit, als wäre keine Gefahr in ihnen.

Die Bewohner von Baracke 22 hockten müde auf den Betten und in den Gängen. Sie hatten wenig geschlafen und waren elend vor Hunger; am Abend vorher hatte es nur eine dünne Suppe gegeben. Sie achteten kaum auf das Bombardement. Sie kannten auch das nun schon; es war ebenfalls zu einem Teil ihrer Existenz geworden. Keiner war vorbereitet darauf, daß plötzlich das Heulen sich rasend verstärkte und in einer ungeheuren Detonation endete.

Die Baracke schwankte wie bei einem Erdbeben. In das hallende Zurückbeben des Kraches klang das Klirren der zerbrochenen Fensterscheiben.

»Sie bombardieren uns! Sie bombardieren uns!« schrie jemand. »Laßt mich raus! Raus hier!«

Eine Panik entstand. Leute fielen aus den Betten. Andere versuchten herunterzuklettern und hingen mit denen, die unten waren, in einem Gewirr von Gliedern zusammen. Kraftlose Arme schlugen um sich, die Gebisse in den Totenschädeln waren gebleckt, und die Augen starrten angstvoll aus den tiefen Höhlen.

Das Gespenstische dabei war, daß scheinbar alles lautlos vor sich ging; das Toben der Abwehrgeschütze und der Bomben war jetzt so stark, daß es den Lärm drinnen völlig übertönte. Offene Münder schienen ohne Stimmen zu schreien, als hätte die Angst sie stumm gemacht.

Eine zweite Explosion schüttelte den Boden. Die Panik verstärkte sich zu Aufruhr und Flucht. Die Leute, die noch gehen konnten, drängten übereinander durch die Gänge; andere lagen völlig teilnahmslos auf den Betten und starrten auf ihre lautlos gestikulierenden Kameraden, als wären sie Zuschauer in einer

Pantomime, die sie selbst nichts mehr anging. »Tür zu!« rief Berger.

Es war zu spät. Die Tür flog auf, und der erste Haufen Skelette stolperte in den Nebel. Andere folgten. Die Veteranen hockten in ihrer Ecke und hatten Mühe, nicht mit hinausgerissen zu werden. »Hierbleiben!« rief Berger. »Die Wachen werden schießen!«

Die Flucht ging weiter. »Hinlegen!« rief Lewinsky. Er hatte die Nacht trotz Handkes Drohungen in Baracke 22 verbracht. Es war ihm immer noch sicherer gewesen; am Tage vorher waren im Arbeitslager vier Leute mit den Anfangsbuchstaben H und K von dem Spezialkommando Steinbrenner, Breuer und Niemann erwischt und zum Krematorium geführt worden. Es war ein Glück, daß die Suche bürokratisch vor sich ging. Lewinsky hatte nicht gewartet, bis der Buchstabe L herankam. »Flach auf den Boden!« rief er. »Sie werden schießen!«

»Raus! Wer will hier in der Mausefalle bleiben?«

Draußen knatterten bereits Schüsse in das Heulen und Donnern. »Da! Es geht los! Hinlegen! Flach! Die Maschinengewehre sind gefährlicher als die Bomben!«

Lewinsky hatte unrecht. Nach der dritten Explosion hörten die Maschinengewehre auf. Die Wachen hatten die Türme eiligst verlassen. Lewinsky kroch zur Tür hinaus. »Keine Gefahr mehr!« schrie er Berger ins Ohr. »Die SS ist verschwunden.«

»Sollen wir drinbleiben?«

»Nein! Es ist kein Schutz. Wir können eingeklemmt werden und brennen.«

»Raus!« rief Meyerhof. »Wenn der Stacheldraht zerbombt wird, können wir fliehen!«

»Halt die Schnauze, Idiot! Sie werden dich fassen in deinem Anzug und dich erschießen.«

»Kommt raus.«

Sie drängten sich aus der Tür. »Zusammenbleiben!« schrie Lewinsky. Er griff Meyerhof an der Jacke vor der Brust. »Wenn du Blödsinn machst, breche ich dir mit meinen Händen den Hals, hörst du? Verfluchter Idiot, meinst du, wir können das jetzt riskieren?« Er schüttelte ihn. »Verstehst du? Oder soll ich dir den Hals sofort brechen?« – »Laß ihn«, sagte Berger. »Er wird nichts tun. Er ist zu schwach, und ich passe auf.«

Sie lagen in der Nähe der Baracke, nahe genug, um die dunklen Wände noch im kochenden Nebel sehen zu können. Es sah aus, als qualmten sie von einem unsichtbaren Feuer. So lagen sie, die Riesenhände vieler Donner im Genick, angepreßt an den Boden und warteten auf die nächste Explosion.

Es kam keine. Nur die Flak tobte weiter. Auch von der Stadt hörte man bald keine Bomben mehr. Dafür kam deutlicher wieder das Knattern von Gewehrschüssen durch den Lärm. »Die Schießerei ist hier im Lager«, sagte Sulbacher.

»Es ist die SS.« Lebenthal hob den Kopf. »Vielleicht haben sie die Kasernen getroffen, und Weber und Neubauer sind tot.«

»Das wäre zuviel Glück«, sagte Rosen. »So was passiert nicht. Bei dem Nebel haben sie doch nicht zielen können. Vielleicht haben sie nur ein paar Baracken erwischt.«

»Wo ist Lewinsky?« fragte Lebenthal.

Berger sah sich um. »Ich weiß nicht. Vor ein paar Minuten war er noch hier. Weißt du es nicht, Meyerhof?«

»Nein. Ich will es auch gar nicht wissen.«

»Vielleicht ist er auskundschaften gegangen.«

Sie horchten weiter. Die Spannung wuchs. Vereinzelte Gewehrschüsse waren wieder hörbar. »Vielleicht sind drüben Leute geflüchtet«, sagte Bucher. »Und sie jagen sie.«

»Hoffentlich nicht.«

Jeder wußte, daß man das gesamte Lager zum Appell rufen und stehen lassen würde, bis die Flüchtlinge tot oder lebendig eingebracht worden waren. Das würde viele Dutzende von Toten und die genaue Kontrolle aller Baracken bedeuten. Es war der Grund, weshalb Lewinsky Meyerhof angeschrien hatte. »Warum sollten sie jetzt noch flüchten?« sagte Ahasver.

»Warum nicht?« fragte Meyerhof zurück. »Jeder Tag –«

»Sei ruhig«, unterbrach Berger ihn. »Du bist von den Toten auferstanden, das hat dich verrückt gemacht. Du glaubst, du bist Samson. Keine fünfhundert Meter weit würdest du kommen.«

»Vielleicht ist Lewinsky selbst ausgerissen. Er hat genug Grund. Mehr als jeder andere.«

»Quatsch! Er flieht nicht.«

Die Flak schwieg. In der Stille hörte man Kommandos und Laufen. »Sollen wir nicht lieber in der Baracke verschwinden?« fragte Lebenthal.

»Richtig.« Berger stand auf. »Alles von C in die Stube zurück. Goldstein, sieh zu, daß eure Leute sich weit genug hinten verstecken. Handke kommt sicher jeden Augenblick.«

»Sie haben die SS bestimmt nicht erwischt«, sagte Lebenthal. »Die Bande kommt immer durch. Wahrscheinlich sind ein paar hundert von uns in Stücke zerrissen.«

»Vielleicht kommen die Amerikaner schon«, sagte jemand im Nebel. »Vielleicht war das schon Artillerie!«

Einen Moment schwiegen alle. »Halt die Schnauze«, sagte Lebenthal dann ärgerlich. »Beruf es nicht.«

»Los, rein, wer noch kriechen kann. Es gibt sicher einen Appell.«

Sie krochen in die Baracke zurück. Es gab wieder fast eine Panik. Viele hatten plötzlich Angst, daß andere, die schneller waren, ihnen ihre alten Plätze wegnehmen würden, besonders die, die ein Stück Bettbrett besaßen. Sie schrien mit heiseren, kraftlosen Stimmen und fielen und drängten vorwärts. Die Baracke war immer noch überfüllt, und Platz war für weniger als ein Drittel da. Ein Teil blieb trotz aller Rufe draußen liegen; er war durch die Erregung zu erschöpft, um noch zu kriechen. Die Panik hatte sie mit den anderen hinausgetrieben; jetzt aber konnten sie nicht weiter. Die Veteranen zerrten einige bis zur Baracke; im Nebel sahen sie, daß zwei tot waren. Sie bluteten. Schüsse hatten sie getötet.

»Vorsicht!« Sie hörten kräftigere Schritte als die der Muselmänner durch das weiße Wogen.

Die Schritte kamen näher und hielten vor der Baracke. Lewinsky blickte hinein. »Berger«, flüsterte er. »Wo ist 509?«

»In zwanzig. Was ist los?«

»Komm mal raus.«

Berger ging zur Tür.

»509 braucht keine Angst mehr zu haben«, sagte Lewinsky rasch und abgerissen. »Handke ist tot.«

»Tot? Durch eine Bombe?«

»Nein. Tot.«

»Wie ist das passiert? Hat die SS ihn im Nebel erwischt?«

»Wir haben ihn erwischt. Das ist genug, oder nicht? Die Hauptsache ist, daß er erledigt ist. Er war gefährlich. Der Nebel war günstig.« Lewinsky schwieg einen Moment.

»Du wirst ihn ja sehen im Krematorium.«

»Wenn der Schuß zu nahe war, wird man Pulverspuren und Brandwunden sehen.«

»Es war kein Schuß. Zwei andere Bonzen sind auch noch erledigt worden im Nebel und Durcheinander. Zwei der Schlimmsten. Der von unserer Baracke ist dabei. Er hat zwei Leute verraten.«

Das Entwarnungssignal kam. Der Nebel wogte und zerriß. Es war, als hätten die Explosionen ihn zerfetzt. Ein Stück Blau fing an, in ihm zu leuchten, dann wurde er silbern, und die Sonne dahinter füllte ihn mit weißem Glanz. Wie dunkle Schafotte begannen die MG-Türme daraus aufzusteigen.

Jemand kam. »Vorsicht«, flüsterte Berger. »Komm herein, Lewinsky! Versteck dich.«

Sie schlossen die Tür hinter sich. »Es ist nur einer«, sagte Lewinsky. »Keine Gefahr. Sie kommen schon seit einer Woche nicht mehr einzeln. Haben zuviel Angst.«

Die Tür wurde behutsam geöffnet. »Ist Lewinsky da?« fragte jemand.

»Was willst du?«

»Komm rasch. Ich habe es hier.«

Lewinsky verschwand im Nebel.

Berger sah sich um. »Wo ist Lebenthal?«

»Zu zwanzig gegangen. Er will es 509 sagen.«

Lewinsky kam zurück. »Hast du gehört, was drüben passiert ist?« fragte Berger.

»Ja. Komm heraus.«

»Was ist?«

Lewinsky lächelte langsam. Sein Gesicht war naß vom Nebel und entfaltete sich zu Zähnen, Augen und breiter bebender Nase. »Ein Stück der SS-Kaserne ist eingestürzt«, sagte er. »Tote und Verwundete. Weiß noch nicht, wie viele. Baracke 1 hat Verluste. Das Waffendepot und die Kammer sind beschädigt worden.« Er blickte vorsichtig in den Nebel. »Wir müssen etwas verstecken. Vielleicht nur bis heute abend. Wir haben etwas erwischt. Unsere Leute hatten wenig Zeit. Nur so lange, bis die SS wiederkam.«

»Gib her«, sagte Berger.

Sie stellten sich dicht zusammen. Lewinsky gab Berger ein schweres Paket. »Aus dem Waffendepot«, flüsterte er. »Versteck es in deiner Ecke. Ich habe noch ein zweites. Wir stecken es in das Loch unter dem Bett von 509. Wer schläft da jetzt?«

»Ahasver, Karel und Lebenthal.«

»Gut.« Lewinsky schnaufte. »Sie haben rasch gearbeitet. Sofort nachdem die Bombe die Wand des Depots eindrückte. Die SS war nicht da. Als sie kam, waren unsere Leute längst weg. Wir haben noch mehr erwischt. Das wird in der Typhusabteilung versteckt. Verteiltes Risiko, verstehst du? Werners Grundsatz.«

»Wird die SS nicht merken, daß was fehlt?«

»Vielleicht. Deshalb lassen wir nichts im Arbeitslager. Wir haben nicht zuviel genommen, und alles ist mächtig durcheinander. Vielleicht merken sie nichts. Wir haben versucht, das Depot anzuzünden.«

»Ihr habt verdammt gut gearbeitet«, sagte Berger.

Lewinsky nickte. »Ein glücklicher Tag. Komm, laß es unauffällig verstecken. Hier vermutet keiner was. Es wird heller. Wir konnten nicht noch mehr fassen, weil die SS rasch wiederkam. Sie glaubte, die Zäune wären kaputt. Schoß auf alles, was ihr in den Weg kam. Erwartete Flucht. Jetzt sind sie ruhiger. Haben festgestellt, daß der Stacheldraht in Ordnung ist. Was für ein Glück, daß die Arbeitskommandos heute morgen zurückgehalten worden sind; Fluchtgefahr wegen Nebel. Konnten so unsere besten Leute rangehen lassen. Wahrscheinlich gibt's jetzt bald Appell. Komm, zeig mir, wo wir die Sachen lassen können.«

Eine Stunde später war die Sonne da. Der Himmel wurde weich und blau, und die letzten Nebel verschwanden. Feucht und jung und mit einem Schimmer von Grün lagen die Felder mit den Baumreihen da, wie nach einem Bade. Nachmittags hörte Block 22, daß siebenundzwanzig Häftlinge während und nach dem Bombardement erschossen worden seien; zwölf waren in Baracke 1 getötet, achtundzwanzig durch Splitter verletzt. Zehn SS-Leute waren tot; darunter Birkhäuser von der Gestapo. Handke war tot; ebenso zwei Mann von der Baracke Lewinskys. 509 kam herüber. »Was ist mit der Quittung, die du Handke über die Schweizer Franken gegeben hast?« fragte Berger. »Wenn man sie nun unter seinen Sachen findet? Was, wenn die Gestapo sie in die Hände kriegt? Wir haben nicht daran gedacht!«

»Doch«, sagte 509. Er zog den Briefbogen aus der Tasche. »Lewinsky wußte es. Und er hatte dran gedacht. Er hat Handkes Sachen an sich gebracht. Ein zuverlässiger Kapo hat sie für ihn gestohlen, sofort nachdem Handke erledigt worden war.«

»Gut. Zerreiß sie! Lewinsky war verdammt tüchtig heute.«

Berger atmete auf. »Ich hoffe, jetzt haben wir endlich etwas Ruhe.«

»Vielleicht. Es kommt darauf an, wer der neue Blockälteste wird.«

Ein Zug Schwalben erschien plötzlich über dem Lager. Sie kreisten lange hoch, in großen Spiralen und kamen dann tiefer und schossen kreischend über die polnischen Baracken. Ihre blauen, glänzenden Flügel berührten fast das Dach.

»Das ist das erste Mal, daß ich Vögel im Lager sehe«, sagte Ahasver.

»Sie suchen Plätze zum Nisten«, erklärte Bucher.

»Hier?« Lebenthal meckerte.

»Sie haben die Kirchtürme nicht mehr.«

Der Rauch über der Stadt hatte sich etwas geklärt. »Tatsächlich«, sagte Sulbacher. »Der letzte Turm ist eingestürzt.«

»Hier!« Lebenthal blickte kopfschüttelnd auf die Schwalben, die jetzt mit schrillem Rufen die Baracke umkreisten.

»Und dazu kommen sie von Afrika zurück! Hierher!«

»Sie haben nirgendwo Platz in der Stadt, solange es brennt.«

Sie blickten hinunter. »Wie das aussieht!« flüsterte Rosen.

»Es müssen noch eine Menge anderer Städte so brennen«, sagte Ahasver. »Größere und wichtigere. Wie müssen die erst aussehen?«

»Armes Deutschland«, sagte jemand, der in der Nähe hockte.

»Was?«

»Armes Deutschland.«

»Menschenskinder!« sagte Lebenthal. »Habt ihr das gehört?«

Es wurde warm. Abends erfuhr die Baracke, daß auch das Krematorium beschädigt worden war. Eine der Umfassungsmauern war eingestürzt, und der Galgen stand schief; aber der Schornstein rauchte mit Volldampf.

Der Himmel bezog sich. Es wurde immer schwüler. Das Kleine Lager bekam kein Abendessen. Die Baracken waren still. Wer konnte, lag draußen. Es schien, als müsse die schwere Luft Nahrung geben. Die Wolken, die dichter und fahler wurden, sahen aus wie Säcke, aus denen Essen fallen könne. Lebenthal kam müde von einem Patrouillengang zurück. Er meldete, daß nur vier Baracken im Arbeitslager Abendessen bekommen hätten. Die anderen nicht; angeblich sei die Proviantabteilung beschädigt. Es seien keine Kontrollen in den Baracken vorgenommen worden. Offenbar habe die SS den Verlust der Waffen noch nicht bemerkt.

Es wurde immer wärmer. Die Stadt lag in einem sonderbaren, schwefligen Licht. Die Sonne war längst untergegangen, aber die Wolken hingen noch voll von dem gelben, fahlen Licht, das nicht weichen wollte.

»Es gibt ein Gewitter«, sagte Berger. Er lag blaß neben 509.

»Hoffentlich.«

Berger sah ihn an. Das Wasser lief in die Augen. Sehr langsam drehte er den Kopf, und plötzlich floß ein Schwall Blut aus seinem Munde. Es war mühelos und so natürlich, daß 509 es in der ersten Sekunde einfach nicht faßte. Dann richtete er sich auf.

»Was ist los? Berger! Berger!«

Berger krümmte sich und lag still. »Nichts«, sagte er.

»Ist das ein Blutsturz?«

»Nein.«

»Was denn?«

»Magen.«

»Magen?«

Berger nickte. Er spuckte das Blut aus, das noch in seinem Munde war. »Nichts Schlimmes«, flüsterte er.

»Schlimm genug. Was müssen wir machen? Sag es uns.«

»Nichts. Liegen. Ruhig liegenlassen.«

»Sollen wir dich hineinbringen? Du kannst ein Bett für dich haben. Wir werfen ein paar andere hinaus.«

»Laß mich nur liegen.«

509 war plötzlich völlig verzweifelt. Er hatte so viele Menschen sterben sehen und war so oft beinahe selbst gestorben, daß er geglaubt hatte, ein einzelner Tod könne nicht mehr viel für ihn bedeuten. Jetzt aber traf es ihn wie das erste Mal. Ihm schien, als verliere er den letzten und einzigen Freund seines Lebens. Er war sofort hoffnungslos. Berger lächelte ihm mit schweißnassem Gesicht zu – aber 509 sah ihn bereits regungslos am Rande des Zementwagens liegen. »Irgend jemand muß noch was zu essen haben! Oder Medizin besorgen! Lebenthal!«

»Nichts zu essen«, flüsterte Berger. Er hob eine Hand und öffnete die Augen. »Glaub mir. Ich werde sagen, was ich brauche. Und wann. Jetzt nichts. Nichts. Glaub mir. Es ist nur der Magen.« Er schloß die Augen wieder.

Nach dem Abpfeifen kam Lewinsky aus der Baracke. Er hockte sich zu 509. »Warum bist du eigentlich nicht in der Partei?« fragte er.

509 blickte auf Berger. Berger atmete regelmäßig. »Wozu willst du das gerade jetzt wissen?« fragte er zurück.

»Es ist schade. Ich wollte, du wärest einer von uns.«

509 wußte, was Lewinsky meinte. Die Kommunisten bildeten in der unterirdischen Lagerleitung eine besonders zähe, verschlossene und energische Gruppe. Sie arbeitete zwar mit den anderen zusammen, traute ihnen aber nie ganz und verfolgte ihre besonderen Ziele. Sie schützte und förderte immer zuerst ihre eigenen Leute.

»Wir könnten dich gebrauchen«, sagte Lewinsky. »Was warst du früher? Beruf meine ich?«

»Redakteur«, erwiderte 509 und wunderte sich selbst, wie sonderbar das klang.

»Redakteure könnten wir besonders gut gebrauchen.«

509 erwiderte nichts. Er wußte, daß eine Diskussion mit einem Kommunisten ebenso zwecklos war wie mit einem Nazi. »Hast du eine Ahnung, was für einen Blockältesten wir kriegen?« fragte er nach einer Weile.

»Ja. Wahrscheinlich einen von unseren eigenen Leuten. Sicher aber einen politischen. Bei uns ist auch ein neuer eingesetzt worden. Er gehört zu uns.«

»Dann gehst du wieder zurück?«

»In ein oder zwei Tagen. Das hat mit dem Blockältesten nichts zu tun.«

»Hast du sonst etwas gehört?«

Lewinsky blickte 509 prüfend an. Dann rückte er näher heran. »Wir erwarten die Übernahme des Lagers in etwa zwei Wochen.«

»Was?«

»Ja. In zwei Wochen.«

»Du meinst die Befreiung?«

»Die Befreiung und die Übernahme durch uns. Wir müssen es übernehmen, wenn die SS abzieht.«

»Wer wir?«

Lewinsky zögerte wieder einen Augenblick. »Die künftige Lagerleitung«, sagte er dann. »Es muß eine da sein, und sie wird bereits organisiert; sonst gibt es nichts als Verwirrung. Wir müssen sofort eingreifen. Die Verpflegung des Lagers muß ohne Unterbrechung weitergeführt werden, das ist das wichtigste. Verpflegung. Versorgung, Verwaltung – Tausende von Menschen können nicht gleich auseinanderlaufen –«

»Hier sicher nicht. Hier können nicht alle laufen.«

»Das kommt dazu. Ärzte, Medizin, Transportmöglichkeiten, Nahrungsnachschub, Requisitionen dafür in den Dörfern –«

»Und wie wollt ihr das alles machen?«

»Man wird uns helfen, das ist gewiß. Aber wir müssen es organisieren. Die Engländer oder Amerikaner, die uns befreien, sind kämpfende Truppen. Sie sind nicht ausgerüstet dafür, sofort KZ-Lager zu verwalten. Das müssen wir selbst machen. Mit ihrer Hilfe natürlich.«

509 sah den Kopf Lewinskys gegen den wolkigen Himmel. Er war wuchtig und rund, ohne Weichheit. »Sonderbar«, sagte er. »Wie selbstverständlich wir mit der Hilfe unserer Feinde rechnen, wie?«

»Ich habe geschlafen«, sagte Berger. »Ich bin wieder in Ordnung. Es war nur der Magen, weiter nichts.«

»Du bist krank, und es ist nicht der Magen«, erwiderte 509. »Ich habe nie gehört, daß man vom Magen Blut spuckt.«

Berger hatte die Augen weit geöffnet. »Ich habe etwas Sonderbares geträumt. Es war sehr deutlich und wirklich. Ich operierte. Das helle Licht –«

Er blickte in die Nacht. »Lewinsky glaubt, daß wir in zwei Wochen frei sind, Ephraim«, sagte 509 behutsam.

»Sie empfangen jetzt dauernd Nachrichten.«

Berger rührte sich nicht. Es schien, als habe er nichts gehört.

»Ich operierte«, sagte er. »Ich setzte zum Schnitt an. Eine Magenresektion. Ich setzte an, und plötzlich wußte ich nicht weiter. Ich hatte alles vergessen. Der Schweiß brach mir aus. Der Patient lag da, offen, bewußtlos – und ich wußte nicht weiter. Ich hatte die Operation vergessen. Es war entsetzlich.«

»Denk nicht darüber nach. Es war ein Alptraum, weiter nichts. Was habe ich nicht alles schon geträumt! Und was werden wir nicht noch alles träumen, wenn wir hier heraus sind!« 509 roch plötzlich ganz deutlich Spiegeleier mit Speck. Er bemühte sich, nicht daran zu denken. »Es wird nicht alles Jubel sein«, sagte er. »Das ist sicher.«

»Zehn Jahre.« Berger starrte in den Himmel. »Zehn Jahre nichts. Weg! Fort! Nicht gearbeitet. Ich habe bis jetzt nie daran gedacht. Es ist möglich, daß ich viel vergessen habe. Ich weiß auch jetzt nicht genau, wie die Operation geht. Ich kann mich nicht richtig erinnern. In der ersten Zeit im Lager habe ich nachts Operationen rekapituliert. Um drinzubleiben. Dann nicht mehr. Es kann sein, daß ich es vergessen habe –«

»Es kommt einem aus dem Sinn; aber man vergißt es nicht wirklich. Es ist wie mit Sprachen oder Radfahren.

»Man kann es verlernen. Die Hände. Die Präzision. Man kann unsicher werden. Oder nicht mehr mitkommen. In zehn Jahren ist viel passiert. Vieles entdeckt. Ich weiß nichts davon. Bin nur älter geworden, älter und müder.«

»Merkwürdig«, sagte 509. »Ich habe vorhin auch zufällig an meinen früheren Beruf gedacht. Lewinsky hat mich danach gefragt. Er glaubt, daß wir in zwei Wochen hier rauskommen. Kannst du dir das vorstellen?«

Berger schüttelte abwesend den Kopf. »Wo ist die Zeit geblieben?« sagte er. »Es war endlos. Jetzt sagst du zwei Wochen. Und auf einmal fragt man: Wo sind die zehn Jahre geblieben?«

Die brennende Stadt glühte im Talkessel. Es war immer noch schwül, obschon es Nacht war. Dunst begann aufzusteigen. Blitze zuckten. Am Horizont glimmten noch zwei andere Feuer – ferne, bombardierte Städte.

»Wollen wir es nicht einstweilen damit genug sein lassen, daß wir überhaupt denken können, was wir jetzt denken, Ephraim?«

»Ja. Du hast recht.«

»Wir denken doch schon wieder wie Menschen. Und an das, was nach dem Lager sein wird. Wann konnten wir das? Alles andere wird schon von selbst wiederkommen.«

Berger nickte. »Und wenn ich mein Leben lang Strümpfe stopfen muß, wenn ich hier rauskomme! Trotzdem –«

Der Himmel zerriß unter einem Blitz, und langsam folgte von weitem der Donner. »Willst du reingehen?« fragte 509. »Kannst du vorsichtig aufstehen oder kriechen?«

Das Gewitter brach um elf Uhr los. Die Blitze erhellten den Himmel, und für Sekunden wurde eine fahle Mondlandschaft mit den Trichtern und den Ruinen der zerstörten Stadt hochgeworfen. Berger schlief fest. 509 saß in der Türöffnung von Block 22. Die Baracke war wieder frei für ihn, seit Handke von Lewinsky getötet worden war. Er hielt den Revolver und die Munition unter seiner Jacke verborgen. Er fürchtete, daß sie bei starkem Regen in dem Loch unter dem Bett naß und unbrauchbar werden könnten.

Aber es regnete wenig in dieser Nacht. Das Gewitter zog und zog, es teilte sich, und lange Zeit waren es mehrere, die sich Blitze von Horizont zu Horizont zuwarfen wie Schwerter. Zwei Wochen, dachte 509 und sah die Landschaft jenseits des Stacheldrahtes aufflammen und erlöschen. Sie schien ihm einer anderen Welt zu gleichen, die unmerklich näher und näher gekommen war in der letzten Zeit, langsam herangewachsen aus einem Niemandsland der Hoffnungslosigkeit, und nun schon dicht vor den Stacheldrähten lagernd, wartend mit dem Geruch von Regen und Feldern, von Zerstörung und Brand, aber auch von Wachsen und Wäldern und Grün. Er fühlte, wie die Blitze durch ihn hindurchgingen und sie erhellten, und wie gleichzeitig eine verlorene Vergangenheit aufdämmerte, fahl, entfernt, fast unverständlich und unerreichbar. Er fröstelte in der warmen Nacht. Er war nicht so sicher, wie er sich Berger gegenüber gezeigt hatte. Er konnte sich erinnern, und es schien ihm viel, und es bewegte ihn, aber ob es genug war nach den Jahren hier, wußte er nicht. Zuviel Tod war zwischen früher und jetzt. Er wußte nur, daß Leben bedeutete, aus dem Lager zu entkommen, aber gleich danach wurde alles ungewiß und riesig und schwankend, und er konnte nicht weit darüber hinaussehen. Lewinsky konnte es, aber er dachte als Parteimitglied. Die Partei würde ihn auffangen, und er würde in ihr sein, das genügte ihm. Was konnte es dann sein? dachte 509, was war es, das rief, außer dem primitiven Lebenswunsch? Rache? Mit Rache allein war wenig getan. Rache gehörte zu dem anderen, dem finsteren Teil, der erledigt werden mußte, doch was kam danach? Er spürte ein paar warme Regentropfen auf seinem Gesicht, wie Tränen von nirgendwoher. Wer hatte noch Tränen? Sie waren ausgebrannt, vertrocknet seit vielen Jahren. Das stumme Reißen manchmal, das Wenigerwerden von Etwas, das schon fast als Nichts vorher erschienen war – das war das einzige, was noch zeigte, daß immer noch etwas verloren werden konnte. Ein Thermometer, das schon längst den tiefsten Punkt des Gefühls anzeigte – und daß es kälter wurde, sah man nur noch daran, daß manchmal ein erfrorenes Glied, ein Finger, ein Fuß abfiel, beinahe ohne Schmerzen.

Die Blitze folgten sich schneller, und unter lang rollendem Donner lag der Hügel gegenüber sehr klar im zuckenden, schattenlosen Licht – das ferne, weiße Haus mit dem Garten. Bucher, dachte 509. Bucher hatte noch etwas. Er war jung, und mit ihm war Ruth. Jemand, der mit ihm hinausgehen würde. Aber würde es halten? Doch wer fragte danach? Wer wollte schon Garantien? Und wer konnte sie geben?

509 lehnte sich zurück. Was denke ich für Unsinn? dachte er. Berger muß mich angesteckt haben. Wir sind nur müde. Er atmete langsam und glaubte durch den Gestank des Platzes und der Baracke wieder den Frühling und das Wachsen zu riechen. Das kam wieder, jedes Jahr, mit Schwalben und Blüten, gleichgültig gegen Krieg und Tod und Trauer und Hoffnung. Es kam. Das war genug.

Er zog die Tür zu und kroch zu seiner Ecke. Es blitzte die ganze Nacht weiter, das geisterhafte Licht fiel durch die zerbrochenen Fenster, und die Baracke schien ein Schiff zu sein, das lautlos auf einem unterirdischen Strom dahinglitt, angefüllt mit Toten, die durch eine dunkle Magie noch atmeten – und darunter einige, die sich nicht verlorengaben.

19 »Bruno«, sagte Selma Neubauer ruhig. »Sei kein Narr. Denke, bevor andere anfangen zu denken. Das ist unsere Chance. Verkauf, was du verkaufen kannst. Die Grundstücke, den Garten, das Haus hier, alles – Verlust oder nicht Verlust.«

»Und Geld? Was soll Geld?« Neubauer schüttelte ärgerlich den Kopf. »Wenn deine Behauptungen wahr würden, was würde das Geld dann wert sein? Hast du die Inflation nach dem Ersten Weltkrieg vergessen? Eine Billion war eine Mark wert. Sachwerte, das war auch damals das einzige!«

»Sachwerte, ja! Aber Sachwerte, die man in die Tasche stekken kann.«

Selma Neubauer erhob sich und ging zu einem Schrank. Sie öffnete ihn und räumte einige Wäschestücke weg. Dann holte sie einen Kasten hervor und schloß ihn auf. Er enthielt goldene Zigarettendosen, Puderdosen, ein paar Clips mit Diamanten, zwei Rubinbroschen und einige Ringe. »Hier«, sagte sie. »Das habe ich in den letzten Jahren gekauft, ohne daß du es wußtest. Von meinem Geld und von dem, was ich gespart habe. Dafür habe ich die Aktien verkauft, die ich hatte. Sie sind heute nichts mehr wert. Die Fabriken liegen in Trümmern. Aber dieses hier behält seinen Wert. Das kann man mitnehmen. Ich wollte, wir hätten nur so etwas!«

»Mitnehmen! Mitnehmen! Du redest, als ob wir Verbrecher wären und flüchten müßten.«

Selma legte die Sachen zurück. Sie putzte eine Zigarettendose mit dem Ärmel ihres Kleides blank. »Uns kann passieren, was anderen passiert ist, als ihr an die Macht kamt, oder nicht?«

Neubauer sprang auf. »Wenn man dich hört –« sagte er wütend und hilflos. »Man könnte sich aufhängen. Andere Männer haben Frauen, die sie verstehen, die ein Trost sind, wenn sie vom Dienst kommen, die sie aufheitern – aber du! Nichts als unken und: hättest du, und Unglücksgeschrei! Den ganzen Tag! Und nachts auch noch! Nicht einmal da hat man Ruhe! Immerfort: Verkaufen und miesmachen!«

Selma hörte nicht auf ihn. Sie packte den Kasten weg und legte die Wäsche wieder davor. »Diamanten«, sagte sie. »Gute, klare Diamanten. Ungefaßt. Nur die besten Steine. Ein Karat, zwei Karat, drei Karat, bis sechs oder sieben, wenn man sie kriegen kann. Das ist das richtige. Besser als alle deine Blanks und Gärten und Grundstücke und Häuser. Dein Anwalt hat dich reingelegt. Ich bin sicher, daß er doppelte Prozente gekriegt hat. Diamanten kann man verstecken. Man kann sie in Kleider einnähen. Sogar runterschlucken. Grundstücke nicht.«

Neubauer starrte sie an. »Wie du redest! Einen Tag bist du hysterisch vor Angst vor ein paar Bomben – und am nächsten Tag redest du wie ein Jude, der einem den Hals abschneiden könnte für Geld.«

Sie maß ihn mit einem verächtlichen Blick. Sie sah die Stiefel, die Uniform, den Revolver, den Schnurrbart. »Juden schneiden keine Hälse ab. Juden sorgen für ihre Familien. Besser als viele germanische Übermenschen. Juden wissen, was man in gefährlichen Zeiten tut.«

»So? Was haben sie denn gewußt? Wenn sie was gewußt hätten, wären sie nicht hiergeblieben, und wir hätten nicht die meisten erwischt.«

»Sie haben nicht geglaubt, daß ihr mit ihnen machen würdet, was ihr getan habt.« Selma Neubauer betupfte sich die Schläfen mit Eau de Cologne. »Und vergiß nicht, daß das Geld in Deutschland seit 1931 gesperrt war. Seit die Darmstädter und Nationalbank in Schwierigkeiten geriet. Deshalb konnten viele nicht weg. Ihr habt sie dann erwischt. Gut. Und genau so willst du jetzt hierbleiben. Und genau so werden sie euch erwischen.«

Neubauer blickte sich rasch um. »Vorsicht! Verdammt! Wo ist das Mädchen? Wenn man dich hört, sind wir verloren. Der Volksgerichtshof kennt keine Gnade! Eine Denunziation genügt.«

»Das Mädchen hat Ausgang. Und warum kann man mit euch nicht dasselbe machen, was ihr mit den andern gemacht habt?«

»Wer? Die Juden?« Neubauer lachte. Blank fiel ihm ein, er stellte sich vor, wie Blank Weber folterte. »Die sind froh, wenn sie Ruhe haben.«

»Nicht die Juden. Die Amerikaner und Engländer.«

Neubauer lachte wieder. »Die? Die noch weniger! Das geht sie doch gar nichts an! Um innenpolitische Angelegenheiten, wie unsere Lager, kümmern die sich überhaupt nicht! Das mit denen ist eine rein außenpolitische, militärische Angelegenheit. Verstehst du das nicht?«

»Nein.«

»Das sind Demokraten. Sie würden uns korrekt behandeln, wenn sie gewinnen sollten – was noch die Frage ist. Militärisch. Korrekt. Wir sind dann eben in Ehren unterlegen. Sie können sonst gar nichts tun. Das ist deren Weltanschauung! Bei den Russen wäre das was anderes. Aber die sind ja im Osten.«

»Du wirst es sehen. Bleib nur hier.«

»Jawohl, ich werde das sehen. Und ich bleibe hier. Möchtest du mir sagen, wohin wir denn überhaupt gehen könnten, wenn wir weg wollten?«

»Wir hätten schon vor Jahren mit Diamanten in die Schweiz –«

»Hätten!« Neubauer schlug auf den Tisch. Die Bierflasche vor ihm wackelte. »Hätten! Hätten! Wieder mal! Wie denn? Hätten wir über die Grenze fliegen sollen in einem gestohlenen Flugzeug? Du redest Unsinn.«

»Nicht in einem gestohlenen Flugzeug. Aber wir hätten ein

paar Ferienreisen machen können. Geld und Schmuck mitnehmen. Zwei, drei, vier Ferienreisen. Jedesmal alles dalassen. Ich weiß Leute, die es gemacht haben –«

Neubauer ging zur Tür. Er öffnete und schloß sie wieder. Dann kam er zurück. »Weißt du, was das ist, was du da sagst? Reiner Hochverrat! Du würdest sofort erschossen werden, wenn ein Wort davon weitergehen würde.«

Selma sah ihn an. Ihre Augen glitzerten.

»Nun, und? Kannst ja rasch noch zeigen, was für ein Held du bist. Wirst dabei eine gefährliche Frau los. Ist dir vielleicht ganz lieb –«

Neubauer hielt ihren Blick nicht aus. Er wandte sich ab und ging im Zimmer auf und ab. Er wußte nicht, ob sie etwas gehört hatte von der Witwe, die ihn ab und zu besuchte. »Selma«, sagte er schließlich mit veränderter Stimme. »Was soll das? Wir müssen zusammenstehen! Laß uns vernünftig sein. Wir können doch jetzt nichts anderes tun als durchhalten. Ich kann nicht weglaufen. Ich stehe unter Befehl. Wohin soll ich denn fliehen? Zu den Russen? Nein. Mich im unbesetzten Deutschland verstecken? Da wird die Gestapo mich rasch haben, und du weißt, was das heißt! Zur anderen Seite, zu den Amerikanern und Engländern? Auch nicht. Da ist es schon besser, hier auf sie zu warten, sonst sieht es aus, als hätte ich ein schlechtes Gewissen. Ich habe alles überlegt, glaube es mir. Wir müssen durchhalten, es gibt nichts anderes.«

»Ja.«

Neubauer blickte überrascht auf. »Wirklich? Verstehst du es endlich? Habe ich es dir bewiesen?«

»Ja.«

Er sah Selma vorsichtig an; er glaubte nicht an einen so leichten Sieg. Aber sie hatte plötzlich aufgegeben. Ihre Backen schienen zu fallen. Bewiesen, dachte sie. Beweise! Was sie bewiesen haben, das glauben sie – als ob das Leben aus Beweisen bestände. Es ist nichts mit ihnen zu machen. Tönerne Götter. Glauben nur sich selbst. Sie betrachtete ihren Mann lange. Es war eine sonderbare Mischung von Mitleid, Verachtung und einer fernen Zärtlichkeit, mit der sie ihn ansah. Neubauer wurde unbehaglich zumute. »Selma –« begann er.

Sie unterbrach ihn. »Bruno, nur noch eines, das letzte – ich bitte dich darum –«

»Was?« fragte er mißtrauisch.

»Laß das Haus und die Grundstücke auf Freya überschreiben. Geh zum Anwalt. Nur das, weiter nichts.«

»Warum?«

»Nicht für immer. Vorläufig. Wenn alles gut geht, können sie zurückgeschrieben werden. Du kannst deiner Tochter trauen.«

»Ja – ja – aber der Eindruck! Der Anwalt –«

»Pfeif auf den Eindruck! Freya war ein Kind bei der Machtübernahme. Man kann ihr nichts vorwerfen!«

»Was heißt das? Meinst du, man kann mir was vorwerfen?«

Selma schwieg. Sie sah Neubauer wieder mit dem eigentümlichen Blick an. »Wir sind Soldaten«, sagte er. »Wir handeln auf Befehl. Und Befehl ist Befehl, das weiß jeder.« Er reckte sich. »Der Führer befiehlt; wir gehorchen. Der Führer übernimmt die volle Verantwortung für das, was er befiehlt. Er hat das oft genug erklärt. Das genügt für jeden Patrioten. Oder nicht?«

»Ja«, sagte Selma resigniert. »Aber geh zum Anwalt. Laß unseren Besitz auf Freya überschreiben.«

»Meinetwegen. Ich kann mal mit ihm sprechen.« Neubauer dachte nicht daran, es zu tun. Seine Frau war hysterisch vor Angst. Er klopfte ihr auf den Rücken. »Laß mich nur machen. Ich habe es doch immer noch geschafft.«

Er stapfte hinaus. Selma Neubauer ging zum Fenster. Sie sah ihn in den Wagen steigen. Beweise! Befehle! dachte sie. Das ist ihnen der Freispruch für alles. Schön und gut, solange es klappte. Hatte sie nicht selber mitgemacht? Sie blickte auf ihren Ehering. Vierundzwanzig Jahre trug sie ihn nun; er hatte zweimal erweitert werden müssen. Damals, als sie ihn bekam, war sie eine andere Person gewesen. Um die Zeit war auch ein Jude dagewesen, der sie hatte heiraten wollen. Ein kleiner, tüchtiger

Mann, der lispelte und nicht schrie. Josef Bornfelder hatte er geheißen. Er war 1928 nach Amerika gegangen. Kluger Mann. Rechtzeitig. Sie hatte dann noch einmal etwas von ihm gehört, über eine Bekannte, der er geschrieben hatte, es ginge ihm sehr gut. Mechanisch drehte sie an ihrem Trauring. Amerika, dachte sie. Da gibt es niemals Inflation. Die sind zu reich.

509 horchte. Er kannte die Stimme. Vorsichtig hockte er sich hinter den Haufen von Toten und lauschte.

Er wußte, daß Lewinsky diese Nacht jemand vom Arbeitslager hatte bringen wollen, der einige Tage versteckt bleiben sollte; aber Lewinsky hatte, getreu der alten Regel, daß nur Verbindungsleute sich kennen sollten, nicht gesagt, wer es war.

Der Mann sprach leise, aber sehr klar. »Wir brauchen jeden Mann, der mit uns ist«, sagte er. »Wenn der Nationalsozialismus fällt, ist zum erstenmal keine geschlossene Partei da, um die politische Leitung zu übernehmen. Alle sind in den zwölf Jahren zersplittert oder zerstört worden. Die Reste sind untergrund gegangen. Wir wissen nicht, wieviel sich davon erhalten hat. Es wird entschlossene Leute brauchen, um eine neue Organisation aufzubauen. Nur eine einzige Partei wird im Chaos der Niederlage intakt bleiben: der Nationalsozialismus. Ich meine nicht die Mitläufer, die schließen sich jeder Partei an – ich meine den Kern. Er wird geschlossen untergrund gehen und warten, um wieder herauszukommen. Dagegen haben wir zu kämpfen; und dazu brauchen wir Leute.«

Es ist Werner, dachte 509; er muß es sein; aber ich weiß doch, daß er tot ist. Er konnte nichts sehen; die Nacht war mondlos und diesig. »Die Massen draußen sind zum großen Teil demoralisiert«, sagte der Mann. »Zwölf Jahre Terror, Boykott, Denunziationen und Angst haben das geschafft – dazu kommt jetzt der verlorene Krieg. Sie können durch Untergrund-Terror und Sabotage noch jahrelang in Angst von den Nazis gehalten werden. Sie müssen wieder gewonnen werden – die Verführten und Verängstigten. Ironischerweise hat sich die Gegnerschaft zu den Nazis in den Lagern besser erhalten als irgendwo draußen. Man hat uns zusammengesperrt; draußen hat man die Gruppen auseinandergetrieben. Draußen war es schwer, Verbindungen aufrechtzuerhalten; hier war es einfach. Draußen mußte fast jeder für sich durchstehen; hier gab einer dem andern Kraft; ein Resultat, das die Nazis nicht vorgesehen haben.« Der Mann lachte. Es war ein kurzes, freudloses Lachen.

»Abgesehen von denen, die getötet worden sind«, sagte Berger. »Und denen, die starben.«

»Abgesehen von denen, natürlich. Aber wir haben Leute übrigbehalten. Jeder einzelne davon ist hundert andere wert.«

Es muß Werner sein, dachte 509; er konnte jetzt den schattenhaften Asketenkopf im Dunkeln sehen. Er analysiert bereits wieder. Er organisiert. Er hält Reden; er ist der Fanatiker und Theoretiker seiner Partei geblieben. »Die Lager müssen die Zellen des Wiederaufbaus werden«, sagte die leise, klare Stimme. »Drei Punkte sind da zunächst die wichtigsten. Der erste ist: passiver und im äußersten Falle aktiver Widerstand gegen die SS, solange sie im Lager ist. Der zweite: die Verhütung von Panik und Exzessen bei der Übernahme des Lagers. Wir müssen ein Beispiel dafür sein, daß wir Disziplin haben und uns von Racheausschreitungen nicht leiten lassen. Ordentliche Gerichte werden dafür später –«

Der Mann hielt inne. 509 war aufgestanden und kam auf die Gruppe zu. Sie bestand aus Lewinsky, Goldstein, Berger und dem Fremden.

»Werner –« sagte 509.

Der Mann starrte ins Dunkel. »Wer bist du?«

Er richtete sich auf und kam heran. »Ich dachte, du wärest tot«, sagte 509.

Werner blickte ihm dicht ins Gesicht. »Koller«, sagte 509.

»Koller! Du lebst noch? Und ich dachte, du wärest längst tot.«

»Das bin ich auch. Offiziell.«

»Er ist 509«, sagte Lewinsky.

»Du bist also 509! Das macht die Sache einfacher. Ich bin auch offiziell tot.«

Beide starrten sich durch die Dunkelheit an. Es war keine neue Situation. Mancher im Lager hatte schon jemand wiedergefunden, den er tot geglaubt hatte. Aber 509 und Werner kannten sich noch aus der Zeit vor dem Lager. Sie waren Freunde gewesen; dann hatten ihre politischen Ansichten sie allmählich auseinandergetrieben.

»Bleibst du jetzt hier?« fragte 509.

»Ja. Für ein paar Tage.«

»Die SS ist beim Durchkämmen der letzten Buchstaben des Alphabets«, sagte Lewinsky. »Sie haben Vogel erwischt. Er lief jemand in die Hände, der ihn kannte. Einem verdammten Unterscharführer.«

»Ich werde euch nicht zur Last fallen«, erklärte Werner. »Ich sorge für meine eigene Verpflegung.«

»Sicher«, sagte 509 mit kaum merkbarer Ironie. »Das hätte ich auch nicht anders von dir erwartet.«

»Münzer besorgt morgen Brot. Lebenthal kann es bei ihm abholen. Er besorgt mehr als nur für mich. Auch etwas für eure Gruppe.«

»Ich weiß«, erwiderte 509. »Ich weiß, Werner, daß du nichts umsonst nimmst. Bleibst du in zweiundzwanzig? Wir können dich auch in zwanzig unterbringen.«

»Ich kann in zweiundzwanzig bleiben. Du jetzt doch auch. Handke ist ja nicht mehr da.«

Niemand von den andern spürte, daß zwischen den beiden etwas wie ein Duell in Worten vor sich ging. Wie kindisch wir sind, dachte 509. Vor einer Ewigkeit sind wir politische Gegner gewesen – und immer noch will keiner dem andern etwas schuldig bleiben. Ich fühle eine idiotische Genugtuung darüber, daß Werner bei uns Schutz sucht; und er deutet mir an, daß ich ohne seine Gruppe vielleicht von Handke erledigt worden wäre.

»Ich habe gehört, was du vorhin erklärt hast«, sagte er. »Es stimmt. Was können wir tun?«

Sie saßen noch draußen. Werner, Lewinsky und Goldstein schliefen in der Baracke. Lebenthal hatte sie in zwei Stunden zu wecken. Dann sollte gewechselt werden. Die Nacht war schwül geworden. Berger trug trotzdem die warme Husaren-Attila; 509 hatte darauf bestanden.

»Wer ist der Neue?« fragte Bucher. »Ein Bonze?«

»Er war einer, bevor die Nazis kamen. Nicht allzu groß. Mittel. Ein Privatbonze. Tüchtig. Kommunist. Fanatiker ohne Privatleben und ohne Humor. Jetzt ist er einer der Untergrundführer im Lager.«

»Woher kennst du ihn?«

509 dachte nach. »Vor 1933 war ich Redakteur an einer Zeitung. Wir haben oft diskutiert. Und ich habe seine Partei oft angegriffen. Seine Partei und die Nazis. Wir waren gegen beide.«

»Und wofür wart ihr?«

»Für etwas, das jetzt ziemlich pompös und lächerlich klingt. Für Menschlichkeit, Toleranz und das Recht des einzelnen auf eine eigene Meinung. Komisch, was?«

»Nein«, sagte Ahasver und hustete. »Was gibt es sonst?«

»Rache«, sagte Meyerhof plötzlich. »Rache gibt es noch! Rache für dieses hier! Rache für jeden einzelnen Toten! Rache für alles, was getan worden ist. Auge um Auge und Zahn um Zahn!«

Alle sahen überrascht auf. Meyerhofs Gesicht war verzerrt. Er hatte die Fäuste geballt und schlug jedesmal, wenn er das Wort Rache aussprach, auf den Boden. »Was ist los mit dir?« fragte Sulbacher.

»Was ist los mit euch?« fragte Meyerhof zurück.

»Er ist verrückt«, sagte Lebenthal. »Er ist gesund geworden, und das hat ihn meschugge gemacht. Sechs Jahre ist er ein ängstlicher, mieser Bocher gewesen, der sich nicht traute, den Schnabel aufzumachen – dann hat ein Wunder ihn vor dem Schornstein gerettet, und jetzt ist er Samson Meyerhof.«

»Ich will keine Rache«, flüsterte Rosen. »Ich will nur hier heraus!«

»Was? Und die ganze SS soll davonkommen, ohne daß abgerechnet wird?«

»Es ist mir egal! Ich will nur heraus!« Rosen preßte verzweifelt die Hände zusammen und flüsterte so intensiv, als hinge alles davon ab: »Ich will nichts weiter als heraus! Heraus hier!«

Meyerhof starrte ihn an. »Weißt du, was du bist? Du bist –«

»Sei ruhig, Meyerhof!« Berger hatte sich aufgesetzt. »Wir wollen nicht wissen, was wir sind. Wir alle sind hier nicht, was wir waren und was wir sein möchten. Was wir wirklich noch sind, wird sich später zeigen. Wer weiß das jetzt? Jetzt können wir nur warten und hoffen und meinetwegen beten.« Er zog die Husarenjacke um sich und legte sich wieder zurück. »Rache«, sagte Ahasver nach einiger Zeit nachdenklich. »Das würde viel Rache werden müssen. Und Rache zieht neue Rache nach sich – was nützt das?«

Der Horizont flammte auf. »Was war das?« fragte Bucher.

Ein leises Grollen antwortete. »Es ist kein Bombardement«, erklärte Sulbacher. »Wieder ein Gewitter. Warm genug ist es dafür.«

»Wenn es regnet, werden wir die vom Arbeitslager wecken«, sagte Lebenthal. »Sie können dann hier draußen liegen. Sie sind kräftiger als wir.« Er wandte sich zu 509. »Dein Freund, der Bonze, auch.«

Es blitzte wieder. »Hat einer von denen drinnen etwas von einem Abtransport gehört?« fragte Sulbacher.

»Nur Gerüchte. Das letzte war, daß tausend ausgesondert werden sollen.«

»O Gott!« Rosens Gesicht schimmerte blaß in der Dunkelheit. »Sie werden natürlich uns nehmen. Die Schwächsten. Um uns loszuwerden.«

Er blickte 509 an. Alle dachten an den letzten Transport, den sie gesehen hatten.

»Es ist ein Gerücht«, sagte 509. »Wir haben jetzt jeden Tag unzählige Latrinenparolen gehört. Laßt uns ruhig sein, bis ein

Befehl kommt. Dann können wir immer noch sehen, was Lewinsky, Werner und die auf der Schreibstube für uns tun können. Oder wir hier.«

Rosen schauderte. »Wie sie die damals an den Beinen unter den Betten hervorgerissen haben –«

Lebenthal sah ihn voll Verachtung an. »Hast du nie mehr gesehen in deinem Leben als das?«

»Ja –«

»Ich war einmal auf einem großen Schlachthof«, sagte Ahasver. »Ich war da für das koschere Schlachten. In Chicago. Manchmal wußten die Tiere, was passieren würde. Sie rochen das Blut. Dann rannten sie so – wie die damals. Irgendwohin. In Ecken. Und man zog sie ebenso an den Beinen heraus –«

»Du warst in Chicago?« fragte Lebenthal. – »Ja –«

»In Amerika? Und du bist zurückgekommen?«

»Es war vor fünfundzwanzig Jahren.«

»Du bist zurückgekommen?« Lebenthal starrte Ahasver an. »Hat man je so etwas gehört?«

»Ich hatte Heimweh. Nach Polen.«

»Weißt du –« Lebenthal brach ab. Es war zuviel für ihn.

20 Das Wetter klärte sich am Morgen auf zu einem grauen, milchigen Tag. Es blitzte nicht mehr; aber es rollte immer noch dumpf und fern hinter den Wäldern.

»Merkwürdiges Gewitter«, sagte Bucher. »Sonst sieht man Wetterleuchten und hört keinen Donner, wenn es abzieht. Hier ist es umgekehrt.«

»Vielleicht kommt es zurück«, erwiderte Rosen.

»Warum soll es zurückkommen?«

»Bei uns zu Hause gehen Gewitter manchmal tagelang zwischen den Bergen umher «

»Hier sind keine Bergkessel. Nur die eine Linie drüben, und die ist nicht hoch.«

»Hast du noch andere Sorgen?« fragte Lebenthal.

»Leo«, sagte Bucher ruhig. »Sieh du lieber zu, daß wir etwas zu kauen kriegen. Selbst wenn es altes Schuhleder ist.«

»Sonst noch Aufträge?« fragte Lebenthal nach einer Pause des Erstaunens.

»Nein.«

»Schön. Dann paß auf, was du quatscht! Und besorge dir dein Futter selber, du Grünschnabel! Hat man je so etwas gehört an Frechheit?«

Lebenthal versuchte auszuspucken, aber sein Mund war trocken, und sein Gebiß flog bei der Anstrengung heraus. Er fing es im letzten Augenblick in der Luft auf und setzte es wieder ein. »Das hat man davon, daß man für euch jeden Tag sein Fell riskiert«, sagte er ärgerlich. »Vorwürfe und Befehle! Nächstens erscheint noch Karel mit Aufträgen.«

509 kam heran. »Was habt ihr?«

»Frag den da.« Lebenthal zeigte auf Bucher. »Gibt Befehle. Sollte mich nicht wundern, wenn er Blockältester werden möchte.«

509 sah Bucher an. Er hat sich verändert, dachte er. Es ist mir nicht so aufgefallen, aber er hat sich verändert.

»Was ist wirklich los?« fragte er.

»Gar nichts. Wir haben nur über das Gewitter geredet.«

»Was geht euch das Gewitter an?«

»Nichts. Es ist nur sonderbar, daß es immer noch donnert. Dabei sind keine Blitze da und auch keine Wolken. Nur die graue Suppe da oben. Aber das sind doch keine Gewitterwolken.«

»Probleme! Es donnert, aber es blitzt nicht! Gojim naches!« krächzte Lebenthal von seinem Platz her. »Meschugge!«

509 sah zum Himmel. Er war grau und schien ohne Wolken zu sein. Dann lauschte er. »Es donnert tatsä –« Er brach ab. Seine Haltung veränderte sich. Er lauschte plötzlich mit seinem ganzen Körper.

»Noch einer!« sagte Lebenthal. »Meschugge ist Trumpf heute.«

»Ruhig!« flüsterte 509 scharf.

»Also du auch –«

»Ruhig! Verdammt Sei ruhig, Leo!«

Lebenthal schwieg. Er merkte, daß es nicht mehr um das Gewitter ging. Er beobachtete 509, der gespannt auf das ferne Rumpeln horchte. Alle schwiegen jetzt und lauschten.

»Hört zu«, sagte 509 dann langsam und so leise, als fürchte er, etwas flöge davon, wenn er lauter spräche.

»Das ist kein Gewitter. Das ist –«

Er horchte wieder. »Was?« Bucher stand dicht neben ihm. Beide blickten sich an und horchten.

Das Rumpeln wurde etwas lauter und sank dann zurück.

»Das ist kein Donner«, sagte 509. »Das ist –« Er wartete noch einen Augenblick, dann sah er sich um und sagte, immer noch sehr leise: »Das ist Artilleriefeuer.«

»Was?«

»Artilleriefeuer. Das ist kein Donner.«

Alle starrten sich an. »Was habt ihr?« fragte Goldstein.

Keiner antwortete etwas. »Nun – seid ihr erfroren?«

Bucher drehte sich um. »509 sagt, daß man Artilleriefeuer hören könne. Die Front kann nicht mehr weit weg sein.«

»Was?« Goldstein kam näher. »Wirklich? Oder phantasiert ihr bloß?«

»Wer würde bei so etwas Quatsch reden?«

»Ich meine: Täuscht ihr euch nicht?« fragte Goldstein.

»Nein«, sagte 509.

»Verstehst du was davon?«

»Ja.«

»Mein Gott.« Rosens Gesicht verzerrte sich. Er begann plötzlich zu schluchzen.

509 horchte weiter. »Wenn der Wind umschlägt, müssen wir es deutlicher hören.«

»Was glaubst du, wie weit weg sie noch sein können?« fragte Bucher.

»Ich weiß nicht genau. Fünfzig Kilometer. Sechzig. Nicht viel weiter.«

»Fünfzig Kilometer. Das ist nicht weit.«

»Nein, das ist nicht weit.«

»Sie müssen Tanks haben. Sie können das rasch machen. Wenn sie durchbrechen – wieviel Tage glaubst du, brauchen sie – vielleicht nur einen –« Bucher stockte.

»Einen Tag?« wiederholte Lebenthal. »Was sagst du da? Einen Tag?«

»Wenn sie durchbrechen. Wir haben gestern noch nichts gehört. Heute ist es da. Morgen kann es näher sein. Übermorgen – oder am Tag nach übermorgen –«

»Rede nicht! Rede nicht so etwas! Mach keine Menschen verrückt!« schrie Lebenthal plötzlich.

»Es ist möglich, Leo«, sagte 509.

»Nein!« Lebenthal schlug die Hände vor die Augen.

»Was meinst du, 509?« Bucher hatte ein todblasses, erregtes Gesicht. »Übermorgen? Oder wieviel Tage?«

»Tage!« schrie Lebenthal und ließ die Hände sinken. »Wie können es jetzt nur noch Tage sein?« murmelte er. »Jahre, Ewigkeiten, und jetzt redet ihr auf einmal von Tagen, Tagen! Lügt nicht!« Er kam näher. »Lügt nicht!« flüsterte er. »Ich bitte euch, lügt nicht!«

»Wer würde bei so etwas lügen?«

509 wendete sich um. Goldstein stand direkt hinter ihm. Er lächelte. »Ich höre es auch«, sagte er. Seine Augen wurden größer und größer und sehr schwarz. Er lächelte und hob die Arme und die Beine in einer Gebärde, als wolle er tanzen, lächelte nicht mehr und fiel vornüber. »Er ist ohnmächtig geworden«, sagte Lebenthal. »Macht seine Jacke auf. Ich werde Wasser holen. Es muß noch etwas in der Abflußrinne sein.«

Bucher, Sulbacher, Rosen und 509 drehten Goldstein um. »Sollen wir Berger holen?« fragte Bucher. »Kann er aufstehen?«

»Warte.« 509 beugte sich dicht über Goldstein. Er knöpfte die Jacke und den Hosengurt auf. Als er sich aufrichtete, war Berger da. Lebenthal hatte ihm Bescheid gesagt. »Du solltest doch im Bett bleiben«, sagte 509.

Berger kniete neben Goldstein nieder und horchte ihn ab. Es

dauerte nicht lange. »Er ist tot«, erklärte er. »Herzschlag, wahrscheinlich. Es war immer zu erwarten. Sie haben sein Herz völlig kaputtgemacht.«

»Er hat es noch gehört«, sagte Bucher. »Das ist die Hauptsache. Er hat es noch gehört.«

»Was?«

509 legte den Arm um die schmalen Schultern Bergers. »Ephraim«, sagte er sanft. »Ich glaube, es ist soweit.«

»Was?«

Berger sah auf. 509 merkte plötzlich, daß es ihm schwer wurde, zu sprechen. »Sie –« sagte er und stockte und zeigte dann mit der Hand zum Horizont. »Sie kommen, Ephraim. Wir können sie schon hören.« Er blickte auf die Drahtpalisaden und die MG-Türme, die im milchigen Weiß schwammen. »Sie sind da, Ephraim –«

Mittags sprang der Wind um, und das Grollen wurde etwas deutlicher. Es war wie ein ferner elektrischer Kontakt, der übersprang in Tausende von einzelnen Herzen. Die Baracken wurden unruhig. Nur einige Arbeitskommandos wurden ausgeschickt. Überall waren Gesichter an die Fenster gepreßt. Wieder und wieder erschienen dünne Gestalten vor den Türen und standen mit gereckten Köpfen da.

»Ist es näher gekommen?«

»Ja. Es scheint, daß es deutlicher geworden ist.«

In der Schuhabteilung arbeiteten alle schweigend. Die Kapos paßten auf, daß nicht gesprochen wurde, die SS-Aufsicht war da. Die Messer trennten das Leder, schnitten brüchige Stücke fort, und in vielen Händen fühlten sie sich anders an als sonst. Nicht als Werkzeug; als Waffen. Hier und da traf ein Blick die Kapos, die SS und die Revolver und das leichte Maschinengewehr, das am Tage vorher noch nicht dagewesen war. Aber trotz aller Wachsamkeit der Aufseher wußte jeder einzelne in der Abteilung den ganzen Tag Bescheid. Die meisten hatten seit Jahren gelernt zu sprechen, ohne die Lippen zu bewegen, und fast jedes Mal, nachdem die vollen Körbe mit den Lederstücken zusammengeschüttet und fortgetragen worden waren, lief durch die Gruppe derjenigen, die sitzen geblieben waren, bald die Meldung der Träger, die andere von draußen gesehen hatten: Man hörte es noch. Es hatte nicht aufgehört.

Die Außen-Arbeitskommandos waren doppelt bewacht. Sie marschierten um die Stadt herum und dann von Westen herein in den alten Teil zum Markt. Die Wachen waren sehr nervös. Sie schrien und kommandierten ohne Ursache; die Gefangenen marschierten in voller Ordnung. Sie hatten bisher nur in den neuen Stadtteilen aufgeräumt; jetzt kamen sie zum erstenmal in die innere, alte Stadt und sahen die Verwüstung dort. Sie sahen die niedergebrannten Reste des Viertels, in dem die Holzhäuser aus dem Mittelalter gestanden hatten. Fast nichts war davon geblieben. Sie sahen es und marschierten hindurch, und die Bewohner, die noch da waren, blieben stehen oder wendeten sich ab, wenn sie vorbeikamen. Die Häftlinge fühlten sich nicht mehr als Gefangene, während sie durch die Straßen marschierten. Auf eine sonderbare Weise hatten sie einen Sieg erfochten, ohne dabei zu sein, und die Jahre der Gefangenschaft erschienen plötzlich nicht mehr als Jahre verteidigungsloser Niederlage, sondern als Jahre des Kampfes. Und der Kampf war gewonnen. Sie hatten überlebt.

Sie kamen zum Marktplatz. Das Rathaus war völlig zusammengestürzt. Man gab ihnen Hacken und Schaufeln, um den Schutt zu entfernen. Sie arbeiteten. Es roch nach Brand; aber darunter spürten sie wieder den anderen Geruch, süßlich, faul, gegen den Magen pressend, den Geruch, den sie besser kannten als alle anderen: den Geruch der Verwesung. Die Stadt roch in den warmen Apriltagen nach den Leichen, die noch unter den Trümmern begraben waren. Nach zwei Stunden fanden sie unter dem Schutt den ersten Toten. Sie sahen zuerst seine Stiefel. Es war ein SS-Hauptscharführer.

»Es hat sich gedreht«, flüsterte Münzer. »Es hat sich endlich gedreht! Jetzt graben wir ihre Toten aus. Ihre Toten!« Er arbeitete mit neuer Kraft weiter. »Vorsichtig!« brüllte eine Wache, die herankam. »Das ist ein Mensch da, siehst du das nicht?«

Sie scharrten mehr Schutt hinweg. Die Schultern kamen heraus und dann der Kopf. Sie hoben den Toten hoch und trugen ihn beiseite.

»Weiter!« Der SS-Mann war nervös. Er starrte auf den Toten. »Vorsichtig von jetzt an!«

Sie gruben rasch nacheinander noch drei andere aus und legten sie zu dem ersten. Sie trugen sie an ihren Stiefeln und an den uniformierten Armen fort. Es war für sie ein unerhörtes Gefühl; bislang hatten sie so, zerschlagen und schmutzig, immer nur ihre Kameraden weggetragen, aus Bunkern, aus Folterkammern, sterbend oder tot, und dann, in den letzten Tagen, eine Anzahl Zivilisten. Jetzt, zum erstenmal, waren es ihre Feinde, die sie so trugen. Sie arbeiteten weiter, und niemand brauchte sie anzutreiben. Der Schweiß überströmte sie, so arbeiteten sie, um mehr Tote zu finden. Sie schleppten mit Kräften, die sie nie erwartet hätten, Balken und Eisenstangen beiseite und gruben voll Haß und Genugtuung nach Toten, als grüben sie nach Gold.

Nach einer weiteren Stunde fanden Sie Dietz. Er hatte das Genick gebrochen. Der Kopf war völlig auf die Brust heruntergepreßt, als hätte er sich selbst die Kehle durchbeißen wollen. Sie rührten ihn anfangs nicht an. Sie schaufelten ihn ganz frei. Beide Arme waren gebrochen. Sie lagen so da, als hätten sie ein Gelenk zuviel.

»Es gibt einen Gott«, flüsterte der Mann neben Münzer, ohne jemand anzusehen. »Es gibt doch einen Gott! Es gibt einen Gott.«

»Schnauze!« schrie ein SS-Mann. »Was sagst du da?«

Er trat dem Mann in die Knie. »Was hast du gesagt? Ich habe gesehen, daß du geredet hast.«

Der Mann richtete sich auf. Er war über Dietz gefallen. »Ich habe gesagt, wir müßten eine Bahre machen für den Herrn Obergruppenführer«, erwiderte er mit unbewegtem Gesicht. »Wir können ihn nicht einfach so tragen wie die andern.«

»Du hast hier nichts zu sagen! Hier befehlen wir noch! Verstanden? Verstanden?«

»Jawohl.«

Noch, hörte Lewinsky. Befehlen noch! Sie wissen es also, dachte er. Er hob seinen Spaten.

Der SS-Mann blickte auf Dietz. Unwillkürlich stand er stramm. Das rettete den Gefangenen, der wieder an Gott glaubte. Der SS-Mann holte den Kolonnenführer. Auch der Kolonnenführer nahm so etwas wie Haltung an.

»Die Bahren sind noch nicht da«, erklärte der SS-Mann. Die Antwort des Mannes, der wieder an Gott glaubte, hatte Eindruck auf ihn gemacht. Einen so hohen SS-Offizier konnte man tatsächlich nicht an Armen und Beinen wegschleppen. Der Kolonnenführer sah sich um. Er bemerkte ein Stück weiter eine Tür unter dem Schutt. »Grabt die da aus. Wir müssen uns einstweilen damit helfen.« Er salutierte zu Dietz hinüber.

»Legt den Herrn Obergruppenführer mit Vorsicht auf die Tür drüben.«

Münzer, Lewinsky und zwei andere holten die Tür. Es war eine geschnitzte Arbeit aus dem 16. Jahrhundert, die eine Darstellung der Auffindung des Moses zeigte. Sie hatte einen Sprung und war angekohlt. Sie faßten Dietz bei den Schultern und den Beinen und hoben ihn hinüber. Die Arme baumelten, und der Kopf fiel sehr weit nach hinten.

»Vorsicht! Lausehunde!« schrie der Kolonnenführer.

Der Tote lag auf der breiten Tür. Unter seinem rechten Arm lächelte das Mosesknäblein aus einem Binsenkorb hervor. Münzer sah es. Die Tür haben sie vergessen, vom Rathaus zu entfernen, dachte er. Moses. Jüdisch. Alles war schon einmal da. Pharao. Bedrückung. Rotes Meer. Rettung.

»Anfassen! Acht Mann!«

Zwölf Mann sprangen so eilig heran wie noch nie. Der Kolonnenführer blickte sich um. Gegenüber stand die zerstörte Marienkirche. Er überlegte einen Augenblick, aber verwarf den Gedanken sofort. Man konnte Dietz nicht in eine katholische Kirche bringen. Er hätte gerne um Weisungen telefoniert; aber der Telefondienst war unterbrochen. Er mußte tun, was er am meisten haßte und fürchtete: selbständig handeln. Münzer sagte etwas. Der Kolonnenführer sah es. »Was? Was hast du gesagt? Vortreten, Lausehund!«

Lausehund schien sein Lieblingsausdruck zu sein. Münzer trat vor und stand stramm. »Ich habe gesagt, ob es nicht vielleicht gegen den Respekt wäre, daß ein Obergruppenführer von Schutzhäftlingen getragen wird.«

Er sah den Kolonnenführer fest und ehrerbietig an. »Was?« schrie der. »Was, Lausehund! Was geht das dich an? Von wem denn sonst? Wir haben –«

Er verstummte. Der Einwand Münzers schien Sinn zu haben. Eigentlich hätten SS-Leute den Toten tragen sollen; aber inzwischen konnten die Gefangenen ausreißen.

»Was steht ihr da herum?« schrie er. »Vorwärts!« Und plötzlich kam ihm auch die Erleuchtung, wohin Dietz gebracht werden könne. »Zum Hospital.«

Was der Tote noch im Hospital sollte, war niemandem klar. Es schien nur ein passender, neutraler Platz zu sein. »Vorwärts –« Der Kolonnenführer ging voran. Auch das schien ihm notwendig.

Am Ausgang des Marktplatzes erschien plötzlich ein Automobil. Es war ein niedriger Mercedes Kompressor. Der Wagen kam langsam herangefahren und suchte einen Weg zwischen den Trümmern. Er wirkte in seiner glatten Eleganz in all der Zerstörung fast obszön. Der Kolonnenführer stand stramm. Ein Mercedes Kompressor war ein offizieller Wagen für große Bonzen. Zwei hohe SS-Offiziere saßen hinten; ein anderer vorn neben dem Chauffeur. Eine Anzahl Koffer waren aufgeschnallt, ein paar kleinere lagen im Wagen. Die Offiziere machten ärgerlich abweisende Gesichter. Der Chauffeur mußte langsam durch den Schutt fahren. Sie kamen dicht an den Gefangenen vorbei, die Dietz auf der Tür trugen. Sie sahen nicht hin. »Los!« sagte der vorderste zu dem Chauffeur. »Schneller.«

Die Gefangenen standen still. Lewinsky hielt die Tür an der hintersten rechten Ecke. Er sah den gebrochenen Kopf von Dietz und den lächelnden, geschnitzten des geretteten Mosesknäbleins, und er sah den Mercedes und die Koffer und die flüchtenden Offiziere, und er atmete tief. Der Wagen kroch vorüber. »Scheiße!« sagte einer der SS-Leute plötzlich, ein riesiger Schlächter mit einer Boxernase. »Scheiße. Verfluchte Scheiße!« Er meinte nicht die Gefangenen.

Lewinsky lauschte. Das ferne Grollen ertrank eine kurze Zeit im Dröhnen des Mercedes-Motors; dann kam es wieder durch, gedämpft und unentrinnbar. Unterirdische Trommeln für einen Totenmarsch.

»Los!« kommandierte der Kolonnenführer irritiert. »Los! Los!«

Der Nachmittag schlich dahin. Das Lager war voller Gerüchte. Sie wehten durch die Baracken und änderten sich jede Stunde. Einmal hieß es, die SS sei fort; dann kam jemand und berichtete, sie sei im Gegenteil verstärkt worden. Einmal hieß es, amerikanische Tanks seien in der Nähe der Stadt; dann kam durch, es seien deutsche Truppen, die die Stadt verteidigen würden.

Um drei Uhr erschien der neue Blockälteste. Es war ein roter, kein grüner.

»Keiner von uns«, sagte Werner enttäuscht.

»Warum nicht?« fragte 509. »Er ist einer von uns. Ein Politischer. Kein Krimineller. Oder was meinst du mit uns?«

»Das weißt du doch. Wozu fragst du?«

Sie saßen in der Baracke. Werner wollte bis nach dem Abpfeifen warten, um ins Arbeitslager zurückzugehen. 509 hielt sich versteckt, um zu sehen, wie der neue Blockälteste war. Neben ihnen röchelte sich ein Mann mit schmutzigen weißen Haaren an einer Lungenentzündung zu Tode.

»Einer von uns ist jemand, der zur Untergrundbewegung des Lagers gehört«, dozierte Werner. »Das wolltest du doch wissen, wie?« Er lächelte.

»Nein«, erwidert 509. »Das wollte ich nicht wissen. Und das meintest du auch nicht.«

»Einstweilen meine ich das.«

»Ja. Einstweilen. Solange die Notgemeinschaft hier notwendig ist. Und dann?«

»Dann«, sagte Werner, erstaunt über so viel Unwissenheit, »dann muß selbstverständlich eine Partei da sein, die die Macht übernimmt. Eine geschlossene Partei; nicht ein Haufen zusammengewürfelter Menschen.«

»Also deine Partei. Die Kommunisten.«

»Wer sonst?«

»Jede andere«, sagte 509. »Nur nicht wieder eine totalitäre.«

Werner lachte kurz auf. »Du Narr! Keine andere, nur eine totalitäre. Siehst du nicht die Zeichen an der Wand? Alle Zwischenparteien sind zerrieben. Der Kommunismus ist stark geblieben. Der Krieg wird zu Ende gehen. Rußland hat einen großen Teil Deutschlands besetzt. Es ist bei weitem die stärkste Macht in Europa. Die Zeit der Koalition ist vorbei. Dieses war die letzte. Die Alliierten haben dem Kommunismus geholfen und sich selbst geschwächt, die Narren. Der Weltfriede wird abhängen von –«

»Ich weiß«, unterbrach 509. »Ich kenne das Lied. Sag mir lieber, was mit denen geschähe, die gegen euch sind, wenn ihr gewinnen würdet und die Macht hättet? Oder denen, die nicht für euch sind?«

Werner schwieg einen Moment. »Da gibt es viele verschiedene Wege«, sagte er dann.

»Ich kenne welche. Du auch. Töten, Foltern, Konzentrationslager – meinst du die auch?«

»Unter anderem. Je nachdem, was notwendig ist.«

»Das ist ein Fortschritt. Wert, dafür hier gewesen zu sein!«

»Es ist ein Fortschritt«, erklärte Werner unbeirrt. »Es ist ein Fortschritt im Ziel. Und auch in der Methode. Wir tun nichts aus Grausamkeit. Nur aus Notwendigkeit.«

»Das habe ich oft genug gehört. Weber hat es mir auch erklärt, als er mir Streichhölzer unter die Nägel trieb und sie verbrannte. Es war notwendig, um Informationen zu bekommen.«

Das Atmen des weißhaarigen Mannes ging in das stockende Todesröcheln über, das jeder im Lager kannte. Das Röcheln setzte manchmal aus; dann hörte man in der Stille das leise Grollen am Horizont. Es war wie eine Litanei – der letzte Atem des Sterbenden und die Antwort aus der Ferne. Werner sah 509 an. Er wußte, daß Weber ihn wochenlang gefoltert hatte, um Namen und Adressen von ihm zu bekommen. Werners Adresse auch. 509 hatte geschwiegen. Werner war dann später von einem schwachen Parteigenossen verraten worden. »Warum kommst du nicht zu uns, Koller?« fragte er. »Wir können dich gebrauchen.«

»Das hat Lewinsky mich auch gefragt. Und darüber haben wir beide schon vor zwanzig Jahren diskutiert.« Werner lächelte. Es war ein gutes, entwaffnendes Lächeln. »Das haben wir. Oft genug. Trotzdem frage ich dich wieder. Die Zeit des Individualismus ist vorbei. Man kann nicht mehr alleinstehen. Und die Zukunft gehört uns. Nicht der korrupten Mitte.«

509 blickte auf den Asketenkopf. »Wenn dieses hier vorbei ist«, sagte er langsam, »dann soll es mich wundern, wie lange es dauern wird, bis du ebenso mein Feind bist, wie die da auf den Türmen es jetzt sind.«

»Nicht lange. Wir hier hatten eine Notgemeinschaft gegen die Nazis. Die fällt weg, wenn der Krieg zu Ende ist.«

509 nickte. »Es soll mich ebenfalls wundern, wie lange es dauern würde, wenn ihr die Macht hättet, bis du mich einsperren ließest.«

»Nicht lange. Du bist immer noch gefährlich. Aber du würdest nicht gefoltert werden.«

509 zuckte die Achseln.

»Wir würden dich einsperren und arbeiten lassen. Oder dich erschießen.«

»Das ist tröstlich. So habe ich mir euer Goldenes Zeitalter immer vorgestellt.«

»Deine Ironie ist billig. Du weißt, daß Zwang nötig ist. Er ist die Verteidigung für den Beginn. Später wird er nicht mehr erforderlich sein.«

»Doch«, sagte 509. »Jede Tyrannei braucht ihn. Und jedes Jahr mehr; nicht weniger. Das ist ihr Schicksal. Und immer ihr Ende. Du siehst es hier.«

»Nein. Die Nazis haben den fundamentalen Irrtum begangen, einen Krieg anzufangen, dem sie nicht gewachsen waren.«

»Es war kein Irrtum. Es war eine Notwendigkeit. Sie konnten nicht anders. Hätten sie abrüsten müssen und Frieden halten, so wären sie bankrott gewesen. Es wird euch ebenso gehen.«

»Wir werden unsere Kriege gewinnen. Wir führen sie anders. Von innen.«

»Ja, von innen und nach innen. Ihr könnt die Lager hier dann gleich behalten. Und sie füllen.«

»Das können wir«, sagte Werner völlig ernst. »Warum kommst du nicht zu uns?« wiederholte er dann.

»Genau deshalb nicht. Wenn du draußen an die Macht kämst, würdest du mich liquidieren lassen. Ich dich nicht. Das ist der Grund.«

Der weißhaarige Mann röchelte jetzt in großen Zwischenräumen. Sulbacher kam herein. »Sie sagen, daß deutsche Flieger morgen früh das Lager bombardieren sollen. Alles zerstören.«

»Eine neue Latrinenparole«, erklärte Werner. »Ich wollte, es wäre schon dunkel. Ich muß nach drüben.«

Bucher blickte zu dem weißen Haus auf dem Hügel jenseits des Lagers hinüber. Es stand in der schrägen Sonne zwischen den Bäumen und schien unversehrt. Die Bäume des Gartens hatten einen hellen Schimmer, als wären sie überflogen vom ersten Rosa und Weiß der Kirschblüten. »Glaubst du es jetzt endlich?« fragte er. »Du kannst ihre Kanonen hören. Sie kommen jede Stunde näher. Wir kommen heraus.«

Er sah wieder auf das weiße Haus. Es war sein Aberglaube, daß, solange es heil war, alles gut gehen würde. Ruth und er würden am Leben bleiben und gerettet werden.

»Ja.« Ruth hockte neben dem Stacheldraht. »Und wohin sollen wir gehen, wenn wir hinauskommen?« fragte sie. – »Weg von hier. So weit wie möglich.«

»Wohin?«

»Irgendwohin. Vielleicht lebt mein Vater noch.«

Bucher glaubte es nicht; aber er wußte nicht genau, daß sein Vater tot war. 509 wußte es, doch er hatte es ihm nie gesagt.

»Bei mir lebt niemand mehr«, sagte Ruth. »Ich war dabei, als man sie abholte zu den Gaskammern.«

»Vielleicht sind sie nur auf einen Transport geschickt worden. Oder man hat sie anderswo leben lassen. Dich hat man doch auch leben lassen.«

»Ja«, erwiderte Ruth. »Mich hat man leben lassen.«

»Wir hatten in Münster ein kleines Haus. Vielleicht steht es noch. Man hat es uns weggenommen. Wenn es noch steht, werden wir es vielleicht wiederbekommen. Wir können dann hinfahren und dort unterkommen.

Ruth Holland antwortete nicht. Bucher blickte zu ihr hinüber und sah, daß sie weinte. Er hatte sie fast nie weinen sehen und glaubte, es sei, weil sie sich an ihre toten Angehörigen erinnert hatte. Tod aber war etwas so Alltägliches im Lager, daß es ihm übertrieben schien, nach so langer Zeit noch soviel Schmerz zu zeigen. »Wir dürfen nicht zurückdenken, Ruth«, sagte er mit einem Schatten von Ungeduld. »Wie sollten wir sonst jemals wieder leben können?«

»Ich denke nicht zurück.«

»Warum weinst du dann?«

Ruth Holland wischte die Tränen mit den geballten Händen aus den Augen. »Willst du wissen, weshalb man mich nicht vergast hat?« fragte sie.

Bucher spürte unklar, daß etwas kam, von dem er besser nichts wußte. »Du brauchst es mir nicht zu sagen«, erklärte er. »Aber du kannst es auch sagen, wenn du willst. Es macht nichts aus.«

»Es macht etwas aus. Ich war siebzehn Jahre alt. Damals war ich nicht so häßlich wie heute. Deshalb ließ man mich leben.«

»Ja«, sagte Bucher, ohne sie zu verstehen.

Sie blickte ihn an. Er sah zum erstenmal, daß sie sehr durchsichtige, graue Augen hatte. Früher hatte er es nie so bemerkt. »Begreifst du nicht, was das heißt?« fragte sie.

»Nein.«

»Man ließ mich leben, weil man Frauen brauchte. Junge – für die Soldaten. Für die Ukrainer auch, die mit den Deutschen zusammen kämpften. Begreifst du es nun?«

Bucher saß einen Augenblick wie betäubt. Ruth beobachtete ihn. »Das haben sie mit dir getan?« fragte er schließlich. Er sah sie nicht an.

»Ja. Das haben sie mit mir getan.« Sie weinte nicht mehr.

»Es ist nicht wahr.«

»Es ist wahr.«

»Ich meine es nicht so. Ich meine, daß du es nicht gewollt hast.«

Sie brach in ein kurzes, bitteres Lachen aus. »Da ist kein Unterschied.«

Bucher sah sie jetzt an. In ihrem Gesicht schien jeder Ausdruck erloschen zu sein; aber gerade das machte es zu einer solchen Maske des Schmerzes, daß er plötzlich fühlte, und nicht nur hörte, daß sie die Wahrheit gesagt hatte. Er fühlte es, als zerreiße es seinen Magen; aber gleichzeitig wollte er es nicht anerkennen, noch nicht – er wollte im Moment nur eins: daß dieses Gesicht vor ihm sich ändere.

»Es ist nicht wahr«, sagte er. »Du hast es nicht gewollt. Du warst nicht dabei. Du hast es nicht getan.«

Ihr Blick kam aus einer Leere zurück. »Es ist wahr. Und man kann es nicht vergessen.«

»Niemand von uns weiß, was er vergessen kann und was nicht. Wir alle müssen vieles vergessen. Sonst können wir ebensogut hierbleiben und sterben.«

Bucher hatte etwas wiederholt, das 509 am Abend vorher gesagt hatte. Wie lange war das her? Jahre. Er schluckte einige Male. »Du lebst«, sagte er dann mit Anstrengung. »Ja, ich lebe. Ich bewege mich, ich spreche Worte, ich esse Brot, das du mir herüberwirfst – und das andere lebt auch. Lebt! Lebt!«

Sie drückte die Hände gegen die Schläfen und wendete den Kopf. Sie sieht mich an, dachte Bucher, sie sieht mich schon wieder an. Sie spricht nicht nur mehr gegen den Himmel und den Hügel mit dem Haus.

»Du lebst«, wiederholte er. »Das ist genug für mich.«

Sie ließ die Hände sinken. »Du Kind«, sagte sie trostlos. »Du Kind! Was weißt du schon?«

»Ich bin kein Kind. Wer hier war, ist kein Kind. Nicht einmal Karel, der elf Jahre alt ist.«

Sie schüttelte den Kopf. »Das meine ich nicht. Jetzt glaubst du, was du sagst. Aber es wird nicht halten. Das andere wird wiederkommen. Bei dir und bei mir. Die Erinnerung, später, wenn –«

Warum hat sie es mir gesagt? dachte Bucher. Sie hätte es mir nicht sagen sollen; dann hätte ich es nicht gewußt, und es wäre nicht dagewesen. »Ich weiß nicht, was du meinst«, sagte er. »Aber ich glaube, daß für uns andere Regeln gelten als die gewöhnlichen. Es gibt Leute hier im Lager, die Menschen getötet haben, weil es notwendig war« – er dachte an Lewinsky – »und diese Leute halten sich nicht für Mörder, ebensowenig wie ein Soldat an der Front sich für einen Mörder hält. Sie sind auch keine. So ähnlich ist es mit uns. Was uns geschehen ist, kann man nicht mit normalen Maßstäben messen.«

»Du wirst anders darüber denken, wenn wir hier heraus sind –« Sie blickte ihn an.

Er verstand plötzlich, warum sie in den letzten Wochen so wenig Freude gezeigt hatte. Sie hatte Angst gehabt – Angst vor der Befreiung. »Ruth«, sagte er und fühlte, wie eine rasche Hitze hinter seiner Stirn aufstieg. »Es ist vorbei. Vergiß es. Man hat dich zu etwas gezwungen, das du verabscheut hast. Was bleibt davon? Nichts. Du hast es nicht getan. Man hat nur getan, was man selbst wollte. Und bei dir ist nichts geblieben als Abscheu.«

»Ich habe mich erbrochen«, sagte sie leise. »Ich habe mich hinterher fast immer erbrochen. Sie haben mich schließlich weggeschickt.« Sie sah ihn immer noch an. »Das ist es, was du hast – graue Haare, einen Mund, in dem viele Zähne fehlen, und eine Hure.«

Er zuckte zusammen bei dem Wort und erwiderte lange nichts. »Sie haben uns alle erniedrigt«, sagte er endlich. »Nicht nur dich. Uns alle. Alle, die hier sind, alle, die in allen Lagern sind. Dich in deinem Geschlecht; uns alle in unserm Stolz und in mehr als unserm Stolz; in unserm Menschsein. Sie haben darauf herumgetrampelt, sie haben es bespuckt, und sie haben uns so erniedrigt, daß man nicht weiß, wie wir es überstanden haben. Ich habe in den letzten Wochen oft darüber nachgedacht. Ich habe auch mit 509 darüber gesprochen. Sie haben so vieles getan – auch mir –«

»Was?«

»Ich will nicht darüber sprechen. 509 hat gesagt, daß es nicht wahr ist, wenn man es innerlich nicht anerkennt. Ich habe das zuerst nicht verstanden. Jetzt aber weiß ich, was er meint. Ich bin kein Feigling, und du bist keine Hure. Alles, was man uns getan hat, bedeutet nichts, solange wir uns nicht so fühlen.«

»Ich fühle mich so.«

»Wenn wir herauskommen nicht mehr.«

»Noch mehr.«

»Nein. Wenn es so wäre, dann könnten nur wenige von uns weiterleben. Man hat uns erniedrigt; aber wir sind nicht die Erniedrigten. Es sind die andern, die es getan haben.«

»Wer sagt das?«

»Berger.«

»Du hast gute Lehrer.«

»Ja – und ich habe vieles gelernt.«

Ruth lehnte den Kopf zur Seite. Ihr Gesicht war jetzt müde. Der Schmerz war noch darin; aber es war kein Krampf mehr. »Da sind so viele Jahre«, sagte sie. »Da wird der Alltag sein –«

Bucher sah, daß blaue Wolkenschatten über den Hügel zogen, auf dem das weiße Haus stand. Einen Augenblick wunderte er sich, daß es noch da war. Ihm schien, als hätte es von einer lautlosen Bombe getroffen sein müssen. Aber es war noch da. »Wollen wir nicht warten, bis wir draußen sind und es versucht haben, bevor wir verzweifeln?« fragte er.

Sie blickte auf ihre dünnen Hände und dachte an ihre grauen Haare und ihre fehlenden Zähne, und dann dachte sie daran, daß Bucher seit Jahren kaum eine Frau außerhalb des Lagers gesehen hatte. Sie war jünger als er, aber sie fühlte sich um viele Jahre älter; Wissen lag auf ihr wie Blei. Sie glaubte nichts von dem, was er so sicher erwartete – und trotzdem war auch in ihr noch eine letzte Hoffnung, an die sie sich klammerte. »Du hast recht, Josef«, sagte sie. »Wir wollen so lange warten.«

Sie ging zu ihrer Baracke zurück. Ihr schmutziger Rock schlug um die dünnen Beine. Er sah ihr nach und spürte plötzlich Wut wie eine kochende Fontäne in sich aufsteigen. Er wußte, daß er hilflos war und nichts tun konnte, und auch, daß er darüber hinwegkommen und selbst einsehen und verstehen mußte, was er Ruth gesagt hatte. Langsam stand er auf und ging zur Baracke. Er konnte auf einmal den hellen Himmel nicht mehr ertragen.

21 Neubauer starrte auf den Brief. Dann las er den letzten Absatz noch einmal. »Deshalb gehe ich. Wenn du dich fangen lassen willst, so ist das deine Sache. Ich will frei sein. Freya nehme ich mit. Komm nach – Selma.« Als Adresse war ein Dorf in Bayern angegeben.

Neubauer sah sich um. Er verstand es nicht. Es konnte nicht wahr sein. Sie mußten jeden Augenblick wiederkommen. Ihn jetzt zu verlassen – das war unmöglich! Er setzte sich schwerfällig in einen der französischen Sessel. Das Ding krachte. Er stand auf, gab dem Sessel einen Tritt und ließ sich auf das Sofa fallen. Dieser verdammte Tand! Wozu hatte er das Zeug nur, anstatt überall ehrliche deutsche Möbel zu haben wie andere Leute? Ihretwegen hatte er es besorgt. Sie hatte was darüber gelesen und gedacht, es wäre wertvoll und elegant. Was ging es ihn an? Ihn, den rauhen, ehrlichen Gefolgsmann des Führers? Er holte zu einem zweiten Tritt nach dem zierlichen Sessel aus, besann sich aber. Wozu? Man konnte den Kram vielleicht einmal verkaufen. Aber wer kaufte schon Kunst, wenn die Kanonen zu hören waren? Er stand wieder auf und ging durch die Wohnung. Im Schlafzimmer machte er die Schranktüren auf. Er hatte noch Hoffnung, bevor er sie öffnete, aber als er in die Fächer sah, fiel sie zusammen. Selma hatte die Pelzsachen und alles Wertvolle mitgenommen. Er riß die Wäsche beiseite; der Kasten mit dem Schmuck fehlte. Langsam schloß er die Türen und stand eine Zeitlang neben dem Toilettentisch. Gedankenlos hob er die Kristallflakons aus böhmischem Glas auf, entstöpselte sie und roch daran, ohne etwas zu riechen. Es waren Geschenke aus den glorreichen Tagen in der Tschechoslowakei – sie hatte sie nicht mitgenommen. Zu zerbrechlich wahrscheinlich.

Er machte plötzlich ein paar rasche Schritte zu einem Wandschrank, riß ihn auf und suchte nach einem Schlüssel. Er brauchte ihn nicht zu suchen. Das Geheimfach war offen und leer. Sie hatte alle Wertpapiere mitgenommen. Sogar seine goldene Zigarettendose mit dem Hakenkreuz in Brillanten – das Geschenk der Industrie, als er noch im technischen Dienst war. Er hätte dableiben und die Brüder weiter melken sollen. Die Idee mit dem Lager hatte sich jetzt am Ende doch als Fehler herausgestellt. Gewiß, in den ersten Jahren hatte man es als gutes Druckmittel benutzen können; aber nun hatte man es dafür am Halse. Immerhin, er war einer der menschlichsten Kommandanten. Das war bekannt. Mellern war kein Dachau, kein Oranienburg, kein Buchenwald – von den Vernichtungslagern gar nicht zu reden.

Er horchte auf. Eines der Fenster stand offen, und ein Musselinvorhang wehte wie ein Geist im Wind. Dieses verdammte Rollen vom Horizont her! Es machte einen nervös. Er öffnete das Fenster wieder und zerrte die Gardine herein. Sie blieb an einer Ecke hängen und zerriß. Er fluchte und knallte das Fenster zu. Dann ging er in die Küche. Das Mädchen saß am Tisch und sprang auf, als er hereinkam. Er knurrte und sah sie nicht an.

Sie wußte natürlich alles, das Luder. Er holte sich selbst eine Flasche Bier aus dem Eisschrank. Er fand auch noch eine halbe Flasche Steinhänger und nahm beide mit ins Wohnzimmer. Dann ging er zurück; er hatte die Gläser vergessen. Das Mädchen stand am Fenster und horchte. Sie wandte sich um, als wäre sie auf etwas Verbotenem ertappt. »Soll ich etwas zu essen machen?«

»Nein.«

Er stapfte wieder hinaus. Der Wacholderschnaps war scharf und würzig; das Bier kalt. Ausreißen, dachte er. Wie Juden. Schlimmer! Juden taten das nicht. Die blieben zusammen. Er hatte das oft gesehen. Angeschmiert! Im Stich gelassen! Das hatte man davon! Er hätte mehr vom Leben haben können, wenn er nicht ein treuer Familienvater gewesen wäre. Treu – nun, so gut wie treu, konnte man sagen. Treu eigentlich, wenn man überlegte, was er alles hätte haben können. Die paar Male! Die Witwe – die galt fast nicht. Da war eine Rothaarige gewesen, vor einigen Jahren, die gekommen war, um ihren Mann aus dem Lager zu retten – was die alles gemacht hatte in ihrer Angst! Dabei war der Mann längst tot gewesen. Sie wußte es natürlich nicht. War ein munterer Abend geworden. Später allerdings, als sie die Zigarrenkiste mit der Asche gekriegt hatte, hatte sie sich idiotisch benommen. Ihre Schuld, daß sie eingesperrt wurde. Ein Obersturmbannführer konnte sich nicht anspucken lassen. Er goß einen zweiten großen Steinhäger ein. Wozu dachte er gerade an das? Ach so, wegen Selma. Was er alles hätte haben können. Ja, er hatte manche Gelegenheit verpaßt. Was andere alles getrieben haben. Allein der Klumpfuß Binding von der Gestapo! Jeden Tag eine neue. Er schob die Flasche weg. Das Haus schien so leer, als hätte Selma alle Möbel ausgeräumt. Freya hatte sie auch mitgeschleppt. Warum hatte er keinen Sohn? Nicht seine Schuld, sicher nicht! Ach, verdammt! Er sah sich um. Was sollte er hier noch? Versuchen, sie zu finden? In dem Kafferndorf? Sie war unterwegs. Konnte lange dauern, bis sie dort ankam.

Er starrte auf seine blanken Stiefel. Die blanke Ehre – beschmiert jetzt durch Verrat. Schwerfällig stand er auf und ging durch das leere Haus hinaus.

Draußen stand der Mercedes. »Zum Lager, Alfred.«

Der Wagen kroch langsam durch die Stadt. »Halt!« sagte Neubauer plötzlich. »Zur Bank, Alfred.«

Er kam heraus, so stramm er konnte. Niemand sollte es ihm ansehen! So etwas! Ihn auch noch zu blamieren! Die Hälfte des Geldes hatte sie in der letzten Zeit abgehoben. Als er gefragt hatte, warum man ihn nicht informiert hätte, hatte man die Achseln gezuckt und von gemeinsamem Konto geredet. Man hätte sogar geglaubt, ihm gefällig gewesen zu sein. Höhere Abhebungen seien offiziell nicht gern gesehen. »Zum Garten, Alfred.«

Es dauerte lange, ehe sie durchkamen. Aber dann lag der Garten sehr friedlich im Morgenlicht da. Die Obstbäume blühten bereits an vielen Stellen, Narzissen kamen heraus und Veilchen und Krokusse in allen Farben. Wie bunte Ostereier lagen sie im hellen Grün der Blätter. Keine Untreue bei ihnen – sie kamen zur Zeit und waren da, wie es sich gehörte. Die Natur war verläßlich – da gab es kein Weglaufen.

Er ging in den Stall. Die Kaninchen mümmelten hinter den Drahtgittern. In ihren klaren, roten Augen waren keine Gedanken über Bankkonten. Neubauer steckte einen Finger durch den Draht und kraulte die weichen Felle der weißen Angoras. Einen Schal hatte er machen lassen wollen aus dem Pelz, für Selma. Er, der gutmütige Narr, den alle immer betrogen!

Er lehnte sich gegen die Gitter und starrte durch die offene Tür. Seine Entrüstung verwandelte sich im Frieden des behaglich kauenden Stalles in schweres Mitleid mit sich selbst. Der strahlende Himmel, ein blühender Zweig, der vor dem Eingang auf und ab schwankte, die sanften Tiergesichter in der Dämmerung – alles trug dazu bei.

Plötzlich hörte er wieder das Rollen. Es war unregelmäßiger, aber stärker als vorher. Unwiderstehlich brach es in seinen privaten Gram, ein dumpfes, unterirdisches Pochen. Es pochte und pochte, und mit ihm kam wieder die Angst. Aber es war eine andere Angst als früher. Sie war tiefer. Er war jetzt allein und konnte sich nicht mehr täuschen, indem er andere zu überreden versuchte und damit sich selbst. Jetzt spürte er sie ohne allen Vorbehalt, sie quoll ihm in die Kehle, aus dem Magen, und aus der Kehle wieder in den Magen und in die Eingweide. Ich habe nichts Unrechtes getan, dachte er ohne Überzeugung. Nur meine Pflicht. Ich habe Zeugen. Viele. Blank ist mein Zeuge; ich habe ihm noch kürzlich eine Zigarre gegeben, anstatt ihn einsperren zu lassen. Ein anderer hätte ihm sein Geschäft genommen ohne jede Bezahlung. Blank hat das selbst zugegeben, er wird es bezeugen können; ich bin anständig gewesen, er wird es beschwören. Er wird es nicht beschwören, dachte ein kaltes Anderes in ihm, und er drehte sich um, als hätte jemand hinter ihm es gesagt. Da standen die Rechen, die Schaufeln, die Harken grün gemalt, verläßliche Holzstiele daran – wäre man doch jetzt ein Bauer, ein Gartenbesitzer, ein Gastwirt, ein Nirgendwer! Dieser verdammte Zweig, der da blühte, er hatte es leicht, er blühte einfach und hatte keine Verantwortung. Aber wohin sollte ein Obersturmbannführer? Von einer Seite kamen die Russen, von der anderen die Engländer und Amerikaner, wohin sollte man da? Selma hatte gut reden. Wegrennen vor den Amerikanern hieß näher zu den Russen rennen, und was die machen würden, konnte man sich ja denken. Die waren nicht umsonst von Moskau und Stalingrad her durch ihr verwüstetes Land gezogen.

Neubauer wischte sich den Schweiß aus den Augen. Er machte einige Schritte. Die Knie waren wackelig. Man mußte genauer nachdenken. Er tastete sich aus dem Stall heraus. Die Luft draußen war frisch. Er atmete tief; aber mit der Luft schien er auch das unregelmäßige Rollen vom Horizont einzuatmen. Es vibrierte in seinen Lungen und machte ihn wieder schwach. Sehr leicht, ohne Rülpsen, kotzte er gegen einen Baum in den Narzissen. »Das Bier«, sagte er. »Das Bier und der Steinhäger. Bekommen mir nicht.« Er sah nach dem Eingang des Gartens. Alfred konnte ihn nicht sehen. Er stand noch eine Weile. Dann fühlte er, wie der Schweiß im Wind trocknete. Langsam ging er zum Wagen zurück. »Zum Puff, Alfred.«

»Wohin, Herr Obersturmbannführer?«

»Zum Puff!« schrie Neubauer plötzlich wütend. »Verstehst du kein Deutsch mehr?«

»Das Bordell ist geschlossen worden. Es ist jetzt ein Notlazarett.«

»Dann fahr zum Lager.«

Er stieg ein. Ins Lager – wohin sonst sollte er noch?

»Was halten Sie von der Lage, Weber?«

Weber blickte ihn gleichmütig an. »Ausgezeichnet.«

»Ausgezeichnet? Wirklich?« Neubauer kramte nach Zigarren; dann erinnerte er sich, daß Weber keine rauchte. »Ich habe leider keine Zigaretten hier. Hatte eine Schachtel; sind verschwunden. Weiß der Himmel, wohin ich sie verkramt habe.« Er blickte unzufrieden auf das mit Holz verschalte Fenster. Das Glas war beim Bombardement gebrochen und neues war nicht zu bekommen. Er wußte nicht, daß seine Zigaretten während des Durcheinanders gestohlen worden waren und auf dem Umwege über den rothaarigen Schreiber und Lewinsky die Veteranen der Baracke 22 für zwei Tage mit Brot versorgt hatten. Zum Glück waren seine geheimen Aufzeichnungen nicht fortgekommen – alle seine menschenfreundlichen Anweisungen, die dann von Weber und anderen falsch aufgefaßt worden waren. Er beobachtete Weber von der Seite. Der Lagerführer schien völlig ruhig zu sein, obschon er doch allerhand auf dem Kerbholz hatte. Da waren diese letzten Erhängungen –

Es wurde Neubauer plötzlich wieder heiß. Er war gedeckt, doppelt sogar. Trotzdem – »Was würden Sie machen, Weber?« sagte er herzlich, »wenn für eine gewisse Zeit, aus militärischen Gründen, Sie verstehen – nun also, wenn für eine ganz kurze Periode von – von Abwarten, sagen wir, der Feind das Land besetzen würde, was«, fügte er hastig hinzu, »wie die Geschichte oft bewiesen hat, absolut keine Niederlage sein muß.«

Weber hatte ihm mit dem Schatten eines Lächelns zugehört.

»Für jemand wie mich gibt es immer etwas zu tun«, erwiderte er sachlich. »Wir kommen schon wieder hoch – wenn auch unter anderen Namen. Meinetwegen als Kommunisten. Für einige Jahre wird es keine Nationalsozialisten mehr geben. Alle werden Demokraten sein. Das macht nichts. Ich werde wahrscheinlich irgendwo und irgendwann bei einer Polizei sein. Vielleicht mit falschen Papieren. Da geht die Arbeit dann weiter.«

Neubauer schmunzelte. Webers Sicherheit gab ihm seine eigene zurück. »Keine schlechte Idee. Und ich? Was meinen Sie, was ich sein werde?«

»Das weiß ich nicht. Sie haben Familie, Obersturmbannführer. Da ist es nicht so leicht, zu wechseln und unterzutauchen.«

»Natürlich nicht.« Neubauers gute Laune war wieder verschwunden. »Wissen Sie, Weber, ich möchte mal einen Rundgang durchs Lager machen. Habe ich lange nicht getan.«

Als er in die Desinfektionsabteilung kam, wußte das Kleine Lager, was bevorstand. Die meisten Waffen waren von Werner und Lewinsky wieder ins Arbeitslager geschafft worden; nur 509 hatte seinen Revolver behalten. Er hatte das durchgesetzt und ihn unter seinem Bett versteckt.

Eine Viertelstunde später kam aus dem Hospital über die Latrine die erstaunliche Nachricht, die Inspektion sei keine Strafangelegenheit; die Baracken würden nicht genau inspiziert; Neubauer sei im Gegenteil geradezu wohlwollend.

Der neue Blockälteste war nervös. Er schrie herum und kommandierte. »Schrei nicht so«, sagte Berger. »Es wird dadurch nicht besser.«

»Was?«

»Genau das!«

»Ich schreie, wann ich will. Antreten! Raustreten!« Der Blockälteste rannte die Baracke entlang. Die Leute, die gehen konnten, sammelten sich. »Das sind nicht alle! Da sind mehr!«

»Sollen die Toten auch antreten?«

»Halt die Schnauze. Raus! Die Bettlägrigen raus!«

»Hör zu. Es ist nichts von einer Inspektion bekannt. Es ist keine befohlen worden. Du brauchst die Baracke nicht im voraus antreten zu lassen.«

Der Blockälteste schwitzte. »Ich mache das, wie ich will. Ich bin Blockältester. Wo ist der, der hier immer mit euch rumsitzt? Mit dir und dir.« Er zeigte auf Berger und Bucher. Der Blockälteste öffnete die Tür zu Baracke, um nachzusehen. Gerade das wollte Berger verhindern. 509 war versteckt; er sollte Weber nicht noch einmal begegnen. »Er ist nicht hier.« Berger stellte sich in die Tür.

»Was? Geh aus dem Wege!«

»Er ist nicht hier«, sagte Berger, ohne aus dem Wege zu gehen. »Fertig.«

Der Blockälteste starrte ihn an. Bucher und Sulbacher stellten sich neben Berger. »Was soll das heißen?« fragte der Blockälteste.

»Er ist nicht hier«, sagte Bucher. »Willst du wissen, wie Handke gestorben ist?«

»Seid ihr verrückt?«

Rosen und Ahasver waren dazugekommen. »Wißt ihr, daß ich euch allen die Knochen brechen kann?« fragte der Blockälteste.

»Horch!« sagte Ahasver und streckte seinen knochigen Zeigefinger in die Richtung des Horizontes aus. »Schon näher.«

»Er ist nicht durch das Bombardement umgekommen«, erklärte Bucher.

»Wir haben Handke nicht das Genick gebrochen. Nicht wir«, sagte Sulbacher. »Hast du nie von einer Lagerfeme gehört?«

Der Blockälteste trat einen Schritt zurück. Er wußte, was alles schon mit Verrätern und Denunzianten geschehen war. »Ihr hier gehört dazu?« fragte er ungläubig. »Sei vernünftig«, sagte Berger ruhig. »Und mach dich und uns nicht verrückt. Wer will jetzt noch auf die Liste derer kommen, mit denen abgerechnet wird?«

»Wer hat denn davon geredet?« Der Blockälteste begann zu gestikulieren. »Wenn mir keiner was gesagt hat, kann ich doch nicht wissen, was gespielt wird. Was ist denn los? Auf mich hat sich bis jetzt jeder verlassen können.«

»Dann ist es ja gut.«

»Bolte kommt«, sagte Bucher.

»Schön, schön.« Der Blockälteste zerrte seine Hosen hoch. »Ich passe schon auf. Ihr könnt euch auf mich verlassen. Ich bin einer von euch.«

Verdammt, dachte Neubauer, warum sind die Bomben nicht hierher gefallen? Dann wäre alles aufs beste erledigt. Immer passiert das Falsche!

»Das ist das Schonungslager?« sagte er.

»Das Schonungslager«, wiederholte Weber.

»Na, ja.« Neubauer hob die Schultern. »Schließlich – wir lassen sie nicht arbeiten.«

»Nein.« Weber war belustigt. Die Vorstellung, diese Gespenster arbeiten zu lassen, war absurd.

»Die Blockade«, sagte Neubauer. »Nicht unsere Schuld – die Feinde –« er wendete sich zu Weber. »Es stinkt hier wie im Affenkasten. Kann man da nichts machen?«

»Dysenterie«, erwiderte Weber. »Es ist ja eigentlich ein Erholungsplatz für Kranke –«

»Kranke, richtig!« Neubauer nahm sofort den Faden auf. »Kranke, Dysenterie, daher stinkt es natürlich. Würde ja im Hospital ebenso sein.« Er blickte sich unentschlossen um. »Können die Leute nicht mal baden?«

»Die Ansteckungsgefahr ist zu groß. Wir haben diesen Teil des Lagers deshalb ziemlich abgeschlossen gehalten. Die Badeeinrichtungen sind auf der anderen Seite.«

Neubauer war bei dem Wort Ansteckung unwillkürlich einen Schritt zurückgetreten. »Haben wir genug Wäsche, damit die Kerle frische kriegen können? Die alte muß dann wohl verbrannt werden, wie?«

»Nicht unbedingt. Sie kann desinfiziert werden. Wäsche ist

genug in der Kleiderkammer. Wir haben reichliche Sendungen von Belsen bekommen.«

»Gut«, sagte Neubauer erleichtert. »Also frische Wäsche und eine Anzahl heile Kittel und Hosen oder was wir sonst haben an Sachen. Chlorkalk und Desinfektionsmittel verteilen. Das sieht dann gleich ganz anders aus. Schreiben Sie das auf.« Der erste Lagerälteste, ein dicker Sträfling, notierte dienstfertig. »Äußerste Sauberkeit anstreben!« diktierte Neubauer.

»Äußerste Sauberkeit anstreben«, wiederholte der Lagerälteste.

Weber unterdrückte ein Grinsen. Neubauer wendete sich den Häftlingen zu. »Habt ihr alles, was euch zusteht?« Die Antwort war durch zwölf Jahre vorgeschrieben. »Jawohl, Herr Obersturmbannführer.«

»Gut. Weitermachen.«

Neubauer blickte noch einmal umher. Die alten Baracken standen schwarz wie Särge da. Er suchte und hatte plötzlich eine Eingebung. »Lassen Sie etwas Grünes hier pflanzen«, erklärte er. »Es ist jetzt die Zeit dafür. Ein paar Büsche an die Nordseiten, und einen Blumenstreifen an die Südwände. Das heitert auf. Wir haben doch so was in der Gärtnerei, wie?«

»Zu Befehl, Herr Obersturmbannführer.«

»Also dann! Fangen Sie gleich damit an. Wir können das auch bei den Baracken im Arbeitslager machen.« Neubauer begeisterte sich für seine Idee. Der Gartenbesitzer in ihm brach durch. »Schon eine Rabatte Veilchen – nein Primeln sind besser, das Gelb leuchtet mehr –«

Zwei Leute glitten langsam zu Boden. Niemand rührte sich, ihnen zu helfen. »Primeln – haben wir genug Primeln in der Gärtnerei?«

»Zu Befehl, Herr Obersturmbannführer.« Der dicke Lagerälteste stand stramm. »Es sind reichlich Primeln da. In Blüte.«

»Gut. Machen Sie das. Und lassen Sie die Lagerkapelle ab und zu weiter unten spielen, damit die hier auch was hören.« Neubauer ging zurück. Die andern folgten ihm. Er war wieder einigermaßen beruhigt. Die Gefangenen hatten keine Beschwerden. Er war durch viele Jahre ohne Kritik daran gewöhnt, das, was er selbst glauben wollte, als Tatsache anzusehen. Deshalb erwartete er auch jetzt, daß die Gefangenen ihn so sahen, wie er es wollte: als einen Mann, der unter schwierigen Umständen sein Bestes für sie tat. Daß sie Menschen waren, wußte er längst nicht mehr.

22 »Was?« fragte Berger ungläubig. »Überhaupt kein Abendessen?«

»Nichts.«

»Keine Suppe?«

»Keine Suppe und kein Brot. Ausdrücklicher Befehl von Weber.«

»Und die andern? Das Arbeitslager?«

»Nichts. Kein Abendessen für das ganze Lager.«

Berger wandte sich um. »Versteht einer das? Wäsche haben wir gekriegt, aber kein Essen?«

»Primeln haben wir auch gekriegt.« 509 zeigte auf zwei kümmerliche Flecken zu beiden Seiten der Tür. Ein paar Pflanzen standen halb verwelkt darin. Sie waren mittags von Gefangenen aus der Gärtnerei hergesetzt worden.

»Vielleicht kann man sie essen.«

»Versuch es nicht. Wenn sie fehlen, kriegen wir eine Woche lang nichts zu essen.«

»Warum nur?« sagte Berger. »Nach all dem Getue von Neubauer habe ich gedacht, daß wir vielleicht sogar Kartoffeln in die Suppe kriegen würden.«

Lebenthal kam heran. »Es ist Weber. Nicht Neubauer. Weber ist wütend über Neubauer. Denkt, er will sich den Rücken decken. Will er sicher auch. Deshalb geht Weber gegen ihn, wo er kann. Habe es von der Schreibstube. Lewinsky und Werner und die andern drüben sagen es auch. Wir müssen darunter leiden.«

»Das wird viele Tote geben.«

Sie starrten in den roten Himmel. »Weber hat auf der Schreibstube gesagt, es solle sich keiner was einbilden; er würde schon dafür sorgen, daß wir kurzgehalten würden.« Lebenthal holte sein Gebiß aus dem Mund, besah es flüchtig und setzte es wieder ein.

Von der Baracke her kam dünnes Schreien. Die Nachricht hatte sich verbreitet. Skelette taumelten aus der Tür und inspizierten die Eßkannen – ob sie nach Essen rochen und die andern sie betrogen hätten. Die Kannen waren blank und trocken. Das Jammern wurde stärker. Viele Leute ließen sich einfach zu Boden fallen und hämmerten mit ihren Knochenfäusten auf die schmutzige Erde. Die meisten aber schlichen fort oder lagen bewegungslos mit offenen Mündern und großen Augen herum. Aus den Türen kamen die leisen Stimmen derer, die nicht mehr aufstehen konnten. Es war kein artikuliertes Schreien; es war nur noch ein schwacher Choral der Verzweiflung, ein Singsang, der nicht einmal mehr Worte, Bitten und Flüche für die Verzweiflung hatte. Es war jenseits davon; es war das letzte bißchen untergehende Leben, das da summte und zirpte und pfiff und kratzte, als wären die Baracken riesige Kisten mit sterbenden Insekten.

Um sieben Uhr begann die Lagerkapelle zu spielen. Sie stand außerhalb des Kleinen Lagers, aber so nahe, daß sie gut zu hören war. Neubauers Anweisung war prompt befolgt worden. Das erste Stück war wie immer der Lieblingswalzer des Kommandanten: »Rosen aus dem Süden.«

»Laßt uns Hoffnung fressen, wenn wir nichts anderes haben«, sagte 509. »Laßt uns all die Hoffnung fressen, die es gibt. Laßt uns das Geschützfeuer fressen! Wir müssen durchkommen. Wir werden durchkommen!«

Die kleine Gruppe hockte nahe der Baracke zusammen. Es war eine kühle, dunstige Nacht. Sie froren nicht zu sehr. Die Baracke hatte bereits achtundzwanzig Tote in den ersten Stunden gehabt; die Veteranen hatten ihnen die Sachen ausgezogen, die sie gebrauchen konnten, und sie selbst angezogen, um nicht zu frieren und krank zu werden. Sie wollten nicht in die Baracke. In der Baracke keuchte, stöhnte und schmatzte der Tod. Sie waren drei Tage ohne Brot geblieben und heute auch noch ohne Suppe. Auf allen Betten kämpfte es, ergab sich und starb. Sie wollten nicht hinein. Sie wollten nicht dazwischen schlafen. Das Sterben war ansteckend, und es schien ihnen, als wären sie wehrlos dagegen im Schlaf. So saßen sie draußen, die Sachen der Toten über sich gezogen, und starrten zum Horizont, von dem die Freiheit kommen mußte.

»Es ist nur diese Nacht«, sagte 509. »Nur diese eine Nacht! Glaubt es mir. Neubauer wird es erfahren und die Verordnung morgen aufheben. Sie sind bereits uneinig. Es ist der Anfang vom Ende. Wir haben so lange ausgehalten. Nur noch diese Nacht!«

Niemand antwortete. Sie saßen dicht zusammengedrängt wie eine Gruppe von Tieren im Winter. Es war nicht nur Wärme, die sie sich gaben; es war vervielfachter Lebensmut. Er war wichtiger als Wärme. »Laßt uns über etwas reden«, sagte Berger. »Aber etwas, was nichts mit diesem hier zu tun hat.« Er wendete sich zu Sulbacher, der neben ihm hockte. »Was willst du machen, wenn du hier herauskommst?«

»Ich?« Sulbacher zögerte. »Besser, nicht darüber zu reden, bevor es soweit ist. Es bringt Unglück.«

»Es bringt kein Unglück mehr«, erwiderte 509 heftig. »Wir haben nicht darüber geredet durch all die Jahre, weil es uns zerfressen hätte. Jetzt aber müssen wir darüber reden. In einer solchen Nacht! Wann sonst? Laßt uns fressen, was wir an Hoffnung haben. Was willst du machen, wenn du herauskommst, Sulbacher?«

»Ich weiß nicht, wo meine Frau ist. Sie war in Düsseldorf. Düsseldorf ist zerstört.«

»Wenn sie in Düsseldorf ist, ist sie sicher. Düsseldorf ist von den Engländern besetzt. Das Radio hat es längst zugegeben.«

»Oder sie ist tot«, sagte Sulbacher.

»Damit muß man rechnen. Was wissen wir schon von denen, die draußen sind?«

»Und die draußen von uns«, sagte Bucher.

509 blickte ihn an. Er hatte ihm immer noch nicht gesagt, daß sein Vater tot sei und wie er gestorben war. Es hatte Zeit, bis er frei war. Er würde es dann besser ertragen. Er war jung und hatte als einziger jemanden, der mit ihm hinausging. Er würde es früh genug erfahren.

»Wie wird das nur sein, wenn wir herauskommen?« sagte Meyerhof. »Ich bin seit sechs Jahren im Lager.«

»Ich seit zwölf«, sagte Berger.

»So lange? Warst du politisch?«

»Nein. Ich habe nur einen Nazi, der später Gruppenführer wurde, von 1928 bis 1932 ärztlich behandelt. Vielmehr nicht ich; er ist zu mir in die Sprechstunde gekommen und dort behandelt worden durch einen Freund von mir, der Facharzt war. Der Nazi kam zu mir, weil er im selben Haus wohnte wie ich.«

»Und deshalb hat er dich einsperren lassen?«

»Ja. Er hatte Syphilis.«

»Und der Facharzt?«

»Er hat ihn erschießen lassen. Ich selbst konnte ihm vormachen, daß ich nicht wußte, was er hätte, und glaubte, es seien nur Entzündungen vom letzten Krieg. Er war trotzdem vorsichtig genug, mich einsperren zu lassen.«

»Was wirst du machen, wenn er noch lebt und du rauskommst?«

Berger dachte nach. »Ich weiß es nicht.«

»Ich würde ihn totschlagen«, erklärte Meyerhof.

»Und dafür wieder ins Gefängnis kommen, was?« sagte Lebenthal. »Für Totschlag. Noch einmal zehn oder zwanzig Jahre.«

»Was willst du machen, Leo, wenn du rauskommst?« fragte 509.

»Ich mache ein Mantelgeschäft auf. Gute Halbkonfektion.«

»Mäntel? Im Sommer? Es wird Sommer, Leo!«

»Es gibt Sommermäntel. Ich kann Anzüge dazunehmen. Und Regenmäntel, natürlich.«

»Leo«, sagte 509. »Warum willst du nicht in der Nahrungsmittelbranche bleiben? Das wird mehr gebraucht als Mäntel, und du warst hier großartig darin.«

»Meinst du?« Lebenthal war deutlich geschmeichelt.

»Unbedingt!«

»Vielleicht hast du recht. Ich werde es mir überlegen. Amerikanische Lebensmittel, zum Beispiel. Das wird groß gehen. Erinnert ihr euch an den amerikanischen Speck nach dem letzten Krieg? Er war dick, weiß und zart wie Marzipan, mit rosa –«

»Halt's Maul, Leo! Bist du verrückt?«

»Nein. Es fiel mir nur plötzlich ein. Ob sie diesmal auch welchen schicken werden? Für uns wenigstens?«

»Sei ruhig, Leo!«

»Was willst du machen, Berger?« fragte Rosen.

Berger wischte sich die entzündeten Augen. »Ich werde bei einem Apotheker in die Lehre gehen. Versuchen, so was Ähnliches zu werden. Operieren – mit solchen Händen? Nach so langer Zeit?« Er ballte die Hände unter der Jacke zusammen, die er über sich gezogen hatte. »Unmöglich. Ich werde Apotheker werden. Und du?«

»Meine Frau hat sich scheiden lassen, weil ich Jude war. Ich weiß nichts mehr von ihr.«

»Du willst sie doch nicht suchen?« fragte Meyerhof.

Rosen zögerte. »Sie hat es vielleicht unter Zwang getan. Was hätte sie sonst tun sollen? Ich habe es ihr selbst geraten.«

»Vielleicht ist sie inzwischen so mies geworden, daß es kein Problem mehr für dich ist«, sagte Lebenthal. »Vielleicht bist du froh, daß du sie los bist.«

»Wir sind auch nicht jünger geworden.«

»Nein. Neun Jahre.« Sulbacher hustete. »Wie wird das sein, wenn man jemand nach so langer Zeit wiedersieht?«

»Sei froh, daß einer da ist zum Wiedersehen.«

»Nach so langer Zeit«, wiederholte Sulbacher. »Wer kennt sich da noch?«

Sie hörten im Schuffeln der Muselmänner einen festeren Schritt. »Achtung«, flüsterte Berger. »Vorsicht, 509.«

»Es ist Lewinsky«, sagte Bucher. Er konnte Leute am Schritt erkennen.

Lewinsky kam heran. »Was macht ihr? Kein Fressen heute. Wir haben einen Verbindungsmann in der Küche. Er konnte Brot und Kartoffeln stehlen. Gekocht worden ist nur für die Bonzen. Da war nichts zu schnappen. Hier ist etwas Brot. Und hier sind ein paar rohe Karotten. Es ist wenig; aber wir haben auch nichts gekriegt.«

»Berger«, sagte 509. »Verteile es.«

Jeder bekam eine halbe Schnitte Brot und eine Karotte. »Eßt es langsam. Kaut, bis es weg ist.« Berger gab ihnen erst die Karotten; dann, einige Minuten später, das Brot. »Man fühlt sich auf einmal wie ein Verbrecher, daß man heimlich frißt«, sagte Rosen.

»Dann tu es nicht«, erwiderte Lewinsky lakonisch. »Du Quatschkopf.«

Lewinsky hatte recht. Rosen wußte es. Er wollte erklären, daß er nur heute, in dieser sonderbaren Nacht, in der sie über die Zukunft geredet hatten, um über ihren Hunger hinwegzukommen, einen solchen Gedanken gehabt habe und daß es eben mit der Zukunft zusammenhänge; aber er gab es auf. Es war zu kompliziert. Und zu unwichtig.

»Sie fallen um«, erklärte Lewinsky heiser und atemlos. »Grüne fallen ebenfalls um. Wollen mitmachen. Wir lassen sie. Kapos, Blockälteste, Stubenälteste. Später werden wir sortieren. Zwei SS-Leute auch. Dazu der Hospitalarzt.«

»Das Schwein«, sagte Bucher.

»Wir wissen, was er ist. Aber wir können ihn gebrauchen. Wir kriegen Nachrichten durch ihn. Heute abend ist ein Befehl für einen Abtransport gekommen.«

»Was?« fragten Berger und 509 zugleich.

»Transport. Zweitausend Mann sollen abtransportiert werden.«

»Sie wollen das Lager räumen?«

»Sie wollen zweitausend Mann. Vorläufig.«

»Der Transport. Das haben wir gefürchtet«, sagte Berger. »Seid ruhig. Der Schreiber mit den roten Haaren paßt auf. Wenn sie eine Liste machen, kommt ihr nicht mit drauf. Unsere Leute sind jetzt überall. Außerdem heißt es, daß Neubauer zögert. Er hat den Befehl noch nicht weitergegeben.«

»Sie werden nicht nach einer Liste gehen«, sagte Rosen. »Sie werden sie zusammenfangen, wie sie es bei uns getan haben, wenn sie sie nicht anders kriegen können. Die Liste machen sie dann nachher.«

»Regt euch nicht auf. Es ist noch nicht soweit. Jede Stunde kann alles ändern.«

»Regt euch nicht auf, sagt er.« Rosen zitterte.

»Wir schmuggeln euch zur Not ins Hospital. Der Arzt drückt jetzt beide Augen zu. Wir haben schon eine Anzahl gefährdeter Leute drin.«

»Haben sie davon gesprochen, daß auch Frauen abtransportiert werden?« fragte Bucher.

»Nein. Das werden sie auch nicht machen. Es sind doch viel zu wenige hier.«

Lewinsky stand auf. »Komm mit«, sagte er zu Berger. »Ich wollte dich holen. Deshalb bin ich hier.«

»Wohin?«

»Zum Lazarett. Wir verstecken dich da für ein paar Tage. Wir haben einen Raum neben der Flecktyphusabteilung; kein Nazi wagt sich dort in die Nähe. Es ist alles arrangiert.«

»Und warum?« fragte 509.

»Das Krematoriumskommando. Sie erledigen es morgen. Das sind die Gerüchte. Ob sie ihn dazurechnen, weiß keiner von uns. Ich glaube, ja.« Er wandte sich zu Berger. »Du hast unten zuviel gesehen. Komm zur Vorsicht mit. Zieh dich um. Laß deine Sachen hier an einem Toten. Nimm seinen Kram.«

»Geh«, sagte 509.

»Und der Blockälteste? Könnt ihr das machen?«

»Ja«, sagte Ahasver überraschend. »Er wird den Mund halten. Wir können das machen.«

»Gut. Der rothaarige Schreiber ist informiert. Dreyer im Krematorium zittert vor Angst um sich selbst. Er wird nicht nach dir unter den Toten suchen.« Lewinsky zog geräuschvoll Luft durch die Nase ein. »Es sind auch zu viele da. Man stolpert den ganzen Weg hierher darüber. Dauert sicher vier, fünf Tage, ehe alle verbrannt sind. Dann sind neue da. Das Durcheinander ist überall schon so groß, daß niemand mehr Bescheid weiß. Die Hauptsache ist, daß du nicht zu finden bist.« Ein Grinsen flakkerte über sein Gesicht. »In solchen Zeiten ist das immer die Hauptsache. Weit vom Schuß sein.«

»Los«, sagte 509. »Laßt uns einen Toten suchen, der nicht tätowiert ist.«

Sie hatten wenig Licht. Ein schwelendes, unruhiges Rot am westlichen Horizont half ihnen nicht. Sie mußten sich tief über die Arme der Toten beugen, um festzustellen, ob Nummern auf die Arme tätowiert waren. Sie fanden einen, der ungefähr in Bergers Größe war, und zogen ihm seine Sachen aus.

»Los, Ephraim!«

Sie saßen an der Seite der Baracke, die von den Posten abgekehrt war. »Zieh dich rasch hier um«, flüsterte Lewinsky. »Je weniger es wissen, um so besser. Gib deine Jacke und Hose her!«

Berger zog sich aus. Er stand wie ein gespenstischer Harlekin gegen den Himmel. Bei dem unvermuteten Wäscheempfang hatte er eine Frauenunterhose zugeworfen bekommen, die ihm bis zur halben Wade ging. Dazu trug er ein tief ausgeschnittenes Hemd ohne Ärmel.

»Meldet ihn morgen früh tot.«

»Ja. Der SS-Blockführer kennt ihn nicht. Mit dem Blockältesten werden wir schon fertig.«

Lewinsky grinste flüchtig. »Ihr habt euch ganz gut rausgemacht. Komm, Berger.«

»Also doch ein Transport!« Rosen starrte hinter Berger her.

»Sulbacher hat recht gehabt. Wir hätten nicht über die Zukunft reden sollen. Es bringt Unglück.«

»Unsinn! Wir haben zu essen gekriegt. Berger ist gerettet worden. Es ist nicht sicher, ob Neubauer den Befehl weitergibt. Was willst du mit deinem Unglück? Willst du Garantien auf Jahre haben?«

»Kommt Berger wieder?« fragte jemand hinter 509.

»Er ist gerettet«, sagte Rosen bitter. »Er kommt nicht in den Transport.«

»Halt die Schnauze!« erwiderte 509 scharf. Dann wendete er sich um. Hinter ihm stand Karel. »Natürlich kommt er wieder, Karel«, sagte er. »Warum bleibst du nicht in der Baracke?«

Karel zog die Schultern hoch. »Ich dachte, ihr hättet ein bißchen Leder zum Kauen.«

»Hier ist etwas Besseres«, sagte Ahasver. Er gab ihm sein Stück Brot und die Karotte. Er hatte sie für ihn aufbewahrt. Karel begann sehr langsam zu essen. Nach einer Weile sah er die Blicke der andern. Er stand auf und ging weg. Als er wiederkam, kaute er nicht mehr. »Zehn Minuten«, sagte Lebenthal und blickte auf seine Nickeluhr. »Eine gute Leistung, Karel. Ich hätte das nicht geschafft. Bei mir hat es zehn Sekunden gedauert.«

»Können wir die Uhr nicht gegen Essen tauschen, Leo?« fragte 509.

»Heute nacht können wir nichts tauschen. Nicht einmal Gold.«

»Man kann Leber essen«, sagte Karel.

»Was?«

»Leber. Frische Leber. Wenn man sie gleich herausschneidet, kann man sie essen.«

»Wo herausschneidet?«

»Aus den Toten.«

»Woher hast du das, Karel?« fragte Ahasver nach einiger Zeit.

»Von Blatzek.«

»Von was für einem Blatzek?«

»Blatzek im Brünner Lager. Er sagte, es sei besser, als selber zu sterben. Die Toten wären tot und würden sowieso verbrannt. Er hat mir viel beigebracht. Er hat mir gezeigt, wie man sich totstellt und wie man laufen muß, wenn hinter einem geschossen wird: Zickzack, unregelmäßig, auf und nieder. Auch wie man Platz zum Atmen im Massengrab behält und sich nachts ausgräbt. Blatzek wußte viel.«

»Du weißt auch genug, Karel.«

»Natürlich. Sonst wäre ich nicht mehr hier.«

»Stimmt. Aber laßt uns an etwas anderes denken«, sagte 509. »Wir müssen dem Toten noch Bergers Sachen anziehen.«

Es war leicht. Der Tote war noch nicht starr. Sie packten einige andere Leichen über ihn. Dann hockten sie sich wieder hin. Ahasver murmelte halblaut. »Du hast viel zu beten, diese Nacht, Alter«, sagte Bucher finster.

Ahasver blickte auf. Er horchte einen Augenblick auf das ferne Rollen. »Als der erste Jude von ihnen erschlagen wurde, ohne daß Gericht über die Mörder gehalten wurde, haben sie das Gesetz des Lebens gebrochen«, sagte er langsam. »Sie haben gelacht. Sie haben gesagt: was sind schon ein paar Juden gegen das größere Deutschland? Sie haben weggesehen. Dafür werden sie jetzt von Gott geschlagen. Ein Leben ist ein Leben. Auch das ärmste.«

Er begann wieder zu murmeln. Die andern schwiegen. Es wurde kühler. Sie krochen enger zusammen.

Der Scharführer Breuer erwachte. Er knipste schlaftrunken die Lampe neben seinem Bett an. Im gleichen Moment leuchteten zwei grüne Lichter auf seinem Tisch auf. Es waren zwei kleine elektrische Birnen, die geschickt in den Augenhöhlen eines Totenschädels angebracht worden waren. Wenn Breuer noch einmal knipste, erloschen alle anderen Lampen – nur der Totenschädel leuchtete durch das Dunkel weiter. Es war ein interessanter Effekt. Breuer liebte ihn sehr. Er hatte ihn selbst erdacht.

Auf dem Tisch standen ein Teller mit Kuchenkrümeln und eine geleerte Kaffeetasse. Daneben lagen ein paar Bücher – Abenteuerromane von Karl May. Breuers literarische Bildung erschöpfte sich damit und mit einem obszönen Privatdruck über die Liebesabenteuer einer Tänzerin. Gähnend richtete er sich auf. Er hatte einen schlechten Geschmack im Munde. Eine Weile lauschte er. Die Zellen im Bunker waren stumm. Niemand wagte zu jammern; Breuer hätte den Insassen schon Disziplin beigebracht.

Er holte eine Flasche Kognak hervor und langte ein Weinglas vom Tisch herunter. Er füllte es und trank es aus. Dann lauschte er wieder. Das Fenster war geschlossen; trotzdem glaubte er das Grollen der Geschütze zu hören. Er goß sich noch ein Glas ein und trank es. Dann stand er auf und blickte auf seine Uhr. Es war halb drei. Er zog seine Stiefel über sein Pyjama. Er brauchte die Stiefel; er trat gern gegen Bäuche. Ohne Stiefel hatte das wenig Effekt. Das Pyjama war praktisch; der Bunker war sehr heiß. Breuer hatte genug Kohlen. Das Krematorium war schon knapp daran; aber Breuer hatte sich rechtzeitig einen Vorrat für seine Zwecke gesichert. Langsam ging er den Korridor entlang. Jede Zelle hatte ein Fenster, durch das man hineinsehen konnte. Breuer hatte das nicht nötig. Er kannte seine Menagerie, und er war stolz auf diesen Ausdruck. Ab und zu nannte er ihn auch seinen Zirkus; dann kam er sich mit seiner Peitsche wie ein Dompteur vor.

Er ging die Zellen ab, wie ein Weinliebhaber seinen Keller. Und so, wie ein Weinkenner den ältesten Wein wählt, so beschloß Breuer, seinen ältesten Gast für heute vorzunehmen. Es war Lübbe in Zelle sieben. Er schloß sie auf. Die Zelle war klein und unerträglich heiß. Sie hatte einen sehr großen Zentralheizungskörper, der voll aufgedreht war. An den Röhren war ein Mann mit Händen und Füßen angekettet. Er hing bewußtlos knapp über dem Boden. Breuer betrachtete ihn eine Zeitlang; dann holte er eine Gießkanne mit Wasser vom Korridor und besprengte den Mann wie eine verdorrte Pflanze. Das Wasser zischte auf den Heizungsröhren und verdampfte. Lübbe rührte sich nicht. Breuer schloß die Ketten auf. Die angebrannten Hände fielen nieder. Der Rest der Gießkanne sprühte über die Figur am Boden. Eine Wasserlache bildete sich. Breuer ging mit der Gießkanne hinaus, um sie noch einmal zu füllen. Draußen blieb er stehen. Zwei Zellen weiter stöhnte jemand. Er stellte die Kanne ab, schloß die zweite Zelle auf und ging hinein. Man hörte ihn murmeln; dann kamen dumpfe Geräusche wie Tritte; dann Poltern, Klirren, Stoßen, Schieben und plötzlich gellende Schreie, die langsam in Röcheln übergingen. Noch ein paar dumpfe Aufschläge, und Breuer erschien wieder. Sein rechter Stiefel war naß. Er füllte die Gießkanne und schlenderte zurück zur Zelle sieben. »Sieh da!« sagte er. »Aufgewacht!« Lübbe lag flach am Boden, das Gesicht nach unten. Er versuchte mit beiden Händen, das Wasser auf dem Fußboden zusammenzuscharren, um es aufzulecken. Er bewegte sich ungeschickt wie eine halbtote Kröte. Plötzlich sah er die volle Gießkanne. Mit einem leisen Krächzen bäumte er sich auf, warf sich herum und haschte danach. Breuer trat ihm auf die Hände. Lübbe konnte sie nicht unter den Stiefeln fortziehen. Er reckte seinen Hals so weit er konnte zur Gießkanne hin; seine Lippen bebten, sein Kopf zitterte, er krächzte mit großer Anstrengung. Breuer betrachtete ihn mit den Augen des Fachmannes. Er sah, daß Lübbe fast fertig war. »Na, sauf schon«, knurrte er. »Sauf deine Henkersmahlzeit.«

Er grinste über seinen Witz und stieg von den Händen herunter. Lübbe warf sich über die Kanne mit solcher Hast, daß sie schwankte. Er glaubte nicht an sein Glück. »Sauf langsam«, sagte Breuer. »Wir haben Zeit.«

Lübbe trank und trank. Er hatte Stufe sechs des Breuerschen Erziehungsprogrammes hinter sich: Ernährung mit nichts anderem als Salzheringen und Salzwasser für einige Tage; dazu volle Hitze, angekettet an die Heizungsröhren.

»Schluß«, erklärte Breuer schließlich und riß die Kanne weg. »Steh auf. Komm mit.«

Lübbe stolperte hoch. Er lehnte an der Wand und erbrach Wasser. »Siehst du«, sagte Breuer. »Ich habe dir gesagt, trink langsam. Marsch!«

Er stieß Lübbe vor sich her, den Korridor entlang, in sein Zimmer. Lübbe fiel hinein. »Steh auf«, sagte Breuer. »Setz dich auf den Stuhl. Los.«

Lübbe kroch auf den Stuhl. Er schwankte und lehnte sich zurück und wartete auf die nächste Tortur. Er kannte nichts anderes mehr.

Breuer sah ihn nachdenklich an. »Du bist mein ältester Gast, Lübbe. Sechs Monate, wie?«

Das Gespenst vor ihm schwankte. »Wie?« wiederholte Breuer. Das Gespenst nickte.

»Eine schöne Zeit«, erklärte Breuer. »Lange. So was verbindet direkt. Du bist mir irgendwie ans Herz gewachsen. Das ist komisch, aber es ist tatsächlich so ähnlich. Ich habe ja persönlich nichts gegen dich, das weißt du – Das weißt du«, wiederholte er. »Oder nicht?«

Das Gespenst nickte wieder. Es wartete auf die nächste Folter.

»Es geht einfach gegen euch alle. Der einzelne ist piepegal.« Breuer nickte gewichtig und schenkte sich Kognak ein. »Piepegal. Schade, ich dachte, du hättest durchgestanden. Wir hatten nur noch Aufhängen an den Füßen und eine Kürübung, dann wärest du durch gewesen und rausgekommen, das weißt du?«

Das Gespenst nickte. Es wußte es nicht genau; aber es stimmte, daß Breuer manchmal Gefangene entließ, für die nicht ausdrücklich Todesbefehl vorlag, nachdem sie alle Foltern durchgestanden hatten. Er hatte da eine Art von Bürokratie; wer durchkam, hatte eine Chance. Es hing mit einer widerwilligen Bewunderung dafür zusammen, daß der Gegner so viel aushielt. Es gab Nazis, die so dachten, und die sich deshalb für sportlich und für Gentlemen hielten.

»Schade«, sagte Breuer. »Ich hätte dich eigentlich ganz gern laufenlassen. Du hast Courage gehabt. Schade, daß ich dich trotzdem erledigen muß. Weißt du, warum?«

Lübbe antwortete nicht. Breuer zündete sich eine Zigarette an und öffnete das Fenster. »Darum.« Er horchte einen Augenblick. »Hörst du es?« Er sah, daß Lübbes Augen ihm verständnislos folgten. »Artillerie«, sagte er. »Feindliche Artillerie. Sie kommen näher. Deshalb! Deshalb wirst du heute nacht umgelegt, mein Junge.«

Er schloß das Fenster. »Pech, was?« Er grinste ein schiefes Lächeln. »Gerade ein paar Tage, bevor sie euch hier herausholen können. Richtiges Pech, was?«

Er freute sich über seinen Einfall. Es gab dem Abend Finesse; ein Stück seelischer Folter als Abschluß. Wirklich, verdammtes Pech, was?«

»Nein«, flüsterte Lübbe.

»Was?«

»Nein.«

»Bist du so lebensmüde?«

Lübbe schüttelte den Kopf. Breuer sah ihn überrascht an. Er spürte, daß nicht ganz dasselbe Wrack mehr vor ihm saß wie vor einer Minute. Lübbe sah plötzlich aus, als hätte er einen Tag Ruhe gehabt. »Weil sie euch jetzt holen werden«, flüsterte er mit zerrissenen Lippen.

»Quatsch! Quatsch!« Breuer war einen Moment wütend. Er merkte, daß er einen Fehler gemacht hatte. Anstatt Lübbe zu quälen, hatte er ihm einen Dienst erwiesen. Wer konnte auch ahnen, daß der Kerl so wenig an seinem Leben hing? »Bilde dir nur nichts ein! Ich habe dir was vorgeschwindelt. Wir verlieren nicht! Wir räumen hier nur! Die Front wird verlegt, das ist alles!«

Es wirkte nicht überzeugend. Breuer wußte es selbst. Er nahm einen Schluck. Ist auch gleich, dachte er und trank noch einmal. »Denk, was du willst«, sagte er dann. »Ist trotzdem dein Pech. Zwingt mich, dich umzulegen.«

Er spürte den Alkohol. »Schade für dich und schade für mich. War ein schönes Leben. Na ja, für dich nicht, wenn man gerecht sein will.«

Lübbe beobachtete ihn, trotz seiner Schwäche. »Was mir an dir gefällt«, sagte Breuer, »ist, daß du nicht klein beigegeben hast. Aber ich muß dich umlegen, damit du nichts erzählst. Gerade dich, den ältesten Gast. Dich zuerst. Die andern kommen auch ran«, fügte er begütigend hinzu. »Keine Zeugen hinterlassen. Alte nationalsozialistische Parole.«

Er holte einen Hammer aus der Tischschublade. »Ich will es

kurz machen mit dir.« Er legte den Hammer neben sich. Im selben Moment torkelte Lübbe vom Stuhl hoch und versuchte, mit den verbrannten Händen nach dem Hammer zu greifen. Breuer stieß ihn mit der Faust leicht beiseite. Lübbe fiel. »Sieh da«, sagte Breuer gutmütig. »Immer noch mal ein Versuch! Hast ganz recht. Warum nicht? Bleib auf dem Boden sitzen. Ich habe dich da besser zur Hand. Er hielt die Hand ans Ohr. »Was? Was sagst du?«

»Sie werden euch alle – alle genau so –«

»Ach, Unsinn, Lübbe. Das möchtest du wohl. Die machen so was nicht. Sind viel zu fein dazu. Ich werde auch vorher weg sein. Und von euch wird keiner mehr reden.« Er nahm wieder einen Schluck. »Willst du noch eine Zigarette?« fragte er plötzlich.

Lübbe sah ihn an. »Ja«, sagte er.

Breuer steckte ihm eine Zigarette zwischen die blutenden Lippen. »Hier!« Er zündete ihm die Zigarette an und mit demselben Streichholz auch sich eine.

Beide rauchten und schwiegen. Lübbe wußte, daß er verloren war. Er horchte zum Fenster hinüber. Breuer trank sein Glas aus. Dann legte er die Zigarette weg und griff nach dem Hammer. »Also, los jetzt.«

»Sei verflucht!« flüsterte Lübbe. Die Zigarette fiel ihm nicht aus dem Mund. Sie klebte an seiner blutigen Oberlippe fest. Breuer schlug einige Male mit der stumpfen Seite des Hammers zu. Es war ein Kompliment für Lübbe, der langsam zusammensank, daß er nicht die spitze Seite genommen hatte. Eine Weile saß Breuer und brütete vor sich hin. Dann fiel ihm ein, was Lübbe gesagt hatte. Er fühlte sich in einer unklaren Weise betrogen. Lübbe hatte ihn betrogen. Er hätte jammern sollen. Aber Lübbe hätte nie gejammert; auch nicht, wenn er ihn langsam getötet hätte. Er hätte gestöhnt; aber das galt nichts, das war nur der Körper. Es war wie lautes Luftholen, nicht mehr. Breuer hörte wieder das Rollen hinter dem Fenster. Irgend jemand mußte noch einmal jammern, diese Nacht, sonst brach alles kaputt. Das war es; er wußte es jetzt. Es konnte nicht so aufhören, mit Lübbe. Lübbe hätte sonst gewonnen gehabt. Schwerfällig stand er auf und ging zu Zelle vier. Er hatte Glück. Eine entsetzte Stimme begann bald zu heulen, zu betteln, zu schreien, zu jammern, und erst nach langer Zeit wurde sie leiser und leiser und verstummte endlich ganz.

Breuer kam befriedigt in sein Zimmer zurück. »Siehst du! Wir haben euch doch noch in der Gewalt«, sagte er zur Leiche Lübbes und stieß sie mit dem Fuße an. Der Stoß war nicht heftig; aber irgend etwas in Lübbes Gesicht bewegte sich. Breuer beugte sich hinab; ihm war, als habe Lübbe ihm eine graue Zunge herausgestreckt.

Dann entdeckte er, daß die Zigarette im Munde des Toten weitergebrannt hatte, bis auf die Lippen; die kleine Aschensäule war durch den Stoß heruntergefallen. Breuer war plötzlich müde. Er hatte keine Lust mehr, den Toten hinauszuschleifen; er schob ihn deshalb mit den Füßen unter das Bett. Er hatte Zeit, bis morgen. Eine dunkle Spur blieb auf dem Fußboden. Breuer grinste schläfrig. Und ich konnte mal kein Blut sehen, als ich klein war, dachte er; zu komisch!

23

Die Toten lagen zu Haufen geschichtet. Der Leichenwagen war nicht mehr gekommen, sie abzuholen. Regentropfen hingen silbern an ihren Haaren und Wimpern und Händen. Das Grollen am Horizont war verstummt. Die Häftlinge hatten das Mündungsfeuer bis Mitternacht gesehen und die Abschüsse gehört – dann war alles still geworden.

Die Sonne ging auf. Der Himmel war blau und der Wind sanft und warm. Auf den Chausseen außerhalb der Stadt war nichts zu sehen; nicht einmal mehr Flüchtlinge. Die Stadt lag schwarz und ausgebrannt da; der Fluß schlängelte sich hindurch wie eine riesige, glitzernde Schlange, die sich an ihrer Verwesung sättigt. Nirgendwo waren Truppen.

Es hatte nachts eine Stunde lang geregnet, einen weichen, schüttenden Regen, und ein paar Wasserlachen waren davon stehengeblieben. 509 hockte neben einer davon und sah zufällig sein Gesicht darin gespiegelt.

Er beugte sich tiefer über die flache, klare Pfütze. Er konnte sich nicht erinnern, wann er das letzte Mal in einen Spiegel geschaut hatte; es mußte viele Jahre her sein. Im Lager hatte er nie einen gesehen; und das Gesicht, das ihm jetzt entgegenstarrte, kannte er nicht.

Die Haare waren weißgraue Stoppeln. Sie waren vor dem Lager voll und braun gewesen. Er wußte, daß sie die Farbe geändert hatten, er hatte das gesehen, wenn beim Haarschneiden die Büschel zu Boden gefallen waren; aber loses Haar auf dem Boden schien nichts mehr mit einem zu tun zu haben. Im Gesicht erkannte er kaum etwas; nicht einmal die Augen. Was da über einem schadhaften Gebiß und über zu großen Nasenlöchern in zwei Höhlen flackerte, war nur etwas, das ihn von den Toten unterschied.

Das bin ich? dachte er. Er sah sich wieder an. Er hätte sich denken sollen, daß er ähnlich aussah, wie alle andern, aber er hatte es nie wirklich gedacht. Er hatte die andern gesehen, Jahr für Jahr, und bemerkt, wie sie sich verändert hatten; aber da er sie jeden Tag gesehen hatte, war es ihm weniger aufgefallen als jetzt, wo er sich seit so langer Zeit zum erstenmal selbst sah. Es hatte nichts damit zu tun, daß seine Haare grau und unregelmäßig und daß sein Gesicht nur noch ein Hohn auf das kräftige, fleischige seiner Erinnerung war – was ihn bestürzte, war, daß das, was er vor sich sah, ein alter Mann war.

Er saß eine Weile sehr still. Er hatte viel gedacht in diesen letzten Tagen; doch nie daran, daß er alt war. Zwölf Jahre waren nicht sehr viel. Zwölf Jahre eingesperrt sein, war mehr. Und zwölf Jahre KZ – wer konnte wissen, wieviel das später sein würden? Hatte er Kraft genug behalten? Oder würde er zusammenbrechen, wenn er hinauskam, wie ein von innen morscher Baum, der in der Windstille noch gesund erscheint, aber beim ersten Sturm stürzt? Denn eine Windstille, eine große, entsetzliche, einsame, höllische – aber trotz allem, eine Windstille war dieses Lagerleben gewesen. Kaum ein Laut von der Welt draußen war hineingedrungen. Was würde werden, wenn der Stacheldraht fiel?

509 starrte noch einmal in die blanke Pfütze. Das sind meine Augen, dachte er. Er beugte sich tief, um sie genau zu sehen. Unter seinem Atem kräuselte sich das Wasser, und das Bild verschwamm. Das sind meine Lungen, dachte er, und sie pumpen noch. Er tauchte die Hand in die Lache und spritzte das Wasser auseinander – und das sind meine Hände, die dieses Bild zerstören können. –

Zerstören, dachte er. Aber aufbauen? Hassen. Aber kann ich noch anderes? Haß allein ist wenig. Man braucht mehr als Haß zum Leben.

Er richtete sich auf. Er sah Bucher kommen. Der hat es, dachte er. Er ist jung.

»509«, sagte Bucher. »Hast du es gesehen? Das Krematorium arbeitet nicht mehr.«

»Wahrhaftig!«

»Das Kommando ist tot. Sie scheinen noch kein neues bestimmt zu haben. Warum wohl nicht? Sollte –«

Sie sahen sich an. »Sollte es keinen Zweck mehr haben? Sollten sie schon –«

Bucher stockte. »Abziehen?« sagte 509.

»Vielleicht. Es sind heute morgen keine Toten mehr abgeholt worden.«

Rosen und Sulbacher kamen heran. »Man hörte keine Geschütze mehr«, sagte Rosen. »Was mag bloß los sein?« – »Vielleicht sind sie durchgebrochen.«

»Oder zurückgeworfen. Es heißt, daß die SS das Lager verteidigen will.«

»Latrinenparole. Alle fünf Minuten kommt was Neues durch. Wenn sie wirklich das Lager verteidigen, werden wir bombardiert.«

509 blickte auf. Ich wollte, es wäre schon wieder Nacht, dachte er. Man kann sich besser verstecken im Dunkeln. Wer weiß, was noch alles passieren wird? Der Tag hatte viele Stunden, und der Tod brauchte nicht mehr als Sekunden. Viele Tote

konnten verborgen sein in den Stunden, die die Sonne erbarmungslos vom Horizont heraufbrachte.

»Da ist ein Flugzeug«, rief Sulbacher.

Er zeigte aufgeregt in den Himmel. Nach einer Weile sahen alle den kleinen Fleck. »Es muß ein deutsches sein!« flüsterte Rosen. »Sonst wäre doch Alarm.«

Sie blickten sich nach einem Versteck um. Es waren Gerüchte herumgegangen, daß deutsche Flugzeuge beauftragt wären, das Lager im letzten Augenblick vom Erdboden hinwegzubombardieren.

»Es ist nur eins! Nur ein einzelnes!«

Sie blieben stehen. Für ein Bombardement hätte man wahrscheinlich mehr als ein Flugzeug ausgeschickt. »Vielleicht ist es ein amerikanischer Beobachter«, sagte Lebenthal, der plötzlich auftauchte. »Dafür geben sie keinen Alarm mehr.«

»Woher weißt du das?«

Lebenthal antwortete nicht. Sie starrten alle auf den Fleck, der sich rasch vergrößerte. »Es ist kein Deutscher!« sagte Sulbacher.

Sie konnten das Flugzeug jetzt deutlich sehen. Es schoß gerade auf das Lager los. 509 hatte ein Gefühl, als zerre eine Faust aus der Erde seine Eingeweide zu Boden. Es war, als stände er nackt auf einer Plattform, dargebracht einer finsteren, herunterstoßenden Mordgottheit, ohne fliehen zu können. Er bemerkte, daß die andern am Boden lagen, und begriff nicht, daß er stehengeblieben war. In diesem Augenblick prallten Schüsse. Das Flugzeug richtete sich aus seinem Sturzflug auf, wendete und umflog das Lager. Die Schüsse waren vom Lager gekommen. Die Maschinengewehre prallten hinter den Kasernen. Das Flugzeug kam noch dichter herunter. Alle starrten hinauf. Und auf einmal bewegte es die Flügel. Es sah aus, als winke es mit ihnen. Im ersten Augenblick glaubten die Häftlinge, es sei angeschossen; aber es machte eine neue Runde, und die Flügel bewegten sich noch zweimal, auf und nieder, wie Vogelflügel. Dann flog es aufwärts, wieder davon. Schüsse knatterten ihm nach. Auch von einigen Türmen wurde jetzt geschossen. Aber gleich darauf verstummten die Maschinengewehre, und man hörte nur noch das Summen des Motors.

»Es war ein Signal«, sagte Bucher.

Es sah aus, als winke es mit den Flügeln. Wie jemand, der mit der Hand winkt.

»Es war ein Signal für uns! Ganz sicher. Was sonst?«

»Es wollte zeigen, daß sie wissen, wir sind hier! Es war für uns! Es kann nichts anderes gewesen sein. Was glaubst du, 509.«

»Ich glaube es auch.«

Es war fast das erste Zeichen, das sie von draußen erhalten hatten, seit sie im Lager waren. Die entsetzliche Einsamkeit all der Jahre schien plötzlich durchbrochen. Sie sahen, daß sie nicht tot waren für die Welt. Man dachte an sie. Unbekannte Retter winkten ihnen zu. Sie waren nicht mehr allein. Es war der erste sichtbare Gruß der Freiheit. Sie waren nicht mehr der Dreck der Erde. Man schickte, trotz Gefahr, ein Flugzeug, um ihnen zu versichern, daß man um sie wisse und daß man käme für sie. Sie waren nicht mehr der Dreck der Erde, verabscheut, bespuckt, geringer als Würmer – sie waren wieder Menschen – für Menschen, die sie nicht kannten. Was ist los mit mir? dachte 509. Tränen? Ich? Ein alter Mann?

Neubauer betrachtete den Anzug. Selma hatte ihn an die vorderste Stelle in seinem Schrank gehängt. Er verstand den Wink. Zivil – er hatte das seit 1933 nicht mehr getragen. Ein grauer Pfeffer-und-Salz-Anzug. Lächerlich. Er nahm ihn vom Bügel und betrachtete ihn. Dann zog er die Uniform aus, ging zur Tür des Schlafzimmers, schloß sie ab und probierte die Jacke des Anzuges. Sie war zu eng. Er konnte sie nicht zuknöpfen; auch nicht, wenn er den Bauch einzog. Er trat vor den Spiegel. Er sah albern aus. Er mußte dreißig, vierzig Pfund zugenommen haben. Das war schließlich kein Wunder; vor 33 hatte man verdammt sparen müssen.

Sonderbar, wie die Entschlossenheit sich aus einem Gesicht verlor, wenn die Uniform fehlte! Man wurde wabblig, weich.

Fühlte sich auch so. Er betrachtete die Hose. Sie würde noch weniger passen als die Jacke. Keinen Zweck, sie zu probieren. Wozu überhaupt das Ganze? Er würde das Lager übergeben, korrekt. Man würde ihn militärisch korrekt behandeln. Es gab dafür Traditionen, Umgangsformen, militärische Überlieferungen. Man war ja selbst Soldat. So gut wie Soldat. Uniformträger. Hoher Offizier. Man verstand sich da.

Neubauer reckte sich. Man würde ihn internieren, das war möglich. Für eine kurze Zeit sicherlich nur. Vielleicht auf einem Schloß in der Umgebung, mit Herren desselben Ranges. Er überlegte, wie er das Lager übergeben sollte. Militärisch, selbstverständlich. Straffer Salut. Kein Hitlergruß mit erhobener Hand. Nein, besser nicht. Militärisch, einfach, Hand an der Mütze.

Er machte ein paar Schritte und salutierte. Nicht steif, nicht wie ein Untergeordneter. Er probierte es noch einmal. Es war gar nicht so leicht, die richtige Mischung von Korrektheit und eleganter Würde herauszukriegen. Die Hand flog zu hoch. Immer noch dieser verdammte Hitlergruß. Eigentlich eine blödsinnige Art zu grüßen, für erwachsene Menschen. Die Hand hochreißen – das paßte für Wandervögel, aber nicht für Offiziere. Sonderbar, daß man es so lange gemacht hatte!

Er versuchte wieder den Militärgruß. Langsamer! Nicht so rasch. Er sah sich im Spiegel des Kleiderschrankes, trat einige Schritte zurück und ging auf sich zu. »Herr General, ich übergebe hiermit –«

Ungefähr so. Früher übergab man dabei den Degen. Napoleon III. bei Sedan! Er erinnerte sich daran, von der Schule her. Er hatte keinen Degen. Den Revolver? Ausgeschlossen! Andererseits: Waffen konnte er nicht behalten. Jetzt fehlte einem doch das militärische Training. Sollte er das Koppel mit dem Revolver vorher abnehmen? Er versuchte noch einmal einige Schritte. Nicht zu nah heran, natürlich. Einige Meter vorher halten. »Herr General –«

Vielleicht auch: Herr Kamerad. Nein, nicht, wenn es ein General war. Aber vielleicht strammer Gruß, und dann Händedruck. Kurz, korrekt. Kein Händeschütteln. Schließlich; die Achtung des Feindes vor dem Feinde. Offizier zu Offizier. Kameraden eigentlich alle, im großen Sinne, wenn auch aus feindlichen Lagern. Man hatte verloren, nach tapferem Kampfe. Achtung dem ehrlichen Besiegten.

Er fühlte den früheren Postsekretär in sich erbeben. Er spürte es wie einen historischen Augenblick. »Herr General –«

Würdig. Danach Händedruck. Vielleicht ein kurzes Essen zusammen, wie man es gehört hatte von ritterlichen Gegnern. Rommel mit gefangenen Engländern. Schade, daß man nicht englisch sprach. Nun, es gab Übersetzer genug unter den Gefangenen im Lager.

Wie man sich in die alte Art, militärisch zu grüßen, rasch hineingewöhnte! Im Grunde war man ja nie fanatischer Nazi gewesen. Viel eher Beamter, treuer Beamter des Vaterlandes. Weber und ähnliche Leute, Dietz und seine Clique, das waren Nazis.

Neubauer holte sich eine Zigarre. »Romeo und Juliet.« Besser, man rauchte sie auf. Vier, fünf konnte man in der Kiste lassen. Eventuell dem Gegner präsentieren. Eine gute Zigarre überbrückte vieles.

Er tat ein paar Züge. Wenn die Gegner nun das Lager sehen wollten? Gut. Wenn ihnen etwas nicht paßte – er hatte nur auf Befehl gehandelt. Soldaten verstanden das. Blutenden Herzens oft. Aber –

Ihm fiel plötzlich etwas ein. Essen, gutes, reichliches Essen! Das war es! Danach sah man immer zuerst. Er mußte sofort anordnen, daß die Rationen erhöht würden. Damit konnte er zeigen, daß er gleich, als er keine Befehle mehr hatte, alles für die Häftlinge getan hatte, was möglich war. Er würde es den beiden Lagerältesten sogar persönlich sagen. Das waren selbst Häftlinge. Die würden dann für ihn zeugen.

Steinbrenner stand vor Weber. Sein Gesicht glänzte vor Eifer. »Zwei Häftlinge beim Fluchtversuch erschossen«, meldete er. »Beides Kopfschüsse.«

Weber erhob sich langsam und setzte sich nachlässig auf die Ecke seines Tisches. »Auf welche Entfernung?«

»Einen auf dreißig, den andern auf vierzig Meter.«

»Wirklich?«

Steinbrenner wurde rot. Er hatte beide Häftlinge auf eine Entfernung von wenigen Metern erschossen – gerade weit genug entfernt, damit die Wunden keine Pulverränder zeigen konnten.

»Und es war ein Fluchtversuch?« fragte Weber.

»Zu Befehl.«

Beide wußten, daß es kein Fluchtversuch gewesen war. Es war nur der Name für ein beliebtes Spiel der SS. Man nahm die Mütze eines Sträflings, warf sie hinter sich und befahl ihm, sie wiederzuholen. Passierte er einen dabei, so erschoß man ihn von hinten wegen Fluchtversuchs. Der Schütze bekam dafür gewöhnlich einige Tage Urlaub.

»Willst du auf Urlaub?« fragte Weber.

»Nein.«

»Warum nicht?«

»Das sähe aus, als wolle ich mich drücken.«

Weber hob die Augenbrauen und begann langsam das Bein zu wippen, mit dem er auf dem Tische saß. Der Reflex der Sonne auf dem hin und her pendelnden Stiefel irrte über die kahlen Wände wie ein heller, einsamer Schmetterling.

»Du hast also keine Angst?«

»Nein.« Steinbrenner blickte Weber fest an.

»Gut. Wir brauchen gute Leute. Besonders jetzt.«

Weber hatte Steinbrenner schon längere Zeit beobachtet. Er gefiel ihm. Er war sehr jung und hatte noch etwas von dem Fanatismus, für den die SS einmal berühmt gewesen war. »Besonders jetzt«, wiederholte Weber. »Wir brauchen jetzt eine SS der SS. Verstehst du das?«

»Jawohl. Ich glaube wenigstens.«

Steinbrenner errötete wieder. Weber war sein Vorbild. Er hatte für ihn eine blinde Verehrung – so wie ein Knabe für einen Indianerhäuptling. Er hatte von Webers Mut in den Saalschlachten von 1933 gehört; er wußte, daß er 1929 an der Ermordung von fünf kommunistischen Arbeitern beteiligt gewesen war und dafür vier Monate im Gefängnis gesessen hatte – die Arbeiter waren nachts aus ihren Betten geholt und vor den Augen ihrer Angehörigen totgetrampelt worden. Er kannte auch die Erzählungen von Webers brutalen Verhören bei der Gestapo und von seiner Rücksichtslosigkeit mit Staatsfeinden. Alles, was er sich wünschte, war, ebenso zu werden wie sein Ideal. Er war aufgewachsen mit den Lehren der Partei. Er war sieben Jahre alt gewesen, als der Nationalsozialismus zur Macht kam, und das vollkommene Produkt seiner Erziehung.

»Es sind viel zu viele ohne genaue Prüfung in die SS gekommen«, sagte Weber. »Jetzt fängt die Auslese an. Jetzt wird sich zeigen, was Klasse ist. Die faulen, schönen Zeiten sind vorbei. Weißt du das?«

»Jawohl.« Steinbrenner stand stramm.

»Wir haben hier bereits ein Dutzend guter Leute. Mit der Lupe ausgesucht.« Weber blickte Steinbrenner prüfend an. »Komm heute abend um halb neun hierher. Wir werden dann weitersehen.«

Steinbrenner machte begeistert kehrt und marschierte ab. Weber stand auf und ging um den Tisch herum. Einer mehr, dachte er. Genug bereits, um dem Alten noch im letzten Augenblick gründlich seine Tour zu verderben. Er grinste. Er hatte längst gemerkt, daß Neubauer versuchen wollte, als sauber gewaschener Engel dazustehen und alles auf ihn abzuwälzen. Das letzte war ihm gleich; er hatte genug auf dem Kerbholz – aber er liebte keine sauber gewaschenen Engel.

Der Nachmittag schlich dahin. Die SS kam kaum noch ins Lager. Sie wußte nicht, daß die Häftlinge Waffen hatten, und sie war auch nicht deswegen vorsichtig. Selbst mit hundertmal soviel Revolvern hätten die Gefangenen im offenen Kampf keine Chance gehabt gegen die Maschinengewehre. Es war einfach die Menge der Häftlinge, vor der die SS plötzlich zurückscheute.

Um drei Uhr wurden durch den Lautsprecher die Namen von zwanzig Gefangenen bekanntgegeben – sie sollten sich in zehn Minuten am Tore einfinden. Es konnte alles bedeuten – ein Verhör, Post oder den Tod. Die geheime Häftlingsleitung ließ alle zwanzig aus ihren Baracken verschwinden; sieben im Kleinen Lager. Der Befehl wurde wiederholt. Alle aufgerufenen Gefangenen waren politisch. Niemand befolgte den Befehl. Es war das erste Mal, daß das Lager offen den Gehorsam verweigerte. Kurz darauf wurden sämtliche Häftlinge zum Appellplatz beordert. Die geheime Lagerleitung gab die Parole aus, in den Baracken zu bleiben. Auf dem Appellplatz konnten die Häftlinge leichter zusammengeschossen werden. Weber wollte die Maschinengewehre in Aktion setzen, traute sich aber noch nicht, so offen gegen Neubauer zu handeln. Die Lagerleitung der Gefangenen wußte durch die Schreibstube, daß der Befehl nicht von Neubauer, sondern allein von Weber gekommen war. Weber ließ durch den Lautsprecher erklären, daß das Lager kein Essen bekommen würde, ehe es nicht angetreten sei und die zwanzig politischen Gefangenen ausgeliefert hätte.

Um vier Uhr nachmittags kam ein Befehl von Neubauer. Die Lagerältesten sollten sofort zu ihm kommen. Sie folgten dem Befehl. Das Lager wartete in dumpfer Spannung, ob sie wiederkommen würden.

Sie kamen nach einer halben Stunde zurück. Neubauer hatte ihnen den Befehl für den Transport gezeigt. Es war bereits der zweite gewesen. Innerhalb einer Stunde sollten zweitausend Mann gestellt werden und das Lager verlassen. Neubauer hatte sich bereit erklärt, den Transport bis zum nächsten Morgen zu verschieben. Die geheime Lagerleitung trat sofort im Hospital zusammen. Sie erreichte zunächst, daß der SS-Arzt, Dr. Hoffmann, der umgefallen war, versprach, seinen Einfluß bei Neubauer zu benützen, die Meldung der zwanzig politischen Gefangenen ebenfalls bis zum nächsten Tage zu verschieben und den Appell abzusagen. Dadurch würde die Anordnung, kein Essen auszugeben, hinfällig werden. Der Arzt ging sofort. Die Lagerleitung beschloß, am nächsten Morgen auf keinen Fall Leute zum Transport zu stellen. Wenn die SS die zweitausend Mann zusammentreiben wollte, sollte sabotiert werden. Die Gefangenen sollten in Baracken und Straßen zu entkommen suchen. Der Lagerschutz, der aus Häftlingen bestand, wollte dabei behilflich sein. Es war anzunehmen, daß die SS, abgesehen von einem Dutzend Leuten, kein Interesse zeigen würde, sich durch allzu großen Diensteifer auszuzeichnen. Diese Meldung war durch den SS-Scharführer Bieder gekommen, der als zuverlässig galt. Als letztes kam ein Entschluß von zweihundert tschechischen Häftlingen. Sie erklärten sich bereit, als erste zu gehen, wenn der Transport doch gebildet würde, um zweihundert andere, die ihn nicht mehr aushalten könnten, zu retten.

Werner hockte in einem Hospitalkittel neben der Fleckfieber-Abteilung. »Ein Tag ist genug«, murmelte er. »Jede Stunde arbeitet für uns. Ist Hoffmann noch bei Neubauer?«

»Ja.«

»Wenn er nichts erreicht, müssen wir uns selbst helfen.«

»Mit Gewalt?« fragte Lewinsky.

»Nicht offen mit Gewalt. Halb mit Gewalt. Aber erst morgen. Morgen sind wir doppelt so stark wie heute.« Werner blickte aus dem Fenster und nahm dann seine Tabellen wieder vor. »Noch einmal. Wir haben Brot für vier Tage, wenn wir täglich eine Ration ausgeben. Mehl, Graupen, Nudeln sind –«

»Also gut, Herr Doktor. Ich werde es auf meine Kappe nehmen. Bis morgen.« Neubauer blickte dem Hospitalleiter nach und pfiff leise vor sich hin. Du auch, dachte er. Meinetwegen! Je mehr, desto besser. Können uns gegenseitig entlasten. Vorsichtig legte er den Transportbefehl in seine besondere Mappe. Dann tippte er auf der kleinen Reiseschreibmaschine seine Anordnung, den Transport zu verschieben, und fügte sie hinzu Er öffnete den Safe, packte die Mappe hinein und schloß ab. Der

Befehl war ein Glücksfall gewesen. Er holte die Mappe noch einmal hervor und öffnete die Schreibmaschine wieder. Langsam tippte er ein neues Memorandum – die Aufhebung von Webers Anordnung, kein Essen auszugeben. Dafür ein eigener Befehl für reichliches Abendessen im Lager. Kleine Dinge – aber alle von Wert.

In der SS-Kaserne herrschte eine gedrückte Stimmung. Der Oberscharführer Kammler überlegte verdrossen, ob er pensionsberechtigt sei und ob die Pension bezahlt werden würde; er war ein verkrachter Student und hatte nichts gelernt, um arbeiten zu können. Der SS-Mann und ehemalige Schlächtergeselle Florstedt grübelte darüber nach, ob wohl alle Leute tot seien, die er in den Jahren 1933 bis 1945 unter den Händen gehabt hatte. Er wünschte es. Von etwa zwanzig wußte er es. Er hatte sie selbst mit Peitschen, Tischbeinen und Ochsenziemern erledigt. Aber von etwa zehn anderen wußte er es nicht so genau. Der kaufmännische Angestellte, Scharführer Bolte, hätte gerne von einem Fachmanne erfahren, ob seine Unterschlagungen im Zivilberuf verjährt waren oder nicht. Niemann, der Abspritzer, hatte einen homosexuellen Freund in der Stadt, der versprochen hatte, ihm falsche Papiere zu besorgen; aber er traute ihm nicht und nahm sich vor, eine letzte Spritze für ihn bereitzuhalten. Der SS-Mann Duda beschloß, sich nach Spanien und Argentinien durchzuschlagen; er erwartete, daß man in solchen Zeiten immer Leute gebrauchen könne, die vor nichts zurückschreckten. Breuer tötete im Bunker den katholischen Vikar Werkmeister, indem er ihn langsam, mit Pausen, erdrosselte. Der Scharführer Sommer, ein sehr kleingewachsener Mensch, der eine besondere Freude daran gehabt hatte, großgewachsene Häftlinge zu entsetztem Schreien zu bringen, war voll Wehmut, wie ein verblühendes Mädchen nach den goldenen Tagen der Jugend. Ein halbes Dutzend anderer SS-Leute hoffte, die Häftlinge würden ihnen gute Zeugnisse ausstellen; einige glaubten noch an einen Sieg Deutschlands; andere waren bereit, zu den Kommunisten überzugehen; eine

Anzahl war bereits überzeugt, nie wirkliche Nazis gewesen zu sein; viele dachten einfach gar nichts, weil sie es nie gelernt hatten. Fast alle aber hatten das Bewußtsein, daß sie stets auf Befehl gehandelt hatten und dadurch von jeder persönlichen und menschlichen Schuld frei waren.

»Über eine Stunde«, sagte Bucher.

Er blickte auf die leeren Maschinengewehrtürme. Die Wachen waren abgezogen, und es war keine Ablösung gekommen. Das war schon ab und zu vorher passiert; doch dann nur auf kurze Zeit und nur im Kleinen Lager. Jetzt aber waren nirgendwo mehr Wachen zu sehen.

Der Tag schien gleichzeitig fünfzig Stunden gedauert zu haben und nur drei; so aufregend war er gewesen. Alle waren völlig erschöpft; sie konnten kaum noch sprechen. Sie hatten anfangs nicht sehr darauf geachtet, daß die MG-Türme nicht wieder besetzt worden waren. Bucher hatte es dann gemerkt. Er hatte auch gesehen, daß das Arbeitslager ohne Wachen war.

»Vielleicht sind sie schon abgezogen.«

»Nein. Lebenthal hat gehört, daß sie noch da sind.«

Sie warteten weiter. Die Wachen kamen nicht. Es gab Essen. Die Essenholer berichteten, daß noch SS da sei. Es sähe allerdings so aus, als rüste sie zum Abzug.

Das Essen wurde ausgegeben. Es entstand eine kraftlose Schlägerei. Die ausgehungerten Skelette mußten zurückgetrieben werden. »Es ist genug da für alle«, rief 509. »Mehr als sonst! Viel mehr! Jeder kriegt was.«

Es gab endlich Ruhe. Die Kräftigsten bildeten eine Kette um den Kessel, und 509 begann mit dem Verteilen. Berger war noch im Hospital versteckt.

»Seht euch das da an! Sogar Kartoffeln!« sagte Ahasver. »Und Sehnen. Ein Wunder!«

Die Suppe war bedeutend dicker als gewöhnlich, und es gab fast doppelt so viel als sonst. Es gab auch doppelte Brotportionen. Es war immer noch viel zuwenig, aber für das Kleine Lager war es etwas Unbegreifliches. »Der Alte stand selbst dabei«, berichtete Bucher. »Solange ich hier bin, habe ich das nicht gesehen.«

»Er will sich ein Alibi verschaffen.«

Lebenthal nickte. »Sie halten uns hier für blöder, als wir sind.«

»Nicht einmal.« 509 stellte seinen leeren Topf neben sich. »Sie geben sich keine Mühe, über uns nachzudenken. Sie glauben, daß wir so sind, wie sie wollen, fertig. Sie tun das überall. Sie wissen alles und alles immer besser. Deshalb haben sie auch den Krieg verloren. Sie wußten alles besser über Rußland, England und Amerika.«

Lebenthal rülpste. »Welch ein wunderbarer Laut«, sagte er andächtig. »Großer Gott, wann habe ich zum letztenmal gerülpst!«

Sie waren aufgeregt und müde. Sie redeten und hörten kaum, was sie sagten. Sie lagen auf einer unsichtbaren Insel. Rundum starben Muselmänner. Sie starben trotz der kräftigeren Suppe. Langsam bewegten sie ihre Spinnenglieder und krächzten und flüsterten ab und zu oder schliefen hinüber.

Bucher ging langsam, so gerade aufgerichtet, wie er konnte, über den Appellplatz zu dem doppelten Stacheldrahtzaun hinüber, der die Frauenbaracke vom Kleinen Lager trennte. Er lehnte sich dagegen. »Ruth.«

Sie stand auf der anderen Seite. Das Abendrot färbte ihr Gesicht und gab ihm einen Schein von Gesundheit, als hätte sie schon viele gute Mahlzeiten hinter sich. »Da stehen wir«, sagte Bucher. »Da stehen wir, offen, und kümmern uns um nichts.«

Sie nickte. Ein schwaches Lächeln huschte über ihr Gesicht. »Ja. Zum erstenmal.«

»Als wäre es ein Gartenzaun. Wir können uns dagegen lehnen und miteinander sprechen. Ohne Angst. Wie an einem Gartenzaun im Frühling.«

Sie waren trotzdem nicht ohne Angst. Sie blickten alle Augenblicke hinter sich und zu den unbesetzten Türmen hinüber. Es saß viel zu tief in ihnen. Sie wußten es. Sie wußten auch, daß sie es überwinden mußten. Sie lächelten sich zu, und jeder versuchte, länger als der andere auszuhalten, nicht rasch einen hastigen Blick seitwärts zu werfen.

Andere fingen an, es nachzumachen. Wer konnte, richtete sich auf und ging umher. Manche näherten sich dem Stacheldraht weiter, als erlaubt war – so weit, daß die Wachen schon geschossen hätten, wenn sie da gewesen wären. Es lag eine sonderbare Befriedigung darin. Es schien kindisch, und es war alles andere, nur nicht kindisch. Sie schritten vorsichtig auf ihren Stelzbeinen dahin; manche schwankten und mußten sich festhalten; die Köpfe hoben sich, die Augen in den verwüsteten Gesichtern starrten nicht mehr auf den Boden ins Leere – sie begannen wieder zu sehen. Etwas fast Vergessenes rührte sich in den Gehirnen, qualvoll, bestürzend und beinahe noch ohne Namen. So wanderten sie über den Platz, vorüber an den Haufen von Toten, vorüber an den Haufen teilnahmsloser Kameraden, die starben oder sich nur noch bewegten und an Essen denken konnten – eine geisterhafte Promenade von Skeletten, in denen ein Funke Leben trotz allem nicht erstorben war.

Das Abendrot erlosch. Blaue Schatten wucherten im Tal und überschwemmten die Hügel. Die Wachen waren immer noch nicht zurück. Die Nacht wurde tiefer. Bolte erschien nicht zum Abendappell. Lewinsky brachte Nachrichten. In den Kasernen war große Tätigkeit. Man erwartete die Amerikaner in ein bis zwei Tagen. Der Transport morgen würde nicht mehr zusammengestellt werden. Neubauer sei in die Stadt gefahren. Lewinsky grinste mit allen Zähnen. »Nicht mehr lange! Ich muß zurück!« Er nahm drei von den Versteckten mit.

Die Nacht war sehr still. Sie kam groß und mit allen Sternen.

24 Der Lärm begann gegen Morgen. 509 hörte zuerst das Schreien. Es kam von weither durch die Stille. Es war nicht das Schreien gefolterter Menschen; es war das Grölen einer betrunkenen Rotte.

Schüsse knatterten. 509 fühlte nach seinem Revolver. Er hatte ihn unter dem Hemd. Er versuchte zu hören, ob nur die SS feuerte, oder ob Werners Leute bereits antworteten. Dann kam das Bellen eines leichten Maschinengewehres.

Er kroch hinter einen Haufen Toter und beobachtete den Eingang zum Kleinen Lager. Es war noch dunkel, und neben dem Haufen waren noch so viele einzelne Tote verstreut, daß er sich leicht dazulegen konnte, ohne aufzufallen.

Das Brüllen und Schießen dauerte einige Minuten. Dann wurde es plötzlich stärker und kam näher. 509 drückte sich dichter hinter die Toten. Er sah das rote Stottern des Maschinengewehres. Einschüsse klatschten überallhin. Ein halbes Dutzend SS-Leute kam feuernd den großen Mittelweg herunter. Sie schossen in die Baracken zu beiden Seiten. Ab und zu patschten verirrte Kugeln weich in die Haufen der Toten. 509 lag flach und völlig gedeckt auf dem Boden. Auf allen Seiten erhoben sich Häftlinge wie verängstigte Vögel. Sie flatterten mit den Armen und taumelten ziellos umher. »Hinlegen!« rief 509. »Hinlegen! Totstellen! Still liegenbleiben!«

Einige hörten ihn und ließen sich fallen. Andere stolperten auf die Baracke los und stauten sich an den Türen. Die meisten, die draußen waren, blieben liegen, wo sie lagen.

Der Trupp kam an der Latrine vorbei, auf das Kleine Lager los. Das Tor wurde aufgerissen. 509 sah im Dunkeln die Silhouetten und im Aufsprühen der Revolver die verzerrten Gesichter. »Hierher!« schrie jemand. »Hier zu den Holzbaracken! Wollen den Brüdern mal einheizen. Frieren sicher! Hierher!«

»Los! Ran hier! Los, Steinbrenner. Bringt die Kannen her.«

509 erkannte Webers Stimme. »Da sind ja welche vor der Tür!« rief Steinbrenner.

Das leichte MG spuckte in den dunklen Haufen an der Tür. Er sank langsam in sich zusammen. »Gut so! Und jetzt los!« 509 hörte Glucksen, als wenn Wasser ausgeschüttet würde. Er sah dunkle Kannen, die geschwenkt wurden und aus denen

Flüssigkeit hoch über die Wände schwappte. Dann roch er das Benzin.

Die Elitetruppe Webers hatte Abschied gefeiert. Um Mitternacht war der Befehl zum Abrücken gekommen, und die meisten Truppen waren bald abmarschiert; aber Weber und seine Rotte hatten noch Schnaps genug und sich rasch besoffen. Sie wollten nicht einfach so abziehen und waren noch einmal durch das Lager gestürmt. Weber hatte angeordnet, Benzinkannen mitzunehmen. Sie wollten ein leuchtendes Fanal hinterlassen, an das man noch lange denken sollte.

Die Baracken, die aus Stein waren, hatten sie in Ruhe lassen müssen, dafür aber hatten sie an den alten polnischen Holzbaracken alles, was sie suchten.

»Feuerzauber! Los!« schrie Steinbrenner.

Ein Streichholz flammte auf; gleich darauf brannte eine Schachtel. Der Mann, der sie hielt, warf sie auf den Boden. Ein anderer warf eine zweite in eine Kanne, die dicht neben der Baracke stand. Sie erlosch. Aber von dem hellen Rot des ersten Streichholzes lief ein dünner blauer Streifen über den Boden zur Baracke, die Wand hinauf, schlug fächerförmig, gasig auseinander und verbreitete sich zu einer zitternden blauen Fläche. Es sah im ersten Augenblick nicht gefährlich aus, sondern wirkte wie eine kalte, elektrische Entladung, dünn und wehend, die rasch erlöschen würde. Dann aber begann es zu knistern, und in dem blauen Wehen zum Dache hin tauchten herzförmige, gelbe, wabernde Feuerkerne auf – Flammen.

Die Tür öffnete sich ein Stück. »Knallt die runter, die rauskommen!« kommandierte Weber.

Er hatte ein Maschinengewehr unter dem Arm und feuerte. Eine Gestalt fiel in der Tür nach hinten. Bucher, dachte 509. Ahasver. Sie schliefen dicht an der Tür. Ein SS-Mann sprang vor, riß die zusammengesunkenen Gestalten, die noch vor dem Eingang lagen, zur Seite, stieß die Tür wieder zu und sprang zurück. »Jetzt kann es losgehen! Hasenjagd!« Das Feuer schoß bereits in Garben hoch. Durch das Brüllen der SS-Leute hörte man das Schreien der Gefangenen. Die Tür der nächsten Sektion öffnete sich. Menschen purzelten heraus. Die Münder waren schwarze Löcher. Schüsse knatterten. Keiner kam durch. Wie ein Haufen Spinnen zuckten sie vor dem Eingang.

509 hatte im Anfang erstarrt dagelegen. Jetzt richtete er sich vorsichtig auf. Er sah vor den Flammen die Silhouette der SS deutlich. Er sah Weber breitbeinig da stehen. Langsam dachte er, während alles in ihm zitterte. Langsam, eines nach dem andern. Er holte den Revolver unter dem Hemd hervor. Dann hörte er in einer kurzen Stille zwischen dem Brüllen der SS und dem Sausen des Feuers das Schreien der Gefangenen lauter. Es war ein hohes, unmenschliches Schreien. Ohne zu überlegen, zielte er auf den Rücken Webers und drückte ab.

Er hörte den Schuß unter den anderen Schüssen nicht. Er sah Weber auch nicht fallen. Und plötzlich fiel ihm ein, daß er keinen Rückstoß der Waffe in der Hand gespürt hatte. Ihm war, als hiebe ihm jemand mit einem Hammer gegen das Herz. Der Revolver hatte nicht funktioniert.

Er merkte nicht, daß er sich die Lippen zerbiß. Ohnmacht stürzte wie Nacht über ihn herein, er biß und biß, um nicht in den schwarzen Nebel zu versinken. Naß geworden, wahrscheinlich unbrauchbar, Tränen, Salz, Wut, ein letztes Tasten – und dann plötzlich die Erlösung, die rasche, huschende Hand über die glatte Fläche, ein kleiner Hebel, der nachgab, und Strömen, Strömen – der Revolver war nicht entsichert gewesen.

Er hatte Glück. Niemand von der SS wandte sich um. Sie erwarteten nichts von seiner Seite. Sie standen und schrien und hielten die Türen unter Feuer. 509 hob die Waffe gegen die Augen. Er sah in der flackernden Helle, daß sie jetzt entsichert war. Seine Hände zitterten immer noch. Er lehnte sich über den Haufen Toter und stützte die Arme auf, um mehr Sicherheit zu haben. Er zielte mit beiden Händen. Weber stand etwa zehn Schritte vor ihm. 509 holte einige Male langsam Atem. Dann hielt er die Luft an, machte seine Arme so starr wie möglich und krümmte langsam den Finger.

Der Schuß ging in den anderen Schüssen unter. Aber 509

spürte den Rückschlag sehr stark. Er feuerte noch einmal. Weber stolperte nach vorn, blickte halb um, als wäre er ungeheuer erstaunt, und knickte in den Knien ein. 509 schoß weiter. Er zielte auf den nächsten SS-Mann, der ein MG unter dem Arm hatte. Er drückte und drückte den Abzugshebel noch, als er längst keine Patronen mehr hatte. Der andere fiel nicht. 509 stand eine Sekunde, den Revolver schlaff in der Hand. Er hatte erwartet, sofort erschossen zu werden. Aber niemand hatte in all dem Geknalle etwas von ihm gemerkt. Er ließ sich hinter dem Haufen Toter auf den Boden fallen.

In diesem Augenblick sah einer der SS-Leute Weber.

»He!« schrie er. »Sturmführer!«

Weber hatte seitlich hinter ihnen gestanden, und sie hatten nicht gleich bemerkt, was passiert war. »Sturmführer! Was ist los?«

»Er ist verwundet!«

»Wer hat das gemacht? Wer von euch?«

»Sturmführer!«

Sie kamen nicht auf den Gedanken, daß Weber anders als durch einen Fehlschuß getroffen worden sein könnte. »Verflucht! Welcher Idiot –«

Neue Schüsse knatterten. Aber sie kamen vom Arbeitslager her. Man sah das Aufblitzen. »Die Amerikaner!« schrie einer der SS-Leute. »Los! Verschwinden!«

Steinbrenner feuerte in die Richtung der Latrine. »Verschwinden! Rechts herum! Über den Appellplatz!« rief jemand. »Rasch! Bevor sie uns hier abschneiden!«

»Der Sturmführer!«

»Wir können ihn nicht mitschleppen!«

Das Aufblitzen von der Richtung der Latrine her kam näher. »Los! Los!«

Die SS-Leute rannten feuernd um die brennende Baracke herum. 509 erhob sich. Er taumelte auf die Baracke zu. Einmal fiel er. Dann stieß er die Tür auf. »Raus! Raus! Sie sind fort!«

»Sie schießen noch –«

»Das sind unsere! Raus! Raus!«

Er stolperte zur nächsten Tür und begann an Armen und Beinen zu zerren. »Raus! Raus! Sie sind fort!«

Gestalten brachen durch die Tür, über die Liegenden hinweg. 509 hastete weiter. Die Tür von A brannte bereits. Er konnte nicht heran. Er schrie und schrie, er hörte Schüsse, Lärm, ein Stück brennenden Holzes fiel ihm vom Dach auf die Schulter, er stürzte, stolperte wieder hoch, fühlte einen heftigen Schlag und kam zu sich, als er auf der Erde saß. Er wollte aufstehen, aber er konnte es nicht. Er hörte von weitem Rufe und sah, als wäre es sehr fern, Menschen, viele plötzlich, keine SS-Leute mehr, Gefangene, die Leute trugen, über ihn stolperten – er kroch weg. Er konnte nichts mehr tun. Er war plötzlich todmüde. Er wollte aus dem Wege sein. Er hatte den zweiten Mann nicht getroffen. Vielleicht auch Weber nicht richtig. Es war vergebens gewesen. Er hatte versagt. Er kroch weiter. Da war der Haufen der Toten. Er gehörte dazu. Er war nichts wert. Bucher tot. Ahasver tot. Er hätte es Bucher machen lassen sollen. Ihm den Revolver geben sollen. Es wäre besser gewesen. Wozu war er nun nütze gewesen?

Er lehnte sich mühsam gegen den Haufen. Irgendwas schmerzte. Er schob die Hand gegen die Brust und hob sie hoch. Sie war blutig. Er sah es, ohne daß es Eindruck auf ihn machte. Er war nicht mehr er. Er fühlte nur noch die Hitze und hörte die Schreie. Dann wurden sie ferner.

Er erwachte. Die Baracke brannte noch. Es roch nach verbranntem Holz und verkohltem Fleisch und Verwesung. Die Hitze hatte die Toten erwärmt. Sie hatten schon tagelang gelegen und begannen zu tropfen und zu stinken. Das entsetzliche Schreien war verstummt. Eine endlose Prozession von Leuten trug versengte und verbrannte Gerettete fort. 509 hörte irgendwo Buchers Stimme. Er war also nicht tot. Es war dann doch nicht alles vergebens gewesen. Er blickte sich um. Nach einiger Zeit bemerkte er, wie neben ihm sich etwas bewegte. Es dauerte noch eine Weile, bis er es erkannte. Es war Weber.

Er lag auf dem Bauch. Es war ihm gelungen, hinter den Totenhaufen zu kriechen, ehe Werner und seine Leute kamen. Sie hatten ihn nicht bemerkt. Er hatte ein Bein angezogen und die Arme ausgestreckt. Blut lief aus seinem Munde. Er lebte noch.

509 versuchte, eine Hand zu heben. Er wollte jemand rufen; aber er war zu schwach dazu. Seine Kehle war ausgetrocknet. Nur ein Raspeln kam heraus. Das Knistern der brennenden Baracke war viel zu laut dagegen. Weber hatte die Bewegung der Hand gesehen. Seine Augen folgten ihr. Dann begegneten sie denen von 509. Beide blickten sich an.

509 wußte nicht, ob Weber ihn erkannte. Er wußte auch nicht, was die Augen, ihm gegenüber, sagten. Er spürte plötzlich nur, daß seine Augen länger aushalten mußten als die von ihm. Er mußte länger leben als Weber. Es war auf eine sonderbare Weise auf einmal unendlich wichtig – als hinge die Gültigkeit von allem, woran er in seinem Leben geglaubt, wofür er gekämpft und gelitten hatte, davon ab, daß das Leben hinter seiner Stirn länger glimmte als hinter der Stirn vor ihm. Es war wie ein Duell und ein Gottesurteil. Wenn er jetzt durchhielt, würde auch durchhalten, was so wichtig für ihn gewesen war, daß er sein Leben deswegen riskiert hatte. Es war wie eine letzte Anstrengung. Noch einmal war es in seine Hände gegeben – und er mußte es gewinnen.

Er atmete weich und vorsichtig, immer nur bis gegen die Grenze des Schmerzes. Er sah das Blut aus Webers Mund rieseln, und er fühlte nach, ob auch er aus dem Munde blute. Er spürte etwas, aber als er seine Hand betrachtete, war es wenig, und ihm fiel ein, daß es von seinen zerbissenen Lippen kam.

Webers Augen folgten seiner Hand. Dann sahen sich beide wieder an.

509 versuchte zu denken; er wollte noch einmal finden, worauf es ankam und was es war. Es sollte ihm mehr Kraft geben. Es hatte mit dem Einfachsten im Menschen zu tun, und ohne es würde die Welt zerstört werden, das wußte sein müdes Gehirn noch. Durch es würde auch das andere vernichtet werden, das absolut Böse; der Antichrist; die Todsünde gegen den Geist. Worte, dachte er. Sie sagten nur wenig. Aber wozu noch

Worte? Er mußte ausharren. Es mußte sterben vor ihm. Das war alles.

Sonderbar, daß keiner sie sah. Daß man ihn nicht sah, begriff er. Es lagen so viele Tote da. Aber der andere! Er lag ganz im Schatten des Totenhaufens, das mußte es sein. Die Uniform war schwarz, und das Licht spiegelte sich nicht auf den Stiefeln. Es waren auch nicht mehr so viele Leute in der Nähe. Sie standen entfernt und starrten auf die Baracken. Die Wände waren an einigen Stellen eingeschlagen. Da verbrannten viele Jahre Elend und Tod. Viele Namen und Inschriften.

Es krachte. Die Flammen schossen hoch. Das Dach der Baracke stürzte in einem Funkenregen zusammen. 509 sah die brennenden Stücke durch die Luft fliegen. Sie schienen sehr langsam zu fliegen. Eines segelte niedrig über den Totenhaufen, stieß gegen einen Fuß, drehte sich und fiel auf Weber. Es fiel ihm in den Nacken. Webers Augen begannen zu zittern. Rauch stieg von seinem Uniformkragen auf. 509 hätte sich vorlehnen und das Scheit beiseite schieben können. Er glaubte wenigstens, daß er es hätte tun können; er wußte nicht genau, ob seine Lunge nicht verletzt war und ob ihm dann das Blut nicht aus dem Munde springen würde. Doch das war nicht der Grund, daß er es nicht tat. Er unterließ es auch nicht aus Rache; es ging jetzt um mehr als Rache. Und das wäre eine viel zu geringe gewesen.

Webers Hände bewegten sich. Der Kopf zuckte. Das Holz brannte weiter im Nacken. Die Uniform war durchsengt. Sie flackerte in kleinen Flammen. Webers Kopf bewegte sich wieder. Das brennende Scheit rutschte vorwärts. Gleich darauf begann das Haar zu kohlen. Das Scheit fing an zu zischen, das Feuer leckte um die Ohren und über den Kopf. 509 sah nur die Augen genauer. Sie traten stärker aus ihren Höhlen hervor. Das Blut quoll stoßweise aus dem Munde, der sich ohne Laut bewegte. Nichts war zu hören in dem Lärm der weiter niederbrennenden Baracke.

Der Kopf war jetzt nackt und schwarz. 509 starrte ihn an. Das Holzstück brannte langsam aus. Das Blut versiegte. Alles versank. Nichts war mehr da als die Augen. Die Welt war zusammengeschrumpft auf sie.

509 wußte nicht, ob es Stunden oder Minuten gedauert hatte – aber die Arme Webers schienen sich, ohne Bewegung, plötzlich zu strecken. Dann veränderten sich die Augen und waren keine Augen mehr. Sie waren nur noch quallige Dinge. 509 saß noch eine Zeitlang still. Dann stützte er vorsichtig einen Arm auf, vorwärts – um sich näher zu schieben. Er mußte ganz sicher sein, ehe er nachgab. Nur im Kopf fühlte er noch Festigkeit; sein Körper war bereits ohne Gewicht und hatte zur selben Zeit das ganze Gewicht der Erde und war schon fast ohne Kontrolle. Er konnte ihn nicht vorwärtsschieben.

Langsam beugte er sich vor, hob einen Finger und stieß ihn gegen die Augen Webers. Sie reagierten nicht. Weber war tot. 509 wollte sich aufrecht setzen, aber er konnte jetzt auch das nicht mehr. Das Vorbeugen hatte bewirkt, was er vorher erwartet hatte. Etwas so tief von innen, als käme es aus der Erde, quoll hoch und floß über. Das Blut lief leicht und ohne Schmerzen. Es lief über Webers Kopf. Es schien, als liefe es nicht nur aus dem Munde, sondern aus dem ganzen Körper, zurück in die Erde, aus der es wie eine sanfte Fontäne aufgestiegen war. 509 versuchte nicht, es zu halten. Die Arme wurden weich. Im Nebel sah er Ahasver riesengroß vor der Baracke. Er ist also doch nicht – dachte er noch, dann wurde die Erde, auf die er sich stützte, zu Moor, und er sank ein.

Sie fanden ihn erst eine Stunde später. Sie hatten, nachdem die größte Erregung vorüber war, angefangen nach ihm zu suchen. Bucher war schließlich auf den Gedanken gekommen, noch einmal nahe zur Baracke zu gehen und dort zu forschen, und hatte ihn dann hinter dem Haufen mit Leichen gefunden.

Er sah Lewinsky und Werner herankommen. »509 ist tot«, sagte er. »Erschossen. Weber auch. Sie liegen beide zusammen drüben.«

»Erschossen? War er denn draußen?«

»Ja. Er war um die Zeit draußen.«

»Hatte er den Revolver bei sich?«

»Ja.«

»Und Weber ist auch tot? Dann hat er Weber erschossen«, sagte Lewinsky.

Sie hoben ihn an und legten ihn gerade hin. Dann drehten sie Weber um.

»Ja«, erklärte Werner. »Es sieht so aus. Er hat zwei Schüsse im Rücken.«

Er blickte umher und sah den Revolver. »Da ist er.« Er hob ihn auf. »Leer. Er hat ihn gebraucht.«

»Wir müssen ihn wegbringen«, sagte Bucher.

»Wohin? Es ist alles voll von Toten. Über siebzig sind verbrannt. Mehr als hundert verletzt. Laßt ihn einstweilen hier, bis Platz wird.« Werner sah Bucher abwesend an. »Verstehst du etwas von Automobilen?«

»Nein.«

»Wir brauchen –« Werner unterbrach sich. »Was rede ich da? Ihr seid ja vom Kleinen Lager. Wir brauchen noch Leute für die Lastwagen. Komm, Lewinsky!«

»Ja. Verdammt schade um den da.«

»Ja –«

Sie gingen zurück. Lewinsky sah sich noch einmal um. Dann folgte er Werner. Bucher blieb stehen. Der Morgen war grau. Die Reste der Baracke brannten noch. Siebzig Leute waren verbrannt. Es wären noch mehr ohne 509 gewesen, dachte er.

Er stand lange da. Die Wärme von der Baracke her war wie ein unnatürlicher Sommer. Sie wehte über ihn; er fühlte sie und vergaß sie wieder. 509 war tot. Es war, als wären nicht nur siebzig gestorben – als wären es ein paar hundert.

Die Obleute übernahmen das Lager rasch. Mittags funktionierte die Küche. Gefangene mit Waffen hielten die Eingänge besetzt für den Fall, daß die SS zurückkommen würde. Ein Komitee aus allen Baracken war gebildet worden und arbeitete bereits. Ein Kommando wurde aufgestellt, um so bald wie möglich Essen in der Umgebung zu requirieren. »Ich werde Sie ablösen«, sagte jemand zu Berger.

Berger blickte auf. Er war so müde, daß er nichts mehr verstand. »Spritze«, sagte er und hielt seinen Arm hin. »Ich falle sonst um. Ich kann nicht mehr richtig sehen.« – »Ich habe geschlafen«, erwiderte der andere. »Ich werde Sie jetzt ablösen.«

»Wir haben fast keine Anästhetica mehr. Wir brauchen sie dringend. Sind die Leute noch nicht von der Stadt zurück? Wir haben zu den Hospitälern geschickt.«

Professor Swoboda aus Brünn, Gefangener der tschechischen Abteilung, sah, was los war. Ein todmüder Automat arbeitete da mechanisch weiter. »Sie müssen jetzt schlafen gehen«, sagte er lauter.

Bergers entzündete Augen blinzelten. »Ja, ja«, erklärte er und beugte sich wieder über den verbrannten Körper. Swoboda nahm ihn beim Arm. »Schlafen! Ich löse Sie ab! Schlafen müssen Sie!«

»Schlafen?«

»Ja, schlafen.«

»Gut, gut. Die Baracke –« Berger wachte einen Augenblick auf. »Die Baracke ist verbrannt.«

»Gehen Sie in die Kleiderkammer. Da sind ein paar Betten für uns fertig gemacht. Gehen Sie dahin schlafen. Ich werde Sie in einigen Stunden wieder wecken.«

»Stunden? Ich werde nicht aufwachen, wenn ich nicht stehenbleibe. Ich muß noch – meine Baracke – ich muß sie –«

»Kommen Sie!« sagte Swoboda energisch. »Sie haben genug getan.«

Er winkte einem Helfer. »Bringt ihn in die Kleiderkammer. Da sind ein paar Betten für Ärzte.«

Er nahm Berger beim Arm und drehte ihn um. »509 –« sagte Berger, halb im Schlaf.

»Ja, ja, gut«, erwiderte Swoboda, der nichts davon verstand. »509, natürlich. Alles in Ordnung.«

Berger ließ sich den weißen Kittel abnehmen und sich hinausführen. Die Luft draußen traf ihn wie eine schwere Wasserwelle. Er taumelte und blieb stehen. Das Wasser stürzte immer noch über ihn. »Mein Gott, ich habe ja operiert«, sagte er. Er starrte den Helfer an. »Natürlich«, erwiderte der. »Was sonst?«

»Ich habe operiert«, wiederholte Berger.

»Aber natürlich. Erst hast du verbunden und Öl und so was geschmiert, und dann hast du auf einmal mit dem Messer losgelegt. Zwei Spritzen und vier Tassen Kakao hast du zwischendurch gekriegt. Sie konnten dich verdammt gut gebrauchen. Bei dem Ansturm!«

»Kakao?«

»Ja. Das haben die Kerle alles für dich gehabt. Kakao, Butter, und Gott weiß, was noch!«

»Operiert. Wirklich operiert«, flüsterte Berger.

»Und wie! Hätte ich nie geglaubt, wenn ich es nicht selbst gesehen hätte. Bei deinem Gewicht! Aber jetzt mußt du ein paar Stunden auf die Matratze. Du kriegst ein richtiges Bett. Von einem Scharführer! Komm.«

»Und ich dachte –«

»Was?«

»Ich dachte, ich könnte es nicht mehr –«

Berger besah seine Hände. Er drehte sich um und ließ sie fallen. »Ja –« sagte er. »Schlafen –«

Der Tag war grau. Die Erregung wuchs. Die Baracken summten wie Bienenkörbe. Es war eine sonderbare Zeit der Ungewißheit, einer unfreien Freiheit, überstürzt von Hoffnung, Gerüchten und gedrängter, dunkler Furcht. Immer noch konnten SS-Kommandos zurückkommen oder organisierte Hitlerjugend. Die im Depot gefundenen Waffen waren zwar verteilt – aber ein paar ausgerüstete Kompanien hätten dem Lager einen schweren Kampf bereiten können; und mit einiger Artillerie hätte man es beliebig zusammenschießen können.

Die Toten waren zum Krematorium hinübergebracht worden. Es gab keine andere Möglichkeit: Man mußte sie dort aufeinanderhäufen wie Feuerholz. Das Hospital war überfüllt.

Am frühen Nachmittag wurde plötzlich ein Flugzeug gesichtet. Es kroch aus den niedrigen Wolken hinter der Stadt. Die Gefangenen gerieten in Aufruhr.

»Zum Appellplatz! Jeder zum Appellplatz, der laufen kann!«

Zwei andere Flugzeuge tauchten durch die Wolken. Sie zirkelten und folgten dem ersten. Die Motoren dröhnten. Tausende von Gesichtern starrten in den Himmel.

Die Flugzeuge kamen rasch heran. Die Obmänner hatten einen Teil der Leute aus dem Arbeitslager zum Appellplatz gebracht. Sie formierten sie dort in zwei langen Reihen, die ein riesiges Kreuz bildeten. Lewinsky hatte Bettücher aus der Kaserne besorgt, und an den Enden der Kreuzbalken hielten je vier Gefangene ein Tuch und schwenkten es.

Die Flugzeuge waren jetzt über dem Lager und umkreisten es. Sie kamen tiefer und tiefer.

»Da!« schrie jemand. »Die Flügel! Wieder!«

Die Gefangenen schwenkten die Tücher. Sie schwenkten die Arme. Sie schrien in das Röhren der Motoren. Viele rissen ihre Jacken ab und schwenkten sie. Die Flieger kamen noch einmal sehr tief herunter. Die Flügel grüßten wieder. Dann verschwanden sie.

Die Menge drängte zurück. Sie blickte immer wieder zum Himmel auf. »Speck«, sagte jemand. »Nach dem Kriege 1914 gab es Speckpakete von Übersee –«

Dann sahen sie plötzlich, unten auf der Straße, niedrig und gefährlich, den ersten amerikanischen Tank.

25 Der Garten lag in silbrigem Licht. Veilchen dufteten. Die Obstbäume an der Südwand standen, als wären sie überflogen von rosa und weißen Schmetterlingen.

Alfred ging voran. Drei Mann folgten. Sie gingen leise. Alfred deutete auf den Stall. Die drei Amerikaner verteilten sich lautlos.

Alfred stieß die Tür auf. »Neubauer, sagte er. »Kommen Sie raus!«

Ein Grunzen antwortete aus der warmen Dunkelheit. »Was? Wer ist da?«

»Kommen Sie raus.«

»Was? Alfred – ist das Alfred?«

»Ja.«

Neubauer grunzte wieder. »Verdammt! Schwer gepennt! Geträumt.« Er räusperte sich. »Blödsinn geträumt. Sagtest du raus zu mir?«

Einer der Soldaten war geräuschlos neben Alfred getreten. Eine Taschenlampe blitzt auf. »Hände hoch! Kommen Sie heraus!«

Im fahlen Kreis des Lichtes sah man ein Feldbett, auf dem Neubauer halb ausgezogen saß. Er glotzte, aus puffigen Augen zwinkernd, in den scharfen Kreis. »Was?« sagte er verquollen. »Was ist das? Wer sind Sie?«

»Hände hoch«, sagte der Amerikaner. »Sie heißen Neubauer?«

Neubauer hob halb die Hände und nickte.

»Kommandant des Konzentrationslagers Mellern?«

Neubauer nickte wieder.

»Kommen Sie raus.«

Neubauer sah die dunkle Mündung der automatischen Pistole auf sich gerichtet. Er stand auf und hob die Hände so rasch hoch, daß die Finger gegen die niedrige Decke des Schuppens stießen. »Ich bin nicht angezogen.«

»Raus!«

Neubauer kam zögernd heran. Er war in Hemd, Hose und Stiefeln. Grau und verschlafen stand er da. Einer der Soldaten tastete ihn rasch ab. Ein anderer durchsuchte den Schuppen.

Neubauer sah Alfred an. »Du hast sie hierher geführt?«

»Ja.«

»Judas!«

»Sie sind kein Christus, Neubauer«, erwiderte Alfred langsam. »Und ich bin kein Nazi.«

Der Amerikaner, der im Schuppen gewesen war, kam zurück. Er schüttelte den Kopf. »Vorwärts«, sagte der, der deutsch sprach. Es war ein Korporal.

»Kann ich meinen Rock anziehen?« fragte Neubauer. »Er hängt im Schuppen. Hinter dem Kaninchenstall.«

Der Korporal zögerte einen Augenblick. Dann ging er und kam mit einer Ziviljacke wieder.

»Nicht die, bitte«, erklärte Neubauer. »Ich bin Soldat. Meine Uniformjacke, bitte.«

»Sie sind kein Soldat.«

Neubauer blinkte. »Es ist meine Parteiuniform.«

Der Koporal ging zurück und brachte die Uniformjacke. Er tastete sie ab und gab sie Neubauer. Der zog sie an, knöpfte sie zu, reckte sich und sagte: »Obersturmbannführer Neubauer. Stelle mich zur Verfügung.«

»Gut, gut. Vorwärts.«

Sie gingen durch den Garten. Neubauer merkte, daß er die Jacke falsch zugeknöpft hatte. Er öffnete sie und brachte die Knöpfe in Ordnung. Alles war schiefgegangen im letzten Augenblick. Weber, der Verräter, hatte ihm mit seiner Brandstiftung eins auswischen wollen. Er hatte eigenmächtig gehandelt, das ließ sich leicht beweisen. Neubauer war abends nicht mehr im Lager gewesen. Er hatte es über das Telefon erfahren. Immerhin, eine verflucht bittere Geschichte, gerade jetzt. Und dann Alfred, der zweite Verräter. Er war einfach nicht gekommen. Neubauer hatte ohne Auto dagestanden, als er im letzten Augenblick fliehen wollte. Die Truppen waren schon fort – in die Wälder konnte er nicht laufen –, da hatte er sich im Garten versteckt. Hatte gedacht, da würden sie ihn nie suchen. Er hatte sich noch rasch die Hitler-Schnurrbartbürste abrasiert. Alfred, der Lump!

»Setzen Sie sich hierher«, sagte der Korporal und zeigte auf einen Sitz.

Neubauer kletterte in den Wagen. Das ist wahrscheinlich das, was sie einen Jeep nennen, dachte er. Die Leute waren nicht unfreundlich. Korrekt eher. Der eine war vielleicht ein

Deutsch-Amerikaner. Man hatte da von deutschen Brüdern im Auslande gehört. Der Bund oder so ähnlich.

»Sie sprechen gut deutsch«, sagte er vorsichtig.

»Natürlich«, erwiderte der Korporal kalt. »Ich bin aus Frankfurt.«

»Oh –« erwiderte Neubauer. Es schien wirklich ein verdammt schlechter Tag zu sein. Die Kaninchen waren auch gestohlen worden. Als er in den Stall gekommen war, hatten die Käfigtüren offengestanden. Es war ein böses Zeichen gewesen. Sie brutzelten wahrscheinlich jetzt schon über dem Feuer irgendeines Rohlings.

Das Lagertor stand weit offen. Roh zurechtgemachte Flaggen hingen vor den Baracken. Der große Lautsprecher brachte Bekanntmachungen. Einer der Lastwagen war mit Kannen voll Milch zurückgekehrt. Die Straßen wimmelten von Häftlingen.

Der Wagen mit Neubauer hielt vor der Kommandantur. Ein amerikanischer Oberst stand dort mit einigen Offizieren und erteilte Weisungen. Neubauer stieg aus, zupfte seinen Rock zurecht und trat vor. »Obersturmbannführer Neubauer. Stelle mich hiermit zur Verfügung.« Er grüßte militärisch; nicht mit dem Hitlergruß.

Der Oberst sah auf den Korporal. Der Korporal übersetzte.

»*Is this the son of a bitch?*« fragte der Oberst.

»*Yes, Sir.*«

»*Put him to work over there. Shoot him, if he makes a false move.*«

Neubauer hatte angestrengt zugehört. »Los«, sagte der Korporal. »Arbeiten. Tote fortbringen.«

Neubauer hatte immer noch auf etwas anderes gehofft. »Ich bin Offizier«, stammelte er. »Im Range eines Obersten.«

»Um so schlimmer.«

»Ich habe Zeugen! Ich war menschlich! Fragen Sie die Leute!«

»Ich glaube, wir werden ein paar Mann brauchen, damit Ihre

Leute Sie nicht in Stücke reißen«, erwiderte der Korporal. »Mir wäre es recht. Los, vorwärts!«

Neubauer warf noch einen Blick auf den Obersten. Der beachtete ihn schon nicht mehr. Er wendete sich um. Zwei Mann gingen neben ihm; der dritte hinter ihm.

Nach ein paar Schritten war er erkannt. Die drei Amerikaner rückten ihre Schultern zurecht. Sie erwarteten den Sturm und schlossen sich eng um Neubauer. Neubauer begann zu schwitzen. Er starrte gerade vor sich hin und ging, als wolle er gleichzeitig schneller und langsamer gehen.

Aber es geschah nichts. Die Gefangenen blieben stehen und sahen Neubauer an. Sie stürzten nicht auf ihn zu; sie machten eine Gasse für ihn. Keiner kam heran. Keiner sagte etwas. Keiner schrie ihn an. Niemand warf einen Stein nach ihm. Kein Knüppel fiel auf ihn. Sie sahen ihn nur an. Sie bildeten eine Gasse und sahen ihn an, den ganzen, langen Weg, bis zum Kleinen Lager.

Neubauer hatte anfangs aufgeatmet; dann begann er stärker zu schwitzen. Er murmelte etwas. Er sah nicht auf; aber er fühlte die Augen auf sich. Er spürte sie auf sich wie unzählige Gucklöcher in einer riesigen Gefängnistür – als wäre er bereits eingesperrt, und alle Augen beobachteten ihn kalt. Ihm wurde heißer und heißer. Er ging schneller. Die Augen blieben auf ihm. Sie wurden stärker. Er spürte sie auf seiner Haut. Sie waren Blutegel, die Blut saugten. Er schüttelte sich. Aber er konnte sie nicht abschütteln. Sie kamen durch seine Haut. Sie hingen an seinen Adern. »Ich habe –« murmelte er. »Pflicht – ich habe nichts – ich war – immer – was wollen die bloß –?«

Er war naß, als sie an den Platz kamen, wo Baracke 22 gestanden hatte. Sechs SS-Leute, die eingefangen waren, arbeiteten dort mit einigen Kapos. Amerikanische Soldaten standen mit Tommyguns in der Nähe.

Neubauer blieb mit einem Ruck stehen. Er sah eine Anzahl schwarzer Skelette vor sich auf dem Boden. »Was – ist denn das –?«

»Stellen Sie sich nicht so dumm«, erwiderte der Korporal

grimmig. »Das ist die Baracke, die ihr angezündet habt. Da müssen noch mindestens dreißig Tote drin liegen. Vorwärts, Knochen heraussuchen!«

»Das – habe ich nicht befohlen –«

»Natürlich nicht.«

»Ich war nicht hier – davon weiß ich nichts. Das haben andere eigenmächtig getan –«

»Natürlich. Immer andere. Und die, die hier in all den Jahren verreckt sind? Das waren Sie auch nicht, was?«

»Das war Befehl. Pflicht –«

Der Korporal wendete sich an einen Mann, der neben ihm stand. »Das werden in den nächsten Jahren zwei häufige Worte hier sein: Ich habe auf Befehl gehandelt, und: Ich habe nichts davon gewußt.«

Neubauer hörte ihn nicht. »Ich habe immer versucht, das beste zu tun –«

»Das«, sagte der Korporal bitter, »wird das dritte sein! Los!« schrie er plötzlich. »Fassen Sie an! Holen Sie die Toten heraus! Glauben Sie, es ist einfach, Sie nicht zu Brei zu schlagen?« Neubauer bückte sich und begann unsicher in den Trümmern zu wühlen.

Man brachte sie in Karren, auf rohen Bahren, gestützt von Kameraden, sich gegenseitig stützend – man lagerte sie in den Korridoren der SS-Kaserne, nahm ihnen die verlausten Fetzen ab, mit denen sie noch bekleidet waren, und verbrannte die Lumpen – dann brachte man sie in die Baderäume der SS.

Viele begriffen nicht, was man mit ihnen tun wollte; sie saßen und lagen stumpf in den Gängen. Erst als der Dampf aus den geöffneten Türen drang, wurden manche lebendig. Sie begannen zu krächzen und angstvoll zurückzukriechen. »Baden! Baden!« schrien ihre Gefährten. »Ihr sollt gebadet werden.«

Es nützte nichts. Die Skelette verklammerten sich ineinander und wimmerten und schoben sich wie Krabben dem Ausgang zu. Es waren die, die Baden und Dampf nur kannten als Worte für Gaskammern. Man zeigte ihnen Seife und Handtücher; es half nichts. Sie hatten auch das schon gesehen. Man hatte es benützt, um Gefangene leichter in die Gaskammern zu bekommen; mit einem Stück Seife und einem Handtuch in den Händen waren sie verröchelt. Erst als man den ersten Schub gereinigter Insassen an ihnen vorübertrug und diese ihnen mit Nicken und Worten bestätigten, daß es heißes Wasser und Baden sei und kein Gas, beruhigten sie sich.

Der Dampf wirbelte von den gekachelten Wänden. Das warme Wasser war wie warme Hände. Die Gefangenen lagen darin, und die dünnen Arme mit den dicken Gelenken hoben sich und patschten darin herum. Der verkrustete Dreck weichte auf. Die Seife glitt über die verhungerte Haut und löste den Schmutz, und die Wärme drang tiefer als bis in die Knochen. Warmes Wasser – sie hatten vergessen, was das hieß. Sie lagen und fühlten es, und es war für viele zum erstenmal der Begriff von Freiheit und Erlösung.

Bucher saß neben Lebenthal und Berger. Die Wärme durchflutete sie. Es war ein animalisches Glück. Das Glück der Wiedergeburt, es war das Leben, das aus Wärme geboren war und dem erfrorenen Blut und den verschmachteten Zellen zurückgegeben wurde. Es war pflanzenhaft; eine Wassersonne, die totgeglaubte Keime streichelte und weckte. Mit den Schmutzkrusten der Haut lösten sich Schmutzkrusten der Seele. Sie fühlten Geborgenheit. Geborgenheit im Einfachsten: in Wärme. Wie Höhlenmenschen vor dem ersten Feuer.

Man gab ihnen Handtücher. Sie rieben sich trocken und betrachteten mit Staunen ihre Haut. Sie war noch immer fahl und fleckig vom Hunger, aber ihnen erschien sie blütenweiß. Man gab ihnen saubere Sachen aus dem Depot. Sie fühlten sie an und betrachteten sie, bevor sie sie anzogen. Dann führte man sie in einen anderen Raum. Das Baden hatte sie belebt und gleichzeitig sehr müde gemacht. Sie gingen schläfrig und bereit, an weitere Wunder zu glauben.

Der Raum mit den Betten überraschte sie kaum. Sie sahen

auf die Reihen und wollten weitergehen. »Hier«, sagte der Amerikaner, der sie führte.

Sie starrten ihn an. »Für uns?«

»Ja. Zum Schlafen.«

»Für wie viele?«

Lebenthal zeigte auf das nächste Bett, dann auf sich und Bucher und fragte: »Zwei?« Dann zeigte er auf Berger und hob die Finger. »Oder drei?«

Der Amerikaner grinste. Er nahm Lebenthal und schob ihn mit sanfter Gewalt auf das erste Bett; dann Bucher auf das zweite; Berger auf das nächste und Sulbacher daneben. »So«, sagte er.

»Jeder ein Bett!«

»Mit einer Decke!«

»Ich gebe auf«, erklärte Lebenthal. »Kissen gibt es auch.«

Sie hatten einen Sarg bekommen. Es war eine leichte, schwarze Kiste von normaler Größe; aber sie war zu breit für 509. Man hätte leicht noch jemand dazu legen können. Es war das erste Mal in langer Zeit, daß er so viel Platz für sich allein hatte.

Man hatte ihm da, wo die Baracke 22 gestanden hatte, ein Grab geschaufelt. Sie fanden, das wäre der richtige Platz für ihn. Es war Abend, als sie ihn hinbrachten. Die Mondsichel hing am dunstigen Himmel. Leute aus dem Arbeitslager halfen ihnen, den Sarg hinabzulassen. Sie hatten eine kleine Schaufel. Jeder trat heran und warf etwas Erde hinunter. Ahasver trat zu nahe heran und rutschte hinab auf den Sarg. Sie holten ihn wieder herauf. Andere, kräftigere Häftlinge halfen ihnen, das Grab zuzuschaufeln.

Sie gingen zurück. Rosen trug die Schaufel, um sie wieder abzugeben. Sie kamen an Baracke 20 vorbei. Ein Toter wurde dort herausgebracht. Zwei SS-Leute trugen ihn durch die Tür. Rosen blieb vor ihnen stehen. Sie wollten um ihn herumgehen. Der Vordere war Niemann, der Abspritzer. Die Amerikaner hatten ihn hinter der Stadt gefangen und zurückgebracht. Er war der Scharführer, vor dem 509 Rosen gerettet hatte. Rosen trat etwas zurück, hob die Schaufel und schlug sie Niemann ins Gesicht. Er hob sie noch einmal, aber der wachhabende amerikanische Soldat war herangekommen und nahm ihm die Schaufel sanft aus den bebenden Händen.

»*Come, come – we'll take care of that later.*«

Rosen zitterte. Niemann hatte nicht viel abbekommen; nur eine Hautabschürfung im Gesicht. Berger nahm Rosen am Arm. »Komm. Du bist zu schwach dafür.«

Rosen brach in Tränen aus. Sulbacher nahm seinen andern Arm. »Sie werden ihn verurteilen, Rosen. Für alles.« – »Totschlagen! Totgeschlagen müssen sie werden! Sonst hilft alles nichts! Sonst kommen sie immer wieder!«

Sie zogen ihn fort. Der Amerikaner gab Bucher die Schaufel zurück. Sie gingen weiter. »Komisch«, sagte Lebenthal nach einer Weile. »Und du warst immer der, der keine Rache wollte –«

»Laß ihn, Leo.«

»Ich lasse ihn ja.«

Jeden Tag verließen Gefangene das Lager. Die ausländischen Sklavenarbeiter, die gesund waren und gehen konnten, wurden in Gruppen abtransportiert. Ein Teil der Polen blieb zurück. Sie wollten nicht in die russische Zone. Fast alle vom Kleinen Lager waren zu schwach; sie mußten noch eine Zeitlang verpflegt werden. Und viele wußten nicht, wohin sie sollten. Ihre Angehörigen waren zerstreut und getötet; ihr Besitztum gestohlen; ihre Heimatgegend verwüstet. Sie waren frei; aber sie konnten nichts damit anfangen. Sie blieben im Lager. Sie hatten kein Geld. Sie halfen die Baracken reinigen. Sie bekamen Betten und Essen; sie warteten; sie formten sich zu Gruppen.

Sie waren die, die wußten, daß nichts sie irgendwo mehr erwartete. Dann gab es andere, die es noch nicht glaubten. Sie gingen auf die Suche. Täglich sah man sie den Berg hinunterwandern, einen Ausweis der Zivilverwaltung und der Militärbehörde des Lagers in den Händen, um Eßkarten darauf zu bekommen – und ein paar ungewisse Daten im Herzen.

Es war vieles anders gekommen. Die Aussicht auf Befreiung war etwas so Ungeheures gewesen, daß die meisten nicht darüber hinausgedacht hatten. Jetzt war sie plötzlich da, und dahinter war auf einmal nicht ein Garten Eden, mit Wundern, Wiederfinden, Wiedervereinigung und einem zauberhaften Zurückrücken der Jahre in eine Zeit, die ohne Elend war – sie war da, und hinter ihr dehnte sich der Schutt der Einsamkeit, der traurigen Erinnerungen, der Verlorenheit, und vor ihr war eine Wüste und etwas Hoffnung. Sie zogen den Berg hinunter, und die Namen von ein paar Orten, ein paar Menschen, von einigen anderen Lagern, und ein blasses Vielleicht waren alles, auf das sie hofften. Sie hofften, vielleicht einen oder zwei wiederzufinden – alle, das wagte fast keiner.

»Es ist besser wegzugehen, sobald man kann«, sagte Sulbacher. »Es wird sich nichts ändern, und je länger man bleibt, um so schwieriger wird es. Ehe wir uns versehen, sitzen wir in einem neuen Lager – für Leute, die nicht wissen, wohin sie sollen.«

»Glaubst du, daß du es aushalten kannst?«

»Ich habe zehn Pfund zugenommen.«

»Das ist nicht genug.«

»Ich werde mich nicht anstrengen.«

»Wohin willst du?« fragte Lebenthal.

»Nach Düsseldorf. Meine Frau suchen –«

»Wie willst du noch nach Düsseldorf kommen? Gibt es dahin Züge?«

Sulbacher hob die Schultern. »Ich weiß es nicht. Aber es sind noch zwei hier, die wollen in dieselbe Gegend. Nach Solingen und Duisburg. Wir können zusammenbleiben.«

»Sind es alte Bekannte von dir?«

»Nein. Aber es ist doch schon allerhand, wenn man nicht allein ist.«

»Ja, das ist richtig.«

Er schüttelte den andern die Hände. »Hast du zu essen?« fragte Lebenthal.

»Für zwei Tage. Wir können uns unterwegs bei den amerikanischen Behörden melden. Irgendwie wird es schon klappen.«

Er wanderte mit den beiden, die nach Solingen und Duisburg wollten, den Berg hinab. Einmal winkte er noch; dann nicht mehr.

»Er hat recht«, sagte Lebenthal. »Ich gehe auch. Heute abend bleibe ich schon in der Stadt. Ich muß mit jemandem sprechen, der mein Partner werden will. Wir wollen ein Geschäft aufmachen. Er hat das Kapital. Ich die Erfahrung.«

»Gut, Leo.«

Lebenthal holte ein Paket amerikanischer Zigaretten aus der Tasche und reichte es herum.

»Das wird das große Geschäft«, erklärte er. »Amerikanische Zigaretten. So wie nach dem letzten Kriege. Man muß rechtzeitig einsteigen.«

Er betrachtete das bunte Päckchen. »Besser als alles Geld, das sage ich euch.«

Berger lächelte. »Leo«, sagte er. »Du bist in Ordnung.«

Lebenthal blickte ihn mißtrauisch an. »Ich habe nie behauptet, daß ich ein Idealist wäre.«

»Sei nicht beleidigt. Ich meine es ohne Hintergedanken. Du hast uns oft genug über Wasser gehalten.«

Lebenthal lächelte geschmeichelt. »Man tut, was man kann. Immer gut, einen praktischen Geschäftsmann zwischen sich zu haben. Wenn ich irgend etwas für euch tun kann – wie ist es mit dir, Bucher? Willst du hierbleiben?«

»Nein. Ich warte darauf, daß Ruth kräftiger wird.«

»Gut.« Lebenthal zog einen amerikanischen Füller aus der Tasche und schrieb etwas auf. »Hier ist meine Adresse in der Stadt. Im Falle –«

»Woher hast du den Füllfederhalter?« fragte Berger.

»Getauscht. Die Amerikaner sind verrückt nach Andenken aus dem Lager.«

»Was?«

»Sie sammeln Andenken. Alles. Pistolen, Dolche, Abzeichen, Peitschen, Flaggen – es ist ein gutes Geschäft. Ich habe gründlich vorgesorgt. Mich eingedeckt.«

»Leo«, sagte Berger. »Es ist gut, daß es dich gibt.«

Lebenthal nickte ohne Erstaunen. »Bleibst du vorläufig hier?«

»Ja, ich bleibe hier.«

»Dann sehe ich dich noch ab und zu. Ich schlafe in der Stadt, werde aber zum Essen hier heraufkommen.«

»Das dachte ich mir.«

»Klar. Hast du Zigaretten genug?«

»Nein.«

»Hier.« Lebenthal zog zwei ungeöffnete Päckchen aus den Taschen und gab je eines an Berger und Bucher.

»Was hast du noch?« fragte Bucher.

»Konserven.« Lebenthal sah nach seiner Uhr. »Ich muß los –« Er holte unter seinem Bett einen neuen amerikanischen Regenmantel hervor und zog ihn an. Keiner sagte mehr etwas dazu. Hätte er ein Auto draußen gehabt, hätte es die andern auch nicht gewundert. »Verliert die Adresse nicht«, sagte er zu Bucher. »Wäre schade, wenn wir uns nicht wiedersehen würden.«

»Wir gehen zusammen«, sagte Ahasver. »Karel und ich.«

Sie standen vor Berger. »Bleibt noch ein paar Wochen hier«, sagte er. »Ihr seid noch nicht kräftig genug.«

»Wir wollen weg.«

»Wißt ihr wohin?«

»Nein.«

»Warum wollt ihr dann fort?«

Ahasver machte eine unbestimmte Gebärde. »Wir waren lange genug hier.«

Er trug einen altmodischen, grauschwarzen Havelock, einen Mantel mit einer Art Kutscherkragen, der bis zum Ellbogen reichte. Lebenthal, der bereits im Geschäft war, hatte ihn für ihn besorgt. Er stammte aus dem Nachlaß eines Gymnasialprofessors, der beim letzten Bombardement getötet worden war.

Karel war in eine Kombination von amerikanischen Uniformstücken gekleidet.

»Karel muß fort«, sagte Ahasver.

Bucher kam hinzu. Er musterte Karels Anzug. »Was ist mit dir los?«

»Die Amerikaner haben ihn adoptiert. Das Regiment, das zuerst hier durchkam. Sie haben einen Jeep geschickt, ihn zu holen. Ich fahre ein Stück mit.«

»Haben sie dich auch adoptiert?«

»Nein. Ich fahre nur das Stück mit.«

»Und dann?«

»Dann?« Ahasver blickte zum Tal hinunter. Sein Mantel flatterte im Winde. »Da sind so viele Lager, wo ich Bekannte hatte –«

Berger blickte ihn an. Lebenthal hat ihn richtig angezogen, dachte er. Er sieht wie ein Pilgrim aus. Er wird von einem Lager zum andern pilgern. Von einem Grabe zum andern. Aber wer hatte als Gefangener schon den Luxus eines Grabes gehabt? Was wollte er dann suchen?

»Weißt du«, sagte Ahasver. »Manchmal trifft man Leute ganz unvermutet irgendwo auf der Straße.«

»Ja, Alter.«

Sie sahen den beiden nach.

»Sonderbar, daß wir alle so auseinandergehen«, sagte Bucher.

»Gehst du auch bald?«

»Ja. Wir sollten uns aber nicht einfach so verlieren.«

»Doch«, sagte Berger. »Doch.«

»Wir sollten uns wiedertreffen. Nach all dem hier. Irgendwann.«

»Nein.«

Bucher blickte auf. »Nein«, wiederholte Berger. »Wir sollen es nicht vergessen. Aber wir sollen auch keinen Kult daraus machen. Sonst bleiben wir immer im Schatten dieser verfluchten Türme.«

Das Kleine Lager war leer. Man hatte es gesäubert und die Bewohner im Arbeitslager und in den SS-Kasernen untergebracht. Man hatte Ströme von Wasser und Seife und desinfizierenden Mitteln gebraucht; aber der Geruch nach Tod und Schmutz und Elend hing immer noch darüber. In die Stacheldrahtzäune waren überall Durchgänge eingeschnitten worden.

»Glaubst du, daß du nicht müde werden wirst?« fragte Bucher Ruth.

»Nein.«

»Dann wollen wir gehen. Was ist heute für ein Tag?«

»Donnerstag.«

»Donnerstag. Gut, daß die Tage wieder Namen haben. Hier hatten sie nur Zahlen. Sieben in einer Woche. Alle gleich.«

Sie hatten sich ihre Papiere von der Lagerverwaltung geben lassen. »Wohin wollen wir gehen?« fragte Ruth.

»Dorthin.« Bucher zeigte auf den Hang, auf dem das weiße Haus stand. »Wir wollen zuerst dorthin gehen und es von nahem ansehen. Es hat uns Glück gebracht.«

»Und dann?«

»Dann? Wir können hierher zurückkommen. Es gibt Essen hier.«

»Laß uns nicht zurückkommen. Nie mehr.«

Bucher sah Ruth überrascht an. »Gut. Warte. Ich hole unsere Sachen.«

Es war nicht viel; aber sie hatten Brot für einige Tage und zwei Büchsen kondensierter Milch dabei. »Gehen wir wirklich?« fragte sie.

Er sah die Spannung in ihrem Gesicht. »Ja, Ruth«, sagte er. Sie verabschiedeten sich von Berger und gingen zu der Tür, die in die Stacheldrahtumzäunung des Kleinen Lagers geschnitten war. Sie waren schon einigemal außerhalb des Lagers gewesen, wenn auch nie weit – aber es war jedesmal wieder die gleiche Erregung, plötzlich auf der anderen Seite zu stehen. Unsichtbar schienen immer noch der elektrische Strom da zu sein und die Maschinengewehre, die genau auf den kahlen Streifen Weg rundum eingestellt waren. Ein Schauer durchlief sie beim ersten Schritt über die Drahteinfassung hinaus. Doch dann war endlos die Welt da.

Sie gingen langsam nebeneinanderher. Es war ein weicher, verhangener Tag. Sie hatten durch Jahre kriechen, rennen und schleichen müssen – jetzt gingen sie ruhig und aufrecht, und keine Katastrophe folgte. Niemand schoß hinter ihnen her. Niemand schrie. Niemand schlug auf sie ein.

»Es ist unbegreiflich«, sagte Bucher. »Jedesmal wieder.«

»Ja. Es macht einem fast Angst.«

»Sieh nicht zurück. Wolltest du dich umsehen?«

»Ja. Es sitzt einem noch im Nacken. Als ob jemand im Kopfe hockte und ihn herumdrehen wollte.«

»Laß uns einmal versuchen, es zu vergessen. Solange wir können.«

»Gut.«

Sie gingen weiter und überquerten einen Weg. Eine Wiese lag vor ihnen grün und überweht vom Gelb der Primeln. Sie hatten sie oft vom Lager aus gesehen. Bucher dachte einen Augenblick an die armseligen, vertrockneten Primeln Neubauers neben Baracke 22. Er schüttelte es ab. »Komm, wir wollen da hindurchgehen.«

»Darf man das?«

»Ich glaube, wir dürfen vieles. Und wir wollen doch keine Angst mehr haben.«

Sie fühlten das Gras unter ihren Füßen und an ihren Schuhen. Auch das kannten sie nicht mehr. Sie kannten nur den harten Grund der Appellplätze. »Laß uns nach links gehen«, sagte Bucher.

Sie gingen nach links. Ein Haselnußbusch streifte sie. Sie gingen um ihn herum und bogen seine Zweige auseinander und fühlten seine Blätter und Knospen. Auch das war neu. »Komm, jetzt gehen wir nach rechts«, sagte Bucher.

Sie gingen nach rechts. Es schien kindisch, aber es gab ihnen eine tiefe Befriedigung. Sie konnten tun, was sie wollten. Niemand befahl ihnen etwas. Niemand schrie und schoß. Sie waren frei. »Es ist wie ein Traum«, sagte Bucher. »Man hat nur Angst, daß man aufwacht und daß dann wieder die Baracke und der Ekel da ist.«

»Es ist eine andere Luft hier.« Ruth atmete tief. »Es ist lebendige Luft. Keine tote.«

Bucher sah sie aufmerksam an. Ihr Gesicht war etwas gerötet, und ihre Augen glänzten plötzlich. »Ja, es ist lebendige Luft. Sie riecht. Sie stinkt nicht.«

Sie standen neben den Pappeln. »Wir können uns hierhersetzen«, sagte er. »Niemand wird uns aufjagen. Wir können sogar tanzen, wenn wir wollen.«

Sie setzten sich. Sie betrachteten die Käfer und Schmetterlinge. Im Lager hatte es nur Ratten gegeben und blauschimmernde Fliegen. Sie hörten das Murmeln des Baches neben den Pappeln. Er war klar und floß schnell. Im Lager hatten sie immer zu wenig Wasser gehabt. Hier floß es und wurde nicht gebraucht. Man mußte sich an vieles neu gewöhnen. Sie gingen weiter den Abhang hinab. Sie nahmen sich Zeit und ruhten oft aus. Dann kam eine Mulde, und als sie endlich zurückblickten, war das Lager verschwunden. Sie saßen lange und schwiegen. Das Lager war nicht mehr da und auch nicht die zerstörte Stadt. Sie sahen nur eine Wiese und darüber den weichen Himmel. Sie fühlten den lauen Wind auf ihren Gesichtern, und es war, als wehe er durch die schwarzen Spinnweben der Vergangenheit und stieße sie mit weichen Händen fort. So muß es vielleicht anfangen, dachte Bucher. Ganz von vorn. Nicht mit Verbitterung und Erinnerungen und Haß. Mit dem Einfachsten. Mit dem Gefühl, daß man lebt. Nicht, daß man trotzdem noch lebt, wie im Lager. Einfach, daß man lebt. Er spürte, daß es kein Fortlaufen war. Er wußte, was 509 von ihm gewollt hatte: daß er einer von denen sein sollte, die durchkommen sollten, ungebrochen, um zu zeugen und zu kämpfen. Aber er fühlte plötzlich auch, daß die Verantwortung, die die Toten ihm gegeben hatten, nur dann keine unerträgliche Bürde sein würde, wenn dieses klare, starke Gefühl des Lebens dazukommen würde und er es halten könnte. Es würde ihn tragen und ihm doppelte

Kraft geben: nicht zu vergessen und auch nicht an der Erinnerung zugrunde zu gehen – so wie Berger es gemeint hatte beim Abschied.

»Ruth«, sagte er nach einiger Zetit. »Wenn man so tief anfängt wie wir, ich glaube, dann kann noch eine ganze Menge Glück vor einem liegen.«

Der Garten blühte; aber als sie an das weiße Haus herankamen, sahen sie, daß hinter ihm eine Bombe eingeschlagen war. Sie hatte den ganzen hinteren Teil zerstört; es war nur die Fassade, die unbeschädigt geblieben war. Sogar die geschnitzte Eingangstür war noch da. Sie öffneten sie; aber sie führte auf einen Schutthaufen.

»Es war nie ein Haus. All die Zeit.«

»Gut, daß wir nicht gewußt haben, daß es zerstört war.« Sie sahen es an. Sie hatten geglaubt, solange es bestände, würden auch sie bestehen. Sie hatten an eine Illusion geglaubt. An eine Ruine mit einer Fassade. Es lag Ironie darin und gleichzeitig ein sonderbarer Trost. Es hatte ihnen geholfen, und am Ende kam es nur darauf an.

Sie fanden keine Toten. Das Haus mußte verlassen gewesen sein, als es zerstört wurde. Seitlich, unter Trümmern, entdeckten sie eine schmale Tür. Sie hing schief in den Angeln, und dahinter war eine Küche.

Der kleine Raum war nur zum Teil niedergebrochen. Der Herd war unbeschädigt, und sogar ein paar Pfannen und Töpfe standen da. Das Rohr des Herdes war leicht wieder zu befestigen und durch ein zerbrochenes Fenster zu führen. »Man kann ihn anzünden«, sagte Bucher.

»Draußen ist genug Holz zum Brennen.«

Er suchte im Schutt umher. »Hier unten sind Matratzen. In ein paar Stunden kann man sie herausholen. Wir wollen gleich anfangen.«

»Es ist nicht unser Haus.«

»Es gehört niemandem. Für einige Tage können wir schon hierbleiben. Für den Anfang.«

Abends hatten sie zwei Matratzen in der Küche. Sie hatten auch kalkverstaubte Decken gefunden und einen heilen Stuhl. In der Schublade des Tisches waren ein paar Gabeln, Löffel und ein Messer gewesen. Ein Feuer brannte im Herd. Der Rauch zog durch das Ofenrohr zum Fenster hinaus. Bucher suchte draußen noch weiter in den Trümmern.

Ruth hatte ein Stück Spiegel gefunden und es heimlich in ihre Tasche gesteckt. Jetzt stand sie neben dem Fenster und blickte hinein. Sie hörte Buchers Rufe und antwortete; aber sie ließ ihre Augen nicht von dem, was sie sah. Das graue Haar; die eingesunkenen Augen; den bitteren Mund mit den großen Zahnlücken. Sie blickte lange und erbarmungslos hin. Dann warf sie den Spiegel ins Feuer.

Bucher kam herein. Er hatte noch ein Kissen gefunden. Der Himmel war inzwischen apfelgrün geworden, und der Abend war sehr still. Sie blickten durch das zerbrochene Fenster hinaus und wurden sich plötzlich bewußt, daß sie allein waren. Sie kannten es fast nicht mehr. Immer war das Lager mit seinen Menschenmengen dagewesen, die überfüllte Baracke, ja, sogar die überfüllte Latrine. Es war gut gewesen, Kameraden zu haben; aber es hatte oft auch bedrückt, nie allein sein zu können. Es war wie eine Walze gewesen, die das Selbst flachgepreßt hatte zu einem Massenselbst.

»Sonderbar, plötzlich allein zu sein, Ruth.«

»Ja. Als wären wir die letzten Menschen.«

»Nicht die letzten. Die ersten.«

Sie legten eine der Matratzen so, daß sie durch die offene Tür hinausschauen konnten. Sie öffneten ein paar Büchsen und aßen; dann setzten sie sich nebeneinander in die Tür. Hinter dem Schutthaufen zu beiden Seiten schimmerte das letzte Licht.

Nachwort

»Die Würde des Menschen ist unantastbar«

I

Erich Maria Remarque widmet die Erstausgabe von *Der Funke Leben* dem Andenken seiner 1943 »im Namen des Volkes« durch Freislers Volksgerichtshof ermordeten Schwester Elfriede.

To the memory of my sister Elfriede.
A la mémoire de ma sœur Elfriede.
A mia sorella Elfriede.
A la memoria de mi hermana Elfriede.[1]

Die deutsche Erstausgabe[2] des Kiepenheuer & Witsch-Verlages enthält die Widmung nicht. Warum? Schien es 1952 in der Bundesrepublik inopportun, an ein konkretes Opfer des Nazi-Terrors aus der engsten Familie des berühmten Autors zu erinnern? Wir wissen es (noch) nicht. Die englische, französische, italienische und spanische Ausgabe wies ihre Leser durch die Widmung auf ein wichtiges Motiv Remarques bei der Abfassung des Romans auf dem Vorblatt des ersten Kapitels hin. Das Kapitel beginnt:

Das Skelett 509 hob langsam den Schädel und öffnete die Augen.[3]

Es ist, als ob die Erinnerung an die ermordete Schwester und ihre Leiden aus den sich öffnenden Augen des Totenschädels von 509 hervorbricht, stellvertretend für alle Menschen, deren Würde mißachtet und deren Lebensfunke durch das deutsche Reich in der Schreckenszeit 1933–1945 ausgelöscht wurde.

509 im Konzentrationslager Mellern wendet die sich öffnenden Augen zunächst auf das Innere des Lagers, »die Wachen auf den Maschinengewehrtürmen«, den »großen Appellplatz, den die SS humorvoll den Tanzboden nannte«, auf die

»rechts vom Eingangstor« (von dem wir später erfahren, daß es das »alte preußische Motto« trägt: JEDEM DAS SEINE) hängenden »vier Leute, denen die Hände auf dem Rücken zusammengebunden waren« und deren »Füße die Erde nicht mehr berührten«, das Krematorium, die Baracken des Arbeitslagers und den SS-Scharführer Breuer, der nach einem Doppelmord an zwei Juden »im Bunker« genüßlich eine »Tasse Bohnenkaffee« trank und »einen Teller mit Topfkuchen« aß, von dem er »besonders die Rosinen ohne Kerne« liebte. Dazu spielte die Lagerkapelle den Walzer »Rosen aus dem Süden«, ein »Lieblingsstück des Kommandanten, Obersturmbannführers Neubauer« ... und Erich Maria Remarques.

Im Juni 1919, nach Abschluß der durch die Kriegsteilnahme unterbrochenen Ausbildung der überlebenden Lehramts-Seminaristen, arrangierte Remarque ein »Rosenfest« im Piesberger Gesellschaftshaus zu Osnabrück.

Hanns-Gerd Rabe, seinerzeit Seminaristen-Kollege und bis zu Remarques Tod (1970) engste Kontaktperson des »Weltbürgers« zu seiner früheren Heimatstadt, schildert das Fest:

> Rosen als Tischschmuck, Sträuße für die Damen, Rosen im Knopfloch für die Tänzer und versprühter Rosenduft im Saal. Nach der Eröffnung mit dem Walzer ROSEN AUS DEM SÜDEN funkelte Remarques Eloquenz in einer Rosen-Rede, einer Huldigung auf Damen und Rosen. Das Fest war eine Lobpreisung an die Schönheit.[4]

Die am 25. März 1903 geborene Schwester Elfriede könnte dabei gewesen sein, wenn nicht in Realität, war sie es sicher in ihren Träumen. Genaueres wissen wir nicht.

Als das Skelett 509 schließlich den Blick vom Lager abwendet, schaut es an diesem »milden Märznachmittag« durch den starkstromgeladenen Außenzaun in die Draußen-Welt.

> Das Lager war auf einer Anhöhe errichtet, und durch den Stacheldraht konnte er jetzt die Stadt sehen. Sie lag im Tal, weit unterhalb des Lagers, und über dem Gewirr von Dächern hoben sich die Türme der Kirchen. Es war eine alte

Stadt mit vielen Kirchen und Wällen, mit Lindenalleen und winkligen Gassen. Im Norden lag der neue Teil mit breiteren Straßen, dem Hauptbahnhof, Mietskasernen, Fabriken und den Kupfer- und Eisenwerken, in denen Kommandos vom Lager arbeiteten. Ein Fluß zog sich im Bogen hindurch und in ihm spiegelten sich die Brücken und die Wolken. (S. 8)

Die Landschaftstopographie und die Stadt entsprechen dem Bild, das Osnabrück dem Betrachter, herabblickend von den die Stadt einschließenden Ausläufern des Teutoburger Waldes, bietet. Erich und seiner Schwester Elfriede dürfte dieses Stadtbild, das noch häufig in *Der Funke Leben* als Hoffnungs- und Sehnsuchtssymbol der Gefangenen, aber auch als Zeichen der ungerührten Gleichgültigkeit der Stadtbewohner draußen beschworen wird, vertraute und zugleich schmerzliche Erinnerung gewesen sein.[5]

Remarque verwendet das Motiv des Rosen-Walzers noch zwei weitere Male im Roman. Einmal pfeift der fette Küchenbulle im Waschraum des Lagers herausfordernd die Melodie, als er auf ein homo-erotisches Abenteuer mit dem jungen Häftling Ludwig aus ist (S. 114). Das andere Mal spielt die Lagerkapelle auf Neubauers Anordnung, um die Häftlinge des Kleinen Lagers aufzumuntern, und wir erfahren, daß »Rosen aus dem Süden« immer das erste Stück im »Programm« ist, das die Kapelle zu spielen hat (S. 326). Diese »Wohltat« Neubauers, verbunden mit der Ausgabe frischer Wäsche und dem Anpflanzen einiger Primelbüsche, wird konterkariert durch den Lagerführer Weber, der für den gleichen Abend auch noch die letzten Reste der Magerkost sperrt.

In schmerzhafter Ironie vermengt Remarque idyllische Aspekte seiner eigenen Osnabrücker Jugendzeit und tradierter deutscher Italien-Seligkeit mit der fürchterlichen Entartung solcher Idyllen zu sentimentalen Ausflüchten und emotionalen Ablenkungen der Akteure der Inhumanität.

Der Funke Leben ist auch eine sehr persönliche Auseinandersetzung des Autors mit seiner eigenen Heimatbindung, seinem Deutschtum und der durch die Brutalitäten des Nazi-Staates unmöglich gewordenen Romantisierung der positiv erinnerten Vergangenheit.

Das in der Widmung von Remarque ausgesprochene Gedenken an ein ihm persönlich nahestehendes Opfer jener Entartung allzuvieler seiner Mit-Deutschen ist integraler Bestandteil des Romans.

In einem handschriftlichen Text[6], vermutlich aus dem Jahre 1952, der sich im Nachlaß befindet, berichtet Remarque über die Entstehung von *Der Funke Leben*:

> Der Autor begann seine Arbeit an »Der Funke Leben« 1946 und arbeitete fünf Jahre daran. Es war sehr schwierig, das Buch zu schreiben. Aber der Autor fühlte eine zwingende Verpflichtung, es zu schreiben. Viele seiner Freunde und auch seiner Familie sind Opfer der Nazis geworden – und er hatte den dringenden Wunsch, seinen Teil dazu beizutragen, daß sich dieses niemals wieder ereignen könnte.

II

Remarque ist nach Erscheinen von *Der Funke Leben* mehrfach von der Kritik vorgeworfen worden, daß die geschilderten Vorgänge in ihrer Grauenhaftigkeit überhaupt nicht romanhaft-fiktional gestaltet werden könnten. Hierdurch würde erheblicher Schaden angerichtet, da die Fiktion leicht als Verfälschung, Übertreibung oder unzulässiger kolportagehafter Abklatsch abgetan werden könnte. So schreibt Emil Belzner in einer der ersten, für andere richtungweisenden Rezensionen in der Rhein-Neckar-Zeitung am 23.–24. 8. 1952:

> »KZ-*Roman*«, das kann es eigentlich nicht geben, das ist ein Widerspruch in sich. Denn hier kann nur die reine *Dokumentation* ... walten – hier scheint *Erfindung* überflüssig, ja sogar respektlos. Dieser apokalyptische Stoff, der nach strengsten Wahrheitsregeln erforscht und politisch und geschichtlich in seinen Materialien analysiert werden

muß, der in seinen Schicksalen und Wirkungen überhaupt noch nicht zu übersehen ist – er ist vorläufig kein Feld für Romanciers. Romane können ihn vorläufig allenfalls nur diskreditieren und zu dem unbeabsichtigten, aber leicht möglichen Trugschluß führen – »*Romane!*«

Die Wahrheit, um die es dem Autor ginge, würde »eher aufgehalten, denn gefördert« werden.

An anderer Stelle heißt es:

So bleiben die dürren Dokumente über diesen dunklen Gegenstand eindrucksvoller als der Roman.[7]

Dokumente sind zweifellos eindrucksvoll. Um den Leserinnen und den Lesern der vorliegenden Roman-Ausgabe und des Nachworts die Gelegenheit zu geben, selber zu entscheiden, sei es erlaubt, den Tod der Schwester Elfriede, der Remarques Widmung gilt, kommentarlos zu dokumentieren.[8]

Das Todesurteil:

1 J 580/43
1 L 172/43

Im Namen des Deutschen Volkes [...] hat der Volksgerichtshof, 1. Senat, auf Grund der Hauptverhandlung vom 29. Oktober 1943 [...] für Recht erkannt:

Frau Elfriede Scholz geb. Remark hat in monatelangen maßlos hetzenden defaitistischen Äußerungen gegenüber einer Soldatenfrau sich zu der Erklärung verstiegen,

- sie möchte dem Führer eine Kugel durch den Kopf jagen,
- unsere Soldaten seien Schlachtvieh, der Führer habe sie auf dem Gewissen,
- sie wünsche den kämpfenden Soldaten, daß ihre Frauen durch Bombenterror umkommen,
- und den siegglaubigen Frauen, daß ihre Männer draußen fallen.

Als ehrlose fanatische Zersetzungspropagandistin unserer Kriegsfeinde ist sie für immer ehrlos.

Sie wird mit dem Tode bestraft.

Gründe
[...]
Wenn Frau Scholz ihren Pessimismus zum Teil auch mit dem Einfluß ihres Bruders, des Verfassers des berüchtigen Machwerks »Im Westen nichts Neues«, auf sie begründen will, so kann sie das doch nicht entschuldigen, zumal sie nach eigener Aussage ihren Bruder seit 13 Jahren nicht gesehen hat. Vielmehr ist sie eine schamlose Verräterin an ihrem eigenen, unserem deutschen Blut, an unserer Front, an unserem Leben als Volk, eine defaitistische hetzende Propagandaagentin unserer Kriegsfeinde (§§ 5 KSSVO, 91 b StGB).

Für eine so ehrvergessene und deshalb für immer jeder Ehre bare Frau kann es, wenn wir uns nicht selbst aufgeben wollen, nur eine Strafe geben: die Todesstrafe.

Weil Frau Elfriede Scholz verurteilt ist, muß sie auch die Kosten tragen.
gez. Dr. Freisler Dr. Schulze-Weckert

Elfriede Scholz, geboren am 25. März 1903 als drittes Kind der Familie Remark, jüngere Schwester des Autors von *Der Funke Leben,* wurde am 16. 12. 1943 um 12.57 Uhr in Plötzensee durch das Handbeil hingerichtet.

Die »Kostenrechnung in der Strafsache Scholz wegen Wehrkraftzersetzung« konnte nicht an Erich Maria Remarque zugestellt werden, der sich rechtzeitig dem ansonsten sicheren Zugriff der deutschen Staatsorgane durch das selbstgewählte Exil entzog, 1938 ausgebürgert wurde und 1943 in New York wohnte.

Die Kostenrechnung wurde also zugestellt »zu Händen der Ehefrau Erna Brames geb. Remark in Osnabrück«, d. i. die zweite Schwester Remarques, die das Dritte Reich glücklicherweise überlebte. Die Rechnung lautete:

Gebühr gemäß §§ 49, 52 d. GKG.	
für Todesstrafe	300,—
Kosten der Vollstreckung	122,18

Haftkosten für die Zeit vom 29. 10. 1943 bis 16. 12. 1943	73,15
Porto für die Übersendung der Kostenrechnung	–,12
zusammen:	495,80

Ein erschütterndes Dokument einer Bürokratie, die ohne Ansehen der Sache im Deutschen Reich vorzüglich funktionierte, sei es im KZ oder beim Volksgerichtshof. Die Haftkosten sind gering, gemessen an der Gebühr für die Todesstrafe und den Kosten der Vollstreckung. Die Haft war kurz, man fackelte nicht lange: Das Urteil am 29. Oktober, dem Tag der Hafteinlieferung, die Vollstreckung 6 Wochen später. Dazwischen liegt ein Gnadengesuch der Anwältin von Frau Scholz »An den Führer des Deutschen Reiches durch den Oberreichsanwalt«, das erhalten ist. Die Ablehnung des Gesuchs, die nicht vorliegt, war beim Volksgerichtshof reine Routine.

Auf Anfrage von Frau Brames nach dem Grab ihrer Schwester teilte man ihr am 19. 1. 1944 mit, daß »Frau Elfriede Scholz amtlich bestattet worden ist. Die Grabstätte ist hier nicht bekannt.«

Anonym verscharrt oder verbrannt wie die KZ-Opfer des Lagers Mellern in *Der Funke Leben*.

III

Das Grundgesetz für die Bundesrepublik Deutschland, das in Artikel 1 den Satz »Die Würde des Menschen ist unantastbar« an die Spitze des Grund- und Menschenrechtskatalogs stellt, trat am 24. Mai 1949 in Kraft, fast genau vier Jahre nach dem Zusammenbruch des Deutschen Nazi-Reiches am 8. Mai 1945. Remarques Roman *Der Funke Leben* ist die intensivste Auseinandersetzung des Autors mit dem Thema der »Würde des Menschen« und der »Verpflichtung aller staatlichen Gewalt«, »sie zu achten und zu schützen« (Art. 1, Abs. 1). 1949 bekennt das Deutsche Volk sich mit dem Grundgesetz »darum zu unverletzlichen und unveräußerlichen Menschenrechten als Grundlage jeder menschlichen Gemeinschaft, des Friedens und der Gerechtigkeit in der Welt« (Art. 1, Abs. 2).

Der Funke Leben erschien erstmalig in deutscher Sprache im August 1952, drei Jahre nach der Selbstverpflichtung der Deutschen zur Humanität in ihrem neuen Grundgesetz. Der »Verlust der humanen Orientierung durch die tiefe Identifizierung mit den Wahnideen Hitlers« (Ralph Giordano)[9] durch eine beträchtliche Mehrheit der Deutschen veranlaßt Remarque, trotz des im Grundgesetz bekundeten Willens, drei Jahre nach dem Neubeginn der Bundesrepublik und sieben Jahre nach dem Zusammenbruch des staatlich-militärischen Horrors und der Befreiung der deutschen Nicht-Nazis durch die Alliierten, dieses Buch zu schreiben und die Vergangenheit *nicht* ruhen zu lassen.

Er arbeitet mit diesem Buch bewußt gegen das Vergessen, das Verdrängen, das Nicht-Wahr-Haben-Wollen des »nationalen Kollektivs ehemaliger Hitleranhänger«[10] und ihre »Unfähigkeit zu trauern«.[11]

Er schreibt dieses Buch hinein in die »Aufbauphase« des »Wirtschaftswunders«, des sich verschärfenden Kalten Krieges, in die Zeit des Wiederaufbaues der Bundeswehr und der serienweisen Begnadigungen der in Nürnberg und anderswo von den Alliierten verurteilten Kriegsverbrecher und Mörder. Seine Position ist klar: Allzuviele Deutsche haben »mitgemacht«, die sich jetzt aus der Verantwortung stehlen wollen und schon gestohlen haben.

In Remarques letztem, aus dem Nachlaß veröffentlichten Roman, *Schatten im Paradies* (1971), sagt der Emigrant Gräfenheim in Vorausschau auf den bevorstehenden Sieg der Alliierten und die Zeit danach in einem Gespräch:

> Die Deutschen werden vielleicht erledigt sein, die Nazis nicht. Die Nazis sind ja nicht vom Mars heruntergefallen und haben Deutschland vergewaltigt... Das glauben viel-

leicht noch jene, die Deutschland 1933 verlassen haben. Ich bin noch jahrelang dagewesen. Ich habe das Gebrüll im Radio gehört, das fette blutrünstige Geschrei in den Versammlungen. Das war nicht mehr eine Partei. Das war Deutschland.[12]

Bis an sein Lebensende verfolgt Remarque die tiefe Betroffenheit über den fehlenden Selbstreinigungsprozeß der am Nazismus Beteiligten, über die mangelnde Anerkennung der Tatsachen und die Ausflüchte der Täter und Mittäter, die Weigerung, Verantwortung auf sich zu nehmen.

Der Ich-Erzähler, Robert Ross, nicht-jüdischer Emigrant und Journalist, begründet nach seiner Rückkehr aus dem New Yorker Exil in *Schatten im Paradies* seine »schwerste Enttäuschung«:

Die schwerste Enttäuschung war die Rückkehr, sie war eine Rückkehr in die Fremde, eine Rückkehr in die Gleichgültigkeit, versteckten Haß und Feigheit. Niemand erinnert sich mehr daran, zur Partei der Barbaren gehört zu haben. Keiner übernahm die Verantwortung für das, was er getan hatte. ... Die Besatzungsbehörden waren gutwillig, aber ziemlich hilflos. Sie waren bei Auskünften auf deutsche Mitarbeiter angewiesen, die Angst vor späterer Rache haben mußten oder immer an den Ehrenkodex dachten, das eigene Nest nicht zu beschmutzen... Niemand konnte sich an Namen erinnern; niemand an seine Taten; viele nicht einmal daran, daß Konzentrationslager existiert hatten. Ich stieß auf Schweigen, auf Mauern von Angst und Ablehnung. Man versuchte es damit zu erklären, daß das Volk zu müde geworden sei. Es habe selbst so viele Kriegsopfer und Tote gehabt. Jeder hatte selbst genug durchgemacht; man konnte sich nicht auch noch um andere kümmern. Die Deutschen waren kein Volk der Revolutionen. Sie waren ein Volk von Befehlsempfängern. Der Befehl ersetzte das Gewissen. Es wurde die beliebteste Ausrede. Wer auf Befehl gehandelt hatte, war nicht verantwortlich.[13]

Die Zitate aus *Schatten im Paradies* beschreiben Remarques

eigene Position, die er mehrfach in Schrift und Wort nach 1945 äußerte.[14]

Der Funke Leben spielt im März/April 1945, das heißt, vor Kriegsende, aber er ist aus der Sicht der Nachkriegszeit geschrieben, nach der von Remarque mit Bitterkeit erlebten Schonung der eigenverantwortlich oder auf Befehl handelnden Täter der Nazi-Zeit und der Verdrängung oder Entschuldigung ihrer Verbrechen, ihrer Bereicherung und Nazi-Karrieren, die zum Teil in der Bundesrepublik fortgeführt wurden.

In *Funke Leben* antwortet der SS-Totschläger und Lagerführer Weber seinem Kommandanten Neubauer, als dieser vorsichtig nach der Zeit »danach« fragt:

> »Für jemand wie mich gibt es immer etwas zu tun«, erwiderte er sachlich. »Wir kommen schon wieder hoch – wenn auch unter anderem Namen. Meinetwegen als Kommunisten. Für einige Jahre wird es keine Nationalsozialisten mehr geben. Alle werden Demokraten sein. Das macht nichts. Ich werde wahrscheinlich irgendwo und irgendwann bei einer Polizei sein. Vielleicht mit falschen Papieren. Da geht die Arbeit dann weiter.« (S. 321)

Mit Absicht verweist Remarque auf die zahlreichen »Beamten« des Nazi-Reiches, Polizisten, Gestapo- und SS-Leute, Soldaten und Generäle, die trotz ihrer Beteiligung an den Geschehnissen 1933–45 wieder in Positionen der Bundesrepublik eingerückt sind, insbesondere und gerade bei der Polizei, den Geheimdiensten, der Staatsbürokratie und der Bundeswehr. Außerdem verweist er zu Recht auf die »Flexibilität«, mit der auch im stalinistischen Machtbereich der DDR frühere NS-Angehörige in Staatspositionen des Militärs, der Verwaltung der Polizei einrücken konnten. Zwar sind solche Fälle in der DDR wesentlich seltener als in der Bundesrepublik, aber es gibt sie. Dieser »Gesinnungswandel« vom Nazi zum Kommunisten, auf den Remarque anspielt, ist mehrfach belegt.

Remarque schildert in *Funke Leben* auch ausführlich die Reflexionen und Erwartungen der NS-Täter für die Zeit nach dem sich im Roman vollziehenden Zusammenbruch des Dritten Reiches. In der SS-Kaserne des Lagers herrscht zwar »eine gedrückte Stimmung«, als das näherrückende Artilleriefeuer das Ende ankündigt. Es ist also an der Zeit, unter anderem über »Pensionen« nachzudenken.

> Der Oberscharführer Kammler überlegte verdrossen, ob er pensionsberechtigt sei und ob die Pension bezahlt werden würde... (S. 351)

Man macht sich Sorgen, »ob wohl alle Leute tot seien«, die man »in den Jahren 1933 bis 1945 unter den Händen gehabt hatte« und »wünschte es«, um lästige Zeugenaussagen zu vermeiden.

Remarque beendet diese bittere Vorausschau auf die realen Schicksale von NS-Tätern in der Nachkriegszeit mit dem Kernsatz:

> Fast alle aber hatten das Bewußtsein, daß sie stets auf Befehl gehandelt hatten und dadurch von jeder persönlichen und menschlichen Schuld frei waren. (S. 352)

Im Schlußkapitel von *Der schwarze Obelisk* (1956), der in der Inflationszeit der Weimarer Republik spielt, läßt Remarque die weiteren Schicksale seiner Romanfiguren in der Nazi- und Nachkriegszeit Revue passieren. Hier wird der Zusammenhang zwischen Nazi-Karrieren und die Reaktion darauf in der Bundesrepublik einmal mehr verdeutlicht, unter anderem am Beispiel der großzügigen Behandlung von KZ-Verantwortlichen und der schandbaren Behandlung der Opfer. Es heißt dort:

> Der Bildhauer Kurt Bach war sieben Jahre im Konzentrationslager und kam als arbeitsunfähiger Krüppel zurück. Heute, zehn Jahre nach dem Zusammenbruch der Nazis, kämpft er immer noch um eine kleine Rente, ebenso wie unzählige andere Opfer des Regimes. Er hofft, wenn er Glück hat, auf eine Rente von siebzig Mark im Monat, etwa einem Zehntel dessen... was der Staat dem ersten Chef der Gestapo seit Jahren an Pension bezahlt – dem Mann, der das Konzentrationslager gegründet hat, in dem Kurt Bach

zum Krüppel geprügelt wurde –, ganz zu schweigen natürlich von den noch wesentlich höheren Pensionen und Schadenersatzabfindungen, die an Generäle, Kriegsverbrecher und hohe frühere Parteibeamte gezahlt wurden. Heinrich Kroll[15], der gut durch die Zeit gekommen ist, sieht darin mit viel Stolz einen Beweis für das unerschütterliche Rechtsbewußtsein unseres geliebten Vaterlandes.[16]

Der sarkastisch-satirische Ton Remarques über das »unerschütterliche Rechtsbewußtsein« in Deutschland ist das Ergebnis der Negativ-Bilanz, die Remarque in Sachen Bewältigung der Nazi-Zeit Mitte der Fünfziger Jahre ziehen mußte. In dem einzigen ausgesprochen politischen Artikel, den Remarque überhaupt je veröffentlicht hat, *Be Vigilant! (Seid Wachsam!)*[17], zitiert er die *Baseler Nationalzeitung*, »ein seriöses Blatt«, wie er ausdrücklich anmerkt, die Ende 1954 unter dem Titel »Der Bonner Rehabilitationsskandal« unter anderem meldet:

Ungefähr 85 Prozent der mittleren und höheren Würdenträger der NSDAP (der Nazi-Partei) und der SA und SS, die bereits vor 1933 im Dienst waren, erhalten heute ihre volle Pension.

Bei ungefähr der Hälfte der Fälle beträgt die Pension 1 000 Mark im Monat.

Waisen, deren Eltern von den Nazis ermordet wurden, bekommen 100 Mark, falls sie überhaupt das Glück haben, daß ihr Fall untersucht wurde. Aber dieser Anspruch verfällt, wenn sie mehr als 75 Mark verdienen.

Der Gründer und frühere Chef der Gestapo, Dirls, erhält gleichermaßen seine volle Pension so wie auch die Witwe des Erzschlächters Heydrich, während Zehntausende von abhängigen Angehörigen ermordeter Menschen keinen Pfennig erhalten.

Der oben zitierte Hinweis in *Der schwarze Obelisk* auf den »ersten Chef der Gestapo« bezieht sich offensichtlich auf diese Meldung über den Gründer der Gestapo, Dirls.

Auch die Übernahme des Ministerialrats im Reichsinnenministerium (1932–45), Hans Globke, als Staatssekretär in das Bundeskanzleramt (1953–63) unter Adenauer – trotz seiner Mitwirkung an der Judengesetzgebung, dem ersten Schritt für den späteren Holocaust – stieß auf Remarques schärfste Kritik, was ihm Anlaß zu folgender Passage im Schlußkapitel des *Schwarzen Obelisken* gibt:

> Der Major Wolkenstein[18] machte eine ausgezeichnete Karriere. Er wurde Mitglied der Partei, war bei der Judengesetzgebung beteiligt, lag nach dem Kriege einige Jahre still und ist heute mit vielen anderen Parteigenossen im Auswärtigen Amt beschäftigt.[19]

Die »braune« Vergangenheit vieler Diplomaten des Auswärtigen Amtes war hinlänglich bekannt.

Der Lagerkommandant Weber wird im *Funke Leben* als alter Kämpfer der NS-Bewegung »mit Mut in den Saalschlachten von 1933« gezeichnet. Er war 1929 »an der Ermordung von 5 kommunistischen Arbeitern beteiligt« und hatte dafür »vier Monate im Gefängnis gesessen« (S. 348).

Die Absicht Remarques, auf die ungebrochene Kontinuität des »milden« Umgangs mit nationalistischen, später nazistisch eingestellten Tätern von Weimar bis in die Nachkriegszeit der Bundesrepublik hinzuweisen und an das überwiegend konservative »unerschütterliche Rechtsbewußtsein« zu erinnern, wird immer wieder deutlich in seinen Romanen der Fünfziger Jahre.

In *Der Funke Leben* reflektiert »das Skelett 509« über die Passivität der Menschen in der dem Lager benachbarten Stadt, das Geschehenlassen der KZ-Realität durch die Vielen, die ihr normales Leben weiterleben und nichts wissen und wissen wollen. 509 wird seit zwölf Jahren im Lager gequält und gedemütigt, das heißt, während der gesamten zwölf Jahre des »Tausendjährigen Reiches« – er ist also das ewige Opfer des Systems –, und jetzt im Frühjahr 1945 stellt er mit Blick auf die Stadt fest:

> Die Zeit war hingegangen, und nichts hatte sich in ihr (der Stadt) geändert, ganz gleich, was hier oben geschah. Der

Rauch ihrer Kochherde war jeden Tag weiter aufgestiegen, unbekümmert um den Qualm des Krematoriums; ihre Sportplätze und Parks waren voll fröhlichen Tumults gewesen, während gleichzeitig Hunderte von gejagten Kreaturen auf dem Tanzboden des Lagers verröchelten – Scharen von ferienfrohen Menschen waren jeden Sommer aus ihr in die Wälder gewandert, während die Häftlingskolonnen ihre Toten und Ermordeten aus den Steinbrüchen zurückschleppten; er hatte sie gehaßt, weil er geglaubt hatte, daß er und die anderen Gefangenen für immer von ihr vergessen worden seien. (S. 14)

Ja, die Opfer des Nazi-Staates wurden aus dem Blickfeld verbannt, verdrängt, und 1952 schien schon fast alles vergessen, abgelegt, man hatte mit dem Wiederaufbau, dem Wirtschaftswachstum, der neuen Frontbildung gegen die »kommunistische Bedrohung« zu tun, man mußte und wollte sich auf die Gegenwart und die Zukunft konzentrieren, ohne Blick zurück.

Diesem Komplott der Verweigerung der Schuldanerkennung, der Verweigerung der Übernahme der Verantwortung für die Taten, dem, was Ralph Giordano später die »zweite Schuld« nennen wird, setzte Remarque 1952, drei Jahre nach der Neufestlegung der Grundrechte im Grundgesetz, in vollem Bewußtsein dessen, was er tat, seinen Roman *Der Funke Leben* entgegen.

Nochmals zurück zu Roland Freisler und Elfriede Scholz. In einer Zeitungsnotiz aus dem Jahre 1985 hätte Remarque lesen müssen – was ihm der Tod erspart hat –, daß die Witwe von Freisler »vom Versorgungsamt München I zur Grundrente aus der Kriegsopferversorgung noch eine Schadensausgleichsrente von 400 Mark« erhält, und zwar »mit einer Begründung, die auf makabre Weise das gesamte Spektrum einer halbherzigen Vergangenheitsbewältigung dokumentiert«: die Witwe »habe Anspruch auf dieses Geld, weil er (Freisler) nach dem Zusammenbruch des Dritten Reiches möglicherweise als Rechtsanwalt oder als Beamter des höheren Dienstes tätig geworden wäre«.[20]

Dies bedarf keines Kommentares.

Robert M. W. Kempner bemühte sich als Anwalt Remarques um eine strafrechtliche Verfolgung der am Prozeß gegen Elfriede Scholz Beteiligten, soweit sie noch lebten. In einem Leserbrief vom 2. Oktober 1970 wendet sich Kempner nach Remarques Tod am 25. 9. 1970 anläßlich des Nachrufs in der *FAZ* an die Öffentlichkeit.

> Am Tage des Todes meines Freundes erhielt ich von der Generalstaatsanwaltschaft beim Kammergericht in Berlin die Nachricht, die justitielle Ermordung seiner Schwester Elfriede durch den berüchtigten Volksgerichtshof während des Krieges (1943) würde strafrechtlich nicht verfolgt werden. Sie war in Leipzig in einem Modegeschäft tätig gewesen, hatte angeblich abfällige Äußerungen über das Regime zu einer Kundin gemacht und wurde deshalb zum Tode verurteilt und hingerichtet. Die Person ihres Bruders Erich Maria führte zu besonderen Gemeinheiten während des Verfahrens. Die Justizbehörde hielt es jetzt in ihrer Ablehnung für überflüssig, den noch lebenden Laienbeisitzer des Blutgerichts, den ehemaligen SA-Obergruppenführer Lasch, überhaupt nur zu vernehmen.
>
> Remarque, ein Fanatiker des Rechts, hätte sich über den Bescheid empört, dessen Begründung schwer verständlich erscheint. Der Tod ist seiner Empörung zuvorgekommen.

Es muß ergänzt werden: Kein einziger Richter oder Beisitzer des Volksgerichtshofes ist juristisch für seine Taten belangt worden. Es dauerte 40 Jahre, bis der Bundestag 1985 endlich dem Volksgerichtshof den Charakter eines »normalen Gerichtes« entzog – zu spät. Aber nicht ein einziger dieser Justizmorde ist in der Bundesrepublik gesühnt worden. Es blieb beim »Freispruch für die Nazi-Justiz«, wie der Titel der diesbezüglichen Dokumentation von Jörg Friedrich lautet.[21]

IV

Schon im September/Oktober 1944 verfaßte Remarque eine Denkschrift mit dem Titel *Praktische Erziehungsarbeit in Deutschland nach dem Krieg* für den US-Geheimdienst.[22]

Als wichtigste Aufgabe der Umerziehungsarbeit verlangt Remarque in dieser Schrift eine breite, öffentlichkeitswirksame Darstellung der Nazi-Verbrechen wie zum Beispiel: Konzentrations- und Vernichtungslager in Deutschland und in den besetzten Gebieten; Geiselerschießungen, Ermordung von Zivilisten, systematische Ermordung der Juden; Diebstahl, Mord, Enteignung und »Arisierung« von Eigentum, erschlichene Vermögen etc.

Was den Holocaust angeht, nennt Remarque dies den »schandbaren Kampf von 60 Millionen Deutschen gegen 500000 Juden«, dies aus seinem Ende 1944 noch sehr begrenzten Einblick in das wahre, unvorstellbare Ausmaß der Massenmorde.

Um dieses Ziel der Information und Aufklärung zu erreichen, sollen besonders auch Bücher, Bildbände und Berichte überlebender Opfer eingesetzt werden.

Er verlangt als einen Kernpunkt, daß »*deutsche* Gerichte alle Nazis und Kriegsverbrecher strenger und mit größerer Empörung zur Verantwortung ziehen, als es irgendein alliiertes Gericht je tun könnte«.

Eine vergebliche Hoffnung. Ralph Giordano nennt dies den »großen Frieden mit den Tätern«. Unter der Überschrift »Bundesjustiz – NS-Justiz: Die untilgbare Schmach« schildert Giordano das offenkundige Versagen der Gerichte vor der Bestrafung der NS-Taten.[23] Remarque war sich dieses Tatbestandes schon zu Beginn der Fünfziger Jahre voll bewußt. In der oben zitierten Notiz zu *Der Funke Leben*[24] sagt er über den Stand der Vergangenheitsbewältigung zum Zeitpunkt der Publikation des Buches (1952):

> Als das Buch schließlich publiziert wurde... hatte Deutschland schon begonnen, die Zeit von 1933 bis 1945 zu

vergessen – so schnell wie möglich – und nicht zu bereuen. Einfach zu vergessen. Und der deutsche Aufschwung, das »Wirtschaftswunder«, war im Gange. Auch die meisten Nazis waren wieder da.

Und er fährt fort:

Das Buch störte zu dieser Zeit. Der Autor bedauerte dies nicht. Er hofft, daß er auch zukünftig auf diese Weise »stören« wird.

Dieses Einwirken auf das deutsche Bewußtsein setzte Remarque mit seinen beiden nächsten Romanen unbeirrt fort, dem Rußlandskriegs-Roman *Zeit zu leben und Zeit zu sterben* (1952) und dem Roman über die Wurzeln des Dritten Reiches in der Weimarer Republik, *Der schwarze Obelisk* (1956).

Remarque übernimmt die Aufgabe, für die Toten zu sprechen und zu berichten, über die Schrecken des Krieges und der damit einhergehenden Verbrechen, wovon »nur sie (die Toten) Endgültiges aussagen können«. Denn sie »gingen bis zur letzten Konsequenz«.[25]

Remarque berichtet in seiner Notiz auch von der Schwierigkeit, das Buch überhaupt zu publizieren:

Es mag von Interesse sein, daß es für den Autor – selbst noch 1952 – schwierig war, einen Verleger in Deutschland zu finden. Der größte Schweizer Verlag, der sogar schon einen Vertrag für die Publikation von *Der Funke Leben* abgeschlossen hatte, weigerte sich, das Buch zu drucken, nachdem das fertige Manuskript abgeliefert war. Als Begründung gab er an, daß dieses Buch und darüber hinaus alle anderen Bücher des Verlags in Deutschland boykottiert werden würden, wenn es erschiene. Andere Verleger verlangten Änderungen. Als das Buch schließlich in Deutschland herauskam, waren die Reaktionen zu einem großen Teil ausgesprochen feindlich, reserviert und empört, und nur zu einem geringeren Teil wurde das Buch ohne Abneigung und Einwände aufgenommen.[26]

Der von Remarque erwähnte Schweizer Verlag (Alfred

Scherz-Verlag in Bern) hatte in zwei Briefen vom 20. Juli und 21. August 1951 an den Autor sinngemäß ausgeführt:

- Man habe zwar nicht erwartet, daß Remarque ein Buch schreiben könnte, das vor den deutschen Empfindlichkeiten kneifen würde, doch könne der KZ-Roman dazu führen, daß *alle* Werke Remarques boykottiert und auch die übrigen Produktionen des Verlags in Mitleidenschaft gezogen würden.
- Aufgrund einer zu erwartenden Welle von Angriffen und einer Boykottierung würde das Buch die vom Autor beabsichtigte Wirkung nicht erzielen können.
- Nach Probelektüre von Lesern aus den verschiedensten Leserschichten bestehe einhellig die Auffassung, daß das Buch sich derzeit in deutscher Sprache nicht veröffentlichen lasse, wohl jedoch in den USA und anderen Ländern. Aber in der Schweiz würde das Publikum schon seit einiger Zeit Kriegs- und KZ-Schilderungen ablehnen.
- Man habe Sorge, in Deutschland überhaupt Sortimenter und Buchhändler für den Vertrieb zu finden, da die Deutschen das Thema aus einem verdeckten Schuldgefühl heraus heftig ablehnen würden.
- Wenn das Buch von der Schweiz vertrieben würde, wäre es noch leichter, das Buch eines im Ausland lebenden Autors und eines ausländischen Verlages kaputt zu machen.
- Auch die Schriftleiter deutscher Zeitungen würden ein KZ-Buch eher verreißen oder totschweigen.

Fazit: Es könne doch nicht darum gehen, Mut zu zeigen, wo ein Erfolg überhaupt nicht absehbar sei.[27]

Diese pessimistische Prognose erfüllte sich durch das mutige Zugreifen des Kiepenheuer & Witsch-Verlages dann doch nicht. Aber man kann sich heute die Situation kaum mehr richtig vorstellen, welche Tabu-Durchbrechung das Buch 1952 für den deutschen Markt bedeutete.

Rudolf Krämer-Badoni hebt in seiner Rezension ausdrücklich hervor:

Und hier ist auch der Platz, dem Verleger unsere Achtung für seinen Mut auszusprechen, hier hat ein Mann das Notwendige auf sich genommen, ohne Rücksicht auf den Geschmack der Menge, ohne zu fragen, ob sich diese Tat verlegerisch »auszahlt«.[28]

Der mutige Verleger, Joseph Caspar Witsch, formuliert in der Schrift zum 70. Geburtstag Remarques am 22. Juni 1968 die Situation wie folgt:

In dem Buch *Der Funke Leben*[29], dem Roman, in dem zum erstenmal das Grauen der nationalsozialistischen Konzentrationslager beschrieben worden ist, zu einem Zeitpunkt, zu dem außer Remarque keiner dieses Thema anfassen wollte, zu einem Zeitpunkt, zu dem es noch nicht Mode war, von der ›unbewältigten Vergangenheit‹ in ungenügender Weise zu schreiben, zu diesem Zeitpunkt, zu dem außer den Betroffenen niemand mehr etwas davon wissen wollte, daß es solche Greuel gegeben hatte, ist er noch am ehesten, aber doch auch nur unzulänglich gewürdigt worden.[30]

V

Die vorausgesagte Kontroverse wurde heftig. In einer Kurzmeldung des SPIEGEL heißt es:

KZ-Gemälde eines Nicht-dabei-gewesenen für Nicht-dabeigewesene. Klischees aus der Retorte, von einem Schriftsteller zusammengesetzt, der beschreiben kann, wenn er erlebt hat.[31]

In der ZEIT erfolgt einer der heftigsten Verrisse durch Paul Hühnerfeld.

Genug: dies ist ein beschämendes Buch. Beschämend für den Autor..., beschämend für unsere Schriftsteller, die unser aller Schuld den KZ-Opfern gegenüber noch nicht durch ein besseres Buch über die Lager zum Teil gutzumachen versuchen... die Kolportage über die Häftlinge, jene

Menschen, die mehr gelitten haben als es sich Erich Maria Remarque trotz aller Scheußlichkeiten, die er aus den KZs erfahren hat, vorstellt, wird Verantwortungslosigkeit und Schuld.[32]

Dagegen schreibt in der *Allgemeinen Wochenzeitung der Juden in Deutschland* Ben Ephraim:

> Die Ehre der deutschen Schriftsteller ist wiederhergestellt. Denn endlich hat das Grauen der deutschen Konzentrationslager seinen Einzug auch in die deutsche Literatur gefunden. Geschrieben von einem Deutschen, von Erich Maria Remarque – und wie geschrieben! – liegt jetzt das vielleicht stärkste aller bisher in der Welt erschienen KZ-Bücher vor.[33]

Ben Ephraim stellt die These auf, daß Remarque gerade als »Nicht-dabei-gewesener« nur aus dieser Distanz so überzeugend schreiben konnte.

> Remarque hat das Konzentrationslager nicht selbst erleben, erleiden müssen. Deshalb konnte er es beschreiben. Das mag paradox klingen. Aber in Wirklichkeit haben wir alle, die wir »drin« waren, noch nicht die nötige Distanz gewonnen, um die Dinge so zu schildern, wie sie wirklich waren, ohne dabei über die stets verzerrt sein müssende Perspektive des eigenen Erlebnisses zu stolpern. Das beweisen uns die bisherigen KZ-Berichte . . .

Abschließend heißt es:

> Ein lesenswertes Buch, besonders für die, die nicht dabei waren.[33]

Im *Mannheimer Morgen* urteilt der Washingtoner Korrespondent am 3.4. 1952, d.h. *vor* der deutschen Publikation aufgrund der US-Ausgabe *Spark of Life:*

> Remarque hat sich in seinem neuen Roman vielleicht zum erstenmal als Meister der psychologischen Durchdringung seines Themas erwiesen . . .
>
> Er hat eine ›dichterische‹ Wahrheit gegeben, die stärker spricht als die ›erlebte‹ Wahrheit.[34]

Man könnte die Liste der Pro- und Kontra-Zitate beliebig verlängern, sei es, um das Lob der »realistisch-epischen Verdichtung«[35] oder den Tadel der »perversen Mache« zum alleinigen Zweck, den voyeuristischen Leser »ja nicht beim Genuß der Scheußlichkeiten zu stören«.[36]

Als ein Beispiel wirklich unerträglicher Pöbeleien sei abschließend aus einem Schmäh-Artikel nationalistischer Provenienz zitiert:

> Aber die dumpfen Ressentiments eines Mannes, der augenscheinlich zuviel trinkt... haben sich im KZ-Buch Remarques zu einem Nebel verdichtet, der seine Herkunft in penetranter Weise dokumentiert... nämlich seinen unbändigen Haß auf alles, was mit Deutschland zusammenhängt... Sein Buch stellt... eine abscheuliche Verunstaltung seiner ehemaligen Heimat dar...

Der bezeichnenderweise anonyme Artikel ist überschrieben: »Das Leben, der Fusel und der Funke Leben.«[37]

Der überwiegende Teil der Kritiken setzt sich allerdings durchaus ernsthaft mit der Problematik des Themas und der künstlerischen Qualität der hier vorliegenden romanhaften Gestaltung auseinander. Kontra-Argumente sind:

- Die Gräßlichkeit der Ereignisse lasse sich nur durch Dokumente darstellen, eine Fiktionalisierung könne dem Thema nicht gerecht werden, es sei denn, der Autor verfüge über die Möglichkeiten Dantes, Swifts oder Kafkas, eine Überhöhung des Geschehens in wirklich großer Kunst zu gestalten und somit eine neue, »innere« Wirklichkeit zu schaffen, die die »äußere« Realität überwinde.
- Da Remarque die Erfahrung nicht am eigenen Leib gemacht habe, könne er sie niemals angemessen gestalten. Er habe sich ein »reißerisches« Thema zu eigen gemacht, dessen gekonnte Darbietung zwar anerkannt wird, die aber letztlich unaufrichtig, ja vielleicht sogar unmoralisch gegenüber den Opfern sei.
- Man solle die Dinge ruhen lassen, das deutsche Volk habe schließlich auch schrecklich gelitten. Oder: die Zeit

sei noch nicht reif. Erst müsse die historische Forschung zweifelsfreie Ergebnisse vorlegen.

- Remarque sei ein literarisch schwacher Autor (wie auch in seinen anderen Büchern, außer *Im Westen nichts Neues*) und er habe sich mit dem Thema »übernommen«. Die Darstellung der Greuel gerate immer in die Gefahr des lustbetonten »Konsums« bei den Lesern.

Pro-Argumente in der Debatte sind:

- Remarque habe *das* »gültige« Buch über das KZ-Thema geschrieben, er habe gerade durch seine Fiktionalisierung beim Leser, der nicht dabei war, große Wirkungsmöglichkeiten. Die durch die Gestaltung des KZ-Themas ausgelöste Einsicht in die historische Wirklichkeit habe ähnlich befreiende Wirkung wie es bei *Im Westen nichts Neues* der Fall gewesen sei.
- Die Aussagen seien nüchtern, niemals sentimental, die Sprache sei transparent, prägnant und hart, »von jener Gläsernheit, hinter der manchmal eine erschütternde Ironie aufflammt«.[38]
- Das Buch enthalte eigentlich keine Anklage, sondern stelle nur dar (wie *Im Westen nichts Neues*). Die Fragen von Haß, Rache, Vergeben, von Vergessenwollen und Nichtvergessenkönnen, die Zeit danach, alles das werde differenziert diskutiert und von vielen Seiten beleuchtet.

Die Leserinnen und Leser des Buches mögen sich ihre eigene Meinung bilden, ob sie denen zustimmen, die sagen, es sei ein Buch, das verdiene, »in vielen Auflagen an unendlich viele Gewissen appellieren zu können«[39] oder gar der Auffassung sind, die als Frage anläßlich einer Neuauflage des Romans 1972, zwanzig Jahre nach dem ersten Erscheinen, formuliert ist:

> Warum ist eigentlich noch niemand auf die Idee gekommen, diesen Remarque zur Pflichtlektüre im deutschen Geschichtsunterricht einzuführen?[40]

Osnabrück 1988,
Tilman Westphalen

Anmerkungen

1 *Spark of Life*. Übers. James Stern. New York: Appleton-Century-Crofts, Inc. 1952 (28. Januar)
L'étincelle de vie. Übers. Michel Tournier. Paris: Librairie Plon o. J. (1–1953).
L'Ultima Scintilla. Übers. Ervino Pocar. Milano: Arnoldo Mondadori 1952 (Mai)
Destello de vida. Übers. Francisco Elias. Barcelona: Plaza & Janés, S.A. 1973 (El Arca de Papel. 37).

2 *Der Funke Leben*. Roman. Köln/Berlin: Kiepenheuer & Witsch 1952 (Juli, 1.–10. Tausend; 2. Aufl. August 1952; 3. Aufl. 1959; Ullstein TB Nr. 177, 1957).

3 *Der Funke Leben* wird mit Angaben der Seitenzahlen der KiWi-Ausgabe zitiert. Zitat auf S. 5.

4 *Remarque und Osnabrück. Ein Beitrag zu seiner Biographie*. Osnabrück 1970 (Osnabrücker Mitteilungen. Bd. 77), S. 219.

5 Über die Funktion der Vermengung Osnabrücker Erinnerungen mit der Fiktion seiner Romane siehe Peter Junk: »Ort zu leben und Ort zu sterben: Osnabrück 1943. Fiktion und Realität am Beispiel eines Romans«. In: *Erich Maria Remarque. 1898–1970*. Bramsche: Rasch 1988.

6 Zweiseitiges Manuskript in Remarques Handschrift im Nachlaß auf englisch, betitelt »Spark of Life« (Kopie im Archiv der Erich Maria Remarque Dokumentationsstelle, Osnabrück). Für die Einsichtnahme in und die Verwendung von Zitaten aus diesem Manuskript ist der Nachlaßverwaltung zu danken.

7 *Deutsche Zeitung/Wirtschaftsmagazin*, 14.9. 1952.

8 Die nachfolgenden Dokumente sind mit weiteren Materialien vollständig abgedruckt in: *Mitteilungen der Erich Maria Remarque Gesellschaft, Osnabrück e. V.*, Heft 4, Sept. 1988.

9 *Die zweite Schuld oder Von der Last Deutscher zu sein*. Hamburg 1987, S. 37. Der Begriff kennzeichnet treffend den antihumanitären Kern des Geschehens mit deutschen Menschen auf deutschem und europäischem Boden im Herrschaftsbereich des Nationalsozialismus. Dieser Antihumanismus einer ganzen Nation in ihrer staatlichen Organisationsform und in ihren Staatszielen stammt nach Giordano »aus der Tiefe der Deutschen Reichsgründung von 1971« (S. 42). Sie ist »eine der beunruhigsten Hinterlassenschaften aus dem Geschichtserbe des Deutschen Reiches von 1871 bis 1945« (S. 67).

10 Giordano: *Die zweite Schuld*, S. 261 (zitiert nach Mitscherlich, siehe Anmerkung 4).

11 Alexander und Margarete Mitscherlich: *Die Unfähigkeit zu trauern, Grundlagen kollektiven Verhaltens*. München 1967 (1. Auflage).

12 *Schatten im Paradies.* München: Droemer Knaur 1971 (1. Auflage). Zitiert nach der TB-Ausgabe 1974, S. 76.

13 S. 347

14 So in dem Aufsatz »*Be Vigilant!*« (»*Seid wachsam!*«), zunächst in *Daily Express*, London 30.04. 1956; übersetzt in: *Schriften der Erich Maria Remarque Dokumentationsstelle*, Osnabrück, No. 3 (Zum 8. Mai 1985), S. 32–35. Ähnlich äußert sich Remarque in mehreren Interviews nach 1945 (siehe: *Erich Maria Remarque: Bibliographie.* Osnabrück 1988, Bd. 1, S. 61 ff) und in den Romanen *Zeit zu leben und Zeit zu sterben* (1954), *Der schwarze Obelisk* (1956), *Die Nacht von Lissabon* (1961).

15 Im Roman ist Heinrich Kroll ein strammer deutsch-nationaler und glühender Gegner des Schandvertrages von Versailles. Sein liberal-weltmännischer Bruder Georg – beide sind Inhaber der Grabsteinfirma mit dem »schwarzen Obelisken« – hingegen kommt »ein paar Monate« nach der Einlieferung zu Tode.

16 *Der schwarze Obelisk*, Ullstein TB, S. 349.

17 Siehe Anmerkung 14.

18 Ein Nationalist und Scharfmacher, der im Roman zum Totschlag an einem opponierenden Arbeiter aufhetzt und den »verlorenen Sieg« des ersten Weltkriegs in einem neuen Waffengang korrigieren will.

19 *Der schwarze Obelisk*, Ullstein TB, S. 349.

20 *Frankfurter Rundschau*, 14.2. 1985

21 *Freispruch für die Nazi-Justiz. Die Urteile gegen NS-Richter seit 1948. Eine Dokumentation.* Reinbek: Rowohlt 1983 (rororo aktuell 5348).

22 Das 18seitige maschinenschriftliche Dokument ist auf englisch verfaßt (*Practical Educational Work in Germany after the War*), trägt den Stempel GEHEIM und lagert in Kopie im New Yorker Nachlaß (siehe Bibl. Nr. 5.2.2.003 der *Remarque-Bibliographie*, s. Anm. 14). Ein erster Hinweis auf die Schrift erfolgte am 10.2. 1946 in der *Los Angeles Times* unter dem Titel »Remarque would bring War Guilt home to Nazis«. Näheres s. in: *Mitteilungen der Erich Maria Remarque Gesellschaft Osnabrück e.V.*, Heft 2 (Juli 1987), und in dem Aufsatz von Lothar Schwindt: »Geheimdienstarbeit. Remarques Schrift *Practical Educational Work in Germany after the War*«, in: *Erich Maria Remarque. 1898–1970.* Bramsche: Rasch 1988. Für die Einsichtnahme in und die Verwendung von Zitaten aus dieser Schrift ist der Nachlaßverwaltung zu danken.

23 *Die zweite Schuld*, S. 148–60.

24 Siehe Anm. 6.

25 Zitat aus *Praktische Erziehungsarbeit* ..., s. Anmerkung 22.

26 Siehe Anm. 6.

27 Für die Einsicht in den Schriftwechsel ist dem Kiepenheuer & Witsch-Verlag zu danken.

28 *Neue Zeitung*, München, 27.9. 1952.

29 Publiziert wurde das Buch als *Der Funke Leben*, in USA als *Spark of Life*, entsprechend den Titelangaben auf den maschinenschriftlichen Manuskripten (siehe *Remarque-Bibliographie*, Nr. 5.1.1.007, 5.2.2.004).

30 *Erich Maria Remarque zum 70. Geburtstag am 22. Juni 1968*. Kiepenheuer & Witsch, Verlag Kurt Desch 1968, S. 32f.

31 Unter der Rubrik »Bücher. Neu in Deutschland«, 24. 9. 1952.

32 »KZ: – von draußen und drinnen«, 12. 2. 1953.

33 »Abbild des Grauens«, Düsseldorf, 10. 10. 1952.

34 H. B. Kran, »Das Licht brennt ewig...«

35 Günter Ebert, »Pulsschlag der Empörung«. In: *Das freie Wort*, Düsseldorf, 11. 10. 52.

36 »Schreckliche Dinge«. In: *Basler Nationalzeitung*, 20. 3. 1953.

37 ABZ, Düsseldorf, 9. 11. 1952.

38 *Arbeiterzeitung*, Wien, 7. 10. 1952.

39 *Hessische Nachrichten*, Kassel, 23. 1. 1953.

40 *Welt am Sonntag*, Hamburg, Nr. 12, 19. 3. 1972.

Inhalt

Der Funke Leben Roman 5

Nachwort von Tilmann
Westphalen 385

ERICH MARIA REMARQUE
ARC DE TRIOMPHE

Roman
Mit einem Nachwort von Tilman Westphalen
KiWi 164

Arc de Triomphe, 1946 erschienen, wurde Remarques zweiter Welterfolg nach *Im Westen nichts Neues.* Mit der gleichen Leidenschaft wie in seinem ersten Roman erzählt Remarque die Geschichte des Arztes Ravic, der nach Paris emigriert und hier den Vorabend des Zweiten Weltkriegs erlebt. Aus der Liebe zu zwei Frauen und dem Haß auf einen Gestapoagenten entwickelt sich das Drama eines Exilschicksals, in dessen Radikalität sich der Aufstand gegen den Terror einer ganzen Epoche spiegelt.

KiWi-Paperbackreihe bei Kiepenheuer&Witsch

ERICH MARIA REMARQUE
IM WESTEN NICHTS NEUES

Roman
Mit Materialien und einem Nachwort von
Tilman Westphalen
KiWi 141

Remarques *Im Westen nichts Neues* ist seit langem Schullektüre. Um den Unterricht zu bereichern, wurde dieser Ausgabe eine Materialiensammlung beigefügt, die Tilman Westphalen, Leiter der Erich-Maria-Remarque-Dokumentationsstelle in Osnabrück, zusammengestellt hat. Sie belegt die ungewöhnlich kontroverse Diskussion bei Erscheinen des Romans, bringt Äußerungen Remarques zu seinem Buch und weist die bis heute anhaltende Bedeutung des Werks nach.

»Dieses Buch sollte in Millionen Exemplaren verbreitet, übersetzt, in den Schulen gelesen, von allen den Krieg bekämpfenden Gruppen gekauft und verschenkt werden. Es sagt mehr über das Volk und seinen Anteil am Krieg aus als dickleibige historische Wälzer und Statistiken.«

Ernst Toller

KiWi Paperbackreihe bei Kiepenheuer&Witsch